国家社科基金重大项目"百年中国文学女性形象谱系

与现代中华文化建构整体研究"(19ZDA276)阶段性成果

福建文人文化的

女性脉络

女性文化研究丛书

——

王宇 等

著

厦门大学出版社 国家一级出版社
XIAMEN UNIVERSITY PRESS 全国百佳图书出版单位

图书在版编目(CIP)数据

福建文人文化的女性脉络/王宇等著.—厦门:厦门大学出版社,2022.7
(女性文化研究丛书)
ISBN 978-7-5615-8615-0

I.①福… II.①王… III.①地方文学史—文学史研究—福建 IV.①I209.957

中国版本图书馆 CIP 数据核字(2022)第 090753 号

出 版 人 郑文礼
责任编辑 曾妍妍
美术编辑 李嘉彬
技术编辑 朱 楷

出版发行 厦门大学出版社
社 址 厦门市软件园二期望海路 39 号
邮政编码 361008
总 机 0592-2181111 0592-2181406(传真)
营销中心 0592-2184458 0592-2181365
网 址 http://www.xmupress.com
邮 箱 xmup@xmupress.com
印 刷 厦门集大印刷有限公司

开本 720 mm×1 020 mm 1/16
印张 23.25
插页 2
字数 381 千字
版次 2022 年 7 月第 1 版
印次 2022 年 7 月第 1 次印刷
定价 96.00 元

厦门大学出版社
微信二维码

厦门大学出版社
微博二维码

主要作者简介

王 宇，女，文学博士，厦门大学"南强重点岗位教授"，国家社科基金重大项目首席专家，博士生导师，福建省高层次人才(A类)、厦门市高层次人才(A类)。主要从事中国现当代文学研究，性别与文学、文化研究。曾在美国布朗大学、英国爱丁堡大学、瑞士苏黎世大学访学、交流、讲学。主要学术兼职有福建省现代文学研究会副会长、中国当代文学研究会理事、中国现代文学研究会理事、中国妇女研究会理事。

目　录

引 言

一、本书主要概念:"文化""文人文化""女性脉络"

和许多现代汉语词汇一样,"文化"一词,也是由日本"反哺"式传入中国的。19 世纪后半期,日本学者们在翻译欧洲文本时,经常运用中国汉字创造出新的术语词汇作为译词,例如"宪法""共和""科学""权利""社会""卫生"等等,"文化"也不例外。日本一些著名词典明确标识"文化"一词来自中国多处古典文献。在中国古典文献中"文"的本义是花纹,"化"的本义是"改易",这种改易既包括从无到有的造化,也包括宇宙生成之后的变化、演化、分化。如《易经·贲卦》"观乎天文以察时变,观乎人文以化成天下",又如,西汉刘向《说苑·指武》"凡武之兴,为不服也,文化不改,然后加诛"等等;可见"文化"一词在汉语典籍中是"以文化之"的意思,类似于启蒙(enlightenment)和人类学的"濡化"(enculturation)概念。日本学者以中国典籍中的"文化"来翻译英文 culture,意指"不动用权力或刑罚,而是依靠文德进行教化"。①但到了19世纪,随着文化人类学的诞生,"文化"一词的意义变得复杂了。其意义可能就不再是中国典籍中"文化"("文以化之")的意思,而成了一个新词。

---

① 庄孔韶:《人类学概论》,北京:中国人民大学出版社 2015 年版,第 4 页。

那么，作为一个新词的"文化"到底指什么？英国文化人类学开创者爱德华·泰勒（Edward Burnett Tylor）认为，"文化或文明，就广泛的民族学意义来说，是包括全部的知识、信仰、艺术、道德、法律、民俗，以及作为社会成员的人所掌握和接受的认同其他的才能和习惯的复合体"。① 人类学家马林诺斯基（Bronislaw Malinowsk）认为，文化作为"'一种特质的功能，就在于满足该群体成员的基本需要和次生需要'，这些基本需要大致有三个层次，即生物需要、工具需要以及整合需要"。②20 世纪著名的人类学家格尔茨（Clifford Geertz）对"文化"的定义可能更有可取之处，他认为，文化实质上是一个符号学的概念，他借鉴马克斯·韦伯（Max Weber）所谓人"人是悬在他自己所编织的意义之网中的动物"的说法，认为"所谓的文化就是这样一些由人自己所编织的意义之网。因此，对文化的分析不是一种寻求规律的实验科学，而是一种探求意义的解释科学"③，即分析表面上神秘莫测的社会表达。那么，这张巨大的意义之网又是怎么构成的？美国人类学家罗伯特·芮德菲尔德（Robert Redfield）在 1956 年出版的文化人类学著作《农民社会与文化》中提出"大传统"和"小传统"的文化二分法来解释这张意义之网的构成："在某一种文明里，总会存在着两个传统；其一是由为数很少的一些善于思考的人们创造出的一种大传统，其二是由一个为数很大的、但基本上是不会思考的人们创造出的一种小传统。大传统是在学堂或庙堂之内培育出来的，而小传统则是自发地萌发出来的，然后它就在它诞生的那些乡村社区的无知的群众的生活里摸爬滚打挣扎着持续下去。"④ 他认为在一种文明中思辨性的大传统比重小，而非思辨性的小传统比重大。中国民俗学泰斗钟敬文将一个民族的文化分为上层文化和下层文化、高位文化和下位文化。"前者（上层文化）主要是占有优越的经济和政治地位的统治阶级的成员所创造、享有的文化，后者（下层文化）则主要是被统治阶级、被剥削的一般民众所创造和享有的文化。这两种文化汇合起来，就构成了整个国家或民族的文化，

① ［英］爱德华·泰勒著, 连树声译:《原始文化》,上海：上海文艺出版社 1992 年版,第 1 页。

② 转引自庄孔韶:《人类学概论》,北京：中国人民大学出版社 2015 年版,第 4 页。

③ ［美］克利福德·格尔茨著,韩莉译:《文化的解释》,南京：译林出版社 1999 年版,第 5 页。

④ ［美］罗伯特·芮德菲尔德著, 王莹译:《农民社会与文化》,北京：中国社会科学出版社 2013 年版,第 95 页。

也就是我们今天所常说的民族的传统文化。"① 钟敬文"上层文化"和"下层文化"近似于罗伯特·芮德菲尔德的"大传统"和"小传统"。另一种说法就是知识—政治精英的"雅文化"与民间的俗文化，而精英文化，也可以称为文人文化。那也就是说，一个民族的文化基本上可以分成文人文化和民间文化，文人文化即上层文化、高位文化、雅文化、精英文化，本书要考察的正是福建地方社会的文人文化传统中的女性脉络。

　　这里又出现了一个问题，为何用"文人文化"来指称处于上层、高位的精英文化？的确，"文人"一般用来指古代士（人），孙康宜在《剑桥中国文学史》中将 1840 年作为文人时代终结的标志。② 那么，本书"文人文化"概念何以还要涵盖 1840 年之后，乃至"五四"以后的知识精英文化？文人，相当于中国古代的"士"，与近现代知识分子（近代以来社会转型而产生的、深受外来文化影响的知识阶层）之间是否可以等同？中国古代的"士"与近现代的知识分子当然不同，"知识分子"一词源自西方，是启蒙运动的产物，"所谓'知识分子'，除了献身于专业工作以外，同时还必须深切地关怀着国家、社会以至世界上一切有关公共利害之事，而且这种关怀又必须是超越个人（包括个人所属的小团体）的私利之上的"③。而中国古代士信奉"邦有道则见，邦无道则隐"（《论语》）、"士志于道"（孔子）、"从道不从君"（荀子）、"理高于势"（明代吕坤）等政治理想，因此，余英时认为："西方学人所刻画的'知识分子'的基本性格竟和中国的'士'极为相似"，"如果根据西方的标准，'士'作为一个承担着文化使命的特殊阶层，自始便在中国史上发挥着'知识分子'的功用"。④ 当然，他也认为，"士"与西方知识分子不能完全等同。但两者的相似性却是不争的事实。正因为这样，所以尽管近代以来中国读书人由"士"向知识分子转型，但我们依然可以在他们身上发现明显的"士"的痕迹，因此，"如果从孔子算起，中国'士'的传统至少已延续了两千五百年，而且流风余韵至今未绝"⑤。从这个角度而言，我们似乎有理由

① 　钟敬文：《话说民间文化》，北京：人民日报出版社 1990 年版，第 1 页。另外，在钟敬文和罗伯特·芮德菲尔德的语境中，"文化"一词基本上都可以和"传统"互相替换。

② 　参见 [美] 孙康宜：《剑桥中国文学史》（下），北京：生活·读书·新知三联书店 2013 年版，第 383 页。

③ 　余英时：《士与中国文化·序》，上海：上海人民出版社 2013 年版，第 2 页。

④ 　余英时：《士与中国文化·序》，上海：上海人民出版社 2013 年版，第 2 页。

⑤ 　余英时：《士与中国文化·序》，上海：上海人民出版社 2013 年版，第 2 页。

将近现代知识分子看作古代文人、士人的延续，而将两者之间的差异暂且忽略。因此，本书所谓的"福建文人文化"指存在于福建地方社会的，从古代文人、士人阶层到近现代的知识分子所创造的文化，当然，本书关注的主要是其中的诗文形态。

而所谓的"女性脉络"，在本书的语境中简而言之包括两方面内容，第一方面，福建地方社会从古到今文人、知识分子所创作的诗文中涉及女性议题的篇章；第二方面，女性文人（诗人、词人、作家）的创作。本书以第二方面内容为主。但是，由于福建直到明代才出现女性诗人、词人，所以在明代以前，本书关注第一方面，即男性文人的创作以及部分传说、神话、信俗中的女性文化形象。而从明代到近代，就将更多笔力放在专门论述女性作家、诗人的创作上。至于到"五四"以后的现代、当代阶段，就不再涉及第一方面的内容，而专门论述女性文人的创作。

二、女性与父权文化传统

除了前文论及的文化、文人文化（即精英文化、上层文化、高位文化、雅文化）概念之外，本书紧接着面临的一个理论前提，那就是如何理解女性与父权社会文人文化／精英文化／上层文化／高位文化／雅文化传统的关系？

任何传统与其说是自然形成的，不如说是被发明、建构起来的，在这个过程中，一些特征被强调、夸大，而另一些特征则被遮蔽、省略、修改。无论是中国还是西方，以中性面目出现的文人精英文化传统，在很大程度上其实都是男性化了的传统。但这并不意味着女性与这个传统的关系就是简单的对立、冲突、压抑与被压抑／反抗的关系。其实父权制（父权传统）是一个不断变化的、历史化的概念，并非超越历史的，同质性的存在，既然它是流动的、历史的产物，就会因着时间、地点和历史语境的不同而不同，即在不同历史语境中父权制及其文化传统有不同的特征。因此，父权制及其文化传统与女性的关系也因时间、地点、社会语境的不同而不同，并非简单的二元对立，两者之间存在多重关系，可能既冲突又协调。前现代中国父权制的特点是，儒家的性别伦理规范和生活实践之间存着莫大的距离和紧张。儒家的社会性别体系之所以能长期延续，正是得益于这种距离和紧张，以及由此产生的相当大范围内的灵活性、弹性、通融性。^①在这样的性别制度中，"尽管妇女不能改写框定她们生活的这些规则，但在占统治地位的社会性别体系内，她们却极有创造性地开辟了一个生存空间，这是给予她们意义、安慰和尊严的空间"^②。换一句话说，儒家父权秩序中的女性生存并非都是祥林嫂式的，在受到这个制度规约、规训的同时，也能够在这个制度缝隙处获得一定的通融性，甚至挪用父权制一些资源，建构自己一定的主体性。^③女性的诗文创作正是这种通融性、主体性的一种重要的表现形式。

众所周知，"家"是父权文化定义与评判女性的出发点和终点。汉代《释名》云："夫受命于朝，妻受命于家也。士庶人曰妻，夫贱不足以尊称，故齐等言之。"《礼记》："妇人，从人者也，幼从父兄，嫁从夫，夫死从子"，"父者，子之天也。夫者，妻之天也"。这样的性别观念不仅存在于中国典籍文化的大传统中，也存在于民间文化小传统中，《诗经·国风》中的《周南·桃夭》篇道："桃之夭夭，灼灼其华，之子于归，宜其室家。桃之夭夭，有蕡其实，之子于归，宜其家室。桃之夭夭，其叶蓁蓁，之子于归，宜其室人。"宜室宜家从来都是对一个女子的最高评价。古代那些走出家庭做出杰出贡献的女性，其意义也尽在"家"中获得阐释。木兰从军，那是替父从军；文姬归汉那是女承父业。杨门女将也多是代父、代夫、代子出征。而那些垂帘听政、摄政的后妃们，一旦儿孙长大倘若还不还政于儿孙，那就是僭越，哪怕她本人有再高的文韬武略、济世功勋都会被正史妖魔化，例如武则天。任何威胁"家"秩序的女性都不可能获得正面评价，女性越出"家"范畴的活动和行径在父权文化秩序中都是被禁止的。而女性诗文创作恰恰正是越出"家"范畴的文化活动，是有悖妇德的。在儒教父权制给女性规定的最核心的行为准则"三从四德"中，对女性的才华、言辞都做了严格的规定。所谓"四德"即"妇德、妇言、妇容、妇功"，最早见于《周礼·天宫·九嫔》，班昭《女诫》对"四德"进行权威性解释，妇德："不必才明绝异"，"清闲贞静，守节整齐，行己有耻，动静有法"；妇言："不必辩口利辞"，"择辞而说，不道

---

① 参见[美]高彦颐著，李志生译：《闺塾师：明末清初江南的才女文化》，南京：江苏人民出版社2005年版，第7页。

② [美]高彦颐著，李志生译：《闺塾师：明末清初江南的才女文化》，南京：江苏人民出版社2005年版，第9页。

③ 当然，缝隙、通融性、资源挪用都是有限度的，相对的。

恶语，时然后言，不厌于人"；妇容："不必颜色美丽"，"盥浣尘秽，服饰鲜洁，沐浴以时，身不垢辱"；妇功："不必工巧过人"，"专心纺织，不好戏笑，洁齐酒食，以奉宾客"。① "不必才明绝异""不必辩口利辞"正是对女性才能、言辞所作的明确的规定。这样的规定后来在明末被表述为"女子无才便是德"②。诗文创作，不仅僭越了"女子无才便是德"这一道德训诫，而且女性的诗文在社会上流播，坊间刊刻这又大大僭越了"内言不出，外言不入"的父权制空间规约。因此，姑且不论女性的诗文创作内容，创作行为本身就有悖妇德。

前现代社会，既然"家"是父权文化定义与评判女性的出发点和终点，当然也是女性教育的起点和终点。女性的教育无论形式和内容都是家庭化的，家庭也是女子接受教育的唯一场所，即女性大多接受非正规的家庭教育，内容局限于生儿育女、家务劳作所需的简单生活知识和技能。只有在特殊情境下，少数上流社会女性才能机会接触精英文化传统，学习文史知识、接受这方面的训练。中国古代闺秀才媛几乎都来自上层精英家庭③，例如东汉大学者蔡邕之女蔡文姬，西晋文学家左思之妹左芬，东晋安西将军谢爽的女儿谢道蕴，宋代大学者、藏书家李格非之女李清照等。相比西方的女教，中国古代的女教内容上更重于以家庭伦理为中心的"礼教"为目的，而不重于家庭生活技能的培养，这自然是以伦理为本位的儒教传统决定的。女教本身就是儒教的重要组成部分。成书于汉代的儒教经典《礼记》，可以说是奠定了中国古代女教的基本框架。其中的《曲礼》《礼运》《内则》《昏义》《仪礼》等多个篇章，都有专门针对女性的详细严格的规训和教化内容，后世儒生将《礼记》针对女子教育的观念和行为准则进一步发展、强化，甚至极端化，并具体化到女教教本中。历代以来较为流行的女教教本有：东汉班昭《女诫》，刘向《列女传》（刘向著，班昭注），唐代女学士宋若莘、宋若昭姐妹所撰《女论语》，明成祖徐皇后《内训》，明代儒学学者王相之母刘氏所作《女范捷录》等。明代儒生王相将《女诫》《女论语》《内训》和自己母亲所作《女范捷

① 徐少锦等主编：《中国历代家训大全》上册，北京：中国广播电视出版社 1993 年版。

② "女子无才便是德"说造端于明末。参见陈东原：《中国妇女生活史》，北京：商务印书馆 2015 年版，第 150 页。

③ 明清的才女文化其实分为闺秀文化和名妓文化，前者是家族文化的产物，而后者则通过与文人雅士的接触而接受精英文化传统的熏陶，抑或从小被按照满足文人雅士的喜好的目标来教养。

录》一一加以笺注，并于明代天启四年（1624 年）由多文堂合刻为《闺阁女四书集注》（简称"女四书"），成为一套完整的女教教材。此外，刘向《列女传》、《女儿经》（作者不详，出现于明中叶）等也是流传颇广的女教教本。明清两代女教集两千年之大成，格外兴盛，相比于宋元时期，对女性的道德训诫更加严厉。但同时，女教的兴盛又曲折地促进了才女文化的出现。因为最有力的教化规训是自我教化、自我规训。这就客观上促进教育向女性倾斜，其实"女子无才便是德"观点在明代也受到一些极力提倡女德的知识精英的批判，例如，上面提到的女教教科书《女范捷录》就用整整一章去批判在"女德"和"女才"之间预设的冲突，认为女性只有受教育程度、文化水平提升才能提升其品德，女德和女才完全可以兼备。因此，明清两代尤其是在富庶的江南地方社会，女性受教育程度普遍较高。这就不期然间催生出一个作为文化生产者和消费者的女性群体。① 才女文化应运而生。正是在这样的背景下，明清两代福建，尤其福州士大夫家庭的女性受教育程度也日益提高，甚至"诗媛独多"竟成了清代福州诗坛特色之一。② "有清一代的福州女性诗人数量之多，可以与江浙人文荟萃之区相比肩。"③ 这种现象其实受到明中叶以后日益兴盛的江南才女文化深刻影响，或者可以看作江南才女文化对福建地方社会的波及。

三、女性与福建地方社会的文人文化传统

前文我们侧重论述了前现代社会女性与父权文化传统的复杂关系，这是本书内容展开的一个前提。另一个重要前提则是女性与福建地方社会精英文化传统的关系。

众所周知，由于特殊的地理位置，前现代时期福建相较于中原地区，文化发展滞后，到了隋唐五代时期才有了长足的发展。但到了宋代，福建不仅已成为国内经济上最发达的地区之一，而且文化上也居于全国先进地位，以

---

① 从 16 世纪开始开始，印刷业进入一个新的发展阶段，大大扩展了整个社会的阅读公众群体，也波及女性群体。这也是女性受教育程度提高的原因。

② 参见本书上编第三章。

③ 参见本书上编第三章。

朱熹为代表的理学影响广大，福建甚至一度成为宋代理学的中心。[①] 但是，至此，福建地方社会知识精英文化传统中依然不见女性身影，其实这恰恰和理学发达密切相关（有关这方面原因众所周知，在此不再赘述）。直到明代中叶（14 世纪）闽地才出现屈指可数的官宦女眷诗人。这种文化发展中男女极度不平衡的情形到了清代才有较大改观。到了清代，福建尤其福州士大夫家庭的女性受教育程度日益提高，思想观念也逐步突破了明清理学的规范，"诗媛独多"才成为清代福州诗坛特色之一。

但女性真正作为一股新兴的、异质性的文化力量的崛起还是要到近代。近代，福州、厦门是最早对外开放的两个口岸，闽地读书人因此得以较早接触到西方文化，林则徐成为中国开眼看世界第一人，之后严复翻译赫胥黎《天演论》刷新了传统的世界观，是中国思想文化史上的大事件。此外，沈葆桢、林纾、陈季同、辜鸿铭、林长民、林觉民等一批灿若星辰的文化、政治精英，都在中国近代史留下浓墨重彩的印记。在这个群星璀璨时代，福建地方社会开始出现一个前所未有的文化现象，那就是一代又一代新型知识女性浮出历史地表，她们的意义不仅仅是传统的才女文化传统的赓续，更是作为一种新兴的、异质性的文化力量的崛起。

在这方面，福州女作家李桂玉创作于 1840 年后的长篇弹词小说《榴花梦》可以算是一只报春的燕子。《榴花梦》不仅是我国现存最长的一部长篇弹词小说，更重要的是小说表现出一些超越时代的崭新思想特质，让人惊诧不已。小说以唐代为背景，塑造了一群闺中女杰在外藩侮主、干戈四起、战乱连年中建功立业的形象。[②] 虽然托名唐代，其实完全是一个近代的故事，有着鲜明的 1840 年前后国族危机的指涉。女主人公桂恒魁形象在延续了传统的花木兰、杨门女将等女杰形象的同时，还表现出众多的新质。正如我们前文提到的，在父权制社会，家是定义女性的起点和终点，花木兰、杨门女将都是代父、代夫、代子出征，她们的壮举实际上是在履行家族义务，并没有越出"家"的范畴。《榴花梦》主人公桂恒魁虽也出身世家，其家族、父兄深深卷入政治活动中，桂恒魁建功立业的动机、活动中当然不乏家族的因素，但还是越出花木兰、杨门女将式履行家族义务的框架，表现出明确的女性主体诉

① 参见胡沧泽：《闽文化概说·第一讲》，《政协天地》2011 年第 1 期。

② 参见本书上编第三章第一节。

求。这个形象已然摒弃了儒教"夫受命于朝，妻受命于家"观念，体现了半个多世纪以后民族主义知识分子所谓"天下兴亡，匹妇有责"的崭新思想观念。20世纪初年，在民族主义框架下兴起的中国女权启蒙浪潮中，也出现一批书写女性救国的小说，如《女狱花》《女子权》《黄绣球》《女娲石》《女侦探》《虚无党》《东欧女豪杰》，而这批作品在救国框架下传达出的一些性别观念，却时时带有浓厚的男权色彩，甚至明目张胆歧视、污名女性，如《女娲石》主张女子以姿色救国，"认为女性为了达到某种目的而利用自己的性资源是女性的一大优势，为男性所不可企及""这其实不仅仅是《女娲石》作者的'独到'之见，当时一些激进的革命派或无政府主义者均持有这样的看法"[1]。这种对女性的态度正如严复所言"待之以奴隶，防之以盗贼，责之以圣贤"[2]。根本不如半个多世纪前的《榴花梦》，后者传达出的性别观念更接近现代女性主义，如桂恒魁和丈夫桓斌玉虽然恩爱美满，但一旦她判定丈夫不守信义，滥用夫权，便义无反顾地抛家别子与丈夫彻底决裂，勇敢走出家门。这个情节和宋代女英雄梁红玉因金兵突破江防，上疏弹劾丈夫韩世忠"失机纵敌"，请朝廷加罪的义举有所不同，后者完全是在"大义灭亲"的儒教伦理框架内，而前者则带有后来"五四"娜拉"离家出走"的色彩。尽管"五四"娜拉离家出走是为了个人的自由、解放，带有明确个性主义诉求，而桂恒魁抛家并没有超越舍小家而顾大家的"大义"框架内，但女性主体意识还是跃然纸上。最值得注意的是桂恒魁将女性之间的同性姐妹情义置于夫妻感情之上。众所周知，儒家五伦"君臣、父子、兄弟、夫妇、朋友"并不包含血缘姐妹和非血缘的金兰姐妹情谊，《榴花梦》这方面内容俨然超越儒教规范，而具有近世女性主义色彩。桂恒魁投身救国、重视姐妹情谊的行径不禁让人想起后来辛亥女杰秋瑾的生活事迹，俨然具有超越时代的新质。另外据史料记载，"李桂玉的家道颇为清寒，以教授女学生来补助生活"[3]。也就是说，李桂玉是一名闺塾师。根据美国中国妇女史学者高彦颐的研究，闺塾师这个职业的兴起正是明末清初江南才女文化的发展结果。它不仅仅是女性职业化的滥

① 刘慧英：《20世纪初中国女权启蒙中的救国女子形象》，《中国现代文学研究丛刊》2002年第2期。
② 严复：《论沪上创兴女学堂》，载朱有瓛主编：《中国近代学制史料第1辑》下，上海：华东师范大学出版社1983年版，第881页。
③ 参见本书第三章第一节，有关她生平的更详细史料无从查考，这无疑是非常遗憾的。

筋，同时也意味着女性走出家门，参与了文化的传承、传播和生产，开始进入地方社会和国家的公共生活中。"五四"之后最早浮出历史地表的一代女作家冰心、庐隐、冯沅君、凌叔华恰恰都具有女教师身份，显然，李桂玉还不是一般的清代福州才媛，而是清代福建地方社会相当罕见的职业女性。总之，李桂玉的职业身份连同《榴花梦》的崭新特质，所具有的超越那个时代的文化意义实在不可低估！

四、女性与文人文化传统的现代转型

福建现代文人 / 精英文化传统中的女性脉络是本书的中编和下编内容，也是本书的主要部分。而女性与中国现代性关系则是贯穿这部分论述的最重要的思想脉络。在这方面最具有象征意义的是"五四"新文化运动之后涌现出的三座文化高峰，即冰心、林徽因和庐隐。

冰心对现代中国文学和文化最大的影响无疑是她在"五四"时期的作品中所体现出来的"爱的哲学"。她以此参与了中国现代文化的最初建构。[1]"爱的哲学"现在可能很多人不以为然。实际上，"爱的哲学"，作为"五四"时代文化的主流精神之一，把对自我生命价值的肯定与对他人生命的关怀结合在一起，把个性解放与人道情怀结合在一起，温暖了青年的心，也奠定了中国现代文化关爱生命、尊重生命这个基本精神中的一块重要基石。在"五四"那样一个青春飞扬与青春低徊的时代里，冰心凭着自己对读者的广泛影响，从正面歌唱"爱"这个角度肩负起了现代文化建构的庄严使命。[2]一言以蔽之，冰心以"爱的哲学"参与了中华文化的现代转型。之所以这么说，是因为以爱为基础的人与人之间的关系，其实是传统文化中所没有的。传统文化中有的是"恩爱"，即以恩为基础的爱，也就是恩情。以恩情为本位、以恩情为基础的人际关系，必然以施恩—报恩为准则。施恩一方具有支配受恩一方的权力，受恩一方有报答施恩一方的义务。这样一来，被施恩者就失去了主体性，只能附属于施恩者来报恩。这最典型体现在儿女和父母关系上。子女由父母生养，因此两者之间就形成了一种恩情关系；父母对子女施恩，子

---

① 参见本书中编第一章第一节"冰心与中国现代文化"。

② 参见本书中编第一章第一节"冰心与中国现代文化"。

女因此就要报恩，父母因此拥有了对子女的绝对支配权力。恩情虽然也有感情因素，但与利益结合在一起，并且要求回报。而爱则是纯粹的情感，不涉及利益，也不要求回报，父母爱子女，这是一种天然的感情，不是在施恩。①正如冰心所言："她爱我，不是因为我是'冰心'，或是其他人世间的一切的虚伪的称呼和名字！她的爱是不附带任何条件的，惟一的理由，就是我是她的女儿。"②这也正是鲁迅在《我们现在怎样做父亲》中所说的："自然界的安排，虽不免也有缺点，但结合长幼的方法，却并无错误。他并不用'恩'，却给予生物以一种天性，我们称他为'爱'。""生出子女，对于子女当然也算不了恩。……前前后后，都向生命的长途走去，仅有先后的不同，分不出谁受谁的恩典。"③父母作为施爱者不因为施爱而拥有了支配受爱者（儿女）的权利，儿女作为受爱者也不因此而附属于父母，丧失了自我。父母没有权力支配子女的自由，子女也不用牺牲自己的权利而报恩。④显然，在以"爱的哲学"对抗恩情文化这层面上，鲁迅和冰心殊途同归。鲁迅倾向于对作为爱的对立面的"恩情"的无情批判，重在破；而冰心倾向于对作为恩情对立面的"爱"的倡导，重在立。他们其实都在倡导"五四"幼者本位的时代精神，都意识到了中国文化现代转型的重要方向。有关冰心"爱的哲学"，还应该特别提到的是，冰心将这种爱置于母女之间，这就对中国文化传统的现代转型有另一层重要的意义。且不说天然的母女亲情很难获得父权传统叙事的合法性，即便是在恩情文化框架内，有关母女关系的叙事也要比父子、父女关系少得多。因为儒家的五伦中并不包含母女关系。因此，冰心实际上是将女性经验带入中国文人精英文化传统现代转型的开端之际。这是冰心的写作之于现代中华文化建构的独特意义。

中国现代女作家总是将自己生命深深嵌入文学中，甚至个人生命历程比作品更精彩，这在冰心、林徽因、庐隐三个人身上也表现得非常突出⑤，特别

---

① 参见杨春时：《中国恩情文化批判》，《东南学术》2014年第1期。
② 冰心：《寄小读者·通讯十》，《晨报副刊》1923年8月。
③ 鲁迅：《我们现在怎样做父亲》，《新青年》1919年11月1日第六卷六号，载《鲁迅全集》（第一卷），北京：人民文学出版社2005年版，第136页。
④ 参见杨春时：《中国恩情文化批判》，《东南学术》2014年第1期。
⑤ 也因此，本书现代部分，特别重视作家生平的论述，各章单以作家名字为题目。而其他时段以作家的创作为重，各章节名目多为"某某作家的创作"。

是在林徽因身上。自 20 世纪 90 年代以来，文化消费主义日益凸显，人们谈及林徽因人生境遇时最感兴趣的是她的美貌和情感经历，"林徽因"甚至成为一个文化消费的符号。而林徽因的人生之于我们理解现代中国的精英文化传统，乃至妇女与中国现代性关系的重要意义一直被忽略。如果按文化代际划分，生于 1899 年的庐隐和生于 1900 年的冰心显然都是"五四之女"，而比她们迟出生三四年的林徽因的人生道路却与她们完全不同。本书关注林徽因"穿老鞋走新路"式的成长路径以及贯穿一生的主体身份焦虑，并以此为支点来解开她生平和创作中的种种谜团。例如，备受学术研究与坊间闲谈关注的她和徐志摩的关系、"太太的客厅"的纠葛等。以此为支点还可以看到，现代中国新与旧、新女性与父权传统之间超越二元对立的复杂纠葛，以及现代"客厅文化"在新女性主体成长过程中的意义。此外，我们还讨论了林徽因研究中鲜有人涉足的一个议题，即林徽因建筑活动中的性别主体性问题；试图探究除了新文学之外，在现代中国的其他知识场域中，女性经验、性别主体意识介入知识生产过程的可能性与意义。林徽因独特的建筑活动以及所提出的"建筑意"构想其实就是自觉或不自觉地将女性性别经验、主体意识带入建筑学这个被充分男性化的现代知识场域中。如果说以中性面目出现的中国现代知识精英传统在很大程度上其实是男性化的传统，那么，林徽因的存在无疑提醒我们，去关注这个传统中被有意无意遮蔽、省略的另一面。这也许是我们今天讲述林徽因最重要的意义。

林徽因正式的文学创作迟至 1930 年代初才开始，此时中国现代文学已经进入第二个十年，因此，她的写作也迥异于冰心和庐隐。林徽因一直以诗歌被文学史所认同，而本书在诗歌之外却花更多的笔力去关注她不太被人瞩目的小说，虽然只有 6 篇，却篇篇都有思想或艺术上的可圈可点之处，例如《吉公》，不仅表现了近代以来西学东渐、新旧交替之际的知识分子命运，而且体现了林徽因超越时代的科学思想。中国精英文化传统中有数千年发达的技术传统，但没有科学传统。对知识的态度基本上是实用主义的，这就使我们对科学的理解也过分着眼于它的实际应用（也就是技术）层面的价值。[1]而近代以来"师夷长技以制夷"背景下的西学东渐过程，更加重了这个认知，

<hr />

[1] 参见清华大学教授、科学史家吴国盛的喜马拉雅科学史讲座"科学简史"第一集"中国人对科学的最大误区"。

更加剧了对科学工具价值、技术特征的关注，忽略了技术背后强大的科学体系的支撑。《吉公》写出了由于文化和时代的原因，主人公吉公不可能成长为一个真正具有科学精神的科学家的悲剧。而林徽因自己恰恰一生都在追求这种超越功利性、工具性的科学精神，如，她从不将建筑看作是一门土木营建技术，而提出"建筑意"思想，就是最好的证明。

冰心、林徽因、庐隐三人中最年长的庐隐几乎就是一代"五四"女性的化身，难怪茅盾称她是"五四的产儿"。她于1899年出生于福建省闽侯县，但整个成长、生活却在外省，这也是现代文学史上闽籍女作家的共同特点，冰心、林徽因、庐隐莫不如此。庐隐十八九岁的青春年华正赶上"五四"新文化运动高潮期，她以自己生命和创作为一代"五四"女性作传。因此，庐隐影响最大的也是她的自叙传小说，如《丽石的日记》《海滨故人》《象牙戒指》《孤雁》《云鸥情书集》《女人的心》等。而本书对庐隐研究的亮点却在于她从女性经验出发对宏大历史的重新书写。如，《秋风秋雨愁煞人》对秋瑾故事作另一种讲述，用真实的女性经验颠覆了晚清以来各种话语建构出来的"救国女杰"的神话。[①]《火焰》对"一·二八"淞沪抗战的书写，开启了20世纪女作家战争书写的先例，与现代文学时段谢冰莹《女兵日记》、萧红《生死场》、丁玲《我在霞村的时候》等女作家的战争书写共鸣，甚至穿越历史时空与半个多世纪后的茹志鹃的《百合花》、铁凝的《棉花垛》《笨花》、严歌苓的《金陵十三钗》、宗璞的《野葫芦引》相呼应。而更具意义的是庐隐在《风欺雪虐》《曼丽》《歧路》《一个情妇的日记》，以及三幕剧《冲突》等作品中，对革命阵营中女性的真实境遇的直面。这种境遇正如茅盾在《幻灭》中所写的，在大革命时期武汉国民革命政府机关中，在男革命同志的眼里，女革命同志不过是恋爱的对象，仅此而已——"单身女子若不和人恋爱几乎罪同反革命——至少也是封建思想的余孽"。也就是说，革命作为现代性社会运动，促使女性走出家门进入公共空间，但女性却只是在公共空间中延续着私人空间中的角色——情人、妻子、母亲。如果说，在前现代语境中，女性的性别内涵是通过女性在家庭、亲属制度中明确的角色定位来确定，那么，当现代性的推进对传统的性别角色造成强大的冲击，使越来越多的女性介入公共空间之际，在文化层面，应该怎样从家庭之外的角度来重新定义、表述

① 参见本书中编第三章第二节。

女性这一不同于男性的性别内涵？① 女性这一性别之于公共空间到底具有怎样不同于男性的独特意义？显然，这个问题在"五四"有关"出走的娜拉"的种种叙事中，乃至在百年中国的现代性文化实践中一直悬而未决，文化象征系统对女性角色定位总是徘徊于两个极端，要么是对公共空间中男性性别角色的简单仿制——"男女都一样"，要么就是将父权家庭中的女性的性别角色功能延伸至公共领域——只限于让女性承担一些社会性母职、妻职功能等。② 这可能是庐隐的写作对于我们理解女性与中国现代性之间复杂关系的更重要的意义。

五、本书的体例

本书论述的对象紧紧围绕闽地、闽籍展开，始于论述东晋干宝在《搜神记》中对闽地少女李寄斩蛇传奇的书写，终于当代闽地、闽籍女作家、诗人群体的创作，时间跨度将近 2000 年。古代、近代部分既涉及闽地、闽籍女性文人的写作，也涉及闽地、闽籍男性文人对女性题材的书写、女性议题的论述，甚至包括非闽籍、闽地男性文人对闽地女性的书写（如干宝《搜神记》对闽地少女李寄斩蛇故事的书写）。通过这几个方面的考察，来勾勒福建文人文化的女性脉络。而现当代部分则专门论述闽地、闽籍女性的文学写作，包括在福建本土的闽籍和非闽籍女作家、女诗人的创作，以及旅居外省的闽籍女作家、女诗人的创作。之所以在内容上做这样弹性的安排，也是受制于研究对象的特性。因为可查考史料表明，闽地直到明代中叶（14 世纪）才出现官宦女眷诗人群体，所以在明代以前，本书主要关注男性文人的创作对女性文化形象的形塑。而从明代到近代，就将更多笔力放在专门论述女性作家、诗人的创作上。到了现代、当代阶段，就不再涉及第一方面的内容，而专门论述闽地、闽籍女性的文学写作。

本书虽然以时间脉络为大致框架，但并不是一部福建女性文学史，因此放弃文学史论述框架，对代表性的作家作品不做面面俱到的论述，而是着重选取最具创新性的视角介入，开掘作家、作品最具意义的思想文化和美学价

① 参见王宇：《20 世纪中国文学日常生活话语中的性别政治》，《学术月刊》2007 年第 1 期。
② 参见王宇：《20 世纪中国文学日常生活话语中的性别政治》，《学术月刊》2007 年第 1 期。

值，为此甚至不惮以偏概全。

　　全书分为上中下三编，分别论述古代近代、现代、当代三个时段福建文人文化的女性脉络。上编从论述东晋干宝《搜神记》对少女李寄斩蛇传奇的书写开始，到著名近代历史人物林庚白的女权主张及其夫人林北丽的诗文创作和革命行迹为止。下限时间点和现代时段有交叉，例如，游寿（1906—1994）、林北丽（1916—2006）、王真（1904—1971）三人主要创作活动发生的时间其实是现代文学时期，她们的年龄也比被公认为现代作家的冰心、庐隐、林徽因小。但是我们将后三人归入现代部分，而将前三人归入近代部分。这主要因为冰心、庐隐、林徽因的创作是"五四"新文学不可分割的一部分，而游寿、林北丽、王真创作新文学并不多，其才艺基本上还是在近代林步荀（1863—1936）、薛绍徽（1866—1911）、沈鹊应（1877—1900）、林宗素（1877—1944）等古典才媛的脉络上。另外，本书对作家的时代归属的划分，有时也考虑到论述上的方便，如著名诗人郑敏的创作跨越现代和当代时期，本书则将她归到当代阶段来论述。

　　在作家的遴选上，首要标准当然是"闽地"和"闽籍"，既包括那些在福建土生土长、创作活动也大致在福建境内展开的作家，这类作家集中于当代文学时段，也包括那些籍贯是福建，但成长于外省，主要的文学活动也都在外省作家，这类作家集中于现代文学时段，如冰心、林徽因、庐隐、郑敏、王世瑛、程俊英、高君箴、艾霞、莫耶、蓝馥心等莫不如此。当代时段的郑敏、潘向黎也属此列。她们身上依然有着深深福建烙印，如林徽因，虽然生于杭州，一生只回过一次福州，但福建对她而言却不仅仅只是籍贯，林徽因不仅会说一口流利的福州话，而且其作品中不时浮现福州历史文化的痕迹。[①]在作家遴选方面第二个标准是各个历史时段最具代表性的作家，但也注意到一些被文学史忽略的，其实很有意义的作家，例如，在现代时段挖掘出王世瑛、程俊英、高君箴、艾霞、莫耶、白塔等一批被文学史忽略的边缘性作家，并专门辟出一章论述她们。研究这批作家的创作和生平，对于我们重新理解"五四"妇女解放、女性与"五四"新文化、女性与革命、女性与中国现代性之间的复杂关系都颇有意义。

　　正如前文提到的，中国现代女作家总是将自己的生命深深嵌入文学中，

————————————————————————
① 　林徽因创作中的福建烙印更多表现在她的小说中，参见本书中编第二章第三节。

甚至个人生命历程比作品更精彩。所以本书在现代部分直接以作家名字为章节的题目，对女作家生平和创作的论述并重；而当代部分则以"某某作家创作"为章节题目，重点只论述女作家的创作。

本书各章节的论述基本上由三部分组成，即作家简介、正文、篇末主要作品目录。简介部分的设置主要是便于读者了解作家大致生平、创作概况，在此基础上正文部分的学术钩沉才不显突兀，而主要作品目录部分除了辅助性呈现作家创作实绩外，也为未来研究者提供文献资料查阅之便。还需补充说明的是，上编古代迄近代部分，由于研究对象的特殊，章节编排、具体论述体例和中编、下编都有所不同，特此说明。

上编

古代阶段

（东晋到近代）

第一章
从东晋到唐代：闽文化中的女性镜像

第一节　东晋：
李寄和白水素女（即"田螺姑娘"）

相对于黄河流域和长江流域地区而言，福建本土的文人出现得较晚，他们对女性题材的叙述自然也较晚。"不仅是秦汉，甚至到了三国晋南朝，闽地还没有自己的作家出现。"[①] 但是，在福建漫长的文明史中，却有着源远流长的女性神话传说。这些美丽的福建女性传说，往往见诸非闽籍士人的笔下，其中最著名者有二，李寄和"白水素女"（即田螺姑娘），分别出自东晋干宝（？—336）的《搜神记》和传说由东晋陶潜（365—427）所撰的《搜神后记》中。

干宝，河南新蔡人，其《搜神记》记载：东越闽中，山高林深，有大蛇长七八丈盘踞其间，扰民致病而死者多，当地官吏民众常以牛羊祭蛇，乞求免遭其殃。但蛇心不足，还要官吏每年送一名花季少女供其吞噬，连续数年有九个少女葬身蛇腹。将乐（今属福建三明境内）县民李诞生有六女，最幼者即李寄，她人小胆大，自告奋勇应官府招募，去供祭此蛇。其父母不忍心她这么做，她却说："（父母生六女）无有一男，虽有如无。——既不能供养，徒费衣食，生无所益，不如早死。卖寄之身，可得少钱，以供父母，岂

---

①　陈庆元：《福建文学发展史》，福州：福建教育出版社 1996 年版，第 20 页。

不善耶？"①她不顾父母阻拦，携利剑猛狗，设计引蛇出洞，将蛇砍死，入蛇洞，将此前丧身的九个女孩的骷髅都取了出来。"咤言曰：'汝曹怯弱，为蛇所食，甚可哀愍。'于是寄女缓步而出。越王闻之，聘寄女为后，拜其父为将乐令，母及姊皆有赏赐。自是东冶无复妖邪之物。其歌谣至今存焉。"②

　　虽然干宝笔下的李寄，还是笼罩在儒家重男轻女的主流意识中，如她自认为父母虽然生了她六姊妹，但"无有一男，虽有如无"，作为女子，"徒费衣食，生无所益，不如早死"等，然而干宝对其斩蛇之举作了前后铺垫，其情节起伏、详细曲委的叙述，使得李寄的形象有如下特点：其一，孝顺父母，勇于自我牺牲奉献，可以为供养父母而不惜牺牲自己；其二，足智多谋，勇毅果敢，自主自立。她不盲顺父母的善意，感叹前此丧身的九女乃自身"怯弱"所致等。这表明，早在一千六百多年前，文士笔下的福建女性既有受儒家主流意识形态规范制约的一面，又有突破温柔恭让等儒家性别规范的一面，以勇毅果敢、独立自主、奉献牺牲的形象传誉后世。

　　福建女性神话的传说，以美丽著称并在国内外文坛广泛传播者，非"白水素女"即田螺姑娘莫属。《搜神后记》记载：

　　　晋安侯官人谢端，少丧父母，无有亲属，为邻人所养。至年十七八，恭谨自守，不履非法。始出居，未有妻，邻人共愍念之，规为娶妇，未得。

　　　端夜卧早起，躬耕力作，不舍昼夜。后于邑下得一大螺，如三升壶，以为异物，取以归，贮瓮中，畜之十数日。端每早至野，还，见其户中有饭饮汤火，如有人为者，端谓邻人为之惠也，数日如此，便往谢邻人。邻人曰："吾初不为是，何见谢也。"端又以邻人不喻其意，然数尔如此，后更实问，邻人笑曰："卿已自取妇，密著室中炊爨，而言吾为之炊耶？"端默然心疑，不知其故。

　　　后以鸡鸣出去，平早潜归，于篱外窃窥其家中，见一少女，从瓮中出，至灶下燃火。端便入门，径至瓮所视螺，但见壳，乃至灶下问之曰："新妇从何所来，而相为炊？"女大惶惑，欲还瓮中，不能得去，

① （东晋）干宝撰、汪绍楹校注：《搜神记》卷十九，北京：中华书局1979年版，第231页。

② （东晋）干宝撰、汪绍楹校注：《搜神记》卷十九，北京：中华书局1979年版，第231～232页。

答曰："我天汉中白水素女也。天帝哀卿少孤，恭慎自守，故使我权为守舍炊烹。十年之中，使卿居富得妇，自当还去。而卿无故窃相窥掩，吾形已见，不宜复留，当相委去。虽然，尔后自当少差。勤于田作，渔采治生。留此壳去，以贮米谷，常可不乏。"端请留，终不肯。时天忽风雨，翕然而去。①

　　白水素女，或称白水素娘，即田螺姑娘，此故事家喻户晓。她天女下凡，帮助男性孤儿谢端，帮助的理由是：作为孤儿的谢端，"恭谨自守，不履非法"，"夜卧早起，躬耕力作，不舍昼夜"。这是传统中国儒家文化对性别功能界定的典型叙事。在农耕为主的传统中国，男主外勤劳耕作，女主内炊爨洗涤，分工合作，井然有序。叙事者借仙界天帝仙女对俗世凡夫俗子的肯定赞助，宣扬、渲染、强化了儒家的性别文化观念，即男女各守其分，男性勤劳耕作，恭慎守法，女性温柔善良，美丽端庄，专心家务，如此，才能家和富庶。

　　白水素女故事产生的地域空间在今福州市仓山区螺洲镇，螺洲镇洲尾村与观澜书院相邻的乌龙江畔至今保存有螺女庙，祭祀白水素女田螺姑娘；吴厝村螺仙道尚留有传为明代王偁题写的"螺仙胜迹"石碑。②螺洲民众世代传说：谢端后来娶妻生子，夫妻恩爱，美满幸福，"为了报答螺仙的恩情，谢端和乡亲敬立了螺仙神位，逢年过节进行祭祀，乡人有事也烧香祈求，常常灵验。于是，螺仙名气越来越大，螺洲各村纷纷建庙崇祀。在螺洲，螺仙还被称为'洲主''螺妈祖'。一千多年过去了，至今，螺洲的螺女庙还在。'螺女的传说'更是世代相传，家喻户晓，老少皆知"③。

　　白水素女即田螺姑娘的形象，是中国传统儒家女性文化观念的化身，她不仅借助神话传说载入史册，还转化成民间信仰活跃在现实生活中。明清两朝迄今五六百年间，众多福建名士流连盘桓于螺洲山水间，吟诗唱和，都不忘歌咏螺女螺仙，强化传播了这一传统儒家观念中的女性形象。明人陈润编纂、清人白花洲渔（即林芳蔼）增修的《螺江志》，专设"艺文"篇，收录

① （晋）陶潜撰、顾希佳选译：《搜神后记》，杭州：浙江古籍出版社1987年版，第1页。
② 福州市仓山区螺洲镇编纂委员会编：《螺洲镇志》，北京：中国文史出版社2019年版，第66页。
③ 福州市仓山区螺洲镇志编纂委员会编：《螺洲镇志》，北京：中国文史出版社2019年版，第237页。

了诸多省内外名士题咏螺江八景的同题诗歌《螺江八咏》①，名士们不仅赞美螺江两岸的自然风光，还兼及螺女等人文故事和风物景致，如明初林需有句"螺女升天去，空余螺渚名"；林峦诗云"女螺十户九读书"；高棅道"灵女化已久，谢君（生）无复闻。空余一林黛，朝暮逐行云"；吴维清道"谢端螺女今何在？江上空传旧日名""螺女祠前沙草平，渔郎浦口柳条青"；王偁写道"云鬟雾鬓螺女愁，远水长天谢端去"。明陈勋《秋夜泛舟螺江》云："螺女高飞去不远，空留秋草映江寒。……才子文章高士志，月明犹照读书楼。"明末福建督学陆可求《螺江词》云："日暮过螺江，停桡问螺女。当年寄迹向青螺，千载神灵不可睹。谢君自是至性人，女之所助天所与（螺当与女娲氏同），天能缺陷女能补。我来江上忆仙迹，恍惚乘潮弄风雨。"清初陈明祖《登螺女江亭有感》道："昔年螺女拥平沙，造就江南数百家。贾客泊舟潮已近，渔翁促网日初斜。山头云出天开画，水面风来浪滚花。草泽英雄成底事？倚栏无语日长嗟。"清代黄任也有"螺女江头看德星"句，等等。文士们的反复吟咏，让白水素女即田螺姑娘的形象得以千古流芳，并形塑着中国传统女性的精神品格：温柔敦厚，美丽善良，勤劳慈爱。

福建地域文化中有浓厚的女性崇拜意识。在悠久绵长的文明史中，福建不仅有李寄和白水素娘即田螺姑娘的传说，还有"大母"即"太姥"、妈祖林默娘、临水夫人陈靖姑等众多女神的传说与崇拜。以李寄和白水素女（田螺姑娘）为代表的女性形象，无论她们是人还是仙，都行孝性善，无论她们是勇毅刚健，还是温柔仁慈，都符合儒家的道德规范，经过文人之笔的加工、刻画、渲染，福建女性的这类形象深入人心，对现实中女性的性格养成影响广泛且深远。

第二节 唐代：
闽籍文人欧阳詹与太原妓、梅妃

就文献的留存而言，福建本土文人文集的出现要迟至唐朝。"在福建文学发展的历程中，唐初终于有了自己第一个诗人郑露，中唐时期有了第一个走向全国的文学家欧阳詹……和文化比较发达的地区比较，福建在唐五代产生的作家、诗人及其作品还不那么多，更重要的是，也没有出现第一二流，哪怕是在文学史上地位和影响都比较重大的作家和诗人。整个唐五代时期，福建文学还只是处在产生和发展的时期。"① 在唐朝为数不多的福建文人中，与欧阳詹相关联的女性叙述值得回味。欧阳詹（约760—约802），字行周，泉州晋江人，主要活动在唐德宗建中、贞元时期。欧阳詹出生在官僚世家，年少好学，在泉州清源山、南安高盖山、莆田福平山等处苦读多年，与莆田林藻、林蕴兄弟交好，年少即以文名享誉闽内外。贞元八年（792年），与韩愈同榜中进士，二人交谊深厚。贞元十五年（799年），欧阳詹出任"国子监四门助教"，后人因此称他为"四门先生"。但他英年早逝，四十多岁就卒于四门任上。其《欧阳行周文集》十卷，是闽籍文人第一部传世的文集。他病逝后，韩愈亲撰《欧阳生哀辞》，称赞："詹事父母尽孝道，仁于妻子；于朋友义以诚。气醇以方，容貌巍巍然。"② 欧阳詹写有一首诗《初发太原，途中寄太原所思》云：

> 驱马觉渐远，回头长路尘。
> 高城已不见，况复城中人。
> 去意自未甘，居情谅犹辛。
> 五原东北晋，千里西南秦。
> 一履不出门，一车无停轮。
> 流萍与系匏，早晚期相亲。③

---

① 陈庆元：《福建文学发展史》，福州：福建教育出版社1996年版，第35～36页。

② （唐）韩愈著，刘真伦、岳珍校注：《韩愈文集汇校笺注》，北京：中华书局2010年版，第1278页。

③ 黄钧、龙华等点校：《全唐诗》卷三百四十九，长沙：岳麓书社1998年版，第344页。

因为这首诗，略晚于欧阳詹的福建名士黄璞（837—920），著有《闽川名士传》（《太平广记》卷二百七十四引），演绎了欧阳詹爱上太原歌妓的故事，似乎与他"仁于妻子"的美誉大有出入。故事大意是：欧阳詹中进士后，游历太原，爱上一乐妓，二人缠绵累月，情甚相得，"以为燕婉之乐尽在是矣"。既而南归，妓请同行。欧阳詹说："十目所视，不可不畏。"不同意携妓同归，但和她盟约说："至都，当相迎耳。"歌妓泪泣而别，欧阳詹赠之以诗《初发太原，途中寄太原所思》。欧阳詹回到京都后，出任四门助教，并没有立即如约去迎娶歌妓。歌妓在太原相思成疾，一病不起，但仍坚信欧阳詹会前来看她。歌妓临死前剪下一缕头发放入一匣子中，交付给侍女，说："吾其死矣。苟欧阳生使至，可以是为信。"又留遗诗道："自从别后减容光，半是思郎半恨郎。欲识旧时云髻样，为奴开取缕金箱。"此后，欧阳詹果然派人来太原寻找该歌妓。侍女抱着装有歌妓头发的函匣，入京见欧阳詹，详细陈述了歌妓相思而卒的经过，欧阳詹"启函阅文，又见其诗，一恸而卒"，所以欧阳詹的同时人孟简（？—823）为此赋诗哭悼欧阳詹：

> 有客非北逐，驱马次太原。
> 太原有佳人，神艳照行云。
> 座上转横波，流光注夫君。
> 夫君意荡漾，即日相交欢。
> 定情非一词，结念誓青山。
> 生死不变易，中诚无间言。
> 此为太学徒，彼属北府官。
> 中夜欲相从，严城限军门。
> 白日欲同居，君畏仁人闻。
> 忽如陇头水，坐作东西分。
> 惊离肠千结，滴泪眼双昏。
> 本达京师回，驾期相追攀。
> 宿约始乖阻，彼忧已缠绵。
> 高髻若黄鹂，危鬟如玉蝉。

纤手自整理，剪刀断其根。

柔情托侍儿，为我遗所欢。

所欢使者来，侍儿因复前。

收泪取遗寄，深诚祈为传。

封来赠君子，愿言慰穷泉。

使者回复命，迟迟蓄悲酸。

詹生喜言旋，倒屣走迎门。

长跪听未毕，惊伤涕涟涟。

不饮亦不食，哀心百千端。

襟情一夕空，精爽旦日残。

哀哉浩然气，溃散归化元。

短生虽别离，长夜无阻难。

双魂终会合，两剑遂蜿蜒。

大夫早通脱，巧笑安能干？

防身本苦节，一去何由还？

后生莫沉迷，沉迷丧其真！①

这个故事把欧阳詹的一首诗歌与他的英年早逝相关联，认为诗歌是为热恋的歌妓而作，早逝也是因歌妓而殉情。欧阳詹的这首诗和这个故事，与韩愈所说的欧阳詹"仁于妻子"似乎相背离，所以引发了后人对欧阳詹的评判各执一词。南宋著名的目录学家晁公武说："唐小说载詹惑太原一妓，为赋'高城已不见，况复城中人'之诗，卒为之死。詹有德行，岂乃尔耶？"②清人修《四库全书》，论及欧阳詹此诗此事，详加考辨，说："不可谓竟无其事。盖唐宋官妓，士大夫往往狎游，不以为讶。见于诸家诗集者甚多，亦其时风气使然，固不必奖其风流，亦不必讳为瑕垢也。"③

其实，唐代社会开放，两性交往并不像明清两朝有太多的禁忌。欧阳詹

① （宋）李昉编，张国风会校：《太平广记会校》（十一），北京：燕山出版社 2021 年版，第 4478～4479 页。

② （清）郑杰等辑录，福建省文史研究馆整理：《全闽诗录》（一），福州：福建人民出版社 2011 年版，第 7 页。

③ （清）永瑢等撰：《四库全书总目·卷一五O·集部 别集类三》，北京：中华书局 1965 年版，第 1292 页。

与歌妓凄美的爱情故事或许真有其事，否则韩愈大可不必在为欧阳詹写的《哀辞》中特别标举出"仁于妻子"。不仅如此，韩愈还专门为这篇《哀辞》写了一篇《题哀辞后》，全文如下：

> 愈性不喜书。自为此文，惟自书两通，其一通遗清河崔群。群与余皆欧阳生之友也，哀生之不得位而死，哭之过时而悲。其一通今书以遗彭城刘君伉。伉喜古文，以吾所为合于古，诣吾庐而来请者八九至，而其色不怨，志益坚。凡愈之为此文，盖哀欧阳生之不显荣于前，又惧其泯灭于后也。今刘君之请，未必知欧阳生，其志在古文耳。虽然，苟爱吾文，必求其义。愈之为古文，岂独取其句读不类于今者耶？思古人而不得见，学古道则欲兼通其辞。通其辞者，本志乎古道者也。古之道，不苟誉毁于人，然则吾之所为文皆有实也。刘君好其辞，则其知欧阳生也无惑焉。[1]

韩愈这篇《题哀辞后》意味深长。他开篇就说自己不喜书写，但专门为亲自撰写的《欧阳生哀辞》写了两份文本，一份送给同与他和欧阳詹为友的崔群，怕崔群悲哀过度；另一篇送给可能都不知欧阳詹为何人的刘伉，因为刘伉锲而不舍要追随韩愈学古文。但韩愈笔锋一转，说学古文，就要明古道；通其辞，就要求其义。古之道，对人毁誉不苟且，所作文章皆有实，刘伉如果喜欢他的文辞，就应该对欧阳詹的了解没有什么困惑或疑惑了。可见，韩愈非常担心有人质疑他在《欧阳生哀辞》中对欧阳詹的赞誉是否属实。对于士大夫而言，践履"孝道"是必须的，否则就失去了仕宦的合法性，因此，韩愈赞誉欧阳詹"事父母尽孝道"，这应该是真实的。欧阳詹有诗《拜母氏坟》：

> 高盖山前日影微，黄昏宿鸟傍林飞。
> 坟前滴酒空垂泪，不见叮咛道早归。[2]

这首诗语淡情浓，写出了欧阳詹对亡母的依依眷恋之情。欧阳詹年少时，

① （唐）韩愈著，刘真伦、岳珍校注：《韩愈文集汇校笺注》，北京：中华书局2010年版，第1296～1297页。
② 金沛霖主编：《四库全书子部精要》（下册），天津：天津古籍出版社1993年版，第399页。

其母对他课读甚严。欧阳詹虽早负文名，但年逾而立才中进士，进士及第后，仕宦并未太通达就英年早逝，在韩愈等友人看来，这太遗憾了。为弥补这种遗憾之感，韩愈、李翱分别为欧阳詹写《哀辞》和作传记，希望欧阳詹得以不朽于世。韩愈在《哀辞》中说："詹虽未得位，其名声流于人人，其德行信于朋友，虽詹与其父母皆可无憾也。詹之事业文章，李翱既为之传，故作哀辞，以舒余哀，以传于后，以遗其父母而解其悲哀，以卒詹志云。"① 韩愈说自己和李翱为欧阳詹之死，大费笔墨，希望欧阳詹借此可以"传于后"，并希望欧阳詹的父母因此有所慰藉而"解其悲哀"；但并没有说欧阳詹的妻子也会因此得到慰藉并"解其悲哀"，可见，对欧阳詹的妻子而言，其夫之亡的难言之痛，绝非韩愈、李翱的赞誉笔墨能够"解释"得了的。

　　孝于双亲、仁于妻子，这本是韩愈"文起八代之衰"的要义之一，士大夫们可以公开与歌舞伎谈情说爱，但如因此溺情而死，与儒家的家庭伦理还是乖违的。欧阳詹英年早逝，如果正常病亡，不至于引发太多同时代文人的笔墨。但韩愈为他的死，不停地赞誉欧阳詹对父母对朋友的"孝诚"，不仅郑重其事地写《哀辞》，又再写一篇《题哀辞后》，希望后学刘伉相信他对欧阳詹的赞誉是"皆有实"的，请刘伉"知欧阳生也无惑"，这反倒说明了欧阳詹死因绝非一般。不是欧阳詹不可以热恋歌妓，而是他不该沉溺于此恋情而亡，这是当时的文人士大夫为欧阳詹倍感遗憾悲痛的原因。或许在他们的眼里，欧阳詹若不为情而亡，其以后的仕宦人生一定更上层楼，自足以显名荣亲，但这一切，都随着他为情而亡一起消失了。所以孟简作诗哀欧阳詹说："钟爱于男女，索其效死，夫亦不蔽也。大凡以时断割，不为丽色所泪，岂若是乎！"② 孟简无非是以欧阳詹警示士大夫：对家室之外的歌妓等女流，逢场作戏即可，不能为"丽色"所溺，应懂得"以时断割"，否则，溺情而亡，是士大夫的不幸。

　　围绕欧阳詹的情事，我们可以看出，唐代士大夫的主流家庭伦理观和情爱观。但欧阳詹却是例外，他竟然为情而死。或许，他所热恋的歌妓除了丽色可人，真还是他的精神知音。但无论如何，我们可以看到，这一时期，较之于李寄和"白水素女"，在儒家家庭伦理的主导下，女性的独立性正在消

① （唐）韩愈著，刘真伦、岳珍校注：《韩愈文集汇校笺注》，北京：中华书局2010年版，第1278页。
② （宋）李昉等编：《太平广记》（六）卷第二百七十四"欧阳詹"，北京：中华书局1961年版，第2162页。

解。女性在与男性同构中，或以色貌或以才艺取悦于男性，但其命运往往是被动的、被男性所掌控的。这一点，在唐代福建另外两个史有明载的女性身上一样得到证明。

一个是莆田女子江采蘋。据宋人文言小说《梅妃传》记载：此女九岁能诵《诗经》，开元中，高力士入闽，"见其少丽，选归侍明皇，大见宠幸……妃善属文，自比谢女。淡妆雅服而姿态明秀，笔不可描画。性喜梅，所居阑槛悉植数株，上榜曰'梅亭'。梅开，赋赏至夜分，尚顾恋花下不能去……上以其所好，戏名曰'梅妃'。妃有《箫》《兰》《梨园》《梅花》《凤笛》《玻杯》《剪刀》《绮窗》八赋。上于兄弟间极友爱，日从燕间，必妃侍侧……后上与妃斗茶，顾诸王戏曰：'此梅精也。赐白玉笛，作惊鸿舞，一座光辉。斗茶今又胜我矣。'妃应声曰：'草木之戏，误胜陛下。设使调和四海，烹饪鼎鼐，万乘自有心法，贱妾何能较胜负也？'上大悦。会太真杨氏入侍，宠爱日夺。上无疏意，而二人相疾，避路而行。……太真忌而智，妃性柔缓，无以胜，竟为杨氏迁于上阳东宫"①。

宋人小说《梅妃传》，刻画了福建莆田女子江采蘋美丽多才艺且性格柔缓的形象。但作为唐玄宗李隆基的宠妃，她却在后宫争宠中败给了"忌而智"的杨贵妃，被打入冷宫，并丧身于安禄山之乱中。梅妃作有诗歌《谢赐珍珠》，抱怨唐玄宗的疏远。诗云：

> 桂（一作柳）叶双眉久不描，残妆和泪污红绡。
>
> 长门尽日（一作自是）无梳洗，何必珍珠慰寂寥。②

另一个是唐末闽国王延钧的皇后陈金凤，据徐熥《陈金凤外传》记载：陈氏有才智，且荒淫无度，闽王"筑长春宫以居之"，后与李春燕争宠，一度失宠于王延钧。韩偓为之"赋诗曰：'泪滴珠难尽，容残玉易消。倘随明月去，莫道梦魂遥。'延钧动意，因返驾长春宫"③。陈金凤写有《乐游曲》（二

① （清）郑杰等辑录，福建省文史研究馆整理：《全闽诗录》（一），福州：福建人民出版社 2011 年版，第 75～76 页。

② （清）郑杰等辑录，福建省文史研究馆整理：《全闽诗录》（一），福州：福建人民出版社 2011 年版，第 75 页。

③ （清）郑杰等辑录，福建省文史研究馆整理：《全闽诗录》（一），福州：福建人民出版社 2011 年版，第 145～146 页。

首其一）：

> 龙舟摇曳东复东，采莲湖上红更红。
>
> 波淡淡，水溶溶。奴隔荷花路不通。
>
> 西湖南湖斗采舟，青蒲紫蓼满中洲。
>
> 波渺渺，水悠悠。长奉君王万岁游。[①]

从梅妃与陈金凤二人来看，唐代福建少数有姿色的女性接受了一定的文化教育和才艺训练，或许就是为了入宫侍候君王或嫁入豪门侍候权贵。但她们无论以才色或以心智争宠于男主，其实都毫无独立自主性可言，都是男主的附属品或玩物，最后都以悲剧结局。

古代，由于缺医少药，福建民间信仰中多医神传说。唐代著名的福州女医神是临水夫人。"临水夫人原名陈靖姑，唐大历年间生于福州下渡，后嫁给古田人刘杞为妻。传说她出身于一个世代行巫的家庭，年轻时曾到闾山学道，能降妖伏魔，扶危济难。相传，贞元六年（790年），福州大旱，陈靖姑不顾自己怀有身孕，毅然为民祈雨，不幸身亡，年仅24岁。临终前，她发愿死后要'扶胎救产，保赤佑童'。陈靖姑去世后，灵异累著，声名远播，百姓遇上求子、问病、辟邪、难产等问题，往往要祈求于她，故民间奉之为妇幼保护神，称之为娘奶、奶娘，又尊称临水夫人、太奶夫人、陈夫人等。宋淳祐间，朝廷赐匾'顺懿'，敕封'崇福昭惠慈济夫人'。"[②]和李寄、田螺姑娘等传说一样，晚出四五百年的临水夫人，在福建文人文化的描述中，也同样充满了社会责任心和公益心，这类女性扶危济困的善良美好形象，都为儒家文化所推崇。

---

① （清）郑杰等辑录，福建省文史研究馆整理：《全闽诗录》（一），福州：福建人民出版社2011年版，第146页。

② 卢美松主编：《中国地域文化通览·福建卷》，北京：中华书局2013年版，第424页。

第二章
宋代到清中叶：福建文人文化中的
女性镜像与女性创作

第一节　宋代：
柳永艳词中的歌舞艺妓以及钱四娘、林默娘等

　　唐宋两朝，由于社会财富的增加和繁华都市生活的发达，"妓业也在沿袭前代格局的情形下迅速膨胀，成了适合广大市井阶层消费的商业行业。唐宋时代的艺妓虽然在门类上并不比前代更丰富，大体由宫妓、家妓、官妓和市妓组成，但在庞大的程度上却远非前代所能及"①。这些艺妓们学习歌舞杂戏等，以取悦男性谋生。因此之故，宋朝诸多出自士人之手的言情之词多与此类女性相关联。著名的闽籍词人柳永及其词作便是代表。

　　柳永词作几乎"通本皆摹写艳情，追述别恨"②。其词集《乐章集》中"艳冶"之句比比皆是，如何评价他这些终日流连于"烟花巷陌""平康巷里""偎香倚暖"的词，后代学者意见不一，争执不休。胡云翼先生指出："柳永的笔下，妓女实际上是安于被人狎玩的形象，她们没有不满和反抗，甚至某些写妓情的词还有着色情描写，即便五代文人的艳词也没有达到如此淫

---

① 邓红梅：《女性词史》，济南：山东教育出版社2002年版，第33页。
② 吴梅：《词学通论》，上海：华东师范大学出版社1996年版，第68页。

秽的程度。"① 但也有学者认为："柳永遭压抑的身世和妓女遭压抑的身世有相似处，他们情谊的基础是建立在相互同情之上的。"② 有人认为柳永"怀着同情和平等的态度"为风尘女子"鸣不平"，"虽然柳永词中有时也流露出市民阶层的庸俗气息，但这种市民意识总的来说是对封建士大夫意识的一种冲击"③。柳词中，确实充满了许许多多关于男欢女爱缠绵缱绻的内容，但这种缠绵缱绻不是简单停留在肉体感官的描写上，而是超越出情爱的俗套俗意，将男情女爱作为他生存关怀的终极意象，视作与功名利禄具有同等甚至更高存在价值的人生慰藉，这才是柳永艳词内在的文化意义。柳永将与女性的风月艳情视为比功名利禄更有价值的人生追求，正是在这一点上，他对士大夫标榜的"言志载道"传统进行了解构。"每个生命都要依恋另一个生命，相依为命，结伴而行。"④ 无论男女，就生命的本质意义而言，唯有两情相悦，才是最堪慰藉的真实。柳永笔下的女性美丽、温柔、体贴，足以慰藉他失意的人生，而他对这些社会地位与他距离悬殊的特殊女性抱有真诚的同情和热爱，这使得他的人生和他的词作都不同流俗。赵仁珪指出：柳永"以世俗的心理、世俗的趣味来写他们之间的爱情生活，充满了平凡而甜蜜、琐细而愉快的市民情调。……妓女们的世俗之爱，反过来也影响了柳永。他们之间的感情必然是对等的，否则无法维系"⑤。

妓女作为特殊阶层，由于她们中的一部分人受过相当的歌舞等文化艺术技能的训练，且能在一定场合抛头露面与男性社交，所以她们有的能够留下诗文。《全闽诗录》收有宋代福建古田妓周氏的诗歌两首：《春晴》和《赠陈筑》。《春晴》云：

> 瞥然飞过谁家燕，蓦地香来甚处花。
>
> 深院日长无个事，一瓶春水自煎茶。

① 胡云翼：《宋词选》，北京：中华书局香港分局1980年版，第8页。

② 蔡厚示：《唐宋词鉴赏举隅》，北京：紫禁城出版社1997年版，第85页。

③ 章培恒、骆玉明：《中国文学史》，上海：复旦大学出版社1996年版，第364～365页。

④ 周国平：《人与永恒》，上海：上海人民出版社1998年版，第98页。

⑤ 赵仁珪：《柳永·周邦彦》，沈阳：春风文艺出版社1999年版，第28～29页。

《赠陈筑》云：

> 梦和残月过楼西，月过楼西梦已迷。
>
> 唤起一声肠断处，落花枝上鹧鸪啼。

（《夷坚志》云：陈筑，字梦和，莆田人。崇宁初登第，为福州古田尉。至官，惑一倡周氏。周能诗，尝以诗赠筑，首句盖寓筑字也。）①

唐代，官员与娼妓往来还是有相当严格的限制，如欧阳詹有"十目所视，不可不畏"的担心，不敢公然携带太原妓一起返京。至宋代，士大夫与妓女的往来则较唐代更为普遍和公开，虽然如柳永者，终日混迹于风月场中，也被晏殊等人诟病，甚至影响了其仕途，但士大夫笔下，无论是宋词、还是话本小说等，这类特殊女性形象都频繁地出现。

除了娼妓这类特殊女性外，宋朝其他女性的状况又如何呢？《全闽诗录》"闺阁"类录有四个女性的诗句，依次是谢希孟《咏芍药》、黄淑《咏竹》、连倩女《题竹簾》、暨氏女的残句等。摘录如下：

谢希孟

希孟，字母仪，晋江人，景山之妹，嫁陈安国，早卒。欧阳公《序》云：希孟之诗尤隐约深厚，守礼而不自放，有古幽闲淑女之风，非特妇人之能言也。

咏芍药

> 好是一时艳，本无千岁期。
>
> 所以谑相赠，载之在声诗。

黄淑

淑，字致柔，适建宁进士王防。寡居，后族议改适，因咏竹以见志。

咏竹

> 劲直忠臣节，孤高烈女心。
>
> 四时同一色，霜雪不能侵。

---

① （清）郑杰等辑录，福建省文史研究馆整理：《全闽诗录》（一），福州：福建人民出版社 2011 年版，第 809 页。

连倩女

倩女，延平人，适邻生陈彦臣。

题竹簾

绿筠劈破条条直，红线经回眼眼奇。

为爱如花成片段，致令直节有参差。

暨氏女（残句）

多情樵牧频篸首，无主蜂莺任宿房。

《春渚纪闻》云：建安暨氏女，十岁能诗，赋《野花》云云。观者
虽加惊赏，而知其后不保贞素。竟更数夫，流落而终。①

　　从上述文字可见，宋时妇女读书能诗文者渐多。宋朝女性嫁为人妇后，
社会对她们并无从一而终的硬性规定，如进士夫人黄淑，其夫死后，夫家族
人商议后决定让她改嫁，但她写了《咏竹》诗歌以明志，宁可守寡。其诗把
烈女的高洁与忠臣的劲直之节相类比。这既表明宋朝女性家庭生活的选择度
相对于后来的明清两朝更为自由多元，但也表明一部分女性自身或当时社会
对女性还是有"守节"的期许的。欧阳公对谢希孟"守礼而不放""有古幽闲
淑女之风"的赞誉，北宋福建浦城人何薳所撰的笔记集《春渚纪闻》对暨氏
女"不保贞素"的批评等，都说明了这一点。

　　关于宋朝福建女性的生存状况，当代中国留美的女性学者许曼做出了卓
越的研究。2019 年 6 月，上海古籍出版社出版了刘云军翻译的许曼博士论文
《跨越门闾——宋代福建女性的日常生活》，此书"挖掘了大量题材各异的史
料，向我们展示了宋朝女性生活的多重纬度。她以福建省为重点，展现了女
性作为旅行者、作家、家庭管理者、诉讼当事人以及宗教从业者的活动。她
还创新性地考察了墓葬的物质文化，来探索墓葬习俗的性别纬度。这一广泛

---

① （清）郑杰等辑录，福建省文史研究馆整理：《全闽诗录》（一），福州：福建人民出版社 2011 年版，第
799～801 页。

的研究，为我们了解宋朝女性生活带来了许多崭新而可喜的信息"①。

  根据许曼的研究，福建女性在宋朝的生活形态是多姿多彩的。她指出，两宋时期，福建的士大夫精英们，如李纲、朱熹、真德秀等，"已经留给我们丰富而且体裁多样的与女性相关的文献记载。我们在朱熹所撰的《家礼》、墓志、信件、与弟子交谈的语录，以及正式奏议中所见到的宋代女性形象，在某些方面颇为相似，但绝无雷同。体裁在很大程度上塑造着书写的内容，赋予了女性主人公各种各样的甚至相互矛盾的特征。考虑到体裁传统的多样性，这些不同的文本向我们展现了多种视角，不断趋近历史上女性的'真相'"。②许曼指出，即便有"男主内，女主外"的儒家观念长久的影响，但宋朝女性并非都不能自主自觉地参与社会活动。比如两宋的女性通过旅行、宗教修行和远足等，扩大其社会交往；宋朝士大夫家庭中的女性直接经营或掌控着家庭或家族的经济财政；宋朝女性或者是儒家信念教义的持守者，或者热衷于佛教信仰及其传播，或者信奉道教。"一般来说，无论身为官宦还是学者，精英男性往往接受女性的个人追求，承认她们在家庭内外的能动作用，并且不鼓励对女性事务的直接干涉。"③两宋的一些女性还与男性一起，承担起建设地方社会的责任。比如福州长乐的钱四娘在 1064 年捐出大量家产修建莆田的水利工程木兰陂，虽然以失败告终，但"从 12 世纪到 19 世纪，在木兰陂的遗址上矗立着至少十三座石碑，以纪念在宋元明清各个时期建造、维护和修复木兰陂的人。作为木兰陂的发起者，所有的碑文中都不可避免地提到了钱四娘"④。"莆田人和官员对她的积极评价表明，一个未婚女子在非本县的公共工程上的经济贡献和个人参与是可以被接受的，甚至是受欢迎的。"⑤钱四娘出巨资修木兰陂，但在庆祝木兰陂竣工之时，木兰陂溃堤，钱四娘当即"赴

① 柏文莉评语，见 [美] 许曼著，刘云军译：《跨越门闾——宋代福建女性的日常生活》，上海：上海古籍出版社 2019 年版，封底。

② [美] 许曼著，刘云军译：《跨越门闾——宋代福建女性的日常生活》，上海：上海古籍出版社 2019 年版，第 7 页。

③ [美] 许曼著，刘云军译：《跨越门闾——宋代福建女性的日常生活》，上海：上海古籍出版社 2019 年版，第 12 页。

④ [美] 许曼著，刘云军译：《跨越门闾——宋代福建女性的日常生活》，上海：上海古籍出版社 2019 年版，第 139 页。

⑤ [美] 许曼著，刘云军译：《跨越门闾——宋代福建女性的日常生活》，上海：上海古籍出版社 2019 年版，第 141 页。

水而死"。"负责调查的主簿被钱四娘的雄心和正直所感动，对她的自杀感到震惊，叹息道：'钱氏室女，负大志节，不克就而终。'在整个事件中，地方政府采取了被动接受的态度。在钱四娘亡故一个多世纪之后，国家应地方官的请求，官方认可了当地民众对钱四娘的神化，并最终确认了她的价值。"①

在当地的祠堂里，钱四娘的塑像与她之后继续捐资修建木兰陂的男性林从世、李宏的塑像并置在一起。"在她亡故后的两个世纪里，许多莆田地方精英，比如徐铎（11世纪）、陈俊卿（1113—1186）、刘克庄（1187—1269），和吴叔告（1193—1265），都恭敬地拜谒祠堂，并赋诗歌颂她的非凡之举。尽管她的工作失败了，这些地方名人无疑将钱四娘视作在提倡当地福祉上是一个有价值的、英勇的急先锋，并认可她的非凡贡献。"②宋朝福建精英家庭的女性轻财好义，济贫扶弱，她们或捐资修建水利工程，或办义学，或修桥梁道路，或建寺庙道观等，甚至助兵给粮、破寇保境，为此，男性士大夫们用碑志、诗文、墓志等文体赞誉这些女性，官方也用授予各种奖励和头衔等方式"鼓励女性在地方社区展现她们的仁慈品质"。③

略早于钱四娘，一样值得重视的同时期女性还有福建莆田的林默娘，明以后被尊称为"妈祖"。传说林默娘生于宋建隆元年（960年）三月廿三，卒于雍熙四年（987年）九月初九。和临水夫人陈靖姑一样，林默娘通巫术，"从小饱读诗书，孝顺父母，善于泅水驾舟，具有男人般的坚强性格；她一生扶危救急，在惊涛骇浪中拯救过许多渔民商船；她终身不嫁，以行善济世为己任，深受乡民的崇敬和爱戴"④。林默娘死后，当地民众尤其出海航行者，都立庙祭祀她。北宋以降，历代帝王对林默娘的褒封不断升级，林默娘由人而神，其影响逐渐扩大。北宋宣和五年（1123年），宋徽宗赐给莆田宁海圣墩庙"顺济"庙额，这是第一座受朝廷赐额的林默娘庙。绍兴二十六年（1156年），莆田人陈俊卿出任宰相，奏请朝廷，诰封林默娘为"灵惠夫人"；绍熙

① ［美］许曼著，刘云军译：《跨越门闾——宋代福建女性的日常生活》，上海：上海古籍出版社2019年版，第143页。

② ［美］许曼著，刘云军译：《跨越门闾——宋代福建女性的日常生活》，上海：上海古籍出版社2019年版，第141-142页。

③ ［美］许曼著，刘云军译：《跨越门闾——宋代福建女性的日常生活》，上海：上海古籍出版社2019年版，第136页。

④ 卢美松主编：《中国地域文化通览·福建卷》，北京：中华书局2013年版，第435页。

元年（1190 年），朝廷又敕封她为"灵惠妃"。"妃"是宋朝女神的最高封号。这样，林默娘的传说逐渐扩大到全国沿海地区，祭祀她的祠庙在与航海有关的地区被大量兴建，林默娘声名远播，成为航海者的保护神，到元代，其信仰"得到迅速传播，从区域性海神发展为全国影响最大的海神"①。

和临水夫人一样，钱四娘与林默娘也体现了福建女性敢于为社会尽责担当的勇毅品格。

许曼把宋代福建女性分为两类。"精英女性，尤其是地方官员的亲戚，构成第一类，其他所有女性构成第二类。""前一类女性比后一类女性与地方官员的关系更密切。因此，一方面，她们倾向于利用亲属关系来影响地方政务，而另一方面，她们可能成为官员处理地方事务时容易获得并操控的人力资源。第二类女子构成了福建女性居民的主体。一方面，地方政府有义务处理与这些女性日常生活相关的经济、法律和文化问题，而另一方面，这些女性可能主动去当地政府，主张她们所认为的应受到国家当局保护的权利。"②

宋代福建非精英女性也以在家外参加各种劳动的勤劳勇毅形象著称于世。南宋状元梁克家（1127—1187）出知福州，于淳熙九年（1182 年）编纂《三山志》，说福州"市廛阡陌之间，女作登于男"③。可见宋朝无论在城市商贸领域还是在田野劳作场所，都活跃着广大女性的身影，甚至"从宋代开始，女劳动力抬女性轿子的现象在福州逐渐成为一种'传统'"。④生活在南北宋之交的庄绰，"在《鸡肋编》中称：'泉、福二州，妇人轿子则用金漆，雇妇人以荷。'……女性大多使用女轿夫，这是福州和泉州的另一种当地风俗"⑤。

许曼通过对宋朝文人文化中呈现的福建女性的研究，得出了如下结论：宋代的福建女性，享有较多的自主性和流动性，"与明清时期的女性相比，宋代所有阶层的女性都享有相对的自由。宋代的国家和精英通常采用不干涉的

---

① 卢美松主编：《中国地域文化通览·福建卷》，北京：中华书局 2013 年版，第 434～437 页。

② [美]许曼著，刘云军译：《跨越门间——宋代福建女性的日常生活》，上海：上海古籍出版社 2019 年版，第 153 页。

③ 梁克家纂，福建省地方志编纂委员会编：《三山志》，北京：方志出版社 2003 年版，第 771 页。

④ [美]许曼著，刘云军译：《跨越门间——宋代福建女性的日常生活》，上海：上海古籍出版社 2019 年版，第 81 页。

⑤ [美]许曼著，刘云军译：《跨越门间——宋代福建女性的日常生活》，上海：上海古籍出版社 2019 年版，第 77～78 页。

策略来处理女性事务。国家从未颁布法令来规范女性的日常行为，而是将女性人口的行政管理留给地方官员。地方官员被允许在劝阻或者促进女性相关习俗方面实施行政自主权"。① 不过，许曼也指出：尽管宋代福建精英女性受教育范围扩大，识字率提高，自由流动性和自主性都较其后的元明清尤其明清两朝更为大些，但宋朝妇女留下的文字诸如诗歌或游记之类的，毕竟少之又少，女性的生活样态主要还是靠男性精英士大夫的文字得以保存或形塑而成的，"没有任何现存的资料表明，在宋代福建已经形成了建立在共同文学兴趣之上的女性社团"②。

第二节　李贽的女性观

进入元明，朱熹的理学教义逐渐被朝廷尊为正统。尽管朱熹本人对女性富有同情心，他"在提出和弘扬严格的道德原则的同时……表现出人道精神和协商意愿"③，但是，他的思想一旦被后世统治者确立为正统主流并加以操控，其思想在后世的实践或许与他本人的期待相去甚远。"在福建地方志中，记录着许多宋代贞节孀妇的例子，但是贞节观在当时并没有出现。……元朝以后，随着政府认可理学思想作为正统的国家意识形态并大力推广，贞节崇拜得到快速发展。……蒙元统治者带来的游牧习俗，具有讽刺意味地促进了父系制的制度化，促进了在宋代并不流行的贞节观……柏文莉研究了宋代精英对烈女的描述，认为包括一些理学家在内的宋代精英——他们的目标是对男性进行道德训诫，并没有打算专门提升女性忠贞。"④

元明两朝对妇女的约束更多，包容度远逊于唐宋，这从明中叶福建泉州举人、著名思想家李贽（1527—1602）的一封信中，可见一斑。万历二十一年（1593 年），李贽寓居湖北麻城龙潭湖芝佛院，招收女弟子讲学论道学佛

① ［美］许曼著，刘云军译：《跨越门闾——宋代福建女性的日常生活》，上海：上海古籍出版社 2019 年版，第 311 ~ 312 页。

② ［美］许曼著，刘云军译：《跨越门闾——宋代福建女性的日常生活》，上海：上海古籍出版社 2019 年版，第 100 页。

③ ［美］许曼著，刘云军译：《跨越门闾——宋代福建女性的日常生活》，上海：上海古籍出版社 2019 年版，第 248 页。

④ ［美］许曼著，刘云军译：《跨越门闾——宋代福建女性的日常生活》，上海：上海古籍出版社 2019 年版，第 319 页。

等，这引起一些理学家士大夫的攻击，认为他的行为伤风败俗，并宣称"妇女见短，不堪学道"。李贽为此写了《答以女人学道为见短书》，指出："谓人有男女则可，谓见有男女岂可乎？谓见有长短则可，谓男子之见尽长，女人之见尽短，又岂可乎？"①李贽并举出历史上周武王的王后邑姜、周文王的后妃太姒、唐代女诗人薛涛、唐代高僧马祖道一的信徒庞公的妻女等为例，证明女子在各种才能见识上并不逊于男性，一样能治国参政、习文作诗、修行学道，李贽反对"男尊女卑"的言行，在明朝被视作"左道惑众"，可见宋之后，男女之间的区隔被日益强化。

不过，在福建，相较于李贽所寓居的湖北内地而言，对妇女的尊重和包容或许要好很多，这可能与福建历史上多女神崇拜有关。无论是白水素女还是临水夫人或林默娘（明以后被尊称为"妈祖"）、钱四娘等，这些唐宋女神一直到元明清，依然不断得到朝廷或地方政府的敕封或褒奖。"清代，妈祖的信仰进一步扩大，清朝皇帝对妈祖的褒封多达 15 次，封号也上升到至高无上的'天上圣母'、'天后'。"②对临水夫人陈靖姑，"元、明、清各代也屡有敕封，封号有'天仙圣母'、'护国太后元君'、'顺天圣母'等。明清时期，临水夫人在福建的影响仅次于妈祖"③。清初至乾嘉之际，福州产生了一部乡土小说《闽都别记》，陈靖姑是贯穿这部长篇小说上半部的重要线索，"也是作者钟爱的人物之一"④。除了陈靖姑外，书中还刻画了其他众多的善恶不一的女性形象。由于良善的女神崇拜在福建较为普遍流行，这使得福建女性较于其他地方，能得到男性和社会更多的尊重和包容。

第三节　明清闽地的官宦女眷诗人

明清两朝，妇女更多地被禁足于闺门之内。但是，与唐宋一样，一些妓女和精英士大夫的妻妾不仅能够习文弄墨、擅长琴棋歌舞等艺术技能，还能在面临国破家亡之际，与其仕宦之夫共赴国难。比如明初"闽中十才子"的

① （明）李贽著，张建业译注：《焚书 续焚书》，北京：中华书局 2011 年版，第 131 页。
② 卢美松主编：《中国地域文化通览·福建卷》，北京：中华书局 2013 年版，第 439 页。
③ 卢美松主编：《中国地域文化通览·福建卷》，北京：中华书局 2013 年版，第 424 页。
④ 陈庆元：《福建文学发展史》，福州：福建教育出版社 1996 年版，第 493 页。

领军人物林鸿（约1338—？）与他的情人张红桥（生卒年不详）、明末重臣黄道周（1585—1646）和他的爱妾蔡玉卿（1612—1694）。

林鸿，福州福清人，明初诗人，天资聪慧，博览群书，洪武初，以人才荐，授将乐县训导后北上京师，任礼部精膳司员外郎。林鸿性格洒脱，热衷于与诗酒为伴，与闽中才妓张红桥交好。张红桥擅长诗词，词风雅丽，与林鸿相互唱和。林鸿北上南京为官，红桥相思成疾，抑郁而终，其词《念奴娇》得以传世：

> 凤凰山下，恨声声、玉漏今宵易歇。三叠阳关歌未竟，城上栖乌催别。一缕情丝，两行清泪，渍透千重铁。重来休问，尊前已是愁绝。
>
> 还忆浴罢描眉，梦回携手，踏碎花间月。漫道胸前怀豆蔻，今日总成虚设。桃叶津头，莫愁湖畔，远树云烟叠。剪灯帘幕，相思谁与同说？①

张红桥的文采不逊于男性词人，从这首词可见一斑。她和林鸿的爱情故事如同太原妓与欧阳詹的故事一般，都是凄美结局。可见从唐到明，类似才子佳人的故事套路基本不变，故事中的这类女性虽然有才华，但作为妓女，她们千百年来多没有什么自主性，只能将自己寄付给男性，并在对男性的虚幻期盼中死去。

但是，还有一类女性，如蔡玉卿，则表现出了完全不同的女性自主独立的形象。蔡是黄道周的如夫人。黄道周，福建漳浦人，明天启二年（1622年）进士，是明末著名的学者、书法家、诗人、民族英雄，人称"石斋先生"。在长达二十四年的仕宦生涯中，黄道周以刚正不阿著称。崇祯十七年（1644年），李自成攻破北京，不久南京也失守，黄道周在福州拥立隆武帝，任吏部尚书武英殿大学士，积极主张抗清，并自请往江西募兵，力图恢复，终因孤军奋战、寡不敌众而被俘，绝食不屈，壮烈殉国。他被捕后作诗明志，其诗《发自新安，绝粒十四日复进水浆，至南都示友》云：

---

① （清）徐釚撰：《词苑丛谈》，上海：上海古籍出版社1981年版，第260页。

> 诸子收吾骨，青天知我心。
>
> 为谁分板荡，未思共浮沉。
>
> 鹤怨空山曲，鸡啼中夜阴。
>
> 南阳归路远，恨作卧龙吟。①

蔡玉卿是黄道周的如夫人，与黄道周相差 27 岁，黄的人格和学识深深影响了她，她能诗善画，书法学习黄道周，喜欢在画上题咏留墨，寄托情怀。"蔡玉卿现存诗歌仅二十八首，这些诗歌大部分篇幅表现了诗人对时政的关切，对奸臣误国的憎恨，以及对丈夫黄道周的鼓励，充满了强烈的爱国激情，流荡着慷慨悲壮之情，呈现出巾帼不让须眉的豪爽，令人刮目相看。"② 其诗《石斋上长安，诗以勖之》云：

> 送别饯河梁，君上长安道。
>
> 去去复去去，长途漫浩浩。
>
> 朔方风雪多，音微日夜杳。
>
> 幸期匡颓俗，所冀伸怀抱。
>
> 以此慰闺人，寸心良为好。
>
> 况乃百年中，齿发倏已皓。
>
> 干国有几时，忠直永为宝。
>
> 桃李森成行，园林删蔓草。
>
> 它日咏归来，共订言事稿。③

饯别北上做官的丈夫，蔡玉卿这首诗没有写夫妻别离的哀怨或不舍，也没有她对丈夫个人名利的期盼，唯有对丈夫要"忠直"报国的殷殷寄语。与其说蔡是黄的如夫人，不如说她是黄道周志同道合的灵魂伴侣。黄道周被捕后，蔡玉卿寄信给他说："忠臣有国无家，勿内顾。"其精神自主性和勇毅性展现无遗。黄道周殉难后，清军攻入福建，蔡玉卿携黄道周的儿子遁入山中，

① 何少川主编：《八闽古典诗词赏析》"黄道周"，福州：海峡文艺出版社 2018 年版，第 156～157 页。

② 何少川主编：《八闽古典诗词赏析》"蔡玉卿"，福州：海峡文艺出版社 2018 年版，第 160 页。

③ 何少川主编：《八闽古典诗词赏析》"蔡玉卿"，福州：海峡文艺出版社 2018 年版，第 160～161 页。

不食清粟。

　　蔡玉卿的存在，说明当时士大夫精英家庭中的女性，和宋朝一样，不但有较好的文化修养，而且也能积极协助家中男性参与政事。蔡玉卿除了一些涉及政治的抒情诗外，也作有表现女性细腻清丽风格的诗歌，如《春暮芳林园赏花》云：

> 庭院深深春日迟，沉香亭畔悄凝思。
> 风吹飞絮莺声送，婢扫闲花蝶舞随。
> 翠柳凝烟迷远树，碧桃笼雾护新枝。
> 游蜂缭绕忙何似，正是芳菲最好时。[①]

　　这首赏春诗，细腻描绘了庭园春景，每一联每一句都呈现出优美的画意，全诗充满了盎然的春意。诗人赏春并不伤春，反映出蔡玉卿清丽且乐观豁达的性情。

　　入清，满族执政者很快和元朝统治者一样，认识到推崇朱子理学对巩固其执政合法性有重要作用。在李光地、张伯行等闽籍重臣或抚闽要员的倡导下，福州成立了鳌峰书院，标榜理学教化，福建成了重振宋明理学的重镇，但福建同时依然是佛教重地，观音菩萨崇拜与妈祖及临水夫人等女神崇拜在民间并行不悖地广为福建女性所接受。文人士大夫通过墓志文或祝寿文等提倡儒家要求的温柔敦厚等妇道贞节观，这与佛教信仰和妈祖及临水夫人信俗所褒扬的善行勇义并无冲突，各地方志书多设有"烈女篇"或"烈女传"，褒扬烈女名氏及其或节孝、或勇烈或仁慈的品行。除了被要求忠贞于一个丈夫远过于宋朝之外，其他方面与许曼研究的宋朝福建女性的生存样态并无太大的区别。但因为朝廷或地方当局与文人士大夫对贞节烈女或烈妇的极力鼓吹与褒奖，到处敕封建置节孝牌坊，这无形中对女性的身心都形成了远甚于唐宋时期的桎梏。尽管如此，女性受教育的人数在清朝得到了很大的增长，除了士大夫精英家庭女性和歌舞艺妓等一如既往地得到良好的教育，更多有一定经济实力的家庭或家族，也在家族内部设立女性私塾，高彦颐的《闺塾师：明末清初江南的才女文化》，研究了明清之际女性的受教育情况，她指出：

---

① 何少川主编：《八闽古典诗词赏析》，福州：海峡文艺出版社 2018 年版，第 161 页。

"识字率提高的一个表现是女作家的激增——明朝为 242，清朝为 3667——她们都是出现在胡文楷的著作中的（《历代妇女著作考》；数字是由罗溥洛和他的学生卢云提供的）。关于更晚的一个时期，罗友枝估计，'19 世纪中晚期的证据显示，中国有 30%～45% 的男性和 2%～10% 的妇女能够读、写'。"①

作为东南沿海城市，即便在明清闭关锁国之际，福州等地依然有通道保持与琉球等东南洋的海外交往。既有上千年尊重、崇拜女性神祇的历史传统，又得益于持续不间断的海外交往，福建尤其福州，女性受教育的广泛性较其他诸多地方尤胜一些，所以，明清之际，福州士大夫精英家庭多出才女，这些才女亲眷互相唱和，多有诗文集传世。

清代福州诗坛特色之一是"诗媛独多"。清人杭世骏在《榕城诗话》中说："建宁别驾沈君尝艳称：'闽中户户皆花，家家是玉。笔床砚匣，恒在香台。写韵传经，乃其粉碓。青襟夫婿，按手传笺。红履侍儿，扶轮赴社。扇林下之清风，鲜桑中之失德。如斯风气，颇可铺张。'按：吾闽缙绅家妇女，莫不谙诗书。唐宋以前载籍，鲜有记述。明清以降，闺门弦诵，比屋相闻。最为知名的是长乐郑氏，明朝工部主事黄晋良女黄昙生，嫁长乐玉田固安令郑善述，子方城、方坤为著名的学者和诗人。郑方城女郑翰莫，郑方坤女九人：郑镜蓉、郑云荫、郑青蘋、郑金銮、郑长庚、郑咏谢、郑玉贺、郑凤调、郑冰纨，俱能诗。"②清初，历康、雍、乾三朝的福州著名诗人黄任（1683—1768，字莘田，晚号十砚老人），康熙四十一年（1702 年）举人，雍正二年（1724 年）任广东四会县令，雍正九年（1731 年）辞官返回福州，在福州三坊七巷之光禄坊早题巷内筑"香草斋"，隐居其间，"莳兰玩砚，纵情诗酒，以著述自娱"③。黄任"不仅自己诗文造诣精深，而且浸润濡染身边眷属亲戚。其妻庄氏，女淑窕、淑婉及小妾金樱皆擅诗词，外孙女游合珍、林琼玉亦娴于吟咏，有的还有诗集传世。福州名门多出才女秀媛，于此可见一斑"④。黄任的侄子黄惠为其堂姐黄淑窕（字姒洲）的诗集《墨庵楼试草》作序云："余

① [美]高彦颐著，李志生译：《闺塾师：明末清初江南的才女文化》，南京：江苏人民出版社 2005 年版，第 312 页。

② 杨凡：《清代以来福州诗坛述略》，载福州市美术馆、潘主兰艺术研究会傅永强主编：《素心》（副刊，内部资料），2017 年 11 月出版，（榕）新出内书第 2018005 号。

③ 卢美松：《黄任集·前言》，《黄任集》（外四种），北京：方志出版社 2011 年版。

④ 卢美松：《黄任集·前言》，《黄任集》（外四种），北京：方志出版社 2011 年版。

姊似洲，胞伯父公之女也。喜诗与画，常与廖、郑、庄、许数家闺秀相酬和。每逢宴集，必拈韵刻烛，或遣小婢送诗筒，树帜骚坛，极一时韵事也。"①可见，清初士大夫精英家庭女性亲属之间已经自发地开始形成准文学社团，相互唱和。乾隆五十四年（1789 年）进士、福建宁德霞浦人游光绎（1758—1827）为《墨庵楼试草》作序，云："黄莘田先生《秋江集》，风行海内久矣。先生长女曰似洲，其娣曰纫佩，似洲女曰合珍，耳濡目染，俱娴吟咏。纫佩诗曾附《香草笺》以传。是时，闺秀有廖淑筹、郑徽柔、翰薴、镜蓉、云荫、青蘋、金銮、庄九畹、许德瑗，与似洲皆中外姻连，衡宇相望。每花辰月夕，必擘采笺，染柔翰，刻烛赋诗，往来赠答，一时称韵事焉。似洲归永阳诸生游艺，女合珍归乾隆辛卯举人、借补熙春司训余位躬。皆能执妇道，不仅以文采见。"②

游光绎和黄惠一样，指出在黄任的影响下，其家族女眷和姻亲女眷们在"花辰月夕"，必有定期雅集，相互酬和诗歌，可见清初福建家庭女性文学社团已经形成。值得注意的是，游光绎既赞誉黄似洲诗歌"清婉可诵"，其才"亦巾帼之铮铮者"③，但同时不忘强调黄氏才女们"皆能执妇道，不仅以文采见"。可见，在清朝精英男性的意识里，女性"执妇道"，还是重要于"以文采见"的。在黄氏才女的笔下，也屡屡讴歌"妇道"。譬如乾隆三十七年（1772 年）黄似洲六十八岁病逝，在临终前作诗留别儿媳妇翁氏：

> 忆汝家来恰十春，大家风范最堪珍。
>
> 俭勤不怠称佳妇，甘旨无忘慰此身。
>
> 手作羹汤常日事，口尝药物病时因。
>
> 而今我好长归去，莫漫悲啼一老人。④

① （清）黄淑窕著，陈名实点校：《墨庵楼试草·序一》，《黄任集》（外四种），北京：方志出版社 2011 年版，第 324 页。

② （清）黄淑窕著，陈名实点校：《墨庵楼试草·序二》，《黄任集》（外四种），北京：方志出版社 2011 年版，第 325 页。

③ （清）黄淑窕著，陈名实点校：《墨庵楼试草·序二》，《黄任集》（外四种），北京：方志出版社 2011 年版，第 325 页。

④ （清）黄淑窕著，陈名实点校：《墨庵楼试草·病笃，口占示翁氏媳》，《黄任集》（外四种），北京：方志出版社 2011 年版，第 349 页。

按照儒家对"妇道"的要求，为人妻者的作用在于侍奉公婆、生子传宗、相夫教子、勤俭持家、祭祀祖宗等，黄姒洲遗诗称赞儿媳妇侍奉婆婆不遗余力，勤俭持家称佳妇，可见，儒家对"妇道"的规范是清初才女们自觉践行的行为准则，而清朝士大夫对女性的评判也首先以"妇道"为准则。黄淑窕的胞妹黄淑畹（字纫佩），一样诗才不凡，著有诗集《绮窗余事》。清雍正八年（1730年）进士、钱塘（今杭州）人陈兆仑（1700—1771）在闽主持鳌峰书院，和黄任交往甚深，某日和谢古梅一起在黄任十砚轩小饮，酒酣之际，盛赞黄任是当时最好的诗人，这时，谢古梅告诉他黄任"二女皆能诗"。陈向黄任索取其女之作，"值其日家课，乃出《梅花》各数绝，墨渖犹湿。有句云：'风定月斜霜满地，西廊人静一声钟。'诇之，知为莘田次女淑畹所作，余与古梅击节叹赏"①。陈兆仑因此称赞黄淑畹诗才如谢道蕴，谢古梅则说：黄任在其《秋江集》中"有'谢家亭馆'之句，固早以道蕴命其女矣"。陈兆仑于是向黄任再索要其女的诗作，"莘田辞以闺女不必以文采见。余曰：'是不然。葩经多女子妇人之言，但得其性情之正，何伤乎？'旋拉杂出数十纸，中有涂窜似未脱稿者，阅之皆工，可嘉也。今天下称诗人多矣，吾以为在吴当推子逊，在闽当推莘田。许有女孟昭，黄有女淑窕、淑畹，岂非濡染之亲且久而善承受耶？古梅谓余宜书数语授莘田，将他日者，淑畹诗益多且益工，衰然成集，即以此志。一时，余与古梅之倾倒于君家，如是可也"②。

从陈兆仑的序可以看出：虽然黄任私下里以两个女儿的诗才文采为傲，自况二女如谢道蕴，但当友人向他索讨女儿的诗作时，他首先的反应是推辞，推辞的理由是"闺女不必以文采见"，这其实是"女子无才便是德"另一种说法而已；陈兆仑坚持要看黄氏二女的诗作，坚持的理由是女性诗作只要"得其性情之正"，就无伤大雅。所谓"得性情之正"，其实还是以"温柔敦厚"的儒家规范来评判才女们的创作。而才女如黄淑畹，和其姐黄淑窕一样，在诗歌创作中不忘坚持儒家所规范的"节孝"等"妇道"，比如她有诗歌《镇闽

----

① （清）黄淑畹著，陈名实点校：《绮窗余事·陈兆仑序》，《黄任集》（外四种），北京：方志出版社2011年版，第352页。

② （清）黄淑畹著，陈名实点校：《绮窗余事·陈兆仑序》，《黄任集》（外四种），北京：方志出版社2011年版，第352页。

将军魁公以素心画册属题，即次魁公原韵》，称赞其外甥女许德瑗道：

> 诗才画学笔力坚，品高行芳节操完。
> 关心珠玉计疲殚，葬翁葬夫贫且艰。
> 一朝心事了生前，冷月凄风度岁残。
> 蕙兰摧折行影单，阡表伤心负土全。
> 山环水绕碧光联，如此孝节迈昔贤。
> 石人有知亦相怜，疏影楼中志皎然。
> 三十年来处其间，布裙椎髻霜雪颜。
> 此心此节经岁寒，寒梅瘦竹伴余年。
> 不是看书便看山，连袂时登诗酒筵。
> 分题拈韵寄瑶篇，焚膏继晷夜盘桓。
> 坐谈亹亹有兰言，仿佛艳宋与香班。
> 有时泼墨共挥翰，古音古色见斑斓。
> 落笔我愧比天渊，将军怜才挚且专。
> 爱惜笔墨及丹铅，授诸当轴播吟坛。
> 篇篇题咏句芳荃，退食公余彤管编。
> 恍疑穷巷见春颂，千年风教永长存。①

黄淑畹在这首诗中，虽然热烈赞誉其外甥女许德瑗诗画俱佳，但重点不在强调许"辞娴"，而在突出许"德美"，许德瑗侍奉公婆尽孝，丈夫早逝，她守节三十余年，辛劳持家，与诗画为伴。值得注意的是，作为男性精英，镇闽将军魁公显然是折服于许德瑗的诗画之才，亲自评点许氏作品，且为许氏作品结集、出版和传播不遗余力，但黄淑畹却将魁公钟爱许氏诗画的目的归于"千年风教永长存"。如此看来，才女们更看重的是"孝节"等儒家的"风教"。这也可于黄淑畹女儿林琼玉的诗《偶成二首》略见一斑：

① （清）黄淑畹著，陈名实点校:《绮窗余事》,《黄任集》（外四种）,北京:方志出版社2011年版,第385页。

廿年育子已成人，盼得孙枝朵朵新。

辛苦持家无一业，须知儒素本清贫。

由来吾道最艰难，汝展双鬐我亦安。

若得照常勤一事，菜根二韲可相欢。①

　　林琼玉这首诗展现出她持守儒家"妇道"的标准形象。林琼玉的诗十一首附在黄淑畹《绮窗余事》后，附其诗者称赞林琼玉云："诗十一首，为闽邑节妇林琼玉所作。母黄氏，永福莘田女也。年二十一嫁长乐儒士陈澧。澧为吴航世家，治举子业不售，赍志而没。节妇嫁八年而寡，一子方周岁。家极贫，为薄饘以活，今已届六十九岁矣。前学使恩雨堂先生表其闾，其所吟咏率散失无存，仅得此录之，以寿梨枣。"②

　　正如许曼在《跨越门闾》中指出的那样：宋以后，尤其明清，地方官员热衷于旌表"节妇"，"节孝"的观念深入明清两朝女性的心中，士大夫精英家庭的女性才女们则自觉地以持守"节孝"等妇道为荣。明至清中叶（1840年前），福建才女们虽然日渐增多，但她们的生活和创作皆没有背离儒家对"妇道"的要求。明清福州才女如雨后春笋般层出不穷，这直接为清末至民国初福州涌现出在全国有影响力的文坛女性开了风气之先。

---

① （清）黄淑畹著，陈名实点校：《绮窗余事·陈兆仑序》，《黄任集》（外四种），北京：方志出版社2011年版，第387页。

② （清）黄淑畹著，陈名实点校：《绮窗余事·陈兆仑序》，《黄任集》（外四种），北京：方志出版社2011年版，第387页。

第三章
清中叶至民国：西风东渐
与近代闽籍知识女性群体

第一节　李桂玉与《榴花梦》

即便在以闭关锁国为主要国策的明清（1840年前）两朝，福建民间都不间断地持续保持着海上通道的开放。明万历年间，艾儒略到福州和明朝重臣叶向高会面，两人在福州三坊七巷的宫巷广泛讨论了天主教、儒教、道教、佛教等问题，平等切磋，史称"三山论道"，此后，天主教在福建得到了广泛迅速的传播。明朝和清初，郑成功家族等控制了福建与东南洋的贸易往来；清中叶，由于1840年鸦片战争，清廷被迫打开国门，福州、厦门又成了最早的对外开放的口岸。西风东渐，使得福建尤其福州士大夫家庭的女性精英受教育程度较高，思想观念也逐步突破了明清理学的规范。这从福州女作家李桂玉（约1821—1850）创作的长篇史诗弹词《榴花梦》可见一斑。

《榴花梦》全书360卷，每卷两回，约480余万字，是我国现存篇幅最长的一部古典弹词小说。作者以唐代为背景，塑造了一群闺中女杰在朝纲废弛、外藩侮主、干戈四起、战乱连年中建功立业的形象，书中女主人公桂恒魁，能文善武，相夫教子，治国齐家，样样在行，其才能德性皆冠于满朝男性。作者自序道："是书也，独生色桂恒魁一人耳。夫桂恒魁者，一女子也。生居绮阁，长出名门。仕女班头，文章魁首。抱经天纬地之才，旋转乾坤之力，负救时之略，济世之谋，机筹权术，萃于一身。可谓女中英杰，绝代枭雄，千古奇人，仅闻仅见。"①《榴花梦》卷帙浩繁，长期只是以手抄本形式在福州本地流传。1938 年，郑振铎在商务印书馆出版的《中国俗文学史》第12 章"弹词"中提到这部书"最负盛名"，才为世人所注意，"后于 1957 年发现全帙抄本 3 部，一部毁于火，一部现存福建省文化局，一部现存福建师范大学图书馆。1962 年 3 月，福州文博工作者王铁藩在《光明日报》上报道了福州发现《榴花梦》完整手抄本的讯息，在全国文艺界引起了巨大的反响。当年，福建省文化局成立校勘小组，历时 15 个月，完成了对抄本的全面校勘整理工作"②。1998 年，中国文联出版公司与福建省图书馆合作，正式点校出版了《榴花梦》。

中国当代著名的闽籍女史学家陈懋恒对《榴花梦》一书高度肯定。她认为该书开始创作于道光年间鸦片战争后的 1841 年，是借唐人写清事，福州才女李桂玉的丈夫是林则徐的族人，"面对着这样严重的国耻家仇，我们杰出的女作家是决不会无动于衷的"③。在《试论〈榴花梦〉的思想和艺术》一文中，陈懋恒说道："我认为《榴花梦》是我国近代文学史上第一部斗争性极强的文学作品，在政治标准上和艺术标准上都有它的一定价值。政治标准上，它是鸦片战争时代最早的反帝反封建进步小说，爱国女作家李桂玉在这部杰作上强烈地谴责了帝国主义的强盗侵略和清统治集团的腐朽无耻以及封建专制制度的压迫妇女。尤其对夫权的斗争，其强烈程度为一般旧式文学作品所不及。艺术标准上，它是我国唯一的长篇史诗，文字优美，音节和谐。它首先打破押韵的框框，把诗歌领域扩张到广阔的天地。叙述简洁生动。塑造人物，个性分明。故事性极强。结构谨严，首尾呼应。处处都独标异彩，别出心裁，波澜起伏，气象万千，不落一般窠臼。与《红楼》《水浒》分道扬镳，各臻其妙。尤其因为它是由一位清寒女作家一手写成，在妇女文学史上占有光辉的一页。"④ 陈懋恒评述了李桂玉借塑造女主人公桂恒魁以表达自己的理

① 李桂玉：《榴花梦·自序》，北京：中国文联出版公司 1998 年版，第 11 页。
② 王宜椿：《福州才女》，福州市作家协会、福州市民间文艺家办会 2019 年印刷，第 6～7 页。
③ 陈懋恒：《〈榴花梦〉创作的时代和写作的动机》，《陈懋恒诗文集》，福州：海峡文艺出版社 2011 年版，第 169 页。
④ 陈懋恒：《试论〈榴花梦〉的思想和艺术》，《陈懋恒诗文集》，福州：海峡文艺出版社 2011 年版，第 173～174 页。

想追求——"反对女子无才的封建思想"，女主人公在参与国家大事中，与男性平起平坐甚至分庭抗礼；毕生以事业为目的，"桂恒魁为了国家的需要，以身许国，……在她心目中只有为国为民的建功立业思想，儿女情爱已经退处于从属的地位。她在结婚后，不但屡次冲寒冒暑，扶病奔波，担任军国大事；闺室之内也还是讨论军机国政"。"反对柔弱。李桂玉既然认识到女子有独立的人格，她进一步在《榴花梦》中提倡女子应该刚强，应该和环境作斗争。完全否认封建社会所提倡的'女以弱为美''以顺为正'的说法。""与夫权作斗争。《榴花梦》认为即使是双方同意的婚姻，甚至即使已经儿女成行的配偶，只要男方有了夫权思想，就不是女方所能容忍。"书中叙述桂恒魁与其丈夫桓斌玉的爱情故事，虽然她屡次冒着生命危险去拯救桓斌玉，在人们眼中，他们是极端美满的配偶，在对外敌斗争中，他们是患难与共、共同抗敌、出生入死、相互扶持而建功立业的夫妻，但"最后桂恒魁认为桓斌玉不守信义，滥用夫权，这样男性是女性的杀生害命深仇，一怒之下，终于抛弃儿女，彻底决裂。这不是突然的事变，而是情势所必至。一个自尊心极强的女性对于有封建夫权思想的男性是无法合作的。全书贯串着这一条线索，表现出桂恒魁一生斗争的经过，和她多年打算挣脱枷锁的决心。一般旧式文学作品对于以男女主角构成的封建社会所艳称的美满婚姻，决不肯让它出现这样凶终隙末不欢而散的结局。这一点上，《榴花梦》可以和易卜生《玩偶之家》相提并论。这两部东西名著，遥遥相对，各有千秋。《玩偶之家》完成于 1879 年，比《榴花梦》稍为晚些。娜拉以被丈夫所斥责而决心脱离，桂恒魁却以被丈夫所热恋而决心脱离，似乎比娜拉更为难能可贵。易卜生以发表《玩偶之家》轰动世界，而成为有名的戏剧家。在 1935 年传入我国公演时，还受到反动势力的严重迫害。李桂玉在百余年前便写出了这样富于叛逆性的作品，这不能不算是我国文坛上的惊人成就。这说明《榴花梦》是反对封建夫权、争取妇女解放的一颗光辉灿烂的彗星，较之仅仅抒写庸俗爱情的文学作品，是不可同日而语的"[1]。

　　陈懋恒激赏李桂玉和《榴花梦》，认为李桂玉的思想"也是比较能接受新的事物。当鸦片战争时，一般人士还不曾注意到外语和地图的重要。林则徐

---

[1] 陈懋恒：《试论〈榴花梦〉的思想和艺术》，《陈懋恒诗文集》，福州：海峡文艺出版社 2011 年版，第 181～190 页。

使人翻译西书，于是魏源得写成《海国图志》。所以林则徐号称当时第一个开眼看世界的中国人。《榴花梦》写桂恒魁雄才大略，说她的祖父曾得外国书籍，故其父及桂恒魁都能说外国语。桂恒魁曾派通晓外国语者混入外国，画其地图……这说明作者思想是趋向维新的。……在这部杰作中，充分表达出作者李桂玉的气魄伟大是旧式文学家所不能比拟的"①。

"李桂玉的家道颇为清寒，以教授女学生来补助生活。""据曾经看见过李桂玉的人传说，李桂玉容貌清秀，性情明爽，酷爱文学，工诗词，兼通音乐。女伴们每逢歌唱，常常请她弹琴伴唱。她信手调弦，都能配合曲腔。"②"李不但是福州人，而且生长福州，这部《榴花梦》也是在福州写成的。"③作为福州女作家，林则徐的戚属，李桂玉对鸦片战争带来的家国之痛，较一般人的体会更为深刻。李桂玉和《榴花梦》的出现，表明福建尤其福州知识女性们，开始更多地关切闺门之外的国家大事，为突破明清以来理学传统对女性的规范开了风气之先。但是，《榴花梦》在中国各界始终未引起很大的反响，原因除了它长期只是以抄本形式在福州民间流传外，更为重要的是：它的女权观念太为领先时代，即便放在今天，都太惊世骇俗，如果说它把女性对国事的担当置于夫妻感情和家庭事务之上，这样"有国才有家"的观念并不会与儒家"家国同构"的主流意识形态形成根本冲突，那么它把女性之间的同性情义置于夫妻家庭感情之上，这无论如何很难让中国主流社会接受和包容。我们认为，除了卷帙浩繁，现代人不太可能花太多时间去阅读古典弹词外，其惊世骇俗的妇女观使得《榴花梦》迄今无法得到中国社会各界的广泛赞誉和认同，虽然它事实上影响了不少福州知识女性。陈懋恒说："郑振铎先生《通俗文学史》一再提到《榴花梦》，称它是在福建最流行、最负盛名，且最浩瀚的作品，……一百多年来，《榴花梦》在福州吸引了无数读者。我小时也曾和其他读者一般，被它的魅力所颠倒，认为它魅力之大，十倍于《红楼梦》、百倍于《再生缘》。……今年我偶然遇见一位退休的中学女教员，她还承认只有这部《榴花梦》是唯一能使她沉迷忘返的小说。"④

---

① 陈懋恒：《试论〈榴花梦〉的思想和艺术》,《陈懋恒诗文集》,福州：海峡文艺出版社2011年版,第191页。
② 陈懋恒：《试论〈榴花梦〉的思想和艺术》,《陈懋恒诗文集》,福州：海峡文艺出版社2011年版,第174页。
③ 陈懋恒：《试论〈榴花梦〉的思想和艺术》,《陈懋恒诗文集》,福州：海峡文艺出版社2011年版,第174页。
④ 陈懋恒：《试论〈榴花梦〉的思想和艺术》,《陈懋恒诗文集》,福州：福建人民出版社2011年版,第173页。

第二节　家族女性文学群体

　　清中叶以降，福建家族女性文学群体层出不穷，蔚为大观。"长乐梁氏（梁章钜、梁九山、梁泽卿）诸女：梁兰省、梁佩荘、梁瑞兰、梁符瑞、梁金英、梁赋茗、梁韵书、梁兰芳及许季兰、许还珠（均为梁韵书女）等，亦都有诗集传世。是以有清一代的福州女性诗人数量之多，可以与江浙人文荟萃之区相比肩。清人梁章钜之《闽川闺秀诗话》、丁芸之《闽川闺秀诗话续编》专门为闽中诗媛载籍立传。近人胡文楷编有《历代妇女著作考》，其中清代以来有诗集传世的闽中女诗人就有 132 人。加上胡氏漏载的还有 13 人，共得 145 家。是亦闽中诗坛之风采也。"①

　　福州士大夫精英家族女性知识群体暨文学群体勃兴，除了上述梁氏家族外，还有林则徐家族、陈宝琛家族、郭柏荫郭柏苍家族、陈季同家族等。林则徐家族近现代知识女性的代表有其女林普晴（1821—1873）②、林则徐的孙女林步荀（1863—1936）③、林普晴的孙女沈鹊应（1877—1900）④ 等。郭氏家族的才女有郭柏荫的长女郭仲年（1836—1877）、郭柏苍的三个女儿郭媄宜、郭问琴、郭拾珠（1841—1920）及郭拾珠的三个女儿陈闺瑜、陈闺琬、陈闺琛等⑤。陈季同家族的知识女性则有其法国夫人赖妈懿及其女儿陈骞、陈超，其弟陈寿彭的夫人薛绍徽（1866—1911）及其女儿陈芸（1885—1911）等⑥。另外，还有陈宝琛的夫人，在福州兴办女学的王眉寿（1848—1921），陈衍的夫人、著名女学者萧道管（1855—1907），林白水的胞妹、女革命家

① 杨凡：《清代以来福州诗坛述略》，《素心》（副刊，内部资料），2017 年版，（榕）新出内书第 2018005号。梁章钜：《闽川闺秀诗话》，《清代闺秀诗话丛刊》（壹），南京：凤凰出版社 2010 年版，第 183 ～ 255 页。
② 参见林则徐后裔联络组林寿琦等编：《林则徐世系录》（增订本），2000 年版，闽新出（99）内书（刊）第 128 号。
③ 林步荀有《卧云仙馆诗集》家刻本，1982 年由其在美、台孙辈沈觐泰、沈觐鼎、林寄华、林崇墉等出资整理印行，赠送亲友。
④ （清）沈鹊应：《崦楼遗稿》，《涛园集》（外二种），福州：福建人民出版社 2010 年版。
⑤ 参见郭震编著：《郭阶三家族史话》，福州：黄巷书社 2019 年印，第 119 ～ 124 页。
⑥ 参见林怡编：《陈季同——中西文化交流先驱》，福州：福建人民出版社 2019 年版，第 39 ～ 45页。（清）薛绍徽有家刻本《黛韵楼遗集》，林怡据此点校出版《薛绍徽集》（北京：方志出版社 2003 年版）；（清）陈芸有《小黛轩论诗诗》，《清代闺秀诗话丛刊》第二册，南京：凤凰出版社 2010 年版，第 1515 ～ 1633 页。

与女权运动的先驱林宗素（1877—1944），方声洞的姐姐、女革命家方君瑛（1884—1923）及其胞妹，著名画家方君璧（1898—1986）等①。这些女性精英并不沉溺于传统的吟诗填词、流连风月的闺阁生活，而是在清末波澜壮阔的社会巨变中或感时忧世，或为国分忧，或兴学维新，或投身革命，可以说，李桂玉及其《榴花梦》的理想被此后这些福州女性所实践。譬如，林则徐的女儿、沈葆桢的妻子林普晴，就像《榴花梦》中的桂恒魁那样，在危难关头，以大无畏的智慧和牺牲精神帮助其夫沈葆桢求得援军，夫妻共同守住江西上饶府城，击退了汹涌而至的太平军，体现了为国担当、忠贞勇烈刚毅的品质。

咸丰六年（1856 年），沈葆桢任江西广信（上饶）知府。太平军攻陷贵溪、弋阳，直逼广信，恰逢沈葆桢外出筹饷。林普晴率城中兵卒奋力守城，并刺血写信，派快马赶往玉山向总兵饶廷选求援。饶总兵得血书后，深为感动，甘冒擅离职守之大忌，飞兵驰援广信。饶廷选率部和太平军血战。战斗激烈时，林普晴带领挑夫给前线军队送粥慰劳。广信解围后的第 13 天，曾国藩驰奏朝廷称赞道：

> 沈葆桢系原任云贵总督林则徐之外甥，又系其女婿，讲求有素。此次守城，吏民散尽。衙署一空，其妻亦同在危城，无仆无婢，躬汲爨，具壶浆，以饷士卒。两年以来，江西连陷数十郡县，皆因守土者先怀去志，惟汪报闰守赣州，沈葆桢守广信，独能伸明大义，裨益全局。②

同治十二年（1873 年），沈葆桢在船政任上，时林普晴已家居十年，因积劳成病，于八月十五日中秋夜病逝于宫巷家中，享年 53 岁。清朝重臣左宗棠挽林普晴联："家能孝，国能忠，一生大节昭昭，挽狂澜于既倒；来何因，去何果，千古元精耿耿，抱明月而长终。"通判盛在渌代船政局撰写一副挽联："为名臣女，为名宦妻，江右佐元戎，锦缎夫人同伟绩；以中秋来，以中秋去，天边圆皓魄，霓裳仙子证前生。"

林普晴和沈葆桢的孙女沈鹊应（1877—1900），其父为贵州巡抚沈瑜

① 参见林公武、黄国盛主编：《近现代福州名人》"方声洞 方君瑛""林白水 林宗素"，福州：福建人民出版社 1999 年版，第 24 ～ 30 页、第 231 ～ 237 页。

② （清）曾国藩撰、（清）李瀚章编纂、（清）李鸿章校勘：《曾国藩全集》第二卷，北京：中国致公出版社 2001 年版，第 698 页。

庆，其母郑夫人，是林则徐小女儿林金鸾与郑葆中（月庭）之女。其夫林旭，是"戊戌六君子"之一。沈鹊应能诗擅词，现存诗 29 首，词 35 首。沈鹊应 11 岁时受业于同光体闽派诗人、著名学者陈衍。她容貌英爽，天资聪颖。少女时代的沈鹊应在良好的家风、优裕的环境中成长。但 1898 年戊戌变法失败，年仅 24 岁的林旭慷慨就义。噩耗传来，沈鹊应肝肠欲断，万念俱灰。她写了一副挽联，表达心志："伊何人？我何人？全凭六礼结成，惹得今朝烦恼；生不见，死不见，但愿三生有幸，再结来世姻缘。"沈鹊应的词曲折婉转，质朴感人。她最为人称道的一阕词为《浪淘沙·悼晚翠》（林旭字暾谷，号晚翠）：

> 报国志难酬，碧血难收。箧中遗稿自千秋。肠断招魂魂不到，云暗江头。
>
> 绣佛旧妆楼，我已君休。万千悔恨更何尤。拼得眼中无尽泪，共水长流。[①]

1900 年 4 月，沈鹊应因哀毁过度，香消玉殒，年仅 24 岁。沈瑜庆将女儿女婿安葬在一起，竖石墓联："千秋晚翠孤忠草，一卷崦楼绝命词。"

无论林普晴，还是沈鹊应，在国难家恨面前，她们都扛起了家国大义，以忠贞勇烈之性，担当了历史的灾难或悲剧。这是 1840 年鸦片战争之后福建知识女性精英的突出特点。正如李桂玉在《榴花梦》中塑造桂恒魁一样，近现代福建知识女性精英博学多才且独立自主，这也充分体现在晚清著名女翻译家、文学家薛绍徽不平凡的一生中。

薛绍徽（1866—1911），字秀玉，号男姒，中国第一个女翻译家，晚清著名外交官陈季同的弟弟陈寿彭的夫人。陈寿彭曾游学日本，出使欧洲，通晓英文、法文、日文，官至邮传部主事，后又任职海军部。薛绍徽与陈寿彭完婚后，随夫游历了上海、南京、宁波、杭州、广州、香港、天津、北京等地。她见多识广，兼擅诗、词、文、赋，并工于书画，著有《黛韵楼遗集》，文采享誉京、沪、宁等地，是晚清驰名全国的福州才女。薛绍徽尽管不懂外

---

① 福建省政协文史资料委员会编：《文史资料选编·第三卷（文化编）》，福州：福建人民出版社 2001 年版，第 65 页。

文，但由陈寿彭口译，她笔述，夫妇俩共同翻译了法国作家凡尔纳的科幻小说《八十日环游记》、英国作家厄冷的爱情小说《双线记》。两人还一起编译了《外国列女传》。《八十日环游记》经陈寿彭薛绍徽夫妇译出后，短短数年间，再版三次，可见这部翻译小说在当时很受欢迎，薛绍徽因此也成为近代中国第一个著名的女翻译家。她深得陈寿彭一家的敬重，陈寿彭的哥哥、晚清著名外交家陈季同称她有"林下之风"。陈寿彭、薛绍徽在三坊七巷与乌石山附近购有读书楼，号为"黛韵楼"。她在福州家居时，常常流连盘桓于三坊七巷和乌石山上。她的诗歌《玉尺山》写道："玉尺量才是婉儿，苍茫片石亦离奇。于今诗派无光禄，留此吟台孰主持？"自从道光年间郭柏苍入居光禄吟台后，郭家与三坊七巷中的福州高门望族沈、林、陈、叶、王、刘、龚家等互结姻亲，其内亲外戚中的女眷多能诗文，姑嫂姐妹表亲之间常有诗文唱和往来，时人把这些名门闺媛所写的诗词称为"光禄体"。薛绍徽的诗表达了对此风流盛况不再的感慨。

薛绍徽有个性，有主见。戊戌变法失败后，很多变法人士到上海搞新式教育，办学堂，办报纸。这时苏州富商绅士也出钱在苏州办新式女学堂，想请薛绍徽来主讲。那时陈寿彭在江浙一带，薛绍徽已经回到福州。他写了封信请夫人，说大家都很仰慕她的才华，请她来苏州主持这个新式学堂。薛绍徽写了一首诗回复丈夫说："今古不同道，休劳一片心。"意思是：我跟你们这些一心要搞新学的人，并不是一路人，你就不要枉费一片心意吧，我不去的。此前在上海，梁启超、谭嗣同的亲友们，办了一份报纸《女学报》，请薛绍徽作主笔，来写几篇文章、社论。她给报纸写什么呢？女德、女言、女工、女容四颂，明确说，男女之大防，不能溃也，即男女的界限是应该要存在的。我们从这里看到薛绍徽是一个非常奇特的现象。她整个家庭有很浓的西方文化背景，她的丈夫，她丈夫的兄长，还有她丈夫和她丈夫兄长周围的朋友，都受到西学的熏陶。可她一直游走在传统与新学之间，她一直希望能在新思潮和旧传统之间找到平衡，她既反对把女性视作危害国家的"祸水"，又反对清末维新兴起的男女平权思潮，坚持认为男女有别。这是她既不同于传统女性，又区别于新潮女性的地方。

第四章
清中叶至民国：变革中的女性观念

　　过去一二十年，学术界对明清女性的关注渐多。钱南秀、高彦颐、罗秀美和笔者等就薛绍徽、单士厘、闺塾师等明清才女现象及主导近代女性报刊的才女群体都展开了研究。这些女性研究，不约而同地指向中国社会从传统向现代转型中，新女性观念如何随之兴起并得以建构的。但是，这些研究体现出对中国妇女史观的认识存在较大的分歧。譬如高彦颐的《闺塾师：明末清初江南的才女文化》并不认为中国妇女是受"封建的、父权的、压迫的""受害者"，认为"传统中国的妇女普遍受压迫"是一个"被广泛接受"的"假设"而已，中国妇女尤其是拥有知识和才艺的妇女，"即使在儒家体系范围内"，也存在着"女性自我满足和拥有富有意义的生存状态的可能"，有才华的女性"她们是在体制之内，灵活运用既有的资源，去为自己争取更大的生存空间。她们不是儒家文化权力运作的受害者，而是有份操纵这一权力的既得利益者"①。钱南秀通过研究清末福建才女薛绍徽，认为参与戊戌变法的妇女"积极自主、乐观向上、敢思考、有创见，远非如一般所想象的那样懦弱被动，等待男性变法志士的启发与拯救。她们打破传统的内外之别观念，追求男女教育与政治平权"②。罗秀美更深入以女性主导或主笔的近代女性报刊中的论说文为视域，考察清末才女群体如何从闺阁女诗人转化为"公共启

----

① ［美］高彦颐著，李志生译：《闺塾师：明末清初江南的才女文化》，南京：江苏人民出版社2005年版，第19页。
② 钱南秀：《清末女作家薛绍徽及其戊戌诗史》，《中国社会科学报》2017年3月27日。

蒙者"①。这些研究表明，清末有才华的女性，也认识到中国女性的权利与男性是不对等的，女性作为"受害者"或"被压迫者"，并非如高彦颐所说是一种"非历史"的"假设"。笔者则认为尽管薛绍徽"确实敢于思考，独立自主"，其一些见识也"大大超越了当时广大的闺阁中人"，但是，她所拥有的新知识并没有引导她拥有完全现代的新女性观。她固守"男女之大防"，坚持传统妇道，是旧女性观向新女性观转型的众多人士的典型代表。薛绍徽"终其一生享有较为充分的独立自主权"，是因为得到受到西学影响、对传统礼教有所逾越得丈夫陈寿彭的尊重和成全。②

上述这些观点的差异，使得笔者认为有必要就中国女性观的转型轨迹、新女性观的兴起及其内涵，以及性别差异对新女性观认知的异同等展开更深入细致的研究。从鸦片战争到洋务运动，至戊戌变法失败，再经 1911 年推翻帝制，成立中华民国，中国社会在五六十年间经历了天翻地覆的急剧动荡和变革。这一时期，福建名士才女参与社会变革转型者不乏其人，他（她）们都卷入了推动新女性观生成的建构中。我们可以通过考察福建名士才媛的女性题材书写，勾勒出福建文人文化的女性脉络，从而探究近现代社会变革中新女性观建构的轨迹和内涵的演进。

第一节　严复的女性观

继李桂玉之后，著名启蒙思想家严复的女性题材书写所展现的女性观极具时代代表性。

作为清末民初中国最具代表性的启蒙思想家，严复的女性题材书写并不少，散见在他的各类著述中，这里，我们主要关注他对兴女学以及关涉吴芝瑛、吕碧城的书写。严复撰有《论沪上创兴女学堂事》（1898 年 1 月）、《代甥女何纫兰复旌德吕碧城女士书》（1907 年）、《女子教育会章程式》（1907 年前后）、《廉夫人吴芝瑛传》（1908 年）、《与甥女何纫兰书》（30

① 罗秀美：《从闺阁女诗人到公共启蒙者——以近代女性报刊中的论说文为主要视域》，《兴大中文学报》2007 年第 22 期。

② 林怡：《在旧道德与新知识之间——论晚晴著名女文人薛绍徽》，（清）薛绍徽著，《薛绍徽集》，北京：方志出版社 2003 年版，第 160 ～ 188 页。

封，1901—1913 年）（其中有议论女学和吕碧城的文字）、《秋花次吕女士韵》（1908 年）等，另有被认为写给吕碧城的词《如梦令·答某女士》等。在这些书写中，严复首先提倡兴女学。其次，他对学养丰厚、超凡脱俗、特立独行的女性给予了充分的理解、尊重支持和关爱。

严复认为，中国的"根本救济，端在教育"[1]。他认为女子教育的完善有助于中国社会的变革与进步。1906 年底严复开始设法创办上海女学，并为吕碧城草拟的《女子教育会章程》作序，主张凡男子所接受的德智体教育，女子也应该全面接受，因为"教育之业端本于襁褓、家庭之中，而女子之所以辅相其夫者，不仅织衽尸饔已也。国事之大、学术之微，皆不出家而获"[2]。他希望通过兴办新女学，改变"女之视男也，如霸主暴君；男之视女也，如奴隶玩好"[3]的局面，以期男女平等。1906 年 11 月 23 日，严复为外甥女何纫兰事致书上海中西女塾校长，信中说道："然则吾人必须另辟蹊径。中国之社会过于苛戾，须有温顺而具伦教女子净化之。"[4] 六天后，他再次致信何纫兰说："吾意所欲必成者，完全女学耳。"[5]1907 年 1 月，严复对投考安徽高等学堂的王恺銮大为赞赏，因为十七岁的王氏在考试作文《张巡论》中"明男女并重之道"[6]。1907 年夏，严复代何纫兰复吕碧城书，阐述兴办女学的目的："窃谓中国不开民智、进人格，则亦已耳。必欲为根本之图，舍女学无下手处。"[7]1907 年 6 月，严复主持苏、皖、赣三省官费留美学生考试，录取女生三名、备取二名，"此为官费女留学生留学西方之始"[8]。1908 年秋，严复北上天津，收吕碧城为弟子，作词《如梦令·答某女士》称赞吕碧城"清才如此"[9]；同情吕氏"高雅率真，明达可爱，外间谣诼，皆因此女过于孤高，不放一人于眼里之故。……渠看书甚多，然极不佩服孔子，坦然言之；想他当日出而演说之时，总有一二回说到高兴处，遂为守旧人所深嫉也。可怜

① 王栻主编：《严复集》第三册，北京：中华书局 1986 年版，第 674 页。
② 孙应祥、皮后锋编：《〈严复集〉补编》，福州：福建人民出版社 2004 年版，第 85 页。
③ 孙应祥、皮后锋编：《〈严复集〉补编》，福州：福建人民出版社 2004 年版，第 86 页。
④ 孙应祥：《严复年谱》，福州：福建人民出版社 2003 年版，第 292 页。
⑤ 孙应祥：《严复年谱》，福州：福建人民出版社 2003 年版，第 292 页。
⑥ 王栻主编：《严复集》第三册，北京：中华书局 1986 年版，第 833 页。
⑦ 王栻主编：《严复集》第三册，北京：中华书局 1986 年版，第 589 页。
⑧ 孙应祥：《严复年谱》，福州：福建人民出版社 2003 年版，第 310 页。
⑨ 孙应祥、皮后锋编：《〈严复集〉补编》，福州：福建人民出版社 2004 年版，第 211 页。

可怜"①。"此人年纪虽少，见解却高，一切尘腐之论不啻唾之，又多裂纲毁常之说，因而受谤不少。初出山，阅历甚浅，时露头角，以此为时论所推，然礼法之士疾之如仇。自秋瑾被害之后，亦为惊弓之鸟矣。……其处世之苦如此。"②

1908年10月27日，严复翻译天津《泰晤士报》所载美国教会麦美德女士《书吴芝瑛事略》一文。吴芝瑛，其夫廉泉，字惠卿，其大伯父吴汝纶，是严复的挚友。芝英与秋瑾为金兰姐妹。秋瑾被杀，其家族害怕连坐，不敢收尸，吴芝瑛和徐自华（字寄尘，1873—1935）以及吕碧城等人设法为秋瑾收尸，在杭州西泠桥畔购墓地葬之。清廷欲将吴芝瑛和徐自华等严拿惩办，吕碧城一度也成惊弓之鸟。此事使得许多社会名流大为愤激，纷纷上书为吴芝瑛打抱不平，并昭示于中外媒体。严复翻译这篇营救吴芝瑛的文章，称赞廉惠卿、吴芝瑛夫妇"道合志同，皆爱国具最热诚"。"顾女士所为，其最勇而忘其身者，莫若葬秋一事。秋瑾者，至不幸之女子也。……女士以主持公道之故，至忘其身；又以友谊爱情之故，为死者求葬地立碑文。虽明知由此可以杀身而不恤，若此女者，乃举世不为一动心焉，则此世为何如世乎？……中国今少者，正爱人不恤己私之男女耳！吾意方将扶植之不暇，而忍自诛锄乎！"③此译文于1908年11月2日刊于《大公报》。12月1日，严复又撰写了《廉夫人吴芝瑛传》，同样发表于《大公报》。他称赞吴芝瑛"以慈善爱国称中外女子间……其始终为遵守法律国民，临难不幸苟免又如此……廉夫人者，吾先友挚甫先生犹子，平生多闻长者精至独往之言，故能不循常自树立如此。呜呼！男子可以兴矣"④。严复认为，像吴芝瑛、秋瑾这样勇于担当、见识和胆识皆超凡脱俗的女子可以激励中国男子振作奋发。他赞赏吕碧城"高雅率真"、见解非凡；敬重吴芝瑛"爱人不恤己私""慈善爱国"，敢做敢为又"始终为遵守法律国民"；同情特立独行的鉴湖女侠秋瑾等等，这些都基于他对"自由"理念的持守：男子与女子应该拥有彼此尊重、互相关爱的平等权利，否则，男女皆不得真正"自由"。王恺銮的"男女并重"观，

① 王栻主编：《严复集》第三册，北京：中华书局1986年版，第839页。
② 王栻主编：《严复集》第三册，北京：中华书局1986年版，第840页。
③ 孙应祥：《严复年谱》，福州：福建人民出版社2003年版，第332页。
④ 王栻主编：《严复集》第二册，北京：中华书局1986年版，第266～268页。

廉泉吴芝瑛夫妇"志同道合"的"慈善"心，吴芝瑛、秋瑾等人"勇而忘身""爱国最具热诚"，吕碧城的"高雅率真"等，在严复看来，都代表了振救中国、使中国从传统向现代转型的方向，他通过支持女学教育和推崇表彰吴芝瑛、吕碧城、秋瑾等人，为中国新女性观的形成导夫先路。

　　严复的女性题材书写反映了他对现代女性角色的认知。他认为现代女性"须有温顺而具伦教"且不乏爱国的勇气和担当。就对女性"温顺"品性的要求而言，这与提倡温柔敦厚的中国传统"妇道"并无相悖，但关键是，在严复看来，中国社会长期充满暴戾之气，受传统"妇道"所涵化的女性并不足以承担起改变"暴戾"的中国社会的重任。需要女性具备"爱国"的勇气和能力，这意味着必须突破女性只能"主于内"的传统纲常要求。严复认为，女性介入家庭之外的社会变革，其能力和品性都需要现代学问来滋养涵化。早在 1898 年 1 月，严复在《国闻报》撰写《论沪上创兴女学堂事》一文，就明确指出，妇女的学养不外乎来自"学问"。"学问"是什么？他说："人之学问，非仅读书，尤宜阅世。盖读书者，阅古人之世，阅世者，即读今人之书，事本相需，不可废一。"[①]他指出，西洋妇女之所以能够与男性讲平权，是因为她们既有学识，又能阅世，他说："泰西妇女皆能远涉重洋，自去自来，故能与男子平权"，而中国礼俗"固以严男女之防为一大事者也。"女性多习惯以三寸金莲幽居在深闺之中，"不见天日者久矣"，所以，中国女性欲求"自强"、欲求与男性"平权"，固然需要"禁缠足、立学堂"，还需要变媒妁之道，废除蓄妾习俗，否则，"妇女仍无自立之日也"[②]。在这篇文章中，严复对妇女命运在新时代的变革已经提出明确的途径，即禁缠足、立学堂、读书、阅世、婚姻自由、一夫一妻等。他说："妇女之出门晋接，与自行择配二事，实为天理之所宜，而又为将来必至之俗。而以今日之俗论之，则皆无能行之理。然则此俗又何以行乎？仍不外向所言，读书阅世二者而已。"读书阅世，"二者兼全，则知天下之变，观古今之通，有美俗而无流弊矣"[③]。

① 王栻主编：《严复集》第二册，北京：中华书局 1986 年版，第 468 页。
② 王栻主编：《严复集》第二册，北京：中华书局 1986 年版，第 469 页。
③ 王栻主编：《严复集》第二册，北京：中华书局 1986 年版，第 470 页。

第二节　女性知识精英的自觉

我们可以看到，从 1898 年戊戌变法到辛亥革命民国成立后，愈演愈烈的中国妇女解放运动，其思想理论准备在严复那一代的社会变革思想家中已经开启先路。严复提出达到男女平权的新路径如妇女应读书以求新知、自由出行以阅世、禁缠足、婚姻自由等，这些都突破了中国传统"女主内"的要求，但他对女性"温顺慈善"形象和品性的认同却与薛绍徽所持守的中国传统"妇道"的要求如出一辙。可是，"温顺"这一形象势必与追求平权的女性有时难以相一致，譬如李桂玉《榴花梦》所塑造的桂恒魁，以及现实生活中的秋瑾、吕碧城等就是因为性格刚烈、孤高而被时代所牺牲或者"受谤不少"。因此，在男女平权的要求中，对女性的形象和品性是否应该以"温顺"来规范，同样主张平权的男女，可能会出于各自的立场而认知不同。严复说吕碧城"过于孤高，不放一人在于眼里"是她倍受毁谤的原因。在男性那儿，"温顺"是女性不同于男性的性别特征之一；但女性在这个问题上的看法并非完全一致，比严复年轻十一二岁的女性如薛绍徽、吴芝瑛似乎依然认同以"温顺"作为自己"为人妻"的性别规范，而与严复年龄相差四五十岁的更为年轻的晚辈吕碧城、王真等，就不完全认同女性一定要以"温顺"或"为人妻"作为自己最重要的性别特征了。我们再看看薛绍徽的女性观。

1900 年，义和团事起，八国联军进入北京。陈季同等名流在上海组建赤字会（即红十字会），筹款筹物救济华北难民。薛绍徽的诗歌《题吴芝瑛草书横幅》吟咏了此事：

> 庚子秋，沪上士夫设救济会以赈北方之被难者，拉敬如兄公为舌人，龙旗之船始得由大沽驶入北河。兄公有诗如"华屋不留三片瓦，良民散作九州人"云云，芝瑛爱而和之，并作大字草书横幅以赠，笔力道劲，似何子贞，因题其后。

> 彩鸾写韵传盛唐，玉篇却有三一娘。
> 国初书家论闺秀，曾闻佽典与首良。
> 芝瑛亦是吴氏女，笔阵苍茫动风雨。

想见挥毫钿钗飞，腕底哀鸿哭声苦。

我家兄公气湖海，吾舌犹存鬓欲改。

射猎虽遭醉尉诃，起居时有岛夷拜。

前年苦海乘莲舟，燕山胡马鸣啾啾。

关河蒿目歌慷慨，讵知传诵人庚酬。

和之不足复亲写，大书特书胡为者。

岂若楞严万柳堂，洛阳纸贵鸡林价。

（芝瑛有小万柳堂法帖，又有所书《楞严经》，日本人以重价购而刊之。）

淋漓墨汁蛟龙舞，清健之间见媚妩。

鲍家争唱到秋坟，我爱仲姬谱渔父。①

薛绍徽以本来多用于指称男性笔力风格的词语"遒劲""苍茫""清健"来赞美吴芝瑛，是对以"妩媚"为女性书写主要特征的观念突破，但她对清末兴起"男女平权"的"新学"，有自己不同的看法。这些看法主要集中在她的《〈外国列女传〉序》《覆沈女士书》《西子论》《李清照朱淑真论》等文章中。薛绍徽说道："迩来吾国士大夫，慨念时艰，振兴新学。本夫妇敌体之说，演男女平权之文，绍徽闻而疑焉。"②如何理解"敌体"？无论是理解为男女是相互对应的主体，还是男女为彼此地位相等、无上下尊卑之别的主体，显然都不是薛绍徽所认同的。薛绍徽从小浸染中国传统的"妇道"规训，秉持男为阳刚，女为阴柔，男女阳刚阴柔互补、相敬如宾的观念，薛氏强调："欲用夏以变夷，必采风而问俗。况观人必先于内，入国必察乎微乎？""情缘义起，礼与俗通。""惟知女诫、闺箴，算得天之独厚。借其镜烛，显我文明。所望静女其姝，善心为窈。永毕永讫，维持内则仪容；如友如宾，特立中闺品望。四德表幽闲之操，自然风教宏施；万国咸祓祓而来，岂果河清难俟也哉？"③在她看来，涵括妇女容貌、德性、言谈、事功四个方面的中国传统女教，以温柔敦厚、幽闲静善为特征，其与男性的关系是"如友如宾"的互敬互助互补。如果中国妇女都能实践传统的女诫闺箴，则"风教"自

---

① （清）薛绍徽著，林怡点校：《薛绍徽集》，北京：方志出版社2003年版，第36页。

② （清）薛绍徽著，林怡点校：《薛绍徽集》，北京：方志出版社2003年版，第122页。

③ （清）薛绍徽著，林怡点校：《薛绍徽集》，北京：方志出版社2003年版，第122～123页。

然"宏施",就能与男性一样,对国家社会的清宁、稳定、和谐起到积极的作用。

在《覆沈女士书》中,她对沈女士提倡女性放足的观点提出了不同的看法,她强调"淑德以幽闲为贵"①,她认为在当时的境况下,缠足与否,应随女性自便。她说:"升沉嗜好,似别咸酸;宛转时趋,各随妆束。是缠之固属无妨,即不缠亦何不可耶!如谓既缠者俱宜一齐放却,换骨无丹,断头莫续。必欲矫情镇物,势成非马非驴,安能易俗移风?转作不衫不履。……虽云返朴,实反增华,无益之为,可笑孰甚。"②

应该说,在当时的历史语境下,薛氏对放足与否的看法是较为实事求是的。她的观点给予了女性个体充分的自主权力,即对女性身体的尊重与否,取决于女性个体独立自主的选择。

薛绍徽甚至批驳了由来已久的女色祸国亡国的观点。她在《西子论》中说:

> 破吴者越也,非西子也;亡吴者吴也,非西子也。……此皆夫差之失策,抑亦西子之不幸矣!③

薛绍徽对女性名节非常维护,对历史上西施以美人计助越灭吴、功成名就后又与范蠡扁舟偕隐的传说甚不以为然,认为都是岂有此理的无稽之谈。她指出:"倘乾纲果然克振,则地道必底于成。"④这句话可以说是薛绍徽的性别观。在她心目中,只要男性合理地尽其角色之责,则女性自然也能成全其妇道,男女双方是相互成全的,但女性能否得以成全其"地道"或"妇道",主动权操之于男性是否能做到"乾纲克振"。这旦可以看出,薛氏是接受男性主导女性这一社会现实的,只不过在她看来,男性必须称职,才能有称职的女性;否则,女性之失职或"妇道"有失,也是深可同情的。这样看来,薛氏如果有"男女平权"的观念,其出发点和归宿点都在于承认男女角色职能

① (清)薛绍徽著,林怡点校:《薛绍徽集》,北京:方志出版社2003年版,第145页。
② (清)薛绍徽著,林怡点校:《薛绍徽集》,北京:方志出版社2003年版,第145页。
③ (清)薛绍徽著,林怡点校:《薛绍徽集》,北京:方志出版社2003年版,第146页。
④ (清)薛绍徽著,林怡点校:《薛绍徽集》,北京:方志出版社2003年版,第145页。

的不同，希冀做到"男女各尽其职"。

如同在《西子论》中批驳西施再嫁范蠡的传说一样，在《李清照朱淑真论》一文中，薛绍徽批驳了李清照再嫁、朱淑真因夫妻不和而另有所爱的传说。她认为这两位才女"忠孝已根其天性，纲常必熟于怀来"①，历史上对她们再嫁或移情别恋的传说都是男性文人编排的不实之词，是厚诬"淑媛"，"贞淫莫辨"②。但是，今天学界对李清照再嫁的事实基本上是认同的。由此可见，宋代社会确实比明清两朝对妇女的日常生活更为包容。薛氏非常重视"妇道"对从一而终的"贞节"要求，容不得女性在这个方面有一点的瑕疵，即便说的是西施、李清照、朱淑真这样的历史人物，她也不允许用不"淑"不"贞"的传说来"厚诬"她们，这样的女性观念是以理学为主导的明清两朝主流意识形态长期形塑建构而成的。

薛氏之所以有这样的性别观，原因有三，其一，她从小熟读《女论语》《女孝经》《女诫》《女学》等，浸染的文化是男女有别、男性主导的纲常礼教。其二，其婚姻情感和家庭生活的平等和幸福。陈寿彭因钦慕薛氏的才华而追求她成婚，陈季同称赞这个弟媳妇有"林下之风"，陈寿彭对薛绍徽始终礼敬有加，在薛氏活着的时候没有娶妾，对薛氏的主张充分尊重和包容，所以薛氏很难理解无法独立自主的女性或婚姻不幸的女性的痛楚。其三，薛氏本人既淑慈，又有才能。她持家课子，是陈寿彭的贤内助，又是"主外"的陈寿彭的志同道合者③。她对陈寿彭在外谋食处事多有劝言献策，比如中法马江战前，她劝阻陈寿彭去福建舰队任职，宁可家庭生活"固穷"，也不愿陈寿彭屈就于不适于他性情才能的岗位。④为了帮助一时无固定收入的陈寿彭度过经济拮据期，她建议夫妻俩一起合译西洋作品，发挥自己擅长丹青、能诗善文的技能，在沪上一度靠卖画卖文为生。她说："盖无慈则学问才能无所附丽，无学则慈不过空言。"在她看来，"慈"和"学"是女性确认其社会价值和独立地位的根本保障。所以，她甚至在陈季同陈寿彭兄弟介入其中的办新

① （清）薛绍徽著，林怡点校：《薛绍徽集》，北京：方志出版社2003年版，第147页。
② （清）薛绍徽著，林怡点校：《薛绍徽集》，北京：方志出版社2003年版，第146页。
③ （清）薛绍徽著，林怡点校：《薛绍徽集》，北京：方志出版社2003年版，第146页。
④ 1890年，薛绍徽病中将陈寿彭的藏书室命名为"黛韵楼"，时有人以陈恭甫（寿祺）手批十七史来售，寿彭爱之却苦于乏钱，薛氏当即脱下自己的金手镯换买该书，并作诗记此事云："钿合何妨半臂分，琳琅乙部异香熏。应知左海文章尽，大雅扶轮总望君。"

式女学和办女报的具体问题上，都能提出自己独立的看法，表达自己不一样的立场，而接受了欧风西雨的陈氏兄弟也能够给予她充分的理解和尊重。①归根结底，是因为鸦片战争以来，随着中国社会的日益开放，李桂玉和《榴花梦》所倡导的女性观对福建女性影响深刻。作为女性，薛绍徽在清末随其丈夫陈寿彭游历了杭州、宁波、上海、南京、香港、广州、北京等地，并参与了其丈夫兄弟所从事的维新事业，这在同时代的女性中实属罕见，旅行和参与社会事务拓宽了其视野和格局，除了天资聪慧外，这些也是她能够于同时代的女性中鹤立鸡群、出类拔萃的重要原因。

　　但福州当时的女性知识精英在妇女观上有比薛绍徽更为先进者，这以和薛绍徽年纪相仿的林步荀（1863—1936）为代表。林步荀，字蓉史，是林则徐的孙女，嫁表兄沈琬庆。林步荀"幼承家学，娴习诗书，育子女各一，女早夭，子沈纲，弱冠东渡，日本士官学校骑四期卒业，返国授职管带。女士亦于光绪三十一年（1905 年）东渡求学，入某女子师范学校二年，当时因与吴稚晖胡展堂两先生相谈，思想言论深受影响，并曾以展堂先生之介，参加同盟会，开风气之先。时值秋瑾女侠遇害，消息传来，女士慷慨激昂，召集女同学集会抗议，上书质询浙抚，有声有色，虽日本人士亦咸表钦仰。留学二年余返国，流寓京沪，遨游名胜，常以吟咏自娱。越数年，忽遭失子之痛，沈纲病逝金陵，年仅二十有四。女士忧伤抑塞，礼佛之暇，益肆力为诗，……综其一生，才华横溢，而遭际艰屯。国忧家难，悲怆之情，于其诗中处处可见"②。作为林则徐的孙女，林步荀领风气之先，于清末东渡日本留学，参与吴稚晖、胡汉民等同盟会成员在日本进行的反清革命活动，对当时的妇女界颇有影响。其孙沈觐泰（著名化学家、台湾"石油之父"），1982 年于美国洛杉矶撰文"纪念先祖母"中说："先祖母提倡女权，并首倡妇女放足运动，于 1905 年亦赴日本留学，入女子师范学校攻读，时与革命志士游，思想益坚定。1907 年秋瑾女侠遇害，祖母闻讯之下，至感愤慨，特召集留日女同学，开会追悼，并发表宣言，向清廷抗议，此为当时妇女所不敢为者。"③林

①　1902—1904 年，陈寿彭中举后游宦于上海、河南、南京等地，薛绍徽归居福州。其时，苏州士绅兴办女学，慕薛绍徽名请陈寿彭函告绍会，拟请她主新办的苏州女学，遭她回诗拒绝，诗云："吾学本好古，世人多趣今。今古不同道，休劳一片心。"

②　林寄华：《林步荀简介》，《卧云仙馆诗集》"作者简介"，1982 年家刻本，第 1～2 页。

③　沈觐泰：《纪念先祖母》，《卧云仙馆诗集》，1982 年家刻本，第 7 页。

步荀出国留学、提倡妇女放足，号召并组织女界集会，抗议清廷杀害秋瑾等，这些“开风气之先”的做法实已完全超出了中国传统对女性的规范，李桂玉在《榴花梦》中所寄托的女性理想在林步荀这里得到了很大的实现。

相较于薛绍徽与林步荀，年轻一辈的福州女性在性别观上有更新潮的发展。王寿昌（1864—1925）与陈寿彭是马尾船政学堂的同学，他有诗歌《书真闲二女》，题咏两个女儿王真（1904—1971）和王闲（1906—1999）：

吾家真与闲，赋性颇奇特。
从不理针线，而乃耽文墨。
偶论及婚嫁，愤怒形于色。
谓父既爱女，驱遣何太亟。
嫁女未成才，无异手自贼。
请观古及今，男女讵相敌。
尊夫为所天，俯受其卵翼。
柔脆无一能，好恶遂人癖。
倘嫁好色徒，色衰便弃掷。
倘嫁富豪人，姬妾绕盈侧。
而今欲反古，谋自食其力。
女红殊戋戋，不堪供朝夕。
要能擅高艺，凌霄长劲翮。
不至闭樊笼，戢戢受抑迫。
真言有余慨，矢日志不易。
闲也与同心，遥指南山石。
自是数载来，下帷无闲隙。
夜阑悄悄起，默诵无声息。
读倦尝假寐，和衣不脱舄。
血气暗消耗，面貌呈瘦瘠。
揭覆始张皇，劝戒杂呵责。
东坡愿儿愚，兼望高官职。

> 我愿生女愚，无病良已得。
> 父母惟疾忧，真闲汝应识。①

中国传统妇女观对女性的性别功能设置主要为：相夫教子、侍奉公婆、传宗接代、主持祭祀等。而王真姐妹不愿意嫁人（虽然王闲后来为人妻并琴瑟友之），这是对"女性"这一角色功能进行了釜底抽薪式的解构。王真姐妹不愿嫁人的原因是对男性主导的社会有所恐惧和警惕，所以自觉选择"反古""谋自食其力"，力求通过学问知识而不是"女红"来自谋生存。在王氏姐妹看来，夫妇关系是不可能平等的。最好的情况就算女性尊夫为天，曲身柔顺，但如果无任何技能，连喜欢什么讨厌什么都难以自主，都要随顺丈夫，以丈夫的意愿为意愿。如果所嫁的人是好色之徒，则女性免不了人老珠黄被抛弃的命运；就算嫁个富家子，姬妾成群的家庭更无法带给女性平等的地位。所以，在王真看来，女性要赢得独立自主的权利，就要致力于学问以养成自食其力的技能，并且不结婚就成了一种自主的选择，这种选择对女性而言，是面对男权依然至上的社会现实能够做到的较为理想的自我成全了。

王真终身未嫁。其父王寿昌早卒，她"不嫁事母数十年如一日"，并"出应世务"，在闽省政府部门供文案之职、当中学老师等。②因她师从陈衍、何振岱等名师，且多才艺，"于民国时已显闻文坛艺界，人称为才女"③。王真的女性观与父辈不尽相同。王寿昌说"我愿生女愚，无病良已得"，宁可王真姐妹少点儿学问，也不要有累于身体健康。而王真却勤学不倦。陈衍对王真关爱有加，王真也常礼侍陈衍，但并没有事事顺听陈衍的意见。1936 年 4 月 1 日，陈衍致信王真，不喜她继续在福建省政府供职，力劝她到上海发展，说到上海发展可以"一面多交朋友，可以进功，可以扬名，可以卖画。既弃不嫁，还不博得自由之乐？！……汝即坐食，亦养得汝起。此时不求来上海，真自误矣"④。但王真并没有接受陈衍的建议，坚持在家自食其力并侍候母亲。

---

① 林怡：《渐不惑文存》，杭州：西泠印社出版社 2006 年版，第 434～435 页。
② 参见林公武：《陈衍、金天羽致王真书札注释》，《师堂丛录》，上海：上海科学技术文献出版社 2015 年版，第 138～189 页。
③ 林公武：《师堂丛录》，上海：上海科学技术文献出版社 2015 年版，第 140 页。
④ 林公武：《陈衍、金天羽致王真书札注释》，《师堂丛录》，上海：上海科学技术文献出版社 2015 年版，第 172～173 页。

可见，王真理解的"自由之乐"与陈衍理解的"自由之乐"未必一致。虽然陈衍说王真来上海即便"坐食"，他也乐意并且养得起她，但或许正是这句"汝即坐食，亦养得汝起"的男权思维和口吻让王真无法接受，因为她早就对她的父亲王寿昌说过要"谋自食其力"。在王真看来，只有经济上的独立，女性才有"自由"可言。

在薛绍徽那里，成全女性，需靠男性"乾纲克振"；而到了王真这里，女性可以摆脱男性以自我成全。虽然一样推崇女性必须有"学"，但在女性是否该为人妻、是否该尽为人妻为人母的性别职能上，王真这一代女性的看法已经与薛绍徽一代很不一样。她们并不认为需要靠男性才能确定自己的价值，她们企图自食其力"自我成全"。这样的观念是从王真的上一辈吕碧城（1883—1943）、林步荀等人那里开始转型过渡的。吕碧城终身未嫁，虽然受谤甚多，却活得相当独立自主和绚丽精彩。可以说，秋瑾、吕碧城、林步荀、王真等人的出现，才把李桂玉《榴花梦》中塑造的桂恒魁这一女性形象变成了生活的现实，这为中国妇女在现代社会的转型提供了真正"现代女性"的范本，但这样的"范本"已偏离"温柔敦厚"的传统"女教"或"妇道"愈来愈远了。

作为清末推翻帝制、鼓吹民主共和的革命先驱，著名诗人、南社健将林庚白（1897—1841）的女性题材书写甚多。在《丽白楼遗集》中，既有关于女权的时政评论，如《女子参政观》（1912年9月）、《现代中国女性与革命》（1933年9月）等，更有许多他写给女友、恋人、夫人的诗词。辛亥革命后，1912年9月，林庚白以记者的身份对女子是否参政发表了自己的看法。他认为，以当时中国女子长期局限于家庭内活动而言，此种"家庭主义"的积习是中国女子参政的最大障碍；而西方，已经谋得参政权利的西洋女子，其参政不能取得好结果，是因为"其最大障碍在社会主义。……要之，我国女界之积习坏于社会主义为家庭主义所掩，欧美诸国女界之积习，坏于国家思想为社会主义所乘。此中西女子不得卒与参政之原因"①。林庚白虽然分析了中西女子参政不得"良结果"的原因，但他还是认为推动女子获得参政权利是必要的。他认为女子参政对国家、社会、家庭以及男女关系朝着平等方向的改善都有帮助。他说：女子参政，不仅其经济上的独立可以减轻与之相关

---

① 林庚白著，周永珍编：《丽白楼遗集》下卷，北京：中国人民大学出版社1996年版，第737页。

联的男子的负担，而且，还可以破除女子长期倚赖男子而被养成的"骄惰之风"。他说：女子欲参政，就需要有竞选能力，因此，女子"不得不练习政事。以练习政事故，不得不讲求学问。率天下之女子而皆有学问，则人人可以自立，而依赖男子之性质除，男子亦因而减轻其负担。是则女子参政之良结果所得至能使男女自然同进于平等之阶级。故记者以为：女子参政，直接对于国家之进步有重要之关系，间接关系于社会之进步，又间接而关系于国民之进步"①。

二十一年后，1933年9月，林庚白又撰写了《现代中国女性与革命》一文。他指出，经过国民革命军主导的北伐战争（1926—1928）的洗礼，"好像是现代中国的女性们，已经觉醒了起来，由社会到政治，一切的事业，都有女性在参加，而思想上比较进步的女性，尤其活跃，这自然是革命所给予女性新鲜而强烈的刺激，也就是革命的良好印象。但事实告诉我们，中国的过去和现在，不但没有卢森堡、哥伦泰这一类的女性型，而且半封建的意识、情绪，弥漫了女性间的空气。无论在'布尔乔亚''小布尔乔亚'，或是'普罗'的方面，都有这样的病态在滋长着。我觉得这不仅是女性自身的不幸，至少是革命过程中的损失。所以来写这一篇论文"②。林庚白说："许多的资本社会学者，歪曲地描写女性，更有些以为女性在生理和心理自然的支配下，只能发挥她们的才能，向贤妻良母的道路走，就是要参加社会和政治的运动，也只能限于某一部分，这是根本谬误的。要知道女性的潜在心理，不正确的心理，都只由于生理的影响。而这些生理的影响，一方面由于几千年来祖母们所遗传早已失去她的本能，另一方面，则是由于畸形的社会制度所造成。为了经济关系的反映，而加强了生理上所受的刺激和麻醉。所以女性们在过去的遗传和现在的制度夹攻中，制限了若干的动力。这是偶然而并非必然的啊！"③

林庚白认为，西方的女性，之所以较中国女性独立，这既有种族的关系，更有教育的关系，西方女性的"体格、习惯、思想、行动，都已超过了现代中国的女性"。西方"个人主义的工业社会，所给予女性的经济力，比着家族

----

① 林庚白著，周永珍编：《丽白楼遗集》下卷，北京：中国人民大学出版社1996年版，第737～738页。

② 林庚白著，周永珍编：《丽白楼遗集》下卷，北京：中国人民大学出版社1996年版，第856页。

③ 林庚白著，周永珍编：《丽白楼遗集》下卷，北京：中国人民大学出版社1996年版，第856页。

主义的农业社会，无疑要便利些"①。

他从"社会方面的不了解""同性间的妒性""对于性问题的不正确认识""残余的家族制度之麻醉性"等方面分析了中国妇女无法彻底独立自由与男子平权的原因，指出：中国现代女性往往走向两类归宿：要么"含有半封建意识之资本社会的女性，仅知享乐，只有走向堕落之一途"；而"思想更前进的一些革命女性"，既没有"'布尔乔亚'妇女的经济力，也没有真正的'普罗'妇女之健全体格，奋斗不能，挣扎不可，徘徊更不甘，势必天天得趋于没落"②。他呼吁："女性的损失，尤其是革命的损失。姊妹们啊！你们需要着最后的觉醒。在堕落和没落的岔道上，你们应当从半封建的中国社会中男性和帝国主义者们二重压迫之下，找出光明的方向。"③

经历了辛亥革命后的社会剧变，林庚白既肯定了中国妇女现代转型的成果，更深刻地指出了中国女性在现代转型中的局限和不足甚至弊端，这对此后中国女性的现代转型深有启迪。林庚白深受当时欧美左翼思潮的影响，认为现代女性应学习投身于工人运动的卢森堡（1871—1919）、罗兰夫人（1754—1793，法国大革命时期吉伦特党的灵魂）、燕妮（1814—1881，马克思夫人）等，以自己的才识与志同道合的男性一起投身于社会变革。他甚至不惜以自己的离婚、恋爱、再婚的实践来实现他的新女性观。1929 年 12月，他爱上了在友人宴席上认识的铁道部女职员张璧，自以为张璧可以与他志同道合，如"燕妮"一样做他的"革命伴侣"。他苦恋张璧三四年，"忍受着我生平所未曾经历的痛苦，和我个人的精神上、物质上，空前的损失与牺牲"④，不惜"净身出户"，在 1931 年与传统包办婚姻结成的、彼此同居都感到痛苦的原配夫人许今心女士离婚，将家产、儿女悉数割让给许女士。他离婚后，张璧以各种理由拒绝和他结婚，并在 1932 年 10 月 30 日与他彻底分手。这几乎给了林庚白致命的打击。他从小以"超人"自许，不意竟在充满"革命激情"的自由恋爱上大吃苦头，为"求一平凡的人而不可得"，这对他"三十六年的生命史"，"至少是太无意义，太无价值了"⑤。

① 林庚白著,周永珍编:《丽白楼遗集》下卷,北京:中国人民大学出版社 1996 年版,第 856 页。
② 林庚白著,周永珍编:《丽白楼遗集》下卷,北京:中国人民大学出版社 1996 年版,第 859 页。
③ 林庚白著,周永珍编:《丽白楼遗集》下卷,北京:中国人民大学出版社 1996 年版,第 859 页。
④ 林庚白著,周永珍编:《丽白楼遗集》下卷,北京:中国人民大学出版社 1996 年版,第 1225 页。
⑤ 林庚白著,周永珍编:《丽白楼遗集》下卷,北京:中国人民大学出版社 1996 年版,第 1226 页。

但是，林庚白最终求仁得仁，修得正果：深受现代女性观影响的更为年轻的一代才女林北丽（1916—2006）爱上了他，他也与这红颜知己相爱甚深。1935 年冬，20 岁的林北丽从报刊上读到林庚白的诗作，倾倒于这位父执的文采识见，心生爱慕。林北丽是林徽因的堂妹，其父林景行（字亮奇、寒碧）与林长民是叔伯兄弟。林景行是林庚白的老友，他和妻子徐蕴华都是同盟会员、南社成员。徐蕴华的姐姐徐自华与秋瑾是结拜姐妹，徐蕴华是姐姐和秋瑾的信徒。林北丽出生 18 天，父亲死于车祸，徐蕴华抚养她成长。在母亲的熏陶下，林北丽从小对父辈的英雄主义充满敬仰。林寒碧去世后，林庚白未曾见过林北丽。直到 1936 年冬，因林北丽倾慕林庚白，经友人介绍，林庚白和比自己小二十岁的林北丽相识、相恋，林北丽豪爽擅诗，从此成为林庚白生命中的最爱，她与林庚白志同道合，风雨同舟，同甘共苦。1941 年 12 月 19 日，林庚白在香港九龙街头被日寇枪杀后，为抚养林庚白的遗孤和保存林庚白的遗稿，林北丽殚精竭虑、历尽艰辛，无怨无悔。1943 年，林北丽伤愈后从香港辗转回到桂林，4 月，包括陈寅恪在内的桂林各界名流三百余人联名为林庚白举行隆重的追思会。追思会上，林北丽撰文说："要是文字有灵的话，在中国革命史和文学史上，都应该有你的地位。但是我呢？难道除了低吟着最近所作'生死惟余梦寐亲，心怜能结再来因'两句残诗外，便没有什么可以自慰了吗？为了你，为了我自己，我应该找到我的岗位，负起我的责任来！这样百年以后，我也可以很光荣地和你握手于地下吧！"①

　　可以说，林庚白和林北丽，以积极"参政"，投身"革命"，志同道合且相互尊重爱慕的婚恋，践履了他们所推崇的现代男女平权的性别观，实现了李桂玉在《榴花梦》中所寄托的对新女性的理想。

　　从李桂玉、林普晴经林步荀、薛绍徽、沈鹊应等，到王真、林北丽等，我们可以清晰地看到福建妇女在现代社会变革转型中如何一步步地向着争取更多的权利和独立自由迈进。这当中既有鸦片战争以来较为开放的福建开明男士的关爱、呼吁和支持，更有福建女性自己的实践和努力。因此，继李桂玉于 1841 年开始创作《榴花梦》并在福州被广泛传播之后，福建涌现出了众多在全国有影响力的，活跃在政界、文学、艺术、教育、医学等各领域的现

---

① 林北丽：《庚白的死》，《丽白楼遗集》下卷，北京：中国人民大学出版社 1996 年版，第 1235 页、第 1238～1239 页。

代女性，如林步荀（1863—1936）、薛绍徽（1866—1911）、沈鹊应（1877—1900）、林宗素（1877—1944）、方君瑛（1884—1923）、方君璧（1898—1986）、王世静（1897—1983）、庐隐（1898—1934）、冰心（1900—1999）、陈懋恒（1901—1969）、程俊英（1901—1993）、林巧稚（1901—1983）、林徽因（1904—1955）、游寿（1906—1994）、林北丽（1916—2006）以及王真（1904—1971）等福州"十才女"（王真、王闲、何曦、叶可羲、王德愔、刘蘅、薛念娟、张苏铮、施秉庄、洪璞）①，已然水到渠成。

1840 年鸦片战争爆发，中国不得不面向世界开放，福州、厦门首当其冲。时代风气的转移，使得福州知识女性有机会较快地融入世界，并试图在才智与社会公共生活方面取得与男性一样的能力与地位。薛绍徽曾说："吾生平最恶脂粉气。三十年诗词中，欲悉矫而去之，又时时绕入笔端。甚哉，巾帼之困人也！"②足见当时饱学的女性正自觉地摆脱传统女性的外在表征"脂粉气"，这是追求独立自由的新女性观的一种表征。

福建近现代女性观的形成，经过李桂玉、林步荀、薛绍徽、沈鹊应、林宗素、方君瑛、庐隐、冰心、林徽因、王真、林北丽等人前赴后继的实践，渐趋成熟。薛绍徽虽然性格葆有相当的独立自主性，但她基本上还是持守传统"闺阃"之内的"妇道"。她谢绝到苏州主持新女学，坚持男女之大防不能"溃"，临终自题挽联，说自己"为女为妇至为母，兢兢业业"③，都表明她尚未从根本上突破传统"妇道"的藩篱，她对妇女"为人妻"的角色认同以及以"温顺"为主要性别特征的认同与传统妇道的要求还是一致的。但林步荀与薛绍徽开始有所不同，她以更自觉激烈和独立自主的姿态投身于社会变革，引领了后起的林宗素、方君瑛等女革命家。稍后的王真，则开始突破女性"为人妻"的性别角色的藩篱，选择了出走或游离于传统家庭之外，凭才学谋职自食其力，保持自己经济独立和生活自由的权利。到林北丽这一代，再受崇尚欧美左翼思潮的林庚白等男性的影响，新女性观中"革命"和"参政"成了重要的内容。这一时期，女性解放既有冲破家庭藩篱的社会氛围和条件（女性受教育和在社会谋职的机会增加），具备自食其力的生存发展空间，同

① 参见林怡编选：《依然明月照高秋——福州近现代才女十二家诗词选》，福州：海峡书局 2021 年版。
② （清）陈锵等撰：《先妣年谱》，《薛绍徽集》，北京：方志出版社 2003 年版，第 158 页。
③ （清）陈寿彭撰：《亡妻薛恭人传略》，《薛绍徽集》，北京：方志出版社 2003 年版。

时也有自由寻找"志同道合"的伴侣以组建夫妻平等家庭幸福的社会条件和空间。至此，女性"温顺"与否，已经不再是三要的性别认同特征。此后，中国社会男女平权的观念未有更具突破性的发展，只是在此观念引领下与之相适应的社会制度的革新成了社会变革的主要诉求。

我们从上述清中叶至民国福建名流的女性题材书写中，可以清晰地看到中国现代男女平权观念的兴起和演变的轨迹、中国妇女寻求男女平权的途径和进程。其一，兴办学校，赋予女性受教育权，妇女通过教育求得学问——以读书习得才艺，以广泛的交游来阅世知人；其二，妇女必须拥有健全的体格；其三，社会必须设置一夫一妻新的婚姻制度，废除旧的蓄妾制度，允许自由择定婚嫁与否与婚嫁何人，对是否持守"贞节"之"性"有更为包容的态度；其四，鼓励妇女进入社会工作，取得经济独立；其五，在上述基础上，提倡妇女积极参政，才能取得良好的参政效果；最后，有了上述保障，妇女才能实现"男女平权"的实质自由。

中国妇女观的进步，"文化共同体"起了重要的推动作用。中国妇女在社会变革中对自身权益的获得认知是在共同主张"男女平权"的男性和女性的合力提倡和实践中完成的。要求男女平权的新女性观是一种新的认知"范式"，中国传统以"夫为妻纲""三从四德"为主导的女性观是旧的认知范式。女性观新范式取代旧范式，其实质是新的文化共同体渐成主流，取代了旧的文化共同体。清中叶后，中国社会逐渐打破了"男女授受不亲"的旧规，志同道合的男女共同建构了新的"文化共同体"。薛绍徽写有《丁耕邻先生〈闽川闺秀诗话续编〉序》①，其中所言及的能诗擅词的闺秀，往往不离两个文化共同体：家庭文化共同体与社会文化共同体，前者由母女、姐妹、婆媳、姑嫂、妯娌、夫妻等亲戚圈构成，彼此间相互唱和；后者由父亲、丈夫、兄弟等男性亲友的朋友圈构成。如果女性的交游主要局限于家庭文化共同体，则女性往往多持守旧范式的妇女观，譬如薛绍徽及其姐妹、女儿等；如果其交游范围拓展至以男性为主的社会文化共同体，则女性多逐渐认同并坚持新范式的女性观，如林步荀、王真、林北丽等人。典型者如林北丽，她是林徽因的堂妹，和林徽因一样，是在清末民初主张社会变革的家庭氛围中成长起

① 参见（清）丁芸辑：《闽川闺秀诗话续编》，《清代闺秀诗话丛刊》（壹），南京：凤凰出版社2010年版，第259～335页。

来的新女性。她有崇拜革命父母一辈的"英雄"情结，所以她热恋她父亲的好友、年长她二十岁的林庚白，而林庚白也将林北丽视为志同道合的知己，他们相互策励，彼此扶持。《丽白楼遗集》中有许多他们夫妻相互酬唱的诗篇。可以说，在中国社会现代转型过程中，男女是否能够和在多大程度上实现"平权"，不仅依赖于女性自身的努力，更需要男性的理解和援助。因此，突破"男女之大防"，由男女共同参与建构的社会文化共同体，对男女平权的现代性别观念的兴起有着重要的推动作用。

福建近现代知识女性精英，都把守孝、慈爱作为女性共同的社会性别认同标准；但是，在是否以"温顺"为女性的性别特征、女性是否该独立工作、是否一定要出嫁、如何才算"自由"等问题上，即便民国社会转型已较清末更趋"现代"，男女个体对这些问题的看法仍不完全一致。譬如1936年陈衍力劝王真到上海，说他养得起王真，认为这样王真可得"自由之乐"，但王真并不认同，没有接受。中国提倡男女平权的男性往往没有虑及女性一旦结婚和生儿育女后，其"独立和自由"就很难有充分完善的家庭制度和社会制度的保障。只有家庭制度和社会制度给予女性充分的尊重和包容，女性有充分的自主选择权，才有可能获得现代意义上的"独立和自由"。

总之，从李桂玉以来，福建文人文化中的女性具有如下特征：她们游历海内外，博学多能，独立自主，仁孝慈善，关注国事，参与政事，清直刚烈，为国担当，开了中国近现代女性观念由传统向现代转型的风气之先，为中国妇女观念和生活的现代转型导夫先路。

本编附录

一、清代以来福建女性诗词集目录

丁　　淑《修竹斋诗稿》

丁蕴琛《萧余吟稿续稿》

丁　　氏《哀弦集》

王瑞兰《榆塞联吟草》

王　　璿《停针论古传述》

王琼瑛《万里游诗草》

甘　　和《韫玉轩草》

田　　氏《敬和堂笔训》

印润仙《寄生草诗稿》

江鸿祯《焚余存稿》

何玉瑛《疏景轩遗草》

何青芝《耘芳堂吟草》

朱芳徽《绿天吟榭诗稿》

李若琛《蝶案香尘集》

李慎溶《花影吹笙室词》

李蕊馨《霜筠轩诗草》

李镜林《小蒹葭山庄诗草》

汪淑端《淑端遗稿》

江　氏《绣余草》

沈次畹《香兰词》

沈　毅《旧理斋诗稿》

　　　《白云洞天诗》

沈鹊应《崦楼词》

周蕊芳《生红馆诗钞》

林月邻《秋香阁遗草》

林佩芳《寄轩拾余集》

林芳蕤《林芳蕤诗》

林淑卿《红余仅存草》

林瑛佩《林大家诗钞》

　　　《林大家词》

　　　《悬藜遗稿》

林　瑱《自芳偶存》

林琼玉《林琼玉诗》

邵梅宜《薄命词》

　　　《燕台词》

邱林芳《纫兰吟草》

邱卷珠《荷窗小草》

邱瑶姿《绮兰阁集》

金月雅《检间吟草》

金贞玉《金孺人遗诗》

姜　氏《纫兰闺杂咏》

施毓敏《蜃楼人影》

　　　《浣花诗集》

洪龙徵《效颦集》

倪　氏《鹂怨集》

孙瑞贞《绣余吟稿》

《绣余记闻》

《诗文一卷》

徐雅笙《雅笙遗集》

高素芳《榆塞联吟草》

张　印《茧窝遗诗》

张清扬《潜玉集诗》

《清安室诗补遗》

梁秀芸《梅居遗稿》

张凝芳《清安室词》

梁佩茳《蕉雪轩吟草》

梁金英《爱荷香诗草》

梁符瑞《昆辉阁诗草》

梁瑞芝《香雪斋小草》

梁赋茗《卧云楼诗草》

梁韵书《静庵诗文草》

梁兰芳《小方壶诗草》

梁兰省《梦笔山房诗稿》

庄九畹《秋谷集》

许季兰《剑香阁诗草》

许　琛《疏影楼稿》

许福祉《玉尺山堂存稿》

许德瑗《疏影楼稿》

许还珠《绀光书室诗草》

许馥荃《琴音轩稿》

许懿香《暨茨诗稿》

许　蘅《绣余遗稿》

郭仲年《继声楼集》

陈于凤《兰窗自怡草》

陈月娟《品雪集》

陈玉瑛《兰居吟草》

陈　芸《陈孝女遗集》

　　　　《小黛轩论诗诗》（陈荭注）

陈芷洲《闻妙香遗集》

陈蘅洲、陈芷洲、陈余香《对影楼合稿》

陈品金《别离泪草》

陈谦淑《闻妙香诗钞》

　　　　《梦中镜》

　　　　《九仙枕》

　　　　《传睨堂家训》

曾　氏《古孝女烈女传诗》

汤碧云《浣芳集》

程纫兰《纫兰轩吟草》

黄淑畹《绮窗余事》

　　　　《香草笺外集》

黄淑窕《冻井山房诗钞》

黄昙生《萧然居集》

　　　　《颖卿诗词稿》

黄氏（魏述夫亡妻）《芷兰轩诗草》

黄氏（监铭瑜亡妻）《幽室哀词》

杨秀珠《筠青阁吟草》

杨渼皋《榕风楼诗》

杨莲士《荷坞诗》

杨蕴辉《吟香室诗草》

叶　星《五叶园草》

廖淑筹《琅玕集》

赵玉钗《听雨楼遗草》

齐祥棣《玉尺楼遗诗》

刘秀明《蕙华镜影词》

刘淑慧《芝雨堂稿》

刘蕖林《艳雪斋诗草》

刘　韵《红雨楼诗词钞》

刘　氏《梅下客初稿》

慕碧云《碧云遗稿》

蔡如珍《焚余集》

邓秋英《晚香楼诗稿》

郑元昭《浣兰词》

郑金銮《垂露斋联吟》

　　　《西爽斋存稿》

郑青蘋《垂露斋联吟》

郑淑沚《韫玉轩集》

郑淑娟《淑娟存稿》

郑浑冰《绣余吟草》

郑咏谢《簪花轩闺吟》

　　　《研耕诗存》

郑云荫《垂露斋联吟》

郑嗣音《芷香阁遗草》

郑瑶圃《绣余吟草》

郑齐卿《藤花吟馆集》

郑翰莼《带草居诗集》

　　　《画荻编》

郑镜蓉《垂露斋联吟》

　　　《泡影集》

郑徽柔《芸窗蛩响集》

郑瀛仙《瀛仙馆诗草》

卢元素《静香诗钞》

卢蕴真《紫霞轩诗钞》

赖懒云《探药老人诗草》

萧道管《萧闲堂遗诗》

　　　《戴花平安室词》

薛绍徽《黛韵楼诗集》

　　　　《黛韵楼词集》

　　　　《国朝闺秀词综》

萨莲如《挽鹿山庄诗草》

谢采蘩《冰壶集》

谢　氏《谢太夫人遗集》

戴淑仙《绣虎余音》

戴　氏《太君诗集》

　　　　《偶和集》

魏凤珍《红余小草》

苏姒卿《苏姒卿诗集》

权　氏《闺中草》

龚韵珊《漱琼馆诗》

　　　　《传硕庐诗》

　　　　《长喜斋论画诗》

林步荀《卧云仙馆诗集》

王　真《道真室词》

王　闲《养源室词》

王芝青《芳草斋诗词》

王德愔《琴寄室词》

方慧遗《吉祥止室吟草》

吴语亭《语亭吟草》

何　曦《晴赏楼诗》

　　　　《晴赏楼词》

　　　　《初日楼词》

何尔璜《丁戊山馆吟草》

施秉庄《延晖楼词》

张苏铮《浣桐书室词》

叶可羲《竹韵轩词》

刘季冰《暾湖遗著》

　　刘　蘅《蕙愔阁诗》

　　刘明水《香雪楼诗词》

　　薛念娟《小嫩真室词》

　　林北丽《林北丽诗文集》

　　（杨凡辑录）

二、清末福建著名女作家薛绍徽作品目录

（一）诗集目录

《谢伯兄惠书》

《懊恼》

《题〈闽川闺秀诗话〉后》

《游鼓山》

《古意》

《秋光曲》

《有人馈牡丹四本》

《题白蝴蝶图》

《送外子之日本》

《寄外》

《同英姊登九仙山》

《冬闺即事（二首）》

《题外子抱琴独立图》

《锄月种梅，和玉梅女史韵》

《与英姊论词》

《寄外，用颜延年〈秋胡〉韵》

《小西湖杂诗（五首）》

《乌石山观般若台石刻》

《有人以陈恭甫先生手校汲古阁十七史求售，丹钻五色，郁为古香。外子爱之，苦不得值。余脱臂金以偿，并系以诗》

《外子有仆，善伺笔墨，近欲遣去，因作诗阻之》

《梅亭谒郑少谷先生墓》

《老屋》

《画水仙赠女冠》

《哭铿儿（四首）》

《食西施舌作》

《嫁婢》

《英姊设饯，即用原韵答之》

《海病》

《申江曲》

《有见》

《徐家园品菊》

《甬上杂诗（十首）》

《仲秋夜读史作》

《喜伯兄来甬》

《偕外子、伯兄游月湖（三首）》

《送伯兄归里》

《读宋史》

《答英姊用原韵》

《上海龙华寺观桃花》

《题恽南田花卉画册（四首）》

《外子嘱余作画戏题笔单后（四首）》

《为外子纨扇画菊花》

《老妓行》

《题杨龙友山水画幅》

《吴梅村山水画幅歌》

《题黄皆令画册》

《题〈寒山草木昆虫图〉》

《题南楼老人牡丹画幅》

《题徐横波墨兰》

《题张宛玉粉蝶图，即用其韵》

《题王石谷山水画册（八首）》

《题李苹香山水便面》

《归舟偶作》

《与英姊、伯兄夜话》

《外子、伯兄共登秋榜，作此慰英姊》

《偕英姊观文笔山》

《送外子之河南》

《锵儿偕姊子学弄笛作此示之》

《欧冶池》

《课儿诗二十首》

《外子书言，有人欲延余入苏州主讲女学，走笔答之》

《玉尺山》

《东海女史草书歌》

《题花溪女士富士霁雪图》

《训女诗十首》

《西风》

《题画（四首）》

《自题草虫画册（二首）》

《金陵怀古（八首）》

《谒孝陵》

《灵谷寺》

《鸡鸣山》

《冶山晚眺》

《莫愁湖（四首）》

《聚宝山谒方正学先生祠》

《翠薇亭》

《扫叶楼》

《题改七芗无量寿佛图》

《题金冬心墨梅画幅》

《题华秋岳画眉女贞画幅》

《题竹禅和尚竹石画幅》

《题马江香折枝画幅》

《题吴飞卿菊花蟋蟀团扇》

《题缪素筠牡丹画幅》

《题荣余庵花草虫鱼画册》

《题吴芝瑛草书横幅》

《题任渭长人物花鸟画册（四首）》

《王姑寺》

《驻马坡诸葛武侯祠》

《闻歌》

《后湖采莲曲》

《秦淮观妓》

《寄英姊、伯兄》

《中秋》

《离金陵泊下关口占》

《上海》

《喜族弟偕姊子至》

《少年时收牡丹残片，检书复见，因之感赋》

《外子五十，歌此为寿》

《黄浦滩观灯歌》

《张家园七夕会》

《白犬阻风》

《羊城杂诗（六首）》

《花埭观牡丹》

《白鹅潭》

《越秀山》

《珠江夜泛偶得集句》

《香港》

《船中祷神辞》

《上海过敬如兄公故宅》

《天津》

《火车》

《入都寄兄姊》

《病喘》

《北京杂诗（四首）》

《琉璃厂归途口占告绎如（二首）》

《花市》

《松筠庵》

《石芝庵》

《崇效寺牡丹》

《法源寺丁香》

《北京怀古（四首）》

《雹》

《雨后》

《题画赠力绣纹世侄女归闽》

《伯兄书来，谓已入粤，书此却寄》

《移家作（二首）》

《万牲园（四首）》

《十刹海（二首）》

《销夏杂咏（八首）》

《金井曲》

《听王玉峰三弦歌》

《英姊信言，归安溪，书此却寄》

《昨日》

《朔风》

《丰台老媪歌》

《随绎如寻万柳堂旧址》

《英姊书言夜合山茶并开，得诗相寄，因用原韵答之》

《寄伯兄》

《移家兴隆街作》

《谒于忠肃祠》

《种蔬》

《双塔寺》

《榆木多虫，口占一首》

《题岳武穆草书诸葛忠武前后〈出师表〉石刻后》

《观马戏》

《文宗》

《哀伊藤》

《拟本事诗（二首）》

《榕城三烈妇歌》

《龙须席》

《谒谢文节祠》

《吴柳堂祠》

《新月》

《荔枝歌，寄谢英姊》

《琼、雷玩物四首呈伯兄》

《闻道》

《蓟门行》

《艳歌行》

《从军行》

《少年行》

《题倪云林山水画幅》

《题董文敏山水画幅》

《题王玉映水墨花卉画册》

《万牲园观菊花》

《前门观灯会歌》

《病中杂诗（四首）》

《病起》

《喜英姊至》

（二）词集目录

《菩萨蛮·春日偶得》

《绣停针·刺绣》

《如梦令·春月》

《菩萨蛮·题画》

《卜算子·绣球》

《金缕曲·与绎如夫子夜话》

《虞美人·玉簪花》

《前调（又一体）·送绎如游学日本》

《南歌子·寄外》

《浣溪沙》

《调笑令·题画》

《忆秦娥·秋海棠》

《鬓云松令》

《声声慢·秋夜》

《雨中花·寄伯兄》

《一剪梅·听邻女弹筝》

《临江仙·桃花》

《生查子·题南浦送别图》

《瑞鹤仙·夏闺》

《疏帘淡月·七夕》

《法驾导引（六阕）》

《疏影·帘波》

《珥龙谣·题右旋螺图并序》

《卜算子·忆英姊》

《兰陵王》

《十六字令》

《绕佛阁》

《穆护砂》

《宴清都·题绎如胡天仗剑照相》

《忆王孙》

《西楼月》

《喜迁莺·偕英姊小西湖观竞渡》

《贺新郎·荔枝》

《满江红》

《青玉案·病中口占》

《蝶恋花》

《月下笛》

《百字令·草色》

《凤凰台上忆吹箫·新月》

《鹧鸪天·送春》

《谒金门·为伯兄画扇并题》

《卜算子·题画扇赠英姊》

《八宝妆》

《十二时慢》

《踏青游》

《谒金门》

《醉太平》

《菩萨蛮·题画》

《浪淘沙》

《满江红·偕英姊登钓龙台作》

《春光好·花朝》

《瑶华》

《喝火令》

《浪淘沙》

《二郎神》

《渔家傲·题沈石田山水画幅》

《惜黄花慢·随绎如展翁姑两大人墓》

《偷声木兰花·山茶》

《雨中花·腊梅》

《摸鱼儿》

《解连环》

《茶瓶儿》

《沁园春·落花》

《惜春容·玉兰》

《洞仙歌·游长庆寺啖荔枝》

《赤枣子》

《江城梅花引》

《前调》

《疏影（二阕）》

《海棠春》

《点绛唇》

《玉女迎春慢》

《夏云峰·水云亭观云》

《被花恼·题边景昭花鸟画册》

《鹤冲天·题唐六如桃花画幅》

《撼庭竹·题徐天池墨竹》

《倾杯乐·题上官竹庄白描人物》

《花非花·铭生春红砚阴》

《满江红》

《水调歌头·台江泛月》

《一萼红》

《金缕曲》

《前调》

《花发沁园春·涛园》

《壶中天·慰绛如报罢》

《小秦王·宿山家集句》

《卖花声·戏题绛如水墨牡丹图》

《菩萨蛮·寒蝉》

《卜算子·寒蛩》

《丑儿奴慢》

《添字渔家傲·寄绎如卢沟桥》

《生查子·双骖园》

《点绛唇·积翠寺》

《海天阔处·闻绎如话台湾事》

《声声令·梦铿儿》

《蝶恋花》

《辘轳金井·寄绎如上海》

《卜算子·别伯兄、英姊》

《捣练子》

《忆江南(八阕)》

《山亭宴·招宝山观海》

《祝英台近·义妇冢》

《归田乐·布谷》

《瑞鹧鸪》

《钗头凤·络纬》

《惜余春慢》

《采明珠》

《临江仙·江东浮桥》

《西江月·上海观兰花会》

《忆旧游·蒙泉山馆》

《风中柳》

《摸鱼儿·寄绎如汴梁》

《无愁可解·寄绎如绍兴》

《西湖月》

《小重山·偕英姊观玉尺山》

《黄金缕·寄绎如金陵》

《滴滴金·石室偕英姊饯伯兄往闽清》

《飞雪满群山·车中望钟山残雪》

《凤凰台上忆吹箫·凤凰台》

《瑶华·觅张丽华祠不得》

《寻芳草·萤》

《芳草渡·舟中望金、焦二山》

《鹧鸪天·斜桥》

《金缕曲·徐园听昆曲（二阕）》

《清平乐》

《满江红·寄英姊兼讯伯兄》

《望江南（八阕）》

《惜红衣》

《秋思耗·与绎如话粤中名胜》

《满宫花·入都卧病》

《舞春风·随绎如游天宁寺》

《丁香结·紫丁香》

《迷神引·墨葵》

《百字令·寄英姊》

《秋霁·江亭观落叶》

《浣溪沙·雪》

《好女儿·题画白杜鹃花》

《春从天上来》

《山亭宴·随绎如游玉泉卧佛寺》

《临江仙·碧云寺》

《霜天晓角》

《桃源逢故人·种竹》

《月中行》

《浣溪沙·随绎如谒明陵》

《八归·居庸关》

（三）文集目录

《秦淮赋》

《茉莉赋》

《回銮颂并序》

《〈外国列女传〉序》

《〈双线记〉序》

《〈八十日环游记〉序》

《黄智舟宜人〈鲤庭献寿图〉序》

《丁耕邻先生〈闽川闺秀诗话续〉序》

《〈中国江海险要图志〉后序》

《代拟〈南洋日日官报〉叙例》

《代拟南洋周制军暨配吴夫人七十寿序》

《代拟许母林太宜人六十寿序》

《英玉三姊五十寿言》

《敬如兄公五十寿辰征诗启》

《代救济善会拟〈致高丽国王书〉》

《覆沈女士书》

《西子论》

《李清照朱淑真论》

《医隐园记》

中编

现代阶段

（1917—1949）

第一章
冰 心

　　冰心（1900—1999），原名谢婉莹，笔名冰心。祖籍福建长乐，出生于福建福州市，中国现代著名作家。1923 年燕京大学毕业，获文学学士学位，1926 年美国威尔斯利女子学院研究院毕业，获得硕士学位。1926 年起先后在燕京大学、北平女子文理学院、清华大学、日本东京大学任教。曾任中国文联副主席，中国民主促进会副主席、名誉主席。冰心是"五四"文学的代表作家，且创作终身不辍，在散文、小说、诗歌创作和翻译方面均有丰硕成果。她在创作中歌唱母爱、儿童之爱、自然之爱。她的"爱的哲学"是中国现代文学人道精神的重要体现。她的文字优美典雅，有力地参与了中国现代白话文的建设。代表作小说《超人》《关于女人》，散文《笑》《寄小读者》《往事》，诗歌《繁星》《春水》等，都有广泛的影响。

　　1921 年那个除夕的夜晚，年轻的冰心对父亲说，她的理想是"看守灯塔"。她说："灯台守的别名，便是'光明的使者'。他抛离田里，牺牲了家人骨肉的团聚，一切种种世上耳目纷华的娱乐，来整年整月的对着渺茫无际的海天。""我晚上举着火炬，登上天梯，我觉得有无上的倨傲与光荣。"（《往事二之八》）冰心希望在海军部工作的父亲能帮助她谋到灯台守这个职位，她要"牺牲自己，服务社会"。可惜，按规定灯台守是男性从事的工作。父亲安慰她说："清静伟大，照射光明的生活，原不止灯台守，人生宽广的

很！"（《往事二之八》）①

冰心没有谋到现实中看守灯塔的工作，但是，她却用一生的创作为我们点燃、守护了一座"爱"的灯塔。

第一节 冰心与中国现代文化

> 爱在右，同情在左，走在生命路的两旁，随时播种，随时开花，将这一径长途点缀得香花迷漫，使穿枝拂叶的行人踏着荆棘，不觉得痛苦，有泪可掉，也不是悲凉。
>
> （《寄小读者·通讯十九》）

这些早年写给小读者的美丽词句，正是冰心一生的自我写照。从这段话可以看出，冰心并不是不知道人生有荆棘、不知道人生有痛苦，而恰恰是感觉到了荆棘、痛苦的存在，她才要用爱和同情来温暖人生。这里就涉及这样的问题：我们自己需要不需要这种温暖和慰藉？我们应该不应该给予别人这种温暖和慰藉？这种爱与同情在我们的生命到底占据了什么样的位置？

也许有人要说，感觉到了荆棘，感觉到了痛苦，就应该迅速拔去荆棘、去除痛苦的根源，那才能从根本上解决问题，爱和同情并不能解决问题。然而，人不是纯粹理智的动物，拔去荆棘、去除痛苦的根源固然重要，但心灵的呵护也同等重要。首先，拔去荆棘、去除痛苦的根源需要坚强的心理力量才能完成，这种心理力量要靠爱与同情来涵养；其次，拔去荆棘、去除痛苦的根源之后，人的心灵仍然需要爱与同情来排除那荆棘与痛苦留下的阴影；最后，人生的某些困境，诸如个体生命有限、人总有一天要死之类的问题，从根本上来说是无法解决的，那么，爱与同情的温暖对于人生来说就分外重要了。

鲁迅是中国现代作家中最执着于拔去荆棘、去除痛苦的作家。他对我们这个民族的挚爱，往往通过憎的方式来表达。鲁迅渴望中华民族繁荣昌盛，就特别憎恨我们民族精神中病态的东西。他一生都怀着"爱愈深，其恨愈切"的痛苦心情，从各种角度揭示民族的精神病痛，以"引起疗救的注意"。他

---

① 本节所引冰心作品如无特别说明，均出自卓如编：《冰心全集》，福州：海峡文艺出版社1994年版。

揭露中国历史文化和历史制度中"吃人"的一面，他批判国民的"精神胜利法"，他批判庸众对别人的生命麻木不仁的看客心态。然而，鲁迅这样一个执着于批判的作家，他的作品同时也从正面表达了对爱与同情的强烈渴求。他一生都感激藤野先生对自己的关爱，一生都怀念自己与少年闰土的无间友谊，故乡迎神赛会上富有人情味的"无常"也让他一想起来就感到特别温馨。这些"好的故事"，一直是他的精神支撑。这正从一个侧面说明了爱与同情对于富有情感的人类来说是多么重要。这也从一个侧面证明了作家冰心存在的意义。

冰心正以歌唱爱这种鲜明的文化立场，参与了中国现代文化的最初建构。中国现代文化现代性的核心内涵，就是关爱生命、尊重生命。这种重视生命价值的现代性追求，从两方面展开，一方面是批判那些压抑生命的力量，诸如批判封建礼教、批判社会等级制度、控诉外族侵略等；另一方面是直接从正面呼唤对生命价值的尊重，诸如歌唱母爱、歌唱儿童之爱、体察弱小者的内心世界、尊重受剥夺者和受侮辱者的人格等。这反面批判与正面建构，缺一不可。它们不仅各自构成现代文化不可或缺的一面，而且互为基础、互相渗透。鲁迅、张爱玲等作家批判各种压抑生命的现象，正是以关爱生命为终极的价值追求；冰心正面歌唱爱，实际上也抵御了各种否定生命的力量。

冰心一生的创作时间很长，青年、中年、晚年都有精品问世，但是冰心对时代文化思想和时代文学影响最大的时期，应该是她歌颂爱的青年时期。本小节就着重要分析她早年的"爱的哲学"与中国现代文化之间的关系。

一、万全之爱

宇宙无穷、人生有限，这是每一个自觉的生命都要面临的终极困境。不同的哲学、宗教面对这一终极困境展开了对人的生存态度的不同思考。年轻的冰心也为这一问题困扰着。她在1925年创作的小说《剧后》中，让美丽的女主人公爱娜倚镜凝想并产生幻觉：

> 她这时似乎看见了年光的黑影，鸷鸟般张开巨翼，蓬蓬的飞来，在她光艳的躯壳上瞰视，回旋。她妩媚的精神丰度，在黑影中渐渐暗淡，她的长眉妙目，在黑影中一团儿冰雪般渐渐的消融。在飘扬的轻裙底

下，只立着……只立着一架雪白嶙峋的骷髅！

（《剧后》）

这里，冰心实际上是借助主人公的幻觉表达作家对人最终必须走向衰老、死亡的无奈、忧惧。

这种无奈和忧惧在"五四"作家的生命感受中相当普遍。鲁迅在《过客》中说人生道路的前面是坟，庐隐说人活着就像笼子中的鸭子一样不自由。但是不同的作家对待人类的这个终极困境的态度却不一样。鲁迅的态度是直面虚无、反抗绝望，所以他笔下的过客的使命就是不停地走。庐隐笔下的青年女性因为难以解决这个问题而陷入精神憔悴中。

冰心为这个问题所困扰，但是她显然不甘愿陷入到精神痛苦中。以文学拯救人的精神的使命感，也使得她不允许自己沉浸到迷惘中。她到东方哲学中汲取精神力量。散文《"无限之生"的界线》中，她借人物之口表明死亡不过是生命"越过了'无限之生的界线'"罢了。文中，死去的宛因对活着的朋友冰心说：

什么叫做"死"？我同你依旧是一样的活着，不过你是在界线的这一边，我是在界线的那一边，精神上依旧是结合的。不但我和你是结合的，我们和宇宙间的万物，也是结合的。

（《"无限之生"的界线》）

宛因接近婉莹，婉莹是冰心的本名。这里，冰心其实是自己在跟自己对话，探讨死亡问题。她在有差别的生命中看到了生死之间、万物之间的内在统一性，由此超越死亡给生命带来的恐惧，甚至赋予死亡以一层宁静的诗意美，并且在思辨中给孤独的个体生命带来宇宙大家庭的融融暖意。在她眼里，灵魂是先于生死而永恒存在的；不仅人有灵，万物也均有相互感应的灵魂，因而"万全的爱"是世界的本质（《"无限之生"的界线》）。她从宇宙万物——无论其形态如何变化——精神上都是相结合的感悟中寻找到了精神归宿。所以宛因对冰心说：

万全的爱，无限的结合，是不分生——死——人——物的，无论什么，都不能抑制摧残他，你去罢，——你去奔那"完全结合"的道路罢！

（《"无限之生"的界线》）

对"万全之爱"的确认，既从精神上慰藉了人面对死亡的恐惧，又建构了人与人、人与万物之间的和谐关系。冰心的这种人生观明显受到印度哲人泰戈尔的影响。"泰戈尔的信仰联系着《奥义书》的传统"[1]，联系着古印度哲学。在普遍以欧风美雨拯救中国的现代社会中，冰心创作从东方哲学中汲取人生智慧。她对东方文明的继承也在一定程度上弥补了现代中国文学与古老传统之间的裂痕，她作品中所流露出的广博爱心和乐观精神默默地温暖了对人生感到苦闷的青年的心。

二、母爱

直面死亡是人生的重大问题，冰心用"万全之爱"解决了这个问题。人与人之间如何相互对待，又是人生的另一重大问题。冰心把她的"万全之爱"展开为世俗的种种亲情，来温暖现世的人生。这种世俗亲情首先是母爱。

（一）歌唱母爱的超功利性

造物者——
倘若在永久的生命中
只容有一次极乐的应许。
我要至诚地求着：
"我在母亲的怀里，
母亲在小舟里，
小舟在月明的大海里。"

（《春水·一零五》）

---

① ［斯洛伐克］马利安·高利克著，李玲译：《青年冰心（1919—1923）：冰心与〈圣经〉、冰心与泰戈尔的关系研究》，转引自《冰心论集》（上），福州：海峡文艺出版社 2000 年版，第 227 页。

她爱我，不是因为我是"冰心"，或是其他人世间的一切的虚伪的称呼和名字！她的爱是不附带任何条件的，惟一的理由，就是我是她的女儿。

　　她对于我的爱，不因着万物毁灭而变更。

（《寄小读者·通讯十》）

　　冰心是以青春少女初次觉醒的眼光感受母爱的。从自我的人生经验出发，她首先从母爱的超越功利性中找到心灵慰藉。母女亲情，尽管在明清的女性创作中有一定的表现，但就总体而言，在中国古代文学中一直是一个未曾充分展开、也不可能成为主流话语的主题。母女亲情成为主流文化的代表性话语，这只能首次出现在女性作为独立的人的价值得到文化认可的五四时代。冰心便是这一时代主流话语的代表性作家。

（二）在母爱颂歌中抒写女儿心

　　冰心歌颂母爱，一方面在中国现代文化建构上弘扬了母爱的价值，另一方面她从女儿的角度来歌颂母爱，从中也舒展了青春女性渴望母性爱抚的女儿心。

　　母亲呵！
　　天上的风雨来了，
　　鸟儿躲到它的巢里；
　　心中的风雨来了，
　　我只躲到你的怀里。

（《繁星·一五九》）

　　这里表达的，与其说是母爱的伟大，不如说是第一代现代女性初次踏上社会时的柔弱稚嫩。青春的柔弱是生命成长过程中的必然状态，也是"五四"社会转型期青年的典型心态。它往往和青春的豪迈相伴而生、对立统一，也是生命苏醒时可贵的跫音。只有在珍视生命的时代里，只有人本身成为目的而不是工具的时代里，这种对生命软弱的抚惜才可能成为文学的主题。在以"载道"为使命的文学框架中，在男权主宰的文化框架里，女性青春生命的柔弱是很难找到自己的位置。对女性青年这一心态的确认、表现，必是以珍爱生命、尊重妇女的现代个性意识、人道意识为前提，只可能出现于"五四""人的发现""妇女的发现"的思想背景上，因而对青春女性渴望母性爱抚的心灵抒写，也是"五四"文学现代化的表征之一。

有一种观点认为，母爱与两性之爱不同，两性之爱是两性之间相互对待的问题，它能够激发爱者与被爱者的内在心灵，从而发展自我人格；而领受母爱的时候，儿女是被动的接受者，因而母爱不能激发儿女本身的主体人格，对于儿女的人格建设意义不大。笔者不赞成这样的看法，因为懂得对母爱感恩的人，其主体意识也是强健的；心灵被动的人，大约只会没心没肺地享受母爱，而并不懂得感恩、歌颂。领会母亲的爱，实际上也是儿女情感发展、心灵成熟的一个极为有意义的契机。实际上，冰心正是在母爱的领会中激发了自己的爱的能力。

> 小朋友！当你寻见了世界上有一个人，认识你，知道你，爱你，都千百倍的胜过你自己的时候，你怎能不感激，不流泪，不死心塌地的爱她，而且死心塌地的容她爱你？

> （《寄小读者·通讯十》）

（三）以母性情怀温暖人间

冰心不仅以爱回报慈母，还以领受到的母爱回报社会。《超人》这样的作品正体现了冰心关爱社会、抚慰生命脆弱的母性情怀。《超人》中，冷心肠的何彬因为母爱的回忆而重新唤起生活的热情。小说中，"何彬是一个冷心肠的青年，从来没有人看见他和人有什么来往。他住的那一座大楼上，同居的人很多，他却都不理人家，也不和人家在一间食堂里吃饭，偶然出入遇见了，轻易也不招呼"（冰心《超人》）。何彬的漠然，是青年初入社会看到一些丑恶现象而理想受挫时所产生的一种心理反应。何彬梦到母亲之后，"止水似的感情，重要荡漾起来"，恍然悟到自己原先虚无的人生态度是错误的，而确认了这样的道理："世界上的母亲和母亲都是好朋友，世界上的儿子和儿子也都是好朋友，都是互相牵连，不是互相遗弃的。"（冰心《超人》）母爱滋养了何彬的心，《超人》则滋养了青年的心。青年主编沈雁冰以冬芬为笔名在小说后面附注中抒发了自己的感动："雁冰把这篇小说给我看过，我不禁哭起来了！谁能看了何彬的信不哭？如果有不哭的啊，他不是'超人'，他是不懂得吧！"①《超人》发表后，立即引起热烈的回响，甚至被称作是"救我们青年的上帝"②，隐含作者冰心那一颗关怀生命脆弱的心温暖了读者的心怀。母爱的温暖便是少女冰心转奉给世界的母性关怀。母爱虽然不能解决社会问题以及青年的思想认识问题，但它却能抚平心灵创伤，改变人们的情感商数，给人以生的勇气，激励人们奋然前行。

三、儿童之爱

冰心不仅歌颂母爱，而且还歌颂儿童之爱。冰心对童心的歌唱也有多层面的内涵。她既把儿童世界作为拯救成人世界的力量，也理解、关爱儿童世界本身，同时她还表达了对自我童心的眷恋。而其中影响最大的应该是她关爱、理解儿童世界的篇章。

（一）诗和哲理的颂歌

"五四"女作家首先从成年人的身份反顾儿童世界，从哲理和诗意的角度发出了深深的赞美之词。冰心是其中最富有代表性的作家。她既以哲理性的语言赞颂儿童的纯洁伟大，也通过形象化的描述表现儿童洁净、富有生机的诗意美。这两方面的内容相互交织、衬托，达到感性描写和理性升华的和谐交融。而在不同体裁的创作中，这二者又各有偏重。在诗歌《繁星》《春水》中，对儿童的哲理性赞颂占据了主导地位，诗意盎然的形象化勾勒成为一种衬托，抒情性、形象性统一于理趣。在这类哲理小诗以及散文《寄小读者》的某些段落中，冰心广泛运用对比手法，把儿童特别是婴儿的世界与成年人世界相对照，肯定儿童世界，否定成人世界。

> 真理，
> 在婴儿的沉默中，

① 冬芬（沈雁冰）:《〈超人〉附注》，原载《小说月报》第 12 卷第 4 号，转引自《冰心研究资料》，北京：北京出版社 1984 年版，第 306 页。
② 潘垂统:《对于〈超人〉的批评》，原载《小说月报》第 12 卷第 11 号，转引自《冰心研究资料》，北京：北京出版社 1984 年版，第 309 页。

不在聪明人的辩论里。

（《繁星·四三》）

在她看来，有些道理，如母爱的伟大，是"小孩子以为是极浅显，而大人们以为是极高深的话"（《寄小读者·通讯十》）。这说明在冰心的认识中，天真、无知的儿童比成人更贴近世界的真相，更接近真理。这种观点不免幼稚，但因为在一般的观念中，成人世界常常是社会生活的代名词，这实际上就间接折射出了冰心对"五四"现实失望、不满的情绪，仍然具有批判社会的正面价值。冰心在杂文《法律以外的自由》中曾说："小孩子呵，我这受了社会的熏染的人，怎能站在你们天真纯洁的国里？"这可以作为冰心这一社会批判立场的佐证。

冰心以混沌无知的儿童世界否定精细复杂的成人世界，显然受到老子"复归于婴儿"①思想、李贽"童心说"的影响，受到泰戈尔儿童观的影响。老子、李贽、泰戈尔、冰心都把童心看作是人类的本真性情，把成人社会中的智慧、学问看作是损害童心的力量。所不同的是，冰心的童心范围要比老子的婴儿境界、李贽的"童心"世界窄。它是纯粹属于儿童的真性情，并不包括成年人身上的童真之心。而且，冰心考虑问题的出发点也与他们有所不同。老子主要是从统治策略的角度考虑问题："为学日益，为道日损，损之又损，以至于无为。无为而无不为。"②老子提倡减损思虑以保持婴儿之心，目的是通过无为而达到无不为的效果。李贽则主要是从人格修养的角度考虑问题：

> 盖方其始也，有闻见从耳目入，而以为主于其内而童心失。其长也，有道理从闻见而入，而以为主于其内而童心失。其久也，道理闻见日以益多，则所知所觉日以益广，于是焉又知美名之可好也，而务欲以扬之而童心失；知不美之名之可丑也，而务欲以掩之而童心失。③

① 老子：《道德经·第二十八章》，《道德经注释》，北京：中华书局2012年版，第119页。
② 老子：《道德经·第四十八章》，《道德经注释》，北京：中华书局2012年版，第202页。
③ （明）李贽：《童心说》，《宋元明美学名言名篇选读》，长春：吉林人民出版社1991年版，第183页。

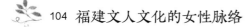

他认为外在的见闻、道理会带来人的伪性情，所以人必须保持"最初一念之本心"以维护人性之真。而冰心关怀的则主要是人的精神解救问题。她曾经感叹道：

> 青年人！
> 觉悟后的悲哀
> 只深深的将自己葬了。
>
> 　　　　　　　　　　　　　　　　　（《春水·一三一》）

她是在眼见许多青年在现实中受挫后，而回首到儿童世界中，把对现实的无知无觉当作人生真谛，以解救青年的精神苦痛。冰心认为拒绝知识、智慧可以摒弃烦恼，显然又更接近庄子的思维方式。所不同的是庄子尽管有逃避现实的缺陷，但他确实在超越是非的"坐忘""见独"中，自圆其说地找到了超越现实烦恼的渠道。而冰心把这种摒弃知识、智慧的态度确实地限定在儿童身上，在儿童总归要长成大人的客观规律面前就显得比庄子更为无力了。所以，她自己也曾无可奈何地说道：

> 不要羡慕小孩子，
> 他们的知识都在后头呢，
> 烦闷也已经隐隐的来了。
>
> 　　　　　　　　　　　　　　　　　（《繁星·五八》）

尽管有种种幼稚懦弱之处，冰心肯定儿童世界的美好却仍然有否定封建父权的现代人道主义思想价值。冰心与泰戈尔的不同则在于，泰戈尔赞美儿童纯粹出于成年人对儿童的喜爱之心，并没有为成年人寻找精神解脱之路的目的。冰心在普遍提倡全面西化的"五四"时期显然更多地继承了东方优秀的文化传统，在文化选择上显示了自己的独特个性。

在思想上，冰心受到了中印多种文化传统的影响。在艺术上，《繁星》《春水》对儿童的赞美又更多地受到基督教文学的影响。冰心赞美儿童总赋予他们以一股宗教般圣洁的气息，与基督教文学对圣婴、天使的赞美有着相通之处，虽然她赞扬的是儿童纯真的智慧、活泼的性情，而不是上帝之子的自我牺牲精神。

与《繁星》《春水》不同，诗化小说《世界上有的是快乐……光明》《爱的实现》中，冰心对儿童美的感性描写在分量上大于对儿童直接的哲理性赞美，虽然作者赋予儿童美以影响人物心灵的作用，但最终仍然给小说带来很强的哲理意味。这两篇小说中，冰心均从一个成年人的视角去看一对纯真无邪的孩子，孩子的感性美改变了青年凌瑜悲观轻生的人生态度、影响了诗人静伯的创作心理。虽然《世界上有的是快乐……光明》一篇，主人公凌瑜也曾受到孩子的语言劝谕，但语言劝谕之所以有效，仍然是因为它伴随着孩子的感性美而出现。冰心对孩子的感性美描写主要是通过寥寥几笔的简单勾勒，描画出一幅幅色彩鲜明素净的画面，形成一种活泼、纯净的美。《世界上有的是快乐……光明》中的两个孩子"雏发覆额，眉目如画"。《爱的实现》中：

> 那女孩子挽着她弟弟的头儿，两个人的头发和腮颊，一般的浓黑绯红，笑涡儿也一般的深浅。脚步细碎的走着。走的远了，还看得见那女孩子雪白的臂儿，和她弟弟背在颈后的帽子，从白石道上斜刺里穿到树荫中去了。
>
> （《爱的实现》）

而诗人静伯"凝注着这两个梦里微笑的孩子"，便"思潮重复奔涌，略不迟疑的回到桌上，捡出最后的那一张纸来，笔不停挥地写下去"。成年主人公的心理变化在从外部观照孩子感性美的诗性感悟中完成，而不必通过思想相撞击的逻辑论证来实现。这表明冰心在小说艺术上借鉴了中国传统诗歌艺术的思维方式，推崇"不涉理路、不落言筌"[①]的感性直觉，而不注重陈陈相因、一环扣一环的心理逻辑追踪。《世界上有的是快乐……光明》中，主人公凌瑜在感动中觉得夕阳照在孩子的头上，"如同天使顶上的圆光，朗耀晶明，不可逼视"；《爱的实现》中，两个孩子的形象纤尘不染也有一种天使般的纯净，这些显然又是对基督教文学的借鉴。就创作总体情况而言，冰心是综合

① （宋）严羽：《沧浪诗话·诗辨》，《中国历代文论选（一卷本）》，上海：上海古籍出版社1979年版，第209页。

接受东西方文化传统的影响而面对"五四"现实进行独立思考的；而东方文化因子在她的心灵中显然比西方文化因子占据着更重要的位置。

（二）对儿童进行爱的教育、美的启迪

《寄小读者》二十九篇、《山中杂记》十篇均是冰心旅美留学时期写给国内小朋友的通讯。它们既是优美的抒情散文，也是现代最有影响的儿童读物之一。尽情歌唱母爱、欣赏自然美、体恤儿童的天真童心是这两组散文的主题。此外，对祖国的热爱、与异国朋友的友情、自我童心的抒写等也是这两组散文所涉及的内容。

> 我是你们天真队里的一个落伍者——然而有一件事，是我常常自傲的：就是我此前也曾是一个小孩子，现在有时仍是一个小孩子。为着要保守这一点天真直到我转入另一世界为止，我恳切的希望你们帮助我，提携我，我自己也要永远勉励着，做你们的一个最热情最忠实的朋友！
>
> （《寄小读者·通讯一》）

冰心不是站在一个优于儿童的位置上居高临下地以师长面目去教训儿童，而是以平等的态度、用自己热情诚恳的心去与儿童交朋友。作为一个刚刚走过童年时期的青春少女，冰心无限留恋那个真率无伪的童真世界，也希望小朋友们能顺利走过成长期。她把自己感受到的母爱、童真、自然美这些美好的东西叙说出来与小朋友共享，也推心置腹地向小朋友忏悔自己的过失。在《寄小读者·通讯二》中，她告诉小朋友由于自己无意的过失，曾使得一只初次出来觅食的小鼠被小狗吞食。这个小生命的消逝"使我的灵魂受了隐痛，直到现在，不容我不在纯洁的小朋友面前忏悔"。在与儿童的交往中她并不是单方面的给予者。她既向小朋友提供美好的精神食粮，也在对小朋友的叙说中净化、升华自己的灵魂，在与儿童的交往中满足自己渴望人类真诚交往、相互同情友爱的人生理想。有些真实的内心感受，她只愿向小朋友倾诉，而不愿对大人言说。因为当"我"禁受不住因小鼠被吞而受到的自我谴责时，便对一个成人的朋友，说了出来；"我"拼着受她一场责备，好减除些痛苦。不想她却失笑着说："你真是越来越孩子气了，针尖大的事，也值得说说！"她漠然的笑容，竟将"我"以下的话，挡了回去。

显然，对比之下，儿童心灵中的真诚、炽热，比成年人的漠然、麻木，更让冰心感到亲切。作为小读者的儿童正是在这种难得的信任中倾听冰心这位大姐姐的倾诉，在对冰心心情的理解中激发自己的爱心、美感。这种爱的教育、美的启迪由于点点滴滴都化作作者的真性情、化作作者心头的悄悄话而传递到小朋友的心灵中，通过打动儿童的情感而产生作用，所以与各种教训文字有天壤之别。创作主体知心朋友般的平等态度，正是《寄小读者》《山中杂记》等散文取得成功的重要原因，也是《寄小读者》比后来的《再寄小读者》《三寄小读者》更受欢迎的原因。

注重爱的教育、美的启迪，而不是把重心放在智的开发上，冰心显然继承了中国文化注重修身养性的传统。激发儿童的博爱之心、培养儿童的美感，显然又是以现代人道主义为指导思想、广泛吸收西方近现代教育理论的直接结果，是对忠孝节义、三纲五常等封建伦理教育的间接否定。

（三）无功利地理解儿童的内心世界

《离家的一年》中，冰心截取一年的时间段落，写一个十三岁少年初次离家上中学的心理适应过程，并没有大的波澜，却有许多细致的感受，表现了主人公"他"天真中偏于内向、腼腆，且又好强、上进的性格。《寂寞》则写短短几天中两个小朋友——小小和妹妹——一起玩耍时的快乐光景和分别所产生的寂寞感。没有重大波澜，不外乎是一些小孩做游戏、讲故事之类的细节，对儿童心理的表现却十分逼真。《寂寞》中，她写小小讲完故事去睡觉，渐渐入梦——

> 梦见带着妹妹，走进很深的树林里，林中有一个大湖。湖边迎面走来一个白衣的女子，似乎是雪花公主。她手里提着一个大笼子，里面有许多麻雀，正要上前，眼前一亮，便不见了。
>
> （《寂寞》）

通过雪花公主提鸟笼这种创造性想象，小小天真、顽皮的性格立刻跃然纸上。这里，冰心对儿童内心世界的悉心体察，并不含多少教育儿童的功利目的，却十分生动细致。这充分体现了作者对儿童心灵的尊重。她把儿童心灵看作是一个自有其存在价值的独特世界，而不是只把儿童当作"成人的预备"或"缩小的成人"①来看待，并未把成人世界中的价值观念强加给他们。这显然受到当时周作人等关于儿童文学无功利性理论的影响。这种无功利性与冰心同时期为探索社会问题而创作的"问题小说"形成鲜明对比。超越解决一时社会问题的急功近利思想，冰心也超越了"问题小说"人物形象概念化的缺憾，在儿童小说创作中自由地舒展她们善于体察人心的艺术才能，达到了从人性和审美的角度关怀人生的文学创作要求。《离家的一年》与《寂寞》应属于冰心小说中艺术成就最高的篇章之列。

四、自然之爱

冰心的爱的思想不仅在现实中人与人的关系中展开，还在人与自然的关系中展开。与自然的和谐关系，构成冰心心灵中温暖光明的重要因素。

冰心对自然美有着极为敏锐的感受力。无论是辽阔的大海高山，还是细小的蒲公英、石竹花，都是冰心喜爱的自然景物。她从清新优雅的审美趣味出发，以温柔、矜持而又不失活泼的青春女性情怀观照大自然，忽略自然景观中壮阔、狂暴的一面，而着重发掘其勃勃生机中透出的和谐感、静穆感，创造出优美的艺术风格。

海常常出现在冰心的笔下，但她从未详细描画过大海波涛汹涌的狂暴面目，《寄小读者·通讯七》中提到"海波吟啸着"，但并不进一步描写海面壮观的景象。《寄小读者·通讯二十》也只微微涉及"悲壮的海风"而已。冰心对海的正面描写以和谐、平静、绚丽见长。

> 我自少住在海滨，却没有看见过海平如镜。这次出了吴淞口，一天的航程，一望无际尽是粼粼的微波。凉风习习，舟如在冰上行。到过了高丽界，海水竟似湖光。蓝极绿极，凝成一片，斜阳的金光，长蛇般自天边直接到栏旁人立处。上自穹苍，下至船前的水，自浅红至于深翠，幻成几十色，一层层，一片片的漾开了来。……
>
> （《寄小读者·通讯七》）

① 鲁迅：《我们现在怎样做父亲》，《鲁迅全集》第一卷，北京：人民文学出版社1981年版，第135页。

"海平如镜"的景象虽然见得少，但一旦相遇，便恨"文字竟是世界上最无用的东西，写不出这空灵的妙景"。它比海涛拍岸的景象更深地占据冰心的心灵。

不仅海的正面描写以和谐见长，而且拟人化的大海在冰心的想象中也是一个柔美的女神：

> 假如有位海的女神，她一定是"艳如桃李，冷若冰霜"的。
>
> 她……她住在灯塔的岛上，海霞是她的扇旗，海鸟是她的侍从；夜里她曳着白衣蓝裳，头上插着新月的梳子，胸前挂着明星的璎珞；翩翩地飞行于海波之上……
>
> （《往事（一）之一四》）

风雪阻隔的沙穰青山，在冰心的感受中"只能说是似娟娟的静女，虽是照人的明艳，却也不飞扬妖冶；是低眉垂袖，缨络矜严"（《往事（二）之三》），具有纯净阴柔的气质。

以超功利的态度对大自然进行审美观照，是主体生命进入自由境界时的一种状态。大量抒写自然美，从一个侧面展示了以冰心为代表的第一代现代女性心灵解放的高度。

冰心不仅以灵敏的感性体悟大自然的美，而且还常常把自然拟人化为与自己精神相通的朋友，与之共同分享对童年的留恋、对时光流逝的感伤这些丰富的人生况味。"儿时的朋友：/海波呵，/山影呵，/灿烂的晚霞呵，/悲壮的喇叭呵，/我们如今是疏远了么？"（《繁星·四七》）这种与自然山水风物进行深层精神交流的审美观照，有李白"相看两不厌，只有敬亭山"的亲密、平等，而没有李白知己寥落的不平之气与落寞感。冰心投身大自然并不含高蹈出世的意味，而包含着关怀现实人生的温暖情愫。对自然景物的热爱在冰心心目中常常与人间亲情水乳交融。"造物者——/倘若在永久的生命里/只容许有一次极乐的应许。/我要至诚地求着：/'我在母亲的怀里，/母亲在小舟里，/小舟在月明的大海里。'"（《春水·一〇五》）有时，冰心甚至用温馨的人间亲情来领悟自然物之间的关系，如"西湖呵，你是海的小妹妹么？"（《春水·二九》）

对自然的喜爱，在冰心创作中再次构建了人与世界的和谐关系，温暖着读者的心。

在对生命作形而上思考的时候，冰心以"万全之爱"来抵御终极的虚无。在面对世俗生活的时候，冰心又以母爱、儿童之爱、自然之爱来温暖人生、引导人性。这爱的颂歌，像一盏明灯温暖了一代又一代读者的心，疗救了生命在"风沙扑面"的恶劣环境中所受的伤害，使之从颓唐中振作起来。这爱的颂歌，滋养了人性中善良、坚定的品格，在潜移默化中引导人性健康向善。由于 20 世纪中国现代文化建构中的复杂性，冰心对爱的歌唱，在文化接受层面上也走过了一条复杂的道路。"五四"十年中，中国现代文化处于较为自由开放的初创时期。以冰心为代表的"爱"的歌唱成为时代文化主潮中的重要一脉，在中国现代文化现代性的最初建构中起了重要的作用。阿英曾说："青年的读者，有不受鲁迅影响的，可是，不受冰心文字影响的，那是很少，虽然从创作的伟大性及其成功方面看，鲁迅远超过冰心。"[1]鲁迅以他的深刻思想成为 20 世纪中国的一座精神丰碑。这是 20 世纪其他思想家所无法企及的。但是，现代文化的建构，并不是任何一个伟大的个人就能独自完成的。冰心直接从正面歌唱爱，而且广泛影响了青年读者的心灵。这与鲁迅的"揭出病苦，引起疗救的注意"，在建设现代人性的共同目标上相辅相成，也起到了任何其他人都不能替代的重要作用。"爱的哲学"，作为"五四"时代文化的主流精神之一，把对自我生命价值的肯定与对他人生命的关怀结合在一起，把个性解放与人道情怀结合在一起，温暖了青年的心，也奠定了中国现代文化关爱生命、尊重生命这个基本精神中的一块重要基石。在"五四"那样一个青春飞扬与青春低徊的时代里，冰心凭着自己对读者的广泛影响，从正面歌唱"爱"这个角度肩负起了现代文化建构的庄严使命。

现代文学的第二个十年开始，一方面，在读者层面上，"冰心体"的文字，仍然"以一种奇迹的模样出现，生着翅膀，飞到各个青年男女的心上去，成为无数欢乐的恩物"[2]，引起竞相模仿，连巴金都在回忆录中说他在创作之

---

① 阿英:《〈谢冰心小品〉序》，原载《现代十六家小品》，上海：光明书局 1935 年版，转引自《冰心研究资料》，北京：北京出版社 1984 年版，第 400～401 页。

② 沈从文:《论中国创作小说》，原载《文艺月刊》第 2 卷第 4 期，转引自《冰心研究资料》，北京：北京出版社 1984 年版，第 196 页。

初曾写过"冰心体"的小诗。茅盾在1928年创作的小说《幻灭》中，还直接整合、转换进了《超人》的内容。小说写了一个静女士，最初也和《超人》中的何彬一样，对周围的人和事都持拒绝、冷漠的态度。但"母亲的爱的回忆，解除了静的烦闷的包围"，她转而确认了这样的道理："不是人人有一个母亲么？不是每一个母亲都有像她的母亲那样的深爱么？就是这母亲的爱，温馨了社会，光明了人生！"①可是，另一方面，评论界从简单的阶级论出发，对冰心"爱的哲学"提出了过多的批评、否定。这样，连冰心本人对自己的"爱"的歌唱也感到了不自信，因而于1931年创作了《分》这样阶级观念简单化的作品，让教员的孩子在劳动人民的孩子面前感到惭愧，赞赏"宰那些猪一般的尽吃不做的人"的阶级暴力观念。所幸，冰心受思想界的"左"倾思潮影响并不深。在相当长一段时间内，她用沉默来疏离"左"倾思潮。她并没有再创作这种阶级观念简单化的作品。然而，在时代思想主潮方面，以冰心为代表的"爱"的思想，在"五四"数十年之后的20世纪中叶就被挤出了原本应有的重要位置。

新时期，思想界拨乱反正之后，人们抚摸"文革"带来的精神创伤，又发觉冰心早期创作中的爱的歌唱是那么珍贵。它珍贵，不是由于它多么特别，而是由于它可能不过像空气、阳光那么普通，却也正像空气、阳光那么不可或缺。放逐了它，人的心灵就会缺氧，就可能滋生出幽暗的恶念。1980年代以来，思想界进行深入反思后，更加充分认识到中国现代文化的现代性是一种"未完成的现代性"。现代性未完成的重要标志之一，就是尊重生命的价值理念没有成为一种普遍不可动摇的文化精神。实现中国文化的现代性精神建构，是当下文化的重要使命。那么，冰心及其创作，就应该受到充分的重视。将来，要巩固中国文化现代性的成果、要保持人类心灵的纯净与美善，冰心的作品还应该受到永久的重视。

---

① 茅盾:《蚀》,北京:人民文学出版社1954年版,第28～29页。

第二节 冰心创作中的母性之爱的复杂性

冰心创作从女儿的角度颂扬了母爱的伟大，又从女性人格自我建构的角度确认了母性之爱的价值，并把母性之爱实践为一种济世的力量，试图以之催生不同国族之间和谐友爱的世界图景。冰心这一独特的文化选择，难以简单地归之为保守的或是现代的，从而带来了它到底是屈从于男权的还是张扬女性主体意识的这一争论。孟悦、戴锦华和王侃侧重于认为冰心创作在女性主体性建构方面是不足的。孟悦、戴锦华虽然认可冰心的母爱歌颂反叛了女性"未嫁从父"的父权禁令，但又认为"冰心以及冰心笔下的女人则缺少一个重大的性别视点，即对于男性以及对于两性关系的认识和体验，继而自然也就缺少对自己作为一个性别存在的体验"[1]。王侃说："……当她的'母爱'与传统'妇德'达成同构和一致时，实际上是在新的历史条件下女性意识的一种退步。"[2]盛英不同意他们的看法，针锋相对地写了商榷文章，认为"冰心母爱文学所呈现的女性意识，既触及伦理亲情，更追逐生命本源和理想；既是母爱天性的颂歌，更为大母精神的激扬，它们绝非为男权话语的翻版，同男权文化制造的母亲神话完全是两码事"[3]。此外，刘思谦、姚玳玫、李玲、林丹娅、任佑卿等都先后在自己的论文中对冰心的性别意识做出了各自的分析。[4]已有研究成果的多元评价状况，正启示我们应该抛开非此即彼、二元对立的思想程式，避免简单的价值定位，充分关注文化现象自身所蕴含的复杂性和丰富性。

① 孟悦、戴锦华：《浮出历史地表》，郑州：河南人民出版社1989年版，第16页、第73～74页。
② 王侃：《历史：合谋与批判——略论中国现代女性文学》，《中国现代文学研究丛刊》1998年第4期。
③ 盛英：《冰心性别意识辨析》，转引自《冰心论集·三》，福州：海峡文艺出版社2004年版，第35页。
④ 刘思谦：《"娜拉"言说——中国现代女作家心路纪程》，上海：上海文艺出版社1993年版；姚玳玫：《冰心·丁玲·张爱玲——"五四"女性神话的终结》，《学术研究》1997年第9期；李玲：《中国现代文学的性别意识》，北京：人民文学出版社2002年版，第146～165页；林丹娅：《冰心早期女性观之辨析》，转引自《冰心论集·三》，福州：海峡文艺出版社2004年版，第52～67页；任佑卿：《现代家庭的设计与女性/民族的发现：从冰心〈两个家庭〉的悖论说起》，2007年10月"第八届中国女性文学学术研讨会暨高校女性文学教材建设研讨会"会议论文。

一、从女儿的角度歌颂母性之爱

"造物者——/ 倘若在永久的生命中 / 只容有一次极乐的应许。/ 我要至诚地求着：/ '我在母亲的怀里，/ 母亲在小舟里，/ 小舟在月明的大海里。'"（冰心《春水·一〇五》）"她爱我，不是因为我是'冰心'，或是其他人世间的一切的虚伪的称呼和名字！她的爱是不附带任何条件的，惟一的理由，就是我是她的女儿。"（《寄小读者·通讯十》）这是冰心歌颂母爱最为脍炙人口的语句，其文化价值首先应该放在中国文化传统的发展脉络中看。

中国古代文化是一种尊母的文化。孝道，不仅要孝敬父亲，还要孝敬母亲。然而，在话语层面上被置于孝亲圣坛的母亲，一般地说只是儿子的母亲，而不是女儿的母亲。儿子的母亲由于对男性家族承传、子息培养做出了贡献，所以得以分享父权。孟母三迁、岳母刺字、"慈母手中线，游子身上衣"，都是对儿子之母的歌颂。母子关系、婆媳关系一直是传统文化要努力强固的，而母女亲情则很难在文化表达层面上得到普遍彰显。这是因为，母子关系、婆媳关系是父子关系得以相承的充要条件，而母女亲情则可能威胁女性从夫的原则。"嫁出去的女儿，泼出去的水"，从礼教的角度看，母亲在女儿嫁出去后只有克制乃至于斩断与女儿的自然亲情，才能帮助女儿心无旁骛地忠诚于婆家，才能帮助女儿进入夫权文化秩序中谋得生存空间；未嫁的女儿，其生命也不过是被视为媳妇、母亲的预备，在男权文化系统中未曾获得本体性的价值。这样，自然的母女亲情理所当然地就很难进入主流的社会伦理表达系统中，并得到充分的彰显。

文学创作往往兼具遵循、反映主流社会思想和超越、反思主流社会思想的双重性质，因而，一方面，中国古代文学中未与女儿割断情感纽带的母亲常常被塑造成反面形象，《水浒传》《三言二拍》中便时现这种不明智的母亲；但另一方面，母女亲情又在明清的闺秀创作中得到一定的正面抒写，[①]从而体现中国文学实践与男权戒律之间的复杂关系。但就总体而言，女儿心态

---

① 参见D. Ko, *Teachers of the Inner Chambers: Women and Culture in Seventeenth-Century China*, Sanford: Stanford University Press, 1994；王萌：《禁锢的灵魂与挣扎的慧心——晚明至民初女性创作主体意识的萌发》, 河南大学 2003 年度博士论文。

在中国古代文学中并未得到充分舒展，母女亲情在中国古代文学中是一个未曾充分展开的主题。

冰心"五四"时期的散文、诗歌，与其小说不同，较多从女儿的角度大量歌唱母女亲情。在散文、诗歌中，她往往以对父/夫这些曾被视为"天"的男性角色的忽视、省略，凸现女性之间的血脉亲缘，从而在有意无意之间颠覆了只强调父子相承的男权家族中心文化，肯定了女性生命的本体性价值，发扬光大了明清女性文学眷注女性情谊这一未曾得到广泛彰显的文学主题，开启了中国现当代女性文学书写母女亲情的基本母题。这样看来，由于男权文化也倡导妇德，就笼统地判断冰心在诗与散文中从"个人""自我"的角度歌唱母爱也是"不具有现代性内涵"的、也"是另一种正在遭受抨击的——封建的、古典的——话语的翻版"的看法，显然失之于偏颇；而盛英认为这种母爱颂歌"同男权文化制造的母亲神话完全是两码事"的观点，是有道理的。

冰心的作品能够得到广泛的传播，显然得益于"五四"时代人道主义思想、妇女解放思想的荫福；冰心也正是以自己的创作从一个角度承担了把尊重妇女的时代理念转化为时代的一种集体心理体验这一文化使命。

二、从女性人格建构的角度确认母性之爱

冰心"五四"时期的小说则改变了其同时期散文、诗歌中那种主要从女儿立场仰视慈母、抒写女儿心迹的写作视角，而把母性情怀认同为女性人格的必要内涵，塑造了一批富有母性情怀的年轻女性形象，如《两个家庭》中的亚茜、《斯人独憔悴》中的颖贞、《秋雨秋风愁煞人》中的英云、《超人》中的梦中的母亲、《六一姊》中的六一姊、《别后》中的宜姑。20年代末小说《第一次宴会》中的瑛，40年代小说《我的学生》中的S、《空屋》中的虹，以及40年代散文中所阐释的宋美龄形象，也是这一类女性形象的延续。冰心彰显的母性情怀，首先体现为女性建设现代家庭、抚慰亲人的能力，其次还体现为以母爱济世的理想。总而言之，冰心小说所认可的母性情怀主要是女性对家庭、对社会的一种责任意识。着重强调女性的责任意识而不是强调女性自身的权益，冰心作品面临着这样的质疑：其性别立场到底是传统的还是

现代的？是男权的还是女权的？回答这个问题，必须把女性主体性建构作为衡量女性问题的价值尺度，同时还必须回到中国现代性别文化的历史语境中。

冰心小说中的美好女性，无论未嫁还是已嫁，总是"宜其室家"[①]的。冰心主要把这种"宜其室家"的品质向三个方面展开，一是处理好家政的责任心与能力；二是善解人意的心怀；三是美好雅致的气质外貌。《两个家庭》中的亚茜、《别后》中的宜姑、《我的学生》中的 S，均是这三方面品格皆超群卓越的完美女性；《斯人独憔悴》中的颖贞、《六一姊》中的六一姊、《超人》中的母亲，则以三方面美好品质中的某一两点见长。冰心主要从外视点写这些美好女性。亚茜的美好，通过女学生"我"的眼睛和男邻居陈华民的评价来表现；宜姑的美好，主要通过弟弟同学"他"的眼睛和心理感受来表现；S 的美好，主要通过叙述者"男士"的眼睛和 S 的丈夫 F 的转述来表现。《超人》则从儿子的角度感受母爱，《六一姊》从小女伴的视角抒写六一姊庇护他人的心怀。从外视点表彰这些女性的美好品质，展示她们给别人所带来的温暖，展示她们对于男性家庭成员诸如丈夫、儿子、兄弟的重要性，而不是从内视点展示女性的内心世界、体验女性的人生苦恼，这说明冰心主要是换位以假定的男性视角思考女性问题；说明冰心主要关注的不是探索女性人性的奥秘、不是张扬女性的个性需求，而是设想各种男性对家庭中的女性有怎样的期待，从而总结出培养女性道德人格的准则。这说明冰心在思考男女相互对待的关系上不是主要批判男性世界的，但不批判男性世界的未必就是维护男权的。简单化的二元对立思维是一种粗暴的思维方式。判断冰心作品是否具有维护男权的特质，还要进一步看她是否在创作中认可了以男权不合理需求压制女性生命的价值取向；判断冰心创作是否具有女性本体的立场，要看她是不是建构女性主体性的，而不能以是否不满足男性立场为尺度。男性立场和男权立场是两个外延、内涵并不相等的概念。在男女对待性关系上，男性立场包括男权立场，也包括男性对女性合理的性别期待。建构女性主体性，应该批判男权文化，也应该以男女主体间共在的态度接受男性对女性的合理的性别期待。

在《超人》《别后》《我的学生》这些作品中，冰心身为女性作者，尽管十分认可男性人物对女性的期待，但并没有设置男性权威对女性的压制关系。

---

① 《诗经·国风·周南》中有《桃夭》篇，以"之子于归，宜其室家"赞美女性有利于家庭。

《超人》中男青年何彬因母爱而得到救赎，但作品并没有让这种母爱对女性的其他生命需求造成压抑。《别后》中的小男孩"他"到同学家享受到那个穿着"紫衣"的"美丽温柔的姊姊"宜姑所创造的家庭温馨后，觉得自己那个"漠然"的、"难得牵着手说一两句嘘问寒暖的话"的姊姊是不够美好的。从叙述态度上看，隐含作者理解"他"的情感需求，但并没有反过来审视这个"他"，没有问"他"自身在家庭气氛建设方面扮演的到底是什么角色，到底是温馨气氛的创造者还是冷漠气氛的制造者。这说明《别后》在男女对待性关系上未曾考虑应如何要求男性这个问题，也就是说《别后》在女性应该得到什么关爱的问题上是没有贡献的；但同时，冰心也没有在这部作品中认可任何对女性的压抑、伤害。她强调女性在家庭中的责任和使命，但这并未走向对男权法则的屈从。《我的学生》中的S，是亚茜、宜姑的形象延续。她"要强好胜的脾气"只体现在对自我责任——既包括家庭责任也包括社会责任的高要求上。让这个只有奉献没有索取的美丽女性盛年夭亡，可见冰心此时对这类女性的生命艰辛有更多的体会，但作品中只有"心比天高，命比纸薄"这一句话触及S力不从心的生命感受，而主要是从外视点表彰她的责任意识、自我牺牲精神。但"我"和F的男性叙述视角，对这个美丽好强的女性并无压制的力量或企图，S的奉献是出于女性对自身生命境界的追求。生命的完整性包括肯定生命应享的权益，也包括肯定生命应承担的责任、义务。前者关乎生命的福祉，后者关乎生命的境界。建构现代女性主体性，女性权益固然是重要的一维，但女性的责任意识同样也是不可或缺的——前提是女性的权益不应是对男性霸权的倒置性承袭，女性的责任不应造成对女性合理生命需求的压抑。冰心这里对女性责任的强调恰恰满足了这一前提。所以说，《超人》《别后》《我的学生》虽然在张扬女性权益方面、审视男性世界方面无多少贡献，但对建构现代女性主体性仍然是有意义的。冰心《超人》《别后》《我的学生》这些小说，在剥落男性压制性力量的前提下表彰女性"宜其室家"、关怀众生的母性情怀，是对中国传统男权文化的扬弃，是对中国传统尊重母职文化合理因子的继承，其价值取向固然是非激进、非反叛的，是保守的，但仍然是积极的。固然，由于中国古代文化侧重强调女性的责任而较为忽视女性的权益，因而在现当代性别文化建构中张扬女性权益特别重要，直接对抗男权的"批判性写作"非常重要，但是，文化的建设也不应该从一种偏颇走向另一种偏颇，而应该在不断的纠偏、反思中继承已有文明的合理因子，从而愈来愈趋向全面、健康。从这一点看，冰心这一类强调女性责任的作品与丁玲的《梦珂》《莎菲女士的日记》等张扬女性性爱权利的作品应该是互补的，而不是说有了横空出世的丁玲就可以舍弃传承传统文化合理纽带的冰心，有了反思母性的张爱玲就可以判定歌颂母性情怀的冰心没有价值。武断地判定冰心的"全部文化积蓄中又没有任何一种发自女性自我或促生自我的既成观念"①，恐怕还是由于在特定历史时期中，研究界对女性自我的界定、对女性主体性的理解尚不够全面。

冰心小说中"白衣"的"母亲"、宜姑、六一姊、S这些富有母性情怀的美丽女性，与男性创作中的家庭天使，在担当女性责任、自我牺牲方面时有相近之处，但由于作家的创作心态不同，其对女性主体性的态度也截然相反。男性创作中的家庭天使，除了承担各种人生责任外，一般还必须具备温驯、盲从于男性的特点。男性隐含作者在赞美她们的时候，满足的往往是男性对女性不合理的需求。隐含作者塑造这类家庭天使时所维护的男权意识，才是女性主义批评所必须清算的对象。而冰心《别后》《我的学生》等对女性奉献、牺牲精神的赞美，由于摒弃了屈从男权的特质，因而导向的是以女性责任意识的建构来充实女性主体性的价值向度，应该予以肯定。

冰心这些通过写富有母性情怀的美好女性来思考女性责任问题的作品，还面临一个质疑：她回避写性——不仅回避写性行为，而且回避写性心理、性意识，其创作是否与封建的贞节观合谋而对女性生命形成压抑？事实上，冰心回避写性，但也从来没有在文本中建构任何性压抑话语，因而可以说她的创作对张扬女性性爱权利、表现女性性爱心理这一维没有贡献，但并不能说她对现代女性的性爱权利、性爱心理表现上有反面作用。冰心的优秀创作在建构女性主体性方面，虽然并非面面俱到，但可以说是以女性的责任意识、自我牺牲精神以及美好的形象气质，从一个侧面有力地建构了现代女性的生命境界，极大地充实了现代女性的主体性内涵；此种主体意识尊重了另一种性别的合理生命需求，本质上是一种主体间性意识。

冰心始终强调女性责任，而除了《关于女人》集和少数谈日本妇女问题的文章外，她在其他许多作品中都不甚在意在男女对待性关系上如何维护女

① 孟悦、戴锦华：《浮出历史地表》，郑州：河南人民出版社1989年版，第75页。

性权益的问题。[①]这方面自觉意识的匮乏，使得冰心创作在是否能够维护女性主体意识的问题上显出不平衡的局面。在《超人》《六一姊》《别后》《我的学生》这些作品中，冰心既能够赞美女性情怀又能够同时守住不压抑女性合理生命需求这一底线；而在1919年创作的《两个家庭》、1980年创作的《空巢》这两篇小说中，她就没有去防守这一底线，从而在有意无意间滑向了对男权话语的屈从。这两篇小说均从男性需求的角度赞美富有母性情怀、能承担家庭责任的女性，批评不能对家庭负责任或家庭决策不当的女性。《两个家庭》不仅在家庭结构的理解上表现出以男性为主体、女性为辅佐性角色的倾向，而且在思考男性人生悲剧的时候表现出不审视男性世界、单方面苛责女性的特点。小说中留学生三哥与陈华民均怀才不遇，但三哥有新式贤妻亚茜相伴便仍然"有快乐"；陈华民由于妻子不理家政，便"没有快乐"，只能借酒浇愁，终染上肺部而亡。"两个家庭的对比，其实乃是两个妻子的对比。"[②]这样，循着作者讨论"家庭的幸福和苦痛，与男子建设事业能力的影响"的引导性思路，便只能说，决定男子是否能够发挥出"建设事业能力"的决定性因素，除了社会是否清明外，就是妻子是否称职了。过分看重妻子的作用，实际上就在男性悲剧责任问题上放弃了对男性自我人格这一内因的追问，而让女性既承担了自己不能担当家庭责任的这一确实的缺点外，还要代男性承担其生命意志匮乏、自暴自弃的责任。"作者在免除男性的责任的同时将那些

---

① 议论文《"破坏与建设时代"的女学生》，小说《庄鸿的姊姊》《最后的安息》《是谁断送了你》都表明，"五四"时期冰心在女性权益方面一直侧重于维护女性的生存权、女性的受教育权，而对女性争取参政权、张扬个性的行为是反感的，对在男女对待性关系上如何维护女性权益的问题则缺少自觉思考的意识。《"破坏与建设时代"的女学生》一文，把"图谋'参政选举'、'男女开放'，推翻中国妇女的旧道德，抉破中国礼法的藩篱"的女权运动，视为"喧嚣的言论行为"加以鄙视，唯恐"真心求学"的一类女学生受到这类女权运动分子的拖累而失去社会的欢心。《是谁断送了你》中，冰心虽然以怡萱求学若渴的态度暗暗颠覆了"父亲"关于女孩儿"学问倒不算一件事"的说法、维护了女性的受教育权，但作品中"父亲"反对女权的话语——"最要紧的千万不要学那些浮嚣的女学生们，高谈'自由'、'解放'，以致道德堕落，名誉扫地，我眼里实在看不惯这种轻狂样儿！"——并没有受到隐含作者明确的批评。1920年之后，冰心就没有在作品中表露对女权运动反感的态度。1933年，她在《我们太太的客厅》中，批评女性的虚荣、以自我为中心，也没有让她像《两个家庭》中的陈太太那样扯上"女权"话语为自己辩护。1948年冰心在《写在"妇女节"之际》中谈起唐群英、沈佩贞等女权运动家，则肯定"她们是中国妇女运动的启蒙者，并在当时不利的社会环境中坚持斗争。这一点是非常值得敬佩的"。这时她转而基本上肯定女权运动了，并且在多篇文章中批评日本妇女在社会在家庭中与男子地位不平等的现象。刘思谦、林丹娅、任佑卿的论文对《"破坏与建设时代"的女学生》均有敏锐的批评。

② 刘思谦：《"娜拉"言说——中国现代女作家心路纪程》，开封：河南大学出版社2007年版，第102页。

责任转嫁给女性，率先将女性固定在他者的地位。"①小说《空巢》，在彰显知识分子爱国情怀的同时，又流露出把男性负面人生选择均归罪于妻子的思路，从而再次体现了冰心对男性中心思维的无意识接受。文中生活在美国的华裔知识分子老梁晚年陷入"空巢"的人生孤寂中，原因被简单化地阐述为两个，一是解放前夕去国赴美，失去祖国的依托；二是没有儿孙环绕，失去家庭的幸福。隐含作者和叙述者把这两件事都简单化地归罪于女人，前一件事出于妻子美博的"怂恿"；后一件事是由于外籍儿媳妇既不会"炒菜做饭"，又"嫌麻烦"不生孩子。至于老梁自己接受妻子"怂恿"而做出决策的责任，儿子是否愿意"炒菜做饭"、养孩子的责任，都不被追问。这种男性免责、女性单方面接受批评的写作思路，与《两个家庭》一脉相承，对女性是不公平的。《两个家庭》《空巢》显然在有意无意间继承了男权文化在面对人类的过错时把责任尽量转嫁给女性，从而掩护男性主体地位的一贯思路。

另外，冰心关于女性母性之爱的书写也并非始终只强调女性人生责任、不关注女性权益、不审视男性世界。冰心40年代创作的《我的房东》和《我的邻居》两篇小说便开启了体谅女性奉献之苦、审视男性缺点的一维。《我的房东》中女性人物R小姐尽管"喜欢有个完美的家庭"，却决定终身不婚，因为她母亲的生活便是前车之鉴。她母亲把一生奉献给家庭，结果是"她的绘画，她的健康，她一点没有想到顾到。……至今我拿起她的画稿来，我就难过"。这里，作者显然并不仅仅把女性生命价值界定在奉献母性之爱这一维上，而是审视了女性奉献母性之爱与女性关爱自我、发挥才华之间的矛盾。同时这个文本还批评了男性时常不能对女性奉献出同等关爱的问题。小说中，作者借R小姐的陈述设想了女性可能陷入的婚姻困境："在她最悲哀，最柔弱，最需要同情与温存的一刹那顷，假如她所得到的只是漠然的言语，心不在焉的眼光，甚至于尖刻的讥讽和责备，你想，一个女人要如何想法？"②《我的邻居》则通过直接描述了才女M太太的困境，再次表达了相同的主题。M太太的母职义务与文学才华之间形成剧烈冲突，结果是两方面皆不完美。这里，作者体会了女性实现自我的两重基本矛盾，同时也批评了急躁、挑剔的丈夫和婆婆，从而

① 任佑卿：《现代家庭的设计与女性／民族的发现：从冰心〈两个家庭〉的悖论说起》，《中国现代文学研究丛刊》2008年第3期。

② 冰心：《我的房东》，《冰心全集》第三卷，福州：海峡文艺出版社1994年版，第281～282页。

再次表达了女性也应该受到温存关爱的题旨。两篇小说中，共同的叙述者兼倾听者、旁观者这双重身份的"男士"，完全理解女性的态度，也进一步实践了作者在男女对待性层面上关爱女性生命、审视女性生存环境的价值追求。叙述者"男士"的形象塑造则寄寓了作家期待男性关爱女性的美好愿望。

总之，冰心创作中的性别意识状况是复杂的，既有对男权思想的盲从，也有对女性生命的深切关爱。但无疑，冰心在女性问题上思考最多的是，在摒弃男权威压的条件下，女性如何通过承担家庭责任和社会责任来实现自我价值。冰心创作以对女性责任的思考在其创作成就的最高点上有力地参与了现代女性主体性的建构工作。

三、以母性之爱济世

冰心把家庭定为女性的立身之本，强调女性以母性之爱荫蔽家庭的责任，但她并没有把女性实现自我的舞台限于家庭。在冰心"五四"时期的小说《秋雨秋风愁煞人》中，英云、淑平、冰心三个女学生便以"牺牲自己，服务社会"的理想自勉。"服务社会"的理想一直不时出现在冰心创作中，同时《超人》《悟》等小说让青年的烦闷消融于母爱中，也正体现了冰心以母爱济世的理想。不仅《超人》《悟》让青年在母爱中得救，就是《世界上有的是快乐……光明》《爱的实现》让青年在儿童之爱、自然之爱中得救，创作主体的心态中都有一副庇护众生、拯救青年的母爱心怀。《世界上有的是快乐……光明》《超人》《爱的实现》《悟》这几篇中陷于烦闷而终于得到救赎的都是男性青年，作者多以男性青年的内视点写作。这说明冰心创作有"变性或佩戴他性面具"[①]的一面。通过"变性或佩戴他性面具"，冰心小说实现了理解同时代男性青年的人生烦闷的主体间性思维，也说明在冰心的认知中关于世界的本质到底是"爱"还是"不爱"的问题是男女青年所共有的[②]，说明冰心确实时常是"以'子'的身份投入这个弑父的时代"，但并不能由此得出结论说冰心只有"以'子'的身份"才能"投入这个弑父的时代"，并不能由此说

① 孟悦、戴锦华：《浮出历史地表》，郑州：河南人民出版社1989年版，第71页。
② 冰心在1920年创作的散文《"无限之生"的界线》中让女性人物宛因和冰心也探讨了类似的问题，最终得出了"万全的爱，无限的结合，是不分生——死——人——物的"的结论。这说明冰心并非只是"变性或佩戴他性面具"时才能思考世界秩序的问题。《"无限之生"的界线》，《冰心全集》第一卷，福州：海峡文艺出版社1994年版，第92页。

明冰心作品披露了"女儿们必须装扮为男性或非女性"①才能成长的事实。首先，在这一系列作品中，作者的自我认同是双性的，一重是与男性青年主人公认同，从而与子辈结成精神同盟；另一重是作者在创作心态上展示了救治青年的母性情怀。这后一种心态完全是女性的，而不是"变性或佩戴他性面具"的。这种把自我认同为子之母的心怀，正是女性成长的心怀。其次，冰心在《秋雨秋风愁煞人》中通过抒写英云在旧家庭的苦闷，实际上已经完成了单独从女性的角度批判传统的"弑父"或"弑母"行为——当然，冰心作品对权威的态度是复杂的，英云是不能抗公婆之命的媳妇，隐含作者理解她在伦理上不能犯上；但同时英云和隐含作者都在话语层面上批判了旧式的公婆，因而作品就有了伦理上犯上的时代特征。总之，以女性的母性之爱济世，是冰心"五四"时期文学创作内容与创作动机两方面共有的重要特征。

此后一段时间里，以女性的母性之爱济世，在冰心的作品里主要体现为把辛勤劳作的女性赞为民族抗战的后方支柱，如《张嫂》。冰心再一次大量在文学中实践以母性之爱济世的追求，主要集中在40年代后半期。1946年到1951年的4年多的时间里，冰心作为中国驻日代表团的眷属居住在东京，参加了许多文化交流活动，发表了许多散文、公开信、演讲稿以及访谈录。这些文章着重关注中日关系问题和日本的妇女权益问题，其中一个显著的特点就是以母性情怀反对战争、构建中日民族友爱关系。

"全人类的母亲，全世界的女性，应当起来了！我们不能推诿我们的过失，不能逃避我们的责任，在信仰我们的儿女，抬头请示我们的时候，我们是否以大无畏的精神，凛然告诉他们说，战争是不道德的，仇恨是无终止的，暴力和侵略，终久是失败的？"②以母性之爱承担反对战争、反对侵略的使命，冰心自有通过教化、启蒙日本女性以改造日本民众思想的写作意图。这种教化意图还体现在她向日本介绍中国文学时着重介绍反战的诗歌、介绍中国"爱好和平"的国民性，但同时又不忘说明"中国人民遇到国家的危险，逼而不得已的时候，决不是不抵抗主义的！"③。在《给日本学生的公开信》中，她批评日本文化忽略了"自由民主的思想"，强调"我们要承认世界上一切人

① 孟悦、戴锦华：《浮出历史地表》，郑州：河南人民出版社1989年版，第71页。

② 冰心：《给日本的女性》，《冰心全集》第三卷，福州：海峡文艺出版社1994年版，第390～391页。

③ 冰心：《怎样欣赏中国文学》，《冰心全集》第三卷，福州：海峡文艺出版社1994年版，第452、457页。

类，是生来平等的，没有任何民族，可自称为'神明之胄'"①。

　　但在直接谈中日战争问题的时候，她一般并不着意强调中国是正义方、日本是非正义方。"……我在歌乐山最后的两年中，听到东京遭受轰炸的时候，感到有种说不出来的痛苦之情。我想象得出无数东京的年轻女性担心着丈夫和亲人，背着软弱的孩子在警报声中挤进防空壕那悲惨的样子。"②她时常撇下侵略国与非侵略国问题的辨析，同情日本女性在战争中所受的苦难。这种同情态度与她的爱国情怀并不矛盾。因为她在认知上是把日本人分为军国主义集团和普通民众这两大绝对对立的阵营，认为日本民众和中国人一样也是战争的受害者，强调"我们所憎恨的是一个暴力的集团，一个强权的主义，我们所喜爱的是一般驯良和善心的人民"③。当一个年轻的日本作家对她说"作为日本人，这次战争使我们对中国惭愧不已"时，冰心回答说："这种想法是不可取的。参战的不是所有的日本人，而是一部分，也就是说不是'我们'，而是'他们'。"④因而当她把自己文章预设的读者界定为日本普通民众的时候，她虽然十分强调反战的立场，但很少直截了当地督促他们去反思参与侵略战争的罪行，而更多的是同情他们参与侵略战争时所遭受的苦难，并且无碍地向他们传达中国人民的友善。1947年元旦前夕，冰心给日本妇女的新年祝辞是"恭贺新禧。祝大家继续整治战争的创伤，振作精神，战胜苦难！"⑤。这里，只有同情体谅，没有谴责批判。显然，冰心更多的是以普遍反战而不是辨析战争的正义与否的态度来构建东亚和平的前景，以女性共同的家庭亲情来与日本妇女相知的。这种"只有祝福，没有咒诅"⑥的心态，具有一种母性情怀的宽恕与教化相结合的特质。这种直面种族侵略灾难时宽恕与教化相结合的态度，与冰心在对待性关系上对对方一贯侧重于关爱的思维方式一脉相承，也与冰心所受的基督教文化影响有关。"我们要以基督之心为心，效仿他伟大的人格，在争到自由，辨明真理之后，我们要'以德报怨'用仁爱

①　冰心：《给日本学生的一封公开信》，《冰心全集》第三卷，福州：海峡文艺出版社1994年版，第405页。

②　冰心：《从重庆到箱根》，《冰心全集》第三卷，福州：海峡文艺出版社1994年版，第387页。

③　冰心：《从去年到今年的圣诞》，《冰心全集》第三卷，福州：海峡文艺出版社1994年版，第397页。

④　冰心：《对日本民众没有怨恨》，虞萍译注，载冰心：《我自己走过的路》，北京：人民文学出版社2007年，第130页。

⑤　冰心：《给日本妇女的新年祝辞》，《冰心全集》第三卷，福州：海峡文艺出版社1994年版，第401页。

⑥　冰心：《寄小读者·通讯十三》，《冰心全集》第二卷，福州：海峡文艺出版社1994年版，第115页。

柔和的心，携带着全世界的弟兄，走上和平建设的道路。"①这种宽恕仁爱的母性情怀自有其感人之处，但也存在一厢情愿的缺憾。它显然对日本底层民众"驯良"、服从品格中与军国主义同谋的一面批判不足。事实上，在实际的交往经验中，冰心已经感受到了"在废除了军阀铁幕统治的今天，日本普通民众依然对中日两国过去的所有一切缺乏认识。也就是说，他们对'九·一八事变'、'卢沟桥事变'以及其它无数'事变'丝毫没有感到有什么不合理"②。所以，她感到忧心，着重推荐《四世同堂》《万世师表》这类抗日书籍，希望日本人阅读后理解中国人抗日的合理性、必要性。但侧重于教化而少直接批评、批判的立场，对一个全民族普遍卷入侵略战争的日本国民来说，是否仍然太过温情了呢？无论如何，母性情怀多少已经铸就了冰心处理人与人之间对待性关系上宽恕的思维定式。所以，到了五六十年代，她以访日为主题的大量散文，都只是同情广岛上的受害者尤其是受害的妇女，较少提及日本在二战中的侵略行为。这显然是一种偏颇。这一方面是冰心自身宽恕的母性心怀使然，另一方面，也是当时中美冷战对立、注重亚非团结的国家意识形态使然。当然，侧重于宽恕，只是在心中明辨是非的前提下引导中日民族关系的一种处理问题的方式，并不是说冰心在日本侵华的是非问题上有糊涂的认知。1980 年当她听说日本文部省在审定历史教科书时，把日本军国主义侵略中国的行动篡改为"进入"这一消息，她的心"便一直在怒涛翻滚之中"③，立即写下《不要污染日本子孙万代的心灵》一文进行义正词严的谴责。

侧重于抒写母性之爱是冰心创作的特色。冰心从女儿的角度歌颂母性之爱，颠覆了封建男权传统对女性血脉亲缘关系的隐匿。从女性自我人格建构的角度，冰心把母性之爱确认为应有的美德，并把这种母性之爱展开为关爱家庭与感化社会两个维度。赞美关爱家庭的女性，冰心从女性责任意识的角度为中国现代女性主体性的建构做出了贡献；以母性之爱慰藉青年、以母性的宽恕之爱教化侵略中国的日本民族，冰心实践了以母爱济世的理想。同时，冰心的母爱书写也还存在着时而向男权屈从，时而又能关注女性权益的复杂状况。

① 冰心：《从去年到今年的圣诞》,《冰心全集》第三卷，福州：海峡文艺出版社 1994 年版，第 398 页。

② 冰心：《日本人应该阅读的中国书》，虞萍译注，《我自己走过的路》，北京：人民文学出版社 2007 年，第 177 页。

③ 冰心：《不要污染日本子孙万代的心灵》,《冰心全集》第七卷，福州：海峡文艺出版社 1994 年版，第 308 页。

第三节 《相片》的叙事伦理与东方主义

萨伊德的《东方学》批判了西方的东方主义立场，认为东方学这一悠久传统，不过"是一种根据东方在欧洲西方经验中的位置而处理、协调东方的方式"①。这为我们批判西方文化霸权提供了重要理论资源。然而，东方主义在中国的接受过程中也存在着种种简单化的倾向。这里，笔者要着重强调的是，东方主义对东方世界的认识之所以是失实的，并不是因为它对东方的刻板印象在东方世界中全然找不到事实依据。现实的东方世界与西方世界一样，具有无限的多样性和丰富性，所以，哪怕是一些极为稀奇古怪的刻板印象往往也不乏或多或少的事实例证。东方主义思维的弊病首先在于以偏概全，即以个别的事例、部分的特征概括东方的本质。东方主义思维的第二个弊病在于先入为主，即将以偏概全思维所得出的结论变成一种先入为主的刻板印象，而拒绝聆听东方主体自己发出的声音，拒绝理解东方世界的丰富性、多样性、发展性。②总之，东方主义对东方或贬斥或推崇，都没有把东方当作可以与西方对话的平等主体，只是把东方当作被西方主体预先规定的、没有自己发言权的他者。东方主义的局限性是思维的局限性，源于人在认知能力上不可能完全超越自我身份立场而趋达纯粹客观这一特点，并不必然包含着道德方面的恶意或政治层面上的阴谋动机。

东方主体应当如何对待东方主义这个问题包含两个向度。一个向度是面对东方主义所建构的虚幻的东方镜像，东方主体如何建立自我的主体性；另一个向度是东方主体如何对待持东方主义立场的西方主体。

东方主体要突破东方主义所建构的虚幻镜像，并不是要逐一论证其东方刻板印象全然缺少事实根据，而是要指出这些刻板印象哪怕不乏事实例证也远不是事实的全部，要找出被锁闭在这些刻板印象之下的东方的其他面貌、其他声音，从而还原东方的丰富性、多样性、发展性，找回东方的主体性。同时，东方主体还要避免倒置性承袭东方主义思路的弊端，不要把对西方主

① ［美］爱德华·萨伊德著，王宇根译：《东方学》，北京：生活·读书·新知三联书店1999年版，第2页。
② 周蕾所批评的那种"汉学家对中国传统和真正中国本色的执迷缺乏的是对现代中国人民的经历的兴趣"，正是对东方发展性、丰富性的拒绝。参见［美］周蕾：《看现代中国：如何建立一个族群观众的理论》，《后殖民理论与文化批评》，北京：北京大学出版社1999年版，第351页。

体的认知本质化，而要充分注意西方主体作为存在者的多样性、发展性，把握东方主义者思维局限的语境性。总之，东方主体应该颠覆的主要不是东方主义的种种具体知识，而是应该在整体上超越东方主义在知识建构上的本质主义思维方式，从而建构东方的主体性；东方主体还应该能够以主体间性的态度对待包括东方主义者在内的西方世界。

冰心1934年创作的短篇小说《相片》在如何对待东方主义及东方主义者方面展示了东方主体的敏锐思想力量和宏阔精神境界。《相片》既写出教会学校美籍女教师施女士自己的人生孤寂，也写出施女士对养女真挚的母爱中所包含的东方主义思想局限、所杂糅的共生性情结，并通过化用和超越东方主义话语这两条路径召回东方的主体性，还在理解东方主义者的存在困境中展示了东方主体对待西方世界的主体间性态度。

一、《相片》建立东方主体性的两条路径

小说《相片》召回东方主体性的途径主要有两条。一条是叙述者、隐含作者代表东方主体凝视西方主体，从而在化用东方主义思想资源中突破东方主义者的思维局限。这一写作立场固然贯穿全文，但更多地集中在小说前半部分。另一条是让东方人物直接发出自己的声音，从而突破东方主义的思想樊篱，这完全集中在小说后半部分。

（一）化用东方主义思想资源

小说《相片》主要采取第三人称有限性全知视角叙述。小说明显分为前后两个部分。前半部分以倒叙的方式概述施女士在中国二十八年的生活。后半部分则以顺叙的方式描述施女士和养女淑贞在美国半年多的生活。小说前半部分的聚焦对象主要是施女士。叙述者对施女士外在生活轨迹的叙说相当简略，而对施女士内心世界的凝视却细致深入，这体现出作品侧重追问人的精神境界，并不追求传奇性的特点。高于人物的故事外叙述者代表隐含作者凝视施女士的内心世界，并不直接跳出来发表议论，而是多采取自由间接引语的方式细致描摹施女士的内心感受。"无论叙述者持何种立场观点，自由间接引语均能较好地反映出来，因为其长处在于不仅能保留人物的主体意识，

而且能同时巧妙地表达出叙述者隐形评论的口吻。"① 对施女士眷恋东方的情感，隐含作者既有所接受也有所保留，从而得以在化用施女士的东方主义情感中建构起东方的主体性，又能够拒绝施女士东方主义立场中囚禁东方主体性的局限。

邱艳萍、李柏青曾敏锐指出，《相片》女主人公施女士的"心理""趋近东方化"。② 张敬珏、浦若茜也借用德里克的术语判断说，施女士是"中国化的西方人""'被东方化'的东方主义者"。③ 施女士将世界截然分为东方和西方两极。她感到隔膜、生疏的是她的西方故土，她喜爱、眷恋的则是东方异国。当然，并不是所有喜欢东方的西方人都应该被戴上东方主义的帽子。施女士之所以在一定程度上是东方主义者，是因为她的东方之爱具有如下两个特点：一是她在一定程度上于情感体验中将东方异国情调化了，二是她在一定程度不能接受东方的发展变化。这些特点阻隔了施女士进一步去尊重东方主体的内在需求。然而，隐含作者并不是站在东方主体的立场上全然拒绝西方主体的这一东方主义赞歌，而是有所接纳，亦有所抗拒，接纳或抗拒的标准是其是否有利于建构东方主体性。

圣诞前夜，施女士将父母双亡的淑贞接到家中，"施女士轻轻的握着淑贞的不退缩也无热力的小手……她觉得手里握着的不是一个活泼的小女子，却是王先生的一首诗，王太太的一缕绣线，东方的一片贞女石，古中华的一种说不出来的神秘的静默……"④ 而后，"'这是王先生的清高，和王太太的贞静所凝合的一个结晶！'施女士常常的这样想……她是幽静，不是淡漠，是安详，不是孤冷，每逢施女士有点疾病，淑贞的床前的蹀躞，是甜柔的，无声的，无微不至的。无论那时睁开眼，都看见床侧一个温存的微笑的脸，从书上抬了起来。'这天使的慰安！'"⑤。施女士对淑贞的感受，既有西方主体从外视点凝视东方、使之异国情调化的态度，也有对东方主体内在美的细致体察。将东方异国情调化，并不含道德上的恶意，但难免因其外视点而与所欣赏的东方之间存在难以超越的隔膜；后一种超越西方主体自身的身份限定去耐心

① 申丹：《叙述学与小说文体学研究》，北京：北京大学出版社1998年版，第348页。

② 邱艳萍、李柏青：《镜像中的文化与人性——冰心小说〈相片〉读解》，《琼州大学学报》2000年第1期。

③ [美]张敬珏、浦若茜著，许双如译：《冰心是亚裔美国作家吗？》，《华文文学》2012年第3期。

④ 冰心：《相片》，《冰心全集》第三卷，福州：海峡文艺出版社1994年版，第54页。

⑤ 冰心：《相片》，《冰心全集》第三卷，福州：海峡文艺出版社1994年版，第55页。

体察东方内在美的立场，虽尚不足以滋生出理解东方发展需求的境界、不足以全面颠覆施女士自身的东方主义思维局限，却在一定范围内展示了施女士作为西方主体的文化间性立场，展示了西方主体"虔诚热情、博大谦逊的精神"。① 这一艺术想象体现了隐含作者对西方主体善意性的理解。

　　隐含作者、叙述者尽管与施女士的态度有着微妙的距离，但并不排斥施女士在凝视中赞赏东方的态度。"她是幽静，不是淡漠，是安详，不是孤冷"，是自由直接引语与自由间接引语的混合，既是施女士对淑贞的感受，也是叙述者的评论。② 隐含作者和叙述者恰恰是在认可施女士的观点中建立起了东方的"神秘的静默"的境界。东方"神秘的静默"对于东方主体性的意义，在隐含作者的眼中与在施女士眼中有两点不同：一是凝视这一"神秘的静默"的主体不一样了，二是"神秘的静默"所被整合进的整个认知系统不一样了。以系统论的观点看问题，同一个要素被整合进不同的系统中，其意义、功能就可能发生本质的变化。作为东方主体的叙述者、隐含作者，并没有像施女士那样不能接受东方主体的发展变化需求；没有施女士的东方主义立场，这样叙述者、隐含作者从施女士的认知中接纳进"神秘的静默"，就不是对东方其他非"神秘的静默"特性的囚禁。这里，隐含作者并不全然排斥西方、东方的两分法，而是在主体性建构的层面上以吸纳的方式翻转了东方主义的东方想象，借用东方主义的两分法从一个侧面建构起东方的自信心、东方的主体性。这说明，化用东方主义二元对立思维方式所建立起来的东方的审美境界，只要不被本质化，就可能并不压制东方的发展，而有益于建构东方主体性，因为这种东方审美境界已经脱离了东方主义压抑东方发展性的整体思路。

　　这种化用东方主义思路建立东方自信心、建构东方主体性的态度，在小说后半部分淑贞、李天锡这两个中国青年与彼得这个美国青年的对照书写中得到了进一步强化。小说后半部分主要从三个方面表达赞赏幽静稳重的东方气质、鄙薄跳荡活跃的西方气质的立场。一是通过他人对东西方青年的不同评价间接表达隐含作者的立场，二是在对人物的描写、叙述中直接渗透进这

①　周宁认为："肯定的、乌托邦式的东方主义，使西方文化不断扩张不断调节改造自身，赋予西方文化一种虔诚热情、博大谦逊的精神。"参见周宁：《另一种东方主义——超越后殖民主义文化批判》，《厦门大学学报（哲学社会科学版）》2004年第6期。

②　申丹以茅盾的《林家铺子》为例分析了"自由直接引语"和"自由间接引语"的"混合型"的表达功能。参见申丹：《叙述学与小说文体学研究》，北京：北京大学出版社1998年版，第347～348页。

种臧否的态度，三是在淑贞与李天锡相互认同对方身上的东方气质中加强文本赞赏东方气质的倾向。小说后半部，淑贞随施女士到新英格兰，遇到西方青年彼得、华裔青年李天锡。淑贞"幽静的态度，引起许多人的爱怜"①。李天锡也与淑贞一样，因"安静，大方"而受到雅阁太太的赞赏。②而施女士的侄儿"彼得是个红发跳荡的孩子，二十二岁的人，在淑贞看来，还很孩气"③。淑贞在微晕的灯光下注视天锡，只见"一头黑发，不加油水的整齐的向后拢着，宽宽的前额，直直的鼻子，有神的秀长的双眼，小小的嘴儿，唇角上翘，带点女孩子的妩媚。一身青呢衣服，黑领带，黑鞋子，衬出淡黄色发光的脸，使得这屋子中间，忽然充满了东方的气息"④。文本中，"带着女孩子的妩媚"的东方男性气质和"幽静"的东方女性气质，都被赋予了高于跳荡活跃的西方气质的美感。作品由此再次通过接纳东西方二分的思维方式，直面西方世界建立起了东方的自信心、东方的主体性。

《相片》表明，冰心"受着不同文化的浸染，但却将东方的文化的温婉静谧发展到了极致"。⑤其实，《相片》中这种面对西方世界固守东方气质的审美立场，是冰心一贯的文化立场。冰心一生穿中式服装，梳中式女发式，始终以中国端庄淑女的面貌面世。这在中国现代教会学校女生、中国现代女留学生中是少有的。1923年，冰心以一幅中国淑女的端庄相片惊艳了波士顿照相馆。冰心题字"到死未消兰气息，他生宜护玉精神"后把这幅照片摆在自己宿舍的小桌子上。⑥这种无论身处美国社会还是现代中国都坚守东方"兰气息""玉精神"的现实生活姿态，显然是冰心在创作中赞叹东方气质的心理基础。冰心在美国留学期间所写的《寄小读者》《往事》等系列散文中，中国古典诗词、中国民俗节气等中国文化元素最为丰厚，超过她在国内创作的任何一个阶段，亦是她这种直面西方社会以中国文化元素树立民族主体性这一心理的折射。

① 冰心：《相片》，《冰心全集》第三卷，福州：海峡文艺出版社1994年版，第57页。

② 冰心：《相片》，《冰心全集》第三卷，福州：海峡文艺出版社1994年版，第59页。

③ 冰心：《相片》，《冰心全集》第三卷，福州：海峡文艺出版社1994年版，第57页。

④ 冰心：《相片》，《冰心全集》第三卷，福州：海峡文艺出版社1994年版，第59页。

⑤ 尹喜泉：《衰落期的自我超越——浅谈〈相片〉和〈西风〉对于冰心小说创作的意义》，《安徽文学》2009年第10期。

⑥ 卓如：《冰心全传》，郑州：河北教育出版社2002年版，第203～204页。

（二）让东方人物直接发出自己的声音

《相片》召回东方主体性的另一条路径是让东方人物直接发出自己的声音，从而突破东方主义囚禁东方发展需求的藩篱，也让东方主体对西方世界做出判断。小说后半部淑贞和李天锡这两个东方青年的直接引语陡然增多，正是应这一需求而形成的叙事特点。

首先，淑贞与李天锡都直接表达了学习西方人长处、融入美国社会的愿望，隐含作者显然赞赏东方主体这一发展自我的态度。天锡对淑贞说："我想我们应该利用这国外的光阴，来游历，来读书，——我总是佩服西方人的活泼与勇敢，他们会享受，会寻乐，他们有团体的种种健全的生活，我很少看见美国青年有像我们这般忧郁多感的。"[1]李天锡认同东方"忧郁多感"、西方"活泼与勇敢"的二分法，但并不固守之，而是从东方主体的发展立场出发，认为应该突破东西方差异、学习西方的长处。淑贞也同样表现出东方主体愿意融入西方社会的开放心态。她说："我想明年进入大学，也想在离家之先，同这里青年人有些接触，免得骤然加入她们的团体时，感觉得不惯。"[2]

只愿意东方以异国情调区别于西方，忽视甚至根本不能接受东方发展变化的需求，是那一类赞赏东方情调的东方主义者的致命缺陷。与此不同，冰心《相片》在收编此种东方主义将东西方二分、赞赏东方情调的认识论和价值观时，又能不拘泥于其东西二分法，而是肯定东方的发展愿望，从而剔除了这类东方主义思维的价值缺憾，多层次建构了东方的主体意识。这种开放的发展意识，实际上也是冰心一生基本的文化立场。

除了让东方人物直接表达自己的发展愿望外，冰心还在《相片》中让东方人物直接评价西方世界对待东方的态度，充分展示了东方主体在思维中把握世界的主体意识。作品中李天锡与淑贞对西方做出了两种截然不同的判断，而隐含作者并未站到任何一方的立场上去否定另一方，这两种不同的声音便形成了复调性，作品也由此表达了东方主体面对西方世界的二重复杂态度。

这时，李天锡和淑贞所议论的西方对象，并不是施女士那种在一定程度上东方化的东方主义者，而是另一类崇尚西方文化、看低东方文化并积极向东方推广西方文化的东方主义者。李天锡是教会培养的中国青年，其宁静的

---

① 冰心：《相片》，《冰心全集》第三卷，福州：海峡文艺出版社1994年版，第62页。

② 冰心：《相片》，《冰心全集》第三卷，福州：海峡文艺出版社1994年版，第62页。

外表下有着激越的民族自尊心。面临教会培养目的和自我发展愿望之间的矛盾，他说："——他们当然想叫我也做牧师，我却不欢喜这穿道袍上讲坛的生活！其实要表现万全的爱，造化的神功，美术的导引，又何尝不是一条光明的大路，然而……人们却不如此想法！"①他极为反感那类歧视东方的东方主义者。他对淑贞说："……有些人们总以为基督教传入以前，中国是没有文化的。……在有些自华返国的教育家，在各处作兴学募捐的演讲之后，常常叫我到台上去，介绍我给会众，似乎说，'这是我们教育出来的中国青年，你看！'这不是像耍猴的艺人，介绍他们练过的猴子给观众一样么？我敢说，倘然我有一丝一毫的可取的地方，也决不是这般人训练出来的！"②这些话，固然包含着对因接受赞助便失去自主性这种状态的一定程度上的合理反抗，但也包含着不合理的怨恨情结。李天锡当前的"可取的地方"，与他所受的教会教育显然不能说是毫无关系的。虽然他"从小跟着祖父还读过许多旧书"③，但教会教育在他的成长中无疑是至关重要的。淑贞的回答与李天锡的话构成对话："说的也是，不过从我看来，人家的起意总是不坏，有些事情，也是我们觉得自己是异乡的弱国人，自己先气馁，心怯，甚至于对人家的好意，也有时生出不正常的反感，倘或能平心静气呢，静默的接受这些刺激，带到故国去，也许能鼓励我们做出一点事情，使将来的青年人，在国际的接触上，能够因着光荣的祖国，而都做个心理健全的人，……您说呢？"④李天锡和淑贞都有强烈的民族自尊心和民族自强意识。李天锡从西方的拯救姿态中体会到不平等，体会到歧视之辱。而淑贞以"我们"这一复数称谓来谈论问题，她亦未尝没有体会到李天锡那种因自己是"异乡的弱国人"而受的精神"刺激"，只是她同时又能够超越弱者的过敏心态，对东方的弱质怨恨心理展开自我反思，接纳西方拯救姿态中的善意，并期待东方的弱国子民由此培养出"健全"的文化心理。

对于以基督教文化拯救东方的东方主义者，到底应该批判还是应该感恩，长期以来确实一直是东亚国民面临的难题。根据历史学者王立新的研究，由

---

① 冰心：《相片》，《冰心全集》第三卷，福州：海峡文艺出版社1994年版，第60页。
② 冰心：《相片》，《冰心全集》第三卷，福州：海峡文艺出版社1994年版，第61页。
③ 冰心：《相片》，《冰心全集》第三卷，福州：海峡文艺出版社1994年版，第60页。
④ 冰心：《相片》，《冰心全集》第三卷，福州：海峡文艺出版社1994年版，第61页。

于西方尤其是美国社会具有政教分离的特点，再考虑传教运动兴起的历史背景，可以肯定，"就动机和目标而言，几乎所有传教士在来华之时都不负有为本国政府或商人服务的使命，更不是殖民主义征服'阴谋'的策划者和参与者"，"几乎所有传教士都抱有为驻在国人民的福祉服务的愿望"；从传教的结果来看，"传教士对女权的提倡，对宗法社会的抨击，对禁烟（鸦片）运动的贡献，对西方文化的输入，对新式教育的倡导以及他们个人的牺牲精神一度使其成为近代中国具有'革命性影响'的力量。实际上，只有这些现代性的输入才能使中国从根本上摆脱对帝国主义的依附，实现自主和自立"。因而，以文化侵略论或帝国主义阴谋论来评价美国传教士的在华活动并不客观。然而，问题还有另一面，即"'传教士也经常坚信他们能比驻在国人民更好地判断什么是他们的真正利益'，他们的良好愿望也被'某种施主和庇护人，有时甚至是蔑视的态度所玷污'"。[1] 而且，基督教信仰对其他宗教信仰的否定也在一定程度上限制了他们对东方文化传统中优秀因素的认识，造成其文化立场上的狭隘性。

中国近现代史上，关于如何对待西方传教士的问题一直存在多种声音。冰心长期受教会学校的教育，接纳基督教的爱的思想，但并未否定东方优秀的文化传统。她在 1920 年创作的散文诗《画——诗》，1921 年创作的诗歌《圣诗》、散文《自由——真理——服务》等作品都礼赞了基督之爱。[2]《画——诗》一文中，冰心写自己在一幅基督教圣画面前深深体会到《圣经》精神，这正可与《相片》中李天锡关于美术亦可表现万全的爱的观点构成互文。同时，冰心与传教士教育家司徒雷登、包贵思、麦美德都有很深的师生情谊。司徒雷登自 1918 年燕京大学成立以来长期担任该校校长、校务长。冰心先是燕大学生，美国留学回来后又是燕大教师，一直很受司徒雷登器重。1924 年司徒雷登回美国为燕大募捐，特意抽空到沙穰青山探望养病的冰心。1929 年冰心、吴文藻结婚时，司徒雷登是主婚人。1936 年司徒雷登 60 岁生日之际冰心曾著文《司徒雷登校务长的爱与同情》，赞司徒雷登"兼有了严父的沉静和慈母的温存"。[3] 包贵思（Grace M. Boynton）1919 年美国威尔斯利女子

① 王立新：《"文化侵略"与"文化帝国主义"：美国传教士在华活动两种评价范式辨析》，《历史研究》2002 年第 3 期。

② 高利克、杨剑龙、马云、许正林、王本朝、李勇等都就冰心与基督教的关系都做过专门研究。

③ 冰心：《司徒雷登校务长的爱与同情》，《我自己走过的路》，北京：人民文学出版社 2007 年版，第 39 页。

大学（即韦尔斯利学院）研究生毕业后就到中国来，在协和女子大学和燕京大学教授英国文学并传教至 1949 年。冰心、杨刚、赵萝蕤等都是她钟爱的学生。冰心在燕京大学学习期间正是在包贵思的说服和陪同下受了基督教的洗礼。1923 年冰心燕大毕业后，也是经包贵思的举荐得以到美国威尔斯利大学攻读硕士学位。留美期间，冰心还受到包贵思父母、姨母的多方关照。① 冰心对基督爱的精神的接纳，与她心中对东方优秀文化传统的珍视是并存的。冰心与传教士教育家之间的良好关系，从未使她走向盲目崇洋的偏颇立场。她作品中反复出现的"万全之爱""无限之生"② 的观念，有时虽然也像《相片》中李天锡的话所体现的那样用来表达基督教之爱，但更多时候冰心还是以之传达东方文化中人与自然之间、人与人之间的和谐观念，也始终没有赋之以上帝救赎罪人的意味。冰心正因为与传教士之间有密切的接触、对他们有深入的了解，所以她才能既接纳基督教文化的正面价值、领会传教士们的善意；同时又对一些传教士的文化优越感因有切身感受而分外反感，因而能够站在民族自尊的立场上疏离之。

冰心生长在现代中国社会中，自然对中国现代非教思潮中的文化侵略论亦是耳濡目染，但她显然没有接受这一脉激进的政治观点。1924 年，非基督教同盟发表宣言，认为基督教是"麻醉被征服的殖民地之民众"的。1929 年国民党上海市党部编辑的《不平等条约研究集》也指责"基督教是帝国主义的先锋"。1939 年毛泽东在《中国革命和中国共产党》一文中列举说"传教，办医院，办学校，办报纸和吸引留学生等"，都是帝国主义"文化侵略政策"的一部分。③ 冰心在《相片》中借李天锡的直接引语批评传教士的文化优越感，显示了弱势民族的自尊，但其立场显然与中国近现代这一脉从政治层面指责传教运动是"文化侵略"的激烈思潮有着本质的不同。在《相片》中借李天锡与淑贞的形象塑造，冰心表达了自己强烈的民族自尊心，又展示了此时她内心批判西方文化优越感和接纳西方善意两种立场兼存的复杂态度。《相片》所细致表达的东方主体面对西方世界的这两重复杂态度，都毫无盲从西

① 参见卓如：《冰心全传》，河北教育出版社 2002 年版，第 191～192 页、第 205 页、第 226～227 页。

② 冰心早期作品对此思想多有表述，而尤其集中体现在《"无限之生"的界线》这篇散文中。该文见冰心：《冰心全集》第一卷，福州：海峡文艺出版社 1994 年版，第 92～93 页。

③ 这些非教思潮的材料均转引自王立新：《"文化侵略"与"文化帝国主义"：美国传教士在华活动两种评价范式辨析》，《历史研究》2002 年第 3 期。

方主体霸权的倾向，因而可以说这正从一个侧面建构了东方的主体性。

二、东方主体对待西方世界的主体间性态度

东方主体要避免倒置性承袭东方主义的思维错误，在建构东方主体多样性、发展性的同时还必须避免将西方主体本质化，而应该将西方主体放置在其存在语境中探究其内在生命逻辑。《相片》中，隐含作者和全知第三人称叙述者在凝视施女士中领会施女士对东方世界的善意、审察施女士的东方主义思想局限，但并没有把她本质化为东方主义的概念化身，而是细致探问其内心世界的多重性，"丰富地剖析了施女士关于希望与失望，理想与现实，东方与西方，自我与对象的复杂矛盾的心理轨迹过程"[1]，从而完成了对其存在状态的多层追问。这样，作品也就在这一人物塑造中充分建构了东方主体对待西方世界的主体间性态度。

(一)理解施女士的生命悲感

在塑造施女士的形象中，冰心首先着重刻画其生命悲感。这种生命悲感既被界定为一种天生的个性气质，成为一种美的范型，投注着作家赞赏的态度；又被阐释为由于个体独特生命境遇而生的情绪反应，熔铸了作家同情与理解的态度。

作品中，年轻的施女士是美的化身，既"温柔"又"美丽"，"曾引动了全校学生的爱慕"。她"常常带着天使般的含愁的微笑"，还时有"轻微的叹息"和"凄然的一笑"。[2] 这里，"含愁"成为施女士美感的一部分，体现了冰心品藻人物以悲感为美的独特趣味。这种审美倾向，在冰心早期的作品中普遍存在。1920年创作的散文《遥寄印度哲人泰戈尔》中，冰心赞美泰戈尔说："我读完了你的传略和诗文——心中不作别想，只深深觉得澄澈……凄美。"又说："泰戈尔！谢谢你以快美的诗情，救治我天赋的悲感。"[3] 悲感，显然是青年冰心自我认同的一种个性气质。《相片》中，施女士的"含愁的微笑"前加上"天使般"的修饰语，则体现了作家对基督教文化传统的自觉

① 邱艳萍、李柏青：《镜像中的文化与人性——冰心小说〈相片〉读解》，《琼州大学学报》2000年第1期。

② 冰心：《相片》，《冰心全集》第三卷，福州：海峡文艺出版社1994年版，第52页。

③ 冰心：《遥寄印度哲人泰戈尔》，《冰心全集》第一卷，福州：海峡文艺出版社1994年版，第115页。

接受。

悲感在《相片》中还被阐释为施女士现实人生困境的一种心理折射。施女士在中国多年，重返故乡新英格兰却找不到家园的感觉。在西方，她反因自己的东方化而成为一个他者。作品借施女士回乡的心理不适应，批评了西方现代化的景象，表达了对诗意生活环境的向往。"她的故乡——新英格兰——在她心里，只是一堆机械的叠影，地道，摩天阁，鸽子笼似的屋子，在电车里对着镜子抹鼻子的女人，使她多接触一回便多一分的厌恶。"① 作品还借施女士的心理不适应，批评了西方人的举止作风、西方社会的人际关系。家乡故旧凋零，施女士嫌晚辈们"举止是那样的佻达，谈吐是那样的无忌"。② 最使她感到难堪的是晚辈对自己不够尊重。她对晚辈的期待显然也有点儿东方伦理化的色彩。描述施女士心态上的东方化特点，体现了隐含作者对西方主体内部多样性的一种理解，亦展示了隐含作者赋予东方价值观以普世性的文化立场。

养女淑贞出现之前，施女士即使在东方世界中也并未找到家园感。"春日坐在花下，冬夜坐守墙炉，自己觉得心情是一池死水般的，又静寂，又狭小，又绝望，似乎这一生便这样完结了。"③ 作者既从外视点赋予施女士形象以春日花下、冬夜围炉的诗意美，又深入到施女士的内心体验中去理解其孤寂绝望的生命感受。这样，西方主体在东方作者笔下就不是一个隔膜的他者，而是可以与之息息相通的同类。

在施女士的内心体验中，养女淑贞点化了东方的情调、温暖了施女士的情感世界。"……施女士心中只温存着一个日出之地的故乡，在那里有一座古城，古城里一条偏僻的胡同，胡同里一所小房子。门外是苍古雄大的城墙，门口几棵很大的柳树，门内是小院子，几株丁香，一架蔷薇，蔷薇架后是廊子，廊子后面是几间小屋子，里面有墙炉，有书架，有古玩，有字画……而使这一切都生动，都温甜，都充满着'家'的气息的，是在这所房子有和自己相守十年的，幽娴贞静的淑贞。"④ 与新英格兰的现代化图景相比，在施女士及叙述者、隐含作者的感觉中，北京古城代表着人与自然的和谐，代表着

① 冰心:《相片》,《冰心全集》第三卷,福州:海峡文艺出版社1994年版,第51页。
② 冰心:《相片》,《冰心全集》第三卷,福州:海峡文艺出版社1994年版,第51页。
③ 冰心:《相片》,《冰心全集》第三卷,福州:海峡文艺出版社1994年版,第52页。
④ 冰心:《相片》,《冰心全集》第三卷,福州:海峡文艺出版社1994年版,第51页。

温馨的生活情调，代表着悠闲的生活方式。冰心由此展示出与京派文人颇为接近的文化立场，尽管她实际上并不属于京派文人圈。淑贞在施女士的感觉中固然与东方景物融为一体，但她是高于景物、点化景物的人。那种认为施女士把淑贞物化为东方风景、使之失去人的主体性的观点，显然不合文本实际。

（二）写出施女士对淑贞之爱的复杂性

作品关于施女士对淑贞的爱的阐释是丰富多层的。一方面施女士在淑贞身上熔铸了自己在东方寻找精神安慰的心理需求，凝聚着她对中国情调的迷恋；但另一方面，她对淑贞的爱怜，又包含着深切的同情，体现着丰厚的人道内涵，在一定范围内具有母爱无私的特点。这两方面在一般情境下并不相抵牾，只有在面临淑贞出嫁的可能时才剧烈冲突。作品由此展示了理解西方主体善意，并把其局限性放在其存在场域中理解的主体间性立场。

首先，作品写出施女士领养淑贞主要是出于对这个孩子的真诚关爱，并不单单出于慰藉自我孤寂的目的。施女士第一次见淑贞是在王先生去世之际，"这个瘦小的，苍白的，柳花似的小女儿，在第一次相见里，衬着这清绝惨惨的环境和心境，便引起了施女士的无限的爱怜"①。后来，"……都说是黄家孩子很多，淑贞并不曾得到怎样周到的爱护，于是在一个圣诞的前夜，施女士便把淑贞接到自己的家里来"②。作品由此展示了施女士怜惜弱者、关怀弱者的高尚的道德情感。如果仅仅因收养时间与圣诞节偶合而忽视施女士爱护淑贞的情怀，判断施女士缺少爱心，不过把淑贞"当作一份异国情调的圣诞礼物"③，或者说是"仅仅供她排解寂寞的'小狗'和'古董'"④，那显然是武断的。施女士关于自己是"世界上最畸零的人"的自我怜惜，与她对淑贞"热柔的母爱之情"是并存的。⑤施女士"对淑贞的关心与爱护，不能说不带一点私心，却在一定程度上已经超越了国界与民族，展现了人性中灿烂的一面"⑥。

① 冰心：《相片》，《冰心全集》第三卷，福州：海峡文艺出版社1994年版，第54页。
② 冰心：《相片》，《冰心全集》第三卷，福州：海峡文艺出版社1994年版，第54页。
③ ［美］张敬珏、浦若茜著，许双如译：《冰心是亚裔美国作家吗？》，《华文文学》2012年第3期。
④ ［美］张敬珏、浦若茜著，许双如译：《冰心是亚裔美国作家吗？》，《华文文学》2012年第3期。
⑤ 冰心：《相片》，《冰心全集》第三卷，福州：海峡文艺出版社1994年版，第55页。
⑥ 罗义华、邓莹辉：《比较文化视野下人性的悲歌——论冰心小说〈相片〉的叙事张力及其成因》，《名作欣赏》2009年第26期。

其次，作品还写出施女士对淑贞个性的尊重。施女士既理解东方少女淑贞的腼腆、羞涩，又在一定限度内支持淑贞的发展需求。

　　施女士尊重淑贞腼腆、羞涩的个性，主要体现在她们在中国生活时期的日常生活方面。"在施女士手里调理了十年，淑贞并不曾沾上半点西方的气息。洋服永远没有上过身，是不必说的了，除了在不懂汉语的朋友面前，施女士对淑贞也不曾说过半句英语。""这青年人的欢乐的集会，对于淑贞却只是拘束，只是不安。这更引起了施女士的怜惜，轻易也便不勉强她去和男子周旋。"① 这里，施女士没有用西方文化改造淑贞，并不等于说她幽闭了淑贞、阻止了淑贞的发展。作为东方化的东方主义者，施女士本身并不认为西方文化比东方文化更高明，自然不认为需要用西方文化改造东方女性；而且，这里的叙述表明，施女士只是顺应、尊重了东方少女淑贞腼腆、羞涩的个性，并非在淑贞自身有西化愿望时去压制它，文本也无证据表明淑贞的"偏好独处"是"她对养母意愿的迁就"或是对"中国父权制对女性的规定"② 的屈从，因而可以说，施女士在此是尊重了淑贞的主体性的。

　　施女士还在一定限度内支持淑贞的发展需求。这主要体现在她带淑贞去美国以及在美国对待淑贞的变化上。淑贞十八岁中学毕业时，施女士带淑贞去美国，"一来叫淑贞看看世界，二来是减少自己的孤寂"，并承诺说："你若是真喜欢美国呢，也许我就送你入美国的大学……"③ 这说明施女士有开拓淑贞视野、支持淑贞潜在发展需求的一面。看到淑贞对彼得"常常有说有笑"，"施女士心里觉着有一种异样的慰安。以前的淑贞是太沉默了，年轻的人是应当活泼的，……"④ 作者在对施女士内心世界的凝视中领会了西方养母对东方少女的挚爱之情。

　　再次，作品还揭示出施女士作为东方化的东方主义者、作为母亲的共生性情结。作者既犀利地批判了其人性中的自私，也同情她的人生孤寂。这样，作品就把人性缺陷放到人的存在语境中审视，从而避免了人性理解上的本质主义倾向。

①　冰心：《相片》，《冰心全集》第三卷，福州：海峡文艺出版社 1994 年版，第 55～56 页。

②　[美] 张敬珏、浦若茜著，许双如译：《冰心是亚裔美国作家吗？》，《华文文学》2012 年第 3 期。

③　冰心：《相片》，《冰心全集》第三卷，福州：海峡文艺出版社 1994 年版，第 56 页。

④　冰心：《相片》，《冰心全集》第三卷，福州：海峡文艺出版社 1994 年版，第 63 页。

对淑贞的青春成长,施女士既感到欣慰,又感到恐惧。她的真挚爱心与她自私的占有欲交织在一起。在中国的时候,"'倘若淑贞嫁了呢?'一种孤寂之感,冷然的四面袭来,施女士抚着额前的白发,起了寒战,连忙用凄然的牵强的微笑,将这不祥的思想挥麾开去"①。所以,有人提亲或求婚,"施女士总是爱傲的微笑着,婉转的辞绝了去"②。这里,作品细腻地揭示出施女士在心理上与女儿共生性结合的不健康状态。美国心理哲学家埃·弗洛姆在《爱的艺术》一书提出这样一个问题:"我们把爱是当作生存问题的成熟的答案,还是当作共生性结合的爱的那些不成熟形式呢?"③他进一步阐释说:"共生性结合的主动形式是支配,或者使用一个同受虐狂相应的心理学术语则是施虐狂。施虐者为了逃避自己的孤独感和束缚感,使另一个人成为自己的重要组成部分,通过同另一个崇拜他的人合作提高自己的地位。"④"与共生性结合相反,成熟的爱是在保持一个人的完满性和一个人的个性的条件下的结合。爱是人类的一种积极力量。"⑤施女士不愿意让女儿出嫁,显然她的母爱不是一种成熟的爱,而是爱的不成熟形式之一——共生性结合的主动形式,潜含着过度支配女儿生活的心理倾向。她的这种共生性情结既是东方主义者的、也是母亲的,并非西方养母独有、亲生母亲或东方母亲就一定会避免的心理偏执。

小说的结尾,摄像式的外视角使得作品保持了一种开放性结构。在相片中看到淑贞情窦初开的样子,施女士说:"孩子,我想回到中国去。"⑥小说到此戛然而止,并没有交代施女士是否会把"回到中国去"的想法付诸行动。"回到中国去",就意味着隔绝淑贞与李天锡的关系。如果施女士只是想想而没有付诸行动,那么这表现的还是女儿成长时母亲合理的心理失落,施女士还存在调整自己心理的可能。如果她真的付诸行动了,那说明施女士已经放弃了自我调整,走向真正的支配与施虐,走向人性之恶了。但小说设置了一个开放式的结尾。两种可能性都存在。隐含作者对施女士的态度到底是批判否定还是同情理解,并不明晰。换一个角度也可以说,隐含作者是批判否定

① 冰心:《相片》,《冰心全集》第三卷,福州:海峡文艺出版社1994年版,第55页。
② 冰心:《相片》,《冰心全集》第三卷,福州:海峡文艺出版社1994年版,第56页。
③ [美]埃·弗洛姆著,康革尔译:《爱的艺术》,北京:华夏出版社1987年版,第15页。
④ [美]埃·弗洛姆著,康革尔译:《爱的艺术》,北京:华夏出版社1987年版,第16-17页。
⑤ [美]埃·弗洛姆著,康革尔译:《爱的艺术》,北京:华夏出版社1987年版,第17页。
⑥ 冰心:《相片》,《冰心全集》第三卷,福州:海峡文艺出版社1994年版,第65页。

与同情理解两种态度兼存。

综上所述，通过细腻地把握施女士对待养女淑贞的多重心态，《相片》避免了把具有一定东方主义倾向的西方主体概念化、本质化的倾向。这体现了冰心敏锐洞察人心、理解他者丰富性的心理能力，展示了东方主体对待西方主体的主体间性态度。①

东方主体应该如何对待东方主义者这个命题，冰心小说《相片》为我们提供了一种珍贵的思想资源。它提示我们，东方主体建构自我主体性的方式是多样的，既可以直接对抗西方主体的东方主义偏执思维，也可以通过化用东方主义的二分思维来建立东方的自信心；东方主体对待西方主体的态度也应该是主体间共的，应该把东方主义者的局限性放在其存在语境中审视，理解西方主体的多样性、丰富性，避免简单化思维。

当然，《相片》也同样显示了东方主体要一以贯之地以主体间性态度对待西方主体是不容易的。《相片》固然能以反本质主义态度细致省察施女士内心世界的多面性，能够借李天锡、淑贞的肯定性评论赞赏"西方人的活泼与勇敢"，但在对彼得及其母亲这些次要人物的价值评价上则未免简单化。彼得活泼、好动、随性，这在文本东西二分的思维方式中被丑角化，被单一地判定为低于东方之"安静，大方"的一种个性气质。叙述者、隐含作者在这一局部描写中所呈现出的狭隘性，显然有悖于《相片》在整体叙事伦理上所展示出的理解西方世界的主体间性态度，在局部细节中又未免有倒置性承袭东方主义思想的嫌疑。

---

① 邱艳萍、李柏青把施女士复杂多面的母爱界定为"自然人性"，这一判断显然包含着对《相片》把施女士的人性缺陷放在其存在语境中理解这一价值立场的深切领悟。邱艳萍、李柏青：《镜像中的文化与人性——冰心小说〈相片〉读解》，《琼州大学学报》2000 年第 1 期。

第二章
林徽因

林徽因（1904—1955），祖籍福建福州，生于杭州。原名林徽音，后改名林徽因。1928 年毕业于美国宾夕法尼亚大学美术学院，获得学士学位。20 世纪中国杰出的建筑学家、文学家、学者。林徽因建筑方面的主要成就：在民族建筑保护研究方面成就斐然，走遍中国 15 个省、200 多个县，实地勘察 2000 余处中国古代建筑遗构；1937 年发现了国内当时已知最早的木结构建筑佛光寺大殿；写下有关建筑方面的论文、序跋等 20 余篇；参与主持中国营造学社、组建清华大学建筑系；中华人民共和国成立后参与设计中华人民共和国国徽、人民英雄纪念碑，同时致力于中国传统工艺景泰蓝的传承创新等。文学方面主要成就：林徽因创作的文学作品尽管数量不多，却自成风格，影响广泛，几乎篇篇都是精品。现存诗歌 71 首、散文 12 篇、小说 6 篇，剧本 1 部、译文 1 篇，还有大量书信等，最广为人知的代表作有诗歌《你是人间四月天》，小说《九十九度中》等。

自 20 世纪 80 年代以来，林徽因已然成了通俗言说与学术研究两大话语持续关注的热点。前者主要是将林徽因当作浪漫言情、传奇佳话中的女主人公，这方面的文字充分体现了消费时代文化生产的特点，在此不作赘评。而有关林徽因的学术研究，又可以分为文学研究与建筑学研究两个阵营。前者无论数量还是质量都大大超过后者。这些研究固然都有价值，也为本章提供了基本的知识背景，但是，研究对象的性质往往决定了我们介入其中的方法。

林徽因作为一个在 20 世纪上半叶中西两种文化背景下长成的新女性，一个游刃于现代中国两个知识场域——建筑学与新文学领域的女学者、女作家、女诗人，她的存在本身实际上具有多重意义，这样的意义不仅仅局限于具体学科领域，还进入妇女与中国现代性关系层面。而已有的研究似乎都过分局限于学科背景。因此，本章试图跨越学科界限，并引入性别研究的方法来讨论林徽因的人生及其作品的意义。国学大师黄侃说过，研究的价值不仅在于发现，更在于发明。本章显然无意也无力于史料新发现，只是执意对已有史料重新串联和解释，梳理出被人们忽略的不同史料之间的内在关联性，并对这种关联性做出合乎逻辑的解释，以求有新的发明。

第一节　人生轨迹："穿老鞋走新路"

一、"穿老鞋走新路"与身份焦虑

　　林徽因的生命历程实际上是一个非常特别的新女性性别主体的成长历程。这个"特别"并不是指"五四"娜拉式的叛逆。林徽因生于 1904 年，正好是"五四"一代，在她同世代以及前后世代的女性中，特立独行、反抗父权传统性别规范的叛逆新女性很多。娜拉式的反叛在那个时代已经不能称为"特别"。林徽因的"特别"恰恰在于她与"五四"娜拉们的不同。林徽因对待父权传统的态度不如她们叛逆，这最典型表现在她的婚姻上。她与梁思成的婚姻首先是双方家长的主意，当然，也不能就此认定说她的婚姻就是旧式的婚姻。她从 1921 年跟随父亲游历英伦回国后在双方家长的授意下与梁思成确立恋爱关系，到 1924 年与梁思成双双到美国宾夕法尼亚大学留学，1927 年正式订婚，次年结婚，这期间他们经历了漫长的恋爱过程，似又完全符合"五四"时期"结婚一定要恋爱，才有意义；没恋爱结婚便无意义"[①] 的时代逻辑。当然了，这样的恋爱过程实际上也是双方家长的安排。如果说，"恋爱

① 这是瑞典女作家爱伦凯（1849—1926）的婚恋观，1920 年代在婚姻道德方面最具影响力的就是她和易卜生的思想观点。参见杨联芬：《爱伦凯与五四新文化》，《中国现代文学研究丛刊》2012 年第 5 期。

自由婚姻自主"是"五四"妇女解放最重要的诉求，那么，这在很大程度上也意味着新女性的主体意识只被允诺于婚姻恋爱这样的私人领域中施展，一旦获得如意的婚姻，便极有可能如《伤逝》中的子君那样"穿新鞋走老路"。而与"子君们"正好相反，林徽因似乎有点"穿老鞋走新路"。她的婚姻不能说完全自由自主，但她婚后却获得了进入公共领域实现女性主体性的机会。由此可见，历史转型期，新与旧之间关系是非常多元的，除了二元对立革命性的突变之外，还有兼容并蓄的渐变，后者常常更有意义，而前者似乎更容易反弹回到旧的状态。

　　清末以来，男性精英们提倡"废缠足，兴女学"，但这种女子教育的提倡基本是在强种保国的框架下来培养新型的贤妻良母，如梁启超所谓"兴女学"的目的是"上可相夫，下可教子，近可宜家，远可善种，妇道既昌，千室良善，岂不然哉！岂不然哉"①。而林徽因的教育显然大大超出了"相夫教子"的范畴，完全是培养社会主体的教育。这点在其父林长民带她游历英伦前就说得很清楚："第一要汝多观察诸国事务增长见识。第二要汝近我身边能领悟我的胸次怀抱……第三，要汝暂时离去家庭琐碎生活，俾得扩大眼光，养成将来改良社会的见解与能力。"②林徽因到美国留学第二年，父亲突然罹难，此后她的教育费用完全由公公梁启超承担。梁启超似乎并没有把"相夫教子"的教育理念贯穿到儿媳的培养上。这可能与他所秉持的"女子两万万，全属分利，无一生利者"③观念有关，他坚定地要把林徽因培养成能够创造社会财富的"生利者"。显然，在新女性林徽因的成长过程中，两位父亲的作用至关重要。这些细节已然揭示了"新女性叙事"中一再被遮蔽的一些面向，那就是新女性与父权传统之间超越简单的二元对立的复杂关系。父权传统并非同质性的铁板一块，而是充满差异与缝隙。正是这样的缝隙允诺了林徽因性别主体成长的空间。很多时候，她不得不辗转于这个传统的种种规约与缝隙中，不断妥协又不断地争取，这使得她独特的成长经历颇有一些"以退为进"的意味。当然，对于林徽因这样骨子里更多地接受西方现代文化教养的新女性

①　梁启超：《倡设女学堂启》，《梁启超选集》，上海：上海人民出版社 1984 年版，第 51 页。

②　林长民 1920 年致林徽因信，转引自《莲灯微光里的梦：林徽因的一生》，北京：人民文学出版社 2008 年版，第 22 页。

③　梁启超：《变法通议：论女学》，《饮冰室合集》第一册，北京：中华书局 1989 年版，第 38 页。

而言，这种夹缝中的生存不可能让她心安理得、如鱼得水，必然对她的心灵造成很大伤害。在她写给终身挚友、哈佛大学著名学者费慰梅（费正清夫人）的信中多次以沉痛的口气，谈到旧式家庭的纠纷对自己的伤害："晚上就寝的时候我已精疲力竭，差不多希望我自己死掉或者根本没有降生在这样一个家庭……那早年的争斗对我的伤害是如此的持久，它的任何部分只要重现，我就只能沉溺在过去的不幸之中。""我遇到许多梁家的亲戚，这对我的身体不利。我感到我的身体已被肢解成一小块一小块的，再也不能把它集合成为一个整体了。"①

"穿老鞋走新路"式的成长经历也必然使得林徽因格外感受到新旧两种女性角色之间的冲突。林徽因在给好友费慰梅的信中多次描述过这种"双重角色"冲突："当我在做那些家务琐事的时候，总是觉得很悲哀，因为我冷落了某个地方某些我虽不认识，对于我却更有意义和重要的人们。""另一方面，如果我真的在写作或做类似的事，而同时意识到我正在忽视自己的家，便一点也不感到内疚，事实上我会觉得快乐和明智，因为做了更值得做的事——只有在我的孩子看来生了病或体重减轻时我才会感到不安，半夜醒来会想我这么做究竟是对还是不对。"②这种角色焦虑实际上就是女性的主体身份焦虑一种表现。正如我们前文提到，林徽因所受的教育是培养社会主体的教育，加上从小才情过人，必然使她在事业方面对自己有很高的期望。但社会并没有为女性的才情提供多少机会，即便是她这样的受过良好教育的上层女性。一方面是强烈地要介入公共领域，实现女性主体性，另一方面又难以摆脱的家庭角色之累，以及男性主宰的公共领域的似迎还拒。如果说，"焦虑的爆发出现在个人不能实现或被制止实现某一行为的时候"③，那么，林徽因的一生几乎都处于这种主体身份的焦虑中。李健吾曾用"时时刻刻被才情出卖的林徽因"④一语道破了她一生的症结。在她看似卖弄才情的行为背后，正是这种

① ［美］费慰梅著，曲莹璞、关超等译：《梁思成与林徽因》，北京：中国文联出版社1997年版，第105、104页。

② 林徽因1936年5月7日致费慰梅信，转引自《林徽因文存：散文 书信 评论 翻译》，成都：四川文艺出版社2005年版，第113～114页。

③ ［英］安东尼·吉登斯著，赵旭东、方文译：《现代性与自我认同》，北京：生活·读书·新知三联书店1998年版，第49页。

④ 李健吾：《咀华记余·无题》，《文汇报》1945年9月12日。

深刻的身份焦虑。林徽因的"好事"是出了名的，一生信奉"少一事不如多一事"，这种颇遭人误解、诟病的"爱出风头"，其实正是她身份焦虑一种症候，是她摆脱焦虑、自我命名的一种方式。

战乱困居李庄期间，林徽因贫病交加，终日卧床，几乎在死亡边缘挣扎，但身份的焦虑不仅一点没有减轻反更加剧烈。当读到傅斯年致朱家骅的信中对自己才学的赞誉时[①]，她几近崩溃，复信傅斯年："一言之誉可使我疚心疾首，夙夜愁痛。日念平白吃了三十多年饭，始终是一张空头支票难得兑现。好容易盼到孩子稍大，可以全力工作几年，偏偏碰上大战，转入井臼柴米的阵地，五年大好光阴又失之交臂，近来更胶着于疾病处残之阶段，体衰智困，学问工作恐已无分……"[②]正是这样的焦虑促使她以常人难以想象的毅力在李庄完成了《中国建筑史》宋辽部分，编辑了《中国营造学社汇刊》，还创作出《一天》《忧郁》《哭三弟恒》《十一月的乡村》等诗篇，甚至极其艰难地查阅汉代史料，计划用英文写作《汉武帝传》。这一切固然表现出艰难时世中一个知识分子自觉的岗位意识，一如当时整个李庄知识分子群体那样，但林徽因身为女性特有的主体身份焦虑却是更不容忽视的动力。

我们似乎也可以在这个层面上来理解林徽因与徐志摩的关系。这历来是林徽因研究关注的热点和争议的焦点。关注与争议都集中在两人之间到底有无爱情上。肯定与否定的双方都可以列举出非常多史料证明自己的观点。其实，这个问题本身并无太大意义，探究林徐交往的最大意义在于以此来谛视林徽因生命的独特逻辑。反过来，要真正理解林徐间的交往，也不能只简单停留在史料上，而是要基于林徽因独特的性别主体生命逻辑，以及与此密切相关的林徽因对于人性、人生的理解。从徐志摩去世后林徽因写的《悼志摩》和《纪念志摩去世四周年》二文中不难看出，深受西方人文主义生命伦理熏陶的林徽因，实际上一直是将徐志摩非常特殊的个性看作一种理想的人性形式来欣赏，"一个不可多得的人格存在"来推崇，"志摩是个很古怪的人，浪漫固然，但他人格里最精华的却是他对人的同情，和蔼，和优容""比我们热

① 1942 年 4 月 18 日中央研究院史语所所长傅斯年为梁家的困境写信向中研院院长朱家骅求助，信中有对林徽因的一句赞誉："其（指梁思成——笔者注）夫人，今之女学士，才学至少在谢冰心之上。"《林徽因文存：散文 书信 评论 翻译》，成都：四川文艺出版社 2005 年版，第 98 页。

② 林徽因 1942 年约春夏致傅斯年信，转引自《林徽因文存：散文 书信 评论 翻译》，成都：四川文艺出版社 2005 年版，第 97 页。

诚，比我们天真，比我们对万物都更有信仰．对神，对人，对灵，对自然，对艺术！"。所以，徐志摩突然离世，她感到痛心疾首："我们失掉的不止是一个朋友，一个诗人，我们丢掉的是个极难得可爱的人格。"① 当然，林徽因自己又何尝不是这样的人！正因此她才格外欣赏徐志摩。

而徐志摩去世后，林徽因急切地要看到他生前寄存在凌叔华处的康桥日记（记载着徐志摩伦敦期间对林徽因狂热的爱恋），这个事件最有助于帮助我们理解林徽因的独特心路历程。在当时写给胡适的信中，林徽因坦陈了自己这段心路历程："我也不会以诗人的美谀为荣，更不会以被人恋爱为辱，我永是'我'，……""我觉得这桩事人事方面看来真不幸，精神方面看来这桩事或为造成志摩为诗人的原因，而也给我不少人格上知识上磨练修养的帮助……我觉得我的一生至少没有太堕入凡俗的满足，也不算一桩坏事。志摩警醒了我，他变成一种 stimulant 在我生命中……"② 在这封信中林徽因还写下这样一段话："我自己也到了相当的年纪，也没有什么成就，眼看得机会愈少，……真是怕从此平庸处世，做妻生仔的过一世！我禁不住伤心起来。"这段话用来向胡适解释自己为何要急切看到徐志摩的康桥日记，乍看起来有点没头没脑，但其中自有其逻辑。对于林徽因这样一个主体意识很强的女性而言，在经历结婚、生子、管家这些女性人生中不可摆脱的沉沦之后，必然有一种唯恐"做妻生仔的过一世"的恐慌，这就是女性的主体身份焦虑。于是，为摆脱焦虑，一种重新确认自己的愿望便油然而生。1931 年在香山养病期间与徐志摩的交往，实际上是为她提供了一个将自己从庸常的"做妻生仔"生活中超拔出来的精神自新的动力，一种心灵出走的契机。正是这个时候她正式开始文学创作③，找到一条切切实实通往主体身份的道路。也就是说，文学创作成了她走向精神自新的标志性事件。

毋庸讳言，容貌身世、幸福的婚姻、众多的追慕者，这一切使得这一时期的林徽因无法不虚荣自恋。而唯恐"做妻生仔的过一世"的身份焦虑终于

① 林徽因:《悼志摩》，原载 1931 年 12 月 7 日《北平晨报》副刊，转引自《林徽因文存：散文 书信 评论 翻译》，成都：四川文艺出版社 2005 年版，第 4、6、7 页。

② 林徽因 1932 年 1 月 1 日晚上致胡适信，转引自《林徽因文存：散文 书信 评论 翻译》，成都：四川文艺出版社 2005 年版，第 72 页。

③ 此时应该算是林徽因正式文学创作的开始，尽管 1923 年她曾发表过一篇童话译作《夜莺与玫瑰》（英国王尔德原著）。

促使她由自恋走向自新。这一时期实际上是她生命中的一个转折时期，而徐志摩的突然离世则加速了这个转折进程。诚如她自己所言，徐志摩的确变成她生命历程中"一种 stimulant"。她之所以非常想读到徐的康桥日记，就是想从中寻找到"做妻生仔"之前的自己，从而重新确认自己作为独立性别主体的身份，而不是人妻、人母的身份。此时的林徽因实际上充满自我认同、实现的焦虑和饥渴。在此后的几年时光中，她完全不顾自己的健康，马不停蹄投入建筑、文学活动，以及其他一系列公共事务中。这一时期也是她事业的黄金时期。这一时期红火的"太太的客厅"其实是她自我实现的一种特殊方式（容后详述）。而在"太太的客厅"中，客人们对林徽因的称呼却不是"太太"，而是"小姐"。[①]林徽因婚后一直不喜欢被称为"梁太太"，似乎更喜欢"小姐"这个标示着"做妻生仔"之前生活的称呼，这与她迫切想读到徐志摩的康桥日记出自同一种心理。因而，"太太的客厅"实际上应该是"小姐的客厅"。

二、重新理解"太太的客厅"

"太太的客厅"无疑是林徽因研究的一个热点，但我们要讨论的是"太太的客厅"之于林徽因性别主体成长的意义。

我们知道，1930年代的北平知识文化界实际上已经形成类似西方沙龙（客厅）文化的氛围，大大小小聚合不少。[②]"太太的客厅"无疑是其中的佼佼者。无论在哈贝马斯还是其他西方理论家的论述中，沙龙都与公共集会、酒吧、咖啡馆等被并列于公共空间之列。如果说，公共空间是介于市民社会中日常生活的私人领域与国家权力领域之间的机构空间和实践[③]，那么，1930年代北平知识文化界自由民主的沙龙文化氛围的形成，显然与1928年首都南

---

① 萧乾在《一代才女林徽因》（《读书》1984第10期）一文中写道："那以后，我们还常在朱光潜先生家举行的'读诗会'上见面。我也跟着大家称她作'小姐'了。"

② 与"太太的客厅"差不多时间出现的较著名知识界聚合还有朱光潜、梁宗岱在北大附近住地慈慧殿三号每月1～2次的聚会，闻一多家著名的"黑屋子"读诗会，以周作人为中心，俞平伯、废名、孙伏园等人参加的苦雨斋聚会，《独立评论》成员聚餐会，以及沈从文、萧乾为《大公报》文艺副刊组稿而组织的"来今雨轩茶会"，还有稍早些时候陈衡哲家每月一次的星期四聚会等等。

③ 汪民安主编：《文化研究关键词》，南京：江苏人民出版社2007年版，第91页。

迁，北京变成一个远离国家权力的"北平"有关，尤其是与北平日渐形成的独立、自由的现代大学（包括研究机构）文化密切相关。而纵观这一时期知识界各类沙龙聚合，与现代大学文化关系最密切的无疑是"太太的客厅"。其成员几乎来自现代大学（包括研究机构）学科建制中的各个领域，如文学教授胡适、美术史家常书鸿、哲学教授金岳霖、经济教授陈岱孙、政治学教授钱端升和张奚若、考古学教授李济、艺术学教授邓以蛰、物理学教授周培源、社会学教授陶孟和等等。"太太的客厅"成了不同学科知识之间互相对话、交融的场所。所以，金岳霖说"星六集团（即太太的客厅——笔者注）也是一个学习集团，起了业余教育的作用"①。而同时期其他聚合成员都相对局限于文学圈内。换一句话说，"太太的客厅"实际上是北平众多沙龙聚合中最具现代社会"公共空间"色彩的聚合。

同时，"太太的客厅"也是1930年代北平知识界沙龙聚合中最具女性主义色彩的聚合。近年来已有学者注意到"太太的客厅"与20世纪初英国伦敦著名文化沙龙"布卢姆斯伯里"之间的关联性，而后者的核心人物正是著名的女性主义作家伍尔夫。这方面的研究者似更多地将这种关联性看作是经由徐志摩和新月社的中介而来。有关"布卢姆斯伯里"与新月社以及徐志摩之间的深刻关联性已为众多中外学者所公认②，的确，"太太的客厅"的主要成员正是以部分新月社成员为班底，林徽因本人也曾是新月社最引人注目的女性成员。这一切都足以让"布卢姆斯伯里"通过其"中国传人"新月社间接影响"太太的客厅"。这种影响不仅表现在文学、文化活动领域，也表现在更

① 金岳霖：《梁思成、林徽因是我最亲密的朋友》，《窗子内外忆徽因》，北京：人民文学出版社2001年版 第27页。

② 1904年前后英国伦敦大英博物馆附近一个称为布卢姆斯伯里的地区，居住着一批当时英国非常著名的画家、美学家、作家、政治学家和经济学家、历史学家，一些牛津剑桥大学的学子也加入其中，渐渐便形成一个松散的、经常聚会的知识分子圈子，即"布卢姆斯伯里文化圈"。其不同时期的重要成员有，罗杰·弗莱、邓肯·格兰特、克莱夫·贝尔、伦纳德·伍尔夫、梅纳德·凯恩斯、狄更斯、E.M.福斯特。而这个团体的核心，则是伍尔夫和她的姐姐、画家瓦内沙。他们在聚会中主要讨论和争辩文学、艺术、哲学、宗教问题，也论及维多利亚时代英国社会种种现状，在当时英国思想与文化界产生很大影响。参见在帕特里夏·劳伦斯的《丽莉·布瑞斯珂的中国眼睛》一书中，他以大量事实论证了"布卢姆斯伯里"对徐志摩和新月社的深刻影响，称徐为"布卢姆斯伯里的重要纽带"。（参见 [美] 帕特里夏·劳伦斯著，万江波译：《丽莉·布瑞斯珂的中国眼睛》，上海：上海书店出版社2008年版，第184页，197～204页。）这一结论已被国内学界所接受，许多学者著文论述，如俞晓霞《从布鲁斯姆斯伯里集团到新月派：民国自由知识分子群体的形态建构》，《学术月刊》2014年第11期。

内在的生活方式方面。如"布卢姆斯伯里"的重要成员、画家、艺术批评家
罗杰·弗莱对这个团体的核心人物女画家瓦内沙·贝尔（伍尔夫的姐姐、美
学家克莱夫·贝尔的妻子）的感情，和"太太的客厅"重要成员金岳霖对林
徽因的情感方式如出一辙。"布卢姆斯伯里"成员普遍视友情高于一切（包括
爱情），"太太的客厅"成员亦如此，否则林徽因、梁思成、徐志摩、金岳霖
之间不可能成为终身净友。从这个角度而言，"太太的客厅"似比新月社在
精神品格上更接近"布卢姆斯伯里"。其实，"布卢姆斯伯里"对"太太的客
厅"的影响并非都是经过徐志摩的中介，林徽因本人也曾亲身领受过"布卢
姆斯伯里"精神。

　　1920 年 3 月至 1921 年 10 月，少女林徽因跟随父亲游历欧洲，其中大部
分时间住在伦敦。这正是"布卢姆斯伯里"的鼎盛时期，尽管没有史料表明
伦敦时期的林徽因曾进入过"布卢姆斯伯里"圈子。但在伦敦期间，她随父
亲频繁出入文化界社交活动，结识众多名流，如 H.C. 威尔斯、T. 哈代、K. 曼
斯菲尔德、E.M. 福斯特、A. 韦利、B. 罗斯尔[①]，其中许多人就是"布卢姆斯
伯里"的重要成员。根据梁再冰的回忆，英国一年多生活对母亲林徽因一生
影响深远：如，正是受到旅英期间结识的一个女建筑师的影响，林徽因才立
志以建筑为终身志业，再如，林徽因终身保持英式喝下午茶的习惯，"太太的
客厅"聚会就是下午茶会，而在沙龙文化起源地法国，沙龙聚合的时间一般
是在晚上。梁再冰还特别提到，伦敦时期的林徽因虽然还只是一个父亲客厅
中"洗耳恭听"的小女孩，但却能在与父亲来往的那些剑桥、牛津学子、文
化名人交往中获得营养，"在各种'午后茶叙'中接受牛津、剑桥师生自由辩
论、聊天的学风"[②]。这种自由辩论、聊天的沙龙文化精神显然深刻影响了林
徽因日后主持"太太的客厅"。

　　当然，"太太的客厅"与"布卢姆斯伯里"之间最重要（却也最容易被忽
略）的关联性，还是在于两个聚合的核心人物林徽因与伍尔夫之间的精神血
缘性上。尽管没有直接的史料证明林徽因在这方面受到伍尔夫的影响，但伍

①　参见陈学勇：《莲灯微光里的梦：林徽因的一生》，北京：人民文学出版社 2008 年版，第 24 页。

②　梁再冰：《我的妈妈林徽因》，《建筑师林徽因》，北京：清华大学出版社 2004 年版，第 46 页。此外，
费慰梅也谈到伦敦时期社交活动对林徽因的深刻影响（参见 [美] 费慰梅著，曲莹璞、关超等译：《梁思
成与林徽因》，北京：中国文联出版社 1997 年版，第 13 页）。

尔夫作品对林徽因文学创作的深刻影响却是林徽因的朋友们以及不同时代的研究者们一致公认的事实。[①]那么，这种影响、精神的关联性是否可能延伸至林徽因主持"太太的客厅"的风格上？

其实，由女性来主持沙龙聚会原本就是西方沙龙文化的传统。这点在沙龙文化特别发达的法国最突出。从表面上看来，林徽因主持"太太的客厅"与17、18世纪法国贵妇人主持沙龙似乎很相似。法国沙龙女主人往往集美貌智慧、高贵的身世、精湛的文学艺术修养于一身，她们在沙龙中讨论品评文学艺术，提携、扶持文学新人，推荐优秀文学作品，影响文坛动向。许多著名文学家都是从贵妇人的沙龙走向文坛的，如高乃依、夏多布里昂等。在这些方面，林徽因的确和这些法国沙龙女主人很相似，如容貌才情、身世门第、文学品味，以及对北方文坛的影响，对当年的文学新人萧乾、李健吾、卞之琳等人的提携等等。但是，林徽因和法国沙龙女主人之间却有一个根本性的区别。那就是这些沙龙女主人将自己智慧都用在激发他人（男人）的才华上，她们在客厅中左右逢源，"恰到好处地隐没自己的才华，低调处理自己的个性，从而调动起别人的优点和长处"，即"女人的使命是激发他人灵感而不是自己写作"[②]。而林徽因则完全相反，高朋满座之际，她总是忘乎所以，"滔滔不绝地垄断了整个谈话"（费慰梅语），为表达自己的观点不惜和男性精英们激辩、抬杠。[③]比起应酬、周旋，林徽因似更擅长自己宣讲，宣讲自己独特的思想和见解，并在与朋友的交锋中发酵提升，她甚至还在客厅中作古建筑的研究考察报告。[④]从这个角度而言，她其实并不是一个称职的客厅女主人。因此，与"太太的客厅"更具有精神血缘性关联的与其说是17、18世纪法国贵妇人客厅，不如说是"布卢姆斯伯里"，因为它们共同拥有女性主体性的

① 自1930年代以来这种影响就一再被学界注意到，李健吾、卞之琳、费慰梅都谈到过这个问题，后世论者也多有论及。

② 崔卫平：《当"鲨鱼"遇见"金鱼"时（代译序）》，《法国沙龙女人》，郭小言译，北京：中国社会科学出版社2003年版，第2页。

③ 有关林徽因在客厅中的表现可参见下列文献：萧乾：《一代才女林徽因》，《读书》1984年第10期；[美]费慰梅著，曲莹璞、关超何译：《梁思成与林徽因》，北京：中国文联出版社1997年版，第72～77页；卞之琳：《窗子内外：忆林徽因》，《中国现代作家选集·林徽因卷》，北京：人民文学出版社、香港：香港三联书店1992年联合版。

④ 如，1948年3月21日在结婚20周年纪念茶会上，林徽因在客厅里为前来道贺的亲友们作了关于宋代都城建筑的学术报告。

血脉。

　　有学者曾以书斋、广场、庙堂等不同空间来区分 20 世纪的中国知识分子的归属，那么，1930 年代的北平知识分子显然在书斋、广场、庙堂之外另开辟了一个栖身空间——客厅。而这个空间对林徽因这样的知识女性而言更是意义重大。客厅介于内外之间、公共领域与私人领域之间，既不同于广场、庙堂，也不同于咖啡馆和酒吧，是一个非常特殊的"公共空间"。它处在家内与家外的交界地带，带有跨越公私二元对立界限的意味，似乎特别适合女性。林徽因不仅是"太太的客厅"的主持人，也是 1930 年代北平其他客厅聚合的积极参与者。她似乎对客厅情有独钟。在致费慰梅的一封信中，她曾画过一张北总布胡同三号的平面图，名曰"床铺图"。在图中所画北耳房厕所下面林徽因用文字说明道："自用；浴室；厕所和更衣室；书房；办公室；起居室（非常高兴我总算有一间属于自己的房间！）"①这显然是伍尔夫"一间自己的屋子"的回声。但有意思的是被她标示为"一间自己的屋子"的竟然不是书房，而是起居室，即客厅。由此可见，客厅在她生活中的意义。由此亦可见，"太太的客厅"其实是"一间自己的客厅"。林徽因一生都在想方设法拥有"一间自己的客厅"，哪怕是在战乱岁月——颠沛流离的逃难路上、贫病交加的李庄时期。正是通过"一间自己的客厅"这个特殊的空间，林徽因参与到了公共领域中知识与文化的生产和传播中，把自己深深嵌入京派文学传统，乃至中国现代知识分子的传统中。

　　近代以来，许多杰出的女性都拥有一间著名的"自己的客厅"，如与林徽因同时代的陈衡哲、凌叔华，以及辛亥革命时期的秋瑾、唐群英、吕碧城等。女性"自己的客厅"虽然仍在家门之内，但已僭越父权传统"内言不出，外言不入"的空间禁忌，超越前现代妇女以亲属关系网络为基础的家居式的结社交往模式，进入更具现代意义的社会关系网络中自由结社交往。这是女性由家庭模式走向社会模式的标志性事件。如果说，"一个人不能基于他自身而是自我，只有在与某些对话者的关系中，我才是自我。……自我只存在于我所称的'对话网络'中"②，那么，以客厅为据点在社会关系网络中自由结社

---

① 林徽因 1936 年 5 月 7 日致费慰梅信，《林徽因文存：散文 书信 评论 翻译》，成都：四川文艺出版社 2005 年版，第 113 页。

② ［加拿大］查尔斯·泰勒著，韩震等译：《自我的根源：现代认同的形成》，南京：译林出版社 2001 年版，第 50 页。

交往无疑为女性自我 / 主体的成长提供了必要的广阔对话网络。这是林徽因的客厅之于她性别主体生命历程的更深层意义。现代客厅文化对新女性主体成长的意义不容小视。从这个意义上说,"五四"妇女解放以"社交公开"为关键环节有其历史和逻辑的合理性。[①]

三、"建筑意":女性经验与现代知识场域

我们知道,新文学与建筑是林徽因介入公共领域的两个具体场域。讨论她在这两个现代知识场域中的不同境遇与意义,对于本小节的论题是很有必要的。

林徽因一直视建筑为正业,文学是副业,她总是在养病期间才进行文学创作。但恰恰是这个业余时间从事的副业为她提供一条清晰的通往自我实现、主体认同的路径,而她在建筑学方面的成就却常常被淹没在梁思成的光芒中。这也许是促使林徽因走上文学道路并坚持下来的重要原因。在 1949 年之前,她在自己更看重的建筑领域里实际上从未拥有过一个正式属于自己的头衔,基本上都以梁思成妻子、助手的身份工作。1946 年梁思成受命组建清华建筑系,但不久就应邀赴美,林徽因主动承担起筹办清华建筑系的任务。"她躺在床上,把一个系从无到有地办起来。""两年来,林先生对这个系的成长操心最多,但教师名单中并没有她的名字。"[②] 林徽因的忙碌再次沉入历史的无名之中。1949 年 10 月,她被聘为清华大学营建系客座教授,随后参与国徽及人民英雄纪念碑的设计,还获得一系列与建筑学科相关的名分和头衔(如北京市都市建设委员会工程师等)。这是她在建筑领域第一次拥有了真正属于自己的身份。这似能解释一向远离政治的林徽因在 1950 年代初对新政权的态度,哪怕后来在北京古城保护问题上不断和新政权产生分歧,甚至因此遭遇批判也没有阻挡她"将仅有的精力全部投入工作"[③]。但她身后却一直在建筑领域受到冷遇,即便 1980 年代以后也依然如此,和同时期她在文学领域的热

---

① 这里指不以求偶为唯一目的的"社交公开"。

② 吴良镛:《林徽因的最后十年追忆》,《建筑创作》2004 年第 5 期。

③ 吴良镛:《林徽因的最后十年追忆》,《建筑创作》2004 年第 5 期。

闹恰形成鲜明对比。①其中的原因固然很复杂，但现代性别文化的逻辑却是我们不应忽略的。

　　西美尔曾说过，"人类文化可以说并不是没有性别的东西，绝对不存在着超越男人和女人的纯粹客观性的文化。相反，除了极少数的领域，我们的文化是完全男性的"②。这话既适用前现代文化也适用现代文化。如果说，现代性的推进让越来越多的女性进入公共领域，介入那些原本由男性垄断的、具有男性化色彩的社会物质与精神文化生产体系中，那么，女性是依旧像前现代时期的花木兰那样戴上男性的面具继续生产着男性化色彩的社会物质与文化体系，还是将自己不同于男性的性别主体性带入公共领域的社会物质与文化体系生产中，从而渐渐改变这个体系的男性化状态？无疑，新文学第一个十年女作家群体的写作姿态本身正是对这个问题的回答。她们不再像花木兰那样戴着男性的面具出现在文学这块公共领地中，而是自觉地将女性的性别主体意识植入这块公共领地，这便是"五四""女性文学"在妇女与中国现代性层面上的意义。林徽因的文学姿态当然也具有这样的意义，但毕竟她的文学创作迟至 1930 年代初才开始，显然不算文学这块公共领地中率先浮出历史地表者。再者，由于现代文化支持男性——理性、意志，女性——感性、情感这样刻板的二分规则。注重感性、情感、形象性的文学艺术领域，相对而言较易接受女性经验，而注重理性、意志、抽象性的自然科学、工程技术领域则决绝地拒斥女性经验的介入。因此，林徽因的意义也许更在于将女性的性别经验、主体意识带入文学之外的另一块公共领地，一块建立在现代技术理性基础上、在现代知识场域中也一直被视作最具男性化特征（尽管现代科学都以中性面目出现）的建筑科学领域中。

　　无论是欧洲还是北美，现代建筑教育、职业，都迟迟不向女性开放。1920 年林徽因随父游历英伦期间，女建筑师还是一个非常罕见甚至遭误解的职业。少女林徽因竟然能立志以建筑为终身志业，足见她僭越的勇气。4 年后在宾夕法尼亚大学因为性别身份被建筑系拒收，只好进入美术系，却巧妙

①　建筑学领域除了 2004 年林徽因百年之际有一批纪念性文章面世外（这批文章后结集出版），少见林徽因研究文章、专著。

②　[德] 西美尔著，刘小枫编，顾仁明译：《金钱、性别、现代生活风格》，上海：学林出版社 2000 年版，第 41 页。

通过选修建筑系的课程越界进入建筑领域。作为中国第一位女建筑师（很长一段时间甚至是这个行业唯一的女性），在这个男性垄断的行当中，林徽因的建筑活动也只能是花木兰式的。但与此同时，她也执着地、有意无意地将自己的性别经验、主体意识带入建筑领域。1936年她登上天坛祈年殿屋顶丈量考察，特意请人拍下她穿着旗袍和梁思成站在天坛屋顶上的著名合影。事后她自豪地告诉友人，自己是第一个登上天坛宝顶的女性，直到生命的最后几年她还对学生吴良镛提及此事。[①]祈年殿是明清两代皇帝孟春祈谷之所，是作为父性权威最高形式的皇权至高无上的象征，也是几千年父权文明最基本存在方式——农耕文明的象征。于是，林徽因的登临就具有了不言而喻的僭越意义。她显然深明这种意义，并刻意彰显了这种意义。1937年7月林徽因和梁思成以及营造学社同仁在五台山发现中国现存最早的木结构建筑——佛光寺大殿，她第一个依稀辨认出两丈高的大梁底下模糊的字迹是"女弟子宁公寓"。她非常担心自己看错了，经过各种努力，终于确定捐助佛殿施主的女性身份——大殿后侧那尊唐代仕女塑像就是女施主宁公寓本人。林徽因激动万分，"大喜过望"（梁思成语）。[②]"恨不能也为自己塑一尊像，让'女弟子林徽因'永远陪伴这位虔诚的唐朝妇女，在肃穆中再盘腿坐上他一千年。"[③]如果说历史是"他的故事"（his story），而不是"她的故事"（her story），女性从来只是文明与历史的槛外人，而建筑又是凝固和浓缩的文明与历史；那么，还有什么比在佛光寺大殿这样典型的父权历史文明的浓缩物中发现人间女子的踪迹更让人激动？！而"恨不得也为自己塑一尊像，再盘腿坐上一千年"的慨叹，显然就是女性想嵌入历史的深切渴望！这个例子非常形象地说明了林徽因建筑活动鲜明的性别主体意识。

当男性建筑师、学者们，心无旁骛地专注于亭台楼阁、庙宇宫殿等表征父性权威的中心建筑文化之际，林徽因始终不忘那些更贴近日常生活、生命的边缘性、草根性的建筑文化，如，民间工艺（景泰蓝）、民居民宅。她在1930年代就提出传统民居保护和现代住宅设计理念，由她执笔的《晋汾古建

① 吴良镛：《林徽因的最后十年追忆》，《建筑创作》2004年第5期。

② 参见［美］费慰梅著，曲莹璞、关超等译，《梁思成与林徽因》，北京：中国文联出版社1997年版，第119页。费慰梅在此书中大量引用梁思成对此事经过的详尽描述。

③ 梁从诫：《倏忽人间四月天——回忆我的母亲林徽因》，《建筑师林徽因》，北京：清华大学出版社2004年版，第92页。

筑预查纪略》（1935 年）被业界认为是最早的民居实物描述之一；在写于抗战初期的《昆明即景》中甚至把名不见经传的当地民居纳入诗中。1953 年在清华大学营建系首开"近代住宅"课程。林徽因还对建筑物的边饰纹样情有独钟、造诣独到，她撰写的《敦煌边饰初步研究稿》被业界认为是这方面的拓荒之作，极具学术价值；[1] 她在参与人民英雄纪念碑总体设计的同时又单独完成纪念碑底座装饰花纹的设计。如果说，建筑物是凸现于大地的男性图腾，那么，这些边饰、底座花纹无疑是边缘化的，与大地、生命紧密相依的女性建筑文化的表现。当然，最能体现林徽因建筑活动中的女性经验与主体意识的还是她在《平郊建筑杂录》中提出的"建筑意"的构想：

> 无论哪一个巍峨的古城楼，或一角倾颓的殿基的灵魂里，无形中都在诉说，乃至于歌唱，时间上漫不可信的变迁；由温雅的儿女佳话，到流血成渠的杀戮。它们所给的"意"的确是"诗"与"画"的。但是建筑师要郑重郑重的声明，那里面还有超出这"诗"，"画"以外的"意"存在。眼睛在接触人的智力和生活所产生的一个结构，在光影恰恰可人中，和谐的轮廓，披着风露所赐与的层层生动色彩；潜意识里更有"眼看他起高楼，眼看他楼塌了"凭吊兴衰的感慨；偶然更发现一片，只要一片，极精致的雕纹，一位不知名匠师的手笔，请问那时锐感，即不叫它作"建筑意"，我们也得要临时给它制造个同样狂妄的名词，是不？[2]

几乎所有的研究者都将"建筑意"阐释为林徽因作为一代"五四"文艺复兴式知识分子的代表，融人文关怀与科学理性为一炉的体现。这固然不错，却忽略了"建筑意"所包含的更深层的意义，一种崭新的建筑理念的萌芽——林徽因显然将女性对世界的独有的、充满灵性和生命感的体验带入建筑研究领域，从而重新理解了建筑。半个多世纪之后，吴良镛先生指出，"建筑意"思想可以看作挪威著名建筑家舒尔茨于 1980 年提出的影响深远的"场

---

[1] 参见楼庆西：《关于发表〈敦煌边饰初步研究稿〉的附文》，《建筑师林徽因》，北京：清华大学出版社 2004 年版，第 132 ～ 135 页。

[2] 《平郊建筑杂录》初刊于 1932 年 11 月《中国营造学社汇刊》第三卷第四期，署名林徽因、梁思成，但根据文风可以推断此文出自林徽因。这一点已为包括吴良镛院士在内的多名建筑学界资深学者所认定。

所精神"的滥觞。①舒尔茨认为，每一种独立的本体都有自己的灵魂……这种灵魂赋予人和场所以生命……同时决定他们的特征和本质。只有当抽象的物化空间转化为有情感的人化空间时，即当人与环境发生联系，场地（site）才能转变为有意义的"场所"（place）。"场所精神"使得建筑成为真正的建筑。②"场所精神"实际上接近几乎与其同时期兴起的女性主义建筑学的建筑理念。女性主义建筑学认为，作为一种直接诉诸身体的、知识性的人类空间活动，建筑具有一种潜在的女性主义思想。因为空间问题不仅是一个视觉的问题，它同时还是一个身体的、体验感知的问题。而笛卡尔以来的西方理性传统主张视觉与身体分离，即认为视觉高于其他身体感觉，独自与思维发生联系，形成一种视觉无身体性的传统。建基此上的西方现代建筑理念推崇视觉至上、理性至上，无视空间与人之间的互动与交流，排斥空间塑造中人的体验（身体体验）的介入。③"建筑意"的思想恰恰颠覆了这一西方现代建筑的基本理念，在中国古典建筑上发现人的特殊感知和体验与建筑材料和空间的互动，人与环境的相互塑造。梁再冰回忆道："作为建筑师的妈妈一向重视'人'和建筑物的关系。"④林徽因多次在不同场合表达过类似"建筑意"的思想。⑤当然，这样的表达还相当感性、含糊、不成熟，却在不自觉间叩问了建筑学新的学科基础的可能性，与半个多世纪后女性主义建筑学理念不谋而合。

　　顺便要提到的是，在林徽因"建筑意"思想提出整整半个世纪后，她的侄女，美国著名的华裔女建筑师林璎设计出震撼全美的华盛顿"越战纪念碑"，这一设计被业界公认为典型体现了女性主义建筑学思想。它彻底颠覆了人们关于纪念碑的概念，不再是雄伟勃起于大地之上男性图腾，而是犹如大地上裂开的一道伤口，徐徐伸向大地的深处；它激起的不是仰望、崇敬，而是疼痛与悲悯。这让人想起林徽因为人民英雄纪念碑设计的底座花纹。也许比起巍峨耸立的纪念碑主体，匍匐在大地上的底座花纹更是对陨落生命的最

① 吴良镛：《发扬光大中国营造学社所开创的中国建筑研究的事业》，《建筑学报》1990年第12期。

② 参见胡映东：《场所精神的回归》，《山西建筑》2007年第6期。

③ 参见汪原：《女性主义之于建筑学的意义》，《华中科技大学学报》2010年第4期。

④ 梁再冰：《我的妈妈林徽因》，《建筑师林徽因》，北京：清华大学出版社2004年版，第70页。

⑤ 1928年8月底9月初在故乡福州乌石山第一中学的演讲《建筑与文学》，1931年11月19日在北京协和小礼堂为外国使节做的《中国建筑艺术》演讲，以及诗歌《城楼上》《藤花前——独过静心斋》《昆明即景》等篇章中，林徽因一再以不同的方式表达类似"建筑意"的建筑理念。

好铭记。冥冥之中姑侄两代女性的纪念碑设计理念血脉相承。当然，这样的理念在林徽因的时代是不可能在建筑学这门被充分男性化，又被严重工具化（以庸俗化实践论为基础）的知识场域产生影响。这也许也是林徽因独特的建筑活动长久被冷落的一个原因。

　　我们从性别视角重新勾勒了林徽因非常特别的生命历程——"穿老鞋走新路"式的成长路径以及贯穿一生的主体身份焦虑，并在此基础上重新解释林徽因研究中两个热点，即她和徐志摩的关系以及"太太的客厅"的意味。以此为支点不难看到，现代中国，新与旧、新女性与父权传统之间超越二元对立的复杂纠葛，以及现代"客厅文化"在新女性主体成长过程中的意义。此外，我们还讨论了林徽因研究中鲜有人涉足的一个议题，即林徽因建筑活动中的性别主体性问题。由于学科背景的隔阂，这部分的讨论可能相当外行，我们只是想探究，除了新文学之外，在现代中国的其他知识场域中，女性经验、性别主体意识介入知识生产过程的可能性与意义。林徽因独特的建筑活动以及所提出的"建筑意"构想其实就是自觉或不自觉地将女性性别经验、主体意识带入建筑学这个被充分男性化的现代知识场域中。如果说以中性面目出现的中国现代知识与知识分子传统在很大程度上其实是男性化的传统，那么，林徽因的存在无疑提醒我们，去关注这个传统中被有意无意遮蔽、省略的另一面。因为任何传统与其说是自然形成的，不如说是被发明、建构起来的，在这过程中，一些特征被强调、夸大，而另一些特征则被遮蔽、省略、修改。这也许是我们今天讲述林徽因不该忽略的意义。

第二节　林徽因诗歌中的爱情、自然与生命

　　林徽因的诗歌[①]，兼具抒情性与智慧性两种基本特征。对爱情、自然与生命的咏叹与思考，是贯穿林徽因诗歌创作的基本主题。通过对浪漫爱情的追忆，林徽因建构了一个超越传统婚姻道德的浪漫自我形象，体现了"穿老鞋走新路"的潜在女性立场；作为"京派"代表作家，林徽因笔下的自然往往闪烁着灵性的光辉，其核心是对社会现代性的抵抗与反思；对生与死命题的

----

① 本书引用的林徽因诗歌均出自梁从诫编：《林徽因集（诗歌 散文）》，北京：人民文学出版社2014年版，不再单独标注。

思考，这使得林徽因的诗歌具有一定的现实力度和哲思之美。

林徽因的诗歌创作起步于新月诗派，诗风具有明显的新月派特色。又由于林徽因开始诗歌创作时（1931年），已经是新月诗派接近风流云散而"现代派"诗歌方兴未艾之际，因此从林徽因的诗歌中能明显看到西方现代主义的影响。李怡指出："1930年代中国诗歌有两个发展方向，一个是主情，一个是主智。"[①] 如果进行一个粗略的划分，"情"与"智"分别可对应以郭沫若、徐志摩为代表的浪漫主义抒情诗与以卞之琳、穆旦为代表的现代主义智慧诗。

对于林徽因而言，她不像戴望舒、卞之琳那样从新月派走入现代派，其诗歌更多呈现出浪漫主义与现代主义的交汇、主"情"与主"智"的浑融。正如林徽因自道："写诗，或又可说是自己情惑底，主观底，所体验了解到底；和理智底，客观底所检察辨别到的，同时达到一个程度……"[②] 从诗歌成就来看，林徽因本应在中国现代诗歌史占据重要一席。撇开"恋情考据"类研究不谈，已有的诗歌研究往往集中于某个侧面，例如"三美"原则、"时间意象"、"现代主义特质"等，尚缺乏对林徽因诗歌的整体透视。[③] 本小节尝试以贯穿林徽因诗歌的爱情、自然与生命为线索，在现代性的视野下钩沉林徽因诗歌的开拓意义。

一、爱情之忆

爱情诗在林徽因的诗歌中占有重要位置，也是最为大众熟知的篇章，代表作有《那一晚》《仍然》《激昂》《深夜里听到乐声》《情愿》《忆》《别丢掉》等等。这些诗歌大多采用回忆视角，以现实为支点回溯昔日恋情的美好。时空的阻隔，情感的缠绵，加上自然景色的渲染烘托，形成了林徽因爱情诗"此情可待成追忆，只是当时已惘然"的凄美意境。

未果的爱情，是诗人永远无法解开的心结。一朵花，一缕风，都足以触

---

① 李怡：《中国新诗讲稿》，北京：中国人民大学出版社2014年版，第104页。

② 林徽因：《究竟怎么一回事》，《林徽因集（诗歌 散文）》，北京：人民文学出版社2014年版，第144页。

③ 相关论文有，黄素颖：《林徽因诗歌艺术"三美"——"色彩感"、"音乐性"、"建筑意"》，华中师范大学文学院2015年硕士学位论文；谢圣婷：《流动的生命意识——试论林徽因诗歌的"时间"意象及其成因》，《暨南学报（哲学社会科学版）》2014年第9期；王彬：《论林徽因诗歌的现代主义特质》，《中国文学研究》2016年第4期。

动诗人的情思。"是你在笑，仰脸望，／多少勇敢话那天，你我／全说了……"（《忆》）诗人并不认为年少时的爱情是懵懂无知的，她永远相信那份纯真，那从不设防的信任。"当时黄月下共坐天真的青年人情话，相信／那三两句长短，星子般仍挂秋风里不变。"（《山中》）然而，当时的诗人还是一个情窦初开的少女，对于恋人含情脉脉的眼睛，诗人始终默默无言。"我却仍然没有回答，一片的沉静／永远守住我的魂灵。"（《仍然》）三言两语之间，诗人已将初涉爱河的少女既渴望爱情又不敢表露心迹的娇羞，以及微妙的心灵悸动表现得淋漓尽致。在爱情中，诗人甚至变成了一个宿命论者。"生命早描定她的式样，／太薄弱／是人们的美丽的想象。"（《深夜里听到乐声》）从这个角度而言，林徽因诗歌中的女主人公，往往有着一种闽地女性的含蓄蕴藉。多年后，同为福建女诗人的舒婷也在诗歌中表达了相似的爱情心理："如果你是火／我愿是炭／想这样安慰你／然而我不敢。"①（《赠》）异曲同工的情感表达，正体现了两位不同时代的闽籍女诗人的心灵相通。

无论爱情多么美好，恋人最终依旧劳燕分飞。造化弄人，竟至于斯。诗人永远无法忘记与恋人分手时的痛彻心扉。"到如今我还记着那一晚的天，／星光、眼泪、白茫茫的江边！"（《那一晚》）既然人已不在，再美的夜色在诗人眼中也有着无法弥补的缺憾。"一样是月明，／一样是隔山灯火，／满天的星，／只使人不见，／梦似的挂起……"（《别丢掉》）对往昔的依恋，更加反衬出诗人现实生活的落寞与凄惶。"到如今太阳只在我背后徘徊，／层层的阴影留守在我周围。"（《那一晚》）事实上，诗人又何尝不想忘掉这恼人的情丝呢？她无数次地告诉自己："忘掉曾有这世界；有你。"（《情愿》）可无论诗人怎样努力忘记，结果却总是徒劳。"我不曾忘，也不能忘／那天的天澄清的透蓝……"（《忆》）尽管斯人已逝，天涯永隔，诗人仍觉得"山谷中留着／有那回音！"（《别丢掉》）由此观之，林徽因的爱情诗最能够体现她"作品最主要处是诚实"②的美学追求。无论是热恋时的欢欣，还是失恋后的痛苦，林徽因的诗歌都能够让读者感受到一颗真实跳动的心。正是这份"诚"与"真"，使得诗人的个人情感与普遍的人生经验交汇，从而产生了恒久的打动人心的

① 舒婷：《赠》，《中国当代名诗人选集·舒婷》，北京：人民文学出版社 2007 年版，第 88 页。
② 林徽因：《〈文艺丛刊小说选〉题记》，《林徽因集（诗歌 散文）》，北京：人民文学出版社 2014 年版，第 142 页。

力量。

　　林徽因的爱情诗固然继承了中国古典诗歌的传统母题,例如"美好易逝""物是人非""盛筵难再"等,但林徽因所建构的抒情主体却是一个浪漫的现代知识女性。1931年林徽因在北京香山疗养期间,受到徐志摩的鼓励开始写诗。此时的林徽因已经为人妻为人母,并时刻感受到女性身份的焦虑。用林徽因自己的话说就是:"现在身体也不好,家常的负担也繁重,真是怕从此平庸处世,做妻生仔的过一世!"①然而,林徽因的诗歌却完全避开了诗人感受最深的"做妻生仔"的家庭生活,执意要在过往的情爱生活中"剖取一个无瑕的透明"。

　　在对爱情的不断回忆中,诗人仿佛又变成了那个不谙世事的少女,永远不曾丢掉"那一把过往的热情";甚至她还变成了自己一直想成为的叛逆女性:"那一天我要挎上带羽翼的箭, / 望着你花园里射一个满弦。"(《那一晚》)这些想法若在现实中表达出来,肯定会被视为"一串疯话"。然而在诗歌中,诗人可以扔掉优雅的外衣,挣脱社会对女性的所有规训,就像《激昂》所描绘的那样,诗人脚踩高峰,攀牵着锦缎一样的霞光,仿佛姑射仙子一般自由自在。林徽因为什么要在爱情诗中塑造一个自由无拘的抒情主人公形象?结合林徽因的成长经历会发现,抒情主人公的形象正是林徽因对自己的浪漫化想象。林徽因从恋爱到结婚,基本遵从了父亲林长民和公公梁启超的安排(尽管林徽因与梁思成的婚姻也是彼此恋爱的结果,但长辈的授意显然是最关键的因素)。与同时代的白薇、陈衡哲、冯沅君、庐隐、丁玲等叛逆女性相比,同为"五四"之女的林徽因无疑显得颇为传统。因此,有研究者称林徽因的一生是"穿老鞋走新路","老鞋"与"新路"不可能完全适应,既是现代职业女性又是家庭女主人的林徽因不得不在传统父权的规约与缝隙之中不断妥协又不断争取,由此带来了伴随一生的女性身份焦虑。②徐志摩去世以后,林徽因在致胡适的书信中坦陈了自己思想的传统性:"我的教育是旧的,我变不出什么新的人来,我只要'对得起'人——爹娘、丈夫(一个爱我的人,待我极好的人)、儿子、家族等等……"③

① 林徽因:《致胡适》,《林徽因集(小说 戏剧 翻译 书信)》,北京:人民文学出版社2014年版,第151页。
② 参见王宇:《讲述林徽因的意义——妇女与中国现代性个案研究》,《学术月刊》2016年第6期。
③ 林徽因:《致胡适》,《林徽因集(小说 戏剧 翻译 书信)》,北京:人民文学出版社2014年版,第151页。

林徽因受到的教育是中西合璧的，加上受到西化的"五四"新文化影响，尤其是最能够代表"五四"新文化之现代性的"恋爱自由"观念的影响——"五四"时期，瑞典女性主义理论家爱伦凯关于婚姻爱情的经典表述影响甚大。"无论怎样的结婚，有爱情即为道德，即使没有法律上的手续；没有爱情，即使有法律上的完备手续，也是不道德的。"①爱伦凯的理论极大解放了"五四"一代青年的自我意识与婚恋观念，甚至林徽因的父亲林长民也在1924年于北京高等师范学校所做的一场题为《恋爱与婚姻》的演讲中，痛斥传统婚姻制所造成的婚姻与爱情分离的弊端。②

以此观之，深受"五四"新文化影响的林徽因在诗歌中建构的爱情世界，已经不同于一般的爱情书写。徐志摩逝世以后，林徽因在致胡适的信中在谈到徐志摩给自己"不少人格上知识上磨练修养的帮助"以外，还特意提到自己的人生"至少没有太堕入凡俗"。③联系林徽因"没有情感的生活简直是死"④的自白不难发现，林徽因在诗歌中所建构的浪漫爱情，实际上是一种对"做妻生仔"的女性身份焦虑的诗性化解，一种对"一间自己的屋子"的诗意建构。可以说，林徽因较早以女性诗人的身份，将性别化的女性形象以及现代女性的身份焦虑带入了现代诗歌，并以逾越传统婚姻道德的浪漫之爱与爱伦凯的"新性道德观"形成了潜在的回应，对现代诗歌中女性意识的浮出历史地表起到了一定的开拓作用。

二、自然之诗

林徽因的诗歌之所以具有一种清新纯净、天然空灵的风格，很大程度在于林徽因对自然意象的广泛运用。风霜雨雪、日月星辰、山川湖海、草木花鸟，无不进入林徽因的诗歌世界。在对自然的书写中，林徽因往往倾注细腻的情感，使得客观的自然与诗人的心境形成了微妙的对应关系。

对此林徽因亦有精辟的论述："诗中意象多不是寻常纯客观的意象。诗中

---

① 转引自杨联芬：《爱伦凯与五四新文化》，《中国现代文学研究丛刊》2012年第5期。
② 参见林长民：《恋爱与婚姻》，《中国妇女问题讨论集（下）》，上海：上海书店1989年版。
③ 林徽因：《致胡适》，《林徽因集（小说 戏剧 翻译 书信）》，北京：人民文学出版社2014年版，第150页。
④ 林徽因：《致沈从文》，《林徽因集（小说 戏剧 翻译 书信）》，北京：人民文学出版社2014年版，第158页。

的云霞星宿，山川草木，常有人性的感情，同时内心人性的感触反又变成外界的体象，虽简明浅现隐奥繁复各有不同的。"① 具有悠久抒情传统的中国古典诗歌，历来讲究"立象以尽意"，正所谓"一切景语皆情语"是也。林徽因的诗歌充分借鉴了中国古典诗歌资源，自然的变化往往对应着人物的悲欢离合与情感的潮起潮落。当诗人体验到爱情的欢乐时，她看到的是美丽旖旎、充满希望的大自然。"笑脸向着晴空／你的林叶笑声里染红／你把黄光当金子般散开／稚气，豪侈，你没有悲哀。"（《给秋天》）当爱情逝去，诗人眼前变成了一片灰暗萧瑟、死寂沉沉。"现在连秋云黄叶又已失落去／辽远里，剩下灰色的长空一片／透彻的寂寞，你忍听冷风独语？"（《时间》）

除此之外，林徽因也常常直接赋予自然以人的灵性与情感，使得诗歌中的万事万物都具有了灵性的光辉，更将人们习以为常的事物陌生化，重新激活了读者对大自然的感受力。例如《谁爱这不息的变幻》，在诗人笔下，这变幻不息的大自然竟是一个顽皮任性的少女，正是她的蛮横无理、喜怒无常，才造成了这个世界的时序变迁、沧海桑田。再如《一首桃花》，诗人运用了一连串新奇的比喻和通感手法，分别从视觉、听觉、触觉等多个角度，全方位呈现了桃花盛开时的艳丽与生机，令人仿佛身临其境。诗人笔下的桃花："含着笑，／在有意无意间／生姿的顾盼。"微风吹来，桃花随风摇曳，还不忘在三月的薄薄的嘴唇边留下多情的一瞥。原来，桃花与三月，是一对妙龄的情侣，在多情的春天共赴一场浪漫的爱情之约。这样，林徽因既继承了中国古典诗词以桃花寓爱情的传统，又"化古为新"，将桃花所比喻的男女之爱，还原给桃花自身。这样，桃花就从被作为起兴的手段提升至诗歌主体的高度，充分体现了林徽因"化古为新"的生花妙笔。

作为京派的代表作家，正如沈从文的小说多表现人与自然的契合一样，林徽因的多首诗歌设置了一个自然大于人、人处在自然之中的隐形对应结构，体现出一种物尽自然、天人合一的自然观。林徽因发表的第一首诗歌《谁爱这不息的变幻》，已经将大自然的广袤和人类的渺小进行了强烈的对比。纵观林徽因整个诗歌创作，这种对大自然之伟力的体认始终存在。

《山中的一个夏夜》，表现的不仅仅是夏夜的美丽，更传达出了夏夜的神秘气息以及宇宙之中的不可知力量。深夜置身于山中，诗人的感受是"山中

---

① 林徽因：《究竟怎么一回事》，《林徽因集（诗歌 散文）》，北京：人民文学出版社2014年版，第146页。

有一个夏夜，深得 / 像没有底一样；"触目所及，是如漆的黑影和松林，只有对山闪着两盏灯，像是夜的眼睛。色彩上的强烈对比，更加凸显了夜晚的漆黑神秘，渲染出一种"石脉水流泉滴沙，鬼灯如漆点松花"（唐·李贺《南山田中行》）的诡异氛围。除了黑暗，周围又是那么的寂静。"单是流水，/ 不断的在山谷上 / 石头的心，/ 石头的口在唱。"听觉的强烈对比，更反衬出了夏夜的寂静。在这无边的寂静之中，现实与梦境的界限已变得模糊不清了。"夜像在祈祷，无声的在期望。"夜晚在祈祷些什么，又在期望着什么呢？没有回答，只有幽馥的虔诚无声无息地弥漫开去。林徽因此处对自然的书写，淡化抒情，隐匿自我，没有过多表现夏夜的美，而是极力展现夏夜的静和大自然的神秘，流露出诗人对大自然的无限敬畏。

在林徽因的许多首诗歌中，人类不再是万物的灵长、宇宙的主宰，人与一朵花、一片流云并没有本质区别。例如《藤花前——独过静心斋》中，"紫藤花开了 / 轻轻的放着香，/ 没有人知道……"不同于"花谢花飞飞满天，红消香断有谁怜？"的哀叹，面对着紫藤花，诗人几乎没有情绪的变化。花儿和"我"一样都是大自然的主体，人与花的关系仅仅是"轻香，风吹过 / 花心，/ 风吹过我，——/ 望着无语，紫色点"。"我"和紫藤花平等相对、默默无语。正是这彼此独立、毫无关涉的对应关系，体现出了一种"乡下人"[1]的皈依心态，其实质是"京派"文人对乡土自然和人类文明原初形态的回归，是一种对日益异化的社会现代性和工具理性的反思。

三、生命之思

在真切的情感之外，林徽因的诗歌同样流贯着鲜活的生命之思，并随着诗人阅历的增加而愈发深刻。林徽因早期的诗歌，常常表现出对青春生命的赞美。试看这首《笑》。诗人要表现一个妙龄少女的美，但没有面面俱到地呈现这个少女的外表如何惊艳，而是紧紧抓住了那一瞬间花枝乱颤的笑。她的笑是那么美："艳丽如同露珠，/ 朵朵的笑向 / 贝齿的闪光里躲。"她的笑又是那么富有感染力："轻软如同花影，/ 痒痒的甜蜜 / 涌进了你的心窝。"这样极其富有画面感和动态感的文字，如电影镜头一般将女孩天真烂漫的笑，惟妙

① 沈从文：《烛虚》，《沈从文全集（第12卷）》，太原：北岳文艺出版社2002年版，第22页。

惟肖地呈现在读者面前。

　　从这个角度看林徽因最著名的诗歌《你是人间的四月天——一句爱的赞颂》，似乎能提供一个新的解读视角。虽然这首诗的副标题是"一句爱的赞颂"，但关于此诗的主旨历来众说纷纭，并主要分成两派。一派是爱情说，即认为诗歌主题是怀念徐志摩；一派是亲情说，即认为该诗是林徽因献给自己的幼子梁从诫。两种观点看似都有理，但也不断受到质疑。或许，抛开历史的考据，回归这首诗歌的意象组合和整体的情感氛围能够找到更贴切的答案。试看这首诗的意象，如"四月天""风""春光""云烟""星子""细雨""百花""鹅黄""水光""白莲"等等，无不具有清新净朗、生机勃发的特点。根据林徽因历来钟爱以自然比喻人生的创作个性来看，这首诗很可能是年轻的诗人面对万物生长、欣欣向荣的人间四月天时所引起的生命之思，表达了诗人对新鲜活泼、烂漫恣肆的生命力的由衷礼赞。青春的生命充满了爱与希望，更充满了庄严与肃穆。正如穆旦的诗歌《春》："如果你是醒了，推开窗子，/看这满园的欲望多么美丽。/蓝天下，为永远的谜迷惑着的是我们二十岁的紧闭的肉体，/一如那泥土做成的鸟的歌……"①比起穆旦的冷静与思辨，林徽因的这首诗则是一首充满柔情与梦幻的感性之歌。

　　生命不只有青春的美好，不只有"梦一般的喜筵"，更有着无穷无尽的"不定的悲哀"。在很多人眼中，林徽因的诗歌呈现的是一个小资女性的个人生活和狭窄的情感，但实际上林徽因的诗歌从不缺乏对世间苦难的关注，也从不缺乏对在社会的压迫之下苦苦挣扎的芸芸众生的理解与悲悯。

　　《微光》这首诗以象征的手法呈现了1930年代的中国底层人民的苦难与挣扎。诗人首先描绘了深夜小街上的一幅黯淡、穷苦的画面。"街上没有光，没有灯，/店廊上一角挂着有一盏；"灯下是贫苦的小店主的一家。屋外是纷飞的暴雪，屋内已接近断炊。对于这一对贫苦的夫妻来说，生活几乎没有了改变的可能。然而，他们并没有放弃，而是执拗地挣扎着活下去，就像那一盏微弱的灯光。《年关》更是一首书写城市贫民生活的力作。年关来临，街头不仅有着灯红酒绿，更有着诸多无家可归的人们。他们，就是这个城市的贫民。白天，他们敛声屏气，小心翼翼地看人眼色过活；夜晚，早已被侵蚀了健康的他们不停地咳着，喘着。有谁知道，正是千千万万个他们的血汗，才

---

① 穆旦:《春》,《穆旦作品新编》,北京:人民文学出版社2011年版,第75页。

建造了这个现代大都市。可他们不仅不能分享城市的富有，当再没有了健康作为本钱时，他们就像垃圾一样被扔出了城市，甚至连回乡的机会也没有。"看，街心里横一道影 / 灯盏上开着血印的花。"

　　贫苦民众挣扎着求生，整个备受帝国主义压迫的中国又何尝不是这样。试看林徽因的诗歌《"九一八"闲走》。1936 年中华民族已经到了生死关头，抗日的战火即将全面铺开。在"九一八事变"五周年之际，诗人运用一系列现代主义的手法来呈现自己面对外界的感受。"天上今早盖着两层灰，/ 地上一堆黄叶在徘徊……"诗人看到的世界是晦暗无光的，也是极度压抑扭曲的。"黄雾扼住天的喉咙，/ 处处仅剩情绪的残破？"这一变形、荒诞意象的组合，写出了中国备受战火洗劫之后的疮痍和死寂。"不在沉默中爆发，就在沉默中灭亡。"难道我们的民族就要在沉默中死去吗？不，诗人绝不相信。"但我不信热血不仍在沸腾；/ 思想不仍铺在街上多少层；/ 甘心让来往车马狠命的轧压，/ 待从地面开花，另来一种完整。"诗人坚信，我们的民族内部，永远翻涌着不息的反抗怒浪，即使曾被狠命压制，但终将从地底喷薄而出，燃烧出一个自由的、崭新的中国。林徽因这一柔弱的女性诗人，在民族生死存亡的关头同样发出了时代的强音。

　　1936 年，刘西渭（李健吾）在评论卞之琳的《鱼目集》时曾这样总结 30 年代以来新诗所发生的新变："我们的生命已然跃进一个繁复的现代；我们需要一个繁复的情思同表现。真正的诗已然离开传统的酬唱，用它新的形式，去感觉体味揉合它所需要的和人生一致的真淳；或者悲壮，成为时代的讴歌；或者深邃，成为灵魂的震颤。"[1] 比起 1920 年代新诗"浪子式的情感的挥霍"，李健吾显然更加看重"现代派"诗歌所表现出的"诗的本身，诗的灵魂的充实，或者诗的内在的真实"[2]。林徽因的诗歌之所以大大溢出了新月诗派的范畴，很大程度上在于林徽因的写作不再停留在表现单纯的生活感受，而趋向更加复杂、繁密的哲学化思考，其多首诗歌体现出诗人对现代人之孤独体验的思索。例如："心此刻同沙漠一样平，/ 思想像孤独的一个阿拉伯人；"（《冥思》）"暮秋梦远，一首诗似的寂寞，/ 真怕看光影，花般洒在满墙。"（《空想》）"辽远里，剩下灰色的长空一片 / 透彻的寂寞，你忍听冷风独语？"（《时间》）等等。

① 刘西渭:《"鱼目集"》,《大公报·文艺副刊》1936 年 4 月 12 日。

② 　刘西渭:《"鱼目集"》,《大公报·文艺副刊》1936 年 4 月 12 日。

林徽因晚期的诗作——发表于 1947 年的《孤岛》，更是一首集抒情与哲思于一炉的佳作。这首诗运用了象征主义的手法，以孤岛的意象贯穿始终。"遥望它是充满画意的山峰，/ 远立在河心里高傲的凌耸……"诗情画意却无法掩饰这座岛屿的不幸。原来，它是一座孤岛，永远无法抵达陆地，它内心的呐喊得不到任何回应，没有同情，也不会有理解。这种对人生孤独感的深刻书写，首先是林徽因自身经验的真实体现。林徽因不仅后半生命途多舛，更终其一生体味着刻骨铭心的孤独。这种孤独感，在林徽因童年时关系复杂的大家庭中就已经埋下了种子。少女时代随父亲游历英伦的经历，多年后留给林徽因最深刻的记忆，竟然是下雨天独自坐在书房中咬指哭泣的情景。林徽因婚后始终徘徊在现代职业与婚姻家庭之间的身份焦虑，更是始终得不到众人理解。她所主持的享誉 30 年代北平知识界的文化沙龙被讥讽为"太太的客厅"。甚至在林徽因去世多年以后，大众津津乐道的不是她的文学成就，不是她作为中国第一位女性建筑学家的开拓之功，而是捕风捉影、男默女泪的恋情故事。可以说，无论生前还是死后，林徽因都没有得到真正的理解。其诗歌中流淌着的孤独之感，正是林徽因最为真实的心声。

　　但林徽因又不是一个仅仅拘泥于个人经验的女性作家，她所孜孜书写的孤独体验，虽然仍保留着浓郁的抒情风格，但已经从具体的个人经验中抽象出来，上升到了整个人类的存在主义高度。以《孤岛》为首的一系列诗歌既是个人情感的真实表达，更象征着现代社会中人与人之间交流、理解的不可能。在工具理性高度发达的现代社会，每个人都像一座孤岛，渴望倾诉却又得不到回应，抑或像艾略特《荒原》中"丁香"，无时无刻不处在失去自我、找不到共鸣的绝望境地。

　　死亡，意味着肉身的终结，从古至今都是一个沉重的命题，但也正是死亡的无可体验性，激发了古往今来的哲人对死亡近乎痴迷的探寻。林徽因在 1930 年代初的诗歌已经出现了与死亡相关的意象，但往往透露出一种浪漫、积极的心态，如："算做一次过客在宇宙里，/ 认识这玲珑的生从容的死，/ 这飘忽的途程也就是个——也就是个美丽美丽的梦。"（《莲灯》）随着诗人阅历的增加，1930 年代中后期林徽因对死亡的书写融入了更多智性思考和灰暗、颓废的现代主义色彩，如"一叶无声的坠地，/ 仅证明了智慧寂寞 / 孤零的终会死在风前！"（《题剔空菩提叶》）。1940 年代末，林徽因再次出现了创作的高潮，死亡的意象也大量增多。

例如《死是安慰》，从诗歌题目来看，就已经是对中国"乐生恶死"的传统文化观念的彻底解构。在这首诗中，诗人连续对生与死进行了四组形象的对比："生是个结，又是个结！/死的实在，/一朵云彩……生是种奔逝，永在离别！/死只一回，/它是安慰。"林徽因之所以会产生这样的思想，首先与诗人的生命体验密切相关。在经过长期战乱流离、衣食无着、严重的肺病折磨以及数次与死亡擦肩而过之后，诗人感到自己的生命已经千疮百孔。"一片轻纱似的情绪，本是空灵/现时上面全打着拙笨补钉"(《小诗(一)》)。

抗战以来的苦难生活，给予了诗人黑色的眼睛，使她不再畏惧死亡。林徽因对死亡的思索与现代主义诗歌也是一脉相通的。但相比而言，林徽因又不像1930年代的"现代派"、1940年代穆旦的诗歌那样"迷恋"死亡，她的诗歌少了一种现代主义的颓废绝望，而多了一种浪漫主义的抒情色彩，其本质仍旧是对生的热爱与依恋。从林徽因1946年以为自己病将不起时留下的"遗书"《写给我的大姊》中就能明显感受到这种丰富性。"如果有点感伤，你把脸掉向窗外，/落日将尽时，西天上，总还留有晚霞。"面对亲人生命的突然中止，人们有理由感到惧怕，但更有理由"等待更美好的继续"。林徽因的这首"死之歌"所体现的，不是现代主义的绝望与虚无，而是一种对生命更加深沉的热爱。仿佛令人想起多年前徐志摩的那首《再别康桥》："悄悄的我走了，/正如我悄悄的来；/我挥一挥衣袖，/不带走一片云彩。"对于生死问题，林徽因一直都看得十分通透，所以她才会在"七七事变"爆发后冒着生命危险艰辛南迁，不顾身体的透支进行野外考察，以及为了建立清华大学建筑系、设计国徽与人民英雄纪念碑等事业长期忘我地抱病工作，直到生命的终结。正如诗人在《莲灯》中对人生的预言："这飘忽的途程也就是个——也就是个美丽美丽的梦。"

第三节　林徽因的小说：新文学传统与现代科学思想

林徽因的小说创作和诗歌创作同在1931年开始，但其小说常常被人忽略，其实一如她的诗歌是新月派诗歌的代表之作，她的小说也是京派小说的代表之作，尽管她只有6篇小说，即《九十九度中》《窘》以及由《钟绿》《吉公》《文珍》《绣绣》组成的"模影零篇"。人们一般认为最好的是《九十九度中》，体现了高超的意识流小说的技巧，而《窘》则体现了娴熟的心理描写技巧。其实《吉公》对西学东渐、新旧交替之际的知识分子命运的表现、《文珍》中区别于"五四"娜拉的丫鬟文珍的形象，以及《绣绣》中新时代的旧式弃妇形象、审母情结等，都体现了林徽因对新文学传统的回应和丰富。而《钟绿》的唯美浪漫、简朴静穆，又集中体现了京派文学的审美理想。林徽因曾经在《文艺丛刊·小说选题记》说："作品最主要处是诚实。诚实的重要还在题材的新鲜，结构的完整，文字的流丽之上。即作品需诚实于作者客观所明了，主观所体验的生活。小说的情景即使整个是虚构的，内容的情感却全得借力于迫真的，体验过的情感，毫不能用空洞虚假来支持着伤感的'情节'！"[①]她自己的小说创作正是贯穿这一理念，带着个人生活的诚实印记。林徽因诗歌对个人情感的不加掩饰的坦诚，我们已经窥见一斑，在小说中她依然不掩饰自己个人生活的痕迹，据说为此还给她"带来一些麻烦"。这是她小说的另一个值得注意之处。

一、《窘》：个人与时代的印记

创作于 1931 年 6 月香山养病期间的《窘》，是林徽因的第一篇小说，带有明显的小试身手的味道，也是林徽因小说中个人印记最明显的一篇小说。熟悉林徽因生平的读者一眼就能看出人物、情节都大致取材于她自己的真实生活。

老爷少朗的原型是林徽因的父亲林长民，老爷的朋友、年近中年的教授维杉的原型是徐志摩，徐志摩本来就是林长民的好朋友。老爷的女儿芝的原型就是林徽因自己，而经常在少朗家里和少朗儿女们玩耍的隔壁孙家的孩子小孙，即芝称为篁哥的男孩，原型就是梁思成。只有芝的哥哥、老爷的大儿子沅是虚构的人物。林徽因是林长民的长女，并没有哥哥。人物的年龄也与原型相当，芝 16 岁，而 1920 年徐志摩第一次在伦敦见到林徽因时，林徽因正好 16 岁，小孙比沅大两岁，沅大约比妹妹芝大 1 岁多，即小孙就比芝大三岁，而梁思成正好比林徽因大三岁。人物的秉性也与原型相近，少朗既有老派名士的闲适、风雅，又有新派知识分子的开明、新潮。他的家庭中西合璧，

---

① 林徽因：《〈文艺丛刊〉小说选题记》，《大公报·文艺副刊》第 102 期，1936 年 3 月 1 日。

和谐温馨，太太则兼具中西方女性的温婉和大方。显然，家庭气氛和太太的形象虚构的成分就多了一些。林徽因的原生家庭并不和谐美满，她的生母是林长民的妾，而且性情古怪愚钝，颇受林长民冷落，林长民后来又另娶一房妾，后者颇得他的青睐。林徽因童年时代和母亲偏居冷清的后院，从小饱尝旧家庭的种种心酸，以至于在成年以后每当提及原生家庭，"那早年的争斗对我的伤害是如此的持久，它的任何部分只要重现，我就只能沉溺在过去的不幸之中"①。小说中那个和谐幸福的新旧合璧的家庭已然是她的理想和虚构。当然，老爷少朗对女儿芝的爱，却不是虚构的。林长民虽然不喜欢林徽因的生母，但对从小聪慧懂事的女儿林徽因却怜爱有加。小孙不仅年龄和梁思成相仿，而且爱好秉性也相近，"运动也好，撑杆跳的式样'简直是太好'，还有游水他也好。……本来在足球队里……"还酷爱雕刻，样样都和清华学校时代的梁思成相似。最后小孙和芝结伴去美国纽约留学，芝学美术，这也和他们的生活细节大致一致。1924 年林梁两人正是双双结伴赴美，先到纽约附近位于以色佳（伊萨卡）的康奈尔大学暑期班，后一同进入宾夕法尼亚大学美术学院，梁思成进了美术学院建筑系，但建筑系不招女生，林徽因只好进了美术系。小说中芝对维杉兴奋说起自己和小孙结伴出国的情景："我们自然不单到美国，我们以后一定转到欧洲，法国，意大利，对了，篁哥连做梦都是做到意大利去，还有英国……"②这种漫游欧洲的憧憬显然相似于林徽因和梁思成 1928 年结婚后一同前往欧洲度蜜月并考察古建筑情形。他们当时就是尤其着迷意大利。小说与现实生活中细节的相似还有很多，如，小说中芝第一次见到维杉，称呼他杉叔，现实生活中，1920 年 11 月在伦敦，当徐志摩第一次到林长民住所拜访时，林徽因也称呼这位已有家室的、父亲的朋友为"叔叔"，虽然徐志摩只比她大 7 岁。小说中维杉频繁光顾少朗家，并对 16 岁的芝怀有暧昧的情感，显然影射了 1920 年冬到 1921 年夏天在伦敦，林徐两人初识之际徐志摩的内心世界。小说中维杉为了接近芝，只好硬着头皮与小孙、沅、芝等年纪比他小得多的几个孩子在北海公园游玩、划船的细节，接近 1921—1924 年间徐志摩在北京对林徽因展开热烈追求，并因此时常厮混于梁思成和林徽因等年轻朋友群中的情形。

①　林徽因：《致费慰梅信》，转引自《梁思成与林徽因》，北京：中国文联出版社 1997 年版，第 104、105 页。

②　林徽因：《窘》，《林徽因文存：诗歌 小说 戏剧》，成都：四川文艺出版社 2005 年版，第 104 页。

1931 年 3 月初林徽因因为身体原因和母亲、女儿移居北平西郊香山静宜园双清别墅附近的居所疗养，到 9 月才下山。这年 1 月徐志摩正好也到北平，开始了北京大学等校的任教，张奚若等人经常相约前往香山看望林。有关林徐的这段交往，并非像坊间流传的那样，正如我们在第一节中论述的，深受西方人文主义生命伦理熏陶的林徽因，实际上一直是将徐志摩非常特殊的个性看作一种理想的人性形式来欣赏，"一个不可多得的人格存在"来推崇，"志摩是个很古怪的人，浪漫固然，但他人格里最精华的却是他对人的同情，和蔼，和优容。""比我们热诚，比我们天真，比我们对万物都更有信仰，对神，对人，对灵，对自然，对艺术！"① 林徽因自己无论是对这段时间与徐志摩的交往抑或十多年前在伦敦与徐志摩的交往，都相当坦荡。正如她几乎在写作这篇小说的同时，在 1931 年 9 月发表的《深夜听到乐声》一诗中所表白的："我懂得，但我怎能应和？"但她似乎也充分预料到坊间的微词②，因此，林徽因写这篇小说实际上带有自证清白的意思。毕竟她此时已经为人妻为人母，而且还怀有身孕，第二个孩子也即将出世。所以小说充满对朝气蓬勃博学多才的小孙的赞美，和对暮气沉沉的维杉一厢情愿多情的善意调侃。还有一个细节，芝只有 16、17 岁，而维杉的年龄是 34 岁，"究竟说 34 岁不算什么老，可是那就已经是十七岁的一倍了"。其实徐志摩生于 1897 年，林徽因生于 1904 年，两人只差 7 岁，林徽因在小说中有意夸大两人年龄差距，其实也是有意强调两人之间发生爱情的不可能性。

　　小说对维杉尴尬心理的描写非常细腻、传神，足见林徽因心理描写的功力。这种描写除了善意地嘲讽外，其实也在曲折地为他开拓。维杉对芝的情感相当朦胧、模糊、暧昧，其实很难坐实在纯粹的男女之情上。这段感情混合着长兄对小妹妹，甚至长辈对晚辈，更重要的是艺术家对美的不顾一切的痴迷，这最后一点在前文我们提到的林徽因后来写的《悼志摩》《纪念志摩去世四周年》中有充分的表现，特别是《悼志摩》写到在徐志摩在伦敦冒着瓢泼大雨在雨中等彩虹的事件，足见诗人一向对美痴狂。

----

① 林徽因：《悼志摩》，原载 1931 年 12 月 7 日《北平晨报》副刊，转引自《林徽因文存：散文 书信 评论 翻译》，成都：四川文艺出版社 2005 年版，第 6、7 页。

② 林徽因小说《窘》发表两年后，冰心发表《我们太太的客厅》（《大公报·文艺副刊》1933 年 10 月 27 日开始连载）。尽管此时，徐志摩早已于 1931 年 11 月飞机失事 不再出没"太太的客厅"，但林徽因、徐志摩的朋友们一眼就看出这篇小说影射、嘲讽的对象。

有关小说中维杉的"窘"心态，其实有多个原因，第一，源自自己的年龄。这点特别值得注意，维杉不过 34 岁，但总觉得自己已经很老了，处处自惭形秽。这首先当然是个体的原因，因为他心仪的对象是个 17 岁的小姑娘。当年 23 岁的戴望舒面对只比自己小 5 岁的暗恋对象施绛年（施蛰存的妹妹），竟写下这样的诗句："见了你朝霞的颜色／便感到我落月的沉哀。"想来维杉也有同样的心境，更何况自己的年龄还是芝的两倍。第二，则是文化和时代的原因。中国文化中的个体对年龄、老化认知普遍比西方国家提前。当代亚洲人和西方人对年龄及老化的认知，存在相当大的差异。相较西欧，"亚洲普遍将生命中尚未年轻的阶段认作'老龄'"；亚洲人对老化年龄的认定为 59 岁，在英国、西班牙及土耳其等受访者中，大多认为 67 岁才是年老，而亚洲人则整整提早了 8 年。[1] 何况将近 100 年前的中国！"五四"新文化运动其实不仅没有改变这种文化状况，反而加重了这种状况。因为"五四"新文化是青春文化，信奉进化论、幼者本位，新文化运动的主将钱玄同曾有过著名言论："人到四十岁就该死，不死也该枪毙。"鲜明体现了"五四"青春文化的特征。34 岁的维杉处处自惭形秽的心理，正是个人、文化与时代多种合力的产物。第三，中年教授维杉的"窘"还是那个时代知识分子普遍的一种精神状态，作为历史中间物，一方面无法像少朗那一代老派名士那样"真正过老牌子的中年生活"，另一方面又不能像"活龙似的"年轻一代那样朝气蓬勃地生活。

二、《九十九度中》: 建筑师的结构能力

《九十九度中》一直被认为是林徽因最好的小说，尤其是小说调动情节、布置结构的高超技巧一直被研究者称道。《九十九度中》最鲜明的结构特征就是采用电影蒙太奇的手法结构全篇。蒙太奇来源于法语"montage"，原为建筑学术语，意为构成、装配，电影发明；后引申为"剪辑"。1923 年，爱森斯坦率先将蒙太奇作为一种特殊手法引申到戏剧中，后又被他延伸到电影艺术中，开创了电影蒙太奇理论与苏联蒙太奇学派。[2] 蒙太奇既指画面与画面的

---

① 参见 CIGNA 在 2016 年 3 月 21 日发布会上发布的《2015 年中国 360° 健康指数调研中国区报告》。
② 参见 [俄] 谢·米·爱森斯坦：《杂耍蒙太奇》（导演笔记），《爱森斯坦评传》，北京：中国电影出版社 1983 年版，第 57～58 页。

组合，也指画面与音响、色彩之间的组合。20 世纪 30 年代初，中国电影人接触到蒙太奇理论，并开始尝试运用。尽管林徽因熟悉欧美文学艺术，但是笔者没有查到有关林徽因接触过蒙太奇的文献记载，只能做这样的推测：对于这个原本来自建筑学领域后又被艺术学科借用的概念，建筑学科班出身的林徽因应该是熟悉的，建筑艺术本身就是空间蒙太奇。她在宾夕法尼亚大学修过全部建筑学课程。宾大建筑系在学科建制上属于美术学院，归入艺术学门类。林徽因具有熟悉蒙太奇艺术理论的极大可能性。

小说娴熟地采用空间蒙太奇手法，将华氏 99 度（摄氏 37.3 度）溽热中北平不同阶层的生活画面流畅地拼接叠加，呈现出一副北平生活的众生相，画面感极强。随着美丰楼饭庄送菜肴的三个汗流浃背的挑夫空间位置变化，我们看到张宅的喜棚，老太太的寿宴正在紧张准备中，张灯结彩、鸡飞狗跳，老太太、少奶奶、孙少爷、丫鬟、奶妈、赴宴的宾客，不仅表情和言语生动传神，而且各怀的心事也一目了然，甚至还穿插着老太太的陈年往事，各种点心、鲜果、菜肴、器皿、摆设活色生香；随着走到张宅门口打发挑夫的赵妈的身体位置，画面转到门口的两个车夫身上，接着是这两个车夫因为 14 吊钱爆发激烈的争吵、厮打，争吵厮打又引来了另一家喜燕堂客人的瞩目；随着这家客人的身体位置我们又来到了另一家正在举行的婚礼的现场，婚礼仪式正在进行，可新娘阿淑却满腹心事，新娘忧伤的爱情往事一一浮现，然后镜头回到喝喜酒的男女宾客们，甚至用特写镜头表现其中一个矫揉造作的女客肉色丝袜裹着的长腿，正在上菜的年轻茶房想起头一天晚上上菜时看到自己暗恋的戏子与四爷的调情；然后似乎有点突兀地转到一间冰厅里，逸九、老卢、老孟三人闲聚消暑，他们在闲谈中又提到新娘阿淑，我们这才恍然大悟，原来突然加入的冰厅场景并不突兀；逸九、老卢、老孟三人走出冰厅来到街上，随着他们的身体位置，画面中出现两个车夫在大街上扭打，这正是前面那两个因 14 吊钱而厮打的车夫；车夫的旁边还出现坐在洋车里准备去张宅赴寿宴却又为自己不合适的衣着怄气的刘太太；镜头又回到开头三个美丰楼饭庄挑夫身上，这回他们正在用张宅得到的赏钱买冷饮喝；然后又是张宅的寿宴场景，老太太、少奶奶、宾客、丫鬟又有一番表现，甚至还把镜头伸向张宅后院，外孙小姐和孙少爷在偷偷幽会、拌嘴；然后又是开头出现的三个挑夫中的一个，他疲惫不堪回到家里突发疟疾，邻居赶紧去请丁大夫，但丁大夫不在家，他正出现在张宅的寿宴席上。不多时挑夫的破宅里传来女人撕心裂肺的哭声。紧接着又是张宅场景，寿宴刚结束，接下来是搭台唱戏，老太太的大儿子、大老爷从上海刚刚赶回来，在廊上遇见自己已经长大了的侄女，伯侄两人寒暄并讨论侄女毕业后去上海谋事，然后镜头又出现丁大夫，有人把电话打到张宅请他给疟疾病人出诊，他在电话里打发病人去医院……最后出现一组并置的镜头，"编辑坐在办公室批阅新闻"、随着编辑的视线我们看到张宅寿宴名伶送戏、车夫打架、挑夫因疟疾毙命——出现在报纸新闻栏中，下一个镜头便是打架的车夫杨三、王康被关在拘留所里，杨三的主人老卢正打电话给王先生要保杨三出来，但王先生去出去饭局了，哪个饭局？是张宅的寿宴还是阿淑的婚宴？我们不得而知，因为电话没打通。因为车夫没保出来，老卢出不去，只好躺在床上烦闷地打着扇子，小说到此戛然而止。

前半部结构如天女散花，一一散开，后半部开始逐个收束，最后收束到一张报纸上，将出现过的人事一一呈现在报纸新闻标题中，仿佛一篇论文的最后结语——提点概括全文。事件彼此互相呼应，错综复杂却又井井有条，作为出色建筑师的林徽因果然具有高超的结构能力，而且这简直就是一个完整的、流畅的电影剪辑流程。对此，李健吾当年在《〈九十九度中〉——林徽因女士作》一文中作这样的评价："《九十九度中》正是一个人生的横切面。在这样溽暑的一个北平，作者把一天的形形色色披露在我们的眼前，没有组织，却有组织；没有条理，却有条理；没有故事，却有故事，而且那样多的故事；没有技巧，却处处透露匠心。"[1] 这和李健吾对林徽因为人处世的评价一样准确到位，一语中的。至于这篇小说对伍尔夫小说意识流手法的借鉴，已有很多论者论及[2]，在此不再赘述。

还有两点必须指出，第一，《九十九度中》这种独具匠心的结构并非纯粹形式方面的追求，同时还有哲理的意味，看似毫不关联的场景、人事，其实存在错综复杂、看不见的关联性，意味着世间万事万物之间的神秘联系。这正是这篇小说的现代主义因素。当然也意味着北平实在是个"熟人的社会"。第二，小说发表在1934年5月《学文》第一卷第一期上，似乎并没有引起太多的关注，对此李健吾在次年即1935年的《〈九十九度中〉——林徽因女士

---

① 刘西渭(李健吾)：《〈九十九度中〉——林徽因女士作》，《大公报·"小公园"副刊》1935年8月18日。
② 如俞晓霞：《林徽因小说创作中的伍尔夫元素》，《中国现代文学研究丛刊》2012年第6期等。

作》一文也有提及：“我相信读者很少阅读这篇小说，即使阅读，很少加以相
当注意。我亲耳听见一位国立大学文学院的教授，向我承认他完全不懂这不到
一万五千字的东西。他有的是学问，他缺乏的便是多用一点点想像。真正的
创作，往往不是腐旧的公式可以限制得下。”[1] 李健吾认为小说较少引起关注主
要是读不懂，连国立大学文学院的教授都读不懂，更何况普通读者！至于为何
读不懂，李健吾认为是这位国立大学文学院教授缺乏想象力。但李健吾忽略了
另外一个读不懂的原因，那就是文学观念的问题。无论是文以载道的旧文化传
统，还是“以小说新民”的新文化传统，其实都认为作品的内容要比作品的形
式更重要，情节本身比处理情节的技巧更重要，讲什么故事要比怎么讲故事
更重要，直到 1980 年代末先锋文学的出现，小说家对叙事技巧的重视才得以
正名。而《九十九度中》精华之处恰恰“不在故事，而在故事的运用；不在
情节，而在情节的支配”[2]，显然，这篇小说是个早产儿，意味着文学艺术的自
律、自足的诉求，这是文学现代性的诉求，也是京派文学家一向的主张。

三、《吉公》：清末的西学东渐与林徽因的科学思想

吉公原是“我”祖母的母亲即曾外祖母抱养的孩子，按辈分他算是“我”
的舅公，按福州方言的读音就是“吉公”，这便是“吉公”这个名字的由来。
曾外祖母和曾外祖父去世后，“我”的祖母、吉公的长姐只好把生活无着落
的吉公带到夫家，即“我”的祖父家，成为大家族中的寄居者。于是童年的
“我”得以结识这位奇特的人物。吉公之所以沦落到要去姐姐婆家当寄居者，
是因为他从小“不喜欢做对子读经书”，“关于学问是如何的没兴趣”“始终不
能参加他们认为光荣的考试”。一句话，吉公如同贾宝玉那样拒绝仕途经济道
路，成了旧秩序的一个另类，无以安身立命，只好到姐姐的婆家寄食。住在
大家庭里一处闲置跨院破旧小楼上，由于“被认为是个不读书不上进的落魄
者，所以在举动上，在人前时，他便习惯于惭愧、谦卑，退让，拘束的神情，
唯独回到他自己的旧楼上，他才恢复过来他种种生成的性格，与孩子们和蔼
天真的接触”。吉公自有自己的世界，在这个世界中吉公完全是另一副样子，

① 刘西渭（李健吾）：《〈九十九度中〉——林徽因女士作》，《大公报·“小公园”副刊》，1935 年 8 月 18 日。
② 刘西渭（李健吾）：《〈九十九度中〉——林徽因女士作》，《大公报·“小公园”副刊》，1935 年 8 月 18 日。

这个世界就是"自鸣钟的机轮的动作，世界地图，油画的外国军队军舰，和照相技术的种种"，他还"想到上海去看一次火轮"。"吉公所懂得的均是具体知识，他把枪支在手里，开开这里，动动那里，演讲一般指手划脚讲到机器的巧妙，由枪到炮，由炮到船，由船到火车……"不仅对具体知识，他对整个外洋世界也很了解，对世事甚至很有见地，"在外国，能干的人也有专管机器的，好比船上的船长吧，他就也懂得机器还懂地理。军官吧，他就懂炮车里的机器，尽念古书不相干的，洋人比我们能干，就为他们的机器……"①。

　　要理解吉公形象的时代意义显然不能忽略西方科技在近代中国的传播史。根据小说种种细节大约可以推断吉公生活的时代就是19世纪末20世纪初，这正是西方科技第二次在中国传播的时节。西方近代科技在中国的传播与普及有两个时期，包括明末清初和清末民初两个重要时期。前者以西方传教士和中国部分知识分子译介西方科学著作为主，并没有普及到大众层面。这次译介西学的高潮到清代雍正时期因禁教政策而趋于衰落。西学东渐的第二次高潮始于鸦片战争、国门洞开之后。经过两次鸦片战争后，大清帝国已经内忧外患，受西方坚船利炮威胁和被动挨打的刺激，清政府部分当权者开始寻找富国强兵之道，特别是其中的洋务派积极主张发展工业、增强国力，积极倡导学习西方科学技术、引进机器生产体制。19世纪60年代洋务派积极推行洋务"新政"，兴办新式学校，设立翻译机构（如1862年创办的京师同文馆等），培养科学、军事、翻译人才，促进了译介西方科学技术的活动再次活跃起来。洋务派对西方科学技术均采取的是"中体西用"的态度，以强烈的"工具主义"眼光来看待和理解科学技术，关注的是知识层面的科学技术以及科学技术的工具价值，大大促进科学技术传播活动的下移，进入寻常百姓家。②吉公对西方科技的兴趣和了解正是在19世纪末20世纪初西学东渐的背景下形成的。所以吉公和具有新派思想的姐夫即"我"的祖父聊天，从苏伊士运河到庚子、甲午，"结论总回到机器上"。"庚子""甲午"显然指庚子赔款、甲午海战的惨败，可见洋务派、维新派"师夷长技以制夷"思想对他的深刻影响。

----

① 林徽因：《吉公》，《林徽因文存：诗歌 小说 戏剧》，成都：四川文艺出版社2005年版，第131、133、134页。

② 参见任福君、翟杰全：《科技传播与普及概论》，北京：中国科学技术出版社2014年版，第22页。

但是，直到 1906 年废除科举之前，读书人（尤其是官宦世家子弟）依然重复着祖辈父辈的人生道路，读经书做对子，操练八股文试帖诗，然后考秀才、举人、进士，最后搏个一官半职。如果这条大路走不通，那就还有一条小路——给人当幕僚或经商做买卖。偏偏吉公对大路小路都不感兴趣，他感兴趣的却是被普通官宦人家看作粗人伙夫才摆弄的机器技术。王晓明在《无法直面的人生——鲁迅传》中曾这样描述 1899 年 18 岁的鲁迅准备上新式样学堂时面临的压力，"说起来，清政府的一班大员发动洋务运动，引进西方的教育制度，在各地开办新式学堂，已经有十多年了，但在一般城镇士绅的眼中，这学堂还是不伦不类的怪物，其中讲授的'声光化电'，更是洋人的'邪学'，自以为正经的读书人，一般都不屑于跨进去读"①。所以鲁迅后来自嘲是"走异路逃异地"的异端。吉公年龄大致和鲁迅相当，他面临的处境也大约和鲁迅当年相似。总之，他也被认为是一个异端——沉湎于洋人的奇技淫巧，不务正业、游手好闲甚至玩物丧志的异端。也就是说，吉公是一个生不逢时的技术天才，"我相信如果他晚生了三十年，这个社会里必定会有他一个结实的地位的"。而他却结结实实地早生了三十年。在吉公的时代，他所兴趣并擅长的知识、技术至多只能用来照照相给大家庭里的老老少少消遣凑趣。但吉公中年以后的结局却意想不到地完满，他得到一个逃离他寄居的大宅、去"另找他的生活"的机会。尽管这个机会看起来不太体面——"到一个外省人家去入赘"。但就是这样一个不体面的、异端性的机会却让吉公从此生活幸福，生儿育女，"住在城里，境况非常富有"。更重要的是他得以实现自己的事业理想，"到轮船上做事，到码头公司任职，夏进而独立的创办的他的小规模丝织厂"。因此，吉公显然代表了从传统文人到近代知识分子身份、生存方式的转型，从依附于封建体制到依附市场、现代工业的生存方式的转变。

　　吉公的结局相当完满，但小说结尾叙事人却怅惘若失，认为吉公后来虽然又是去轮船、码头任职，又是办工厂，但"这些全同他的照相一样，仅成个实际上能博取物质胜利的小事业，对于他精神上超物质的兴趣，已不能有所补助，有所启发。年老了，当年的聪明一天天消失，所余仅是一片和蔼的平庸和空虚。认真的说，他仍是个失败者。如果迷信点的话，相信上天或许要补偿给吉公他一生的委曲，这下文的故事，就该应在他那个聪明的孩子和

<hr />

① 王晓明:《无法直面的人生——鲁迅传》，上海：上海文艺出版社 2001 年版，第 15 页。

我们这个时代上。但是我则仍然十分怀疑"。^①这段话其实相当意味深长，传达出颇为复杂的思想内涵。第一，当然是为生不逢时的吉公一代人的青春抱屈，等到变迁了的时代能够接纳他们了，他们却早已两鬓苍苍，由此引发生不逢时的人生慨叹。第二，当然是名教杀人，扼杀人的聪明才智，如果不是吉公最后奋力一搏，他可能就要被埋葬在那个大家庭里破旧的小楼上。第三，这段话包含了林徽因的人生观和生命观，在她看来，人生应该超越蝇营狗苟的物质性利益，追求高远精神境界。她自己的人生就是这样，除了战争避难云南期间（1938 年），因物价飞涨而不得不每周两次去云南大学教授英文来贴补家用外，她一生极少为物质利益而工作。第四，也是最重要的，正如我们第一节中提到的，林徽因是个工作狂，夜以继日地写作、研究建筑、交往，都并非为了物质利益，而是为了寻求自我认同、自我命名、自我实现。上述这段话还包含了林徽因超越时代的科学思想。按照科学史家的观点，中国人对科学最大的误解在于科学和技术不分，中国传统里有技术无科学，中国传统文化有数千年发达的技术传统，但是却没有"科学"。中国传统文化对知识的态度基本上是实用主义的，带有很强的功利目的，而不是把知识看作是目的本身，这就使我们对科学的理解也过分着眼于它的实际应用，也就是技术。^②而近代以来西学东渐的过程更加重了这个认知。因为 1840 年以后的西学东渐是在强烈的"师夷长技以制夷"诉求背景下发生的，正如我们前文提到的，洋务派对西方科学技术均采取的是"中体西用"的态度，以强烈的"工具主义"眼光来看待和理解科学技术，关注的是科学的工具价值、技术特征，忽略了技术背后强大的科学体系的支撑。吉公正是在这样的背景下接触到西方科技的，因此吉公式的科技兴趣当然无法带给他超功利性的科学精神。也就是说吉公终究只是一个匠人，对真正的科学精神是陌生的，因此，其精神世界终究只是"一片和蔼的平庸和空虚"。当然，也许吉公有可能成长为一个真正具有科学精神的科学家，但是时代扼杀了他。而林徽因自己恰恰一生都在追求这种超功利性、工具性和实用性的科学精神，她超越了将建筑看

① 　林徽因：《吉公》，《林徽因文存：诗歌 小说 戏剧》，成都：四川文艺出版社 2005 年版，第 136 页。
② 　参见清华大学教授、科学史家吴国盛的喜马拉雅科学史讲座《科学简史》第一集"中国人对科学的最大误区"。

作是一门土木营建技术的层面，提出的"建筑意"思想就是最好的证明①。第五，这段话最后将摆脱吉公式的平庸和空虚的希望寄托在吉公"那个聪明的孩子和我们这个时代上"，但随即马上否定自己，"我仍然十分怀疑"。这显然是对"五四"式进化论世界观、启蒙主义历史进步论的怀疑，因为小说写作之际已是1935年了。综上，林徽因思想的深刻与复杂性由此可见一斑。

四、《文珍》《绣绣》: 超越新文学中的娜拉、弃妇和母亲形象类型

尽管《吉公》的末尾表达了对进化论世界观、启蒙主义历史进步论的疑虑，但在林徽因一生中，无论是作品还是现实人生，大部分时候她还是笃信它们的。《文珍》《绣绣》正是这种笃信的直接产物。

我们知道，在新文学的第二个十年中，"五四"文学反封建、反礼教纲常的主题获得更深入的展开，如巴金激流三部曲、曹禺《雷雨》。林徽因发表于1936年的《文珍》也不例外。文珍形象和《家》中鸣凤、《雷雨》中的四凤是相呼应的，只是相对于后两者，文珍形象不仅反封建礼教，还有更加明确的反抗阶级压迫的痕迹。她从文环的投井自杀中清醒看到了少爷们虚情假意的嘴脸和自己的真实处境，当她收到芳少爷暧昧的礼物时，十分恼怒，"'你看我稀罕不稀罕爷们的东西！死了一个丫头还不够呀？'一边说一边狠狠的把扇子撕个粉碎，伏在床上哭起来了"。她不像鸣凤和四凤那样对少爷们抱有幻想，她明白自己的幸福在哪里，毅然决然在被当物品式地嫁掉的前夕，和一个革命党人私奔了。文珍的故事显然不是一个始乱终弃的故事，甚至也不全是"五四"经典的"娜拉出走"的故事，文珍不是"五四"娜拉，后者更多的是中上层的知识女性，如胡适《终身大事》中的田亚梅、杨振声《玉君》中的玉君、冯沅君《隔绝》《隔绝之后》中的隽华和《旅行》中的"我"、郭沫若《卓文君》中的卓文君、白薇《苏斐》中的苏斐、鲁迅《伤逝》中的子君等。而文珍是个底层女性，当然，"五四"文学中也有底层娜拉形象，如田汉《获虎之夜》中的莲姑，许杰《台下的喜剧》中的金纱、《大白纸》中的香妹。但无论是知识分子娜拉还是底层娜拉的故事，都只是在反礼教的层面上，引领娜拉出走的男性人物不过是她们的爱人，政治身份模糊。而引领文珍出

---

① 参见本章第一节的论述。

走的男性人物则有着明确政治身份——革命党。文珍和革命党爱人出走，自
然要去投奔革命。在这个意义上，文珍形象似乎是1927年大革命前后茅盾等
人小说中革命娜拉形象的继续。而在1940年代的解放区文学和后来的十七
年文学中更是常见这类追随革命爱人出走进而追随革命的女性形象。这篇小
说俨然内在于中国新文学谱系。而在林徽因自己的创作谱系中，文珍的出走
和吉公的出走更是构成互文关系的，他们都是逃离表面上温情脉脉实际上杀
人不见血的旧家庭。如果说吉公的故事牵连着近代中国西学东渐潮流，那么，
文珍的故事则牵连了近代中国的革命潮流，都是以个人的故事传达轰轰烈烈
的大时代，是转型期中国现代性经验的表达，也表明林徽因其实始终关注着
"窗子以外"的世界。发表于1937年的《绣绣》，在某种程度上其实可以看
作是篇儿童文学作品，表现旧式家庭矛盾对儿童身心健康的无视甚至摧残。
当绣绣心爱的小瓷碗被父亲砸碎——"那美丽的尸骸同其他茶壶粗碗的碎片，
带着茶叶剩菜，一起送入一个旧簸箕里，葬在尘垢中间"之际，一同被埋葬
的当然还有绣绣童真、美好的心灵，因为"游戏是儿童最正当的行为，玩具
是儿童的天使"[1]，如同鲁迅《风筝》中小弟弟被大哥折断蝴蝶风筝的翅膀。
但《绣绣》悲剧还远要比《风筝》残酷，绣绣美好幼小生命最后消失于一个
寒冷的清晨。对旧家庭扼杀童真、爱情、才华的指控俨然都是"五四"以来
中国新文学最经典的主题，在这点上《绣绣》和《吉公》《文珍》异曲同工。

　　但这篇小说更值得我们注意的是绣绣的母亲徐太太这样一个弃妇形象。
中国古代文学中就有源远流长的弃妇形象传统，《诗经》、汉乐府、唐传奇、
元杂剧、明清小说以及各种地方戏曲、民间故事中，弃妇形象几乎汗牛充栋。
最著名的如抒情文学传统中《诗经》里的《卫风·氓》《邶风·谷风》、汉乐
府《孔雀东南飞》《上山采蘼芜》《白头吟》中的抒情女主人公；叙事文学传
统中的弃妇形象更是家喻户晓，霍小玉（《霍小玉传》）、杜十娘（《杜十娘怒
沉百宝箱》）、金玉奴（《金玉奴棒打无情郎》）、秦香莲（《铡美案》）、赵五娘
（《琵琶记》）等，弃妇产生的原因多半是因为礼教吃人抑或男性贪图荣华富
贵、喜新厌旧等不良操作。"五四"新文学中弃妇形象同样常见，但产生的原
因却具有时代性。新文化提倡的"恋爱自由""离婚自由"等新道德对旧文化
造成了强大冲击，获得了不证自明的合法性，但与此同时，"恋爱自由""离

---

① 鲁迅:《风筝》,《语丝》周刊第 12 期,1925 年 2 月 2 日。

婚自由"这些原本促进个人自由和两性平等的新文化伦理革命,却催生了一个"被离婚"的妻子群体①,如庐隐《时代的牺牲者》中的秀贞、《一幕》中约徐先生的前妻、石评梅《弃妇》中的表嫂、冯沅君《贞妇》中的何姑娘等,这些被划入旧文化阵营的"妻子"们,不仅面临旧礼教的压迫,同样也有来自新道德的伤害,体现了历史的多副面孔。而在新文学弃妇形象群中还有一类新型弃妇形象,她们本身是新女性,经由自由恋爱、自主择偶,以为从此可以挣得自由、幸福,不料却被自主选择的丈夫、同居者抛弃,例如《伤逝》中的子君、庐隐《蓝田忏悔录》中蓝田、石评梅《林楠日记》中的林楠,包括蔡楚生导演、阮玲玉主演的电影《新女性》的主人公韦明等等。上述两种弃妇类型也可以分别概括为:被新男人抛弃的旧女性和被新男人抛弃的新女性。绣绣的母亲徐太太显然都不属于上述两种新文学中的弃妇类型,她本身并非新女性,而绣绣父亲也并非操持"恋爱自由""离婚自由"的新男性。绣绣的母亲显然是新时代里被旧男人抛弃的旧女性,这一类弃妇类型恰恰是新文学多少忽略了的,到1940年代张爱玲小说中才出现,如,《红玫瑰白玫瑰》中的孟烟鹂、《十八春》顾曼璐、《连环套》中的倪喜等等。这类弃妇形象不仅有其可怜之处更有其可鄙之处,徐太太也一样,林徽因毫不留情地写出了男权社会、旧家族制度如何催生了徐太太这样变态的精神人格。本身作为家族、男权制度牺牲品的徐太太又是如何从精神肉体上再去亲手扼杀了自己的女儿,深度揭示了父权制家庭制度对女性、儿童命运的戕害。如果说,在"五四"女性文学中,母亲的形象一般都是慈爱无私而又深受父权压迫的苦难深重的正面形象②,但是从袁昌英1930年的《孔雀东南飞》③开始出现恶母形象和审母倾向,到了张爱玲《金锁记》则将这种倾向延伸到极点,那么徐太太形象显然也凝聚着审母倾向。但和《孔雀东南飞》中的焦母以及《金锁记》中的曹七巧又有质的不同,小说对徐太太的同情溢于言表。这其实来自林徽因的个人经验。

　　毋庸讳言,绣绣母亲徐太太身上有林徽因自己生母的影子,绣绣的生活又有林徽因自己童年生活的影子。有关林徽因生母何雪媛在林家的境遇我们

① 有关这方面的论述可参见杨联芬:《浪漫的中国》,北京:人民文学出版社2016年版,第128～137页。
② 参见李玲:《中国现代文学的性别意识》,北京:人民文学出版社2002年版,第164页。
③ 袁昌英:《孔雀东南飞》,北京:商务印书馆1930年版。

前文已经提及，正是这样的境遇使得母亲的性格日益孤僻古怪。林徽因小小年纪便要痛苦地周旋于这样的母亲和父亲之间，母亲和二娘以及二娘所生的弟妹之间，这对林徽因幼小心灵的伤害其实很大。《绣绣》中到处都是这种伤害的蛛丝马迹。绣绣母女两人，"好像被忘记了的孤寡……明明父母双全的孩子，却那样的伶仃孤苦"，"妈妈是个极懦弱无能的女人……她的脾气似乎非常暴躁"。绣绣对小伙伴这样描述自己的母亲："爹爹也太狠心了，妈妈虽然有脾气，她实在很苦的，她是有病。你知道她生过六个孩子，只剩我一个女的……""绣绣始终只缄默地坐在角落里，无望地伴守着两个互相仇视的父母。""但是缔结在绣绣温婉的心底的，对这两个人仍是那不可思议的爱。"林徽因的母亲也生过多个孩子，但活下来的只有林徽因一个。母亲一辈子跟着林徽因生活，林徽因当然很爱母亲，但和母亲的关系却始终处不好，在写给终身挚友费慰梅的信中林徽因曾这样描述过她们的母女关系：

　　我自己的母亲碰巧是个极其无能又爱管闲事的女人，而且她还是天下最没有耐性的人。刚才这又是为了女用人。真正的问题在于我妈妈在不该和女用人生气的时候生气，在不该惯着她的时候惯着她。还有就是过于没有耐性，让女用人像钟表一样做好日常工作但又必须告诫她改变我的吩咐，如此等等——直到任何人都不能做任何事情。我经常和妈妈争吵，但这完全是傻冒和自找苦吃。①

林徽因的儿子梁从诫则这样描述母亲和她父母的关系：

　　她爱父亲，却恨他对自己母亲的无情；她爱自己的母亲，却又恨她不争气；她以长姊真挚的感情，爱着几个异母的弟妹，然而，那个半封建家庭中扭曲了的人际关系却在精神上深深地伤害过她。②

这几乎就是绣绣和父母关系的翻版。正是对母亲这种夹杂着怨恨的爱，

①　林徽因：《致费慰梅信》，转引自《莲灯诗梦　林徽因》，北京：人民文学出版社2012年版，第20页。
②　梁从诫：《倏忽人间四月天——回忆我的母亲林徽因》，转引自《建筑师林徽因》，北京：清华大学出版社2004年版，第84页。

使得小说没有将绣绣的母亲描绘成曹七巧式的恶母形象。

五、《钟绿》: 京派的审美理想

　　《钟绿》在这四篇中独树一帜，它是林徽因文学创作中唯一一篇涉及自己在美国宾夕法尼亚大学留学生活的作品。林徽因 1924 年和梁思成一同进入该校美术学院，梁思成进了美术学院建筑系，因建筑系不招女生，林徽因只好进了美术系。从小说"我"身上也不难看出一个美术专业学生的蛛丝马迹。主人公钟绿是一个希腊美女，是唯美浪漫而又淳朴静穆的古典美的化身，这不仅是林徽因本人的审美趣味，也是京派文学审美理想的拟人化。我们知道，京派理论家朱光潜曾经提出著名的"静穆"文学理念①，钟绿对工厂流水线上生产出来的"工业艺术"的嘲讽，"我"桌上摆放的唐陶俑和图章，都是这一"静穆"古典主义审美趣味的体现，显现出艺术抵抗社会现代性的自律品格，这在京派作家沈从文《边城》《潇潇》《长河》以及废名《竹林的故事》《桃园》《菱荡》《浣衣母》中也得到充分表现。作者特意在这篇极短的短篇中匀出相当可观的文字，详细描写了钟绿对英格兰乡村的记忆以及后者对她深刻影响。

　　　　这农村的妩媚，溪流树荫全合了我的意，你更想不到我屋后有个什么宝贝？一口井，老老实实旧式的一口井，早晚我都出去替老太太打水。真的，这样才是日子，虽然山边没有橄榄树，晚上也缺个织布的机杼，不然什么都回到我理想的已往里去……

　　　　到井边去汲水，你懂得那滋味么？天呀，我的衣裙让风吹得松散，红叶在我头上飞旋，这是秋天，不瞎说，我到井边去汲水去。回来时你看着我把水罐子扛在肩上回来！②

① 1935 年朱光潜在《曲终人不见，江上数峰清》一文中论及陶潜，"陶潜浑身是静穆，所以他伟大"（《朱光潜全集》，合肥：安徽教育出版社 1993 年版，第 396 页）。1948 年他在《陶渊明》一文中又补充道：虽然陶潜和我们一般人一样，有许多矛盾冲突，"满纸都是忧生之嗟"，却"终于达到调和静穆"。也就是说朱光潜将调和静穆看作是艺术的极境。（参见《朱光潜全集》，合肥：安徽教育出版社 1993 年版，第 256 页。）

② 林徽因：《钟绿》，《林徽因集（小说 戏剧 翻译 书信）》，北京：人民文学出版社 2014 年版，第 37 页。

这完全是一幅 18 世纪欧洲古典主义时期的乡村风景画，静穆悠远的乡村、淳美的人性，肩着陶罐汲水的美丽少女……这也是京派文学风格最形象的表述。小说的结尾，钟绿死在一条帆船上，这是远古纯美人性的无可挽回的毁灭，一如《长河》《边城》的结尾。其实从审美层面而言，沈从文笔下的翠翠、废名笔下的三姑娘和林徽因笔下的这个希腊少女钟绿存在内在的接联系性。这样的乡村少女其实和乡土中国没有多少关系，与乡土中国密切相关的少女形象要到 1940 年代孙犁、赵树理等人笔下才出现。也许我们可以把后者命名为"乡土性"，而前者命名为"乡村性"。前者与历史中的中国乡村其实是游离的，所以《边城》和《竹林的故事》都刻意淡化具体历史背景。钟绿的爱人在结婚前一周"骤然死去"，不久钟绿也死在一条帆船上。这种人生无常的宿命意味其实也很像《边城》。当然这里面还有林徽因自己的人生体验。正是她在宾夕法尼亚大学留学第二年，父亲林长民应张作霖部将郭松年之邀赴沈阳任郭的顾问，次年郭松年举兵反对张作霖，兵败，林长民死于乱军之中。这对林徽因犹如晴天霹雳，对于林家更是灭顶之灾，林徽因几次想辍学回国打工或者重新考取公费留学，后经梁启超劝说未成行。当然，最重要的是梁启超承担起她在美国的留学费用，她才放弃回国得以继续学业，但精神上的打击依然非常沉重。应该说此前林徽因的成长历程尽管有些大家庭中的龃龉、烦恼，但基本上是一帆风顺的；父亲的突然离世一下子将死亡、人生无常这些沉重的命题摆在她的面前，给她这段原本明媚的留学生活笼上一层浓重的阴影，因此她在多年后重写这段留学生活时依然摆脱不了忧伤的情调。

第三章
庐　隐

　　庐隐（1899—1934），福建闽侯人，原名黄淑仪，学名黄英，笔名庐隐。中国现代著名作家，"五四"第一代女作家，1922年毕业于北京女子高等师范学校。"五四"时期，以"问题小说"开启了自己的文学之路，"五四"退潮以后，创作重心逐渐转移到"五四"知识女性追求恋爱自由、个性解放的感伤与悲哀，这类小说大多以庐隐自己及朋友的情感经历和心路历程为原型，具有浓厚的"自叙传"色彩，也是庐隐最具影响力的作品。在生命的后期，庐隐转向热情书写风起云涌的革命运动、抗日战争等重大社会事件，形成了新的美学风格。1934年，庐隐因难产在上海英年早逝。除了小说之外，庐隐还创作了大量散文诗、童话、戏剧、杂文等，尤其是支持女权运动、探索妇女解放道路的杂文，体现了作为一代"五四之女"的鲜明女权意识。代表作有小说《海滨故人》《象牙戒指》《火焰》等。

第一节　庐隐及其文学之路

　　庐隐是中国"五四"时期的著名小说家，也是"五四"第一代女性作家中最富有妇女解放思想的一位。在中国现代文学史上，庐隐以表现刚刚挣脱封建束缚的"五四"新女性，在追求个性解放、恋爱自由过程中遭遇到的矛盾困境，以及随之产生的种种苦闷、哀伤心理著称，被茅盾称为"五四的产儿'①。她的诸多创作都以自己或者朋友的恋爱经历为原型，细致呈现女性主

————————————————
① 　未明（茅盾）:《庐隐论》,《文学》1934年第3卷第1号。

人公理智与情感的矛盾，并且往往通过插入书信、日记等形式，以第一人称毫无伪饰地宣泄悲哀愁闷的感情风暴，具有浓厚的"自叙传"色彩。除了最为人称道的恋爱题材小说以外，庐隐也创作了一批关注社会现实、反映社会问题的作品，后期的创作还具有明显的"革命文学"特色。庐隐尽管英年早逝，却著述颇丰，多种文体均有涉猎，除了小说创作之外，其杂文、散文诗及翻译均有为人称道之处，著有短篇小说集《海滨故人》《曼丽》《灵海潮汐》《玫瑰的刺》，长篇小说《孤雁》《象牙戒指》《女人的心》《火焰》，书信集《云鸥情书集》，自传《庐隐自传》，散文诗《夜的奇迹》，译著《格列夫游记》等。

一、坎坷的身世

庐隐原名黄淑仪，学名黄英，1899 年出生于福建省闽侯县（今福州）。庐隐出生前已有三个哥哥，父母也很希望接下来能生养一个乖巧可爱的女儿。不巧的是，庐隐出生当天恰逢外祖母去世，因而被母亲认定是一个"不祥的小生物"①，再加上幼年的庐隐性格执拗，体弱多病，更不为家人所喜，不到 1 岁就被母亲交给奶妈带到乡下抚养。1901 年，庐隐的父亲升任湖南零陵县知县。②举家迁往湖南途中，庐隐哭闹不止，险些被心烦的父亲抛入海中。庐隐 6 岁时，父亲因心脏病去世，母亲不得不变卖田产家当，带着孩子们投靠在北京做官的兄长，庐隐遂得以在舅舅家长大。虽然庐隐的生活至此安定了下来，但童年的不幸并没有消失。由于对封建启蒙教育无比厌恶，庐隐经常因为背不出书遭到母亲打骂，更被家族亲戚嘲讽为"笨货"，逐渐养成了自卑怯弱的性格。

庐隐 9 岁时入读北京一所教会女校。该校传教氛围非常浓厚，童年的庐隐也因长期得不到家人关爱，以及受到腿脚扭伤、肺管破裂等病痛的折磨，不久就在老师的引导下皈依了基督教。除了每日虔诚地祷告之外，庐隐回到家里还向自己的哥哥们宣传上帝的博爱思想，为此受到不少嘲笑戏弄。尽管

---

① 庐隐：《庐隐自传》，《庐隐全集·第六卷》，福州：福建教育出版社 2015 年版，第 31 页。

② 庐隐在《庐隐自传》中误记为长沙，经王国栋考证为湖南零陵县。参见王国栋：《庐隐正传》，《庐隐全集·第六卷》，福州：福建教育出版社 2015 年版，第 152 页。

庐隐成年以后不再信仰基督教，对于教会学校的奴化教育本质也有了更加清晰的认知，但童年的宗教信仰对庐隐创作的影响却是极为深刻的。[1]辛亥革命以后，避难回京的庐隐不愿再进管理刻板的教会学校，而是坚持报考公立高等小学并顺利被录取，一时间令家人刮目相看。1913年，小学毕业的庐隐又顺利考取了北京女子师范学校。至此，庐隐终于凭借自己的努力扭转了周遭的歧视，但童年的厄运毕竟已经无法改变。多年以后庐隐回顾童年时，仍不能不满怀惆怅："我对于我的童年回想起来，只有可笑和叹息！"[2]

进入中学以后，庐隐的性格变得开朗起来，交际也广泛了许多。她和五个最要好的朋友组成了全校大名鼎鼎的"六君子"。与此同时，庐隐也迷恋上了读小说，对于当时国内国外有名的小说几乎均有涉猎。其中，庐隐尤其喜爱在民初极为盛行的哀情小说，如《玉梨魂》《断鸿零雁记》等，以及对中国现代作家影响极大的林译小说，如《巴黎茶花女遗事》等。小说中身世坎坷、顾影自怜的主人公形象，受封建礼教迫害以至于恋人生死永隔的悲剧故事，以及哀婉凄迷、含泪泣血的语言风格，引起了庐隐强烈的共鸣，甚至忍不住为之心痛落泪。这样的阅读偏好显然已经预示了庐隐此后创作的"自我表现"特征和浪漫感伤风格。

1917年，庐隐中学毕业。此时国内大学还未开女禁，也还没有国人自办的女子大学，庐隐母亲也迫切希望女儿能够挣钱补贴家用，庐隐遂开始了教书生涯。1917—1919年，庐隐辗转北京、安徽、河南等地的多个中小学校任教，对于国内教育界的种种黑暗、腐败现象有了更多切身的体会。1919年，庐隐实在厌倦了教员生活。恰好这一年庐隐中学时就读的北京女子师范学校，升格成为北京女子高等师范。庐隐打算报考，母亲却不愿供给学费，庐隐不得不赴安徽安庆又教了半年书。攒够学费以后，庐隐以旁听生的身份考取女高师，半年后又以优异成绩转为正班生。庐隐入读女高师时，正值"五四"运动后西方各种新思潮、新观念涌入中国思想界之际。庐隐不仅在胡适、李大钊等新文化领袖教导下接受了民主、科学等新思想，更以学生会干事的身份积极参加学生运动。除此之外，庐隐还与大学最好的朋友王世瑛、程俊英、

---

① 关于基督教对庐隐创作的影响，参见杨剑龙：《"上帝赐与了她悲观的分子"——论基督教与庐隐的小说创作》，《华东师范大学学报（哲学社会科学版）》1997年第4期。

② 庐隐：《庐隐自传》，《庐隐全集·第六卷》，福州：福建教育出版社2015年版，第31页。

陈定秀，模仿战国时期的"四公子"组成了北京女高师的"四公子"，一时传为美谈。大学期间，庐隐也开始了文学创作的探索，并与同学冯沅君、苏雪林、王世瑛等人一起在"五四"文坛崭露头角。总之，大学的时光，是庐隐一生中的黄金时代，她后来的诸多代表性作品如《海滨故人》《象牙戒指》等，均是直接以女高师的生活为原型进行创作的。

庐隐的婚恋经历更是充满了曲折与伤痛。庐隐读中学时，曾与远亲林鸿俊有过婚约，但这个婚约完全是庐隐思想不成熟以及故意与母亲赌气的产物。入读女高师以后，深受新文化洗礼的庐隐，已经与思想守旧的林鸿俊相去甚远，因而庐隐主动提出解除了这段婚约。后来，庐隐在福建学生联合会认识了同为福建闽侯人的北大学生郭梦良。郭梦良是"五四"时期思想界颇为活跃的青年学者，热衷于研究基尔特社会主义。郭梦良家乡已有包办的妻子，为了追求爱情，1923 年庐隐不顾家人朋友与社会舆论的强烈反对，与郭梦良在上海举行了婚礼，为此庐隐辞去了北京师大附中的教员工作。然而，来之不易的婚姻，并没有带给庐隐真正的幸福。学生时代的梦想与锐气，都被婚后庸碌琐碎的家务所取代，庐隐再次对前途感到深深的迷惘。这个时期，她写作了《胜利之后》等作品，对将自由婚姻作为女性解放终点的流行观念提出了质疑。更不幸的是，1925 年 11 月郭梦良猝然病逝，留下悲痛的庐隐和十个月大的女儿。在返乡料理完郭梦良丧事之后，庐隐曾在福州女子师范学校做教员。1926 年 9 月，庐隐带着女儿离开家乡，再次回到上海、北京谋生。在此期间，庐隐曾与诗人瞿冰森有过短暂交往，瞿还曾为庐隐的第二本小说集《曼丽》做过编辑，但两人最后还是无果而终。

1928 年，庐隐结识了比自己小八岁的青年诗人、清华大学学生李唯建，并得到对方热烈的追求。此前几年，由于庐隐的母亲、丈夫郭梦良、挚友石评梅，以及最关心自己的大哥相继去世，庐隐的身心遭受重创，成为一个"悲哀的叹美者"[①]。结识李唯建以后，情路坎坷的庐隐最终被对方的单纯热情、勇敢执着所打动。她再次冲破重重阻碍，在 1930 年与李唯建结为伉俪。进入第二段婚姻以后，庐隐生育了第二个女儿，也更加专心致志地教书、写作。此时的庐隐对未来满怀信心，在《庐隐自传》中还曾憧憬自己六十岁时再写自传的情景。然而，经济的困窘、女性生育的困厄却一直纠缠着庐隐。

----

① 　庐隐:《庐隐自传》,《庐隐全集·第六卷》,福州:福建教育出版社 2015 年版,第 76 页。

1934年5月，由于难产，庐隐带着对亲人的无限不舍惨逝于上海大华医院。"五四"以来最具有代表性的一代女作家就这样陨落了。庐隐曾孜孜不倦地书写"五四"新女性的困境，而她的一生则将这种困境演绎到了极致。

二、文学的求索之路

（一）初步的尝试——问题小说

庐隐的创作起步于"问题小说"。"五四"时期，文学并非"纯艺术"，而是被视为一项改造社会的"志业"①，文学的功能几乎与社会学无异。"五四"作家普遍关注各种各样的社会问题，因而在"五四"文坛出现了盛行一时的"问题小说"热。尤其是1921年文学研究会的成立，明确提出"为人生"②的写实主义文学主张，从而将"问题小说"的创作推向了高峰。

庐隐是文学研究会成立时的第一批成员，她早期发表的小说是一种典型的"问题小说"，所涉及的社会问题相当之多。例如婚姻被金钱支配以致恋人分离的问题（《一个著作家》），"五四"青年追求爱情却只能备尝苦果的问题（《红玫瑰》），为富不仁的恶棍强抢民女的问题（《一封信》），病中的孤儿寡母无人照料濒临死亡的问题（《一个病人》），有权有钱的资本家将车夫当牛马役使的问题（《一件小事》），军阀混战造成无辜百姓流离丧命的问题（《王阿大之死》），请愿的爱国师生遭到政府屠杀的问题（《两个小学生》），教育能否救国的问题（《一个女教员》），日本殖民造成中国台湾学生故土分离的问题（《灵魂的伤痕》），年纪轻轻的女子为了生计沦落为娼的问题（《"作甚么？"》），"五四"青年精神迷茫的问题（《彷徨》），被抛弃的私生子心理创伤的问题（《一个月夜里的印象》）……从家国战争，到社会百态，再到个人创伤，庐隐在小说中广泛摄入了"五四"时期普遍存在的社会问题，取材视野可谓相当开阔，其中不少作品还涉及了后来"革命文学"的重要命题。左翼理论家茅盾对此曾高度评价："'五四'时期的女作家能够注目在革命性的社会题材的，不能不推庐隐是第一人。"③

① 姜涛：《公寓里的塔——1920年代中国的文学与青年》，北京：北京大学出版社2015年版，第25页。
② 《改革宣言》，《小说月报》1921年第12卷第1期。
③ 未明（茅盾）：《庐隐论》，《文学》1934年第3卷第1号。

同"五四"时期众多的"问题小说"作家一样，庐隐尽管看到了广泛存在的社会问题，却没有能力深入挖掘产生这种问题的根源。1921年的小说《一封信》，通过一群女学生阅读彝西来信的形式，叙述了贫家少女梅生因家里无力还债，被恶棍陈大郎抢去抵债，最终被折磨至死的悲惨故事。这个故事的轮廓非常接近于1940年代解放区文学中的《白毛女》，但此时的庐隐显然没有剖析社会阶级的能力。因而尽管庐隐无限愤慨，却只能将梅生的悲剧归因于财主陈大郎夫妇的歹毒心肠。为此，庐隐极力表现陈妻的丑恶面目。"脸上的脂粉涂得极厚，把本来青黄色的皮肤都遮过了；但那干枯细长的绉纹，反被粉衬得格外显明；一双狠毒而嫉妒的眼珠，露着逼人的凶光……"[1]与之相比，梅生则是一只"微弱失去保护的小羔羊"[2]。在此，庐隐极力渲染一种强与弱、恶与善的强烈对比，陈妻对梅生的虐打迫害，固然能够激起读者强烈的爱憎情绪，但究竟如何拯救梅生这一类的乡下女孩，则没有清晰的指向。这也是"五四"时期"问题小说"的通病，与之类似的还有叶绍钧《这也是一个人？》、冰心《最后的安息》等等。

　　比起向政治经济深处挖掘，庐隐显然更希望从社会问题中抽象出人生哲学的命题，体现了庐隐作为"五四""思考的一代"的共同思想特征。正如冰心在《超人》中探讨"人生的究竟是爱还是憎"的问题一样，庐隐小说中的主人公同样对人生的终极问题苦苦思索，并且由于得不到答案而感到悲哀与失落。《或人的悲哀》中，亚侠从一开始就对"人生究竟的问题""名利的代价是什么"苦苦思索，最终由于对世界的悲观绝望而跳湖自杀，死后留下一本名叫《生之谜》的小书。这种借助社会问题思考哲学问题的倾向，在小说《灵魂可以卖吗》中表现得更加明显。主人公荷姑虽然是一名备受压迫的底层纱厂女工，可她的思维方式却完全是知识分子式的，她最希望得到解答的问题竟然是"灵魂可以卖吗"。荷姑，实际上仍是庐隐自己，也是庐隐借之探讨哲学问题的载体。因此，庐隐早期的诸多"问题小说"，除了描写校园内外的知识女性之外，更多依靠的是"室内硬写"[3]，缺乏真切的生活体验和深入的社会调查，这也是她早期小说在写到工人、农民形象时往往显得失真的原因。

①　庐隐：《一封信》，《庐隐全集·第一卷》，福州：福建教育出版社2015年版，第56页。
②　庐隐：《一封信》，《庐隐全集·第一卷》，福州：福建教育出版社2015年版，第57页。
③　姜涛：《公寓里的塔——1920年代中国的文学与青年》，北京：北京大学出版社2015年版，第185页。

但在这些"问题小说"中，庐隐也明显体现出了自己的个性。例如在众多的社会问题中，庐隐明显更加擅长描写青年男女的恋爱问题。在各色人物中，她表现最好的还是身体羸弱、情感纤细的"五四"知识女性，甚至其他身份的人物也不过是"五四"知识女性的变体。在叙事方面，庐隐不注重情节的层层推进，而重视人物内心的刻画和情感的直接抒发。因而，庐隐常常用日记、书信以及人物对话的方式构思小说，以沉痛哀凉的笔触叙述主人公的不幸遭遇，并结合哀伤惨切、凄冷孤寒的环境描写，以情感的潮水直接冲击读者的心灵。这些特点都注定了庐隐在初步的尝试之后，将很快转向自己更为擅长的浪漫派主观抒情小说。

（二）风格的形成——"自叙传"抒情小说

1922 年以后，庐隐的创作有明显的"向内转"趋势。此时，"五四"高潮期已过，新文化阵营走向分化，整个社会弥漫着理想破灭后的悲哀、迷惘情绪。庐隐敏感的性格、坎坷的身世，以及她偏于浪漫主义的文学偏好，使得她愈发自觉地从自己的生活经历以及感受最深切的教育界、知识界取材，描绘尚未完全挣脱礼教束缚的"五四"女性在追求恋爱时的动辄得咎与无依无靠，揭示在愈发空洞的"个性解放"口号下个体女性的真实困境。庐隐个人的"哀音"契合了时代的共鸣点，因而得以迅速成名。

"五四"女性追求个体解放、自由恋爱却只能备尝苦果的时代悲剧，是庐隐描写最多的题材。例如《丽石的日记》中，大学里的丽石与沅青是一对同性恋人。然而，同性爱毕竟不为社会所容，临近毕业，她们的爱情被彻底打散。沅青在父母安排下回乡与表兄结婚，无奈地接受了命运的安排，不愿妥协的丽石最终抑郁而死。《海滨故人》是庐隐早期最具代表性的作品。这部小说以大学时代的庐隐和她最好的朋友程俊英、王世瑛、陈定秀等人为原型，讲述了五个天真烂漫的女大学生充满欢乐与愁烦的校园生活。正值芳华的她们读书写作，海边嬉戏，幻想着能寻觅一方充满爱与自由的热土。然而毕业以后，她们却风流云散，天各一方，婚姻生活更是一个比一个不幸。曾经的诗意与美好，都成了记忆中的昨日云烟，只留下露沙再次来到海滨时的无限凭吊与伤感。

"露沙们"的悲剧，固然由于她们仍旧背负着封建的沉疴，不敢彻底地反对礼教，但根本原因则在于"五四"新文化运动的不彻底性。"五四"新文化运动本质上是一场资产阶级性质的思想启蒙运动，但与西方启蒙运动不同的是，"五四"新文化运动并不是中国资产阶级发展壮大的必然产物，而是发生于民族救亡运动中新文化先驱对以自由民主为核心的西方资产阶级先进文化的横向移植。正如有研究者指出："在中国五四时期首先觉醒的知识分子，不是随同中国社会生产力的发展以同等速度成长起来的思想婴儿。"[①]因而，"五四"启蒙运动必然只能局限在知识界，而难以深入到更广大的中国底层社会。正如鲁迅作品中"个"与"群"的对立一样，庐隐笔下的"五四"女性同样是孤军奋战。大学中的她们读书、恋爱，满怀着改造社会的勇气。然而，一旦毕业，她们很快被强大的封建势力所包围，被迫按照传统伦理秩序结婚、生子，生命亦随之变得黯淡无光、七零八落。追求恋爱但不愿结婚，对传统家庭伦理充满恐惧，也成为庐隐笔下的"五四女儿"与冰心推崇的宜室宜家的"新贤妻良母"最大的不同。

庐隐一生专注于书写恋爱，并非视野狭窄，而是由于"五四"以来，个人的解放与自由在很大程度上被置换为争取恋爱的自由。在象征着封建与保守的父辈面前，"弑父"的青年男女通过恋爱结成反封建的同盟，恋爱也随之成为"五四"青年所推崇的一项庄重的革命性事业。正如冯沅君在《隔绝》中写下的"五四"宣言："身命可以牺牲，意志自由不可以牺牲，不得自由我宁死。人们要不知道争恋爱自由，则所有的一切都不必提了。恋爱不自由我毋宁死。"[②]作为"五四的女儿"，庐隐深深服膺"恋爱神圣"的时代观念。从"五四"开始，庐隐即孜孜不倦地书写"五四"女性对自由恋爱的执着追求。现实生活中的庐隐更是一次次陷入情感的漩涡，她的婚恋经历与她的小说创作堪称相辅相成。1933年，庐隐仍热烈地写道："恋爱是人类生活的中心，孟子说：'食色性也。'所谓恋爱正是天赋之本能，如一生不了解恋爱的人，他又何能了解整个人生？"[③]但庐隐潜在的女性意识和忠于自身性别经验的文学表达，又使她在重重矛盾中，悄然拆解了裹挟着浓厚男权意识形态的"五四"爱情神话。

在"五四""社交公开""恋爱自由"的主流话语背后，庐隐看到的却是

① 王富仁：《中国反封建思想革命的一面镜子——〈呐喊〉〈彷徨〉综论》，北京：中国人民大学出版社2010年版，第81页。

② 冯沅君：《隔绝》，《冯沅君创作译文集》，济南：山东人民出版社1983年版，第4页。

③ 庐隐：《恋爱不是游戏》，《庐隐全集·第五卷》，福州：福建教育出版社2015年版，第255页。

众多浪荡男子以此为幌子追逐女性、诱骗女性的罪恶现实。小说《沦落》中的松文、《蓝田的忏悔录》中的蓝田、《时代的牺牲者》中的秀贞，无不是误中狡猾男子的奸计，继而独自吞咽苦果、哀苦无告的悲剧女性。社会对男性的包容相当之大，追求恋爱至多也只被看作一桩风流韵事，而女性却要为受骗失贞承受无尽的诟谇谣诼，甚至不堪舆论攻击而抑郁至死。在小说《淡雾》中，庐隐借女主人公之口激愤地说道："惭愧，我又是女子，没这么大魄力，来作这个先锋，作得好还罢了，失败了谁肯为她表一星半星的同情，而原谅她呢？而且世界上肯负责的男子，也太少了，这些大题目，只好让你们去高调独唱吧！"[1] 在此，庐隐以鲜明的女性自觉，揭露了所谓的反封建营垒中所包含的男权中心。换言之，"五四"女性与男性从未站在同一地平线上，"五四"建构的爱情神话也根本不可能实现。

作为一个长期关注妇女问题的女性作家，庐隐写作的意义不仅仅在于解构了"五四"主流性别表述，更以女性自己的写作，改变了晚清以来中国妇女解放运动中长期存在的女性失语状态。诚如女性主义研究者指出："与西方妇女解放相比，中国妇女解放更具有一份特殊性，因为它一开始就不是一种自发的以性别觉醒为前提的运动。在中国，妇女问题是由近现代史上那些对民族历史有所反省的先驱们首先提出的，从未形成一个真正的具有独立意义的女权主义运动。"[2] 换言之，肇始于维新变法的中国妇女解放运动，从一开始就是作为民族救亡运动的附属部分被男性先觉者提出和推进，因而不可避免地出现了长期存在的"男性女权先声"[3]的局面。"男性"不可能都是如梁启超、鲁迅一样真诚解救女性的先进知识分子，更多的则是完全不顾女性真实处境、借机哗众取宠的宵小之辈。例如晚清时期无政府主义派关于男女平权、妇女解放的口号喊得最响亮，男性无政府主义者甚至提出"设男子得御他女，则女子亦应御他男"[4]"男女杂交"[5]等惊世骇俗的"解放之语"，引起舆论大哗。对此，同为无政府主义派的女权主义者何震进行了愤怒挞伐，将他们称为"女界之贼"[6]。

① 庐隐:《淡雾》,《庐隐全集·第一卷》,福州:福建教育出版社2015年版,第413页。

② 岁涵:《庐隐:中国现代女性写作的拓荒者——兼论中国现代女性写作的双声语境》,《华中师范大学学报(人文社会科学版)》2004年第1期。

③ 刘人鹏:《近代中国女权论述——国族、翻译与性别政治》,台北:台湾学生书局2000年版,第81页。

④ 真:《男女之革命》,《新世纪》1907年8月3日第7号。

⑤ 鞠普:《男女杂交说》,《新世纪》1908年4月11日第42号。

⑥ 震述:《女子宣布书》,《天义》1907年6月10日第1卷。

从这个角度而言,"五四"时期的庐隐与晚清时期的秋瑾、何震、唐群英等先进女性一样,敏锐地意识到了由男性引领的妇女解放运动对女性真实困境的遮蔽。在小说《灰色的路程》中,庐隐以寓言的形式虚构了一个恋爱国。该国的某男性青年教授热衷恋爱,内心却认为"女性真正卑劣"①。小说《一幕》中,知名教育家徐伟,在娶了年轻的新妇之后,就把曾经同甘共苦、现已年老色衰的原配夫人弃置一旁,任其自生自灭。这样的人竟然还能在社会上大谈男女平权、人道关怀的高调,无疑显得十分讽刺。除了小说创作之外,庐隐还写下了大量杂文,如《"女子成美会"希望于妇女》《妇女生活的改善》《妇女谈话》《中国的妇女运动》《妇女的平民教育》等等,不断重申"妇女解放问题,一定要妇女本身解决"的硬道理。由此可见,庐隐绝不是"人生歧路上的怯者"②,而是"中国现代女性写作的拓荒者"③。

尽管庐隐意识到了恋爱之于女性的种种不公,但她又不能像丁玲那样以激进的女性意识将"恋爱神圣"的观念一脚踢开,因而庐隐的恋爱书写从一开始就具有很强的矛盾性与虚幻性。她笔下的恋爱只有在与反抗礼教、争取个性解放、人格独立相联系时才具有正面意义,一旦落实到现实层面尤其是身体层面时,恋爱给女性带来的只有欺骗、伤害与无尽的痛悔。除了女性之间的"姐妹情谊"之外,庐隐推崇的男女之间的恋爱实际上是一种带有乌托邦性质的精神之爱。这种恋爱不指向婚姻,也与身体无涉。为了保证恋爱的纯洁性与正义性,庐隐往往借鉴中外言情小说的手法,让爱情还来不及修成正果就因主人公生命的陨落而匆匆凋零,以生死永隔的悲剧结局营造一种"天涯地久有时尽,此恨绵绵无绝期"的凄婉迷离之美。例如《父亲》中"我"与年轻的庶母萌生了爱情,这种不可能实现的不伦之恋最终只能以庶母的凄惨死去作为结局,留下"我"对以"父亲"为代表的封建势力的憎恨与控诉。1931年的长篇小说《象牙戒指》,既以庐隐好友石评梅和高君宇的生死之恋作为原型,也充分借鉴了《红楼梦》《巴黎茶花女遗事》《茵梦湖》《玉梨魂》《断鸿零雁记》等浪漫主义小说的"言情"元素,尤其是《巴黎茶花女遗事》中马克和亚猛的爱情故事以及"哀感顽艳"的叙述风格。小说以

① 庐隐:《灰色的路程》,《庐隐全集·第二卷》,福州:福建教育出版社2015年版,第5页。

② 孟悦、戴锦华:《浮出历史地表——现代妇女文学研究》,北京:中国人民大学出版社2004年版,第28页。

③ 乡涵:《庐隐:中国现代女性写作的拓荒者——兼论中国现代女性写作的双声语境》,《华中师范大学学报(人文社会科学版)》2004年第1期。

沁珠生前好友素文、露沙的相互讲述以及沁珠遗留的日记来架构小说，以一枚惨白枯瘦的象牙戒指贯穿沁珠与曹之间抱憾终身的爱情。无论是题材、艺术手法还是语言风格，这部小说都是庐隐主观抒情小说的集大成之作。曹与沁珠彼此错过并且先后殒命的结局，让爱情在死亡中迸发出了强烈的悲剧之美，更以死亡保证了爱情的纯洁与永不褪色。

除了"以死结情"，庐隐更常采用的手法是让爱情的实现无限延宕，借此不断书写"五四"女性无力主宰爱情的伤感与哀愁，以及对社会、对人生的无限怀疑与失落，再结合杜鹃啼血、落花堕泪的环境书写，庐隐小说的悲婉哀怨风格由此产生。从庐隐将自己与瞿冰森的情感经历照书直录的日记体长篇《孤雁》、与李唯建的情书合集《云鸥情书集》，一直到 1933 年的"精神自传"《女人的心》无不如此。《女人的心》中的素璞与丈夫贺士离婚之后，由于对女儿的歉疚和对周遭舆论的恐惧，即使与情人纯士已在国外举行了婚礼，回到国内的素璞仍然不敢与纯士同居，她悲叹道："我是一个过渡时代的女人，我脑子里还有封建时代的余毒，我不能忍受那些冷讽热骂，我不能贯彻我自己的梦想，我是弱者，是一个没有勇气的弱女子。这么一个时代下的牺牲者……"①

素璞的心声，正是庐隐和她笔下女性在恋爱中种种矛盾心理的最为精妙的写照。从"五四"到 1930 年代，庐隐不断书写这种"五四"式的恋爱小说，固然是由于她个人的婚恋经历太过艰难，需要不断克服来自多方的重重阻力，但相似题材和艺术风格的不断重复也的确会引起读者的厌倦，尤其是庐隐对婚外恋的偏好，在离开"五四"的语境之后难免引起读者的困惑。实际上，1928 年丁玲《莎菲女士的日记》发表以后，已经标志着"五四"恋爱小说模式的彻底终结，而庐隐仍然念兹在兹，就难免招致"庐隐的停滞"②的批评。客观来说，庐隐带有"自叙传"色彩的感伤恋爱小说，尽管有时的确显得重复和滥情，但也在不断走向纯熟，体现了庐隐最为鲜明的创作个性。况且，庐隐也并非一成不变的作家，她更大的开拓体现在后期以大革命、"九一八"事变以及"一·二八"淞沪抗战等重大社会事件为背景的革命题材创作上。

① 庐隐：《女人的心》，《庐隐全集·第五卷》，福州：福建教育出版社 2015 年版，第 139 页。
② 未明（茅盾）：《庐隐论》，《文学》1934 年第 3 卷第 1 期。

第二节　庐隐后期的创作新变

庐隐后期的革命题材创作至今还没有得到学术界的足够重视。在一般文学史的叙述中，庐隐往往被阐释成一个远离时代风暴、专注于表现个人内心、以书写"自叙传"小说著称的"纯五四"①女性作家。同时代的茅盾曾评价庐隐是"五四的产儿"，他认为"我们现在读庐隐的全部著作，就仿佛再呼吸着'五四'时期的空气"，并将庐隐在"五四"落潮多年后仍不断书写"五四"女性恋爱问题的现象称为"庐隐的停滞"。②1980年代，首次运用女性主义理论系统研究中国现代女性文学的孟悦、戴锦华延续了茅盾的评价，她们同样认为，庐隐"生于五四时代的黎明，死于五四时代的黄昏"，"她一生与她全部作品凝聚了少年中国第一代女儿的全部力量、欢乐、痛苦与迷惘"。③这些经典性的结论深刻影响了后来的庐隐研究。后起的研究者大多围绕庐隐作品中的苦闷心理、女性意识、感伤基调或者主观抒情特征等方面展开，基本没有离开"五四"的阐释空间。然而，近年来随着《庐隐全集》的整理出版以及更多庐隐佚文的发掘，不难发现，自1927年大革命失败以后，庐隐的诸多创作已经离开了"五四"的范畴，转而表现大革命、"九一八"事变、"一·二八"淞沪抗战等重大社会事件，进而形成了新的美学风格。由此可见，除了"五四"的个性解放之外，"革命"也是庐隐创作的重要命题，而学术界对庐隐这一部分作品的研究显然还远远不够。

诚如研究者所说，庐隐是"五四的女儿"，她的精神血脉无可争议是"五四"个性主义与人的解放。但必须厘清的是，"五四"对于庐隐而言，从根本上说意味着一种精神资源和文学观念，而不是时间上的取材范围，更不是束缚庐隐创作视野、导致庐隐写作"停滞"的窠臼。实际上，随着大革命的失败和革命文学运动的兴起，"五四"人文主义的精神立场并没有妨碍庐隐对革命题材的介入，相反却为庐隐理解革命与革命文学提供了独到的视角。"五四"精神的赓续，使庐隐在宏大的革命洪流中关注个人，尤其是知识女性

① 钱理群、温儒敏、吴福辉:《中国现代文学三十年(修订本)》,北京:北京大学出版社1998年版,第61页。

② 未明(茅盾):《庐隐论》,《文学》1934年第3卷第1期。

③ 孟悦、戴锦华:《浮出历史地表——现代妇女文学研究》,郑州:河南人民出版社1989年版,第30页。

的内心与命运，自觉规避了早期革命文学普遍存在的宣传口号化倾向，从而在粗粝的暴力美学中融入了一种感伤细腻的抒情风格。

一、庐隐：革命的"同路人"

作为"五四"第一代女性作家，庐隐没有像第二代的丁玲、萧红那样走上革命道路或投身左翼文学运动，但这也并不意味着庐隐能够在席卷全国的革命风暴中置身之外。庐隐是著名中国共产党人李大钊的学生，她在女高师读书时得到李大钊的深刻教导，终其一生对李大钊保持着高度的敬仰。1927年4月28日，李大钊被奉系军阀张作霖以"赤化"罪名杀害于北京。根据王国栋的考证，李大钊被绞杀当天，庐隐就曾强忍悲痛慰问李大钊家属，并与李大钊夫人赵纫兰一起收敛烈士遗骸。[①] 在散文《吊英雄》、诗歌《英雄泪》、日记体长篇小说《孤雁》、短篇小说《壮志长埋》等一系列作品中，庐隐曾深情回忆恩师李大钊（文中用化名）对自己的深刻影响，控诉反动军阀对进步人士的残酷迫害。由此可见，庐隐内心是十分支持革命运动的，并且她的支持是出于一种朴素而真切的个人情感，换言之是一种匡扶正义、同情底层、要求改造不合理社会的感性心理，而没有左翼理论家所要求的自觉的"无产阶级的阶级意识"。[②] 正因如此，庐隐尽管从创作伊始就不断书写社会的苦难，后期更直接批评国民党积极剿共、消极抗日的卖国政策，但她一生未曾参加任何党派或者带有政治色彩的文学组织，始终保持着自由作家的身份。如果说丁玲通过接受马克思列宁主义阶级理论和参加革命实践，最终转变成为"苣命人"[③]，那么庐隐则始终是革命的"同路人"[④]。

"五四"时期，庐隐受到了多种带有社会主义色彩的政治思潮的影响。庐

---

① 参见王国栋：《庐隐正传》，《庐隐全集·第六卷》，福州：福建教育出版社 2015 年版，第 167 页。

② 李初梨：《怎样地建设革命文学》，《文化批判》1928 年第 2 期。

③ 鲁迅：《革命时代的文学——四月八日在黄埔军官学校讲》，《鲁迅全集·第三卷》，北京：人民文学出版社 2005 年版，第 437 页。

④ 文学批评中的"同路人"概念，来自苏联政治家托洛茨基的《文学与革命》，原意是批评十月革命前后活跃于苏联文坛的一批同情革命但又没有从马克思主义观点理解革命的作家，如克留耶夫、叶赛宁、谢拉皮翁兄弟等。参见 [苏联] 托洛茨基著、刘文飞、王景生、李耶译：《文学与革命》，外国文学出版社 1992 年版。本书在宽泛意义上使用同路人的概念，指代在中国现代革命中虽然不了解马克思列宁主义、没有十分自觉的无产阶级意识，也不曾加入任何革命组织，但始终同情革命、支持革命的知识分子。

隐在回忆自己的女高师生活时，曾提到自己阅读"安那其的无政府主义的书"，加入社会改良会以后还经常阅读"社会主义的书"。①从庐隐同期的创作和后来的人生选择来看，所谓"社会主义的书"并不属于马克思主义的科学社会主义，而主要包括武者小路实笃的新村主义、克鲁泡特金的无政府共产主义、基尔特社会主义等等。这些思潮在"五四"时期都曾以社会主义的面貌广泛传播，将它们统称为社会主义的并不只庐隐一人，而是"五四"时期诸多进步知识分子的普遍认知。其中，无政府主义思潮直接影响了庐隐早期的小说创作。例如 1922 年的小说《一个女教员》，庐隐特意指明女教员是社会党的成员，中国社会党正是民初由江亢虎建立的一个具有浓厚无政府主义色彩的政党。女教员在得知社会党首领伊立被捕以后，果断放弃投身教育的梦想，怀着"匈奴未灭，何以家为"的信念跟随同志们到广东去，为消除中国"政治的腐败""权奸的专横"而奋斗，其实质是一种无政府主义式的革命行动。

《或人的悲哀》中，亚侠异常混乱又不可调和的思想矛盾，也远非个性主义能够囊括。亚侠实际上是一个无政府主义者，她曾想投身革命党，却不为家庭允许。亚侠在日本时曾去拜访一个社会主义者（从其思想来看是无政府主义者），遇到警察盘问时恨不得用手枪，把"那几个借强权干涉我神圣自由的恶贼的胸口"②打穿。在与这位"社会主义者"交谈之后，亚侠的想法是"只想用弹药炸死那些妨碍人们到光明路上去的障碍物"。③这种狂热的思想，正来自以暗杀等激烈革命手段除强权、争自由的无政府主义派。亚侠最后的自杀，从根本上说是由于无政府主义乌托邦理想的无法实现所导致的极度虚无与厌世情绪。

说明无政府主义对庐隐早期创作的影响，并非要指认庐隐是一个无政府主义者。实际上，对"五四"时期各种带有社会主义色彩的政治思潮，庐隐根本无法分清，也谈不上信仰，但这些"泛社会主义思想"却有助于庐隐形成一种同情民众、反抗强权与压迫的平民意识。革命恰恰意味着对不合理现实的反抗与彻底改造。因而，庐隐不可避免地对革命具有天然的好感。对于

---

①　庐隐：《庐隐自传》，《庐隐全集·第六卷》，福州：福建教育出版社 2015 年版，第 63～65 页。

②　庐隐：《或人的悲哀》，《庐隐全集·第一卷》，福州：福建教育出版社 2015 年版，第 227 页。

③　庐隐：《或人的悲哀》，《庐隐全集·第一卷》，福州：福建教育出版社 2015 年版，第 228 页。

革命文学，庐隐的态度则较为复杂。从根本上说，庐隐认同革命与文学的有机关联，认为社会的剧烈变动有利于伟大文学作品的产生。1927 年，轰轰烈烈的大革命失败以后，社会形势的急转直下导致革命对文学的影响已经成为不容回避的话题。在同年 5 月一场题为《文学与革命》的演讲中，庐隐从强烈的感情与对社会的反抗两个层面，将文学与革命视为同源性产物，更进一步论证文学与革命是因果关系，"文学作品往往可以启发一般人对于现实生活的不满，而发生革命的动机"。① 庐隐的观点并非首创，而是直接来源于"五四"时期的文学研究会。早在 1921 年，郑振铎就提出："革命天然是感情的事……文学是感情的产品……革命就是需要这种感情，就是需要这种憎恶与涕泣不禁的感情的。所以文学与革命是有非常大的关系的……"② 由此可见，即使是在 1927 年以后"从文学革命到革命文学"③ 的急剧转变中，庐隐秉持的依旧是"五四"时期的"社会改造"思想和"为人生"的文学理念，而没有掌握崭新的无产阶级革命理论，这也决定了庐隐的革命题材创作在 20 世纪 30 年代的革命文学中必然处于边缘地位。

1928 年，革命文学运动正式拉开大幕。在日本福本和夫"分离·结合"④ 理论的影响下，以后期创造社、太阳社成员为首的革命文学倡导者，以严厉清算"五四"新文学，攻击鲁迅、茅盾、周作人等著名新文学家为突破口，有意制造革命文学与"五四"文学的"裂变"，提出"一切的文学，都是宣传"⑤，甚至要求文学做革命的"留声机器"⑥，从根本上抹煞了文学的艺术独立性。对此，深受"五四"新文学滋养的庐隐自然无法保持沉默。1929 年，庐隐从自己创作经验出发，对早期革命文学的宣传口号化、肤浅粗疏的弊病提出严厉批评。"就是一般人，所呼号的文学应有主义，文学应当加上革命的头衔，使凡作家都困顿于这种时代趣味之下，满纸都只是造作的不真实的痕迹……"⑦ 对此，庐隐针锋相对地指出，文学创作的动机只能是"为了表现我自

① 庐隐:《文学与革命》,《庐隐全集·第二卷》,福州:福建教育出版社 2015 年版,第 228 页。

② 西谛(郑振铎):《文学与革命》,《时事新报·文学旬刊》1921 年 7 月 30 日第 1 版。

③ 成仿吾:《从文学革命到革命文学》,《创造月刊》1928 年第 1 卷第 9 期。

④ 王志松:《"福本主义"与日本无产阶级文学运动》,《日语教育与日本学研究论丛》2006 年第 3 辑, 第 203 页。

⑤ 李初梨:《怎样地建设革命文学》,《文化批判》1928 年第 2 期。

⑥ 麦克昂(郭沫若):《英雄树》,《创造月刊》1928 年第 1 卷第 8 期。

⑦ 庐隐:《文学家的使命》,《庐隐全集·第三卷》,福州:福建教育出版社 2015 年版,第 30 页。

己的生命而创作"①。她以"人力车夫"以及易卜生《傀儡家庭》为例，明确指出文学创作只有忠实于作者内心，真实呈现了作者的生命体验，其蕴含的个人情感才能与人类共有的情感沟通，从而产生打动人心的力量。归根结底，庐隐是站在"五四"文学的立场上捍卫文学的自由、独立精神，反对文学沦为政治的附庸。因此庐隐后期的创作尽管在题材上与左翼文学相似，但仍然保持了一以贯之的精神立场和个人风格。

二、从"五四女性"到"革命女性"

　　"五四"以来，庐隐小说中的主人公，主要是追求自由恋爱而不得，故而悲哀痛苦的"五四"知识女性，她们大多是校园里的女学生或者刚刚毕业的女教师，生活内容不外乎读书、恋爱等等。1924 年国民党改组以后，随着国民革命的席卷全国，一大批在"五四"新文化滋养下成长起来的青年学生投身革命运动。对于"五四"女性而言，革命也给这些"出走的娜拉"提供了第三条路，诞生了像谢冰莹、白薇这样亲身参加北伐战争的女兵及革命女作家。1927 年，国民党右派的反共清党导致大革命在高潮中走向失败。至此，"中国社会力量发生了急剧的分化，中国革命的性质发生了深刻的变化，中国共产党从此独立地承担起了领导中国资产阶级民主革命的历史使命"②。中国社会形势的急剧变化，也直接促使"五四"时期依靠学院、文学社团、同人刊物等构成的相对封闭的文学场域被打破，新文学家从"象牙之塔"走向"十字街头"，在极度的彷徨迷惘中，试图重新面对与阐释全然陌生的中国社会。在此背景下，庐隐的创作中也悄然出现了一批与以往"五四"知识女性既延续又有所不同的"革命女性"形象。

　　庐隐首先尝试书写的革命女性，是晚清真实的历史人物秋瑾。发表于1927 年 6 月的《秋风秋雨愁煞人》，尽管取自历史题材，矛头所向却直指蒋介石"四·一二"反革命政变。与秋瑾留给后世的充满"男性"气概、英勇刚烈的形象不同，庐隐在很大程度上将秋瑾还原为一个普通的女性。起义活动暴露以后，秋瑾并没有留下来从容赴死，而是仓皇地逃到表妹凌峰家里寻

① 庐隐：《文学家的使命》，《庐隐全集·第三卷》，福州：福建教育出版社 2015 年版，第 23 ～ 24 页。
② 旷新年：《1928：革命文学》，北京：人民文学出版社 2017 年版，第 53 页。

求躲避。被清兵抓获以后，狱中的秋瑾给将自己抚养长大的舅父舅母寄来了字字泣血的绝笔信，表达自己再也无法赡养双亲的歉疚与遗憾。在刑场上，卢隐更着重描绘了秋瑾血红的眼泪和对亲人的无限不舍，营造出一种极为感伤凄哀的氛围。秋瑾牺牲以后，虽然很快爆发了辛亥革命，但民主共和的理想并没有实现。十几年后，凌峰看到的依旧是国势颓唐，生灵涂炭。连年的军阀混战、专制倾轧，早已将秋瑾"拼将十万头颅血，须把乾坤力挽回"的梦想撕得粉碎。面对秋瑾的陵墓，凌峰只感到悲绪潮涌，心魂凄迷。

秋瑾是辛亥革命前女子救国热潮中涌现出的标志性英雄人物，但从女性主义视角来看，晚清的"女子救国论"在根本上是由男性建构、带有浓厚男权意识形态的"男性狂想"。当时诸多描写女革命党人的文学作品如《东欧女豪杰》《女娲石》《孽海花》等等，为了迎合"红颜要带血光看"的时代情绪，往往通过对法国罗兰夫人、俄国虚无党苏菲亚等西方女杰故事的沿用与改写，将女性救国的能力夸大到荒诞的程度，成为现实女性无法承受之重。卢隐对秋瑾的重新书写，在一定程度上正是用真实的女性经验为晚清以来由男性建构的"女革命党人"神话祛魅。

以此视角观照卢隐笔下的革命女性不难发现，她们虽然已经离开学校、置身于全国各地的革命机关，但依旧延续着卢隐前期"五四"知识女性敏感脆弱的性格，以及矛盾纠结的精神世界。与茅盾《蚀》三部曲中的慧女士、孙舞阳、章秋柳，蒋光慈《冲出云围的月亮》中的王曼英不同，革命并没有赋予卢隐笔下的革命女性近乎夸张的超能力，反而给她们带来了更大的精神痛苦。《风欺雪虐》中的梅痕，父母早亡，家园被兵匪毁掉，未婚夫也移情别恋，绝望的梅痕参加革命而去，似乎符合早期革命文学中"恋爱不成转而革命"[1]的公式。然而，在革命队伍中，梅痕看到的依旧是恃强凌弱、尔虞我诈，终于对人生彻底失望。从梅痕最后留给朋友的信件可知，她可能已经死在了枪林弹雨里。卢隐对大革命的悲观由此表露无遗。小说《曼丽》中，天真烂漫的曼丽满怀着舍身救国的壮志豪情参加革命，却被妇女机关贪图享乐、借孔敛财的乱象弄得怀疑人生，最后病倒住院。

发表于1933年的《歧路》，更是对革命党内部放纵逸乐、玩弄女性等不良风气的血泪鞭挞。小说主人公张兰因本是一个天真纯洁的女学生，就读中

---

① 程鸿彬：《作为文学接受现象的"革命＋恋爱"（1928—1933）》，《现代中文学刊》2019年第4期。

学一年级时，北伐军打到了她的家乡。长相出众又思想活跃的张兰因很快参加了革命，并被派到武汉训练部工作。为此，张兰因不惜与思想保守的父母决裂。然而，革命机关充斥的不是紧张的革命气氛，而是疯狂的恋爱游戏。正如茅盾《幻灭》中参加大革命的静女士的亲身感受："单身的女子若不和人恋爱，几乎罪同反革命——至少也是封建思想的余孽。"① 比起"五四"个性主义思潮，革命风暴对青年男女传统思想的扫荡可谓更加彻底，但社会却并没有为彻底解放的女性提供足够的生存空间。张兰因和党内同志王子青恋爱，两人发生关系后，王子青即逃之夭夭。被困在旅馆的张兰因成为弃妇，无家可回，也远离了革命队伍。一年后，妇协委员肃真再次见到张兰因时，张兰因已经在旅馆老板的威逼利诱下沦落为娼。一个怀着崇高理想参加革命的女学生，竟然落得这样的结局，怎不令人触目惊心！通过对革命女性悲剧命运的呈现，庐隐再次揭示了宏大的时代解放口号与个体女性真实困境的巨大落差。尽管社会的主流话语由个性解放变成了阶级、民族解放，不变的依旧是女性被侮辱被损害的命运，女性解放再次成为一个空洞的能指。

同时，庐隐也以女性作家的敏感较早触及了现代革命中女性话语与革命话语的冲突地带。发表于 1929 年的三幕剧《冲突》，是庐隐一生为数不多的戏剧作品。剧作中，某党部的女党员朱丽芬与"敌党"首领汪大元是一对恋人，并已定下婚约。然而党部主席在获悉汪大元手握"祸国殃民的计划"之后，果断要求朱丽芬利用恋人身份盗取汪大元的文件。朱丽芬为此陷入激烈的思想斗争之中。朱丽芬的矛盾实际上依旧是庐隐笔下"五四"女儿"智情之战"的延续，只是此时"理智"的内容从封建势力变为了现代民族国家，具有了无可置疑的正义性。在哥哥朱又新的不断劝说下，朱丽芬终于决定舍弃爱情，利用汪大元办舞会的机会盗取了机密文件。为此，朱丽芬受到汪大元的严厉质问。当汪大元对朱丽芬举起手枪时，背后的朱又新枪杀了汪大元。最终，朱丽芬主动为哥哥顶罪被警察抓走。

朱丽芬的形象，正像拉夫列尼夫《第四十一个》中的玛柳特卡、茅盾《腐蚀》中的赵惠明一样，是一个陷入恋爱与革命、个人与集体、人性与党性二元冲突之中的"分裂型"女性。庐隐的女性立场，又使她在不自觉中触及了更深层次的性别议题。对朱丽芬决定牺牲恋爱时的癫狂，以及在恋人死后

---

① 茅盾:《幻灭》,《茅盾选集·第二卷》,成都: 四川人民出版社 1982 年版,第 65 页。

再也无法独活、只求速死心理的细致表现，隐含了庐隐对党部主席等男性革命者以民族国家的名义征用女性身体并且最终造成朱丽芬悲剧结局的不满。这种现代革命中女性身体与民族国家话语的冲突与分裂，在后来萧红的《生死场》、丁玲的《我在霞村的时候》中具有更加深刻的呈现。对此，很多女性主义学者也已经有过精彩的探讨。[①]

但从根本上说，在庐隐看来，民族国家仍具有将个人的所有矛盾痛苦统统化解于无形的巨大整合力。尤其是在国势危急、救亡图存的国难关头，个人的利害得失必将显得极为渺小。因而，庐隐往往用"为国捐躯""国家的正义"等宏大词汇，来最终解决她笔下革命女性的种种情感冲突。1933年的小说《一个情妇的日记》，将这种以民族大义化解儿女私情的方法演绎到了极致。女主人公美娟虽然换上了某党部委员的"革命外衣"，但她每日的生活内容，却是陷入与有妇之夫仲谦之间缠绵悱恻的婚外恋里无法自拔，并因得不到仲谦的爱情而伤心难过、自悲自悼。直到有一天美娟听到从东北归来的某同志，述说东北同胞在枪林弹雨中的苦苦挣扎以及敌人的种种暴行之后，终于羞愧于自己只懂得追求个人解放而忘记了民族国家，因而她决定跳出恋爱的羁绊，奔赴前线做一名看护妇。离开之前，美娟还用鲜血写下了一封"血书"留给仲谦，以示自己为国家献身的决心。结尾处，美娟所有难以化解的矛盾痛苦，都在民族国家立场上得到了消解。这样的安排，尽管显得过于浪漫与简单，但也体现了庐隐单纯而真诚的民族情怀，在"九一八"事变以后民族危机空前严峻的背景下，也是无可厚非的。

三、从"社会问题"到"抗战救亡"

在庐隐的创作中，还有一条与女性恋爱题材并行不悖的线索，那就是对社会问题的关注。创作后期，随着大革命的失败、济南惨案以及"九一八"事变的爆发，庐隐逐渐从抽象地暴露社会黑暗，转变为明确指责日本帝国主义的侵略行径以及国民党当局的倒行逆施。1928年5月济南惨案发生后，庐

① 相关成果参见刘禾著，宋伟杰等译：《跨语际实践：文学，民族文化与被译介的现代性（中国：1900—1937）》，北京：生活·读书·新知三联书店2008年版；梅兰、岁涵：《女性和民族国家的同一与冲突——以〈我在霞村的时候〉和〈色，戒〉为例》，《长江学术》2011年第4期。

隐对国民党右派积极反共清党、消极抵御外侮的行径予以痛切指责。"现在的中国，真是支离憔悴，令人不忍深说，土地被列强割得东零西落，主权被人剥夺尽净，这重重的耻辱压迫得我国民，不能抬头，简直等于亡国，这是多么伤心的事情！但是最伤心的是国家已经到了千钧一发的地步，而同胞尚梦不醒，兄弟阋墙，同室操戈，不但不解倒悬之危，反授人以攻击的余地，唉，同胞！"[①] 此时，国民党高层还将济南事变视为偶然之举，对日本帝国主义仍然抱有幻想。庐隐却无比敏锐地指出："这次的济南的问题，绝不是局部的问题，将来权利冲突的结果，有惹起第二次世界大战的可能。"[②] 进而，庐隐大力呼吁国内息争，一致对外。几年后，抗日战争的爆发的确证明了庐隐的预言。

1930 年后，庐隐还写下了一系列作品，揭露在南京国民政府统治之下底层民众的悲惨生活以及弥漫全国的残酷白色恐怖。小说《水灾》中，王大的妻子和儿子都被洪水卷走丧生，政府没有给遭灾的百姓任何救济，王大也在极度痛苦中失去了生命。《灾还不够》《代三百万灾民请命》等，更以杂文的形式，指责政府官员在数百万人受灾的形势下，不仅不积极赈灾，反将民众的捐款装入私囊，大发国难财。在此，庐隐深刻揭示了国民党政府普遍存在的严重贪污腐败现象，预示了国民党被人民抛弃的必然结局。尤其是继胡也频被国民党杀害以后，1933 年丁玲也在上海寓所被国民党特务绑架，当时传闻丁玲已经遇害，为此庐隐悲愤地写下杂文《丁玲之死》，对国民党肆意屠杀左翼人士的行径予以强烈声讨。庐隐不曾理解无产阶级革命理论，因而也基本没有表现工人运动、农村阶级斗争的"正宗"左翼文学创作，但庐隐对南京国民政府的彻底失望，以及要求停止内战联合抗日的主张，已经与中国共产党及左翼人士站在了同一战线。

庐隐生命的最后几年，一直生活在上海。"九一八"事变后日本不到四个月占领东北三省，侵华野心极度膨胀，1932 年 1 月日军突然进攻上海，遭到了十九路军的顽强抵抗，"一·二八"淞沪抗战由此爆发。身在上海的庐隐，不仅亲历了战争，更亲自前往前线采访抗战官兵，积累了宝贵的第一手资料。1932 年 4 月，庐隐发表了短篇小说《豆腐店的老板》。小说通过对豆

① 庐隐：《雪耻之正当途径》，《庐隐全集·第二卷》，福州：福建教育出版社 2015 年版，第 401 页。

② 庐隐：《雪耻之正当途径》，《庐隐全集·第二卷》，福州：福建教育出版社 2015 年版，第 407 页。

腐店小店主思想转变的细腻刻画，见微知著地呈现了帝国主义压迫下中国最底层民众逐步觉醒的抗战救亡意识。1932 年夏，庐隐在占有大量真实资料的基础上，开始奋力写作长篇小说《火焰》，并且进行了一年多的反复修改，直到 1934 年去世。

《火焰》是一部全面反映"一·二八"淞沪抗战的具有史诗性追求的抗战文学精品。庐隐通过十九路军战士陈宣的视角，不仅记录了侵华日军残杀中国百姓、虐杀妇女儿童的滔天罪行，也呈现了中国军队视死如归、艰苦抗战的英雄主义精神。艺术风格上，《火焰》以一种震撼人心的悲壮美学，取代了庐隐前期小说优美纤弱的文风，但庐隐擅长人物内心刻画、情景渲染的特点同样展现无遗。在宏大的战争进程中，庐隐尤其注重表现战争中的个体，通过在小说中多处插入书信和心理独白，以第一人称表现了战士们丰富的内心世界。陈宣和他的四个战友张权、谢英、黄仁、刘斌，也正像《海滨故人》中的"露沙们"一样，他们正值美好的青春年华，还带着稚嫩的学生气。为了保家卫国，他们不得不硬起心肠，在战场上与敌人浴血厮杀，直至献出生命。小说结尾，陈宣失去了左腿，他的战友们也一个接一个地牺牲了。尤其可贵的是，庐隐以特写的镜头展现了伤兵医院中战士们临死前"凄楚的微笑""亮晶晶的眼睛"，以及嘱托战友将手中的戒指交给远方的妻子，继而带着对亲人的无限眷恋离开人世的悲剧画面，令阅读到此处的读者很难不心碎落泪。

尤其令人称道的是，在《火焰》中庐隐表现重大社会事件的能力已经相当成熟。小说既正面展现了战场上紧张的战斗场面，又不时穿插战争稍歇时后方战士们的个人生活，把数十天的战争描写得有张有弛、扣人心弦。同时，庐隐也非常擅长运用对比的手法。首先是中日军队的对比。无论是士兵数量还是武器装备，日军都占有压倒性优势。十九路军不仅兵力不足，武器更匮乏到需要战士们用香烟罐子制作地雷，甚至冒着火力到敌营抢夺枪支弹药。在这种情况下，十九路军几乎是以血肉之躯抵抗日军进攻，死伤无比惨重。但即便如此，战士们依旧积极乐观，斗志昂扬，即使躺在后方的病床上，也热切期待着重回战场。其次是抗战官兵与国民党高层的对比。十九路军为了民族的安危浴血奋战，而国民党当局却把重心放在"剿共"，对日本帝国主义及国联仍然抱有幻想。为了与日本和谈，国民党当局多次对十九路军下达退却令，导致抗战失利，激起了战士们的无比愤慨。如此强烈的对比，表达了庐隐对无视国家利益的国民政府的彻底失望。

最后，庐隐深刻揭示了中国抗日战争之"全民抗战"的性质。十九路军誓死保卫上海，上海民众也以极大的热情支援抗战。各行各业的民众，小市民、小商贩甚至舞女都纷纷捐款捐物。小学生到医院慰问受伤的士兵，家人被杀害的妇女用手榴弹炸死敌人，司机胡阿毛将载有日本兵的车辆开到黄浦江里同归于尽……由此可见，庐隐已经充分认识到了民众的力量，因而她才能够紧紧抓住中国抗战的核心要素，极力展现中国人民不屈不挠、誓死抗战的决心和巨大的民族凝聚力，使得整部小说有条不紊，重点突出，取得了极高的艺术成就。总之，《火焰》这部现实主义长篇小说，气势恢宏，细节生动，无论对于庐隐，还是对中国整个抗战文学，都是一个重要的收获。如果天假之年，在后来的全民族抗战中，庐隐还可以贡献出更多的文学精品。只是天妒英才，由于难产，庐隐的生命在1934年5月永远画上了休止符，连《火焰》这部作品也是在庐隐去世后才整理出版完整的单行本。庐隐的文学探索不得不就此中断，何其痛哉！

庐隐是"五四的女儿"，并不是说庐隐一直局限在"五四"女性的婚恋题材里停滞不前，而是意味着庐隐始终以"五四"的精神立场介入社会现实，以"五四"的精神资源书写动荡复杂的中国社会。尽管以书写"五四"女性的恋爱苦闷心理和"自叙传"小说闻名于世，但她的创作远远不止于此。从"五四"开始，庐隐就一直关心民瘼、书写底层苦难，强烈要求改造不合理的社会现实。大革命失败以后，随着中国社会形势的急转直下，庐隐更加注重摄取重大社会事件，以女性的敏感书写纷繁复杂的革命运动，并且最终在抗战文学的大潮中完成了自身的超克。辨析庐隐创作的"常"与"变"，不仅有助于我们全面把握庐隐写作的丰富向度，更为我们以更加历史化的思维重新理解"五四"文学与革命文学、女性话语与民族国家话语、革命与性别等20世纪重大文学文化命题提供了新的参照点。

第四章
其他现代闽籍女作家

　　在中国现代女性作家群中，闽籍女作家可以说是星光熠熠，不仅有庐隐、冰心、林徽因这样家喻户晓的著名作家，更有无数颇具才华与个性的"小众作家"。这些"小众作家"既有与庐隐、冰心同时代但创作不多的"五四"第一代女性作家王世瑛、程俊英、高君箴等，也包括更为年轻、身份也更为多元的艾霞、莫耶、蓝馥心、白塔等，尽管时代不同，境遇各异，但她们的写作称得上现代意义上的女性写作，是现代时期福建文人文化的女性脉络的重要组成部分。

第一节　王世瑛、程俊英和高君箴

一、王世瑛

　　王世瑛（1897—1945），笔名一星，福建福州人。1922 年毕业于北京女子高等师范学校国文部，获得学士学位。王世瑛是"五四"第一代女作家，也是中国第一代女大学生，大学期间还曾担任学生自治会主席，投身新文化运动。创作方面，王世瑛虽然作品不多，但她大胆的文学尝试却典型地体现了"五四"新女性与文学之间天然的亲和力。她的小说《不全则无》等，较早表现了中国现代女大学生的生活，对于了解中国现代女性教育具有重要价值。代表作有小说《不全则无》《出洋热》，游记《旅行日记》等。①

　　王世瑛是中国"五四"新文化运动中走出的第一代女性作家，也是庐隐小说《海滨故人》中女大学生云青的原型人物。在女子高等教育尚未普及，女性作家更是屈指可数的"五四"时代，就读于北京女高师的王世瑛，与她的同学冰心、庐隐、冯沅君、苏雪林等人一起活跃于文坛，发表了多篇新文学作品。王世瑛尽管写作时间较短，创作数量不多，但具有开风气之先的历史作用。

　　王世瑛曾入读福建女子师范学校，与冰心是感情甚笃的同学。1917 年至 1922 年，王世瑛就读于北京女子师范学校以及升格后的北京女子高等师范，成为现代中国的第一代女大学生。"五四"运动中，王世瑛担任女高师学生自治会主席，与同学们一起参与反帝国主义的游行示威以及驱逐保守校长的运动，留下了人生中最为光辉的一页。在大学里，王世瑛与庐隐、程俊英、陈定秀感情最为要好，结为"四公子"。1919 年，在教师陈中凡主持下，女高师学生成立了文学社团"北京女子高等师范文艺会"，并创办《文艺会刊》，王世瑛在该刊发表过一些研究古典文学的学术性文章、时事杂感和少量旧体诗词。1921 年，王世瑛加入文学研究会，成为文学研究会第一批会员中极少的女性会员之一。同年，王世瑛以"王世瑛女士""一星女士"等名字，先后在文学研究会机关刊物《文学旬刊》发表 5 篇白话小说，并在《小说月报》发表创作谈《怎样去创作》。

　　王世瑛的小说创作虽然很少，但非常能够体现新文学初创时期的特色。王世瑛认为，小说创作"最好是就平常生活中取材料——常人所注意不到底，经文艺写出，却都有至情至理发现出来……"②。《心境》《不全则无》《出洋热》都取材于普通青年学生的学习、情感生活。《心境》表现了一个男青年等待朋友来信时的焦灼痛苦以及愿望达成后的欣喜若狂，体现了刚刚获得自我意识的"五四"青年极度渴望爱与理解的孤独的内心。令人称道的是，王世

①　王世瑛生平参见蔡登山：《消失的虹影》《海滨有故人——记王世瑛与郑振铎的初恋情缘》，《消失的虹影——王世瑛文集》，台北：秀威资讯科技股份有限公司 2006 年版，第 11 ～ 37 页；王翠艳：《王世瑛：昙花一现的文学研究会女作家》，《女子高等教育与中国现代女性文学的发生——以北京女子高等师范为中心》，北京：文化艺术出版社 2007 年版，第 133 ～ 137 页。
②　王世瑛：《怎样去创作》，《小说月报》1921 年第 12 卷第 7 期。

瑛将自然环境的变化与主人公内心的情感流动形成呼应,以环境的变化烘托人物心情的转变,体现了较强的心理描写能力和良好的古典文学素养。《出洋热》表现一个生性好强的女大学生因为没有成功留学而产生的悲观失望心理,作者始终聚焦人物的内心,将该女生意识流一般的心理活动描绘得极为细腻。《不全则无》则是王世瑛以自己的大学生活为原型,描写四个女大学生中因、露莹、淑珍、天啸之间的情感矛盾。她们常常因为一些极其细微的寻常小事争风吃醋,吵嘴不断。这篇小说从平凡琐屑的日常生活入手,真实地描写了女高师的学生生活以及大学女生之间的微妙情感,带有明显的"五四"女学生写作的气息,在题材上接近于庐隐的成名作《海滨故人》。但比起庐隐对女性情谊的赞誉和无限推崇,《不全则无》却较多呈现了朝夕相处的女学生之间的情感矛盾,甚至相互绝交的过程,对于"五四"时期一部分女学生狭小的生活天地和封闭的情感世界是有所反思的,从这个意义上说这篇小说的实质倒更接近于"五四"第二代女性作家丁玲用以拆解"女性情谊"的小说——《暑假中》。

除此之外,王世瑛还创作了两篇带有"问题小说"色彩的作品。《二百元》描写富户家里的一个老实听差卷款逃走的故事。从来不被当人看的仆人老高,经过剧烈的思想斗争之后,决定不再遵守上等人给下等人制定的奴隶道德,带着从未见过的"巨款"也是就陈姑太太打牌用的二百元钱远走高飞。老高逃走以后主人立刻报警追索,但主要目的并不是追回钱款,而是不能便宜了老高。在此,王世瑛讽刺了贫富分化的阶级社会里上等人的虚伪无情,站在平民主义的立场上支持弱者的反抗,因而安排了老高成功逃走且音信杳无、主人气急败坏亦无可奈何的结局。《苦女儿》则以第一人称的视角,描写"我"家后院的一对自幼丧母的姐妹极其悲惨的命运。小妹妹8岁时,母亲去世,姐姐被送到婶娘家当童养媳。小妹妹在继母的虐待下,不仅失去了读书识字的机会,最后竟然被毒打致死。全文笼罩着一种哀伤惨切的情感氛围,体现了王世瑛对底层人民悲惨生活的无限同情。1922年,王世瑛与庐隐、程俊英等女高师一届毕业班同学共同赴日本毕业旅行,在日本参观了多个地方,回国后发表了记录旅途见闻的《旅行日记》。《旅行日记》不仅以日记的形式真实记录了女高师学生在日本的旅行见闻,更包含了作者游历日本时的复杂心态,尤其是作为弱国子民的屈辱心理。这本旅行日记,语言洗练,情感真挚，视野也较为开阔，对于我们理解"五四"时期的日本文化、中日关系以及"五四"知识分子在异国的心态均有着重要的史料价值。

王世瑛就读女高师时曾与郑振铎相恋，但由于其父母嫌弃郑振铎家世不好，王世瑛也缺乏庐隐那样反抗礼教的勇气，两人最终劳燕分飞。郑振铎于1923 年与商务印书馆编译所所长高梦旦之女高君箴结婚，庐隐在小说《海滨故人》中记录了这段令人遗憾的爱情故事。1925 年王世瑛嫁与现代哲学家张君劢，婚后回归家庭，完全停止了文学创作。从王世瑛的思想来看，她尽管接受了"五四"新文化的洗礼，修读过李大钊"女权运动史"等课程，大学期间也颇为活跃，但其内心深处仍旧认为女性的最高天职在于相夫教子、主持家政。这种思想的矛盾性，在刚刚挣脱封建束缚的"五四"女作家群体中普遍存在。在日本旅行时，王世瑛看到日本的女子大学十分重视家政教育，竟感叹中国女子教育对家政强调不足，以至于中国女校各毕业生"徒具理论，没有实际"①，其想法对于中国近现代女学发展的趋势而言无异于一种倒退，体现了王世瑛思想的保守性。

毫不夸张地说，王世瑛正是冰心"新贤妻良母主义"的理想原型。她婚后完全放弃自己的文学创作、社会事业，将精力全部用于匡助丈夫、教养子女，甚至不顾自己身体状况多次生育最终因难产去世，这些都体现了一个女人的妻性母性。1945 年王世瑛去世以后，冰心在悼念王世瑛的文章《我的良友——悼王世瑛女士》中毫不吝惜地献上自己的赞美之词："她在家是个好女儿，好姐姐，在校是个好学生，好教师，好朋友，出嫁是个好妻子，好母亲，这种人格，是需要相当的忍耐和不断的努力，她以永恒的天真和诚恳，温柔和坦白来与她的环境周旋，她永远是她周围的人的慰安和灵感！"②冰心对王世瑛的评价不可谓不高，正如 1941 年在《悼沈骊英女士》中称赞沈骊英女士一样。沈骊英这位"极不平常的女子"，同样"以助夫之事业成功为第一，教养子女成人为第二，自己事业之成功为第三"。③冰心对既接受过新式教育

---

① 王世瑛：《旅行日记》，《消失的虹影——王世瑛文集》，台北：秀威资讯科技股份有限公司 2006 年版，第 94 页。

② 冰心：《我的良友——悼王世瑛女士》，《新编冰心文集（第二卷）》，北京：商务印书馆国际有限公司2008 年版，第 544 页。

③ 冰心：《悼沈骊英女士》，《新编冰心文集（第二卷）》，北京：商务印书馆国际有限公司 2008 年版，第523 页。

208 福建文人文化的女性脉络

又宜室宜家的"新贤妻良母"的推崇一以贯之，然而她并没有深刻指出要成为这样一个各方面都"好"的女人，对于一个女性而言需要付出怎样的牺牲。实际上，在民国众多女作家中，大多数人都需要在社会角色与家庭责任之间左冲右突，甚至付出生命的代价。这种女性社会角色与家庭角色的矛盾，一直是 20 世纪女性文学跨越时代的主题，也是一个无解的命题，在新时期以后谌容的《人到中年》、张欣辛的《在同一地平线上》《我在哪儿错过了你？》①再次引起历史回响。

二、程俊英

程俊英（1901—1993），福建福州人，作家，中国第一代女教授，著名古典文学学者。1922 年毕业于北京女子高等师范学校国文部，获得学士学位，毕业后担任校刊编辑兼国文教员。后历任上海大夏大学中文系教授兼系主任、上海市妇女联合会筹备委员会委员、华东师范大学中文系教授等职。她一生以中国古典文学研究为业，成果斐然，尤其在《诗经》研究方面造诣极高。新时期以来，年迈的程俊英坚持学术研究，培养学术人才，得到了古典文学研究界极高的评价。代表作有学术著作《诗经译注》，散文《忆庐隐》《忆雪林》，小说《落英缤纷》等。①

1901 年，程俊英生于福建闽侯县的一个翰林家庭，其父是近代著名学者、北大教授程树德，其母沈缇珉是清末福建女子师范学校的第一届毕业生，虽然在女性普遍没有就业权的年代只能做一个家庭主妇，但她独立自主的意识非常强烈，并将其毕生志愿寄托在女儿身上。因而，程俊英自幼便在其母亲激励下刻苦研读古文，养成了自立自强、绝不懈怠的性格。

程俊英在福建度过了童年时代，一生对福建怀有浓厚的感情。1913 年，程俊英随父进京，1917 年考取北京女子师范学校国文专修科。1919 年，北京女子师范学校升级为北京女子高等师范，程俊英在李大钊、陈中凡、胡小石等先进知识分子教导下阅读新文学刊物，积极参加"五四"运动，思想获

① 程俊英生平参见程俊英：《程俊英自传》，张素音：《怀念母亲——程俊英教授》，蒋见元：《追忆先师程俊英教授》，刘永翔：《程俊英先生小传》，戴从喜：《程俊英先生生平著述简表（初稿）》，均出自朱杰人、戴从喜编：《程俊英教授纪念文集》，上海：华东师范大学出版社 2004 年版。

得了极大的解放。程俊英虽然主张白话文，但不满于"两个黄蝴蝶，双双飞上天"之类的早期白话诗，认为其诗味不足，远远不及古典诗歌含蓄隽永，因而程俊英从大学时代即自觉投入古典文学尤其是《诗经》等古典诗歌的研究，为其学术生涯打下了坚实的基础。程俊英同级的同学还有后来的"五四"著名女作家庐隐、苏雪林、冯沅君、王世瑛等等。程俊英是女高师"四公子"之中年龄最小的"小妹妹"，也是庐隐《海滨故人》中宗莹的原型。1920年，程俊英参与了女高师学生集体策划的大型话剧《孔雀东南飞》的演出，因长相出众出演女主角刘兰芝，该话剧在当年引起了巨大轰动，多家报社报道了女高师演出的盛况。1922年，程俊英大学毕业，留校担任校刊编辑。1923年，程俊英与心理学教授张耀翔结婚，两人伉俪情深，相伴终老，程俊英也成为"四公子"中婚姻最幸福的一位。

程俊英一生以古典文学教学、研究为志业，曾先后在北京女子师范大学、上海暨南大学、大夏大学任教，中华人民共和国成立后担任华东师范大学中文系教授、副系主任，并且参加上海市妇联筹备工作，积极投身妇女解放事业。"文革"爆发后，程俊英遭受冲击，被迫退休。"文革"结束以后，欣欣向荣、百废待兴的时代风气再次激发了程俊英的学术热情，年近八旬的她应邀回到华东师范大学古籍所，孜孜不倦地注析古籍，修改旧稿，出版了《诗经译注》等高水准学术著作，在《诗经》研究界起到了无可替代的开拓性作用。同时，程俊英亦不顾年老体弱，坚持指导研究生，为古代文学、古典文献学领域培养了一大批优秀学人，其兢兢业业、一丝不苟的学术态度，诲人不倦、关爱学子的师者风范，赢得了学界和学生们的真切赞誉。

程俊英以文学研究为主业，其文学创作并不多，但她一系列怀念友人的纪实性散文写得情真意切、感人至深。尤其是新时期以来，耄耋之年的程俊英每每念及在女高师读书时的生活，想起风流云散、相继离世的"四公子"好友以及自己的师长李大钊等人，不胜唏嘘。在《"五四"时期的北京女高师》《回忆庐隐二三事》《回忆李大钊老师》《忆"五四"前后的冯沅君》等一系列回忆散文中，程俊英满怀眷恋地回望半个多世纪以前的学生时光，深情回忆了她与庐隐、冯沅君、王世瑛、郑振铎、李大钊等的交往和美好情谊。这些怀人之作饱含真情，字字珠玑，不仅是文学上的上乘之作，更为我们研究"五四"时期的历史人物提供了重要的参考资料。出于对"四公子"时光的无限怀念，1990 年，九旬的程俊英克服种种困难，依据"四公子"真实的生活经历，创作了《海滨故人》的续篇《落英缤纷》，这部小说在《海滨故人》的基础上进一步续写了露沙、云青、宗莹、莲玉等"五四"第一代知识女性曲折坎坷的婚恋经历，体现了一代"五四"女性充满希冀、挣扎与困惑的真实精神历程。其后，青年作家蒋丽萍与程俊英合作，重新整理、改写书稿。1993 年程俊英去世以后，蒋丽萍出版两人的合著《女生·妇人》，完成了程俊英多年的夙愿。2008 年，王安忆将这部长篇小说列入其主编的"白玉兰文学丛书"，给予了较高的评价和热情的推介。

三、高君箴

高君箴（1901—1985），字蕴华，祖籍福建长乐，出生于湖北汉口，1922 年毕业于上海神州女校。高君箴是中国现代较早致力于童话创作与翻译的女作家，在中国儿童文学刚刚起步的年代具有重要的开拓之功。代表作有童话译著《天鹅》（与郑振铎合译），著名儿童文学作家叶圣陶曾给予该书较高的评价。同时，高君箴也是郑振铎最为得力的助手，她的辛勤工作，促成了郑振铎《文学大纲》等多部经典学术著作的完成与出版。①

高君箴出身书香世家，是商务印书馆元老高梦旦的幼女，不仅古典文学功底深厚，英文水平也相当高。受家庭教育的影响，高君箴自幼对儿童文学情有独钟，成年后一直致力于童话的创作与译介。1922 年，高君箴在郑振铎主办的儿童刊物《儿童世界》发表了第一篇童话作品《怪戒子》，讲述了一个王子因为做了恶事被仙女惩罚变为怪兽，后来真心悔过，不断帮助他人最终得到仙女谅解重新变回王子的故事。这篇童话想象力丰富，故事曲折离奇，语言流畅优美，也非常能够引导小读者树立惩恶扬善的人生观。其后，高君箴以《儿童世界》《小说月报》等杂志为阵地，接连发表了《河马幼稚园》《熊的粥》《白雪女郎》等童话创作以及《缝针》《天鹅》等翻译作品，成为

① 高君箴生平散见于陈福康：《郑振铎传》，上海：上海外语教育出版社 2009 年版；郑尔康：《星陨高秋——郑振铎传》，北京：京华出版社 2001 年版；郭谦：《"文化全才"郑振铎之家》，出自《感动百年中国的文化家庭》，海口：海南出版社 2006 年版。

1920 年代著名的儿童文学作家。

　　"五四"以前的中国传统社会，由于儿童本位的缺乏，数千年的中国文学中并没有真正意义上的儿童文学，仅有的几本儿童读物例如《二十四孝图》等，实际上完全是灌输封建伦理道德、压抑儿童天性的糟粕之作，因而受到鲁迅等现代知识分子的挞伐。"五四"时期登上文坛的高君箴，则以清新的童话故事、纯净的童心和亲切的笔触，率先为长期被严肃的成年人文学作品所占据的中国文坛注入了一股清流，高君箴也随之成为中国现代儿童文学的拓荒者。值得一提的是，对于《儿童世界》这本由郑振铎、高君箴长期经营的儿童刊物，鲁迅在《朝花夕拾》中也给予了较高的评价。"每看见小学生欢天喜地地看着一本粗拙的《儿童世界》之类，另想到别国的儿童用书的精美，自然要觉得中国儿童的可怜。但回忆起我和我的同窗小友的童年，却不能不以为他幸福，给我们的永逝的韶光一个悲哀的吊唁。"①1924 年，高君箴与丈夫郑振铎合作译述的童话集《天鹅》列入"文学研究会丛书"出版，这部书收录了几年来两人译述的童话作品共计 34 篇。书中的童话故事丰富多彩，情节非常富有吸引力，译文流畅细腻，妙趣横生，最重要的是这些童话思想单纯积极，可以说是一曲充满了爱与美的赞歌。叶圣陶在该书序言中高度肯定了高君箴、郑振铎在儿童文学领域的重大贡献，并且衷心祝愿他们夫妇二人永远做一对充满意趣与童心的"大孩子"，贡献出更多儿童文学的精品。

　　高君箴在上海神州女校读书时结识国文课教师郑振铎，此时的郑振铎也是商务印书馆编译所编辑，并且深得编译所所长高梦旦的赏识。不久前，郑振铎因为女方家庭的反对而结束了与女高师学生王世瑛的感情，高君箴却丝毫不嫌弃郑振铎原生家庭的贫寒，反而极为倾慕郑振铎丰富的学识和诚挚的人品，因而两人很快陷入恋爱。加之高君箴的父亲极力促成此事，并且煞费苦心地安排了女儿与郑振铎的杭州旅行，因而郑振铎与高君箴的感情进展非常顺利。1923 年 10 月 10 日，郑振铎与高君箴在上海一品香饭店举行婚礼，胡适、沈雁冰、瞿秋白等各界名人均到场祝贺，沈雁冰、瞿秋白还专门为新人的婚礼刻印了图章。婚后，高君箴与郑振铎琴瑟和谐，成为令人羡慕的一对佳偶。除了继续进行童话的创作和译介之外，高君箴还主动承担起了郑振铎助手的工作。在郑振铎的诸多学术著作（如《中国文学者生卒考》《文学大

① 鲁迅：《朝花夕拾》，《鲁迅全集（第二卷）》，北京：人民文学出版社 2005 年版，第 259 页。

纲》《插图本中国文学史》等）中，高君箴做了大量收集资料、校对书稿的工作，付出了鲜为人知的心血。1929 年，在译作《希腊罗马的神话与传说之三——恋爱故事》书前献辞中，郑振铎深情地写道："本书献给我的妻，君箴，她是我的一位重要的合作者，本书是在忆念的情怀里写成的。"①

高君箴一生全力支持郑振铎的革命事业。五卅事件发生后，郑振铎愤怒地参加上海市"三罢"运动，主办揭露帝国主义罪行的《公理日报》，高君箴参与了该报校对和发行工作。1927 年郑振铎参加上海工人第三次武装起义政权机构——上海市民代表会议的工作，"四·一二"政变以后为躲避屠杀不得不远走欧洲。高君箴支持丈夫的决定，独自抚养女儿。抗日战争期间，郑振铎组织"上海文化界救亡协会"，为了抗日救亡四处奔走，高君箴则苦心经营蕴华阁文具书店（兼营古籍），以其微薄的收入补贴家用，资助生活困难的文友。战争岁月中，郑振铎夫妇相濡以沫，同甘共苦，终于迎来了新中国的成立。1958 年 10 月 17 日，郑振铎率领中国代表团出国访问时，因飞机失事不幸遇难。郑振铎牺牲后，高君箴遵照丈夫的遗愿，将郑振铎长期收藏的数万册珍贵图书、手稿、日记等全部捐献给国家。其后，高君箴在中国社会科学院文学研究所继续从事儿童文学资料的整理工作。新时期以后，年近八旬的高君箴，依靠口述，由其子郑尔康执笔写下了数篇回忆郑振铎的文章，对于郑振铎与鲁迅的交往，五卅期间郑振铎主编《公理日报》以及抗日期间组织救亡协会、抢救中国珍贵古籍的事迹都有详细记录，为后世研究郑振铎及中国现代史留下了宝贵的史料。

第二节　艾霞、莫耶等作家

一、艾霞

艾霞（1912—1934），原名严以南。祖籍福建厦门，左翼电影演员、作家。1932 年加入左翼戏剧家联盟并参与拍摄了《春蚕》《时代的女儿》等六部电影。在拍摄之余，从事文学创作，被誉为"作家明星"，1932 年至 1934 年初相继

---

① 张泽贤：《文学研究会与现代文学丛书》，上海：上海远东出版社 2019 年版，第 250 页。

发表了《一双黑大的眸子》《现代——女性》《恋爱的滋味》等作品。其中小说《现代——女性》被艾霞自己改编成剧本并亲自主演，影片上映后引起极大反响。1934 年，艾霞由于遭遇家庭变故和情感欺骗，在新春前夕吞烟自尽。1935年，以艾霞的经历为原型拍摄的经典影片《新女性》在上海公映，产生极大影响。《新女性》无论在中国电影史还是在现代中国妇女史上都具有重要地位。[①]

　　艾霞幼年随父亲定居北平，就读于圣心女校，酷爱阅读与写作。在五四新文化运动的影响下，年少的艾霞很早就接受了民主自由、个性解放的现代思想。因与表哥相恋遭到家庭反对，16 岁的艾霞毅然反抗，只身前往上海，更名艾霞，加入南国剧社，从此开始了演艺生涯。1932 年，作为左翼戏剧家联盟中的一员，艾霞被介绍进入明星影片公司，参与拍摄了《旧恨新仇》《春蚕》《二对一》《战地历险记》《时代的女儿》《丰年》六部左翼电影。在夏衍改编自茅盾同名小说的影片《春蚕》中，艾霞饰演的荷花敢爱敢恨，性格鲜明，给观众留下了深刻的印象。但比起村姑，艾霞最擅长的角色还是都市女性，特别是那些周旋于爱情游戏中的摩登女郎。在《时代的儿女》中，艾霞成功地将一位富家千金因爱慕虚荣而自甘堕落，最终被迫退学沦落风尘的悲剧故事演绎得淋漓尽致，生动形象地昭示了只有投身革命才是青年出路的影片主题。其后，她凭借着自己出色的演技，博得了众多导演的青睐，出演了一系列电影，成为当时上海影坛备受瞩目的后起之秀。

　　在电影拍摄之余，艾霞还从事文学创作，与影星胡萍、陈波儿、王莹四人一起并称为"作家明星"。她的文笔简练坦率，豪爽犀利，带有强烈的个人色彩。在 1932 年末到 1934 年初不到两年的时间里，艾霞相继创作了短篇小说《一双黑大的眸子》，中篇小说《现代——女性》《好年头》，随笔《恋爱的滋味》《一九三三年：我的希望》等，其中最引人注目的作品当属 1933 年连载于《时报·电影时报》的《现代——女性》。这部电影小说一共分为四部分。第一部分主要写女主人公蒋萄萄在一次聚会中偶遇旧友俞冷，之后便不顾一切地爱上了这位有妇之夫，并拒绝了公司老板史芳华的求爱。第二部分

① 艾霞生平参见艾霞著，陈子善、张可可编：《现代——女性》，北京：海豚出版社 2012 年版；吴成平主编：《上海名人辞典 1840—1998》，上海：上海辞书出版社 2001 年版，第 58 页；洪卜仁主编：《厦门电影百年》，厦门：厦门大学出版社 2007 年版，第 23 ～ 30 页。

描写了蒋葡萄和俞冷沉迷恋爱，尽情享乐，但蒋葡萄因回绝老板而被辞退，俞冷作为一名报社记者也收入微薄，于是他们很快就陷入了经济窘境。恰逢此时，俞冷的妻子又带着生病的儿子来沪求医，现实的问题使两人不得不陷入深深的烦恼。第三部分主要写蒋葡萄为了帮助俞冷摆脱经济上的困境，同时也想筹到一笔钱供二人度假消遣，主动向曾经对她示爱的史芳华投怀送抱，用身体换取金钱，并在一次交易中偷走了老史的一张支票。第四部分描写了俞冷的妻子玉如在发现丈夫有外遇并遭遇孩子夭折后毅然决定离婚，从此自食其力，而蒋葡萄则因偷窃支票被史芳华告上法庭，之后锒铛入狱。身陷家庭与情感两难境地的俞冷从此一蹶不振，自甘堕落。对于蒋葡萄，他不仅没有丝毫的愧疚之心，反而以她的做法为耻。心灰意冷的蒋葡萄在狱中遇到了因为追求革命而被逮捕入狱的老友王安琳，在她的耐心开导下，葡萄逐渐不再沉溺于恋爱，决心彻底告别过去，走上一条光明的道路。

同年，艾霞将小说《现代——女性》改编成了电影剧本并亲自主演，开中国电影史自编自演之先河。影片一经上映即引起极大反响，但好评之余也给艾霞带来了一场舆论风波。比如在1933年的《明星月报》上，就发表了一篇题为《看！艾霞不打自招的口供》的文章，认为艾霞本人亦如《现代——女性》中醉心爱情游戏的女主人公，以此来抨击她前卫的恋爱观念。面对调侃和攻击，艾霞无所畏惧，发表《我的恋爱观：编〈现代——女性〉后感》一文，声称自己有"许多的男友"，"刺激对于她，就是人生的美酒，无上的安慰"[①]，以此来表明自己的特立独行和对流言的回击。

耐人寻味的是，作为左翼电影阵营中颇具影响力的女演员，艾霞这部自编自导并带有相当自传色彩的电影并没有得到左翼影评人足够的关注，而且在为数不多的评论文章中，作者大都对影片中的女主人公持批判态度，却对俞冷抱有同情。他们认为蒋葡萄是一个拜金放荡的女子，而她随意的恋爱只会害人害己，体现了一种根深蒂固的男权中心观念。唯有女性评论者绿漪（苏雪林）在《〈现代一女性〉观后感》一文中指出，"也许是自己编剧之故，艾霞在这里是出人意外的成功的"，她"非但表露了一个富有热情，视恩爱如生命的女子的心绪，而且生动地告诉了我们女主人翁的性格"[②]。这种相差甚

① 艾霞：《我的恋爱观——编〈现代——女性〉后感》，《明星月报》，1933年6月第1卷第2期。

② 绿漪（苏雪林）：《〈现代——女性〉观后感》，《申报"申报本埠增刊"》，1933年7月11日。

大的评价体现了不同性别的评论者性别观念、道德伦理的交锋，也昭示了现代女性突破传统父权文化的艰难。

1934年初，艾霞经历了人生中最痛苦的时期。林姓导演的爱情谎言被无情戳穿，而父亲经商的失败则使艾霞不得不负担起全家的生活。面对情感欺骗和家庭变故的双重打击，年轻的艾霞濒临崩溃。虽然她也试图改变现状寻找出路，无奈孤傲执拗的性格和脆弱敏感的神经只能让她在各种矛盾中苦苦挣扎，最终选择在新春前夕吞烟自尽。失望无助的她留下了生命中的最后一句话："人生是痛苦的，现在我很满足了。"

艾霞的死，在上海电影界掀起了一场巨大的波澜。数家杂志社特出专刊纪念，艾霞生前的好友也无不发文哀悼。编剧阿英在《致死者——记忆艾霞的死》中认为，"艾霞的死，恋之苦恼只是一个最后的因子，她的自杀的动机与成长，却建筑在她一年来更发展了的思想与实际生活的矛盾上，现实与理想的冲突上，是过渡期社会中的一个殉难的人"[1]。影评家柯灵在《悼艾霞》中则更直接地指出："艾霞不是弱者，可是她终久不能不受摧残。她是现实矛盾和时代苦闷的牺牲品！""杀人者正是这个不负责任的社会，而帮凶就是那些不负责任的论客！"[2] 斯人已逝，再多的同情和控诉也无法挽回艾霞鲜活的生命，她的音容笑貌，永远定格在了22岁。艾霞带着美好的憧憬希望成为一个"时代的姑娘"（艾霞语），怀着单纯的信念渴望获得一份真挚的爱情，但现实的一次次重创最终还是让这位才华横溢、率性多情的"时代的姑娘"倒下了。1935年，以艾霞一生遭遇为蓝本，由孙师毅编剧、蔡楚生导演、阮玲玉主演、联华影片公司摄制的著名影片《新女性》在上海公映，表达了电影界对艾霞的认可与怀念。艾霞以自己短暂的一生和作品为一代新女性立传，"艾霞"这个名字不应该被现代文学史和女性史所淡忘。

二、莫耶

莫耶（1918—1986），原名陈淑媛，笔名白冰、椰子等。祖籍福建安溪，现

---

① 阿英：《致死者——记忆艾霞的死》，《阿英文集》，北京：生活·读书·新知三联书店1981年版，第198页。

② 柯灵：《悼艾霞》，《柯灵电影文存》，北京：中国电影出版社1992年版，第12页。

代作家、革命者。1934 年莫耶进入上海女子月刊社担任编辑，发表第一部戏剧作品《晚饭之前》，受到左翼文学界关注。1937 年全面抗战爆发，莫耶奔赴延安，先后在抗日军政大学、鲁迅艺术学院学习，这期间创作的歌词《延安颂》，由郑律成谱曲演出后传唱大江南北。抗战期间莫耶还创作小说《丽萍的烦恼》《风波》等，颇具影响。1979 年后曾出任甘肃省文联副主席，并重新提笔创作，出版有《浪花集》《生活的波澜》等。[①]

莫耶的父亲陈铮，原是缅甸归侨，早年当过教师，后投笔从戎，成为安溪民军将领之一。1932 年，陈铮到厦门海军工作，莫耶随父亲移居厦门鼓浪屿，就读于慈勤女子中学，阅读大量进步书籍，尤其是冰心、丁玲、谢冰莹等现代女作家的作品，并树立了成为女作家的志向。在国文老师的推荐下，读中学的莫耶在《厦门日报》发表了第一篇散文《我的故乡》，此后更在慈勤女中校刊发表多篇诗歌、散文、戏剧等习作，开始踏上文学创作之路。1933 年"福建事变"发生后，莫耶在由厦门地下党创办的《火星》创刊号上发表了同情底层的《黄包车夫》一文。此时正值国民党大肆搜捕进步人士之际，为免牵连，莫耶父亲烧毁家里的《火星》刊物，并将莫耶禁闭起来。在母亲和大哥的帮助下，莫耶逃离家庭，只身前往上海谋生。1934 年秋，莫耶进入女子月刊社担任编辑，后来担任主编。在莫耶的精心编辑下，《女子月刊》体例更加完善，思想的进步倾向也逐步加强。除了编辑之外，莫耶也创作了一系列宣传妇女解放、要求社会变革的文章，1935 年莫耶出版了独幕剧集《晚饭之前》，在社会上产生了广泛的影响。《女子月刊》还曾以莫耶的照片做封面，赞誉她为"善写诗歌、剧本的女作家"。在上海期间，莫耶与蔡楚生等左翼文化人士来往较多，在其影响下，莫耶曾深入工厂了解女工生活，并参与了一系列革命活动，思想进一步"左转"。

1937 年全面抗战爆发，7 月 15 日，中国剧协成立，进而组织 13 个救亡演剧队，其中莫耶与左明组织成立了"救亡演剧第五队"，莫耶担任编剧，在

① 莫耶生平参见叶茂樟：《圣歌未曾止息——莫耶传》，北京：新华出版社 2017 年版；王巨才主编：《延安文艺档案·延安戏剧：延安戏剧家（二）》，西安：太白文艺出版社 2015 年版，第 528 ～ 559 页；魏玉伟编：《中国现当代女作家传》，北京：中国妇女出版社 1990 年版，第 485 ～ 489 页；刘德城、周美颖主编：《福建名人词典》，福州：福建人民出版社 1995 年版，第 395 页。

从上海到西安的途中发起了一系列救亡演出活动，以多种形式宣传抗日。同年 10 月，莫耶克服国民党重重阻挠奔赴延安，将原来的名字"陈淑媛"改为莫耶，进入抗日军政大学第三期学习。尽管学习条件异常艰苦，但莫耶热情高涨，以顽强的毅力逐步适应了军事化的生活，从一名"娇小姐"转变成为文艺女战士。1938 年春，延安鲁迅艺术学院成立，莫耶进入戏剧系学习。在极其简陋的设备下，莫耶和其他学员一起尝试拍摄抗日电影，反映日军侵华的罪行和八路军的艰苦抗战，演出后大获成功，受到延安老百姓的热烈欢迎。不久，沙汀、何其芳等一批著名作家来到延安，"鲁艺"成立文学系，于是莫耶转入文学系学习。在多位著名作家和理论家的指导下，莫耶勤学苦练，写作水平进一步提高。1938 年 4 月，在一次散会后游玩的途中，莫耶捕捉到了刹那间的灵感，将蕴藏已久的革命豪情和对延安的深情化为诗句倾泻而出，创作了歌词《歌颂延安》。其后，莫耶的同学、作曲家郑律成将《歌颂延安》谱曲，在延安礼堂演出以后产生了轰动效应，台下的毛泽东、周恩来等中央领导人完全被这优美激越的歌声所打动，纷纷带头鼓掌。不久，中宣部将《歌颂延安》改名为《延安颂》，予以重点推介，《延安颂》随之走出延安，传遍大江南北。1938 年冬，莫耶等一批鲁艺各系学生跟随八路军前往华北抗日前线。此后，莫耶完全以战士的身份跟随八路军部队行军打仗，风餐露宿，每日行走一百多里，行军途中编写剧本组织演出活动，经历了数年艰苦的战斗生活。1940 年开始，莫耶在战斗剧社任组长。1938 年到 1941 年间，莫耶创作了话剧《丰收》（与张可、刘萧芜合作）《讨还血债》《齐会之战》《水灾》《百团大战》《一万元》《叛变之前》《到八路军里去》，歌剧《荒村之夜》等，形成了创作上的高峰。除了剧本写作外，莫耶还于《西北文艺》《抗战日报》《解放日报》等报刊上发表了不少小说和战斗故事，推动了战斗剧社文艺创作的极大繁荣。在晋绥边区文联成立大会上，贺龙称赞莫耶为"一二〇师的出色女作家"。

　　1941 年前后，在宽松的文艺政策下，延安出现一股以丁玲、艾青、萧军、王实味等为代表性作家的干预生活、暴露黑暗的文学潮流。在此背景下，莫耶根据自己对生活的敏锐观察，以一个革命者高度的责任感和批判精神，创作了短篇小说《丽萍的烦恼》，反映延安的官僚作风和妇女的困境。丽萍是一个小资产阶级出身的知识女性，怀着单纯的革命理想和男友林昆来到延安。因为贪图物质享受，也架不住老干部"╳长"的穷追猛打和组织上的各种思想工作，丽萍终于放弃和身份不高的男友林昆的爱情，嫁给了"╳长"。然而，婚后的丽萍并没有感到幸福，她渴望参加工作又害怕吃苦。革命意识和自强的信念推动着她前进，但一遇到实际问题就后退，因而烦恼越来越多。老干部性格简单粗暴，非但不能体会丽萍的烦恼，反而像对待下属一样一味要求丽萍服从。丽萍难以忍受，时常怀念前男友林昆的种种好处，于是矛盾和争吵越来越多，终于在生下女儿之后，爆发了"离婚"冲突。该作品一经发表便引起了争议，在肯定其创作水平之外，更多的评论文章是批判其创作倾向问题，认为抹黑了革命干部的正面形象。更有个别领导干部自动对号入座，认为莫耶是在讽刺他们，甚至联系莫耶的家庭出身给她扣上了反党的罪名。1942 年的《抗战日报》发表了一篇部队宣传干事非垢的批评文章《偏差——关于"丽萍的烦恼"》，认为莫耶"夸大个别的缺点而不曾指明那只是个别的"，用"挖苦代替了教育，鄙视代替了同情"。[1]而莫耶也写了一篇题为《与非垢同志谈〈丽萍的烦恼〉》的反批评文章作为回应，"我的这篇东西便是为着因婚姻问题而苦恼着的女同志向'╳长'这样的人建议"，但"那些在我们的环境以外的某些人把这部分的弱点夸大作为整体，而作为造谣中伤的根据。"[2]尽管如此，在之后 1943 年的晋绥"整风"和 1947 年的"三查"运动中，莫耶仍因此遭受批判斗争，并被关了几个月的禁闭。

新中国成立后，莫耶因被党组织接受为中共党员，因在部队里连年立功，还被评为先进工作者。1955 年，莫耶转业后任《甘肃日报》的副总编辑，1956 年响应国务院"反对官僚主义，改进工作作风"的号召，刊登报道了铁路职工张凌虚遭迫害导致精神失常的事件，在社会上引起极大反响。不料该报道和《丽萍的烦恼》一并使得莫耶在之后的"四清"运动和"文化大革命"中遭到严重迫害，被打成反革命分子下放农场劳改，直至 1979 年才彻底平反。新时期以后，年过花甲的莫耶出任甘肃省文联副主席，重新提笔创作。发表了反映贺龙和文艺战士战斗生活的电影文学剧本《战地火花》，创作了以自身经历为蓝本、献给十一届三中全会的中篇小说《春归》，出版散文集《浪花集》、自选集《生活的波澜》等。沙汀在为《生活的波澜》所作的题记

---

① 非垢：《偏差——关于"丽萍的烦恼"》，《抗战日报》1942 年 6 月 11 日。
② 莫耶：《与非垢同志谈〈丽萍的烦恼〉》，《抗战日报》1942 年 6 月 16 日。

中高度肯定了莫耶缅怀贺龙、关向应、甘泗琪等革命同志的作品："经过作者生动的叙述，相当充分地体现了老一代的党的领导同志具有的优良传统。而这对教育大部分成长于十年动乱中的青年一代，无疑是一项值得赞扬的重要工作。"①1984 年后，莫耶因严重冠心病多次住院，但即使如此她也没有停止创作。在中篇小说集《自序》中莫耶表示，"作为一个共产党员，进入暮年时期，时间愈少愈感到珍贵，总希望一息尚存，就要有一分热发一分光"②。她在病中还写出了回忆录《战斗剧社在晋察冀》，整理编辑了战斗故事集《枪林弹雨见英雄》，并完成了自传体长篇小说《信念》第一部《父与女》的初稿。1986 年 5 月 7 日凌晨，莫耶与世长辞，终年 68 岁。正如著名作家杜鹏程所言："莫耶的一生，就是一部小说。"再次映证了我们在绪论部分提到的，中国现代女作家总是将自己生命深深嵌入文学中，甚至个人生命历程比作品更精彩。林徽因如此，庐隐如此，艾霞、莫耶也如此！

三、蓝馥心

蓝馥心（1917—1984），祖籍福建闽侯（今福州），现代翻译家、电影翻译片导演。1937 年毕业于无锡江苏省立教育学院电影电播教育专业。1951 年蓝馥心到沈阳东北人民艺术剧院工作，先后任演员、艺术研究室研究员。其间据英译本翻译了苏联作家 A. 苏洛夫的著名话剧《曙光照耀着莫斯科》，该剧在当时产生了较大影响。1960 年代后，蓝馥心先后在长春和南京电影制片厂任职，翻译并导演了《百万英镑》《当机立断》《伊豆舞女》等多部电影。③

蓝馥心早年曾在无锡江苏省立教育学院电影电播教育专修科学习，1937年肄业。1941 年秋蓝馥心参加革命，曾以演员的身份参加中共中央南方局领导的"新中国剧社"，在桂林、昆明及西南各省从事爱国演出活动。1949 年新中国成立后前往北京电影制片厂继续做演员。1951 年调到沈阳东北人民艺

---

① 沙汀：《莫耶著〈生活的波澜〉题记》，《生活的波澜》，西安：陕西人民出版社 1984 年版，第 3 页。
② 陈文炳：《莫耶传略》，《安溪文史资料》1988 年第 1 期。
③ 蓝馥心生平参见宋韵声编著：《辽宁翻译文学史》，沈阳：辽宁大学出版社 2016 年版，第 199～200 页；林煌天主编：《中国翻译词典》，武汉：湖北教育出版社 1997 年版，第 370 页。

术剧院工作，先后任演员、艺术委员会委员、艺术研究室研究员。

　　蓝馥心不仅具有丰富的演出经验，英文水平也比较高。在沈阳东北人民艺术剧院工作期间，蓝馥心根据英译本翻译了苏联作家 A. 苏洛夫著名的四幕十场话剧——《曙光照耀着莫斯科》，此剧通过卡碧特丽娜和桑尼亚母女两代人在工厂生产活动中不同思想的对比，批评保守僵化，呼唤改革创新，表达了共产主义的阳光已经普照苏联大地，给人民带来幸福和希望的主题。该话剧在东北人艺首次公演后引起极大反响，被全国各大剧院先后列为重点剧目，并荣获文化部、中共东北局宣传部颁发的优秀演出翻译奖。1955 年，蓝馥心任长春电影制片厂英文翻译、翻译片导演。先后翻译并导演了意大利的《罗马十一时》、苏联的《上尉的女儿》、罗马尼亚的《奇普里昂·布隆贝思库》等数十部电影。1960 年代初，蓝馥心改任长春电影学院导演系副主任，很快就翻译并导演了英国故事片《百万英镑》和南斯拉夫故事片《当机立断》，此后译制并导演了多部电影，如《永生的战士》《延丰湖》《冷酷的心》《神秘的黄玫瑰》《王中王》《两个人的车站》《伊豆舞女》《父子情深》《佐罗》《王子复仇记》等，成为新中国电影译介史上的领军人物。

　　蓝馥心对外国电影的翻译和导演，促进了一大批国外优秀电影在中国的传播，也有助于中国导演汲取国外经典影片的创作经验，在中外电影文化交流方面做出了不可磨灭的贡献。"文革"爆发后，蓝馥心遭受冲击，被剥夺了创作的权利，但是她坚强乐观，度过了十年浩劫。1980 年后，蓝馥心得以复出。1982 年在南京电影制片厂供职，再次担任导演。同时，蓝馥心不顾病痛的折磨，与时间赛跑，夜以继日地完成了英国电视系列片《达尔文》、德国戏剧大师布莱希特《三分钱歌剧》的翻译，坚持向中国读者和观众介绍西方优秀剧作，赢得了业界的好评。1984 年，蓝馥心在医院病重辞世，享年 67 岁。蓝馥心为中国电影、话剧事业的发展贡献了一生，她去世以后得到了业界真切的哀悼。中国著名作家、编剧陈白尘在悼念文章《影视界卓越的无声战士——悼念蓝馥心同志》中写道："在城市进行改革、文艺界更需大肆进行改革的今日，我们需要多少勇敢的闯将！更需要多少敢于拼搏而又默默无声、埋头苦干的猛士！馥心同志正是这样的猛士。但正当她在事业上处于成熟期的今日，遽然撒手西去，是中国剧视界令人心痛的损失！"①

①　陈白尘：《影剧界卓越的无声战士：悼念蓝馥心同志》，《电影艺术》1985 年第 2 期。

四、白塔

白塔（1928— ），原名赵蔚文。祖籍福建福州，现代作家。1946 年毕业于福州陶淑女子中学，同年年底南下马来亚，先后任教于巴生中华中学、华侨学校等学府，并以白塔、李绿、素心等笔名在新马华文报副刊发表了《海上散记》《旅途小景》《咖啡花》等文学作品。1950 年白塔回国，文学创作渐少，主要致力于印度外交问题研究，出版有《印中关系风云录》《印美关系爱恨录——半个多世纪的回顾与展望》等论著。[①]

1946 年，白塔毕业于福州陶淑女子中学，同年年底漂洋过海，南下马来亚，先后任教于巴生中华中学、华侨学校、新加坡郊外大众学校和丰兴中学等学府，曾以白塔、李绿、素心、祝兰、新狁等笔名在新马华文报副刊发表诗歌、散文等文学作品，成为当地小有名气的华人作家。1950 年回国，与劳舟结婚后定居于北京，投身于国际问题研究，并成为印度问题研究专家。

白塔以散文创作为主，《海上散记》《旅途小景》《寂寞草》等散文作品文笔优美，饱含深情地表达了作者去国怀乡的心情。《咖啡花》是一篇被多种文集收录的作品。这篇散文描写作家在新加坡结识的一个十五岁的咖啡馆侍女，为了一个月三十元钱的微薄报酬而备受辛劳与人格的侮辱，在淡淡的哀伤中寄予了作家对咖啡馆侍女的无限同情，以及对人们给予底层女性平等与尊重的殷切希望。1948 年下半年至 1950 年回国期间，白塔创作了三部多幕剧，还曾被搬上舞台，但由于种种原因未能发表，后来完全散佚。白塔于 1950 年秋回国后，供职于现代国际关系研究所，由文学创作转向南亚问题特别是印度外交的学术研究，曾担任现代国际关系研究所东南亚南亚研究室副主任、资深研究员，出版有《印中关系风云录》《印美关系爱恨录——半个多世纪的回顾与展望》等。

---

① 白塔生平参见：徐乃翔主编：《中国现代文学词典（散文卷）》，南宁：广西人民出版社 1989 年版，第 55 页；林金枝：《南洋文库闽侨古今名贤事略选辑》，桂林：广西师范大学出版社 2018 年版，第 247～248 页。

本编附录

一、冰心主要作品目录

（一）小说

《两个家庭》，北京《晨报副镌》1919 年 9 月 18 日—22 日。

《斯人独憔悴》，北京《晨报副镌》1919 年 10 月 7 日—12 日。

《秋风秋雨愁煞人》，北京《晨报副镌》1919 年 10 月 30 日—11 月 3 日。

《去国》，北京《晨报副镌》1919 年 11 月 22 日—26 日。

《最后的安息》，北京《晨报副镌》1920 年 3 月 11 日—13 日。

《世界上有的是快乐……光明》，《燕大季刊》1920 年第 1 卷第 1 期。

《鱼儿》，北京《晨报副镌》1920 年 12 月 21 日。

《超人》，《小说月报》1921 年 4 月第 12 卷第 4 期。

《爱的实现》，《小说月报》1921 年 7 月第 12 卷第 7 期。

《烦闷》，《小说月报》1922 年 1 月第 13 卷第 1 期。

《寂寞》，《小说月报》1922 年 9 月第 13 卷第 9 期。

《悟》，《小说月报》1924 年第 15 卷第 3 期。

《六一姊》，《小说月报》1924 年 6 月第 15 卷第 6 期。

《别后》，《小说月报》1924 年 9 月第 15 卷第 9 期。

《第一次宴会》，《新月》1930 年第 2 卷第 6、7 期。

《我们太太的客厅》，天津《大公报·文艺副刊》1933 年 9 月 27 日—20 月 21 日第 2 期至第 10 期。

《冬儿姑娘》，《文学季刊》1934 年 1 月 1 日创刊号。

《相片》，《文学季刊》1934 年 7 月 1 日第 3 期。

《西风》，《文学季刊》1936 年 7 月 1 日第 1 卷第 2 期。

《陶奇的暑期日记》，上海：上海少年儿童出版社 1956 年版。

《小橘灯》，《中国少年报》1957 年 1 月 31 日。

《空巢》，《北方文学》1980 年 3 月号。

《明子和咪子》，《人民日报》1984 年 5 月 30 日。

《远来的和尚》，《人民文学》1988 年第 6 期。

《干涉》，《人民文学》1988 年第 9 期。

（二）散文

《遥寄印度哲人泰戈尔》，《燕大季刊》1920 年第 1 卷第 3 期。

《笑》，《小说月报》1921 年 1 月第 12 卷第 1 期。

《山中杂感》，北京《晨报副镌》1921 年 6 月 25 日。

《到青龙桥去》，北京《晨报副镌》1922 年 10 月 26 日。

《给儿童世界的小读者》，北京《晨报副镌》儿童世界专栏 1923 年 7 月 29 日—1926 年 9 月。

《梦》，《小说月报》1923 年第 14 卷第 4 期。

《好梦》，《晨报五周年纪念增刊》1923 年 12 月 1 日。

《往事》《往事（二）》，《小说月报》1924 年 7 月第 15 卷第 7 期。

《山中杂记》，北京《晨报副镌》1924 年 8 月 8 日—10 日。

《南归》，上海：北新书局 1931 年版。

《新年试笔》，《文学》1934 年 1 月 1 日第 2 卷第 1 期。

《平绥沿线旅行纪》，平绥铁路管理局 1935 年版。

《记萨镇冰先生》，《青年界》1936 年第 10 卷第 1 期。

《关于女人》，1941 年起先后发表于《星期评论》。

《我的童年》，《妇女新运》1942 年 4 月第 4 卷第 4 期。

《再寄小读者》（之一），重庆《大公报》1943 年 1 月 1 日—1944 年 12 月 15 日。

《我所见到的蒋夫人》，日本《主妇之友》1947 年 4 月第 31 卷第 4 号。

《对日本妇女的期待》，日本《妇女》1948 年 8 月第 2 卷第 8 号。

《还乡杂记》，上海：上海少年儿童出版社 1957 年版。

《观舞记》，《人民日报》1957 年 4 月 6 日。

《再寄小读者》（之二），1958 年 3 月—1960 年先后发表于《人民日报》《儿童时代》等。

《拾穗小札》，1959 年 9 月—1962 年先后发表于《北京晚报》。

《樱花赞》，《人民文学》1961 年 6 月号。

《一寸法师》，《民间文学》1961 年 6 月号。

《一只木屐》，《上海文学》1962 年 7 月号。

《咱们的五个孩子》，《人民文学》1964 年 6 月号。

《三寄小读者》（通讯一～十），《儿童时代》1978 年 6 月—1980 年 2 月。

《腊八粥》，《新港》1979 年 3 月号。

《我的故乡》，《福建文艺》1979 年 4、5 期合刊。

《回忆"五四"》，《文艺论丛》1979 年 9 月第 8 辑。

《我的童年》，《朝花儿童文学丛刊》1980 年 1 月第 1 期。

《生命从八十岁开始》，《儿童时代》1980 年 12 月第 24 期。

《童年杂忆》，《新文学史料》1981 年第 3 期。

《我和玫瑰花》，《八小时以外》1982 年第 1 期。

《祖父与灯火管制》，《福建文学》1982 年第 10 期。

《我的中学时代》，《少年之友》1983 年 8 月 12 日第 4 期。

《我入了贝满中斋》，《收获》1984 年第 4 期。

《关于男人》（之一——之十三），1985 年起先后发表于《中国作家》。

《我的老伴——吴文藻》，《中国作家》1986 年第 4 期、1987 年第 2 期。

《记富奶奶——一个高尚的人》，《人民文学》1987 年第 7 期。

《一颗没有人肯刻的图章》，《散文世界》1989 年第 1 期。

《无士则如何》，《散文世界》1989 年第 4 期。

《市场上买不到一尊女寿星》，《随笔》1990 年第 2 期。

《我的家在哪里？》，《人民政协报》1993 年 1 月。

（三）诗歌

《影响》《天籁》，《燕大季刊》1920 年第 1 卷第 4 期。

《繁星》，北京《晨报副镌》1922 年 1 月 1 日、6 日—26 日。

《春水》，北京《晨报副镌》1922 年 3 月 21 日—6 月 30 日。

《将来的女神》，北京《晨报副镌》1922 年 2 月 21 日。

《纸船》，北京《晨报副镌》1923 年 10 月 4 日。

《乡愁》，北京《晨报副镌》1923 年 10 月 6 日。

《倦旅》，北京《晨报副镌》1924 年 2 月 12 日。

（四）译作

《先知》，上海：上海新月书店 1931 年版。

《吉檀迦利》，北京：人民文学出版社 1955 年版。

《泰戈尔诗选》，北京：人民文学出版社 1958 年版。

《加纳诗选》，1962 年《世界文学》12 月号。

《沙与沫》，部分发表于 1963 年《世界文学》1 月号，全文载 1981 年《外国文学季刊》第 2 期。

《马亨德拉诗抄》，北京：作家出版社 1965 年版。

《燃灯者》，北京：人民文学出版社 1981 年版。

以上作品目录由许杨根据卓如编《冰心全集》（福州：海峡文艺出版社 2012 年版）、王炳根选编《冰心文选·佚文卷》（福州：福建教育出版社 2007 年版）整理。

二、林徽因作品目录

（一）诗歌

《谁爱这不息的变幻》《那一晚》《仍然》，《诗刊》1931 年 4 月第 2 期。

《激昂》，《北斗》1931 年 9 月创刊号。

《笑》《深夜里听到乐声》《情愿》《一首桃花》，《诗刊》1931 年 10 月 5 日第 3 期。

《莲灯》《中夜钟声》，《新月》1933 年 3 月 1 日第 4 卷第 6 期。

《山中一个夏夜》，《新月》1933 年 6 月 1 日第 4 卷第 7 期。

《微光》，《大公报·文艺副刊》1933年9月27日第2期。

《秋天，这秋天》，《大公报·文艺副刊》1933年11月18日第17期。

《年关》，《大公报·文艺副刊》1934年2月21日第43期。

《你是人间的四月天———一句爱的赞颂》，《学文》1934年5月第1卷第1期。

《忆》，《学文》1934年6月第1卷第2期。

《吊玮德》，《文艺月刊》1935年6月第7卷第6期。

《城楼上》，《大公报·文艺副刊》1935年11月8日第39期。

《深笑》，《大公报·文艺副刊》1936年1月5日第27期。

《风筝》，《大公报·文艺副刊》1936年2月14日第39期。

《别丢掉》《雨后天》，《大公报·文艺副刊》1936年3月15日第110期。

《记忆》，《大公报·文艺副刊》1936年3月22日第114期。

《静院》，《大公报·文艺副刊》1936年4月12日第122期。

《无题》，《大公报·文艺副刊》1936年5月3日第138期。

《题剔空菩提叶》，《大公报·文艺副刊》1936年5月17日第146期。

《黄昏过泰山》，《大公报·文艺副刊》1936年7月19日第182期。

《昼梦》，《大公报·文艺副刊》1936年8月30日第206期。

《八月的忧愁》，《大公报·文艺副刊》1936年9月30日第224期。

《过杨柳》，《大公报·文艺副刊》1936年11月1日第241期。

《冥思》，《大公报·文艺副刊》1936年12月13日第265期。

《空想》《你来了》《"九一八"闲走》《藤花前———独过静心斋》《旅途中》，《新诗》1936年12月第3期，并题为《空想（外四章）》。

《山中》，《大公报·文艺副刊》1937年1月29日第292期。

《静坐》，《大公报·文艺副刊》1937年1月31日第293期。

《红叶里的信念》，《新诗》1937年1月第4期。

《十月独行》，《大公报·文艺副刊》1937年3月7日第307期。

《时间》，《大公报·文艺副刊》1937年3月14日第310期。

《古城春景》，《新诗》1937年4月第2卷第4期。

《日子》，《好文章》诗选专栏1937年4月。

《前后》，《大公报·文艺副刊》1937年5月16日第336期。

《去春》，《文学杂志》1937年8月1日第1卷第4期。

《除夕看花》,《大公报·文艺副刊》1939 年 6 月 28 日。

《孤岛》《死是安慰》,《益世报》文学周刊 1947 年 1 月 4 日第 22 期。

《给秋天》《人生》《展暖》,《大公报·文艺副刊》1947 年 5 月 4 日第 30 期。

《六点钟在下午》《昆明即景》《一串疯话》,《经世日报》"文艺周刊"1948 年 2 月 22 日第 58 期。

《小诗（一）》《小诗（二）》《恶劣的心绪》《写给我的大姊》《一天》《对残枝》《对北门街园子》《十一月的小村》《忧郁》《哭三弟恒——三十年空战阵亡》,《文学杂志》1948 年 5 月第 2 卷第 12 期,总题为《病中杂诗九首》。

《春天田里漫步》,《平明日报》1948 年 7 月 25 日。

《桥》,《益世报》文学周刊 1948 年 8 月第 103 期。

《古城黄昏》,天津《益世报》文学周刊 1948 年 8 月 2 日第 103 期。

《破晓》《诗——自然的赠予》,《平明日报》1948 年 9 月 5 日。

《灵感》,作于 1935 年 10 月,初刊于 1985 年 3 月人民文学出版社《林徽因诗集》,作者生前未曾发表。

《我们的雄鸡》,作于 1948 年 2 月 18 日,初刊于 1992 年 5 月人民文学出版社与香港生活·读书·新知三联书店分别出版的《中国现代作家选集·林徽因》,作者生前未曾发表。

（二）散文

《希望不因〈软体动物〉的公演引出硬体的笔墨官司》,北京《晨报副镌》1931 年 8 月 23 日。

《悼志摩》,《北平晨报》第 9 版北晨学园副刊"哀悼志摩专号"1931 年 12 月 7 日。

《惟其是脆嫩》,《大公报·文艺副刊》1933 年 9 月 23 日第 1 期。

《第一幕》,《华北日报》1934 年 5 月 26 日。

《山西通信》,《大公报·文艺副刊》1934 年 8 月 25 日第 96 期。

《窗子以外》,《大公报·文艺副刊》1934 年 9 月 5 日第 99 期。

《纪念志摩去世四周年》,《大公报·文艺副刊》1935 年 12 月 8 日第 56 期。

《蛛丝和梅花》,《大公报·文艺副刊》1936 年 2 月 2 日第 86 期。

《〈文艺丛刊小说选〉题记》,《大公报·文艺副刊》1936 年 3 月 1 日第 102 期。

《究竟怎么一回事》,《大公报·文艺副刊》1936 年 8 月 30 日第 206 期。

《彼此》，《今日评论》1939 年 2 月 5 日第 1 卷第 6 期。

《一片阳光》，《大公报·文艺副刊》"星期文艺" 1946 年 11 月 24 日第 7 期。

（三）小说

《窘》，《新月》月刊 1931 年 9 月第 3 卷第 9 期。

《九十九度中》，《学文》杂志 1934 年 5 月第 1 卷第 1 期。

《钟绿——模影零篇之一》，《大公报·文艺副刊》1935 年 6 月 16 日第 156 期。

《吉公——模影零篇之二》，《大公报·文艺副刊》1935 年 8 月 11 日第 164 期。

《文珍——模影零篇之三》，《大公报·文艺副刊》1936 年 6 月 14 日第 162 期。

《绣绣——模影零篇之四》，《大公报·文艺副刊》1937 年 4 月 18 日第 325 期。

（四）戏剧

《梅真同他们》，四幕剧，未完。已经发表的第一幕、第二幕和第三幕分别初刊于 1937 年 5 月 1 日、6 月 1 日和 7 月 1 日《文学杂志》第 1 卷第 1 期、第 2 期和第 3 期。

（五）翻译

《夜莺与玫瑰——奥司克魏尔德神话》，《晨报五周年纪念增刊号》1923 年 12 月 1 日。

（六）建筑

《论中国建筑之几个特征》，《中国营造学社汇刊》1932 年 3 月第 3 卷第 1 期。

《平郊建筑杂录》，《中国营造学社汇刊》1932 年 11 月第 3 卷第 4 期。

《闲谈关于古代建筑的一点消息》，《大公报·文艺副刊》1933 年 10 月 7 日第 5 期。

《云冈石窟中所表现的北魏建筑》，《中国营造学社汇刊》1933 年 12 月第 3 卷第 3 期、第 4 期，署名梁思成、林徽因、刘敦桢。

《清式营造则例》绪论部分，京城印书局 1934 年 1 月出版。

《由天宁寺谈到建筑年代之鉴别问题》，《大公报》艺术周刊 1935 年 3 月 23 日第 25 期。

《平郊建筑杂录（续·节选）》，《中国营造学社汇刊》1935 年第 5 卷第 4 期，署名梁思成、林徽因。

《晋汾古建筑预查纪略》，《中国营造学社汇刊》1935 年第 5 卷第 3 期，署名林徽因、梁思成。

《现代住宅设计的参考》,《中国营造学社汇刊》1945年10月第7卷第2期。

《谈北京的几个文物建筑》,《新观察》1951年8月6日第3卷第2期。

《达·芬奇——具有伟大远见的建筑工程师》,《人民日报》1952年5月3日,署名梁思成、林徽因。

《祖国的建筑传统与当前的建设问题》,《新观察》1952年9月16日第16期,署名梁思成、林徽因。

《中国建筑发展的历史阶段》,《建筑学报》1954年12月第2期,署名梁思成、林徽因、莫宗江。

(七)美术

《设计和幕后困难问题》,《北平晨报》副刊1931年8月2日第32期。

《景泰蓝新图样设计工作一年总结》,《光明日报》1951年8月13日。

《和平礼物》,《新观察》1952年10月15日第11期。

《中国建筑彩画图案·序》,北京:人民美术出版社1955年版。

以上作品目录由金美杰根据梁从诫编《林徽因集》(四卷)(北京:人民文学出版社2014年版)整理。

三、庐隐主要作品目录

(一)小说

1. 短篇小说集

《海滨故人》,上海:商务印书馆1925年版。

《曼丽》,北平:北平古城书社1928年版。

《灵海潮汐》,上海:开明书店1931年版。

《玫瑰的刺》,上海:中华书局1933年版。

2. 长篇小说

《孤雁》,最初发表于1929年1月至8月《华严月刊》创刊号至第8期,停刊未完;1930年6月,神州国光出版社出版单行本。

《象牙戒指》,前十七章发表于1931年《小说月报》,1932年上海"一·二八"事变中商务印书馆大楼被日军炸毁,庐隐重写最后三章,1934年5月商务印书馆出版全书单行本。

《女人的心》，最初发表于1933年2月14日至5月5日《时事新报》，1933年6月上海四社出版部出版单行本。

《火焰》，前十章连载于1933年11月至1934年6月《华安》杂志，1935年9月上海北新书局出版单行本。

（二）戏剧

《牺牲》，四幕剧，《蔷薇周年纪念增刊》1927年12月28日。

《冲突》，三幕剧，《华严月刊》1929年5月20日第1卷第5期。

（三）书信集

《云鸥情书集》，最初以《云鸥的通信》为题分别发表于1930年2月14日至4月8日天津《益世报》文艺副刊，1931年2月上海神州国光社改名《云鸥情书集》出版单行本。

（四）自传

《庐隐自传》，上海：上海第一出版社1934年版。

（五）游记

《东京小品》，上海：北新书局1935年版。

（六）翻译

《夏天最后一朵玫瑰》，1934年《一周间》创刊号；后收入李唯建选编《英国近代诗歌选译》，中华书局1934年版。

《少女的哀愁》，1934年《一周间》创刊号；后收入李唯建选编《英国近代诗歌选译》，上海：中华书局1934年版。

《格列佛游记》，上海：中华书局1935年版。

以上作品目录由金美杰根据王国栋编《庐隐全集》（福州：福建教育出版社2015年版）整理。

四、其他闽籍现代女作家主要作品目录

（一）王世瑛

1. 小说

《心境》，《时事新报·文学旬刊》1921年6月10日第4期。

《不全则无》，《时事新报·文学旬刊》1921年7月20日第8期。

《二百元》,《时事新报·文学旬刊》1921 年 8 月 10 日第 10 期。

《苦女儿》,《时事新报·文学旬刊》1921 年 8 月 20 日第 11 期。

《出洋热》,《时事新报·文学旬刊》1921 年 8 月 30 日第 12 期。

2. 散文

《怎样去创作》,《小说月报》1921 年 7 月 10 日第 12 卷第 7 期。

《清华学校不应该添招女生吗》,《清华周刊》1921 年 11 月 11 日第 225 期,联合署名:心隐、一星。

《游记:旅行日记》,1922 年 7 月至 8 月连载于《晨报副刊》。

3. 诗歌

《东京行》,连载于《文学旬刊》1922 年 11 月 21 日 56 期、12 月 1 日第 57 期。

(二)程俊英

1. 学术著作

《诗经译注》,上海:上海古籍出版社 1985 年初版。

《诗经选译》,成都:巴蜀书社 1988 年初版。

2. 散文

《忆庐隐》,《前线日报·副刊》1945 年 10 月 13 日第二版。

《忆雪林》,《前线日报·副刊》1945 年 10 月 30 日第二版。

《"五四"运动的回忆点滴》,《文汇报》1959 年 5 月 4 日,与罗静轩合著。

《儿时的故乡》,《福建画报》1984 年第 9 期。

《回忆郑公二三事》,《图书馆杂志》1985 年第 2 期。

《回忆庐隐二三事》,《新文学史料》1987 年 2 月第 1 期。

《关于庐隐的一篇佚文》,《文学报》1987 年 5 月 7 日第 319 期。

《怀念郑振铎先生》,《新文学史料》1989 年第 1 期。

《忆"五四"前后的冯沅君》,《文学报·文学副刊》1991 年 5 月 9 日第 3 版。

《胡小石老师在女高师》,收入《古典文学研究》,南京大学古典文献研究所编,南京大学出版社 1992 年。

《陈中凡老师在女高师》,收入《古典文学研究》,南京大学古典文献研究所编,南京大学出版社 1992 年。

《回忆女师大》,《档案与史学》1997 年第 1 期。

3. 小说

《落英缤纷："五四"女性肖像（上卷）》，程俊英，蒋丽萍（执笔），《小说界》1992 年第 4 期。

《落英缤纷："五四"女性肖像（下卷）》，程俊英，蒋丽萍（执笔），《小说界》1994 年第 2 期。

《女生·妇人："五四"四女性肖像》，蒋丽萍，程俊英，上海：上海文艺出版社，1995 年初版。

以上目录由金美杰根据朱杰人，戴从喜编《程俊英教授纪念文集》（上海：华东师范大学出版社 2004 年版）整理。

（三）高君箴

1. 童话创作及翻译

《怪戒子》，《儿童世界》1922 年第 4 卷第 10 期。

《河马幼稚园（变戏法）》，《儿童世界》1922 年第 4 卷第 10 期。

《河马幼稚园：屋顶》，《儿童世界》1923 年第 7 卷第 1 期。

《河马幼稚园：看天》，《儿童世界》1923 年第 7 卷第 9 期。

《熊的粥》，《儿童文学》1924 年第 1 卷第 5 期。

《玛利夫人的玫瑰花秧》，《儿童文学》1924 年第 1 卷第 5 期。

《黑猫冒险记》，《儿童世界》1924 年第 9 卷第 8 期。

《白雪女郎》，《小说月报》1924 年第 15 卷第 2 期。

《熊与鹿》，《小说月报》1924 年第 15 卷第 3 期。

《兄妹》，《小说月报》1924 年第 15 卷第 3 期。

《天真的沙珊》，《小说月报》1925 年第 16 卷第 2-6 期。

《奇异的礼物：北欧的神话》，《小说月报》1925 年第 16 卷第 1 期。

《无礼的老虎》，《儿童世界》1927 年第 20 卷第 15 期。

《莱因河黄金》，《小说月报》1929 年第 20 卷第 11 期。

《缝针》，［丹麦］安徒生著，高君箴、西谛译，《小说月报》1923 年第 14 卷第 5 期。

《天鹅》，［丹麦］安徒生著，高君箴译，《小说月报》1924 年第 15 卷第 10 期。

《天鹅》（童话集），高君箴、郑振铎译述，上海：商务印书馆 1924 年版。

2. 散文

《"孤岛"时期的郑振铎》,《社会科学》1979 年 12 月第 4 期。

《"五卅"期间的一张报纸》,《文汇报》1980 年 5 月 25 日。

《郑振铎与〈小说月报〉的变迁》,《新文学史料》1979 年 5 月 22 日第 3 期。

《鲁迅与郑振铎》,《新文学史料》1980 年 2 月第 1 期。

《一个难忘的人——忆老舍先生》,《新文学史料》1928 年 1 月第 1 期。

(四)艾霞

1. 小说

《现代——女性》,《时报·电影时报》1933 年 5 月至 6 月连载。

《一双黑大的眸子》,《时事新报》1934 年 2 月连载。

2. 散文

《我的恋爱观——编〈现代——女性〉后感》,《明星月报》1933 年 6 月第 1 卷第 2 期。

《恋爱的滋味》,《现代电影》1933 年 3 月第 1 卷第 1 期。

《给有志电影的姊妹们》,《电影画报》1933 年 9 月第 5 期。

《三个宝贝导演》,《电影画报》1933 年 8 月第 3 期。

《一九三三年:我的希望》,《明星月报》1933 年 5 月第 1 卷第 1 期。

《新年感想:中国电影往何出去?》,《申报·电影专刊》1934 年 1 月 1 日。

(五)莫耶主要作品目录

1. 小说

《丽萍的烦恼》,《西北文艺》1942 年创刊号。

《春归》,《芙蓉》1984 年第 1 期。

2. 散文

《延安鲁艺生活散记》,《红旗飘飘》1980 年第 23 期。

《忆起了彭总的两件事》,《人民日报》1980 年 9 月 20 日。

3. 剧本

《最后的关头》,《女子月刊》1934 年第 4 卷第 4 期。

《晚饭之前》,上海:上海女子书店 1935 年版。

4. 报告文学

《我这里还有一挺》,《西北文艺》1941 年第 1 卷第 1 期。

5. 战斗通讯

《枪林弹雨见英雄》，北京：解放军出版社 1990 年版。

6. 歌词

《延安颂》，郑律成谱曲，创作于 1938 年。

7. 回忆录

《记沙汀老师对我创作的指导》，《当代文艺思潮》1983 年第 1 期。

《战斗剧社在晋察冀边区的活动》，《晋察冀文学研究》1985 年第 4 期。

8. 作品集

《生活的波澜》，西安：陕西人民出版社 1984 年版。

（六）蓝馥心主要作品目录

[俄]瓦克坦戈夫著，蓝馥心译：《我所要求于演员的》，《戏剧春秋》1942 年第 2 卷第 3 期。

[苏联]安讷托利·苏洛夫著，蓝馥心译：《曙光照耀着莫斯科》，北京：通俗文艺出版社 1952 年版。

《春回大地》，《大众电影》1956 年第 16 期。

《达尔文》，英国电视连续剧，中央电视台，1980 年。

[德]布莱希特著，蓝馥心译：《三分钱歌剧》，北京：中国电影出版社 1982 年版。

（七）白塔主要作品目录

1. 散文

《咖啡花》，收入韩萌编：《南洋文艺作品选集·南洋散文集》，香港：求实出版社 1950 年初版。

2. 学术著作

《印中关系风云录（1949—1999）》，北京：时事出版社 2000 年版。

《印美关系爱恨录——半个多世纪的回顾与展望》，北京：时事出版社 2000 年版。

下编

当代阶段

（1949—2020）

第一章
郑敏的诗和诗论

郑敏（1920—2022），福建闽侯人，中国现当代著名诗人。1943 年毕业于西南联大哲学系，1952 年在美国布朗大学研究院获英国文学硕士学位。1955 年返回祖国，到中国科学院（中国社会科学院前身）文学研究所工作。1960 年，调入北京师范大学外语系任教直至退休。郑敏先生毕生致力于中国新诗的创作、中西方诗歌研究、当代西方哲学思想研究、诗歌翻译和教育教学事业。从西南联大就读期间开始诗歌创作，直到 21 世纪，诗歌创作历程长达 70 年多年，这在中国现当代文学中极为罕见。代表性诗作《心象组诗》《金黄的稻束》等，已出版诗集《心象》《诗集：1942—1947》《寻觅集》《早晨，我在雨里采花》，学术专著《英美诗歌戏剧研究》《诗歌与哲学是近邻——结构—解构诗论》，译著《美国当代诗选》等。此外还出版有三卷本《郑敏文集》。

第一节　郑敏早期的诗歌

郑敏于 1940 年代开始诗歌创作，早期公开发表的诗作虽然数量并不多，却达到了很高的艺术水准。这些诗作最初主要发表在《明日文艺》（桂林）、《世界文艺季刊》（南京）、《中国新诗》（上海）、天津《大公报》"星期文艺"副刊等文学刊物或报纸副刊上。其中不少作品是经由冯至推荐发表的。郑敏的第一部诗集《诗集：1942—1947》收入巴金主编的"文学丛刊"，1949 年由上海文化生活出版社出版，收入《金黄的稻束》《献给贝多芬》《雷诺阿的

〈少女画像〉》等早期诗歌作品。这些诗歌作品中有作者对音乐、舞蹈、绘画等主题的表现，也有向歌德、贝多芬、伦勃朗、雷诺阿等作者心仪的诗人、艺术家的致敬，整体上体现了一种鲜明的沉思品格。

一、学院空间与时代话语

郑敏的诗歌创作发端于其在西南联合大学求学期间。彼时虽处于中国抗战十分艰难的时期，然而远在昆明的西南联大校园内却具有一种非常浓厚的诗歌创作氛围，正如亲历者、西南联大诗群代表性诗人之一的杜运燮所深情回忆的："对于一个文艺爱好者，则是那种爱诗的浓郁文艺气氛，令人永生难忘。当时，确实谈诗成风，写诗成风，老师们（包括小说家沈从文）在写，学生们写的更多。外文系、中文系，以及哲学系、经济系、社会学系，都有学生醉心于诗。数不清的诗泉在喷涌，出自'联大人'的诗作经常在'大后方'和香港报刊上出现。有的诗还特别引起广泛的关注。例如冯至先生的一辈十四行诗，当时即脍炙人口，后来并成为中国新诗史上的经典作品。"[1] 由此不难想见当时西南联大现代诗歌写作的风气之盛：卞之琳、冯至、闻一多、沈从文、李广田、燕卜荪等在文坛已久负盛名的师者，引领着穆旦、郑敏、杜运燮、袁可嘉、王佐良、俞铭传、赵瑞蕻、罗寄一等一众热爱现代诗写作的学生，成立诗社，师生之间唱和互动，为现代汉诗的艺术建设展开了丰富多元的探索，堪称中国新诗发展史上的一道独特风景。郑敏正是其中的一位佼佼者。

在现代汉诗发展历程中的各个阶段，在主流诗歌话语之外还有不少诗歌的支流坚持以自己的声音歌唱，特别是现代主义诗歌艺术的探索从未停止过。1930 年代末至 1940 年代初活跃在昆明西南联大的"西南联大诗人群"表明，中国现代诗歌依然"在路上"。这群诗人中，不仅有早负盛名的冯至、卞之琳、闻一多等人，也有一批充满青春活力的青年诗人穆旦、郑敏、杜运燮、王佐良等。西南联大是战时中国三所最著名的高等学府北大、清华、南开的联合体，在当时被称为"民主的堡垒"。在这里诗歌艺术的民主也得到极大发扬。两代诗人的关系十分融洽，他们的诗歌活动构成了一种互文关系。前辈

---

[1] 杜运燮：《前言》，《西南联大现代诗钞》，北京：北京联合出版公司 2021 年版，第 1 页。

诗人不仅自己创作诗歌，如冯至在联大期间创作出版《十四行集》的同时，也注重对下一代诗人的鼓励与培养，如闻一多主编的《现代诗钞》选入不少穆旦、杜运燮、王佐良等学生辈青年诗歌写作者的作品；朱自清在《诗与建国》一文中给予杜运燮的诗《滇缅公路》较高的评价等。而后辈诗人既从前辈那里直接得到创作实践上的启示，又通过他们开设的一些课程（如冯至的德国文学课）和译介的诗人作品，更深入地了解西方现代诗歌。此外，特别值得一提的是，英国诗人、学者燕卜逊在联大执教的短短时间里，对青年一代诗人产生了深刻的影响。特别是燕卜逊讲授的当代英诗课程，让他的那些热爱诗歌写作的中国学生们受益匪浅，就像王佐良在一篇评论穆旦诗歌写作的文章中所描述的："内容充实，选材新颖，从霍普金斯一直讲到奥登，前者是以'跳跃节奏'出名的宗教诗人，后者刚刚写了充满斗争激情的《西班牙，1937》，所选的诗人中有不少燕卜逊的同辈诗友。因此，他的讲解也非一般学院派的一套，而是书上找不到的内情、实况，加上他对语言的精细分析"①，深受学生的喜爱。燕卜逊之于西南联大诗群的意义，不仅带来了西方现代诗歌，特别是当代英语诗歌的最新信息，更为重要的是，他的言传身教促成了诗人穆旦、杜运燮、郑敏等人诗歌观念的转变。

在西南联大这样一个独特文化语境中生成的西南联大诗人群，是"一群自觉的现代主义者，是新诗的探险队"②。他们的诗歌创作取得了突出的成绩，为现代汉诗建立了一个重要的话语据点。这里要着重指出的是，作为西南联大诗人群主体部分的青年诗人们，实际上是后来的"九叶"诗人群体的雏形。这个观点基于如下两个理由：首先，后来形成的"九叶诗群"作为一个现代主义诗歌群体，其现代性的追求、诗歌精神的向度是承袭西南联大诗人群的；其次，在西南联大时期，居于南方（主要集中于上海）的那些诗人辛笛、陈敬容、唐湜等人尚未结成一个群体。不过，同样不可忽视的是，后来被称为上海诗人群的陈敬容、唐湜、辛笛等诗人在"九叶诗群"形成之前，都已经或多或少地接触过西方现代主义诗歌。譬如陈敬容就不仅曾翻译过里尔克的一些诗作，在诗歌创作上也深受里尔克的影响。与此同时，唐湜也"读到卞之琳的《西窗集》与冯至、梁宗岱、戴望舒们的译诗，更在课室里念到 T.S. 艾略特、R.M. 里尔

① 王佐良：《穆旦：由来与归宿》，《一个民族已经起来》，南京：江苏人民出版社 1987 年版，第 8 页。
② 张同道：《探险的风旗》，合肥：安徽教育出版社 1998 年版，第 19 页。

克的作品，又进入了一个新的世界，试作了一些新的探索"①。两地诗人群虽山水相隔，却同声相应，同气相求，我们或许可以将他们的这些活动看作是以西南联大诗人群为主体的"九叶诗群"集结前的"热身"。

西南联大诗人群并非只是躲在大学的象牙塔内沉迷于一些现代诗歌技巧，发出几声超脱现实世界的无病呻吟。他们的诗同样是介入现实的，只不过是以一种现代诗歌的方式介入现实。他们中的代表人物，被认为是位于"四十年代新诗现代化的前列"②的诗人穆旦，对于西方现代派的诗歌技巧的借鉴是较为成功的，但他的诗如《防空洞里的抒情诗》《在寒冷的腊月的夜里》等也同样有着丰满的现实血肉，穆旦甚至还被当时的现实主义诗刊《新诗歌》的编者认为是"战斗的文艺战士"③。与当时的主流诗歌话语大多直接抒写现实题材不同的是，穆旦的诗歌语言显得较为节制、内敛和冷静，这就避免了那种滑行在现实表面之上的空洞表达。然而，作为一个具有自觉的现代意识的诗人群体，西南联大诗人群在当时的语境中却常常受到各种排拒，作为亲历者的诗人郑敏在几十年后这样写道："现代派又在三四十年代返回到它的祖先的故乡：中国诗坛。尤为可笑的是，在它祖辈的故乡，它受到种种嘲讽、咒骂、甚至禁止。"④正如前文所述，追求汉语诗歌现代性的诗人在当时往往被放逐，西南联大诗人群以及他们的同道中人唐湜、陈敬容等诗人们都概莫能外。因此，这些"同路人"的联合与集结，就成为一个重要而紧迫的课题。而他们的集结和汇合，为现代汉诗的艺术发展提供了巨大的推动力。

在《忆冯至吾师——重读〈十四行集〉》一文中，郑敏曾谈到她在西南联大求学时的德语课老师冯至身上所独具的"超越气质"对她早期诗歌写作产生的深远影响，她这样写道："这种不平凡的超越气质对我的潜移默化却是不可估量的，几乎是我的《诗集1942—1947》的基调，当时我们精神营养主要来自几个渠道，文学上以冯先生所译的里尔克信札和教授的歌德的诗与浮士德为主要，此外自己大量的阅读了二十世纪初的英国意识流小说，哲学方面受益最多的是冯友兰先生、汤用彤、郑昕诸师。这些都使我追随冯至先生以

① 唐湜：《我的诗艺探索》，《新意度集》，北京：生活·读书·新知三联书店1990年版，第193页。
② 袁可嘉：《诗人穆旦的位置》，《半个世纪的脚印——袁可嘉诗文选》，北京：人民文学出版社1994年版，第158页。
③ 薛汕：《四十年代的〈新诗歌〉》，《新文学史料》1988年第1期。
④ 郑敏：《世纪末的回顾：汉语语言变革与中国新诗创作》，《文学评论》1993年第3期。

哲学做为诗歌的底蕴，而以人文的情感为诗歌的经纬。"①郑敏的早期诗歌写作正是在以诗人冯至为精神领袖、以西南联大现代诗歌圈为话语场域这样的背景下不断展开，取得了不小的收获。

二、郑敏早期诗歌的艺术特征

同为"九叶诗人"的默弓（陈敬容）早在 1948 年就对郑敏早期诗作的艺术特点做出如下评价："叫人看出一个丰盈的生命里所积蓄的智慧。人间极平常的现象，到她笔下就翻出了明暗，呈露了底蕴。"②此论精准地抓住郑敏早期诗歌的最突出特征，即从日常细节或场景中提炼诗思。郑敏的这种诗歌抒情风格，一方面受到她在西南联合大学求学期间的老师、诗人冯至的影响，同时也受到冯至心仪的诗人里尔克的影响。

郑敏主要倾心于里尔克的诗歌艺术境界，因而她的诗显得意象新颖，思想深沉。她的《马》一诗显然是在里尔克《豹》的启发下创作的。这两首诗都表现了一种原本勇猛剽悍的动物在被围困或衰老时生命力不可逆转的败退，并由此象征抒情主体在生命历程中遭遇的某种精神困境。里尔克笔下的豹呈现出从"疲倦"到"昏眩"再到"静寂"的内在变化轨迹："它的目光被那走不完的铁栏 / 缠得这般疲倦，什么也不能收留。/ 它好像只有千条的铁栏杆，/ 千条的铁栏后便没有宇宙。// 强韧的脚步迈着柔软的步容，/ 步容在这极小的圈中旋转，/ 仿佛力之舞围绕着一个中心，/ 在中心一个伟大的意志昏眩。// 只有时眼帘无声地撩起——/ 于是有一副图像浸入，/ 通过四肢紧张的静寂——/ 在心中化为乌有。"③而郑敏写的马"原是一个奔驰的力的收敛 / 渺视了顶上穹苍的高远"，"曾经象箭一样坚决 / 披着鬃发，踢起前蹄 / 奔腾向前，象水的决堤"，但后来由于衰老与疾病的侵蚀，"形体渐渐丧失了旧日的雄美 / 姿态的潇洒也一天天被磨灭"。④毋庸置疑，《豹》这一诗歌文本充分体现了里尔克所主张的现代主义诗歌美学："艺术是万物的模糊愿望。它们希冀成为我们全部秘

① 郑敏：《忆冯至吾师——重读〈十四行集〉》，《当代作家评论》2002 年第 3 期。

② 默弓（陈敬容）:《真诚的声音——略论郑敏、穆旦、杜运燮》,《诗创造》1948 年第 12 期。

③ 该诗译文为冯至 1932 年所译，首发于《沉钟》半月刊 1932 年第 15 期，此版本据《冯至全集》第九卷，石家庄：河北教育出版社 1999 年版，第 433～434 页。

④ 郑敏：《马》,《大公报·星期文艺》1948 年 6 月 20 日。

密的图像，愿意抛却自己的凋谢的意识，以满足我们某种深沉的渴求。""它们逃离常规习俗，想要我们随其所愿。""这乃是艺术家所听到的召唤：事物的愿望即为他的语言。艺术家应该将事物从常规习俗的沉重而无意义的各种关系里，提升到其本质的巨大联系之中"①，即在表面看来十分冷静的似乎毫无主体介入的对豹的表现中，其实闪现着某种意义的光芒。与里尔克对被围困与被缠绕的现代境遇的揭示不同，郑敏在《马》一诗中超越了对英雄困境的情感层面的感喟，进而引出一个极富东方色彩的形而上的意象——"圣者"——作为这首诗提升主题意义的支点："从那具遗留的形体里／再也找不到英雄的痕迹／当年的英雄早已化成圣者／当它走完世间艰苦的道路。"②从马到英雄，再到圣者，诗中的抒情主体形象完成了从有形到无形的蜕变。

郑敏早期诗歌写作的另一个突出特点，是具有一种强烈的绘画感。这不仅体现在她的一些题画诗中，如《雷诺阿的〈少女画像〉》《兽（一幅画）》等，在《金黄的稻束》《村落的早春》等诗中也同样有所反映。如果说与"诗中有画，画中有诗"这一艺术境界相联系的是中国的写意山水画，那么，郑敏的这些诗则让我们自然地联想到西方的油画，甚至雕塑。像《金黄的稻束》诗中所呈现的："金黄的稻束站在／割过的秋天的田里，／我想起无数个疲倦的母亲／黄昏的路上我看见那皱了的美丽的脸／收获日的满月在／高耸的树巅上／暮色里，远山是／围着我们的心边／没有一个雕像能比这更静默"，③让我们真切地感到似乎有几个重彩油画的画面在眼前交错运动，也仿佛看到一个立体而丰满的鲜活母亲形象。作为"联大三星"之一的女诗人郑敏，其早期诗歌作品以一种女性独有的细腻感受去领悟现代诗艺从而生成了她诗歌作品的别样艺术面貌。尤其是她诗作中所呈现的这种独特的视觉形象，给读者留下极深的印象，正如诗人、评论家唐湜对之做出的一种十分精彩的概括："她仿佛是朵开放在暴风雨前的历史性的宁静里的时间之花，时时在微笑里倾听那在她心头流过的思想的音乐，时时任自己的生命化入一幅画面，一个雕像，或一个意象，让思想之流里涌现出一个个图案，一种默思的象征，一种观念

① ［奥地利］R.M.里尔克著，冯至译：《关于艺术的札记（第二稿）》，《二十世纪外国重要诗人如是说》，郑州：河南人民出版社1992年版，第6～7页。
② 郑敏：《马》，《大公报·星期文艺》1948年6月20日。
③ 郑敏：《金黄的稻束》，《明日文艺》1943年第1期。

的辩证法，丰富、跳荡，却又显现了一种玄秘的凝静。"① 题画诗《濯足》《荷花（观张大千氏画）》《兽（一幅画）》等所呈现的是比原画更富有意味的画面；《献给贝多芬》写了从痛苦的生命中流出的美妙的音乐。郑敏不同于其他诗人的最大特点在于：她的诗偏爱于艺术题材的表现，注重在沉思默想之中展开对于美的密切注视与执着追寻。在她看来，生存的痛苦、斗争和忍受都包含着丰富的美。与之相呼应，郑敏探索少女内心世界的诗也构成了"九叶诗人"诗歌中一道独特的风景。《濯足》刻画了一个等待心上人的少女的一种快乐而又惶恐的微妙心态："深林自她的胸中捧出小径 / 小径引向，呵——这里古树绕着池潭，/ 池潭映着面影，面影流着微笑——/ 像不动的花给出万动的生命"，"你梦见化成松鼠，化成高树 / 又化成小草，又化成水潭 / 你的苍白的足睡在水里"。② 而《寂寞》先写一个少女对寂寞的复杂感受："当寂寞挨近我，/ 世界无情而鲁莽地 / 直走入我的胸里，/ 我只有默默望着那丰满的柏树，/ 想他会开开他那浑圆的身体，/ 完满的世界 / 让我走进去躲躲吗？"然后从中提炼出寂寞对于一个生命成长的必要历练和特殊意义："我想起有人自火的疼痛里 / 求得'虔诚'的最后的安息，/ 我也将在'寂寞'的咬噬里 / 寻得'生命'最严肃的意义。"③《雷诺阿的〈少女画像〉》则塑造了一个紧闭自我的忧郁的少女形象："现在我看见你的嘴唇，这样冷酷地紧闭，/ 使我想起岩岸封锁了一个深沉的自己 / 虽然丰稔的青春已经从你发光的长发泛出 / 但是你这样苍白，仍像一个暗澹的早春。"④ 这个形象在诗人眼中是极具美感的。因为少女的这种姿态正是一个生命在全面释放之前守口如瓶的固执与矜持。少女在这个生命季节呈现出的别样的美，比之即将到来的"吐放"和"成熟"显得更为宝贵，也更值得珍惜。

需要指出的是，郑敏的早期诗歌也有不少介入现实的作品，这种介入话语大致可以分为两种方式，一是从大时代语境出发，抒发作者关于时局、民族、国家命运乃至人类文明等宏大命题的精微而深沉的思考，《噢，中国》《西南联大颂》《静夜》《最后的晚祷》等诗即属此列。譬如，《噢，中国》抒

① 唐湜：《静夜里的祈祷——郑敏论》，唐湜：《九叶诗人："中国新诗"的中兴》，上海：上海教育出版社 2003 年版，第 184 ～ 185 页。

② 郑敏：《濯足》，《诗集：1942—1947》，上海：文化生活出版社 1949 年版，第 13 页。

③ 郑敏：《寂寞》，《诗集：1942—1947》，上海：文化生活出版社 1949 年版，第 44 页。

④ 郑敏：《雷诺阿的〈少女画像〉》，《诗集：1942—1947》，上海：文化生活出版社 1949 年版，第 152 页。

写中华文明如何经由艰难痛苦的蜕变实现新生的主题："这一次是自你的血液里升出真的觉醒，/从灵魂的田野里将隐/埋在泥土下的腐败连根掘去/还有那些怠惰的杂草。//首先要建起一座庙堂，崇高而静穆，/自废墟遗迹中耸立，唤醒我们心头假寐的美德/好像落日里召回失散的鸟群的一株乔木，/然后用艰苦和忍耐克服你唯一的敌人——饥饿。//爱琴海上，圆满与合谐的歌颂者已跌碎他的弦琴/印度洋边，陷入不解的纠纷的正是那寻求圆寂/的民族。噢，中国，你成了唯一的屹然存在的古国，/甚至你，也正为了一个更透彻的复活忍受诞生的痛苦"[1]；这样的主题抒写既接续了"五四"时期郭沫若的《凤凰涅槃》《天狗》等早期新诗作品的思想脉络，又以现代主义诗歌记忆将之推向深入，使诗歌情境变得更为丰富。二是把目光投向底层小人物或弱势群体，表达作者俯下身姿的现实观照以及由此生发的悲悯情怀和哲学性思考，《人力车夫》《清道夫》《小漆匠》《残废者》等诗作提供了有力的文本支持。譬如作者在《人力车夫》里写道："只有当每一次终止的时候/他喘息地伸出污秽的手/（反省吧，反省吧，我向你们请求：/这些污秽的肌肤下流着清洁的血，/那些清洁的手指里流着污秽的血/什么才是我们的羞耻？/那污秽的血，还是那污秽的手？）/他用那饥饿的双足为你们描绘/通向千万个不同的目标的路径/（在千万个目的满足后，你们可会/也为那窒息的他的目的/想出一条路径？）"，[2]这里为底层小人物的鼓呼，让我们想起早期新诗作者胡适、沈尹默等人发表在《新青年》杂志的同题诗《人力车夫》。二者的不同在于，胡适、沈尹默等人主要采取某种居高临下的抒情姿态，抒情主体和表现对象之间有一种显而易见的隔阂，而郑敏在这首诗里不仅有某种俯视的悲悯和观照，还把批判话语的锋芒指向自身，体现了现代主义诗歌的质疑姿态和批判精神。

第二节　郑敏 1979 年后的诗歌写作和诗论

对一个作家创作历程的分期，往往是论者某种"武断"而又无奈的做法，但对郑敏的诗歌创作而言，"1979"无疑可以作为一个确切的分界线，因

① 郑敏：《噢，中国》，《诗集：1942—1947》，上海：文化生活出版社 1949 年版，第 158 页。

② 郑敏：《人力车夫》，《诗集：1942—1947》，上海：文化生活出版社 1949 年版，第 142 页。

为诗人曾在多篇自传性的文章里指认过这点。[①]郑敏在其第一本诗集《诗集1942—1947》（上海文化生活出版社 1949 年版）出版后至 1979 年的 30 年间，似乎并没有进行像曾卓、牛汉等诗人那样的颇具悲壮意味的所谓"潜在写作"活动[②]。关于这个问题，诗人在 1990 年代的一篇访谈文章里这样解释道："当时工宣队和军宣队的头头也来问我：'你真的下决心以后不写诗了吗？'我当时的脑子还停留在很僵化的左倾激进思维状态。我认为如果可以牺牲我自己的诗歌生命而换得中国的乌托邦式的共产主义，那也是可以的。所以我就说我可以不写。"[③]此处表面轻松的语气中实际上流露出某种沉重的时代况味，也暗示了郑敏与曾卓、牛汉等诗人在诗歌气质上的差异：前者是沉思的，后者是介入的。在一个暴烈动荡的年代里，沉思的诗人无从继续沉思，而介入的诗人仍在暗暗介入。

　　幸运的是，郑敏的诗歌生命并没有就此终结，而是在经过长时间的冬眠（用郑敏自己的话说是"假寐"）之后的 1979 年"猛醒"过来。与所谓"潜在写作"隐约的连续性不同，郑敏在 1979 年后的诗歌写作更像是某种"潜伏期"过后呈现的一种突发、喷涌。需要指出的是，在 1986 年之后，郑敏不仅在诗歌创作取得了新的突破，关于现代汉语诗歌的理论思考也逐渐展开，形成了诗与思交融与互动的局面。像郑敏这种能够让创作和理论两者相得益彰、齐头并进的诗人，在现代汉语诗歌史上可以说是相当罕见的。

一、从寻觅到创造

　　1979 年之后，郑敏先后出版了《寻觅集》《心象》《早晨，我在雨中采

[①]　郑敏曾先后写道："1979 年对我是十分重要的一年。当我知道我又可以投入写作时，那种艺术的再生的强烈感觉使我产生了一种飘飘然的感觉，好像我又开始了第二次生命"（《小传》，1984），"从 1948 年到 1979 年，我到诗歌生命沉睡了 30 年。……一直到 1979 年，我……又开始写诗"（《闷葫芦之旅》，1992），"在 1979 我和几位 40 年代的同代诗人，即今天所谓的'九叶诗人'又在历史的新地层上开始写作"（《诗歌与哲学是近邻——关于我自己》，1999）。上述引文分别见郑敏：《诗歌与哲学是近邻——结构—解构诗论》，北京：北京大学出版社 1999 年版，第 487 页、第 478 页、第 475 页。

[②]　"潜在写作"这一概念，最早可能由陈思和在《中国当代文学史教程》（复旦大学出版社 1999 年版）中提出。关于牛汉、曾卓的"潜在写作"之论述，可参阅何言宏：《严酷年代的精神证词》、何向阳：《曾卓的潜在写作：一九五五——一九七六》，分别见《当代作家评论》2000 年第 2 期、第 4 期。

[③]　郑敏：《遮蔽与差异——答王伟明先生十二问》，《诗歌与哲学是近邻——结构—解构诗论》，北京：北京大学出版社 1999 年版，第 454 页。

花》《郑敏诗集》等诗集①，成绩斐然。纵观郑敏这20多年来的创作，可以发现其中有一个从"归来"初诗艺的苦苦寻觅到后来更自觉、更展开的创造转变过程。

郑敏"归来"之初的诗，虽然也有不少表现当时常见的得以重新歌唱后的欣喜之情，但是这种所谓"历史性感情"，在她那里经过一番蒸馏和凝定的处理，因此与比其他许多"归来诗人"同类题材的作品相比，表现得更加含蓄细腻，而不流于某种肤浅的感恩或简单的泄愤。

郑敏复出之后的第一首诗《诗呵，我又找到了你》（又名《如有你在我的身边》）写于1979年秋天。当时大多数诗人都忙于宣泄着悲喜交加的泛政治性情感，大量的意识形态化的语汇几乎胀破了诗歌最后的形式边界。郑敏的这首诗却通过一种起伏变化的戏剧性场面的设置，并在首尾引用巴赫乐曲"Bist Du bei mir"中的同一句歌词而构成一种回转圆合的旋律②，这种形式结构有力地节制了诗人在歌唱的权利失而复得时又惊又喜的汹涌感情。在第一节轻快的早春对话之后，第二节转入一个荒凉、可怖的深秋场景："呵，我不是埋葬了你？！诗，当秋风萧瑟，/草枯了，叶落了，我的笔被摧折，/我把你抱到荒野，山坡，/那里我把我心爱的人埋葬，/回头，抹泪，我只看见野狗的饥饿。"在这里，"埋葬""枯""落""摧折"等密集的动词，加上"荒野""野狗"等寒冷狰狞的意象，较为成功地传达了诗人对以往黑暗喑哑年代的控诉。第三节到第五节，作者描述了一度被"埋葬"的诗"从垃圾堆、从废墟、从黑色的沃土里"的复活。第六节后，虽然仍有隐隐的痛楚和残留的泪痕，但是诗的主色调渐渐地变得明亮和温暖："呵，我又找到了你，我的爱人，泪珠满面，/当我飞奔向前，把你拥抱，只见轻烟/一缕，袅袅上升，顷刻消逝在晴空/什么？！什么？！你……我再也看不见/你多智的眼睛，欢乐在顷刻间//化成悲痛，难道我们不能团聚？/哀乐，再奏起吧，人们来哭泣。/但是地上的草儿轻声问道：/难道她不在这里？不在春天的绿色里？/

① 《寻觅集》，成都：四川文艺出版社1986年版；《心象》，北京：人民文学出版社1991年版；《早晨，我在雨中采花》，香港：香港突破出版社1991年版；《郑敏诗集（1979—1999）》，北京：人民文学出版社2000年版。

② 该诗最初发表时隐去了所引的巴赫的歌词，后来收入《郑诗集》时作者恢复了它的原貌，并更名为《如有你在我身边》。

柳丝的淡绿，苍松的翠绿……"①在诗人笔下，重获新生的诗幻化成抒情主人公"我的爱人"，与诗人热烈地相拥。

　　这首诗虽然不是郑敏最好的诗，却无疑是她最重要的诗作之一。它像一块界碑，标示着诗人一个全新写作阶段的开始。正因为如此，郑敏在1999年编一部诗选时，曾经十分深情地回忆起20年前创作这"假寐中醒来后的第一首诗"的经过："当时我正在公共汽车上驰回西郊。我们刚开过第一次'九叶'碰头会，我也是第一次见到唐祈、陈敬容和曹辛之这几位在京的'叶'友。由于大家的鼓励，我觉得仿佛又回到了诗的王国，在汽车里这首'诗呵，我又找到了你'突然连同它的题目、声调、感情、诗行。完整地走入我的头脑。回家后我很快把它写下。令人惊讶的是，我搁笔30年后的这第一首诗，居然就这样自作主张地来到我的笔下……"②。

　　从1979年到1984年，郑敏的诗歌创作基本上处于一种重新找回失落多年的诗歌感觉的"寻觅"状态。正如她"归来"后的第一本诗集《寻觅集》书名所喻示的，"寻找"是这一时期诗歌创作中常见的主题。这个寻找过程一开始可能令人沮丧，甚至让人感到些许绝望，因为"诗停止了，像一条僵蚕，/当它不再有透明的唾液/在它的体内呼喊，呼喊，/要求你吐丝、写、写、写"，不过，诗人并没有在暂时的艺术困境面前裹足不前，而是流露出试图超越与蜕变的强烈愿望："歌颂夏天的繁茂，秋天的丰富吧/然而每一株松树都有过冬季的黑夜，/每一个果子都有过生长的痛苦。//鸟儿的翅膀为什么不沉重？/它的身躯为什么不知疲劳？/它没有沉浸在欢乐里，它的眼睛永远在寻找"（《寻找》）③。这是一个枯涩时期，当最初的惊喜很快过去，诗人渴望诗歌的"雨夜"，渴望"在黑暗和雨丝里/青春又回来"（《我渴望雨夜》）④。在《诗人的心愿——寻找美和真理的人》《鱼网只是给鱼儿织的》《诗呵，请原谅我》等诗作中，类似的诗艺主题经由不同的形象和譬喻（泉水、鱼、道路等）得到多角度的抒写，表达了诗人对能真正实现自由创造的热切向往。

　　值得注意的是，在这个时期，除诗歌写作外，郑敏还通过其他诗歌活动

①　郑敏:《如有你在我身边》,《郑敏诗集(1979—1999)》,北京: 人民文学出版社 2000 年版, 第313 ～ 315 页。

②　郑敏:《郑敏诗集·序》,《郑敏诗集(1979—1999)》,北京: 人民文学出版社 2000 年版, 第 9 页。

③　郑敏:《寻找》,《寻觅集》, 成都:四川文艺出版社 1986 年版, 第 94 页。

④　郑敏:《我渴望雨夜》,《寻觅集》, 成都:四川文艺出版社 1986 年版, 第 114 页。

来激活敏锐的艺术感受力和养成纯正的诗歌直觉。比如，和诗友切磋诗歌艺术，交换诗歌意见。大约在 1983 年，郑敏给诗友袁可嘉的一封信中写道："我希望能走入物的世界，静观其所含的深意，里尔克的咏物诗对我很有吸引力，物的雕塑中静的姿态出现在我们的眼前，但它的静中是包含着生命的动的，透视过它的静的外衣，找到它动的核心，就能理解客观世界的意义和隐藏在静中的动。"① 此论既是对诗人 1940 年代作品的一种反观式的审视，又是对作为其诗歌的一个重要"远亲"——里尔克的重新体认，因而也指向当下的写作。如果说上述的切磋活动难免流于零星琐碎，那么，郑敏 1980 年代初对美国当代诗歌的翻译就显得相当自觉与自为。阅读郑敏《美国当代诗选》② 的"代序"《美国当代诗与写现实》（1983 年作），虽然不难感到她的行文在特定时代语境下如履薄冰的谨小慎微（如对"现实""现实主义"等暧昧的"安全概念"之借重），却也可看出作者对美国当代诗歌从艾略特（T.S. Eliot）到威廉斯（W.C. Williams）的艺术转向、美国当代诗歌的语言革新等问题的清晰梳理。当然，作为一位诗人，郑敏翻译美国当代诗歌不像一般译者那样，只是从一种语言到另一种语言的工具性"搬运"活动，而是表现出从中深入开掘写作源泉，汲取新鲜的诗歌质素，进而超越 1940 年代诗歌创作某些局限性的种种努力。郑敏后来的一些自述文字里就很清晰地说明了这点："1980 年我开始重新研究美国当代诗歌，它使我走出 40 年代对诗歌的看法和追求。但一直到 1984 年我才领略到二战后美国诗歌的创新之处。"③ 此外，需要特别拈出的是，文中还援引了法国结构主义理论家罗兰·巴特（Roland Barthes）、雅克·德里达（Jacques Derrida）等人的某些观点，尽管尚未得到更为充分的展开，但对当时十分羸弱的中国文学理论界来说，堪称吉光片羽，也是作者本人后来全面接触西方新进文论的先声。

正是通过上述修复诗歌艺术的种种艰辛努力，郑敏作为一位诗人的创造力又重新焕发出来，诗歌创作取得了相当丰硕的成果。这时，她不仅重新接通了 1940 年代写诗时那种敏感的诗思，而且在此基础上更进了一步，正如一

① 转引自袁可嘉：《西方现代派诗与九叶诗人》，《半个世纪的脚印——袁可嘉诗文选》，北京：人民文学出版社 1994 年版，第 319 页。

② 郑敏编译：《美国当代诗选》，长沙：湖南人民出版社 1987 年版。

③ 郑敏：《闯葫芦之旅》，《诗歌与哲学是近邻——结构—解构诗论》，北京：北京大学出版社 1999 年版，第 479 ～ 480 页。

位论者所指出的："1985 年以后，她找到了新的途径，把无意识的发掘运用于创作过程的转换。《心象组诗》之后，她找到了转换的路子：知性不再干扰，悟性也不再突出地以某种哲理形式出现，感性也自然有了，三者融合为一体。"① 当然，郑敏诗歌艺术上的进一步成熟，不仅仅表现为简单的风格转变，更重要的意义恐怕在于，经由对新诗历史的深刻反思和对中西方诗歌资源的清明把握，她在孜孜不倦的创作探索中，提出了关于现代汉诗艺术发展的种种绕不过去的问题。创作于 1986 年的《心象组诗》是郑敏后期诗歌创作摆脱"归来"之初那种特定时代的痕迹，走向丰富和成熟的标志性作品。这是一组充满各种玄思妙想，面向生命内在本质和生存真相进行灵魂探险的诗作。所谓"心象"，本是那些交叠潜藏于人们无意识深处的变幻莫测、波谲云诡的心灵图景。试图用文字捕捉它们无疑是一种冒险：或将之抽象化成一堆干巴巴的概念，或演绎成自说自话，不知所云的呓语。郑敏的这组诗却通过刻画不存在的"门"、身体内的"雄狮"、不知何在的"那里"、"黑郁的树林"、"充满了急躁和爱情"的"云"、守口如瓶的"那个字"、"无声的话"、"听不见的琴弦"、"看不见的鲸鱼"等一系列似是而非、似非而是的诗歌形象，向我们显示了生命、死亡、爱情、欲望、时空、记忆等投向"心象"的或轻或重、或明或暗的面影，从而使这些难以驾驭的庞大主题得到一种细致的、落到实处的表达。从全诗所取得的艺术效果来看，诗人较为成功地"窃听"到"意识与无意识的对话"②，也是郑敏向注重发掘无意识内容的美国当代诗歌借鉴的一个重要收获。诗人后来的《心中的声音》《灵魂的低语》《神秘的小屋》《我不会颤抖，死亡！》等诗延续和推进了《心象组诗》的抒情主题。

进入 1990 年代以后，随着郑敏对新诗本体精神的反思日趋深入和对西方理论资源与诗歌资源的更全面了解，她的诗歌创作也出现了不少值得注意的新情况。最突出的是，她把西方后现代的一些表现手法较为娴熟地运用于自己的诗中。由于郑敏精通外语，能够进入原文文本内部，从而有效地消弭文本转换过程中因"语言之间的恩怨"（借用王佐良语）所导致的磨擦损耗，总的说来，诗人对西方新近诗歌技巧、手法等的移植取得了比较理想的效果，而不是像某些激进盲动的青年诗人那样生搬硬套，只热衷于发动一场很快就烟消云散的"词语暴动"。写于 1990 年代初的十四行组诗《诗人之死》（共19 首）是郑敏最重要的诗作之一。这组以"九叶"诗友唐祈的离世为写作背

---

① 蓝棣之：《郑敏：从现代到后现代》，《当代作家评论》1992 年第 5 期。

② 郑敏：《郑敏诗集·序》，《郑敏诗集（1979—1999）》，北京：人民文学出版社 2000 年版，第 2～3 页。

景的十四行诗，不像一般的悼亡诗那样仅仅抒发一种浅白的悼念之情，而是纠结交缠着神话片段、生者与亡灵之间的对话、诗人的自况、对生命与死亡的形而上沉思等繁复的思想主题。"诗人之死"显然不仅仅指向某个具体事件，而是诗歌被高度边缘化的时代的一个尖锐隐喻，如同一位学者深中肯綮论述道："诗人之死是象喻性的，象喻着所承受的时间之伤和精神之痛。"①该组诗第 11 首的后三节这样写道："在冬天之后仍然是冬天，仍然 / 是冬天，无穷尽的冬天 / 今早你这样使我相信，纠缠 / 不清的索债人，每天在我的门前 // 我们焚烧了你的残余 / 然而那远远不足 / 几千年的债务 // 倾家荡产，也许 / 还要烧去你的诗束 / 填满贪婪的焚尸炉"，②"无穷尽的冬天"或许暗指现代人日益扩张的精神荒原，而那难缠的索债人，索要的是那早已被肆意透支的几千年的文化记忆。对于这种空前的挥霍，诗人的文化乡愁只能是聊胜于无的苍白点缀。更耐人寻味的是，诗末出现的"焚尸炉"似乎可以谐音误读为"焚诗炉"。③事实上，这个发达的物质主义时代拥有一副强劲的胃，不少软弱的诗人和诗歌被轻易地"消费"殆尽。在这里，郑敏不是故作危言，而是发出一种出自良知的厉声呐喊。

　　与《诗人之死》组诗倾心于哲学性诗思不同，郑敏 1996 年发表的组诗《试验的诗》主要体现为一种诗歌形式上的探求，也是借鉴美国当代诗歌中"具象诗"一个典型例子。这是一组具有几分前卫色彩的"试验"之作，其中几首其实可看作诗人按照同年发表的诗论《语言观念必须革新》所进行的某种创作实践。④这组诗的试验主要体现在形式和语言上。形式上的试验主要包括两种方式：一是让诗有画的形象，或者说让诗模拟某种事物的外在形状，如《流血的圣树》《春天能给我的》分别利用方块字的特点排列成不同的树形，并以黑体字造成一种视觉冲击力；《舞》的外形显然是在模拟舞者扭动的身姿；《秋天的街景》则以 5 个竖排的三角形诗节来模拟风中断断续续飘动的

① 王光明：《在非诗的时代展开诗歌——论 90 年代中国诗歌》，《中国社会科学》2002 年第 2 期。

② 郑敏：《诗人之死》，《人民文学》1994 年第 1 期。

③ 郑敏本人在谈到这个意象时曾说："我们身上背着几千年的债务，只能最后把你的诗烧了，但还是不能够填满这个焚尸炉。"见《诗歌与哲学是近邻——结构—解构诗论》，北京：北京大学出版社 1999 年版，第 446 页。

④ 郑敏在《试验的诗·作者按语》（《诗刊》1996 年第 12 期）中说："将诗歌与艺术结合，可以让白话诗兼有艺术的功能，如果配以好的书法，白话诗就能与古典诗词同享我们居室的墙壁……"而在《语言观念必须革新》（《文学评论》1996 年第 4 期）一文中也有类似的表达："加强对视觉艺术审美的敏感，让新诗和古典诗一样走出书本，进入群众的生活空间，悬挂在他们的居室里……"

雨丝，"二是借用中国古典绝句的形式写短诗"①，像《候鹿》，采用一种接近七言绝句的形式。语言上的试验主要是在口头语中加入一些典雅的古典诗语，让一首诗中两种语词混生竞长，如在《候鹿》中，既有"你的双眼""结成一体没有分歧""鹿儿回头"等现代口语，更有"杂黄伴翠""远客孤候""幽径"具有浓厚古典色彩的词语。两者互通有无，营造出一种别样的艺术效果。尽管这种诗歌形式和语言实验还多少显得有些生硬，甚至可能有观念先行的嫌疑，但毕竟为现代汉诗的形式建设和语言创造提供了一个有意义的探索向度。

二、汉语诗歌的本体之思

与创作上的不倦探求相呼应，郑敏对现代汉诗本体精神的反思也相当全面和深入。尤其在进入 1990 年代以后，郑敏更加自觉地反思现代汉诗在 70 多年的行程中产生的语言、形式诸问题。正如著名学者王光明近年所深刻指出的，"20 世纪中国诗歌最大的问题仍然是语言和形式问题，汉语诗歌的发展必须回到这一问题中建构，才能使诗歌变革'加富增华'而不是'因变而益衰'"②。新诗从它的以白话文取代古典汉语、以自由诗打倒古典诗词格律的发轫期开始，长久以来过分注重"破坏"而忽视有意义的建设。由于过于激进地割断与深厚的古典诗歌美学的血脉联系，新诗先天不足的症候很快就显现出来，写作者们于是转而贪婪地汲取芜杂的外国诗歌资源。然而，由于两种不同语言、不同文化之间存在严重的排异反应，盲目跟风、囫囵吞枣的新诗往往只从外国诗歌那里学到一些皮毛的东西，而真正建立起自己的艺术本体精神和美学系统仍然遥遥无期。

早在 1986 年，郑敏就对"归来诗人"们（包括她自己）的诗歌创作作了一番深刻的反省："从 1979 年到 1982 年或更晚一些，很多诗，尤其是中老年诗人写的诗都或多或少地染上了自欺的'光明'的光辉。……让'光明的尾巴'来清扫不那么喜气的情绪。在我自己再出土后初期的诗里就不缺乏这种散布吉祥如意的铃声。"③由此可见郑敏对现代汉诗创作的反思已初露端

---

① 郑敏：《试验的诗·作者按语》，《诗刊》1996 年第 12 期。
② 王光明：《现代汉诗："新诗"的再体认》，《现代汉诗：反思与求索》，北京：作家出版社 1998 年版。
③ 郑敏：《自欺的"光明"与自溺的"黑暗"》，《诗刊》1986 年第 2 期。

倪。而在稍后的一篇文章里，郑敏又夫子自道式地强调了这种反思的紧迫感："一些对过去对国外对当前都略知一二，而又希望能够更全面知己知彼的诗人和理论家就会感到补三十年的世界文化与诗歌、理论的课是很困难的，必需抓紧时间。"①在这篇文章中，郑敏深中肯綮地批判了大陆新诗界长期以来对1949年前新诗经验教训的忽视和对西方诗歌发展新态势的无知，认为新诗应该在继承既有传统（如20至40年代的优秀诗人徐志摩、闻一多、李金发、戴望舒、卞之琳、冯至等人的诗歌创作）和吸收世界诗歌的艺术养分的基础上寻求一条健康、宽广的发展道路。作为1940年代以降现代汉诗的亲历者和见证人，同时具有深厚外国文学素养和始终密切关注世界诗歌发展前沿动态的诗人兼诗论家，郑敏的理论视野是十分开阔的。她对于现代汉诗历史整体性的把握，比起一般论者来，显得更加准确与到位。

1990年代之后，郑敏对现代汉语诗歌作为一个新兴文类得以安身立命的根本艺术问题——语言问题作了一番深层思考和系统论述。郑敏十分清醒地认识到，在现代汉诗70多年的发展历程中，语言问题一直是被压抑的，从来没有被提升到本体论的高度。在她看来，这个问题的深层原因，是与直至今天仍普遍存在于人们思想中的陈旧的语言观密切相关的。这种语言观"仍停留在语言是工具，语言是逻辑的结构，语言是可以驯服于人的指示的"层面，认为"人是主人，语言是仆人。语言是外在的，为了表达主人的意旨而存在的身外工具"②。换言之，这是一种典型的语言工具论。它粗暴地阻隔了人们开拓文学创作和解读的广阔空间，同时也错误地掩盖了语言的多层次与多义性。诗歌作为一个比散文、小说更重视开发语言活力的文类，无疑更应该把语言问题当作一个核心问题加以全面认识和深入思考。因此，语言工具论对诗歌的危害性尤甚。而汉语作为中国诗人的母语，它的文化内质对现代汉语诗歌的写作具有巨大而深远的影响。遗憾的是，许多诗人对此并没有充分的认识，更谈不上自觉的探索与追求。针对这种情况，郑敏提出，陈旧的语言观念必须全面革新，必须对汉语的审美与诗意价值进行重新评估和进一步厘清。

郑敏1990年代以来发表的系列论文：《世纪末的回顾：汉语语言变革与中国新诗创作》（1993年）、《中国诗歌的古典与现代》（1995年）、《语言观

---

① 郑敏：《足迹和镜子——今天新诗创作和评论的需要》，《诗刊》1988第8期。

② 郑敏：《语言观念必须革新》，《文学评论》1996年第4期。

念必须革新》（1996年）、《试论汉诗的某些传统艺术特点——新诗能向古典诗学些什么？》（1998年）等就是对上述问题的全面展开和深入思考。在这些文章中，作者主要讨论20世纪汉语经历的三次转变、汉语的文化审美特性及其与诗的关系、古典诗与现代汉诗的关系等三个方面的问题。

　　关于20世纪新诗写作中汉语的三次转变，郑敏认为，第一次发生在世纪初，以胡适、陈独秀等人为精神领袖的白话文运动是其最主要内容。这一次转变对新诗的影响是使松散拖沓的口语大量涌入诗中而导致诗美价值的严重流失。直到后来徐志摩、闻一多、戴望舒、卞之琳、穆旦等诗人的创作从艺术本体立场出发自觉加入现代汉语诗歌语言和形式的建设，才对以上情况有所匡正。汉语的第二次变革发生在1950年代，"这次它面临的问题是它必须为新的政治（或有时间性的政策）服务。……并不是每个诗人都可以随意通过诗歌表达自己的衷怀。诗人首先被要求了解'典型'人物应有的感情，而后去歌颂这种感情，或批判这种感情"①，因此，语言本身被审查、清洗、净化，诗人的艺术个性失去立锥之地，一切个人的情感痕迹都从诗中被抹去。这次变革使汉语的透明度达到空前的程度，而语言的高透明度意味着其所包含的信息贫乏单调，反映在诗歌创作上，是制造诸如"大跃进"时代全民作诗、赛诗会之类的可笑闹剧。汉语的第三次变革自1979年开始。与第二次刷洗性的语言变革相比，"这第三次的语言变革是积极的，是迈向语言现代化的重要的一步"②，在这个背景下，诗歌领域出现了"朦胧诗"的"崛起"。他们的诗中几乎没有"大跃进"式的语言和历次群众运动所留下的空泛苍白的政治术语、口语。在郑敏看来，这是一个可喜的进步。

　　关于汉语的审美文化特性，郑敏是通过与西方拼音文字的比较来揭示的。她认为"汉文字能直接传达文化的感性和知性内容"，而拼音文字"只能唤起接受者对于对象的抽象概念的记忆，而后联想到该事物的感性质地"③，而且汉语充满动感，不像西方文字那样受严密的语法、词类规则"紧箍咒"的制约。此外，汉语还具有强大的暗喻功能和突出的视觉造型美。因此，汉语与诗之间存在着一种天然的亲密关系，或者说它的本质就是诗的。郑敏认为，

---

① 郑敏：《世纪末的回顾：汉语语言变革与中国新诗创作》，《文学评论》1993年第3期。
② 郑敏：《世纪末的回顾：汉语语言变革与中国新诗创作》，《文学评论》1993年第3期。
③ 郑敏：《语言观念必须革新》，《文学评论》1996年第4期。

新诗写作应该深入挖掘汉语繁复丰美的文化内蕴。这样，21世纪的中国诗才能找到一条光明的出路。

而关于古典诗与现代诗关系的探讨，实际上是郑敏对作为现代汉诗母语的汉语的再体认向诗歌创作的具体操作层面的进一步延展。郑敏认为："继朦胧诗后，中国当代新诗创作陷入一种突破西方现代与后现代诗歌创作模式的困境"，而要真正走出这个困境，诗人们"需要重新发现自己，认识自己的诗歌传统（从古典到今天），使古典与现代接轨"，"在吸收世界一切最新的诗歌理论发现后，站在先锋的位势，重新解读中华诗歌遗产，从中获得当代与未来的汉语诗歌创新的灵感"①。具体地说，不仅古典诗歌简洁凝练的语言、"曲而不妄"的语言态度、音乐性、意象、境界，"都是新诗可以加参考以继承和发挥的"，即使对偶这种"从狭义来讲是不易与语体相融合"的诗艺，其"思维仍可以作为一种诗歌结构在新诗中得到新的发展"②。当然，诚如艾略特论及文学传统问题时所言，"传统是一个具有广阔意义的东西。传统并不能被继承。假如你需要它，你必须通过艰苦的劳动来获得它"③，当代诗人对古典诗歌传统的汲取，同样必须付出艰辛的艺术劳动，才可能有所作为。郑敏对诗歌的传统与现代的见解，有的也需要更具体细致的梳理与讨论，但她考察这些问题的自觉意识，显然十分重要。对诗歌问题的深刻自我反思，只有深入到语言形式的范畴的时候，才真正具有某种建设性。

从以上对郑敏1990年代诗论的分析与描述，我们不难发现诗人关于现代汉语诗歌本体精神的反思，是站在一个相当高的理论高度上，视野也显得十分开阔：有从古典诗到新诗的纵向联系，也有从西方现代诗到现代汉语诗歌的横向比较。在思想资源上，郑敏不仅注意分析包括自身诗歌经验在内的现代汉诗的成败得失，从中国古典诗歌的理论寻找有效参照，还十分重视借鉴吸收西方最新文论的相关资源，如对德里达（Jacques Derrida）、拉康（Jacques Lacan）、芬诺罗莎（Ernest Franciseo Fenollosa）等人的借鉴。需要特别指出的是，郑敏这些诗论的立场始终是现代汉语诗歌本体精神的建构，

---

① 郑敏：《中国诗歌的古典与现代》，《文学评论》1995年第6期。

② 郑敏：《试论汉诗的某些传统艺术特点——新诗能向古典诗学些什么？》，《文艺研究》1998年第4期。

③ ［英］托·斯·艾略特著，李赋宁译：《传统与个人才能》，《艾略特文学论文集》，南昌：百花洲文艺出版社1994年版，第2页。

因而避免了许多论者的"复古"或"全盘西化"的不良倾向。这也体现了在对待诗歌的本民族传统和外来影响时，郑敏所持有的一种兼容并包精神。王光明曾将郑敏与林以亮、吴兴华、余光中、叶维廉等人的诗论，共同纳入"当代自觉反思新诗语言、形式问题的新古典主义理论主张"谱系的做法[1]，无疑是富有见地的。事实上，郑敏关于现代汉诗的理论思考，和上述论者的相关论述互参互鉴，共同拓展了现代汉诗的理论话语版图。

当然，郑敏关于汉语诗歌的本体反思也有不少值得商榷之处。例如，对郑敏《世纪末的回顾：汉语语言变革与中国新诗创作》一文在辨析现代汉诗语言问题时出现的某些矫枉过正的做法，美籍学者奚密就从学理层面提出质疑："郑文生硬地将文言和白话、书面语和口语对立起来，坚持传统作为一起源性存在受到了遮蔽并等待恢复其原来的丰富。郑文的逻格斯中心倾向正在于它只是颠倒了胡、陈二氏文言／白话的价值对立，却并没有改变逻格斯中心主义的内在结构。文言从未自白话诗里消失，正如传统从未是一种纯粹、封闭的存在。"[2]实际上，郑敏在后来的其他一些文章（如《试论汉诗的某些传统艺术特点——新诗能向古典诗学些什么？》等）中也注意到这些问题，对自身的一些偏颇观点做了必要的匡正。

1979年后，郑敏的诗歌创作经过一种多向度展开的文本实践，实现了对1940年代略嫌单薄的早期作品的重要超越；在诗论主张方面，郑敏努力整合中西方理论资源，并结合切身的艺术体验，提出了关于现代汉诗艺术诸层面的种种问题。在郑敏那里，诗与思并行不悖，互动展开，并且分别取得了较为丰富的成果，为现代汉诗的艺术探索做出了双重贡献。郑敏的更重要意义在于，通过自身的创作实践和理论主张，既开放了现代汉诗的各种艺术问题本身，又置身其中，参与了对这些问题的思考与探索。

①　王光明：《现代汉诗的百年演变》，石家庄：河北人民出版社2003年版，第659页。

②　[美]奚密：《现代汉诗的文化政治》，《中国研究》1998年9月号。

第二章
舒婷的诗歌和散文

舒婷（1952— ），本名龚佩瑜，福建厦门人，当代著名诗人。历任福建省文联、作协副主席，厦门市文联主席；中国作协第五届全委会委员，第六、七、八届主席团委员等。1970 年代初在闽西山区插队时开始诗歌创作，1980 年代前期成为朦胧诗潮最重要的代表人物之一，诗歌具有广泛的社会影响。1980 年代中期以后转向散文创作。舒婷关注女性议题的诗作《致橡树》《惠安女子》《神女峰》等，标志着中国当代女性主义诗歌的"浮出历史地表"，此外她广为人知的诗作还有《祖国呵，我亲爱的祖国》《会唱歌的鸢尾花》等，已出版《双桅船》《会唱歌的鸢尾花》《始祖鸟》《舒婷的诗》《一种演奏风格：舒婷自选诗集》等诗集，以及《心烟》《秋天的情绪》《硬骨凌霄》《真水无香》等散文集。

第一节　舒婷的诗歌

舒婷是中国当代重要诗人，也是朦胧诗最重要的代表性诗人之一。舒婷以其女性细腻温婉的情思和独特的诗歌文本大大丰富了朦胧诗的艺术面貌，为朦胧诗群的写作带来了某种新鲜的南方气质。作为 1980 年代的一位现象级的诗人，舒婷以她的诗歌写作在中国当代文学史上留下浓墨重彩的一笔，也为后来的诗歌写作者带来丰富而多元的启示。

一、舒婷与朦胧诗

舒婷最早的现代诗歌写作，可以追溯到她作为一名厦门知青在闽西山区插队的那个艰苦的青春年代。诗人在带有自传色彩的《生活、书籍与诗》一文中曾这样叙述她插队三年期间的堪称"另类"的诗歌阅读和写作活动："我拼命抄诗，这也是一种训练。那段时间我迷上了泰戈尔的散文诗和何其芳的《预言》，在我的笔记里，除了拜伦、密茨凯维支、济慈的作品，也有殷夫、朱自清、应修人的。""我给一位女朋友写了一首诗：'启程吧，亲爱的姑娘，生命的航道自由宽广。'这首诗流传出去，为我赢得几位文学朋友。"①从这两段简洁的叙述中，我们大致可以获得以下几个方面的信息：第一，在那个特殊的年代里，由于图书资料的稀缺，舒婷的诗歌阅读采取的是当时颇为流行的"手抄本"模式；第二，舒婷当时的诗歌阅读涵盖中外现代诗歌作品，其中外国诗歌文本以浪漫主义诗歌作品为主，中国现代诗歌文本以现代文学时期诗人作品为主；第三，舒婷最初的诗歌写作是一种处于半地下状态的"潜在写作"，但这种写作也为她找到了文学上的知音。舒婷在这篇文章中还特别提及《寄杭城》一诗的写作缘起：是一位学政治经济的大学生朋友的启发和鼓励，促成诗人写了这首诗。这种诗歌写作方式同样深深刻下那个时代的印记。

与身居东南地区的女知青舒婷几乎同时开始诗歌写作的，还有北方的一群青年工人和知青，这群诗歌作者包括北岛、江河、多多、顾城、芒克、根子、林莽、方含等人。因地域阻隔和信息交流的不便，彼时舒婷和这些北方的同龄诗歌写作者虽然尚无交集，但彼此接近的诗歌审美趣味，为不久之后他们会合成为中国当代诗歌诗史上绕不过去的朦胧诗群提供了重要的心理基础。而促成舒婷和其他朦胧诗的重要写作者会合的，是他们的前辈诗人蔡其矫。

蔡其矫晚年在接受一次访谈时，曾谈到他和舒婷在诗歌写作方面的最早的交往："1973年认识舒婷时，我就把大量的外国作品介绍给她。《寄杭城》是1973年写的。回到厦门后，写了《海滨晨曲》等诗。她最早的诗受何其芳

① 舒婷:《生活、书籍与诗——兼答读者来信》,《福建文学》1981年第2期。

影响，后来我介绍大量外国文学给她，她的诗风就变了；再后来跟朦胧派交注之后，她又变了。"①需要说明的是，可能是老诗人记忆出现了偏差，这里涉及的两个时间点有误，一是舒婷和蔡其矫第一次见面的时间不是1973年，而是在1975年3月，不过此前蔡其矫读过舒婷的《致大海》《珠贝——大海的眼泪》等诗作，颇为欣赏，也萌生了通过诗人黄碧沛认识舒婷的想法，才有后来他们两人在厦门的初次见面。事实上，舒婷和蔡其矫初次见面之后的交流大多通过往来信件实现，蔡其矫在通信中为舒婷提供了大量外国现代诗歌文本，也不时寄来他自己的诗作，这些作品让舒婷的早期诗歌写作获得了重要的参照系。关于这一点，我们在上文提及的《生活、书籍与诗》一文以及舒婷在蔡其矫逝世后不久写的追忆文章《当我们坐在短墙剥枇杷》②中都可以得到相关信息的印证。二是舒婷诗作《寄杭城》的写作时间并非1973年，而是1971年，当时舒婷还在闽西上杭县插队，这点也可在《生活、书籍与诗》一文中找到印证。不过，蔡其矫对舒婷诗歌最初的影响来源以及后来写作风格的转变的判断，应该说相当精准。从某种意义上说，作为前辈诗人的蔡其矫，充当了舒婷早期诗歌写作的引路人和守护者的角色。

1977年，正是通过蔡其矫的引荐，舒婷和北岛开始书信往来，彼此之间都一种有相见恨晚之感，在惺惺相惜中切磋诗艺，相互碰撞创作灵感。对于舒婷来说，以北岛为代表的北方同龄诗人的作品为她带来全新的阅读体验，也进一步激发了她的创作热情："七七年我初读北岛的诗时，不啻受到一次八级地震。北岛的诗的出现比他的诗本身更激动我。就好象在天井里挣扎生长的桂树，从一颗飞来的风信子，领悟到世界的广阔，联想到草坪和绿洲。我非常喜欢他的诗，尤其是《一切》。正是这首诗令我欢欣鼓舞地发现：'并非一切种子都找不到生根的土壤。'在我们这块敏感的土地上，真诚的嗓音无论多么微弱，都有持久而悠远的回声。"③1978年12月，舒婷的诗《致橡树》被北岛发表在《今天》创刊号上，标志着这位来自福建的女诗人正式和她的北方同仁们集结，会合成朦胧诗群的主力，共同建构现代汉诗的一个重要话语场域。

① 伍明春：《诗与生命交相辉映——蔡其矫访谈录》，《新诗评论》2006年第1辑。
② 舒婷：《当我们坐在短墙剥枇杷——与蔡其矫老师初次见面那天》，《香港文学》2007年4月号。
③ 舒婷：《生活、书籍与诗——兼答读者来信》，《福建文学》1981年第2期。

二、舒婷诗歌的女性想象

作为一位女性诗人，舒婷不仅在她的诗歌写作中呈现出独特的女性气质，还在不少代表性的诗歌文本中就女性主题展开多维的想象。需要指出的是，舒婷诗中的女性主题一般是主张男女平等、强调现代女性的独立自主、关注底层女性命运等相对比较温和的议题，与那种激进的女性主义思潮相比无疑具有很大的差异性。

首发于 1978 年的《致橡树》一诗，首先向读者宣示的是女性主体意识的觉醒："我如果爱你——/绝不像攀援的凌霄花，/借你的高枝炫耀自己；/我如果爱你——/绝不学痴情的鸟儿，/为绿荫重复单调的歌曲；/也不止像泉源，/常年送来清凉的慰藉；/也不止像险峰，/增加你的高度，衬托你的威仪。/甚至日光，/甚至春雨。"作者用加上一连串否定性副词的排比句来界定、强化女性主体的独立性，但并未将之做一种与男性世界相对立的极端化处理，而是试图在二者之间探索建构现代爱情张力结构中的一种新型的男女平等关系："我必须是你近旁的一株木棉，/作为树的形象和你站在一起。/根，紧握在地下；/叶，相触在云里。/每一阵风过，/我们都互相致意，/但没有人，/听懂我们的言语"，进而对这种现代爱情关系做一种理想化的设计："我们分担寒潮、风雷、霹雳；/我们共享雾霭、流岚、虹霓。/仿佛永远分离，/却又终身相依。/这才是伟大的爱情，/坚贞就在这里：/爱——/不仅爱你伟岸的身躯，/也爱你坚持的位置，/足下的土地。"[①] 平等、交互、距离感、包容性，都是建构这种理想爱情关系的关键词。

同样是抒写女性在爱情关系中的地位问题，与《致橡树》的正面表达相比，《神女峰》更多地采取了批判的立场："美丽的梦留下美丽的忧伤/人间天上，代代相传/但是，心/真能变成石头吗/为眺望远天的杳鹤/而错过无数次春江月明//沿着江岸/金光菊和女贞子的洪流/正煽动新的背叛/与其在悬崖上展览千年/不如在爱人肩头痛哭一晚"，[②] 这个批判的矛头指向的是几千年来压在中国女性头上的封建礼教和封建婚姻制度。这里带有浓烈批判色彩

① 舒婷：《致橡树》，《诗刊》1979 年第 4 期。

② 舒婷：《神女峰》，《绿洲》1982 年第 1 期。

的话语姿态，既有对中国古代女性悲惨境遇的同情，也有对当代女性爱情观的警醒。与之相呼应，《惠安女子》一诗也采用了批判话语，只不过在表达上显得比较含蓄："这样优美地站在海天之间 / 令人忽略了：你的裸足 / 所踩过的碱滩和礁石 / 于是，在封面和插图中 / 你成为风景，成为传奇。"① 关于此诗的批判性主题，有一位论者做出这样的分析："古老服饰形成的特殊风情，装饰着海边渔女自然绰约的身姿。惠安女的形象曾博得人们普遍的惊异的欣赏。人们猎奇心理构成了表层的对于惠安女的审美态度。这就是舒婷诗中说的：'在封面和插图中，你成为风景，成为传奇。'舒婷的巧妙正在于把全诗的'缘起'当成了'结束'。这是一个否定性的结论，整首诗的构思围绕着对这句结语的否定而展开。"在分析《惠安女子》的抒情结构之后，该论者进一步指出其内涵："因为旨在'推翻'这个表层的审美意趣，整首诗便具有了'论辩'的气氛：一切都为了说明这有着与普天下女子共同的甚而是更为苦难命运的女子，不应仅仅是'封面'和'风景'。基于此，全诗便具有了戏剧性的引人效果，它所揭示的内涵被赋于强大的力度。正是出于对那种畸形的审美的怀疑，舒婷发现了这一传统题材的崭新含意。"② 此论可谓十分精当地揭示了《惠安女子》的内在结构和主题意义，为读者提供了多方面的启示。

舒婷诗歌的女性想象有时也呈现出幽默、轻逸的美学特征，这个特点在她 1985 年之后的一些诗作中尤其明显。譬如《水仙》一诗："女人是水性杨花 / 俚曲中一阕古老的叠句 / 放逐了无数瓣火焰的心 / 让她们自我漂泊 / 说女人是清水做成的 / 那怡红公子去充了和尚 / 后人替他重梦红楼 // 南方盛产一种花卉 / 被批发被零售到遥远的窗口 / 借一钵清水 / 答以碧叶玉茎金盏银托 / 可怜香魂一脉 / 不胜刻刀千雕万琢 / 人心干旱 / 就用眼泪浇灌自己 / 没有泪水这世界就荒凉就干涸了 / 女人的爱 / 覆盖着五分之四地球哩 // 洛神是水 / 湘妃是水 / 现代姑娘否认她们的根须浸过传说 / 但是 / 临水为镜的女人每每愈加软柔 / 一波一波舒展开 / 男人就一点一点被濡湿了 // 闽南小女子多名水仙 / 喊声 / 水仙仔吃饭啰—— / 一应整条街"，③ 作者以水仙这种南方特有的植物来象征女性，语言轻松、诙谐而又不乏机智，既写出了女性的似水柔情，也写出了女性的坚韧和乐观。

① 舒婷：《惠安好》，《舒婷、顾城抒情诗选》，福州：福建人民出版社 1982 年版，第 124～125 页。
② 陈素琰：《美丽的忧伤——舒婷的〈惠安女子〉》，《名作欣赏》1987 年第 1 期。
③ 舒婷：《水仙》，《文汇月刊》1988 年第 3 期。

三、舒婷诗歌写作的嬗变

　　舒婷曾在一篇随笔中谈到《祖国呵，我亲爱的祖国》被一个诗歌编辑批评为"低沉、晦涩，不符合青年女工的感受"，对此，舒婷提出十分尖锐的质疑："青年女工的感受谁最有权利判断呢？"在舒婷看来，青年女工理应走出现代工厂的刻板节奏，去寻找属于她自己的独特而多彩的情感世界："每逢周末晚上，我赶忙换下工作服，拧着湿漉漉的头发，和我的朋友们到海边去，拣一块退潮后的礁石坐下来。狂欢的风、迷乱的灯光，我们以为自己也能飞翔。"①《流水线》一诗正是对于这种心理诉求的回应："在时间的流水线里／夜晚和夜晚紧紧相挨／我们从工厂的流水线撤下／又以流水线的队伍回家来／在我们头顶／星星的流水线拉过天穹／在我们身旁／小树在流水线上发呆／／星星一定疲倦了／几千年过去／它们的旅行从不更改／小树都病了／烟尘和单调使它们／失去了线条和色彩／一切我都感觉到了／凭着一种共同的节拍／／但是奇怪／我唯独不能感觉到／我自己的存在／仿佛丛树与星群／或者由于习惯／或者由于悲哀／对本身已成的定局／再没有力量关怀。"②在这首诗里，时间、星星、"我们"、小树所共同指称的世界都深陷于流水线高度程式化的强大结构之中，生命板结，自我迷失，自然不能不引起诗人的质询与反思。这种抒写方式使舒婷的诗不满足于浪漫主义式的情感宣泄，因而获得了必要的情感张力和思想深度。

　　早在 1980 年代初，就有论者指出舒婷诗歌具有"抒情艺术的辩证法"，具体而言，"因为矛盾和对比，起码包容了事物（或思想、情绪、色彩等）两个以上的方面——这正是与她曲折深致的抒情方法相一致的意象组织的特点。她善于在许多对立、冲撞的意象、意愿、情绪、感觉中求得统一与和谐，获得单纯而又丰富、复杂而又富于层次的艺术效果。这就是为什么这个气质上属于浪漫型的诗人，虽然常常直抒胸臆，却没有给人理念化和一泻无余之感"③。此论可谓切中肯綮，较为准确地抓住舒婷诗歌最突出的抒情艺术特征，即打

① 舒婷：《生活、书籍与诗——兼答读者来信》，《福建文学》1981 年第 2 期。

② 舒婷：《流水线》，《希望》1980 年第 3、4 期。

③ 王光明、唐晓渡：《舒婷诗的抒情艺术》，《诗探索》1984 年第 10 期。

破传统抒情的线性模式，而代之以具有某种矛盾张力的情感表达方式，进而获得更为丰富、深刻的艺术意味。

舒婷诗歌的艺术风貌其实从一开始就是颇为多元丰富的。对于舒婷的早期诗歌作品，由于大量诗歌批评文章的推介，以及诗歌选本、语文教科书等各种媒介的强大传播作用，读者们往往更多地把目光聚焦于《祖国呵，我亲爱的祖国》《致橡树》《献给我的同代人》《这也是一切》等作品，而对同时期的《墙》《思念》《黄昏星》《路遇》等诗作却有所忽略。当时的一些诗歌批评文章虽然较到位地把握到舒婷诗歌抒情艺术的整体特点，但对其一些艺术意味较为复杂、深沉的诗作质量的评判多少显得有些准备不足，譬如，上文引述过的《舒婷诗的抒情艺术》一文，就对舒婷的《墙》《黄昏星》等诗作做出了否定性的评价："舒婷近一两年也写过《墙》那样的没有思想个性的诗，写过《黄昏星》那样离开欣赏者较远的作品，但它们呈现的迹象不是艺术才能的衰退，而是创作源头还不多。"[1] 这里的批评意见尽管是善意的，甚至为诗人后续的写作提出了相应的改进意见，却也反映了舒婷当时的一些诗作的艺术表达带有某种超前性，而能真正理解它们的读者尚未出现。

大约从 1980 年代中期开始，舒婷的诗歌写作表现出寻求自我突破的强烈愿望。面对"第三代诗歌"话语浪潮的巨大挑战，她试图跳脱、超越原有的诗歌抒情话语模式，去寻找一个新的表达路径。舒婷创作于 1985 年的组诗《再见，柏林西》，定稿于 1985 年的"电视诗"《银河十二夜》等作品就充分反映了诗人寻求自我超越的努力。组诗《再见，柏林西》抒写一个中国诗人在当时尚未统一的德国（西德）访问时生发的复杂而独特的感受，作者先后通过异域女郎、酒吧、音乐会、野味餐厅等意象或场景，一方面表达了走出国门之后收获的种种惊羡体验，另一方面也体现了诗人对于冷战这一时代主题的深刻思考："许多年来 / 鼓着翼 / 那些鸟儿 / 始终飞不出 / 这堵墙 / 火在壁炉里 / 活动各种翅膀 // 那将自己隐没于灯光的人 / 被灯光所惊骇 / 当他看见 / 多一个苦苦挣扎的姿势 / 在群鸟的悲鸣中 / 装饰墙"，[2] 彼时闻名世界的"柏林墙"，既是一种现实的物质存在，更是一种无形的心灵与心灵之间的巨大阻隔。舒婷的诗含蓄地提醒我们，在庞大的冷战思维话语构架中，人们的反抗

① 王光明、唐晓渡：《舒婷诗的抒情艺术》，《诗探索》1984 年第 10 期。

② 舒婷：《再见，柏林西》，《人民文学》1986 年第 1 期。

显得那么无力，甚至最终沦为某种帮凶角色。这样的诗歌想象，已然获得了某种更为广阔的国际视野，也具备放眼全人类的观照角度。而"电视诗"《银河十二夜》表现的是一个爱情主题，作者借鉴了现代戏剧场景、对白、独白等多种叙事性元素，使爱情主题的抒写变得更为曲折深致，也使作品获得了更为丰富、深刻的意蕴。

舒婷在寻求诗歌写作艺术的自我突破的同时，也颇为关注作为朦胧诗的挑战者的"第三代诗歌"。对于这些如雨后春笋般冒出来的后来者们，舒婷一面充满着期待："但我认为他们刚刚开始。他们之中出现了自己非常年轻的理论家，比朦胧诗走得更远。确实提供了一个辽阔的可能性。如果成功，还将冲击小说和戏剧等其他领域。然而，他们还没有相应的作品来验证他们的理论。我们确实读到了不少有意思的作品，但能够传世之作，也许用他们的话，还得拭目以待。"一面也流露出几分忧虑："我们不知道第三浪潮为期有多长，会不会不待它达到历史最高水文就已分化消失？""我们不知道第三代人中将有哪些星辰升起，照耀中国诗歌史，这片次生林会不会由于生长过于迅速，把自己的优良树种淹没其中？"①舒婷的这种忧虑是不无道理的，事实上"第三代诗歌"后来在发展过程中出现的各种问题，某种意义上都印证了舒婷当年的忧虑。

就整体而言，舒婷1985年之后在诗歌写作上的自我超越无疑取得了一定的成效，创作出一批优秀的诗歌文本。不过，进入1990年代之后，舒婷的诗歌写作渐渐地出现了某种意兴阑珊的态势，就像她在一篇评论文章中所表达的："曾经在诗歌的炼狱穿行，多次浸浴冰水，又反复焚烤于烈焰。当语言的象群密集在感觉的地平线，我最先的反应是火速逃难。我高烧辗转，战栗直透指尖，巨蹄的飓风摧毁我，蹂躏我，我不复存在。劫后幸存的或支离褴褛、或精致光滑，或经典八卦，我再无力关怀。"②舒婷与诗歌写作渐行渐远，写作于1997年的长诗《最后的挽歌》或许可以视为其告别诗坛之作："如果内心 / 是倾斜下沉的破船 / 那些咬噬着肉体 / 要纷纷逃上岸去的老鼠 / 是尖叫的诗歌么 // 名词和形容词 / 已危及交通 / 他们自愿选择了 / 非英雄式流亡 / 你的帽子 / 遗忘在旗舰上。"③

① 舒婷：《潮水已经漫到脚下》，《当代文艺探索》1987年第2期。

② 舒婷：《露珠里的"诗想"》，《读书》1995年第5期。

③ 舒婷：《最后的挽歌》，《大家》1998年第2期。

第二节 《神女峰》与《致橡树》：
新时期之初"大写的人"的日常性与性别

启蒙运动以来西方思想界并没有把对人的感性欲望的倡导看作是人性的基本规定，其原因是，感性欲望的东西总是与人的身体相关联的，而理性则具有普遍的精神本性。一句话，就人性当中的感性和理性来说，理性被认为是更加根本的性质。在这个意义上，西方启蒙主义思想家把人性理解为理性，而不是感性。新时期伊始，其实文学对人性的理解也基本上在这个框架内。北岛的诗歌之所以被时代选中，正是因为表达了人的理性的觉醒。而时代之所以能够接纳舒婷诗歌中人的丰富感性细节，那是因为这种感性被看作是理性、精神觉醒的标识。因此，这样的感性，与后来第三代诗歌、新写实小说所表达的世俗化、肉身化的、粗粝却生机勃勃的感性是不能同日而语的，后者是抛开理性框架的，而前者是内在于理性框架的。但即便只是在理性框架内中规中矩的感性，在新时期之初依然非常有意义。

一、《神女峰》：追慕异行或回归日常生活？

如果说在 1960—1970 年代，相对于前辈诗人黄翔诗歌中常见的超越日常性的遗世独立和决绝反叛，食指的诗歌和时代的疏离则体现在表达了更加日常化的个体经验（如《这是四点零八分的北京》）。这也是食指诗歌更广为流传的重要原因。[1]同样的，舒婷诗歌可能不是朦胧诗中最好的，但却是离日常生活最近的[2]，并因此最广为流传的。她的诗歌让人们邂逅了在文学中久违了的日常生活。

发表于 1982 年的《神女峰》[3]，如同很多研究者、普通读者所看到的那样，首先是对源远流长的"贞节文化"的批判。"贞节文化"在明清两代最

---

[1]　当然,食指并非所有诗作都具有日常性特征。

[2]　1980 年代很多女"文青"在婚礼上要朗诵《致橡树》,这一现象可以看作是舒婷诗歌靠近日常生活的有力证明。

[3]　《神女峰》创作于 1981 年 6 月,首次发表于《绿洲》1982 年第 1 期。

为昌盛，个中原因不仅仅是父权意识形态建构的结果，还有更复杂的原因。如，明初儒学学者为了清除蒙古文化的污染，强调华夷之辨以修复儒家秩序，便大力提倡贞洁文化；而明亡清兴之际，儒生们又为了强调士人的政治气节，以女子贞洁隐喻士人的政治气节，贞洁文化再次得到强调。所以，相比于宋元时期，明清两代对女性的道德训诫更加严厉，奖励贞节也最有力。《二十四史》中《明史》节妇最多，《元史》上所表彰的贞女节妇不及 60 人，而《明史》"竟不下万余人"，"掇其尤者，也还有三百零八人"[①]。除了特定时代的文化逻辑之外，还有一个重要原因就是长期以来士人精英阶层中流行的一种文化风尚，那就是对日常生活的否定，对戏剧化的极端行为的追慕。"在悬崖上展览千年"就是一种违背日常生活的、追慕异行的道德英雄主义，这种崇尚极端行为的文化实践在父权文化系统中主要通过女性镜像来完成。一个有力的数据可以证明这点，1644 年到 1850 年一百多年间，即从顺治到同治，清代朝廷和地方旌表的道德楷模有 217336 人，其中男性 2552 人，女性 214784 人。[②]女性不仅仅是两性关系中的道德楷模，甚至也是其他道德层面的楷模。这种文化生产中性别政治法则在近代、现代、当代已然绵延不绝，从晚清救国女豪杰到 1920—1930 年代"新女性"／革命女性，再到 1950—1970 年代的女英雄、女模范，尽管女性道德楷模的内涵设置随着时代变化而变化（从家庭伦理到社会公德），但文化实践的模式却没有变。从家到国，从传统到现代，各种意识形态轮番对女性进行"询唤"，无数女性应声走向"悬崖"去"展览千年"。因此，当舒婷用"爱人肩头痛哭一晚"来否定"在悬崖上展览千年"之际，其意义不仅仅只是批判贞洁价值观，显然还是第一次以文学的方式对这种源远流长的、针对女性的制度化了的道德绑架说"不"。《神女峰》用来否定这种道德绑架的不是什么法宝，只是常识、日常生活。"爱人肩头痛哭一晚"是一种日常生活状态，而"在悬崖上展览千年"则是一种非日常性的、违背常识的、追慕异行的行为。《神女峰》肯定日常生活的勇气当然来自新时期之初的人道主义。有了日常性，"大写的人"才不是一个空洞概念，才有了肉身，由观念主体变成经验主体——从而开启"大写的人"

---

① 参见陈东原:《中国妇女生活史》，北京：商务印书馆 2015 年版，第 139 ～ 141 页。

② Elliott, Mark C: "Manchu widows and Ethnicity in Qing China"（《清代中国的满族寡妇及其种族特性》）, Comparative Studies in Society and History, 1999, 41.2

的内面化历程。因此,《神女峰》的意义已然超出了女性议题。

要理解《神女峰》的这种日常性的意义,还必须联系 20 世纪中国文学中的日常生活书写的历史。所谓的日常生活,指以饮食男女、生老病死、交往言行为主要内容,与公共社会活动、精神生产相对的私人活动领域。A. 赫勒将它界定为"那些同时使社会再生产成为可能的个体再生产要素的集合"。它在整个社会结构中居于十分重要的地位。因为"个人只有通过再生产作为个人的自身,才能再生产社会"。"自我再生产成为社会再生产的原动力。"① 因此,日常生活的缺席将使社会结构空洞化、现代主体陷于"无家可归"的缺失焦虑中;但同时由于日常生活是以传统习俗、经验、血缘关系、自然情感等自然主义、经验主义因素为其立根基础,这又使它成为阻滞社会自觉文化因素的生长,进而导致社会长期停滞的力量,尤其是在中国这样一个有着强大的农业文明传统的文化中(农业文明在本质上是个自在的日常生活世界)。②因此,在现代性焦虑中伸展着的百年中国文学,事实上始终纠缠着对日常生活的超越与回归的双重向度。

我们知道,中国现代性起源以来,知识精英接受西方思想的影响是由国家、民族层面最终迁延到个人生活的层面。对于"五四"启蒙主体而言,"成为认识和身份源泉的是经验,而不是传统、权威和天启神谕。甚至也不是理性。经验是自我意识——个人同其他人相形有别——的巨大源泉"③。正是对经验世界、世俗人性、感性生活的守护奠定了"五四"启蒙主体面对礼教的基本立场。但就总体而言,启蒙主体却并非一个经验主体,启蒙叙事用以对抗封建礼教的"自由恋爱"在很大程度上只是一种与感性肉身无涉的抽象观念。"五四"启蒙原本就是一场思想观念的启蒙,并没有深入到作为文化根基的日常生活层面。当这样的观念性启蒙遭遇到日常生活的阻击时,启蒙主体不是选择对日常生活批判、重建,而是将日常生活全面唾弃。丧失日常生活、感性经验支撑的启蒙必然遭遇挫折、失败,而这样的失败又反过来更加重了启蒙主体对日常生活的否定。在"五四"启蒙主体的视阈中,日常生活其实

① [匈牙利]A. 赫勒著,衣俊卿译:《日常生活》,重庆:重庆出版社 1990 年版,第 3、4 页。

② 参见衣俊卿:《回归生活世界的文化哲学》,哈尔滨:黑龙江人民出版社 2000 年版,第 235 页。

③ [美]丹尼尔·贝尔著,赵一凡等译:《资本主义文化矛盾》,北京:生活·读书·新知三联书店 1989 年版,第 137 页。

并没有获得叙事的合法性，鲁迅的《伤逝》即是一个典型的例子。而《伤逝》所昭示的私人性日常生活的琐碎、凡庸以及对现代主体精神理性的巨大磨损，已然构成此后文学中有关日常生活话语的强大前文本。到了1950—1970年代的文学中，对日常生活的遗忘、拒绝更是成为历史主体成长的必要前提和道德完善的重要标志。

其实，"摆脱和逃避日常生活就像私奔出走一样，从一开始就决定了，一定会回到原先的出发点"①。作为对1950—1970年代文学的反动，新时期伊始，文学就以对世俗日常生活的回归来确立自己人道主义的精神立场。在1980年代早期的现代性想象中，日常生活的物质现代化一直是相当重要的方面，甚至被当成是现代性诉求的全部内容。但在1980年代早期最经典的现代性叙事中，物质性日常生活变迁被当作精神觉醒的必要前奏，对丰裕物质生活的向往被看成是精神复苏的重要标识，舒婷诗歌中的爱情、友情、亲情、送别、怀人等等主题正是在这样背景下展开，呈现出"大写的人"优雅的感性、日常性。这在一定程度上补充了这个"大写的人"的完满性。当然，这同时也意味着，物质性日常生活只有在能激起精神的苏醒时才获得叙事合法性，才显得格外诗意盎然。朦胧诗所有的日常意象背后都有象征意义，换句话说，朦胧诗的能指非常感性、具体，而所指却高蹈渺远，即此时文学中的日常生活本身并没有自足的意义。从生命的层面、生物性层面对人深邃内面性的挖掘此时还没有开始，要等到1980年代中期整个中国当代文学"向内转"后才开启。

此外，要理解《神女峰》还必须联系另一个知识背景，那就是地方路径，即有关巫巴神女峰的传说谱系。神女峰传说包含三个系统，第一个系统，唐末道士杜光庭《墉城集仙录》记载瑶姬帮助大禹治水的神话故事。西王母第23个女儿瑶姬降伏兴风作浪的12条蛟龙，向在巫山治水的大禹传授治水秘诀，凿通三峡，并最终化成了石峰日夜立在高山上，为来往的船只导航引路。②瑶姬有点像福建地方女神妈祖（和妈祖一样，瑶姬也是道教女神，有关瑶姬的最早纪录来自道士）。瑶姬后来虽然也化为石头，但与贞节文化和爱情

----

① ［德］马克斯·霍克海默、特奥多·威·阿多尔诺著，洪佩郁、蔺月峰译：《启蒙辩证法》，重庆：重庆出版社1990年版，第133页。

② 袁珂：《中国神话史》，北京：北京联合出版公司2015年版，第63～64页。

婚姻全无关系。显然巫巴地区的这个传说属于母系氏族时代的英雄神话系统，和父系时代以男性为中心的英雄神话谱系完全不同。第二个系统，巫山神女自荐枕席的传说。这个更多出于文人创作。最早见于宋玉《高唐赋》《神女赋》，"妾在巫山之阳，高丘之阻，旦为朝云，暮为行雨，朝朝暮暮，阳台之下"。宋玉构思可能源自屈原的《山鬼》。后来大量的文人诗文、典故、佳话层层叠叠都源自于此。但也有人（如刘禹锡、陆游）对宋玉的构思表示过不满。第三个系统，化石、望夫石传说，民俗学泰斗钟敬文先生就曾把"望夫型传说"列入"中国地方传说"的十个类型之一，包括望夫石、望夫台、望夫岗、望夫山等。从时间上讲，望夫石传说最早出现于曹丕《列异传》中，"武昌阳新县北山上有望夫石，状若人立者。传云昔有贞妇，其夫从役，远赴国难，妇携弱子，饯送此山，立望而形化为石"①。此后历朝历代"望夫石"记载层出不穷。有研究者对望夫石传说流播的地域进行归纳，认为主要流布于南方各省水路发达之处，尤其是长江中下游地区。《列异传》所说的武昌阳新县（今湖北省黄石市阳新县）在早期望夫石传说中占绝对主体地位，重庆地区也有几处望夫石传说②，但是没有见到巫山神女传说与望夫石相关联的记载。正如孙绍振教授所言，"舒婷取民间浪漫故事之实，以经典文献神女名之"③。舒婷当年之所以将神女峰和望夫石相联系，也足以说明后者作为文化原型母题在中国文化中的影响和位置。

二、《致橡树》: 性别差异与"大写的人"的性别

众所周知，《致橡树》④当然率先表达了女性对独立、平等爱情的欲求，这是一个古老的"五四"命题。这个命题在 1970、1980 年代之交其实并没

① 徐中玉主编:《中国古典文学精品普及读本·民间文学》，广州：广东人民出版社 2019 年版，第 50 页。

② 有研究者对望夫石传说流布地域做了梳理，参见张芸《望夫石传说古今流传考》，《民俗研究》2007 年第 4 期。

③ 孙绍振:《从〈致橡树〉到〈神女峰〉》，《名作欣赏》2008 年第 21 期。顺便说明一下，孙绍振先生的文章是将这两首诗作比较，本小节尽管论述对象和孙文一样，但论域不同。本小节并不作比较，而是讨论《神女峰》《致橡树》如何在性别议题以及超越性别议题的层面上对新时期之初文学的意义。

④ 《致橡树》创作于 1977 年 3 月 27 日，首次发表于 1978 年 12 月《今天》创刊号，后再刊于《诗刊》1979 年第 4 期。

有多少创新性。这首诗的创新恰恰来自超越这个命题的地方，那就是表达了正视性别差异前提下的两性平等这样一种崭新的性别观念："你有你的铜枝铁干／象刀、象剑／也象戟／我有我的红硕花朵／象沉重的叹息／又象英勇的火炬"①，"我"不必和你一样拥有"铜枝铁干""刀""剑""戟"，"我"自有"我"的"红硕花朵"，花朵同样也是有力量的。这也是当代文学对性别差异最早的关注。这点长时期没有被人意识到。②这种对性别差异的表达，在七八十年代之交其历史意义是不容忽视。因为人们经历了漫长的"男女都一样"这样一种漠视性别差异前提下的平等。

在此基础上我们进入了这首诗对于新时期之初的性别文化语境第二层意义，它提示着新时期文学中的"大写的人"，不仅可以是"象刀、象剑／也象戟"的男性，也可以是拥有"红硕花朵"的女性，因为"红硕花朵"同样可以是"英勇的火炬"。③可惜这样的提醒后来并没有被新时期文学主流所接纳，新时期文学中的"大写的人"实际上有着明确性别——男性。新时期文学中以普遍化、中性化面目出现的个人主体实际上是男性主体，文学叙事极力打造的当代自我，首先是男性自我。对男子汉气质的模塑与个人主体的建构是在新时期文学中是合二为一的。伤痕、反思文学热衷于塑造历尽坎坷磨难、九死不悔的"苦难男子汉"，《大墙下的红玉兰》中的葛翎、《犯人李铜钟的故事》的李铜钟、《天云山传奇》中的罗群、《月蚀》中的伊汝、张贤亮笔下的章永麟等；改革小说则忙于打造强悍进取、大刀阔斧的"铁腕男子汉"，《乔厂长上任记》中的乔光朴、《男人的风格》中的陈抱帖，《龙种》中的龙种、《新星》的李向南、《开拓者》中的车蓬宽、《燕赵悲歌》的武耕新、《祸起萧墙》中的傅连山等；其至新时期文学中最具女性主义色彩的文本也积极模塑本质化男子汉形象，例如，张辛欣《我在那儿错过你》《在同一地平线上》、张洁《方舟》等文本。到了1986年沙叶新名动一时的话剧《寻找男子汉》将这场象征运动推向巅峰。"寻找男子汉"实际上是新时期一个非常重要

---

① 应为"像刀、像剑／也像戟……"，但《致橡树》在《诗刊》1979年第4期发表时，原文是"象刀、象剑／也象戟……"，在此我们保留原文状貌。

② 笔者在十几年前就提到这点。

③ 当然，这几行诗歌还可以看作是对女性人生艰难境遇的形象表达，炫目的红花硕朵背后，是不为人知的沉重与艰辛，和这几行诗句形成互文性的是另一首同样是女性主题的诗歌《惠安女子》中诗句：这样优美地站在海天之间／令人忽略了／你的裸足／所踩过的碱滩和礁石。有关这方面的论述，本书暂不展开。

的文化象征活动。由于文学叙事在新时期文化象征生产中的绝对中心位置，因此必然对 1980 年代前期的文化风尚、日常生活、审美产生深远的影响。对光芒四射的男子汉形象的模塑，对以进攻性、竞争性为表征的男子汉气概的张扬，不仅成了新时期文学的一个隐秘叙事动力，它还参与了新时期文学在民族国家框架内对作为个体性的人的主体地位、尊严、价值的表述。这样的表述作为一种知识与话语的形态，其背后的性别权力是不言而喻的。[①]当然，话说回来，创作于 1977 年的《致橡树》中存在明显的"寻找橡树"的意图，与后来新时期文学"寻找男子汉"的文化实践不谋而合。由此可见《致橡树》对女性的"红硕花朵"也可以是"英勇的火炬"的自信尚不坚定。

　　总之，《神女峰》批判的不仅仅是源远流长的贞洁文化及其对女性的道德和审美绑架，同时也是对否定日常性、追慕异行、崇尚极端行为的文化风尚的批判，这种文化同样源远流长。"爱人肩头痛哭一晚"是一种日常生活状态，而"在悬崖上展览千年"则是一种非日常性的、追慕异行的行为，展露了新时期之初"大写的人"日常性和肉身性。这是这首诗超越女性议题之外的意义。而《致橡树》的意义也不仅仅在于表达两性平等的理念（这在当时中国语境中并不新鲜），更是表达了正视性别差异前提下的两性平等，即"你有你的铜枝铁干／象刀、象剑／也象戟／我有我的红硕花朵"，在七八十年代之交，经历了漫长的"男女都一样"后的中国，这种性别理念才是有创新性的。再者，这首诗同时也表明新时期之初的"大写的人"性别也可以是女性。这是这两首诗在新时期之初的语境中的特殊意义，也是站在我们今天立场上，这两首诗最值得我们去重返之处。

第三节　舒婷的散文

　　进入 1990 年代后期之后，舒婷的诗歌写作基本停止。在一些诗歌批评文章里她虽自称"退役诗人"，却常常利用自身巨大的影响力，为一些更年轻的闽地诗人热情地鼓呼，给他们创造各种亮相诗坛的机会。此后舒婷主要把创作重心转移到散文写作上，先后出版了《硬骨凌霄》《心烟》《真水无香》等多部散文

① 　参见王宇：《新时期之初的"男子汉话语"：一个性别政治视角的考察》，《文艺研究》2006 年第 5 期。亦可参见王宇：《性别表述与现代认同》，上海：上海三联书店 2006 年版，第 112 ～ 119 页。

集。事实上，舒婷从 1980 年代中期开始就创作了不少优秀的散文作品，只不过在当时这些散文作品往往被她的诗歌作品的巨大声名不同程度地遮蔽了。

一、抒情性的幽默

著名学者孙绍振先生曾以一位批评家的敏锐目光，把舒婷的散文与钱钟书、梁实秋、林语堂等人的散文相比较，将舒婷散文的艺术特质，富有创造性地提炼概括为"抒情性幽默"："舒婷以惯于抒情的诗笔写幽默散文，明显是迎着难度挑战。抒情的美化和幽默'丑化'属于不同的美学范畴，两者的矛盾在舒婷那里达到了得心应手的交融。舒婷的诗是以心灵的纯洁化著称的，而幽默散文以自我贬低见长。她的幽默，从自我方面来说，交织着自嘲和他嘲，反讽和调侃，任性和耍赖，尖刻的挑剔和尽情的夸张等等。……在任性地'丑化'甚至是漫画化的笔墨中，她幽默的'丑化'与诗意的美化互为表里，也许可以把它命名为'抒情性幽默'。"[1]此论深刻揭示了舒婷散文写作艺术呈现的最突出特征及其实现的表达方法和话语路径。

舒婷散文中的确有不少自嘲话语，不过这些自嘲话语是有节制的，往往仍带有某种抒情色彩。譬如，作者在一篇回忆童年生活的散文《到石码去》中写道："我那常在地方小报上发点歪诗的爸爸，抱着他的鬈发黑黑、肤色雪白的'精灵儿'，在花园回廊上大叫：'女神，我的女神。'尽管后来女神长成了丑八怪，但父亲对我的溺爱有增无减，原因也和我的'精灵'有关。"[2]这里的自我调侃可以说是点到为止，文章表达的重心落在美好的童年记忆和温馨的亲子之爱上。而在《我儿子一家》一文中，作者的自嘲是假借五岁儿子的叙述视角来曲折传达的："人家说一定是爸爸怕妈妈，其实是妈妈怕爸爸。每晚妈妈陪我上床，都带一本书看。爸爸一走进卧室，妈妈赶紧把书藏在被窝里。那书的封面不是一支手枪，就是一具血淋淋的尸体。爸爸发现后就摆出课堂的姿势教育妈妈。妈妈不服气，说她这是休息，她不能'守桌待诗'。我说妈妈错了，是守株待兔。"[3]作者巧妙地利用儿童视角和成人视角的错位，为我们塑造了一

①　孙绍振：《世纪视野中的当代散文》，《当代作家评论》2009 年第 1 期。

②　舒婷：《到石码去》，《散文》1985 年第 2 期。

③　舒婷：《我儿子一家》，《舒婷精选集》，北京：燕山出版社 2006 年版，第 101 页。

个自我调侃的诗人形象，为我们呈现了一个三口之家的温暖诗意。

同样是写三口之家的和谐、温馨关系，舒婷在《鞋趣》一文中却别出心裁，以一种诙谐而又不失抒情色彩的语言写出鲜活的人间烟火气：

> 一双咖啡色的男用塑料凉鞋端端正正搁在沙上。鞋跟磨损很深，明显地倾斜，是个走路落地很重的大高个。鞋口断裂的地方很仔细地补过了，只是技术不太熟练，补位有些毛糙。紧倚着他的是一只乳黄色皮凉鞋，嵌着金属钉的细高跟踮着，仿佛正在旋舞；另一只女鞋向前冲了半步，一根纤巧的襻带掠开，微微摆动。风要再大些，它就要轻盈地、热切地、优雅地飞去，在海天浪际化为一只修长的啼叫着的水鸟。就在近旁有一双白色的泡沫童鞋，鞋带甚至没有解开，显然是从一双急不可待的小脚蹬下来的。一只翻扣在地，另一只摔得远远，让蒿草爱惜地托在叶尖上。①

作者在这里通过对三双鞋子的外形、质地、摆放的位置等各种细节的描写，来折射鞋子主人的不同性格，进而营造出一种充满爱意的氛围。

舒婷散文中的抒情性幽默话语无疑是其散文文本的区别性特征之一，这种区别性特征使舒婷的散文得以跻身于当代汉语散文的优秀文本谱系。

二、纪实与虚构

舒婷散文作品中写到蔡其矫、顾城、傅天琳、唐敏、王小妮等当代作家和诗人，不仅呈现了一系列鲜活生动的人物形象，也为当代文学研究者提供了十分难得的研究线索。譬如，她笔下的四川诗人傅天琳："所以你若认为天琳除了抹眼泪不会讲话那真是大错而特错了。四川'星星诗歌节'，天琳指天发誓她不能公开演讲，急得结结巴巴令人起怜。男士们遂信以为真，个个挺身而出，愿负重大牺牲多讲废话为她打掩护，只给她安排二十分钟练练口技。天琳上台后就像个乐队指挥，熟练地以她每一段乐章配以热火朝天的掌声，到后来只见掌声大潮抬着她，头仍是那么一扭一扭地走下了台来。我们

---

① 舒婷:《鞋趣》,《真水无香》,北京:作家出版社2010年版,第31页。

大家除了鼓掌别无选择，她是用四川话风靡她的四川听众，这一手我们谁也偷不来。"①（《红草莓诗人》）作者没有把过多的笔墨放在如何刻画傅天琳的诗人形象上，而是展示了其诗人形象之外的另一面，为读者塑造了一个真实生动、血肉丰满的诗人形象。

再如，舒婷写另一位女诗人王小妮："小妮的眼大而清，不太深沉，根本不是大哲理家，也不是能反光的镜子。是静水，汲取一切光源。只有她自己波起来，才有粼粼之光。我很少听她极口赞美谁，崇拜谁。我自己则在那些热衷于搬运舶来理论的诗友之前迷得一塌糊涂，只是醒得也很快，我想最打动我的是他们因激争焕发出来人格的光彩，而不是在嘴里搅来搅去的舌头。这时候的小妮眼睛一派挑战的光芒，双拳虚握，内心紧张得像只刺猬。但一般时候，她克制自己，不参与讨论，看上去像一只伏在草丛里的斗鸡，颈上的毛直了，但主人紧紧攥住它乱蹬的腿。"（《自在人生浅淡写》）②作者在这里采用了"画眼睛"和对比等手法，十分生动地刻画出诗人王小妮独特的精神特质。

舒婷的散文集《真水无香》中有几篇以作者故乡厦门鼓浪屿的文化人物为叙述对象的长篇散文，尤其值得关注。这些文化人物中有陈寅恪晚年的助手黄萱、藏书家曾志学、花腔女高音歌唱家颜宝玲等等。譬如，作者在《大美者无言》一文中，用一种充满诗意的笔调写著名学者陈寅恪晚年的助手、厦门人黄萱：

> 　　想像黄萱轻步上楼去工作，顺便端着亲手焙制的美味西式糕点，送到陈家的餐桌上；想像那傍晚时分，黄萱在自己家中，手指灵巧地织着毛衣（这也是她最擅长的啊），耳闻楼上传来陈先生的吟哦之声，不觉露出会心的微笑；想像陈先生卧病在床，黄萱为他诵读《再生缘》，略带福建乡音，愈加悦耳（至少我听起来是这样啊）；想像在东南区一号的草坪上，黄萱与陈先生的夫人唐晓莹一起，主持教授夫人们的义卖冷餐会。唐晓莹是前清台湾巡抚唐景崧的孙女，能诗工画。她俩挽臂相依亭亭并立，相映得彰，周围的粉黛是否都一齐无颜色了？③

①　舒婷:《红草莓诗人》,《文艺报》1988 年第 9 期。
②　舒婷:《自在人生浅浅写》,《当代作家评论》1989 年第 4 期。
③　舒婷:《大美者无言》,《上海文学》2007 年第 3 期。

这种想象，与其说是一种历史的回望，不如说是作者和她所激赏的才女同乡的跨越时空的心灵对话。

　　概而言之，舒婷散文中塑造的各种人物形象尤其是作家、诗人的形象，一方面具有作为文学形象的艺术价值，另一方面其行状、掌故等等，又具有某种史料的价值。

第三章
安琪、巫昂及其他福建
当代女诗人的创作

第一节　安琪的诗

安琪（1969— ），本名黄江嫔。现供职于中国诗歌学会。1988 年毕业于闽南师范大学中文系（原漳州师范学院）。大学时代开始诗歌创作，曾获柔刚诗歌奖、中国桂冠诗歌奖、《北京文学》优秀作品奖，以及诗刊社"新世纪十佳青年女诗人"、诗刊社中国诗歌网"年度十佳诗人"等奖项或称号。代表性诗作《干蚂蚁》《未完成》《奔跑的栅栏》《像杜拉斯一样生活》等，已出版诗集《极地之境》《美学诊所》《万物奔腾》《未完成》《秘境之旅：内蒙古诗篇》，随笔集《女性主义者笔记》《人间书话》等。

　　当代闽派女诗人安琪的崛起与外国诗歌的影响有着千丝万缕的关系。西方超现实主义诗歌的激发，与美国自白诗派的共振，对《比萨诗章》碎片拼贴艺术手法的借鉴，以及庞德巨大的诗事热情的感召，成就了当代闽派和"中间代"代表性诗人安琪的成长和崛起。据安琪自己描述，她接触外国现代诗歌并受到其深刻影响始于一次偶然淘书——"大概是 1990 年我在漳州晓风书屋门口的地摊上找到了一本《西方超现实主义诗选》，柔刚翻译，定价 5.10

元，在地摊上它以 2.5 元出售，这本书至今依然在我的书桌上，是我从福建带到北京的两本诗集之一，另一本也是外国诗，是庞德的《比萨诗章》"①。《西方超现实主义诗选》是一部优秀的先锋诗选，其中包括获得 2011 年诺贝尔文学奖的瑞典诗人托马斯·特朗斯特罗姆②的 5 首超现实主义诗作。这些诗作中那种平地惊雷式的超现实主义诗风激活了安琪的语感天分，打通了五官通感壁障，极大地拓宽了诗思运作空间。她在福建时期即创作了大量的长短诗篇。《轮回碑》最为读者熟知，它的"超现实"手艺使用之广之频之娴熟已成为安琪的一张名片；即便早在 1994 年创作的《干蚂蚁》，已充满超现实的诗行和通感跳跃："像窗外的雪兀自燃烧 / 把大气和你一饮而尽 / 这是活在瞬间的女人 / 我要按下机关让她重活一次""然后我就大笑，使笑划破玻璃 / 发出的吱吱声 / 使空气分开。渗出一点白云的白"。又如"空中弥漫女人的馨香 / 像你用嘴呼出黎明"（《相约》），"我说，看着我 / 就能把西安 / 匀出一点点"（《西安》），"电话拧干水分变成疲惫 / 每一天我们被电话追捕"（《五月五，还是五月五》），"一格一格的脸 / 表情端庄保留了公元前的意见"（《一格一格的脸》），"这是一个橙色笼罩的午后我来到 / 雍和宫，我看见 / 我被看见"（《雍和宫》），"明天我的爱人穿上我的身体"（《明天将出现什么样的词》），"头痛远远跑在头的前面""二十世纪腌制在二十一世纪的冷盘里"（《东山记》）等等，诗行时空的跨越，观物角度的逆转，主客体的对置，词性的随机变换等使安琪的诗歌涂抹上一层超现实的梦呓色彩。

一、"死亡"主题与自白诗派的影响

自 1990 年在漳州邂逅并着迷于西方超现实主义诗歌，安琪除在创作中移植借鉴西方诗歌先锋技艺外，也曾翻译美国自白派女诗人安妮·塞克斯顿（Anne Sexton，1928—1974）的《音乐游到我的身边》等 30 首诗作，并发表于《外国文学》《诗刊》等刊物。"死亡"是自白派诗歌的核心主题之一，在塞克斯顿和普拉斯的诗歌中尤为集中［塞克斯顿的一部诗集即取名《死亡笔记》（*The Death Notebooks*）］，安琪的诗歌似乎也倾心于这一主题：且不

---

① 安琪:《外国诗歌之于我》,《世界文学》2015 年第 3 期。

② 在诗选里的名字译为托马斯·特朗斯托莫（Tomas Transtömer）。

计诗行间众多的死亡与尸体意象，仅在标题就呈现的有《干蚂蚁》《当我们老了》《死在未名湖》《集体自杀》《死亡内面》《死亡外面》等等，有的对"死亡"作形而上的多面思考与叩问，这与"自白诗派"相承相通；有的赋予荒谬时代以另类反讽，呈现一种黑色幽默的况味，如《集体自杀》："让我们 / 手拉手 / 一起向前走 / 走到河中央 / 此河非彼河：干涸 // 让我们 / 嘴对嘴 / 一起喝药水 / 喝了农药再睡觉 / 此药非彼药：假药 // 让我们 / 肩并肩 / 一起去上吊 / 裤带有了房梁没了 / 此梁非彼梁：脊梁"。死亡庄严的主题在戏谑反讽中解构了又重构。同样关乎死亡，安琪纪念亲人的悼亡诗（如《每个诗人一生都要给父亲写一首悼诗》《给外婆》等）写得深挚而独特。不过，安琪悼念亡父的方式（在罗列数落父亲生前的诸多"不是"中直抒胸臆，充满了对父亲的爱"怨"交织又理解谅解的刻骨思念）超越了绝大多数中国人沿袭的"子为父隐""为亲讳疾"而掩非饰过的伦理观，因此这种悼念诗在中国，可以说是"安琪的首创"[1]。

二、《比萨诗章》与《轮回碑》：碎片拼贴艺术手法的借鉴

在与超现实主义诗人"缠绵共舞"了约八年之后，安琪又不期然遇上了另一位强悍的诗歌幽灵，并被"附体"催生了一场长达至少五年（1998—2003）的诗歌"疟疾"——

> 1998 年 12 月……南山书社，当我的食指和大拇指合作抽出《比萨诗章》时，庞德强劲的个人意志、旺盛的诗歌创作、不倦的诗事活动以及勃勃的征服世界的野心瞬间附体到我身上。我在那个晚上打开了《比萨诗章》，从此也打开了我走向任性之途。[2]

打开安琪诗歌生涯"任性之途"的《比萨诗章》[3]是庞德因禁在比萨狱中的苦心之作，结构宏伟奇特，现代派诗歌的碎片性艺术手法（fragmentation）

① 张子清：《与诗歌同呼吸共存亡——读安琪的诗》，《时代文学》2016 年第 1 期。

② 安琪：《女性主义者笔记》，银川：阳光出版社 2015 年版，第 86 页。

③ ［美］伊兹拉·庞德著，黄运特译：《比萨诗章》，桂林：漓江出版社 1998 年版。

在此运用得炉火纯青，经常采用省略、并置、断续等语法结构，诗行长短参差，汪洋恣肆；主题内容囊括个人的体验、冥想与社会、历史、文化、政治、经济、军事等诸多方面，俨然一盆热气奔腾、浓香四溢的诗歌大火锅，这使急于拓展诗写疆域的安琪豁然开朗、胃口大开。安琪是一个用诗写记录生命历程的人，"我来了我看见我说出"（《脆玻璃的世界》），还曾把苏格拉底的名句改为"未经文字记录的生活不值一过"，她的写作自始至终都跟她的生命发生关系，读者甚至可以在每一首诗中索引还原出当时写作的背景和人事际遇。但在撞见丰富驳杂的庞德之前，这里的生活还主要限于诗人个人的生活，而对宏大的社会、人生、思想等种种复杂情状却还不知如何下笔入诗，因而庞德左蹦右突、吐纳自如、无所不包的庞氏诗法使安琪如获至宝。《比萨诗章》中频繁出现的中国元素——庞德另类审美目光打量下重新"发明"的汉字汉文儒学经典历史文化（如汉字拆解、《四书》"一字儒"①），创造性"误读"的方法和角度也让"叛逆者"安琪着迷。她一遍遍阅读，仿佛和《诗章》庞德有了跨时空的感应，窥破了后者的"武功秘籍"，在诗艺探索路上势如破竹自由滑行，1999年满怀使命激荡出气势如虹的诗观："我的愿望是被诗神命中，成为一首融中西方神话、个人与他人现实经验、日常阅读体认、超现实想象为一体的大诗的作者。"②这同时也是对庞德《诗章》宏富主题内容的"震惊"体验归纳总结，安琪的史诗建构意识和诗歌英雄情结在此表露无遗！有论者也认为安琪的诗学理想与海子的自我企望非常相似。③如此大气磅礴的理念冲撞着女诗人，随即在1999年喷发出了《任性》《纸空气》《九寨沟》《张家界》《西藏》《出场》《之七》《越界》《传奇》《时间屋》《在劫难逃》等二十几首长诗，随举一例，如《出场》中三节：

---

① 如"口，是太阳——神之口""闪耀的黎明旦在茅屋上／次日／有绞架看护的影子"（《诗章第七十七》），"莫"字的图解拆字："莫 无人／太阳落进这个人的身体"，"学习，随着时间流逝的白色翅膀"（习），一字儒"正，本，新（包括'日日新'），仁，中，明，周"等，庞德对汉字的精微关注使他紧紧抓住了儒学思想的某些精髓。参见赵毅衡：《儒者庞德——后期〈诗章〉中的中国》，《中国比较文学》，1996年第1期；[美]伊兹拉·庞德著，黄运特译：《比萨诗章》，桂林：漓江出版社1998年版，第304页、316页。

② 安琪：《永远未完成——我的诗歌自述（1992—2002）》，《女性主义者笔记》，银川：阳光出版社2015年版，第87页。

③ 赵思运：《史诗的崩溃与日常生活的深入——从海子到安琪》，《中国文学研究》2012年第1期。

车水马龙——"人群像从地底下冒出来似的。"（契诃夫）

"他们都在忙着赶死。"（吕洞宾）

延安北夜市，街灯明了，"好像闪着无数的明星"（郭沫若）

1999，你一件一件地看着自己的器官死去

楼只八层，无法彻底容纳你执意的一跃。哈，这是想象

　　亲爱的

飞过一扇一扇门，他们都在做些什么！

把闽东搬到闽南，太阳从左边换到右边，最恶妻的

也最具诱惑

三个人在车尾，轮流把太阳换来换去①

　　如此西中古今并列、历时与共时对话交锋、现场实录与魔幻臆想拼贴穿插的手法成为此一时期安琪长诗写作的常态，而这正是贯穿《比萨诗章》的特色，随举一例——

20 年后

惠特曼喜欢牡蛎

至少我想是牡蛎

云层叠成一座假维苏威

泰山此侧

内尼，内尼，谁能继位？

"这样的洁白里，"曾子说，

"你们还能添加什么白色？"②

　　这是《比萨诗章》第八十章中的八行诗，却转换了三个话题、三个时间维度、三个地理空间：19 世纪美国诗人惠特曼的饮食嗜好、20 世纪二战时期

①　安琪:《出场》,《你无法模仿我的生活》, 自印, 2012 年版, 第 82 页。

②　[美] 伊兹拉·庞德著, 黄运特译:《比萨诗章》, 桂林: 漓江出版社 1998 年版, 第 136 页。

意大利的政治争夺、中国古代哲人曾子对孔子的礼赞。这种把纷繁而独立的历史、现实世相，具体与抽象、形而上与形而下主题内容碎片拼贴、勾连统摄的诗写艺术，无疑给诗人安琪带来了强有力的冲击和启迪。经过 1919 年 20 多首长诗的强化训练后，她终于在 2000 年 3 月 29 日一气呵成创作了《轮回碑》（多达三十章，使用了儿歌、任命书、邀请函、简历、写真、名词解释、菜谱、处方等十几种文体）挑战着读者的诗歌概念，消解了传统诗歌诗行、诗节间的紧密逻辑关系，"显示出卓绝勇气和英雄气概"。（赵思运语）长诗采用了意识流、表现主义、存在主义、荒诞派、新感觉派和超现实主义等西方现代派的艺术手法，多维度地呈现了诗人对"一日即一年，一年即一生"的机关庸常生活的厌倦难耐以及对现实阴暗的无情揭示与辛辣嘲讽。诗人成为立于时代大潮岸边的"清醒的观潮者"。[①] 这首 880 多行的《轮回碑》具有"万物粉碎机"的吐纳野心和容量，显然是试图向庞德《比萨诗章》致敬的作品。

安琪把庞氏常用诗写修辞（如拆字、仿词、双关、突降等）移植到中土且在创作中随手化用：如"我在注视着那变幻的'你好'：/ 你——人尔 / 好——女子"（《你无法模仿我的生活》）、"人生真是漫长，探探身，也摘不到那朵花"（《探花》）、"你的身后有整个世 / 诗界"（《庞德，或诗的肋骨》）、"市尾即市委，亦即示威"（《风不止》）、"感谢生活让我的生活如此奇异 / 歧义，不可复制"（《女性主义者笔记》）、"拿着公鸡说攻击"（《事故·舞水》）"床前明月光，兽群都跑光"（《事故·变数，或灾难》）等等，呈现、调侃、自嘲、反讽，不一而足，此类安氏修辞扩充了诗行张力，增富了文本内涵，具有韩少功式"新批判现实主义"视域的自觉观照[②]。

事实上，安琪早在 1999 年 7 月写给庞德的长诗《庞德，或诗的肋骨》里就赞美了庞德——自己的"精神老爹"的再造之功：

> 诗的肋骨，庞德
> 庞德的肋骨，在现代的左右两边

---

① 杨经建、王蕾：《重识韩少功：以"新批判现实主义"的视域》，《当代作家评论》2019 年第 6 期。
② 杨经建、王蕾：《重识韩少功：以"新批判现实主义"的视域》，《当代作家评论》2019 年第 6 期。

你在左边你是艾略特
你在右边你是Ｈ·Ｄ ①

诗的最后表达了传承"庞德肋骨"成为诗歌器官的深情意愿：

你的青春永垂不朽
我爱你正如你靠着墙爱我，你的身后有整个世／诗界 ②

经过数年的超现实语言操练和庞德式观物思维的全方位拓展，安琪在自己的诗歌世界里获得了自由、自立和自足，正如她在另一首诗《孤独教育》里所宣称的"坚固的石头打起伞／悬挂一个袋子，然后说，向无需道路的灵魂们／致敬！庞德，庞德／我清楚他在我体内的肋骨／诗的肋骨已独立成神"。为了回报庞德带来的"独立诗神"，安琪在其代表作《轮回碑》中还特地留了庞德的一个要席，并一厢情愿地僭越主流权力为他颁布了"任命书"：

九　白日梦【任命书】
鉴于庞德同志在现代诗坛的卓越贡献，经集体推荐，党委考核，特任命该同志为文化部部长。
附　庞德同志简历：……③

在互文诗写的背后，有对文学现实的戏谑反讽，也有对跨越时空庄谐并置手法的偏爱和对庞德无以复加的尊崇。

安琪诗歌创作中的"西化"穿越也曾遭人指摘④，这样的批评也有几分合理的成分：庞德式饕餮大胃在一些诗歌文本中"食洋"而不能全化、陌生化手法的使用在一些作品里过于频繁——本来应以日常标准语言为背景、陌生化语言为前景（foregrounding）以凸显诗意，但若陌生化语言（意象）过于

① H.D. 为美国现代女诗人希尔达·杜利特尔（Hilda Doolittle）。
② 安琪：《庞德，或诗的肋骨》，《诗刊》2000年8月号。
③ 安琪：《轮回碑》，《百年中国长诗经典》，北京：中国画报出版社2010年版，第475页。
④ 陈仲义：《纸蝶翻飞于涡漩中——安琪的意识流诗写》，《像杜拉斯一样生活》，序言一，北京：作家出版社2004年版。

密集，以至于前景部分庶几盖过日常语背景，则不仅诗意因泛滥而遭淹没，也给读者的解读通道设置了过高的栅栏，这是"过分迷恋于感觉的纷繁"①付出的代价。此外有时"超现实"诗写跨度过大，诗行间逻辑联系几乎消失殆尽，整首诗的结构性诗意遭遇台风式破坏，如200行长诗《神经碑》。也许这是心怀与"唯美、周正"传统诗学断然决裂的叛逆者"出走期"的必经阶段，即所谓"深刻的偏颇""欣赏不完美"，或是秉持叶芝的观点：宁愿把桂冠颂给富有朝气的错误者，也不想送给那些毫无生气的传统者（转引自安琪激赏的《比萨诗章》序言）。事实上安琪对自己的实验产品葆有清醒的认识，并已意识到自己的"任性"失度，"西化浪子频回头"（如在一些"叙事性"和"反讽"手段结合得很好的作品里收获了既跳跃又较为流畅的意识流诗意，如《武夷三日》《像杜拉斯一样生活》等），同时反思西方式诗人与社会的紧张关系②，不再迷恋于创造一个文本世界与现实世界对抗，自觉转而"多读古书"多静思以期在对话中重新发现、激活、接续中国诗学传统，并与置身其中的生活和解，为克服创作高原反应另辟坦途。安琪拥有清醒的反思意识和明晰的诗学建构方向，在这个"非诗的时代"是难能可贵的。在大好河山和俗世生活里慢剑轻舞、倚马可待似乎成了她新世纪以来的诗写标签，期待安琪在闽地、京城乃至更大的文学天地里，在传承经典、创造经典的道路上迈出更坚实有力的一步。

第二节　巫昂的诗

巫昂（1974—），原名陈宇红，福建漳浦县人。1996年毕业于上海复旦中文系，后获中国社会科学院文学研究所文学硕士学位。她的创作包括诗歌、小说、专栏、评论、剧本和新闻报道等，以诗歌影响最大，突出彰显了其才华和独立自由精神。代表性诗作有《犹太人》《乳房》《自画像（二）》等，已出版诗集《什么把我弄醒》《干脆，我来说：巫昂诗选2007—2013》《我不想大张旗鼓地进入你的生命之中》等。

---

① 孙绍振：《奔跑的栅栏·序》，《奔跑的栅栏》，北京：作家出版社1997年版。
② 安琪：《外国诗歌之于我》，《世界文学》2015年第3期。

巫昂是当代汉语诗歌话语版图中"70 后"诗人的代表之一。这里所说的"70 后"诗人群体，常常被论者称为"尴尬的一代"，因为这一代诗人既要面对"50 后""60 后"诗人投下的巨大阴影，又要迎接"80 后""90 后"年轻诗人们咄咄逼人的挑战姿态。二者带来的压力不言而喻。不过，如果抛开文学代际的某种整体性特征，就创作个体的实绩而言，"70 后"诗人自有其沉潜、内敛的一面，这个写作群体中的不少佼佼者，已然成为当下诗坛的中坚力量，巫昂就是其中的一位。巫昂的诗歌写作以鲜明的女性意识、娴熟的口语写作手法和冷峻的诗歌话语，充分展现出一种颇具个人化特征的艺术风格。

一、自觉的女性意识

　　巫昂诗中所表现的鲜明女性意识，虽然不像西方女权主义写作者那样采取某种极端的话语策略，却也在继承朦胧诗、第三代诗歌对于女性主题抒写的基础上，把相关主题的表现向前推进一步，显得而更为自觉而有力。不难发现，巫昂笔下的女性形象显然不同于传统女性，而是被赋予了更多的独立性和自足性："我上街 / 也不用带上他们中间最安静的一个 / 我锁门 / 里边没有七只喳喳乱叫的鸟崽 // 生活如此平静 / 我只能学蚕花娘娘 / 在纸上 / 生养我亲爱的儿女"（《沙丁鱼是一种廉价的鱼》），[①]在这里，女性角色获得了一种超越性的内涵，"在纸上"一语指向现代女性追求独立自主的一种精神性存在。这种精神性存在，在巫昂笔下常常落实到身体话语中，譬如《乳房》一诗这样写道："在镜子前，经前 / 它们微妙地膨胀 / 从一对柔软的器官变成两个思想家 / 两人在对话在对话，越靠越近 / 互称总统和总书记 / 他们甚至谈到伊拉克和巴以冲突 / 以寻求相应的解决方案"，[②]身体意象和精神意象在这里合二为一，构成一种独特的表达力量。

　　与现代女性形象的建构相呼应，巫昂的诗里也流露出对于作为他者存在的男性力量的隐约敌意："我还来不及和他发生性关系 / 他已经死去，六十七岁 / 重症肝炎 / 眼睛清澈到可以杀人 / 你二十六岁 / 每日对我嘘寒问暖 / 比多数女人无知 / 每个词都要专门为你加注解 / 你就是送上门来 / 供我伤害的"

---

① 巫昂：《沙丁鱼是一种廉价的鱼》，《中国新诗年鉴 1999》，广州：广州出版社 2000 年版，第 31 页。

② 巫昂：《乳房》，《干脆，我来说：巫昂诗选 2007—2013》，太原：北岳文艺出版社 2013 年版，第 20 页。

（《男性们》）①，男性力量在这里被不断消解，而女性的主体性却被大大提升。这种敌意，也出现在《父亲节》一诗里："我对你饱含了永远的失去的情绪／对复合不带短暂的有用的幻想／在这寂寞的星际旅行中／你乖张的细胞／在我体内散发余温"，②只不过因为有无可逃避的肉体和精神的双重遗传密码，使作者要表达的敌意变得更为微妙和含混。而《男世代》一诗把撒旦、父亲、丈夫三个男性形象置于一个梦境和现实交错的时空结构中，暗示了女性遭遇的各种有形无形的压抑力量以及由此生发的反抗。

二、口语写作的探索

口语写作是自 1980 年代中期第三代诗歌兴起以来被不断谈论的一个现代汉诗写作的重要话题，也是现代汉诗写作艺术不可忽视的一种话语实践。不过，不少诗歌写作者对于口语写作的理解往往过于表浅，因而粗制滥造了一大批"口水诗"，严重影响了读者对真正优秀的口语写作诗歌的准确评判，正如当代诗人汤养宗在谈论口语写作时所指出的："如果我们不能认识并应用好它的鲜活，多变，自我生长的特点，给予相应的叙述策略，铺开口语开阔，多维，复杂，鲜活的多向性，我们就无法还原它作为人类最广泛使用的内在丰富性，建立起与之相互对接的意识关联域，展现它诗性的辽阔的自由度，使口语写作真正进入书写的自由状态。只有让口语写作在诸多现代意识融合下建立起丰富多彩的叙述法则，口语写作才真正走向一个良性而多维的叙述层面，从而去复原与展现汉语诗歌语言真正意义上的言说性能，把书面话语重新变成活人的话语。"③此论既揭示了当下诗歌中的口语写作可能陷入的话语误区，也道出了口语写作的表达策略和有效路径。

巫昂诗中的口语写作是有节制的，甚至是有难度的。一方面，巫昂的诗通过必要的叙事性设置某种情境结构以凝聚诗思，譬如，《回忆录的片段（四）》一诗，叙述一个女性从二岁到八十八岁的生命历程，貌似在记流水账，其实是历数女性生命成长中的各个痛点，在散淡的文字背后是诗人关于人生的深切体悟："……四十九岁／加入一个丧偶俱乐部／被分在低龄组／

① 巫昂：《男性们》，《干脆，我来说：巫昂诗选 2007—2013》，太原：北岳文艺出版社 2013 年版，第 21 页。
② 巫昂：《父亲节》，《通往阳光密布的所在》，济南：山东文艺出版社 2016 年版，第 223 页。
③ 汤养宗：《我们相依为命的口语与我们重新说话的口语》，《福建文学》2013 年第 3 期。

五十五岁 / 没有零钱买袋装牛奶 / 只好咬开包装膜 / 掉了一颗牙 / 五十八岁 / 在公园门口看门票价格 / 被一个小青年挤掉钱包 / 六十三岁 / 没有打算退休 / 在染头发的时候 / 被同事撞上 / 六十七岁 / 左边瘫痪，右边又不管用 / 眼睛出现翳影 / 七十五岁 / 孙子在门前摔了一跤 / 和媳妇反目成仇 / 八十八岁 / 在一夜无眠后 / 终于下定决心"。[1] 另一方面，巫昂的诗有时也通过口语来表现一些抽象的主题，使得这种口语写作具有某种思想内核："我们要站在街头 / 晃着脚，在各种橱窗里 / 仔细地看自己 / 我们要从后门逃出现场 / 在厨房地板上 / 留下一摊可疑的水迹 / 郁悒得要命 / 立马找出药瓶 / 吞服一些 / 把另一些扔出窗外 / 如果正好击中别人的脸 / 自然更美满"（《女权》）[2]，为了表达主题的需要，这里呈现的日常场景其实隐含着充分的设计感和戏剧性。

三、冷峻的抒情姿态

巫昂近几年诗歌写作尽管在语言上仍延续口语写作的表达路径，但在艺术风格上显得越来越冷峻，诗人曾在一部诗集的后记里这样形容她自己的诗："我认为它们的温度很低，是冰与火之歌中的冰，零下三十八度，透明无色，或者在透明里镶嵌着血丝，带了一缕毛发，毛孔已经冻成猪皮冻了，这只怪兽僵硬地躺在冰川之下。"[3] 譬如，对于爱情的抒写，巫昂如此写道："不愿意长久地亲吻你 / 担心透支了未来的亲吻 / 没有太多请求、没有情趣、没有畏惧、没有假设、没有回旋 / 像一根针，我让它先作为针 / 静置于某处 / 不承担刺痛的责任 / 不尖不锐不可挡 / 我和你之间 / 没有针"（《我不想大张旗鼓地进入你的生命之中（四）》）[4]，从标题到正文，一长串的否定词在这首诗里把关于爱情的表达推向一种"零度叙事"。这种"零度叙事"在《爱（五）》一诗里切换为一种解构模式："如果我打算继续爱你 / 那不过是往巨大的湖里加入少许的水 / 生理盐水、冰水、不含酒精的伏特加 / 继续，爱你 / 多么容易啊 / 孤单一人就可以办到 / 办得妥妥帖帖稳稳当当 / 你可以把心寄存在我的储物柜里

① 巫昂：《回忆录的片段（四）》，《通往阳光密布的所在》，济南：山东文艺出版社 2016 年版，第 45 页。

② 巫昂：《女权》，《通往阳光密布的所在》，济南：山东文艺出版社 2016 年版，第 97 页。

③ 巫昂：《后记：冰与火之歌里的冰》，《我不想大张旗鼓地进入你的生命之中》，北京：中国青年出版社 2018 年版，第 141 页。

④ 巫昂：《我不想大张旗鼓地进入你的生命之中（四）》，《我不想大张旗鼓地进入你的生命之中》，北京：中国青年出版社 2018 年版，第 109 页。

/ 我分文不收 / 我会在深夜去看看它 / 愿它和其他事物一样 / 凌晨两点准时复活 / 看起来神采奕奕 / 没有任何一句陈词滥调"，① 缺乏情味的水，没有温度的心，指向的自然是一种另类的"爱"。

而在《小姨》一诗里，诗人对死亡主题做了一种十分冷峻的处理："癌细胞在吃你的肠子 / 你的心，你的胃口不佳 / 我们束手无策 / 医生开了最后一个医嘱 / 去挂营养液 / 母亲说：不如赶在孩子出生前 / 回到上帝身边 / 我写《瓶中人》的几个月 / 你每天带饭过来 / 取走我的垃圾 / 我看着你，看到死神站在你身后 / 换作两岁我会哇哇大哭 / 四十三岁的我 / 跟你身后的黑衣人 / 顺带地、提前地 / 面无表情地打了个招呼"，② 作者在这里没有为饱受病魔折磨的亲人作过多的伤感之辞，而是无畏地直面即将降临的死神，将一个具体的生命事件提升到某种普遍意义的思考，因而获得更大的话语力量。正如诗人韩东所言："她的诗是见证式的、记录式的，非常难得。近年来巫昂在诗歌中开始处理主题、抽象性这些高难度文学因素，追随巫昂的读者有充分的理由期待之。"③

第三节 其他福建当代女诗人的创作

一、伊路："看见"底层的悲欢

伊路（1956— ），福建福鼎人，曾任职于福建人民艺术剧院。曾获福建省优秀文学作品奖，福建省百花文艺奖。代表性诗作有《行程》《用了两个海》等，已出版《看见》《永远意犹未尽》等多部诗集。

在当下福建众多女性诗人中，伊路的诗总能在语调平静的叙述中给人带来某种阅读的惊喜和恍然的顿悟："第二天它在等我——/ 野山野树野溪野云石桥瓦屋 / 一排淡淡的鸟不知要飞去哪里…… / 我也去抱住它 / 像抱着一个故乡 / 一腔的空 / 很轻 // 我把它们抱到回程的火车上抱到我家客厅 / 有时它们

① 巫昂：《爱》，《长江文艺》2018 年第 11 期。
② 巫昂：《小姨》，《我不想大张旗鼓地进入你的生命之中》，北京：中国青年出版社 2018 年版，第 112 页。
③ 韩东点评语，见巫昂：《〈健忘症复健计划〉选》，《青春》2021 年第 12 期。

会一高一低地浮动进烟尘那年 / 上海的街头 / 有很多孤独的瓷瓶"(《两个瓷瓶》)①，诗人让弥漫于都市街头的乡愁和孤独感获得一种可以把握的形状，也让这首诗获得了一种值得反复揣摩的韵味。

同时，伊路也在近年把诗歌的触角伸向底层生活，在工地、民工、水泥搅拌机、脚手架等"非诗"的意象中寻求、挖掘出另一种诗意："脚手架上没有裙子领带和皮鞋 / 只有几条裤衩在磕碰 / 其实是几片晒干的汗水"(《从窗口可以看见的工地》)，②"工人们的演出在继续 / 他们拆掉未来主义的瓦楞 / 拆掉荒诞派的架梁 / 拆掉布莱斯特的柱子 / 拆掉斯坦尼斯的墙 / 多功能的导演们化妆师们舞台美术设计师们 / 你们都到哪里去了"(《老戏院被拆了》)。③这样直抵底层生存真相的诗，正印证了诗人悲悯的诗歌情怀："当我像一个移动的柜子一样走在路上，去上班、去医院、去菜市场，或在会议室、在剧场，听到看到和感觉到的事物是多么的多！如，忽然的一声尖叫、一辆救火车的嘶鸣、电话亭里传出的哽咽、迎面而来的人的不同表情等等现象带着它们隐秘的根源会细细碎碎地存入到我的感知系统里，并互相串联，使我心绪难宁，这时我就想把它们组织起来，安顿在一首诗里。"④

伊路通过她的诗歌"看见"底层小人物的悲欢，也重新发现那些被隐藏的美："她的脸是难看的棕黄 / 但那领口下露出的皮肤多么细白 / 连接着的躯体更加柔美 / 不因为身份高低而改变 // 现在它被很脏的衣服遮蔽着 / 在垃圾车下躬背前行 / 我们总把它们看成一个整体 / 没在意车柄和手臂有多大区别 / 我们纷纷从屋里拿出脏物 / 随便往上扔　觉得理所当然 // 我们没感到和我们一样干净的血 / 怎样蜂涌成抵挡的手 / 我们把那高贵的沉默　也看成垃圾 // 很少有人注意一个清洁女工的表情 / 我们夸张地谈论白雪 / 从没有去细想它究竟来自哪些地方"(《清垃圾的女工》)，要在一个被工作服严严实实包裹着身体的清洁女工身上发现被遮蔽的美，无疑不仅需要慧眼，更需要一颗悲悯之心。

伊路是一位不多见的能以冷峻目光去打量现实世界，进而发掘其中隐藏

①　伊路：《两个瓷瓶》，《永远意犹未尽》，北京：文化艺术出版社2011年版，第7页。
②　伊路：《从窗口可以看见工地》，《看见》，北京：中国文联出版社2004年版，第44页。
③　伊路：《老戏院被拆了》，《看见》，北京：中国文联出版社2004年版，第36页。
④　伊路：《一个移动的柜子》，《看见》，北京：中国文联出版社2004年版，第119页。

的诗意的女性诗人。批评家孙绍振认为伊路诗歌最突出的特点，是"把自己的机智和某种洞察放在某一特定的焦点上，达到了也许可以用情理交融来形容的一种境界"，"她的丰富的感觉能够和受到节制的智性相结合，并且成功地把它隐没在智性以下"①。

二、叶玉琳：从小贝壳到女骑士

叶玉琳（1967— ），福建霞浦人。福建省作家协会副主席，宁德市文联主席。曾获首届中国民间文艺山花奖，《诗选刊》2015年度优秀诗人奖，福建省百花文艺奖，福建省优秀文学作品奖等，已出版诗集《大地的女儿》《永远的花篮》《那些美好的事物》《海边书》等。

福建背山面海的地理环境和远离中心的边缘位置，为这里的诗人提供了一个想象大海的独特视角。蔡其矫、舒婷、汤养宗等闽地当代代表性诗人都为我们展示了丰富多彩的海洋意象以及由此引发的起伏跌宕的内心波澜。毋庸置疑，这些诗歌已然构成福建当代诗歌整体特色的一个重要方面。而在当下的福建诗歌写作中，海洋想象仍然是一个充满艺术增长力的命题，许多诗人都在为之不倦地探索着。叶玉琳新近发表的组诗《海边书》②，可以说是这种诗艺探索的一个值得注意的新收获。

正如叶玉琳自己所言，"除了海，我没有别的地方可去"，作为一位海边生长的女诗人，她天然地与大海建立起一种亲密无间的联系。然而，这种过于熟络的联系，很容易让一般人感到不足为奇、见惯不惊，甚至被完全忽略，不过诗人却能通过她的诗来不断地保鲜，乃至重新发现自身和大海的微妙关系。

面对茫茫大海，诗人有时化身为一个贝壳："我好像还有力量对你抒情／如果有人嫉妒／我就用海浪又尖又长的牙对付他／这一片青蓝之水经过发酵变成灼灼之火／在每个夜晚，我贝壳一样爬着／和你重逢"，需要指出的是，这里的贝壳显然不是那种远离大海波涛、被摆设于旅游商店的浅薄纪念品，在诗人笔下，有心的读者不难发现，原本渺小脆弱的贝壳被赋予了强大的内心，

① 孙绍振：《读伊路诗：冷峻的激情》，《行程》，北京：作家出版社1997年版，第8～9页。

② 叶玉琳：《海边书》，《诗刊》2012年5月号上半月刊。

它强大得足以跟大海展开对话："现在我只想让我的脚步再慢一些 / 像曙光中的蓝马在海里散步 / 我移动，心灵紧贴着细沙 / 装满狂浪和激流，也捂紧沸腾和荒芜"（《除了海，我没有别的地方可去》），心灵和大海一样，也在狂浪和荒芜之间形成一种极大的张力，因而获得了容纳世界的更为广阔的空间。诗人有时又变成一只调动全部生命能量去与大海共舞的飞鸟："这让我怎么也不能平静 / 我不停地躺下，翻身 / 尝试着变换角度 / 用鸟儿的速度去追 / 用整个身体去擦，大海的余温"（《爱上大海的另一面》），"擦"这一动词颇值得推敲，它所指示的动作幅度并不很大，却让人联想到摩擦、损耗甚至毁灭等意涵。这段充满危险的生命之舞，流露出一种令人嘘唏不已的悲壮意味。而在《我曾生活在大海的背面》一诗里，我们还看到了一个高大雄伟的抒情主体形象："在每一个早晨醒来 / 我的左眼是花木饱胀的青山 / 右眼是活泼如乳的河流 / 如果再插上浪花的白色冠带 / 我就像个骄傲的女骑士—— / 在我的头顶 / 大海正升起巨大的华盖"，显然，诗人在这里要塑造一个能与大海平起平坐的女巨人形象，体现出一种有别于一般女诗人的大气。这种外在的雄壮和上述内心的强大二者之间其实是互为表里的，它们共同构成了叶玉琳诗中海洋想象主体的显著特征，即以一种若即若离的姿态保持与大海的联系，同时十分注重自身的独立性和批判色彩。诗人的自我与大海之间的微妙关系，在《一只瓷瓶掉进了大海》一诗里得到更为充分的表达。在这首诗里，瓷瓶既是联系"我"和大海的中介，同时又是自我的一种象征。当这只瓷瓶从"我"的怀抱掉进大海的怀抱时，它并不是空无一物的，而是满载着"我"的叹息和纷繁的人事记忆，甚至可以说已经带上了"我"的生命的体温。正因如此，"我"就开始了对失去的瓷瓶的寻找历程："现在我默默地来到大海边 / 划着小船打捞它，样子一定很滑稽 / 可我的手里分明还残留着一些碎片 / 我的身体里盛放着淬火的黑陶 / 是的，我宁愿相信它是一块铁，一枚钉 / 过分冰冷，容易生锈 / 且打上腐朽的烙印 / 对于曾经的生活，它应该算是 / 一个好道具，一个好名声"，这种寻找，当然也是一种自我的寻找，因此，其目标不仅指向外部的大海，同时也指向内心深处。至此，我们可以看到，在"我"、瓷瓶和大海三者之间，产生了一种堪称吊诡的相互包含关系：瓷瓶中有"我"的"叹息"，"我"体内有"淬火的黑陶"；"我"和瓷瓶"被汹涌的海水捂住"，"我"和瓷瓶的内部也有大海的呼吸。诗人在这首诗里向我们深刻地揭示了自我的脆弱性和大海的永恒性："就像过去和现在，你和我／碰在一起就破碎／那些精致的缺口被汹涌的海水捂住／你捂得越深，它越得意／巨大的海，怎能听见有人喊疼。"然而，认识到脆弱性，并非意味着主体意识的沉沦，反而使抒情主体变得更成熟，更从容，它"有一条细弦独自起舞"，诗人于是夫子自道曰："一个死死抓住铁锚不肯低头服输的人／海也不知道拿她怎么办"，在俏皮的语气中流露出极大的自信。

三、巫小茶：以女巫的目光打量世界

巫小茶（1981— ），本名李婧，福建莆田人，代表作《女巫观察者》《女性经史》《沉默》，已出版诗集《我一直坐在我的身旁》。

巫小茶是一位作品质量较为稳定，颇具艺术个性的"80后"诗人。她的诗常常以一种不同于前代诗人的奇异想象和敏锐感觉，切进女性在当下社会面临的真实境遇，并由此引发关于女性与自我、女性与男性、女性与世界的关系等诸种命题的深层思考。巫小茶的近作《女巫观察者》[①]等诗向我们展示了这种思考的多方位演绎。

毋庸讳言，巫小茶的诗流露出一种自觉的女性意识。不过，这种女性意识的流露，并不像某些自命为女权主义者那样以一种口号式的话语传达出来，而是通过一些精微、细致的感觉呈现出来。其中最具典型性的例证，就是诗人关于身体的想象。在《露骨！露骨！》一诗里，我们看到，一块异常生长的小骨头，构成了一个反观身体镜像的"他者"形象，它如同一朵"丰腴之花"，鲜明地反衬着养育它的瘦弱躯体："就像我无法质疑你的存在并非只是供狗磨牙的诗，通过／细节——只有银器才能意会的毒。／你就是我的，非人的细节，是所有，是证据，是罪状，是我的非人／撼动了他们的生而为人。父母是爱的，爱到入骨／你不能质疑，他们从你身上嗅出了人以外的味道／爱与孝的负数正在阴影里瘙痒，滋养出／我的，非人的小骨头。我以为我开出了独立的花朵／他们却非要摘掉你，并为此受伤，发出令人痛苦的声音"，在这里，具有明显价值判断倾向的"非人"一词反复出现，暗示了某种反抗性

---

① 巫小茶：《女巫观察者》，《诗林》2012年第6期。

和消解性的姿态。而诗歌、毒、骨头三者并置，彼此间建立了一种意味深长的微妙关联，甚至可以说构成了一种共谋，也是对反抗性姿态的有力呼应。在主体方面，"我"、"你"和"他们"之间同样具有一种紧张的关系："我"试图通过"你"获得某种超越性的力量，却遭到"他们"的强力压制，结果自然是惨败。这种强大的压制力量，其实也就是貌似获得"解放"的现代女性所遭遇的种种有形无形的男性权力话语。

如果说《露骨！露骨！》一诗中的身体想象显露出某种狰狞之美，那么，《魔鬼和女儿的晚安》一诗中的身体想象，则淋漓尽致地展示了母性的全部温柔和自我牺牲精神："我假装听雨声，你跟我一起听 / 这次，我是真的想把身上的东西全都交给你 / 除了骨头，我的意思是 / 狗嘴里的那块 / 你咯咯直笑，想起全世界的狗都住在你的嘴巴里 / 又变成一个充满爱的马桶 / 此时，它正安静地待在洗手间。"为了子女，母亲以身体作为爱的祭献，是不求任何代价的，她的肉身随时都做好了退场的准备："当雨全都落在了世界上唯一的歌声中 / 今夜没有我，真的 / 从前有个魔鬼，听着听着就睡着了"，但她的爱永存在"唯一的歌声"里。在笔者看来，母性的温柔，同样是现代女性意识的题中应有之义。

追求自身的独立性，也是现代女性意识中的重要内涵之一。舒婷的诗《致橡树》就是关于这种独立性的高昂呐喊。而巫小茶的《明天你将要回去》则以反讽手法来宣示现代女性的独立性姿态："明天你将要回去，像去旅行 / 带上必备的手脚、眼鼻、唇齿和内脏 / 累赘的统统留下比如语言 / 那些曾经无意捅伤我的继续用来刺伤大地 // 明天你将要回去，摆脱我 / 不曾讨你欢心的狗 / 你要回到即将出生的地方 / 那里有你喜爱的电视演员在表演流泪艺术"，以狗自比，拒绝语言，无不反映出抒情主人公的绝望之感，但这种绝望并没有演变成乞求，而是获得了一种超越性的转化。

当然，在这几首诗中，最令人着迷的还是巫小茶那像女巫一样打量世界的目光。在看与被看的互动相生关系中，诗人为我们勾勒了这样的一位女巫形象："蚂蚁。一个女巫的 / 观察者，察觉到欲死之酒 / 正蛊惑着它的吞噬者"，甚至回溯到历史深处为女巫，当然也是为自我寻求某种精神支援："当体内搅起古罗马女人般的自由画面，一座座 / 没有尘土的海市蜃楼被她一一印证 / 索性丢掉早已沦落为打扫家庭灰尘的那把飞天扫帚 / 让这个世界统统去死。"(《女巫观察者》）事实上，这里充满了悖论，所谓的精神支援自然落空：古罗马的女性其实是受到极大压抑的，毫无自由可言；海市蜃楼美丽而又虚幻；痛快地诅咒世界之后还必须面对残酷现实，诸如此类，正是女巫眼中纷乱、矛盾世界的呈现。在这个世界中，被女巫主宰的死亡才是绝对的主角："观察者见女巫主意已定，便爬进酒杯，仪式一样 / 等女巫把酒连同自己一起倒掉或干掉 / 它已经什么都不知道了 / 只是像真正的死亡一样，一直等下去。"①

---

① 巫小茶：《女巫观察者》,《诗林》2012 年第 6 期。

第四章
潘向黎的创作

　　潘向黎（1966— ），福建泉州人，生于泉州，少时移居上海至今。1991 年毕业于上海社科院研究生部，获硕士学位，后留学日本；2012 年毕业于南京大学中文系，获文学博士学位。曾任职于上海文学杂志社、《文汇报》，现任上海市作协副主席。曾获全国优秀短篇小说奖、第四届鲁迅文学奖、第十届庄重文文学奖、第五届朱自清散文奖、第五届冰心散文奖、首届青年文学创作奖、上海文学优秀作品奖等；2002—2005 年连续四年登上中国小说排行榜。代表作有小说《白水青菜》《穿心莲》等，已出版小说集《白水青菜》《穿心莲》《无梦相随》《十年杯》《轻触微温》《我爱小丸子》，散文随笔集《茶可道》《看诗不分明》《纯真年代》《相信爱的年纪》等。

　　潘向黎的文学创作从 1989 年开始，这一年，她在《百花洲》发表了第一篇小说《一梦到天明》，由此开启了迄今三十余年的创作生涯。潘向黎是一个很特别的写作者，她拥有广泛的公众认知度却始终不在"史"中，即我们很难用一个统一的观点去概括她的创作，或将其归于某一个文学流派中，她的写作从来都在潮流之外，但又没有强大到可以成为潮流的反抗力量，因而其写作注定是被边缘出文学史的。另一个非常有趣的现象是，潘向黎是凭借小说创作开始进入文坛视野，并获得评论关注的，但在大众读者心中最有分量的仍是其散文创作。我们似乎并不能简单地以体裁来划分她的创作阶段和类型，因为她不但有着如此左手画圆、右手画方的本领，而且二者还互相穿插、彼此滋养，最终共同形塑了其独特的个人话语方式。

从整体创作历程来看，潘向黎是一个在小说和散文中反复徘徊、交错并行的写作者。初入文坛的潘向黎以散文创作见长，散文集《红尘白羽》和《局部有时完美》虽略显青涩，但其中隐现的深厚学养使得她的创作从一开始就有了不俗的底色。同时，潘向黎也开始涉水小说创作，在走过了每一个初学者都会经历的自传式写作之后，她于新世纪之后步入了创作的成熟期，《我爱小丸子》《奇迹乘着雪橇来》《白水青菜》《永远的谢秋娘》等作品以对现代都市话语空间的独特开掘引人注目，连续四年登上中国小说榜。近十年来，她的重心又回到了散文创作上，《看诗不分明》《茶可道》《万念》《如一》可以看作是一种对艺术生活化、生命化的尝试，用个体的审美经验来阐释生活中"有意味的形式"，广受读者喜爱。直到最近，她再次回到了小说创作的轨道上，不但再版了长篇小说《穿心莲》，更于2021年起陆续推出系列短篇"上海爱情故事"。与此前的小说相比，这些作品似是本色不改，但又仿佛气象一新。或许正是因为潘向黎在小说与散文之间不断来回腾挪，始终难以割舍，才使得她的散文有了良好的节奏感和精致度，同时在小说上又保有独特的疏朗感与书卷气。她的创作符码总是有关于爱与自由、生命与意义，在经年的反复摹刻中将其发展成对世界和对自我的一种确信，生成一种世界观和写作观，又将这种确信通过文体间的贯通与缠绕来予以表达：透过她的散文，我们可以窥见都市人生的生存景象与精神状态，在知识之余以趣味致胜；阅读她的小说，也能让人品味到庸常生活里不时旁逸斜出的古典意味，在故事之外以情韵动人。

第一节　节制的浪漫：潘向黎的小说

许多写作者都在不断地与自己告别，写作者在成名的同时也就意味着个人标签的形成，这也许是一个金字招牌，但长此以往，也就变成了一个金灿灿的牢笼，成了悬挂在自己头顶的达摩克利斯之剑。书写若不能在深度上进一步挖掘，那至少也要把眼光放得更宽一些，这是出于不愿被定型的自我更新与创造，也是许多自省的写作者都会有的自我要求与期待。但潘向黎是一个执着的浪漫主义者，其前后创作在风貌上几经更迭，基本气象却是一脉相承：她小说里那些带有理想主义色彩的都市知识女性，即使遍体鳞伤也永不丧失对真挚爱情的期待，她散文里那些日常生活中的吉光片羽与哲思感怀，无一不指向了对真善美的终极信念。这使得我们有理由相信，这些对浪漫情怀与精神自由近乎偏执的追求，正是作者将本人的理想人格投射到笔端文字的结果。

潘向黎的写作从一开始就是浪漫的，如她自陈，写作的初衷即在于"欲天下哭而哭，欲天下歌而歌"①。成长时期的懵懂与创伤，异国情缘的迷茫与痛苦，人在旅途的好奇心与漂泊感……这些在其早期创作就已奠定的书写主题一直延续到了如今，衍生出包括如梦似幻的邂逅、生活的顿悟时刻等在内的各种变调。这一浪漫的写作基调与其本人的人生历程有着直接的关联。比如，潘向黎的早期作品往往带有其留日生活的痕迹，如小说《他乡夜雨》《秋天如此辽阔》《红唇殇》《恋人日记》等或以日本生活为故事背景，或以日本男女为主人公，散文《东京不思量》《樱前线》《日式赞美》《细雨飘灯独自归》等将对日本文化的思考引申到对本土文化的观照中，赋予了作品影影绰绰的异国情调与客居他乡的失根感。又如，潘向黎的许多小说都将人物设定为编辑或写作者，这直接脱胎于其本人的职业经历，如《最后一次无辜》《一路芬芳》《缅桂花》《穿心莲》等，这些主人公的敏感多思为故事平添了几分哀感顽艳的色彩。再如，潘向黎创作的古典趣味直接来源于其父亲潘旭澜先生的言传身教，她自小在父亲的指导下背诵诗词，"这对我后来对文学感兴趣、大学选择读中文系、后来成为作家，以及我的写作风格，都有影响。可以说，我父亲的行为弥补了一个时代对一个孩子的伤害"②。她的小说虽多与霓虹闪烁的现代都市生活有关，但其人其事总不脱古典情趣，新世纪后，她长期在《解放日报》《新民晚报》等报刊上开设"看诗不分明""茶可道"等随笔专栏，详解现代人的古典式审美生活。凡此种种，共同为潘向黎注重巧妙与偶然性、内富纯情与冲动，甚至有时将现实与想象融为一体的写作提供了源泉，并奠定了其创作的浪漫底色。

个人生活经历与生命历程对于写作者的意义并不仅仅在于直接提供了故事的素材或元素，更在于其对写作者本身整体人格和文品的滋养与塑造。潘向黎的创作无疑是浪漫的，但文坛也从来就不缺浪漫。万千浪漫，何以不同？浪漫之外，还有什么？潘向黎风格的核心即在于"节制的浪漫"，或是

---

① 潘向黎:《我不识见曾梦见》,《白水青菜》,济南:山东文艺出版社 2007 年版,第 3 页。

② 潘向黎:《东京不思量》,《无用是本心》,深圳:海天出版社 2014 年版,第 74 页。

"浪漫的节制"。一方面，她钟情于描绘刹那即永恒的美，即她并不苦心经营曲折离奇的故事，而是用大量笔触描写人物在闪光瞬间里的心理活动：爱情初来乍到的欢喜与悸动，离去时的无力与苦痛，以及追思的憧憬与惆怅。在潘向黎的小说世界里，爱情不再是思辨言说的手段，也不再是为宏大叙事作喻的傀儡，而是现代社会中每一个红尘男女的人性深处，你我他真真切切的情感体验。另一方面，她的故事往往刻意设置大段的留白，让关键情节"暂付阙如"，甚至设置开放式的结局，如《无雪之冬》中徐珊珊与梁雨豪最后在雪夜里的相遇，《雪深一尺，我在美浓等你》最后在一把精美的胡桃木椅子边等待一个没有答案的未来。当她用极为真实细腻的口吻来讲述无数个细微处见真章的瞬间时，她笔下的故事反而更贴近爱情本身，它更微妙、更传神，也就更纯粹，更动人。

这种浪漫的节制性，不但与潘向黎本人的审美偏好有关，"现在我已经很少在作品里出现日本的背景了，但影响还在。比如一些微妙之处的捕捉和刻画，还有对清淡、空灵的偏爱。花道苛刻的选材和清逸的构图，茶道的细致、收敛和含蓄对我的小说可能也有一些影响"[①]。更重要的是因为其浪漫的核心已经溢出了具体的爱情范畴，而上升到现代人的精神层面，当具体的罗曼史被笼罩在人类共同的困境之下时，这种浪漫也就进一步被附着上了克制感。潘向黎自始至终钟情于书写爱情，但越是想要探寻纯粹的爱情，或叩问爱情的本质，就越会发现爱情问题从来就不会孤零零地存在，它实实在在地与各种人性问题、生命困惑难解难分。正如研究指出："她小说中的爱情既是一个焦点，凝聚着她对于现代都市女性人生境况的深切体验，也是以女性主题意识透视情感生命的一道强烈光束，穿越女性的心灵世界、人性奥秘以及生存悖论。"[②]可以说，潘向黎的浪漫始于爱情，而终于对生命和存在的拷问，她从现代都市女性的情感世界入手，探寻此间种种难以消解的生命困惑，以"个人化"的书写方式来逼近现代人的精神困境。

从整体上看，潘向黎的创作历程恰与全球化的现代化进程同步，是这一背景下文学书写"个人化"浪潮的一部分。进入新时期以来，写作者更为关心的是生命经验的本体形态与无限可能。对于书写者，尤其是90年代成名的

① 潘向黎、姜广平：《"最好的想象力是让人感觉不到想象力的存在"》，《西湖》2009年第5期。
② 颜敏：《都市女性的生命书写——读潘向黎近期小说》，《文艺争鸣》2008年第2期。

女性书写者而言，写作往往不再立足于清晰的故事或情节架构，而是致力于氛围的营造、感觉的描摹和情绪的捕捉。她们有时描绘流动的画面、展现出柔软的诗意，有时又投身激烈的思辨、揭开人性的丑恶——这些复杂含混的形式最终都指向了混乱空虚的精神内核，通过语言秩序权威的轰然倒塌，以求裸露出生命的本来面目。她们更近于"民间写作"，彻底放弃了权力话语的场所，而关注此在的生命经验本身，以颠覆性的美学风格进入生命中未曾被书写踏足的隐秘领地。例如迟子建直陈，"日常性"是自己永恒不变的书写主题，她试图通过对日常细节的关注来把握思想化、个性化的东西，"小说就是日常化的历史"："我们不要过重的背景，而只是让人物自己充分表演，就能从中看出时代的痕迹。"[1] 同样的，潘向黎沉浸于描绘都市生活的点点滴滴：霓虹闪烁、流光溢彩的百货店橱窗，紧张忙碌、咖啡氤氲的白领生活，以及轻抹蔻丹、顾盼生辉的摩登女郎……通过对日常生活的细节复刻来关注个人的感受与价值、强调个体对自我的支配与控制，以看似"内缩"的私人空间转向来拓展出文学书写的新空间。

但问题也随之而来，向外多元散发的"个人"随着急速的现代化历程而走向了核心虚无化，形成了一个内在意义真空的自我世界。首先，理想主义的精神在社会文化中逐渐消弭，个人独立精神的发展空间受到了极大的限制与冲击。其次，消费文化的兴起极大地刺激了个人的物质欲望、抽空了人的精神内涵，如大量评论所指出的，"个人"的书写不但精神疲乏、缺乏理性辨析和冷静审视、丧失了反击力量，"甚至无意中对精神文化的解构的方式承担了帮凶"[2]。此外，更重要的是，全球化的浪潮使得时间与空间上的无限性暴露在人们面前，而无孔不入的现代传媒与市场行为又时时刻刻提醒着人们的在场感。个体感知到了前所未有的渺小与无力，并在此冲击下顿时迷失了方向。正如肖鹰指出："同质性，是全球化的实质。在文化-精神层面，'无限发展'是全球化的基本意识形态，因为'无限'在根本意义上的未定性和不可完成性，这个意识形态运动必然形成发展意识形态对地域性意识形态的普遍抽象，使地域性文化-精神持续面临意义（价值）虚无的危机。"[3]

① 迟子建、周景雷：《文学的第三地》，《当代作家评论》2006年第4期。

② 贺仲明：《重审文学中的个人主义》，《山花》2013年第19期。

③ 肖鹰：《九十年代中国文学：全球化与自我认同》，《文学评论》2000年第2期。

于是，个人如何在这个离散化的世界中面对被虚空化了的自己、如何在全球化的语境中重构个体认同，成了"个人化"所面临的困境，其中最为突出的问题即在于意义的真空化。当感觉是如此之真实与震撼，这种感觉本身的模糊性、平面化与碎片化就被悄然掩盖了，"个人"的内核反而遭到了前所未有的压抑和打击。在"个人化"的文学书写中，大量的作品被用来举证意义的流动性、书写的"边缘化"，但值得注意的是，这种努力向边缘游走的个体，其本身的核心乃至其所对抗的"中心"，事实上都是缺席的存在。越来越多的书写开始通过不断地突破伦理底线来无限制地追求个人欲望，但仍难以抵挡心中的空洞，这种空洞的感觉即为吉登斯（Anthony Giddens）所谓的"生存的孤立"："个人的无意义感，即那种觉得生活没有提供任何有价值的东西的感受。"[①]潘向黎无疑也有着类似的感受，她笔下的现代都市人经历着这样或那样的生活压力与精神危机："都市是越来越繁华了，可是在繁华背后，也越来越沙漠化了。朋友、熟人还有那种'明月直入，无心可猜'的纯净情谊，眼看渐渐被沙丘吸干了。"[②]现代都市文明使得人与人之间的情感被残酷的竞争、膨胀的物欲所消解，逐渐呈现"荒漠化"的趋势，个体的孤独迷失及碎片化的精神迷茫成为不容忽视的"都市病"。潘向黎想为此间的万千肉身找到灵魂栖息的方式，"关于都市生活的描写，如何对待物质，确实是一个回避不了的问题。这不仅仅是因为都市人的肉身生活在物质的包围之中，而且物质也会悄悄地影响我们的精神生活……我对'物质'采取的态度，似乎可以说是细节上重视，总体上忽视……物质如果堆砌起来，就会影响人物的自由行走"[③]。她用创作实践给出了答案：通过书写现代都市人的情感历练与生存困境来探寻平衡的可能，即如何在追求有质感的物质生活的同时不失对理想化精神生活的坚守，通过寻求物质需求和精神自由的契合点来复苏日常生活中的诗意。

　　具体而言，潘向黎的小说创作中有三个显见的维度，它们如同三驾并驾齐驱的马车，将其文本牢牢地绑定在"节制的浪漫"这一中心风格上。其一

① ［英］安东尼·吉登斯著，赵旭东、方文译：《现代性与自我认同：现代晚期的自我与社会》，北京：生活·读书·新知三联书店1998年版，第9页。

② 潘向黎：《无梦相随》，《无梦相随》，上海：上海书店出版社1998年版，第246页。

③ 潘向黎：《标签、物质与背景——关于长篇小说〈穿心莲〉》，《万念》，北京：生活·读书·新知三联书店2017年版，第325页。

是将"爱与自由"作为写作乃至人生的一种信念，甚或是信仰。潘向黎偏好描写都市女性"突发奇想"的故事，都市里的各色女性忽然有一天意识到生活并不应该是这样或只是这样，于是奋起作战，重寻存在的价值与人生的意义。为了在不堪的生活中寻求契机，就产生了围绕着一碗白水青菜汤的较量（《白水青菜》），摔倒后可以爬起，亦可以躺下的感悟（《重重跌倒》），以及在圣诞节疯狂一场的奇遇（《奇迹乘着雪橇来》）……与大部分同类题材小说所不同的是，潘向黎无意扛起大旗、振臂高呼女性觉醒，更不愿涕泪俱下地渲染都市女性在家庭女和社会人之间左右两难的尴尬处境，而是在一片雾蒙蒙的感伤中尝试着探索平庸生活的无限可能。《满月同行》中，女人在浑浑噩噩中离开了家，却得出了"人和日子，还要决一胜负"的感悟，因为至少"不知道期望什么，也还是可以期望的"[1]，只要还有梦想的能力，梦想总还是能再生长出来的。在潘向黎这里，"娜拉出走后怎么办"的百年难题既没有走向堕落，也并不指向回归家庭的惨淡生活，而是跳开了既有的框框，惊觉到"整个晚上都在昏昏地乱走，竟不知道天上一直有这么一轮月亮"，生活中并不缺少美，而是缺乏发现美的眼睛。这一轮平庸生活中不曾注意到的清辉指向了"突发奇想"后的诗意回归，成了一声意味深长的咏叹。在这些看似心血来潮的故事里，我们可以窥见都市中那些繁华与苍凉、热闹与寂寞、幸福与隐痛、甜蜜与创伤的故事一角，更可以体悟到都市对人精神生活的挤压和权力对人本质的异化从未曾停止过。

其二则是珍视庸常生活中那些"有意义的瞬间"。"萍水相逢"的故事是潘向黎的拿手好戏。在都市社会这个现代水泥森林里，"我们的人生一览无余，像无边无际的沙漠，没有方向，没有路标"[2]。在她看来，只有人与人之间那些电光火石的瞬间才是生命存在的本质，哪怕只是昙花一现也足以回味半生。陌生人在不期然间产生了生命的交集，展开一段或长或短的旅程，如将身体每一个角落都能体贴得细致入微的美容师、在商业社会中疲于奔命的女白领（《轻触微温》），身世坎坷的居酒屋老板娘与漂泊他乡的异国女郎（《他乡夜雨》），以及落寞而胆怯的中年男子与纯真又迷蒙的青春少女（《缅桂花》）……相遇双方原本各自在苦涩的人生中渐渐窒息，却因缘际会地踏上了

---

① 潘向黎:《满月同行》,《女上司》,南京:江苏文艺出版社 2011 年版,第 241 页。

② 潘向黎:《我爱小王子》,《白水青菜》,济南:山东文艺出版社 2007 年版,第 39 页。

同一叶扁舟，他们借着碰擦出的微弱火花温暖了彼此孤寂的人生。邂逅的故事在文学书写中并不新鲜，而潘向黎的独特之处在于，她并不刻意渲染相遇的传奇性，也不试图将这段旅途引向何方，而是任其花开花落、缘聚缘散，她所关心的是在这无目的漂泊的扁舟上所吐露和挖掘的自我。《倾听夜色》中，两个自始至终不曾相见的陌生人因一个随手拨打的电话而相识，他们一个是"梦"，一个是"眠"，摆脱了白天嘈杂喧嚣的尘世，在深夜中通过倾诉与聆听走进了彼此的生活，更重新审视起自己早已麻木钝感的内心。当他们在电波两端彼此依靠，在只觉得天地玄黄、宇宙洪荒的那一瞬间重新恢复了对感性的捕捉，恢复了作为人的生存经验。而当他们的情缘戛然而止时，好像什么都未曾改变，但又似乎一切都已然不同了，那空余下的一抹"斜晖脉脉水悠悠"的怅然成了人类整体精神困境的绝佳隐喻。

其三则是擅长以"气味"为意象，将抽象流动的情绪与经验赋予传神的具象和实感。气味是一种非常特殊的东西，它既基于客观实在的物体而存在，如花的味道、香水的味道、食物的味道，但它同时又是非常主观的，而且是无形无相、飘忽不定和难以捉摸的。将气味作为意象，其本身的模糊与混杂恰恰对应了情绪自身的质地，于是，能指与所指通过"含混"而得以"精准"地匹配，这一意象的使用不可谓不精妙。如在《缅桂花》中，许伊与纪蒙北在一次笔会上相遇，他们彼此欣赏，进而吸引，但终究无疾而终。缅桂花的香气充盈着整个故事，隐喻了都市男女若即若离的状态和懵懂暧昧的情愫。尽管初遇如缅桂花香般甜美而令人心动，但并不是所有的邂逅都有完美的结局，沁人心脾的香气终究会消散，空留下追思与缺憾。又如《一路芬芳》的故事随着主人公李思锦的香味而推进，当她为了吸引罗毅而奋力拼搏时，她一丝不苟地散发着各种浓烈的香水味，而当她在姜礼扬的呵护下卸除心防、享受着真正平等的爱情时，身上只留有淡淡的花香。可以说，气味一路铺垫了李思锦的心路历程，将这个百转千回之中"那人却在，灯火阑珊处"的故事衬托得精致而传奇。再如《倾听夜色》是一个关于治愈的故事，结尾处的香水月季象征着女主人公重回宁静："抱着一大捧的香水月季，再走出来，和原来完全不一样。花香柔柔地扑上我的脸，还近乎铺张地源源不断地萦绕在我的四周。风轻轻吹起发丝，和花香飘到一起纠纠缠缠。"① 在这里，潘向黎

① 潘向黎:《倾听夜色》,《青年文学》1999 年第 5 期。

将香气赋予了更深刻的含义，女主人公在一次次倾诉与倾听中消除了心理障碍，重新获得生活的勇气，决心在废墟之上重建生活。

总体而言，潘向黎是一个执着于自己一亩三分地的写作者，也是一个将"好看"而非"深刻"奉为最高旨趣的写作者。作为一个读者，阅读潘向黎的小说是十分愉快的，你感觉得到她在努力把那些看似老套的故事讲得绘声绘色和妙语连珠，还不时体贴地送上俏皮话和体己话，比如"女人一生都需要安全感和在爱中失去重心飘落的感觉，只不过她们通常是交替出现在不同的阶段"①。但作为一个评论者或研究者，阅读潘向黎的小说却又是不满足的，你总希望她还能更进一步，向人性或是时代更深处开掘，如有研究在分析《永远的谢秋娘》时指出，"《永远的谢秋娘》让我们看到了优雅的限度。这篇小说的问题是优雅过了度……她的底子成就了她也限制了她，她确实不能对人性之宽阔复杂、对我们这个时代激流滚滚的经验做出强劲和透彻的表达"②。于是，当这样的写作者进入到长篇创作时，不免会引发我们对她如何能驾驭长篇结构的担忧。然而，潘向黎用《穿心莲》交出了一份令人惊喜的答案，这个披着通俗外衣的哲理故事显示出她在小说创作领域上新的突破。

《穿心莲》采用了一个异常复杂而精巧的嵌套结构，小说中插入了各类文本，看似混杂跳脱，实则是精心布局的多声部叙事套层。小说的主线是作家深蓝的故事，包括了她与前男友薄荷、知心朋友豆沙、初恋男友木耳以及一生所爱漆玄青之间的情爱纠葛。在此之下还有两条比较明显的副线，一是小说前半段的几处插入文本，包括深蓝为时尚杂志创作小说《等红灯时谁在微笑》和《白石清泉公寓》；深蓝与一位男友互相编撰情书，进行游戏般的情感交流；深蓝在时尚杂志开设情感问答栏目，与为情所困的"笨女人"书信往来的故事。二是小说后半段深蓝创作小说《紫苏的味道》，以及与漆玄青的邮件往来。这些文本（或层次）彼此独立又互相关联，共同搭建起一个错落有致的套盒式建筑。

潘向黎不仅仅是一个高超的建筑师，她还是一个高明的指挥家。读者在《穿心莲》中会欣喜地发现，这些文本（或层次）并非只是简单的主副线关系，而是彼此之间在不断地产生对话和呼应，从而使得小说成了一个大型的

①　潘向黎：《倾听夜色》,《青年文学》1999 年第 5 期。

②　李敬泽：《冰上之信与优雅的争辩——读〈白水青菜〉》,《名作欣赏》2008 年第 5 期。

互文系统。这里面不仅有插入文本与正文线索的互文，如深蓝与漆玄青的邮件往来与他们之间感情发展线索的互文，《白石清泉公寓》的故事与深蓝和薄荷同居故事的互文，以及小说《紫苏的味道》与深蓝和漆玄青最终结局的互文；还有插入文本之间的互文，如深蓝所编撰的游戏情书与深蓝和漆玄清邮件通信的互文，《白石清泉公寓》与《紫苏的味道》的互文等等。这些文本（或层次）之间的互文使得小说从不同角度阐释出对爱情和人生的多维思考，并由此引发了读者的多重想象，属于典型的"复调小说"，即小说"有着众多的各自独立而不相融合的声音和意识，由具有充分价值的不同声音组成的真正的复调"，而"思想就其本质来讲是对话性的"[①]。这种复调的结构超越了传统小说中作者意志主宰下的对话模式，表现为不同意识、不同思想之间的争论，使得小说所能引发读者联想的世界尤为丰富，在哲理内涵上所能打开的空间也空前阔大。

其中最值得注意的是两处结尾的互文，即《白石清泉公寓》的结尾与整部小说结尾。《穿心莲》的底本为中篇小说《弥城》，其中《白石清泉公寓》的结尾即为整部小说的结尾，潘向黎后在此基础上续写了漆玄青这一线索，两人的故事最终以"相忘于江湖"结束，它们遥相呼应。这两处结尾将深蓝本人的情感经历与她笔下的这些爱情故事进行比照，打开了一个浪漫与现实、爱情与人生相互对照的世界。

《白石清泉公寓》是一个再续前缘的故事，与上一篇讲述"惜取眼前人"的《等红灯时谁在微笑》相似，都是深蓝为时尚杂志的约稿而写作的"通俗小说"，不但刻意设置了偶然性与传奇性，更通过"改写结局"的方式让故事更多了几分百转千回的色彩。深蓝本已为《白石清泉公寓》安排了男女主人公分别的结局，但由于经历了"笨女人"自杀事件，她对爱情与人生有了全新的理解，于是毅然改写了故事的结尾，安排这一对恋人在男主人公生日这一天，在熙熙攘攘、花团锦簇的婚礼现场再次相逢并破镜重圆。这一结局很容易让人联想起《倾城之恋》中范柳原与白流苏的别后重逢，只是这个通俗版本更多了几分甜蜜和煽情，对此，作者借深蓝之口解释道：

① ［俄］巴赫金著，白春仁、顾亚羚译：《陀思妥耶夫斯基诗学问题》，北京：生活·读书·新知三联书店 1988 年版，第 133 页。

上帝啊，《白石清泉公寓》的结局必须改写！公寓烧了就烧了，不是可以重建吗？分手就分手，不是两个人都还活着吗？只要都还活着，有什么是不可能的呢？人生本来就没有什么道理可言，只有一个真相：生老病死都不能自己掌控，而爱和死一样突兀。[①]

但在整部小说的最后，深蓝处理自己的感情时却是另一幅景象。当她在小书店终于遇到了朝思暮想的漆玄青，这一次，她选择了凝视与离开：

> 我站在原地，看着他。我隔着三米的距离，看着他。
> 我不是在人口千万的城市里，我在沙漠里。他也不是一个人，他是三米之外的幻景。我是站在沙漠中看海市蜃楼的人，再惊讶、再激动也不应该狂奔过去。因为我知道，那不是一个可以抵达的地方，那里面的楼台不能让我栖息，那里面的清泉不能让我掬饮。当人遇见海市蜃楼，最好的选择是站在原地，目不转睛地注视它，一直到它消失。我明白，所以我还是站在原地，看着他。[②]

通过主人公经历与其笔下故事的互文，《穿心莲》打开了一个浪漫与现实、爱情与人生相互对照的世界，即传奇的故事美则美矣，落入到现实人生中往往却是千疮百孔。被忙碌而市侩的生活消磨得"重症爱无力"的男女们磨掉浑身的棱角、穿上厚厚的铠甲，才能以"哀莫大于心死"的策略来躲避痛苦的来袭，而这往往才是浮华背后更为本质的生命真相。于是，小说以"穿心的莲子"为题，因为"人生的许多感情，就像去掉了莲心的穿心莲子，你可以一直珍藏着，但不能指望它真的发芽"，但人生若是能有"在废墟上重建"的勇气，那么即使是穿心的莲子，有朝一日也能抽出碧绿的叶子。"废墟上的重建"几乎成为一个贯穿文本始终的隐喻，它在《白石清泉公寓》结局里两人不期然的相逢中，在深蓝看完日出后"旧的我死去"，"只觉得自己通体透明，好像刚刚出生的婴儿"的新生中，更在深蓝那一个"轰隆"一声长出大树的梦境里。这个"新生"的主题呼唤的是对爱与自由的坚守，还相信

① 潘向黎：《穿心莲》，北京：北京十月文艺出版社 2020 年版，第 119 页。
② 潘向黎：《穿心莲》，北京：北京十月文艺出版社 2020 年版，第 411 页。

爱情作为人生价值，相信温暖的阳光能穿透黑暗阴冷的现实人生，相信埋葬了一部分自己后还能在血泪中迎来凤凰涅槃。小说绕开了道德命题的无尽纠缠，进入到对现代人心态的感悟与揭示中。如研究指出，小说"将各种可能性的生存状态附着于那些骚动不安的心灵中，并由此进入人物繁复驳杂的精神内部，从而让很多小人物小事情小纠葛拓展出许多耐人寻味的意蕴"[1]。

第二节 静水深流：潘向黎的散文

潘向黎的散文以知识和悟识见长，呈现出静水深流的美学特质，即看似波澜不惊，却总能挣脱俗套、突破惯性与惰性的围困，而这正是其克制而浪漫的整体创作风貌进入到散文创作的结果。正如研究指出，潘向黎的散文离不开茶与诗这两道"帘子"，它们不但使得她立地飞升、思接千古，借以回归自我和本真，还能让她反观当下的日常生活，提供一种新滋味和新体验。[2]具体而言，这种美学风格包括三个层次，第一是亲切，她在写作中有意拆除深度模式，即便是生发哲思，也保持一种亲切、自然、平等的口吻来与读者对话。第二是清澄，她以一种清澄的心灵来展现生活的喜怒哀乐，仁爱之心犹如一股清泉贯注其文章始终。第三是轻灵，她的语言风格偏向轻捷和灵巧，注重语言向前运行的跳跃力，呈现出一种清风徐来、水波不兴的感觉。

在散文集《看诗不分明》与《茶可道》中，潘向黎引经据典，在各种议论和评述中将学、理、情熔于一炉，呈现出开阔纵恣的人文景观。如她在《三顾茅庐情结》一文中认为，粪土王侯、浮云富贵的李白是经不起推敲的，更为他的天真、自负和被功名荼毒的心灵感到刺痛和悲哀："李白貌似洒脱，其俗在骨。入世极深、热衷功名才是他一生的主流。"[3]她回望当下，指出这种不甘忘怀于红尘之外，又无法心平气和地融于世俗的毛病，恰恰也是现代知识分子的精神围城与生存困境。又如在《向王维致敬》中，潘向黎肯定了王维"强大的心灵力量"，这使得他不论在何种处境下都不会磨灭天才的光芒，也不会失去一代诗人的尊严和风范。这份人文精神不仅体现在对历史人事的评判中，也包

① 洪治纲：《在隐秘的女性空间里游走——潘向黎小说论》，《山花》2006 年第 5 期。
② 李晓愚：《论潘向黎散文中的情、趣、识》，《当代作家评论》2019 年第 2 期。
③ 潘向黎：《看诗不分明》，北京：生活·读书·新知三联书店 2011 年版，第 62 页。

含在对无常世事和局促人生的感叹里："遇也好，不遇也罢，得意也好，失意也罢，最重要的是自在，是'但使愿无违'（陶渊明句），只要能做到这一点，无论进退荣辱，都会有喜悦，喜悦在心，任谁也夺不去。"①

《万念》是一本断想式的随笔集，在旨趣上与张大复的《梅花草堂笔谈》颇有几分相似，内容也大致分为叙事、写人、咏物、记思几个部分。张大复身体状况欠佳，号病居士，因此《梅花草堂笔谈》中对"病"的记录很常见，如《病眼》《病甚》《病暑》等，详尽地写出了疾病带来的身心之苦。潘向黎则巧妙地将"煎药"与"写作"相联系，道出了一种"自愈"的创作心态，"长年吃中药。偶尔一边煎药，一边写作，药罐里水开了，药的气味渐渐弥漫了整个房间，似乎整个房间的空气都变成了浅褐色。在这样苦而带着酸的味道里写作，感觉人生真是苦涩而酸楚的。同时也从未有过地感到了写作的意义。陈丹青说，他是用画笔一笔一笔救自己，贾樟柯是用胶片一寸一寸救自己。我在一房间的苦药味中，一个字一个字救自己。"②同是写人，张大复的《王孺和诗余》一文跳出了孺和的孝子形象，展现他在生活上的韵致与情味。潘向黎则巧妙设喻，写活了身边的那些真性情的朋友："认识一个女子，像藤蔓植物，翠绿、清香，低调中很有韧劲。比过去认识的另一个女子好，那位女子像黄瓜，也翠绿，也清香，不过是脆的，让人担心一折就断。"③再如，张大复与潘向黎皆是爱茶之人，张大复留下了许多品茶文章，如《茶菊》《紫笋茶》《天池茶》《武夷茶》等。潘向黎则不仅品茶，还生发出源源不断的茶之思："茶饮之中，有宁静平和之道，更有谦卑之道。"④"真正的茶道，最感人的是里面的精神，他们保留的一种涩味。圆通、熟练、洋洋得意，都是他们抵制的。"⑤此外，张大复与潘向黎均以文"记思"，包括读书的心得，生活的思考，以及人生的感悟，言简意赅却隽永绵长。如张大复认为人生应该懂得取舍："不妨浅衷易盈，但恐多积不散；不妨入眼难合，但恐去人太轻。太轻之去，毒于刺心；不散之积，臭于聚秽。"⑥潘向黎则用九个字也道出了同

① 潘向黎:《看诗不分明》,北京:生活·读书·新知三联书店 2011 年版,第 96 页。

② 潘向黎:《万念》,北京:生活·读书·新知三联书店 2017 年版,第 180 页。

③ 潘向黎:《万念》,北京:生活·读书·新知三联书店 2017 年版,第 166 页。

④ 潘向黎:《万念》,北京:生活·读书·新知三联书店 2017 年版,第 158 页。

⑤ 潘向黎:《万念》,北京:生活·读书·新知三联书店 2017 年版,第 159 页。

⑥ （明）张大复:《不妨》,《梅花草堂笔谈》卷 12,上海:上海杂志公司 1935 年版,第 264 页。

样的人生智慧："最好的分寸，就是恰当。"① 可见，潘向黎的《万念》正是千万个有意味的"一念"，她在春夏秋冬、寒来暑往中捕捉到了千万个闪光的瞬间，这些信手拈来的时光碎片里裹挟着生活的诗意与生命的意义。

潘向黎的散文创作有着多个侧面。一方面，潘向黎以细腻俏皮的口吻追忆往事、感怀故人，生动再现了她与师友间的交往。《天上亦有佳茗否——不念罗洛先生》《夏天最后一朵白玫瑰——送李子云先生》《似这般分明响亮——丁帆先生印象记》《琴心剑胆范小青》等文章铺叙友情、令人动容。如陆文夫有着孩童般的纯真与可爱，"陆老师当时的反应和表情，真像一个孩子，又敏感又顶真，可爱极了。真正的文人，有些方面，一生都是和孩子相通的"②。又如，"说到陶文瑜，梦玮说：他是比一般人好玩很多。我说：他完全不避俗，但不俗。众皆曰然"③。另一方面，潘向黎以广阔的文化视野，表达出一种强烈的历史忧患意识。当她伫立于大雁塔下，面对美景奇物发出了这样的人生思考："人生能真正留给自己的，除了刻在心上的记忆，此外岂有别的什么？那些别人想灌输给我们的，自己为了生存努力记住的，其实与我们生命的芯子都是水过荷盖，全不留痕。而那些'珍惜不尽'的，不用临去依依，已在我们的生命中。"④ 当她在成都望江楼上看到风姿动人的竹子时，想到了"无用的竹子应该是快乐的。作为竹子，没有比这更好的命运了。不想有用，就不被扭曲，更永远避免了沦为次品的悲惨。在无用中保全了自己，这样就不用为了实现一种可能而舍弃生命内在的九百九十九种可能。不是不能，是不忍，不愿，不甘"⑤。此外，潘向黎还写了不少游记散文，其中能看到许多现代游记散文的影子，如沈从文的《箱子岩》、朱自清的《欧洲游记·罗马》、胡适的《庐山游记》等，她总是试图从一处景观、一种风俗中发现一段历史、寻求一种价值，并在对历史的追忆中展开价值考量和批判重构。如《有所思，所思在长安》一文说到李商隐、辩机、蒋介石、李白等历史人物，文中穿插诗词、神话、传说等种种内容，在对历史场景的还原中生发出忧思："许多朝代都有自己留在历史上的辉煌……我们现在所处的时代，后人会记住

① 潘向黎：《万念》，北京：生活·读书·新知三联书店 2017 年版，第 42 页。

② 潘向黎：《如一》，北京：生活·读书·新知三联书店 2017 年版，第 210 页。

③ 潘向黎：《万念》，北京：生活·读书·新知三联书店 2017 年版，第 127 页。

④ 潘向黎：《无用是本心》，深圳：海天出版社 2014 年版，第 11 页。

⑤ 潘向黎：《无用是本心》，深圳：海天出版社 2014 年版，第 138 页。

什么呢？……眼睛盯着眼前的是非得失，往往忘了时间这只黄雀在后。"[1] 又如《胜负云烟茶香千年》对古今之思展开思辨："轰轰烈烈的征战、费尽心机的权谋、血腥弥漫的争斗只留下史书上数行文字、书场中的几声惊堂木、后人心中的些许慨叹，那些过人的武艺呢？那些英勇和忠诚呢？那些荣耀和辉煌呢？那些万箭齐发、冲天火光、人喊马嘶、血染长江的惊心动魄呢？早就如云烟一样散尽了。是非成败，只是一时，终不如一缕茶香，不论朝代兴替，幽幽然，悠悠然，径自香了千年。"[2] 这样的思索与当年郑振铎游历大佛寺后生发的慨叹有着异曲同工之妙："你是被围抱在神秘的伟大的空气中了。你将觉得你自己的空虚，你自己的渺小，你自己的无能为力；在那里你是与不可知的运命、大自然、宇宙相见了。你将茫然自失，你将不再嬉笑了。"[3] 面对这些承载历史记忆的文化符号，他们都表达出对历史的深刻反思、对当下的冷静反观和对人类终极问题的思索。

可以说，"中和之美"是潘向黎散文中"静水深流"这一美学风格的核心品格，其中主要包括两方面：一是由她平静安宁的行文风格所决定的疏淡平和的美学特征，二是不论对象如何，她始终予以克制的表达，使得作品呈现出平衡和谐的特征。她不是以猎奇手段去获取文章的震撼力，而是以平和的姿态凸现人性的丰饶，这得益于她对于人性广泛而宽容的理解，以及深厚丰饶的古典底蕴。

潘向黎曾在短篇小说集《无梦相随》的后记中坦言自己不愿被归入"新市民小说"。确实，她不属于哪一派，也无意于自成一派。对她而言，被认为是什么并不重要，重要的是她是什么。但当她贴不上任何标签的时候，也许其本身就成了某一个标签。如果一定要说她相信着什么"主义"，毋宁说，她信仰的就是真善美。她在数十年如一日的信仰中不断更新着艺术自觉：既没有在读者的掌声中踟蹰不前、故步自封，也没有在当下作家的转型潮中闻风而动、丧失自我，她不回避重复的成功，也勇于承担失败的风险，通过在文体间的跨越与互渗来不断翻新浪漫的呈现方式，以节制的美感为现代都市人生找到了心灵栖息的方式。

① 潘向黎：《无用是本心》，深圳：海天出版社 2014 年版，第 21 页。

② 潘向黎：《如一》，北京：生活·读书·新知三联书店 2017 年版，第 19 页。

③ 郑振铎：《郑振铎诗文集》，沈阳：万卷出版公司 2014 年版，第 151 页。

第五章
须一瓜和林那北的小说

第一节　须一瓜的小说：
城乡空间、情爱伦理与性别意识

须一瓜（1963—），本名徐苹，笔名须一瓜，福建厦门人。1995年入《厦门晚报》担任政法记者。1984年开始小说创作，曾获全国小小说大赛一等奖、2003年度华语传媒最具潜力新人奖、2004年度《人民文学》短篇小说奖、第十四届《小说月报》百花奖、第十七届百花文学奖以及《小说选刊》《上海文学》优秀作品奖、柔石文学奖、郁达夫小说提名奖等。多部小说被改编为电影，其中根据长篇小说《太阳黑子》改编的电影《烈日灼心》，获得第33届大众电影百花奖最佳影片奖等多种奖项。代表作有《淡绿色的月亮》《太阳黑子》《五月与阿德》等。已出版小说集《淡绿色的月亮》《提拉米酥》《蛇宫》《国王的血》等中短篇小说集，长篇小说《太阳黑子》《别人》《双眼台风》《致新年快乐》等。

须一瓜政法记者的身份使她获得了对生活更为广阔的接触面，同时她又以作家对生活敏锐的感知窥见了各色案件及各色人等背后复杂幽微的人性之维。其小说通常以凶杀、自杀、抢劫、交通事故等案件以及食品安全、医疗安全等各类涉及民生的新闻事件为故事的生长点，赋予其广阔的阐释空间。

同时，她能透过这些戏剧性、传奇性的事件呈现人性在极端、突发典型情境中的多种样态，进行深刻的精神解剖。贺绍俊称须一瓜为"温柔的精神警察"，认为其小说的独特性在于"通过案件走进人们的心灵，而没有纠缠于案件诉讼的破解"①。可以说，对人性不同维度的剖析是须一瓜作品一以贯之的重要主题。

通过案件透视人性是须一瓜小说最为显著的特征。但不只囿于各色案件，日常生活中的琐碎小事，伦理道德上的无罪之罪也是须一瓜刻画人性的重要维度。须一瓜对人性的刻画首先在于展现在商品经济的大时代背景下被物质、情欲、权力所异化的人性。其笔下的主人公们，无论身处何种阶层，无论在城市抑或乡村，总是会陷入对物质、权力的追逐中，以至于失去对亲情、爱情乃至对道德、法律的敬畏之心，走向极端的工具理性主义（如《别人》《老的人 黑的狗》《前面是梨树，后面是芭蕉》《丰满的一天》《白口罩》等）。此外，须一瓜还承继了批判国民性的传统，在一些作品中刻画了看客的冷漠无情、麻木猥琐的精神样态，将对人性的刻画延伸到了对民族劣根性的发掘上（如《大人》《老闺蜜》等）。与对人性之异化相伴相生的是须一瓜对人性中"神性之光"的发掘，其小说中的主人公在作恶之后，通常会陷入对自我的省察与忏悔中，试图以各种方式实现对自我的精神救赎（如《太阳黑子》《蛇宫》《海瓜子，薄壳的海瓜子》等）。对被异化的人性之恶与对人性之善的多重书写，展现着须一瓜对人性深刻且犀利的把握以及她对人性不遗余力地揭示与追问。

对人性进行深刻把握的前提是对各色人物的理解。须一瓜的小说有丰富的人物形象谱系，上至政府高官、社会名流，下至出租车司机、打工者、小偷、妓女、保姆、残疾人、孤寡老人等。在这样一个极具跳跃性的形象序列中，须一瓜对女性的审视始终秉持着一种由性别出发又超越性别的视角。须一瓜曾谈到"一个成熟的作家，或者说一个手艺很好的作家，应该是中性的。她能渗透——准确渗透到不同性别、不同年龄身份的角色里面，性别、处境、年龄不应该成为障碍"②。她将女性置于城市与乡村、传统与现代、个人与社会、身体与精神等多重维度中，将自身对女性生存之苦、精神之困的体认与

① 贺绍俊：《须一瓜：温柔的精神警察》，《山花》2006年第4期。
② 须一瓜：《我希望小说像把手术刀》，《南方都市报》2004年4月18日。

对人性、对社会伦理道德的追问相结合，探寻重建女性主体精神的可能性，呈现出更为自觉、深刻的性别意识。

一、城乡空间的重构与性别视角的超越

在现代化进程的浪潮中，商品经济既带来了物质的丰盈也加速了传统伦理道德体系的崩塌，在传统乡村文化与现代社会消费文化的双重掌控中，乡村女性面临着比以往更为复杂多变的文化语境。须一瓜的作品中涉及诸多乡村女性及进城的乡村女性形象，但她并没有单纯地贬抑乡村或城市，而是超越城乡的二元对立、超越单一女性主义的视角，以女性在两种不同空间中的生存体验为中心，以对乡村女性在现代文明冲击下的体认完成对社会、对人性的不断追问。

在须一瓜小说中，关于在金钱、物质、权力刺激下而相互猜忌、残杀而展露人性之复杂的情节处处皆是，《蛇宫》《别人》《尾条记者》《鸽子飞翔在眼睛深处》等都与此主题有关。这些场景大都设置在城市之中，《老的人 黑的狗》则将这一场景转移到乡村。儿媳发现老太婆私藏的支票后，开始了一场有关于人性、伦理的拉锯战。子辈始终不相信老太婆，原本亲密的关系变得疏远且充满仇恨。老太婆失去了生存资源、失去了子辈的信任和尊敬，也失去了活着的动力而跳崖自杀。这一叙述打破了现代性话语对乡村乌托邦的建构，正如韩少功所说"城市有的问题，乡村差不多都有；城里有的话题，乡村里差不多也都有。"[1]但在现代性视野下，城市与乡村之间确实存在不平等的等级秩序。城市发达的商品经济以及宽松的文化语境刺激着无数乡村女性进城寻找新的人生可能。"一旦城乡之间的差距具备了现代内涵，那么由乡村进入城市就并不仅仅是生存空间的转换，更是文明层次与文化空间的转换"[2]，因此，女性进入城市往往是在文化空间的转变中实现自我性别意识的觉醒，如孙惠芬《歇马山庄的两个女人》中的李平、方方《奔跑的火光》中的英芝、盛可以《北妹》中的钱小红等等。须一瓜笔下的乡村女性虽然也向往城市，但很难说她们是铁凝《哦，香雪》中的香雪一样精神自足的乡村文

---

① 韩少功：《观察中国乡村的两个坐标》，《天涯》2018 年第 1 期。

② 苏奎：《论中国现代文学中的"城市外来者"》，《文艺争鸣》2007 年第 1 期。

化主体，她们对城市的感知还局限于"城里赚钱农村花"以及"物质世界绮丽的魔光"，是在一种蒙昧的、盲目的、被动的状态下走向城市。

《前面是梨树，后面是芭蕉》中，在麦芽妈妈死于一辆长途货车车轮下后，麦芽的命运发生急剧变化。须一瓜反复强调着麦芽妈妈的死是"谁也改变不了"的，这似乎是一个关于乡村必然改变的预言。来自城市的大货车在象征意义上与《哦，香雪》中途径台儿沟的火车一样都象征着现代性文明。火车开启了香雪对于城市的想象与向往，货车则揭开了麦芽在乡村苦难的序幕。虽然麦芽妈妈死于现代文明的象征物下，但在乡村空间中，"死"被乡民轻易地、想当然地与神秘、迷信的乡村文化相联系。在不断地讹传中，麦芽家被建构为一个可以传播危险、害人性命的空间。在鬼邪莫名的威胁和全村人的疏远中，麦芽的委屈与恐惧无处释放，只能将斜眼梗登视为生活中唯一的希望。由于家庭的贫困与身体上的残疾，梗登在乡村社会实际上处于一个相当劣势的地位。但在麦芽家这一被边缘化、妖魔化的空间，他凭借莫须有的"阳气"轻而易举地占有了麦芽的身体。对麦芽而言，给她带来灭顶之灾的"阳气"，却是"很暖和的东西"，她用身体换来在乡村社会中片刻的安全感。麦芽的送葬队伍中，有妇女感慨"老道士的话还真准呐"，从乡村文化的逻辑出发，麦芽的死被看作理所当然、天经地义，而忽略了文化因袭对女性生命的谋杀。可悲的是，麦芽自己也对老道士"再死一个"的话深信不疑，才会妄想摔死肚中的胎儿，全家人就可以一起出去打工。在此，须一瓜提供了一个深刻的社会性思考。麦芽父亲与哥哥同样也是乡村文化的受害者，但他们至少能维护自己身体的主权。而麦芽的身体则简化为性资源被随意榨取。由于乡村社会环境的闭塞与现代教育的缺失——麦芽与冬芹所接受的现代文明似乎只是一些流行歌曲——女性很难脱离乡村文化的影响，形成女性主体精神。这也决定了她们在面对强大、稳固的乡村文化时被压迫、被蹂躏的命运。

《五月与阿德》中的五月在山货客酒心巧克力的诱惑下，迷失在城市香甜的物质氛围中，并为之献出自己的身体。与王安忆《妙妙》中的妙妙不同，妙妙认为与城市男性发生性关系是一件不同寻常的事情，她以此将城市男性身上的现代性特征据为己有并完成了与城市性观念的对接；五月眼中的山货客也散发着"城里的光晕"，但五月与山货客的性关系只是为了单纯的物质享受，山货客并没有开启她对城市、对现代文明的向往。当失去贞操的五月被乡村传统伦理道德所鄙夷时，山货客"一定会来娶你"的承诺成为五月的救命稻草。也就是说，五月一定要做个城里人的执拗在很大程度上是来自乡村对她的排斥以及她对乡村的恐惧，这与麦芽想逃离乡村的逻辑是如出一辙的。如此来说，她们是被迫走向城市的，她们的主体精神是匮乏的，那么，在她们进城之后，主体精神的匮乏必定不能满足女性日益强烈的自我解放需求，从而造就《第三棵树是和平》中孙素宝式的悲剧。孙素宝进城后只能通过出卖身体来维持发廊的生意。杨金虎在享受着其收入的同时又要审查她的身体是否"干净"，随之而来的则是无休止的怀疑、家暴与性虐待。在杨金虎又一次酒后施暴后，孙素宝冷静地将其杀死并肢解。在此，须一瓜并没有将孙素宝的杀夫塑造成女性主体意识、性别意识觉醒的女性形象。孙素宝深刻认同"男人打女人"这一古老性别秩序，她的反抗只是生存本能的驱动。她向戴诺坦诚此前向法官隐瞒的丈夫家暴及性虐待的事实，是因为"你是女的我才说的！我又不是疯子。对那些男人说这个干吗？"。她不认为男人能够理解她在经期被强奸、患有严重妇科病的痛苦，更不奢求法律能提供帮助，因此她对戴诺的辩护非常敷衍。吊诡的是，这种敷衍不只存在于不懂法律的孙素宝身上，更存在于深谙法律规则程序的男性法官身上。法官作为理性、客观的法律体系的象征并没有注意到这起凶杀案背后复杂的情感纠葛与性别权力关系，他对整个案件表现出一种相当无所谓的态度，不支持戴诺去探寻孙素宝的杀人动机。"你随便玩玩，不好玩就算了"，他们只是想"陪着法律程序玩到结案"。孙素宝与法官这两类性别不同、立场不同、文化层次不同的人对案件的态度却如此一致，更深层次上是因为他们对父权社会秩序的深刻认同。埃莱娜·西苏曾列举出众多二元对立组，"文化/自然、男人/女人、父/母、身/心、理性/感性、内容/形式……每一对组合都建立在压抑之上，不是平等关系而是'主人/奴隶'式的从属关系，呈现为一种阉割、丧失和恐惧状态'①。显然，客观、理性的法律系统对应的是男性的象征秩序，构成了对女性的压迫。戴诺作为一名女性律师，深知"法律只对证据认账"，但只有证据还是远远不够的，想要在父权权力话语中为女性谋取一丝生存希望，她就必

① 林树明:《身/心二元对立的诗意超越——埃莱娜·西苏"女性书写"论辨析》,《外国文学评论》
2001年第2期。

须融入男性的象征秩序，遵从男性的游戏规则——接受副院长的性骚扰。对此，她自嘲道："女人这样救女人，太糟蹋法律的尊严和男人的尊严了。"[①]但不如此，孙素宝杀夫背后的原因不会被揭露，戴诺自己也会被司法系统所排斥。须一瓜以女性的敏感将孙素宝从被妖魔化的女性还原为一个拥有具体生活、个人情感的主体，呈现出乡村女性在城市的受难史；她们的苦难不只来自传统社会的性别秩序，更来自城市商品经济与男性权力的合谋。由此，须一瓜超越了传统性别叙事，完成了对人性、对社会的深刻表述。

二、公共性事件的个人表述与情爱伦理危机

公共性事件本身的戏剧性、舆论性并不是须一瓜小说的重点，她关注的是公共性事件背后更为幽深复杂的人情人性，"不是停留在对案件的侦破上，不是用极端化的方式没有限制地夸大了这个题材的大众文学元素，而是深入到罪犯犯案之后的心理以及在心理支配下的救赎生活"。[②]纵观须一瓜的小说可以发现她对两性之间情爱伦理的建构与重塑也往往以公共性事件的发生发展为契机。这些纷繁复杂的公共性事件可以说是须一瓜探寻人物内心世界、探寻两性之间关系的一种极端的、典型的情境。通过对公共性事件的表述抵达具体且复杂的个人性，使须一瓜的小说获得了一种阐释生活、直击人性的力量。

《穿过欲望的洒水车》《淡绿色的月亮》以及《有一种树春天叶儿红》以车祸、抢劫、自杀等事件作为切入口，呈现了和欢、芥子、陈阳里三个不同文化语境下的年轻女性的情爱伦理困境。《穿过欲望的洒水车》中，和欢与祝安的爱情跨越阶层与父母以及地域的阻碍，简陋的小房间成为他们逃离世俗情爱伦理观念的世外桃源。即便如此，在这段关系中和欢还是处于劣势。祝安会从一个知识分子的视角出发嫌弃和欢不懂电脑、不尊重个人隐私；会因为和欢在性生活中放肆的笑声怀疑和欢是"老练的过来人"，也会因为对自己性能力的怀疑而抑制和欢的笑。祝安悄无声息地失踪后，和欢不断质疑自己与丈夫之间的情感。她为自己没文化、环卫工、郊区家庭的身份特质感到自

卑，认定丈夫与他人私奔。于是，她一边不间断地寻找丈夫，或者说是想为自己的爱情寻找一个合理的答案；一边又在不同男性身上放纵肉欲、排遣寂寞，享受报复丈夫私奔的快感。在得知祝安早在几年前就已车祸遇难时，和欢投海自杀。她的死既是出于对自己误解丈夫、越轨寻欢的自责与愧疚，也是因为自己一直所寻求的爱情答案的落空。从另一个角度来说，是医疗系统、司法系统以及新闻系统的集体疏忽将死去的祝安变成了"无名氏"才导致了和欢的一系列悲剧，她的精神之死与肉体之死可以说是一次公共系统集体失灵的悲剧。

与和欢一样，《淡绿色的月亮》中的芥子也在不断地寻找。她寻找的是一种传统意义上的"真正男子汉"，也是关于爱情、关于人性的真相。芥子美丽知性、有独立的经济来源、能主动言说并享受性快感，是典型的现代城市女性。从这个层面上来说，芥子已然摆脱了以三从四德等标准来界定、衡量女性的传统观念，而获得了所谓"社会性成人"①的地位。同时，她对男性有着极为理想化的性别想象，她希望"男人是勇敢的，他有勇气、有能力保护自己的家，保护自己心爱的一切"②。在父权文化传统对"男主外，女主内"、男强女弱的持续强调中，女性将自身在家庭与社会中弱势地位内化为一种潜意识，期待着来自男性的庇护。因此，芥子只能说是一个不完全的社会性成人。在一次入室抢劫案件中，桥北在面对远比自己矮小的歹徒时没有反抗，还屡次将危险转移到芥子身上。虽然最终化险为夷，但对于桥北身上男子汉气概的消失、传统英雄主义的瓦解以及他所展现出的自私怯弱的人性，芥子始终无法释怀。芥子与桥北之间的爱情止步于芥子对爱情理想主义、对完美家庭道德的追求与桥北现实主义的理性生存原则、人性弱点的呈现之间的矛盾。在抢劫案的典型情境中，这种矛盾被激发、无限放大并在其后的日常生活中延宕。经由警察谢高的视角，芥子与桥北之间的爱情伦理危机上升为整个社会的伦理道德危机。在谢高的故事中，新警察在回老家的火车上因为身着警服而被群众地赋予了惩恶扬善、保护群众的特质，或者说警察成为大众

----

① 凯琳·萨克斯在《重新解读恩格斯——妇女、生产组织和私有制》中提出"阶级社会中妇女的从属地位在很大程度上不是家庭财产关系造成的，而是妇女没有社会性成人的地位造成的"，而"公众社会劳动是社会性成人身份的物质基础"，参见王政、杜芳琴主编：《社会性别研究选译》，北京：生活·读书·新知三联书店1998年版，第15页。

② 须一瓜：《淡绿色的月亮》，《收获》2003年第3期。

对英雄主义的一种现实投射物。在现实、理性的思考下，警察放弃抵抗的同时最大程度地保护了身边的人。在传统重仁义轻身体、"宁为玉碎不为瓦全"的话语体系中，为"仁""义"而舍弃肉身的行为是值得肯定的甚至是天经地义的。因此车上的人难以理解警察不抵抗的行为，整个社会关于英雄梦破碎、正不压邪的舆论打败了一个满腔热血的警察。由此，芥子关于理想主义爱情、对传统男子汉英雄气概的个人期望在此上升为社会对邪不压正、舍生取义、士可杀不可辱等传统道德伦理的集体诉求。无论是在家庭还是在社会中都存在着一种理想主义，但这种理想主义在残酷的现实生存问题面前是羸弱、空洞的。人性中的自私、怯弱、贪婪、欲望等潜藏在美好、和谐的家庭关系、社会关系之下，使身处其中的人不断面临诸种情感困境与道德困境的拷问。芥子与桥北的情爱伦理危机是现实生存问题、人性的弱点对理想主义的胜利，更是一个隐喻，折射出抽象化的道德伦理在现实社会中的不堪一击。

《有一种树春天叶儿红》中的陈阳里将和欢与芥子对情爱答案的寻找推向了极致，她在不断地追问与试探中走向死亡。如果说芥子在抢劫案之前还拥有过短暂的理想主义爱情，享受过"完美男子汉"形象的滋养，那么陈阳里则是从一开始就处于一个情爱伦理与道德伦理双重缺失的环境中，孱弱、自私的男性与充满背叛、算计的爱情比比皆是。陈阳里的父亲、哥哥都生性风流、抛妻弃子，她的恋人在领证结婚后也因为惧怕她遗传精神疾病而逃离。她对爱情、家庭持一种极大的怀疑和否定的态度，她反驳杨鲁芽："这有什么奇怪的？你们禾田怎么啦，禾田都是模范夫妻？都是幸福家庭？屁。狗屁！谁爱相信谁相信！"[①] 在陈阳里看来，理想主义的爱情绝不存在，这与地域、与人的素质并不相关。但在这之下，她依然对爱情怀有一丝希望。须一瓜为陈阳里理想主义爱情的追求提供了一个对照组，那就是打工夫妻的爱情悲剧。与陈阳里忽略生活的爱情追求不同，打工夫妻首先面临的是生存危机，妻子卖淫来维持生活，夫妻嫌隙也由此而生，最终导致家破人亡。这也意味着须一瓜对情爱伦理的探索不只局限于理想层面更是落脚于生活实处。陈阳里对于打工夫妻的爱情悲剧唏嘘不已，似乎看到了爱情存在的希望。因此，在得知同事杨鲁芽与丈夫鲁大柱之间忠贞不贰、灵肉交融的爱情故事后，她将信将疑，将之视为一个获得答案的契机。杨鲁芽普通、凌乱的家，以及相貌普

---

① 须一瓜:《有一种树春天叶儿红》,《收获》2005 年第 2 期。

通、身材走样、年纪偏大的丈夫承载了陈阳里拯救自己的希望也潜藏着她毁灭自己的危险。纯粹、理想的爱情本身是在庸常的日常生活之外的一种精神慰藉，本身就极其脆弱。在她的引诱下，鲁大柱背叛了自己完美、忠贞的爱情，也导致陈阳里对男性、对爱情以及对生命的绝望。

和欢、芥子、陈阳里这三个女性形象不断追问、探索的经历实际上是传统伦理观念与现代女性性别意识之间的纠葛与碰撞，呈现出一种本土化的女性经验。这些女性表面上并不具备传统女性三从四德、贤妻良母、卑微顺从的姿态；相反，她们在很大程度上具备了现代女性独立、叛逆、放纵的性别意识。但她们的质询与追问实际上还囿于父权文化的话语体系中。在对理想主义爱情、对完美男性的追求中，她们不自觉地以男性价值为旨归，不断否定自我、放弃自我的个体性与完整性，追求的是与男性在爱情中的共生。也就是说，她们的质询与追问始终局限于爱情本身，从而消解了自我的主体性，失去了"个体自由"的意义，成为理想爱情、完美男性的精神附庸。她们虽不是有着坚实、饱满精神的女性主体，但也不能做父权意识形态审美理想的投射物。她们萎靡、虚弱的个体精神并不能支撑起她们脱离生活、超越人性的偏执追问，从而导致了她们的情爱伦理危机。须一瓜将这些女性置于不同的极端状态中，将她们个体的追问一步步推向极致，推向性别对立已然消弭的人性深处，并巧妙地将之转化为对整个社会公共秩序、伦理道德的拷问。无论是对公共服务系统的批判、对社会正义的探索还是对不同群体情感危机的表述都展现着她作为一个知识分子、记者表述公共话题以期自省的责任感与自觉性。

三、女性身体欲望与精神主体建构之悖论

如前所述，在须一瓜笔下，无论女性身处乡村还是城市，她们身上都有着浓厚的传统伦理观念的印记。她们对情爱、对人性的追问与质询大都指向具体的情感对象及社会公共空间而缺少对女性内在精神世界的自我审查、缺少对自身传统伦理观念的清理。这样，无论乡村女性如何挣扎着走向城市、无论城市女性表面上如何独立自强，她们都难以拥有饱满、坚实的精神主体。

《寡妇的舞步》中，平庸的生活消磨了过丽年轻时对和平作为一个艺术家的幻想。和平去世后，过丽对二人之间的爱情产生怀疑。在与司马的一场暧

昧约会中，她精心打理并隐藏了自己的身体欲望。她"穿的是黑色性感的新内衣。外面是居家大衬衫、休闲短裤。在梳妆台，她犹豫了一下，还是放弃了香水"①。晚餐过程中，过丽一直处于亡夫的凝视中，或者说一直处于自己对情欲的追求与传统伦理道德的挣扎中。和平的遗像、画作乃至养过的猫、关于鬼魂的传说都在规训着过丽的激情与欲望。显然，这是来自过丽内心深处对传统伦理道德秩序的认同——父权文化强调女性的贞洁，剥夺女性享受性快感的权利。但过丽并非只是简单地想借司马释放自己的身体欲望——这正是世俗社会对寡妇的刻板认知。过丽对司马的情感很大程度上来源于大学时在一场联谊舞会二人之间协调的舞步。对于司马没有认出她这一事实，过丽倍感失望。可见，过丽追求的并不仅仅是肉欲的放纵，更保留着对精神之爱的憧憬、对灵肉合一的爱情的向往。但无论是前者还是后者，她的追求都是被传统伦理道德秩序所否定的。她不断遮掩的、脆弱的女性精神主体在一系列想象中的凝视下逐渐崩溃。在打开门看见大姑子后反倒激起了她对空间的掌控欲。故事至此戛然而止，可以想见的是一系列诸如荡妇、不贞的词汇会自然而然地加诸过丽身上。她是否能够重建女性精神主体成为一个空白，但确定的是这个过程必然充满痛苦困顿。

在《第五个喷嚏》中，经由被压抑的身体，须一瓜展现出一条艰难、激昂却有可能的女性精神主体重建之路。河惠为了全家的城市户口以及弟弟妹妹读书、工作的机会，嫁给了丧失性功能的老马。为满足现实生活中的物质欲望，河惠成为一个可供交换的商品。河惠美丽的身体无人欣赏，生命本能的激情与欲望也无法排解，其生命力遭到无性的婚姻及严苛的传统伦理道德秩序的压抑。河惠打喷嚏的方式成为她委婉表达自己欲望的一个出口，"有喷嚏，我就要打痛快、打光。打喷嚏是一件舒服的事，经常打，我就不会生病"②。在与男孩偷情被发现后，河惠的女性主体精神得以彰显。在此，须一瓜首先颠覆了传统叙事模式中女性在性关系中被引诱、被玩弄的被动地位，使河惠成为引导者与引诱者，打破了传统伦理秩序对女性的界定。偷情被发现后，河惠以一副更为张扬、大胆的裸体姿态穿过城市中的大街小巷。这种超越常理的行为不仅是对小城伦理道德的蔑视更呈现出女性作为生命主体的身体之美。文中小城画家

---

① 须一瓜：《寡妇的舞步》，《天涯》2012年第2期。

② 须一瓜：《第五个喷嚏》，《长江文艺》2013年第10期。

的一幅画正是对河惠生命状态的一种隐喻："这棵树是忍受了长期的风雨、春寒，四围是一个穷乏的世界，而它的枝干内，却流动着生命的汁浆。"① 与之形成鲜明对照的是"我妈妈"这种世俗意义上的"好女人"形象。她们的生命激情消耗在无穷的家务与丈夫孩子身上，对于河惠，她们认为"她呢，成天无所事事、一天到晚就想那个！做女人不能太下流龌龊吧"②。传统伦理道德内化于女性生命之中，这些来自女性内部的对父权文化的认同与维系成为女性重建精神主体的最大障碍。重逢之时，老去的河惠开了一家名为"法定人生"的假发店，延续着年轻时打喷嚏的方式，过着世俗平淡的生活，放弃了戴假发也放弃了"做梦"。但此时的河惠，已然沉淀了年轻时狂乱的身体欲望，以更为平和的方式容纳了年轻时高昂、奔突的女性主体意识。

既然现代社会中依旧充满道德伦理秩序的束缚，女性又总是在无意识中陷入父权文化的性别秩序之中，并有可能成为这种秩序坚实的拥趸者；在深刻洞察了女性重建自我精神主体之艰难后，须一瓜转而在虚拟的网络空间中探寻重建女性主体之可能。虚拟的网络空间隔绝了金钱、权力、父权文化、伦理道德甚至法律规则的约束，成为另一种意义上的精神乌托邦。在《一次厌心筹备的邂逅》中，"风吹草案"在"E 夜情深"聊天室中可以无拘无束地与"嫌疑人"讨论自己弹性很好的 B 罩杯乳房、讨论之前的性经历及自己喜欢的性爱方式。网络中风情万种的"风吹草案"与现实中的孝敬父母、认真工作的乖乖女苏里红形成鲜明对比。在现实世界中，她一夜情的越轨行为还要考虑母亲的病情、考虑晚归会让父母忧心。现实的伦理道德秩序坚实可触的压迫感使在网络中复活甚至放纵的女性主体再萎靡，在这样一个关于欲望与道德的故事中，须一瓜不仅展现出人性的复杂、多面，更在无形中再次呈现出女性主体精神重建之艰难。"做回乖女孩"也就意味着在一定程度上放弃自己的主体诉求，而回归于传统伦理道德的评价体系中。

可以说，这些女性精神主体的重建主要是通过对自我身体欲望的肯定与释放。在此，身体作为外在的、实在的认识对象，承载了女性"'自我'涵义之口最为明确的部分"③。不论是过丽、苏里红还是河惠，她们都在不同程度

① 须一瓜：《第五个喷嚏》，《长江文艺》2013 年第 10 期。

② 须一瓜：《第五个喷嚏》，《长江文艺》2013 年第 10 期。

③ 南帆：《躯体修辞学：肖像与性》，《文艺争鸣》1996 年第 4 期。

上表现出对自己身体的认同。过丽用性感的丁字裤来装饰臀部，苏里红意识到自己有弹性很好的乳房，河惠更是非常清楚自己身体的美并为其无人欣赏而落寞。经由对自己身体的发现，她们至少实现了个人意义上精神主体的重建。但父权社会长久以来对女性身体的异化、妖魔化，使承载着女性主体精神的身体一旦突破个人层面触及社会层面时，便会萎靡不振。在重建女性精神主体的路上，又不断屈从于传统伦理道德。老年河惠之所以能在现代社会中使自我精神达到一种相对平和的状态，正是因为其身体欲望的流逝。抛却身体之后，女性才能以其他方式进入社会，突破幽闭的自我身体。问题在于，芥子这样在社会意义上已是精英的女性，却始终囿于父权社会的文化规范，又不能实现个人意义上精神主体的重建。正是因为女性主体精神的匮乏，平等、和谐的两性关系也难以建构，从而导致接二连三的情爱伦理危机。

　　须一瓜对女性议题的书写并不是传统意义上的女性主义写作，她始终以一种从性别出发又超越性别的立场来关照女性。其笔下的女性形象并不是有着坚实、饱满精神的女性主体，她只是以犀利的笔触呈现出女性在传统性别秩序以及在商品经济与父权社会的合谋中的性别遭遇。同时，她拒绝简单粗暴的性别对立，将女性的个体追问巧妙地转化为对整个社会公共秩序、伦理道德的拷问，完成了对人性、对社会的深刻表述。她对重建女性主体精神之途的探索，呈现为一个闭环的困境，昭示着探索的一种未完成性。可以说，须一瓜对一系列城乡女性形象的刻画以及在情爱伦理中对复杂人性的追问与质询超越了传统的性别主题，在对公共话题的深刻表述以及对灵魂的自省与对人性的追问中凸显出女性个体更为鲜活、多元、厚重的生命形态以及重建女性主体精神之艰难。

第二节　林那北的福州书写：
性别经验、城市隐喻与文化记忆

林那北（1961—），本名林岚，曾用笔名"北北"，福建闽侯人。历任福州市作协副主席、《中篇小说选刊》主编等。曾获第三届中国女性文学奖、2010年度《人民文学》中短篇小说奖、第九届《上海文学》中篇小说奖、《作家》"金短篇"小说奖、《小说选刊》双年奖等。其小说连续入选《中国最佳中篇小说》

《中国文学年鉴》《名家推荐最具阅读价值中篇小说》等二十余种权威选本。代表作有《寻找妻子古菜花》《浦之上》《风火墙》《三坊七巷》等。已出版中短篇小说集《咖啡色的故事》《寻找妻子古菜花》《我的生活无可奉告》，长篇小说《蔷薇前面》《锦衣玉食》《娥眉》《我的唐山》，散文随笔《宣传队 运动队》《屋角的农事》等，以及9卷本《林那北文集》。

　　林那北（北北）早期作品中的福州，和彼时其他文学作品中的中国都市一样，正为商品化的巨大浪潮所席卷。城乡、阶层、人伦、性别的关系在新的时代文化语境中呈现出新的互动与意义。"一部小说不过是某种精神疼痛或焦虑或躁动或渴求的隐秘的图"①，林那北落笔于人的精神空间，以新闻记者的敏锐捕捉社会生活中富于意味的细节，又以小说家鲜明生动的笔法呈现着有关人性与欲望的故事。

　　林那北的小说中既有郁郁不得志的机关干部，为情欲、金钱所困的教师、商人，也有建筑工人、发廊小妹、妓女、小报记者、驾校教练等底层人物形象。其中，女性形象最能反映林那北在刻画人性方面的犀利、细腻及其对边缘群体的伦理关怀。商品化的城市与身处其中被物化的女性是林那北早期作品中的重要主题。在此种文化语境中，林那北笔下的女性形象呈现出几类完全不同的精神样态。其中一类很好地利用自身的性别资源，适应了城市的商品化潮流，通过对自身的商品化来改变人生轨迹，实现阶层的跃升（如《胭脂红红》《美乳分子马丽》《群众路上的惠中超市》等）。另一类女性则看起来呆板执拗、不合时宜。她们秉持着一种绝不屈尊的、洁净的情爱观，或沉溺于曾经的精神创伤，或因某种道德洁癖，无法接纳现实世界，始终沉溺于自我的精神世界中，甚至走向自我毁灭（如《转身离去》《坐上吉普》《燕式平衡》等）。面对精神追求迥异的两类女性形象，林那北给予她们同样的理解与同情，她总能从前者看似风光的外表下窥探到女性的生存困境，也总能在后者的执拗中发现她们对于生命的热望。在林那北的都市故事中，这两类女性形象互为对照，展现着当代女性无法逃脱的作为性别与权力客体对象的命运。

　　自2011年《我的唐山》开始，林那北将笔触伸向历史的纵深处。在《我

① 　北北：《请你表扬》，北京：文化艺术出版社2006年版，第3页。

的唐山》《风火墙》等作品中，林那北将马尾海战、抗倭守土、抗日学潮等重大历史事件糅进闽台两地几对青年悲欢离合的传奇经历中。其中的女性形象已不再为个体欲望及精神创伤所困，而是在个人与家国命运的巨变中坚守着坚韧不屈的主体人格，同时在情感的世界里仍不失其忠贞温良的传统品德。这样既新且旧的女性形象虽不免理想化色彩，但恰恰反映了林那北作品中一以贯之的对洁净与秩序的渴望——当这些历史小说中的男性角色不断为故事情节的推进而制造出新的"麻烦"与"问题"时，女主人公们反倒成了解决矛盾与重构秩序的建设性力量。通过这些女性角色细腻的、内向度的叙事视角，林那北将闽地的厚重历史举重若轻地重新铺展在读者面前。

在林那北的文学创作中，福州不仅是一个重要的地理空间，更作为其精神原乡，寄托着她的文学情感与理想。性别视角的存在使林那北的地域文化书写超出了地域的局限，同时作品中对福州城市标识与女性情爱理想关系的建构又在不断肯定其创作的本土性；而她以女性视角重写历史的实践，则呈现出女性经验与视野中的别样福州。林那北的福州与迟子建的北极村、范小青的苏州、池莉的武汉以及莫言的高密东北乡、贾平凹的商州等具有相似的文学史意义。林那北说："我一直有意无意地重新阅读福州的历史，读它的内河，读它的榕树，读它古老年迈的一条条坊巷。……其实读一读，会读出另一种意味深长的人生况味。"[①]内河、榕树、坊巷等福州地理符号以及出南洋、过台湾等闽地历史文化行为作为一种文化前提，既贯穿于历史风云之中，也存在于寻常百姓的生活里，它既延伸了现代都市的时空感，也标识着作家对地方文化的自觉。与这种文化自觉并生的，是林那北深层且坚定的性别立场。而性别视角的切入不仅使湮没于历史宏大叙事话语及日常生活中的女性在更广阔的文化视域中被关注和尊重，也揭示出更深刻的"人生况味"。由此，性别、地域、历史也就成为解读林那北作品的三个重要维度。

一、性别经验的凸显与地域视角的超越

于林那北来说，福州不仅是生活之处，更是她的精神原乡。在其诸多作品中，福州城市环境及福州文化大都作为一种背景氤氲其中。此时，她显然

---

① 北北：《后记：说不尽的三坊七巷》，《三坊七巷》，长春：时代文艺出版社2005年版，第200页。

已经超越了对福州城市的具象书写，在此基础上衍生出自己的文学文化空间。福州文化潜移默化的影响及其性别经验的在场，不仅昭示着林那北对福州文化的认同，也成就了其作品独特的审美特征。

　　发表于1990年代初的《默默流水巷》是林那北首次以福州为背景的创作。林那北由福州女性阿璞这一形象来表达她对福州文化的认同。阿璞在糖行主人迁往台湾时，选择留守在福州。在漫长岁月中，她始终以一种沉默、坚忍且优雅的姿态面对生活中的种种变故与苦难。此后，林那北又创作了《三寸红绣鞋》《转身离去》《杀人嫌疑》《娥眉》等作品。这些作品都存在或显或隐的福州文化元素，也都有一个因为男性离去而留守等待的女性形象。福州地处东南沿海，自古深受海洋文化熏陶，形成了独特的过台湾、下南洋、偷渡他国的历史文化行为，林那北作品中男性也多以这几种方式离开。《三寸红绣鞋》中的寄珠在丈夫死后备受欺凌，与卖鱼丸的发祥相互扶持，渐生情愫。二人关系暴露后，发祥上猪仔船逃往南洋。《转身离去》中蔡黑子娶回芹菜照顾奶奶后就一言不发奔赴朝鲜战场，《杀人嫌疑》中崔樱桃的丈夫偷渡去美国赚钱，《娥眉》中姜榕树的丈夫的许鹦鹉因误会姜榕树与哥哥有染而负气偷渡去日本……可以说，男性的缺席直接导致她们形成了一种执拗、柔韧且坚硬的性格。阿璞在糖行主人面前平淡地肯定自己有缺陷的儿子、儿媳，又为被迫搬走的邻居争取来安身之处。这不仅是她对自我女性主体精神的再次确认，也是她在权贵面前对底层生活经验及底层精神力量的一种肯定。寄珠纵使无奈出卖自己的身体，但她也有坚定的目标，那就是培养儿子成才和嫁给发祥；即使年老却也初心不改，在重见当年的绣花鞋后她终于得以安详离世。在阿璞和寄珠身上，洋溢着绝不向苦难屈服的倔强以及一种温情脉脉的人生底色。在对她们人生经历及精神世界的刻画中，传达着林那北对她们身上所承载的福州文化的认同。而在芹菜、崔樱桃和姜榕树身上，这种执拗并不只局限于某一件具体的事，而是转向对某种"意义"的追寻，这种高蹈于现实的理想主义追寻导致她们普遍陷入难以逃离的精神泥淖。蔡黑子从一开始就将芹菜视作保姆，没有将她作为妻子来告别和思念，导致芹菜始终无法确认自己存在的价值，一直试图确认自我身份；崔樱桃在寡居的日子中爱上了有妇之夫，但对方只是贪图肉体欢愉，并不肯承认与她的关系，她绝望之中以自杀暴露二人之间的关系，并在遗书中将"自杀"命名为剥除所有情感元素的"奸杀"，这也正是对她情感状况的一种隐喻——她以自杀结束生命，正是因为其情感被否定、被扭曲、被"奸杀"；姜榕树因为爱情断绝了亲情，又因误会葬送了爱情，她一生不肯开口向丈夫解释误会、不肯走出娥眉，也不肯走出自己的人生困境。显然，林那北对这些女性形象的塑造已然上升到对女性个体生命价值的关注与思考。同时，由于这些女性活跃于不同时期、不同文化背景下的福州，她们的性格特征、精神状态自然也与福州文化相联系。由此，林那北笔下女性身上外柔内刚的精神品格、追寻自我主体建构的性别意识也自然而然被纳入福州城市文化的图谱中，成为福州内在精神的具体承载者。

　　作为经济发达的沿海城市，福州深受现代化进程的影响。在社会转型时期，女性情感状态也成为林那北的一个关注点。她以城市情爱为中心，真实地记录了福州的现代化轨迹。在城市与女性的双重视点中，既关注到福州在现代化进程中与其他城市的共性，也保留了福州特殊的城市景观及精神特性。《美乳分子马丽》中，下杭路居民"见多识广的精明""脚踏实地的练达"的性格特征来源于下杭路早已远去的繁华商业历史，"这些东西已经真真切切地在下杭路的泥土里沉积下来了，又散发在空气中，被一批批新老住户渐渐吸进性格里去"①。铁蛋与马丽人生轨迹的纠缠也始终与福州的人情世态、城市变化相交叠。首先，"纸褙福州"杉木房不隔音的特性直接促成了铁蛋母亲接生马丽的事件，随之才有了铁蛋对"娃娃亲"的执念，这也构成了故事发展的根本动力。其次，如今下杭路成为全市乃至全省商业网点最集中最繁华的街市，这里漫天的整形、美容等商业广告宣传着以医学手段改变乳房、改变女性身体的可能。乳房作为"性、生命与哺育的亘古符征"②，在此褪去了其他所有的意义内涵，褪化成为男性欲望的投射物，成为女性唯一能证明自身价值的标志。正如有诗人写到，"在乡下／耳朵贴近乳房／听到的是乳汁／神秘地流淌／／在城里／耳朵贴近乳房／听到的是欲望／赤裸地燃烧"。③这为马丽以乳房取悦男性、改变命运的想法提供了一个大的文化背景及现实环境。在以胸部大小来衡量女性价值的时代中，她在连续的丰胸手术中，收获着来自

① 北北:《美乳分子马丽》,《福建文学》2001 年第 3 期。

② [美] 玛莉莲·亚隆著,何颖怡译:《乳房的历史》,北京:华龄出版社 2001 年版,第 369 页。

③ 卢卫平:《乡下人在城里》,《诗刊》2004 年第 16 期。

上层男性的猎奇目光，以傲人的胸部作为改变出身的台阶。无独有偶，《胭脂红红》中，姚紫意和小桃也凭借出挑的身材、姣好的容貌来傍大款、买大房子，她们放弃对理想主义爱情的追寻，选择了优渥富足的物质生活。但她们的结局并不是十分明朗，小桃被抛弃后只能回酒店做妓女，姚紫意则远走深圳，将未来系于一个令她恶心的肥头大耳的男人身上。胭脂作为一种修饰女性、美化女性的物品，其对于晋安河畔的小保姆秋烟的意义等同于大胸、外貌对于"马丽们"的意义。秋烟幻想自己涂上胭脂就可以改变自己，得到爱情。"马丽、姚紫意们"靠身体暂时实现了阶层跃升，而秋烟则在德林的一再否定中认识到"胭脂"的虚妄与绝望——这或许也隐喻着姣好的容貌与身体之于女性改变出身的虚妄。"盒子空了，嘴却涨得像要决堤的水库，上下唇慢慢开启，红通通的口水一坨坨往外冒，秋烟用手去堵，堵不住，口水淌下来，顺着手腕留下，像血。胭脂原来跟血是一模一样的。"① 这一极富象征意义的场景昭示着城市文明的残酷及其对女性肉体乃至精神生命的扼杀。

在福州城市的现代化进程中，马丽等一众女性已经完全被商品化，可以被上层男性品尝、挑选，甚至被作为奖品赏赐给下属。这些在权力、金钱、性欲中游走的底层女性毫无主体人格，降为男性可随意处置的"物"，代表了在现代化转型过程中女性的一种生存范式。在对城市底层女性情感及精神困境的描述中，林那北接续了中国现当代文学对城市文明批判的一脉。同时，林那北将这些女性置于极富福州特色的地理环境及文化环境中，随处可感的福州日常生活经验及城市标识，一再确认着林那北创作中自觉且鲜明的本土性。

二、女性情爱理想与城市文化隐喻

福州城内有四十余条内河，又得闽江穿城而过；同时城内遍植榕树，因而福州又有"榕城"之称。河流与榕树也就成为典型的福州城市标识。在一篇访谈中林那北谈到"我们这座城市两千多年一路走来，一直与河有着千丝万缕的联系，一直接受它的惠泽恩赐。我曾经说过：福州的历史都在河里流淌"② 。关于榕树，林那北则认为，"如果说内河像是我们城市的血脉，那么榕

①　北北：《胭脂红红》，《清明》2005 年第 1 期。

②　安梓：《对中篇小说〈晋安河〉的采访》，《福州晚报》2006 年 2 月 15 日第 11 版。

树则像是我们城市的骨骼，她古朴、庄重而且苍劲，就这么伫立着，穿过我们的生活"，"榕树成了福州的一个诗意化身，婆娑树枝摇出万千风情，这个偏于东南一隅的小城便因此有了别样的韵致"。①河流与榕树不仅贯穿着福州城市的历史，更融入当代生活之中，形成立体、鲜活的福州地域文化。在林那北笔下，河流与榕树作为两种典型的城市文化象征，参与到她对当代人情感伦理关系的探索中。

《坐上吉普》中，城里人混乱的两性关系、麻木的性爱观念都让乡村女子马兰花无所适从。在现代化的社会转型过程中，吉祥、游三坡们依旧延续着传统父权思想，将女性身体视为男性的私有物，以占据女性身体的方式实现对她背后男性的羞辱，杜鹃对自己被强奸的戏谑与无所谓反倒极大淡化了性行为以及强奸的象征意义，瓦解了这种古老的性别观念。但在另一种意义上，杜鹃的轻浮又以另一种方式践踏着自己的身体与精神，扭曲了在马兰花看来神圣且洁净的性爱。吉祥妈妈也与杜鹃如出一辙，认为"现在这社会，男人在外面做一两次又怎么样？……你们山里人还以为吉祥犯了多大的罪！"②。马兰花既不能认同男性对女性身体的肆意践踏，也不能苟同于女性对自己身体的放纵，她固执地认为两性性关系应该是建立在情感的交流之上。闽江上的景物变化一直与马兰花的心境相呼应，构成对其精神状态及其所恪守的伦理道德规范行将崩溃的一种隐喻。在吉祥强奸杜鹃时，马兰花在家等他归来，她想到"船一走，人就散了，码头也静了，留下一地烂唧唧的鱼鳞虾壳破蛏破蛤，腥味一整天都不散"；吉祥漫不经心地承认自己与铁头的轮奸行为时，马兰花望向江面，"船舷只剩一条小边，几乎没入水中了。要是有浪打上来呢？一个小浪，船大概就会沉的吧？"③。被游三坡强奸后，马兰花并不能像杜鹃一样无所谓，她从身体到精神全面崩溃。她决绝地驾驶着吉普车冲进闽江，以自杀维护她与城市格格不入的情感伦理观念。至此，闽江作为马兰花的一个情感载体贯穿于她由困惑到绝望的始终，也成为她追寻情爱道德而不得的象征性空间。

在《晋安河》中，林那北则将对情爱伦理道德的追寻转移到晋安河。木

① 林那北：《和树在一起》，《蒲氏的背影》，北京：华文出版社2017年版，第219页。

② 北北：《坐上吉普》，《人民文学》2004年第2期。

③ 北北：《晋安河》，《红豆》2005年第11期。

穗母亲与马兰花经历相似，她因不能接受丈夫对女学生的猥亵而投河自杀，晋安河由此成为木穗精心守护的一个精神空间。她排除一切物质干扰，只求陈三山毫无杂念、绝对纯净的情感。如果说陈三山脱衣服、人工呼吸、按压胸部的救人动作引起了木穗对他真实目的的怀疑，那么他不由自主被依娇高耸的乳房所诱惑则证明了木穗对纯爱追求的虚妄。同时，晋安河边另一家店的小丽高调宣称："都什么年头了，还有绝对纯洁？绝对一尘不染？神经病呀！"①小丽的圆滑与木穗的执拗形成两种情爱观念的鲜明对比。以晋安河为中心的空间，成为木穗母女两代人寻求理想主义爱情而不得的标志，也象征了女性在当代社会中对两性关系的困惑及探寻。从马兰花到木穗，从闽江到晋安河，林那北将恪守传统伦理道德、追求情爱理想的女性与福州城市标识相联系，让她们对两性关系的追寻与探讨融入城市的血脉之中，成为福州当下城市情感景观的必要部分。

在传统文化语境中，通常以树喻男，以草喻女；《诗经》中"山有扶苏""山有乔松""隰有荷华""隰有游龙"（《郑风·山有扶苏》）、"南有樛木，葛藟累之"（《周南·樛木》）等皆属此类。1979年舒婷的《致橡树》将女性比作与男性比肩而立的木棉，显示出其坚定、鲜明的性别立场，成为中国女性文学史上女性主体意识觉醒的一个里程碑。同为福建作家的林那北也在有意构建女性与树之间的联系。林那北笔下女性与榕树的关系，不仅是其性别立场的呈现，更将女性与城市文化相连，使女性获得了更为广阔的生命空间。在《锦衣玉食》中余致素非常在乎家门口的一棵榕树，她甚至可以从枝丫的形状判断出树的性别，从而获得性别上的共通感。她翻遍文史资料，想查出种树的人究竟是谁，"如果是名人，甚至是女名人，那就更有意思了"②。在《娥眉》中，这种意图更加明显地表现出来。"从一周岁起，每年生日那一天，我外公都带我母亲去拍一张照。'和树一起成长，当树长成枝繁叶茂时，你也将是建设祖国的栋梁'。"③经由取名、种树、合影、寄语等一系列行为，"我"母亲姜榕树完全与榕树同构，一同被寄予期望、赋予意义。在"我"报道城市文化时，切入点便是古坊旧巷中的榕树，理由则是"母亲的名

① 北北：《晋安河》，《红豆》2005年第11期。

② 林那北：《锦衣玉食》，天津：百花文艺出版社2015年版，第208页。

③ 北北：《娥眉》，昆明：云南人民出版社2004年版，第197页。

字叫榕树"，这便是对母亲与榕树及城市之间关系的又一次确认。而现实中，姜榕树始终沉默，亲手制造出自己的人生悲剧，"她真的像一棵树，种在了娥眉，长出了气根，巍然不动"[①]。林那北试图将女性与承载着城市历史文化的榕树同构，从而使女性走出个人化的、偏执的精神世界，但这种救赎却是不堪一击的。姜榕树通过对姓名的戏谑来割断与榕树之间的特殊联系，而榕树下"请用国货"的石碑背后所承载的民族历史意义，也与姜榕树在自我精神荒漠中的沉沦构成强烈的反讽。许鹦鹉临死前来到榕树前，完成了他的自我救赎与精神返乡，姜榕树却只能通过离开娥眉来割裂过去荒唐的悲剧人生。

如果说，河流承载了女性在现代社会对爱情理想与生命意义追寻的失败，女性个体生命体验得以作为一种共性的城市生存图景被关注；那么女性与榕树之间关系的建立与断裂，则昭示了女性走出精神困境、追寻意义之难。《冬天里的两场梦》《一男一女》《唇红齿白》《今天有鱼》《寻找妻子古菜花》等作品中紧张、矛盾、互不信任的两性关系以及两性对理想情爱的追寻，正是对河流和榕树所象征空间的不断指涉和扩展。

三、女性与历史：理解福州的另一种方式

正如王德威在评价上海时所言，"一座伟大深邃的城市不能没有过往的传奇"[②]，林那北正是以女性的经验与视角对福州历史文化进行追溯与重构，从而建构起一个属于福州的传奇。她笔下真实的历史人物、切实可感的地理空间、有据可考的民俗事象，加之铺展在历史传奇中的诸种日常生活细节以及弥漫在人物背后广阔的地理文化空间，在将传奇紧紧固着于福州城的同时赋予其更为广阔的文化空间与历史的纵深感。散文《三坊七巷》（2006年）、跨文体写作的《浦之上》（2008年）以及小说《剑问》（2014年）很好地代表了新世纪以来女性文学在更为广阔的社会现实与历史维度中探讨性别问题的趋向；当然，这些作品的出现也为女性文学的本土化提供了一种切实可行的路径。

自1980年代以来，在西方女性主义思潮的影响下，女性小说开始拒绝宏

① 北北：《娥眉》，昆明：云南人民出版社2004年版，第186页。

② 王德威：《虚构与纪实——王安忆的〈天香〉》，《扬子江评论》2011年第2期。

大历史叙事、拆解父权中心话语，使女性情感、主体意识等走向叙事的中心，至 1990 年代陈染、林白等女性主义作家的创作虽有着极为强烈的性别意识，但以女性身体、欲望为中心的写作，不可避免地使中国女性写作走向幽闭、狭窄的空间。新世纪女性小说则一改此前的状态，转而在更为广阔的社会现实与历史中探讨性别问题。《浦之上》正是建构在本土与历史维度上的性别书写。《浦之上》围绕南宋末年皇室南逃至濂浦村的故事展开，林那北丝毫不掩饰她写作时强烈的自我代入感与重写女性历史的意图，"写这部书时，历史的感慨时常充满了内心，女主人公杨淑妃让我感同身受"[1]。"史书中几乎没有她的位置，……岁月把她覆盖，记忆让她淡出。但是整个写作过程，我始终看到一双睁圆的眼睛和一对皱起的柳叶眉，那是杨淑妃的。"[2] 林那北对这段历史的重新剪裁与阐释，就始于一直被符号化、象征化的杨淑妃。迁都、登基、造船、逃亡、殉国等文臣武将所操演的正史成为她必须面对的日常生活。作为皇室的象征符号，她或被拥护或被追杀，一段历史的存续与否系于其身。在这层象征符号下掩盖的却是一个普通母亲只求幼子平安，苟存性命于乱世的卑微愿望。她以能否拍死一个蚊子来构想儿子与大宋不同的前景，在福州西湖旁强颜装欢振奋士气，在厮杀声中感受最后一杯香茗的抚慰。诸如此类的细节与心理刻画，复活了在正史中失语的杨淑妃。她作为女性与母亲，质疑战争、暴力的历史合理性；作为一个普通人感激曾给予她善良庇护的小村落。书中虽穿插了各类丰富的图片及口述史，如专供赵昰饮水的宋井、宋帝行宫、文天祥的点兵台历史遗迹等，呈现着彼时战争的残酷与女性的苦难。但林那北并不试图还原历史真相，相反，南宋王朝最后黑暗残酷的历史，经由杨淑妃的性别体验而宽容、柔和了些许，从而获得在历史之中书写女性生命体验，同时思考人生价值与生命意义的契机。

如果说《浦之上》以一个闽江畔不为人知的小村落为中心，以散落在村中的历史遗迹、民俗事象以及村民口述历史为框架，重构了女性历史文化记忆；《三坊七巷》与《剑问》则以作为福州城市地标与闽文化象征的三坊七巷为原点，以被主流意识形态所承认的崇高的民族历史叙事构建起福州传奇。在《三坊七巷》中，林那北以坊、巷为原点，以林旭、严复、沈葆桢、林纾、

---

① 林那北、姜广平：《与姜广平对话：小说的虚构带来另一种生活》，《莽原》2009 年第 1 期。
② 林那北：《后记二：历史之于女人》，《浦之上》，人民文学出版社 2008 年版，第 228 页。

林觉民等在其中居住过或与之有关的历史人物为经纬，网罗起中国近现代史的风云变幻。马尾海战、戊戌变法、黄花岗起义等重大历史事件以及"海上丝绸之路"文化、船政文化等皆被囊括。同时，在大历史图景下，人物有温度、有细节的日常生活，诸如严复临终时在郎官巷粗重的喘气声、林觉民与陈意映的闺中密话、欧阳宾对房子的万分珍爱等生活碎片时时出现。正是他们作为"人"平凡、温情甚至软弱的一面，使他们获得了充足的自我表达及宣泄欲望的空间，也使他们走出宏大历史，走进日常生活的真实状态。

在长篇小说《剑问》中，宏大历史与日常生活更加水乳交融。一把青铜剑将状元巷 29 号这户谨小慎微的家庭卷入历史风云之中。作为本土文化象征的"剑"身处何处一直扑朔迷离，福州坊巷文化、闽台文化、泉州海丝文化、闽西红色文化随李家三兄弟的人生轨迹延展开来，这使《剑问》兼具强烈的闽地色彩和历史的厚重感及更为广阔的文化视野。而随着寻剑过程的展开，依次出现的不同文化背景下的女性形象也各具神韵。女性不再局限于自我狭小的世界中，而是在大历史背景下呈现出情态迥异的精神样貌。接受过新文化启蒙的吴子琛落落大方、沉着稳重，泉州古巷中的小伊机警聪明、纯情乖巧，长于闽西山林中的豆瓣则爽朗豪迈、侠肝义胆，而作为坊巷文化代表的高家姑娘，最喜身着青藕色秀裙，在李宗启离开福州后她苦等二十年，最后也为救他而死，高姑娘身上的执拗与坚韧与阿璞、姜榕树们如出一辙。同时，相比于散文的《三坊七巷》，《剑问》作为长篇小说的容量使宏大历史与日常生活更加水乳交融。《田中奏折》所引起的激愤与恐慌，北平、福州的爱国游行，闽西大地上的情势转变与鱼丸、肉燕、光饼、汤池、油纸伞、牌坊等福州日常生活意象一起构成人物切实可感的生活经验，从而实现了对一段本土历史传奇的追忆与建构。

从《浦之上》《三坊七巷》《剑问》也可看出，林那北并不回避对宏大历史的表述。她经由女性视角对历史与传统的接续，至少在文化层面上拯救了在现代化进程中趋于同质化、空心化的福州，使福州的历史与文化脉络愈发清晰且富于情感意味；同时，她以女性对日常生活与人生丰富且细腻的体认，不断促使日常生活中的微末意象、破碎片段进入宏大历史，打破历史完整、崇高的状态，继而呈现出女性经验与视野中的别样福州与福州历史。

林那北对福州地域文化的书写是颇具目的性的，正如她所说，"我望到城市逶迤而来的身影，望到先辈蹒跚而去的背影。它们正被遗忘，正在消失。它们羸弱枯萎的躯体，已经丝毫无力与新生活强大的浪潮相抗衡了。所以有必要用笔记录下一些什么"①。这也可以作为阅读其作品的一个注解。无论是对现代都市中的个体精神困境的刻画，还是对家国震荡的描摹，林那北总能往来于微观与宏观之间，以真实可感的日常生活细节构筑富于历史厚重感的闽地文化空间。正是在这样一个充满人间烟火气的文本空间中，那些在都市生活与历史演进中的女性形象才更为鲜活生动。同时，作为一种基于本土与历史维度的性别书写，林那北对福州现代性与物质性、传统性与精神性的关注，传达出愈来愈强烈的本土意识，使福州在时间与空间维度上都更加真实、丰富。当然，这也使其地域文化书写超越本土叙事的意义而具有了普世性价值。

① 北北:《后记:说不尽的三坊七巷》,《三坊七巷》,长春:时代文艺出版社 2006 年版,第 200 页。

第六章
丹娅和其他当代闽籍女作家

第一节　丹娅的"女性"书写之旅

林丹娅（1958—），笔名丹娅，毕业于厦门大学中文系，获博士学位，厦门大学中文系教授、博士生导师，福建省作协副主席，厦门市作协主席。1982年开始文学创作，发表小说《兰溪水清清》，荣获福建文学一等奖，后又有《变奏》《白城无故事》等诸多文笔细腻、思想睿智的小说问世。1990年代初，开始关注女性文学研究，出版《当代中国女性文学史论》《用痛感想象》《女性景深》和《中国女性与中国散文》《书写之辨》《中国女性文化：从传统到现代化》等一系列具有鲜明女性主义立场的散文集与学术论著，其中论著《当代中国女性文学史论》被列入第四届世界妇女大会代表赠书。新世纪以来，主编国家"十二五"重点图书、国家社科基金项目成果《台湾女性文学史》、"十一五"规划教材《女性文学教程》、"悦读女性"丛书等，为中国女性文学及研究做出了突出的贡献。

1982年，丹娅的小说《兰溪水清清》在《福建文学》上发表，被《小说选刊》转载，并荣获福建文学一等奖，从此开启了她的文学创作之旅。此后，她又发表了《夏日里最后一朵晚霞》《金鱼摊前》《牛角石》《那片绿色的土地》《难见驼驼山》等小说，以普通人单纯的人情美、人性美、人道美为主题，语言柔婉细腻，清新灵秀，风格柔曼雅致，纯净清透。而发表于 1985 年的小说《变奏》（荣获"1985—1986 年度福建省优秀文学奖"），则将笔触探向改革时代更尖锐的新旧两种势力之间的斗争，在情节、人物与风景的融合中把混沌世界里的真善美、假丑恶分明地一一折射给读者，明净中隐藏着沧桑，柔顺中包裹着刚毅。其后，作者将自己的"摄影机"瞄准了大学这个小社会，书写了《白城无故事》《别了，椰子树》《我与太阳》等诸多反映新的历史时期知识分子精神状态的小说。小说文笔优美，感受细腻，在复杂的人性中赞颂了不随流俗的理想主义者，风格明净别致。

1980 年代中后期，随着西方女性主义思潮在中国文坛形成热潮，对自己性别身份有着本能直觉的丹娅来说，女性主义理论仿佛光照一般，以往成长过程中、阅读过程中所感受到的诸种"不安"，此刻都有了一个出口、解释。"文学本文为什么会被这样写，而不被那样写；文学本文为什么会被这样阅读，而不被那样阅读？"[1] 带着强烈的问题意识，林丹娅走进了女性文学研究领域。她事实上也是大陆较早一批介入女性文学、女性主义研究的学者之一。著名评论家陈骏涛在《当代中国（大陆）三代女学人评说》[2] 中将她和李小江、戴锦华、孟悦、乔以钢、刘慧英等一同列入大陆这一领域第二代女学人群体。丹娅还相当自觉地将女性文学研究带入高校学科建制中。在她的努力下，1996 年厦门大学中文系中国现当代文学专业首次招收女性文学研究方向的硕士研究生，成为国内最早设置这一招生方向的为数不多的几个学位点之一，为这个方向后来的发展奠定了基础。[3] 从 1980 年代中后期开始，丹娅一直带着极大的热情，以自己的学术研究、文学写作、学术与文学／文化活动，积极参与到当代中国的"女性文学"共同体的构建中，见证这个崭新的知识与文化共同体的不平凡的成长历程。这也是丹娅的写作和活动在福建文人文化之女性脉络中的特别意义。

1995 年，第四次世界妇女大会在北京召开，在这一具有特殊意味的年

① 林丹娅：《当代中国女性文学史论》，厦门大学出版社 1995 年版，第 346 页。
② 陈骏涛：《当代中国（大陆）三代女学人评说》，《文艺争鸣》2002 年第 5 期。
③ 近 30 年来，经过林丹娅教授、王宇教授等人的薪火接力，特别是历经"百年中国文学女性形象谱系与现代中华文化建构整体研究""台湾女性文学史""新世纪女性乡土叙事潮流研究""中国当代女性文学本土化研究"等国家社科基金重大项目、年度项目的学术实践，厦大中文系的"性别与文学／文化研究"方向的学术实力与影响力一直处于国内这一领域前茅。

份，林丹娅完成了自己的第一部女性研究专著《当代中国女性文学史论》，借鉴语言学、西方女性主义和解构主义等理论资源，从"书写"的角度展开对中国父权制传统的批判，重新认识和挖掘女性书写传统，寻找到流落在我们视野之外的中国女性从"无"到"有"的书写轨迹，辨析出不同阶段女性"书写"过程中所遭受的男性中心意识形态的牵制，洞察了女性从"女"字所刻画的跪伏咒符中以人格独立的姿态站立起来的漫长与艰难；梳理了中国女性从感性到理性，从外部批判到内部苏醒，从被文化规约到摆脱文化、反思文化的觉醒历程。全书资料丰富而翔实，批判深切而关情，论证清晰而有力，甫一问世，便成为中国女性文学批评的奠基作之一，对中国文学与文化研究产生了广泛的影响，同时也改变了作者文学写作的方向。

　　自 1998 年起，在短短的三年间里，林丹娅出版了《生命的流象》《不死的思念》《用脚趾思想》《用痛感想象》《阳光之门》《女性景深》《经历长大》等具有鲜明女性主义立场与思想指向的散文集，作者不仅从 1980 年代的小说家蝶变为 1990 年代闻名全国的女性散文家，而且拥有了女学者与女作家的双重身份，冷静睿智的研究经线与炽热敏感的直觉纬线交织互汇，形成了其散文"审美与审智交融"（孙绍振语）的风格。带着强烈的主观抒情，作者擅长从神话传说、童话故事、文学作品、社会生活、流行思潮的剖析中寻找蕴含女性"客体"真实生存情境的意象，如《用脚趾思想》一文中的"鞋"的意象，文中将三寸金莲与灵动闪烁的灰姑娘的水晶鞋、美丽妖娆的红舞鞋、婀娜多姿的高跟鞋以及日常工作中的"被穿小鞋"聚合在一起，形象而生动地揭示了女性在男权社会中"美丽"外表下的"苦难"经历。"观音修了九十九世，才修得一只男人脚"，"女人不是天生的，而是被变成的"，它们是经千雕万刻而静谧秀雅的水仙，历千锤百炼而美艳甜蜜的柿子，遭千拍万打才美味好吃的茄子，被"千歌万颂"而成为"病态"、"奴态"与"变态"的"母亲"。女性，从女胎、女婴、女童、女少年到女老人，在男性文化的场域中无时无刻不承受着"第二性"灵魂的孤独、寒冷与自卑。丹娅通过对女性独有的身体经验、生命体验、生存感受、审美体验的书写，增强女性主义写作的表现力，丰富散文的美学风格，开拓散文的文体形式，反哺自己的女性文学研究。

　　2007 年，林丹娅出版了第二部女性文学研究专著——《中国女性与中国散文》，从中国女性与散文文体之间的历史演变与互动关系入手，系统而整体地审视了父系男权制文化下形成的文学知识体系。在此基础上，进一步辨明了近代以来代表性女散文家介入文本写作的历史性意义以及其作品内在的审美况味和独特内涵。举证分析，辨识澄清，从形式上深化了前期研究中偏于意识形态的批判，反映了性别文化与文学本体发展之间的关系，拓展并深化了中国女性文学批评与研究。

新世纪以来，林丹娅的女性文学研究在深度和广度上也多有拓展。在深度上，她借用符号学的理论资源，更深层地揭示文学语言所具有的性别文化功能奥秘，她在东西方创世神话的语言神力叙事中窥破其所蕴含的根深蒂固的父/男权制性别意识形态话语，在具体的文学语言的范畴里，勘探出具有特定意蕴的性别符号在文本中的形成与作用；在广度上，她将海外华人女作家与台湾女作家的文学创作纳入自己的学术视野，系统地分析了她们作品中的女性形象所携带的复杂的思想冲突与丰富的多元化特质，取得了丰赡的研究成果。2015年，林丹娅主编的大陆第一部研究台湾女性主义文学的专著《台湾女性文学史》出版，这本书材料丰富，规模宏阔，填补了当代女性文学研究界的空白。同年，《书写之辨》出版。该书兼具学术研究性与思想性，结合中国性别文化语境、妇女生活史、文学文本、文艺与文化现象进行辨识与解读，探讨在文学发生的整个历史过程、个体写作过程中，性别文化所起的隐性作用；辨识性别文化立场所带来的视角差异，是如何影响文学的叙事与形象的塑造、语言的修辞与结构，从而影响受众的阅读与接受，影响现实文化的塑造；剖析中国女性写作在现代化进程过程中与社会思潮、文化运动、文学现象之间的互动关系。此书全面展现了林丹娅学术思想的历程和面貌。

女性主义的理论研究从诞生起就不仅是书斋里的革命，其最终目的在于推动社会生活中性别观念的进步和文明程度的提高，促进性别关系的和谐发展。2006年，由女性文学研究者兼出版家谭湘女士策划，林丹娅与著名女性文学研究学者乔以钢教授合作主编了《女性文学教程》，此书是"教育部普通高等教育'十一五'国家级规划教材"中的第一部高校女性文学教材，也是中国第一部全面介绍女性文学学科基本理论和相关知识的高校教材，出版后即入选国家新闻出版总署第二届"三个一百"原创出版工作。2017年，修订后的《女性文学教程》由高等教育出版社再版。2021年，两人再次合作主编，为此教程配套出版《女性文学作品导读》。

在一次题为《声音》的笔谈中，林丹娅面对一个几乎是大众化的"女性文学有什么作用与意义"的问题时，她几近详密地解释，一是以女性为经验主体、思维主体、审美主体、言说主体的女性文学，呈现与表达的是来自女性自己的体验与声音，这使女性不再遮蔽在他人的想象与虚构、塑造与观赏之中。二是女性意识的觉醒促动女性的自我表达。在表达自我的前提下，艺术个性才会得到充分的体现与张扬。女性所具有的独特的生命体验、生存感受、生活方式、思维形态乃至审美经验等，丰富了文学的表现力与审美元素。三是它以文学的书写行为与话语成效，介入了对现代新文化的创造之中。女性主义文学理论弥补了有史以来文学批评与研究中的一个理论盲点，提供了一个前所未有的从性别与社会性别视角出发的研究方法与途径。她最后总结到，无论是从审美经验上，还是从文体学、主题学、艺术学、思想史上，她们都为文学提供了前所未有的女性书写。丹娅自己的书写——无论是学术书写还是文学书写，亦约莫如此。

第二节 其他当代闽籍女作家的创作

1980 年代以来，在小说、散文领域，除了前文我们论述的潘向黎、须一瓜、林那北、林丹娅等人外，还存在一个人数颇为可观的福建女作家群体，以创作内容来分大概可列为如下几类：

第一类女作家致力于从不同维度呈现福建本土文化，如陈慧瑛、姚璎、泓莹等。她们着眼于福建丰富的人文地理环境，追溯八闽历史，以自身对闽地文化的深刻理解，完成了对福建地域文化的文学表达。陈慧瑛出版有《神奇的鹭岛》《展翅的白鹭》《南方的曼托林》《厦门人》等散文集十余部。1989 年，《无名的星》在中国作家协会举办的 1919—1989 年散文著作的评奖中，获国家最高文学奖——全国优秀散文集大奖。作为一位新加坡归侨，其作品主要表达对祖国、对故土的思念及依恋。《展翅的白鹭》《神奇的鹭岛》《绿岛赋》等赞颂故乡厦门日新月异的巨大变化，抒写厦门的特区风情。但陈慧瑛并不只局限于对故乡的书写，祖国大好河山皆为其书写对象，尤其是以长城为代表的极易激发民族情感的壮美景物，《长城留墨》《夏都随笔》皆属此类。《海的女儿》《我的梅花魂》抒写的则是作为久在海外的中国人对祖国的拳拳赤子之心。网络作家姚璎的《情暖三坊七巷》入选 2020 年国家新闻出版署组织的"优秀现实题材和历史题材网络文学出版工程",这部伦理轻喜剧以福州三坊七巷为背景刻画了一群市井细民酸甜苦辣的日常生活。扎根平潭的余小燕,笔名欣桐,多次获福建新闻奖报纸副刊作品奖。她兼具作家与记者身份于一身,出版有散文集《萤火流年》《坛中日月长》等,以平实风趣的语言记录她作为一个"外来者"在平潭的见闻,书写着小岛上的民俗文化。泓莹的《鼓浪烟云》书写了一部闽南华侨的血泪奋斗史,通篇洋溢着浓郁的地域风情,展现了鼓浪屿乃至福建在清末民初的大众生活图景。詹朝霞出版有《鼓浪屿学者》《鼓浪屿史话》《鼓浪屿 故人与往事》等,描摹鼓浪屿的历史、建筑、景观,书写岛上的家族、名人往事,展现"老鼓浪屿人"的精神魅力以及鼓浪屿在多元文化背景下所形成的风土人情。此外,她还翻译了英国伦敦教会传教士马约翰所著的《竹树脚下》《华南纪胜》以及诸多法律条文,这些历史文献皆被用于鼓浪屿申遗。

第二类女作家关注人的生存境遇,刻画庸常大众的精神异化,以女性视角、立场书写自然、历史以及日常生活,展示当代人的情感危机与困境,表达生活之哲思与人生之感悟。如斯妤、赖妙宽、唐敏、林祁、丽晴、纪静蓉等。她们的作品有的被改编为影视作品,在更为广阔的空间中传达着福建女作家的声音。丽晴,原名高琴,著有长篇小说《南下干部》《醉与醉》、纪实文学《中国式抗癌纪实》等。其作品以她对南下干部、青年女性以及癌症群体的切身体认,书写他们的心路历程。纪静蓉出生于漳州平和县,2019 年她根据同名小说改编的剧本《懂事》获"夏衍杯·潜力电影剧本奖"。2021 年出版的长篇纪实小说《我不是废柴》记录了三对北京情侣的中年危机,他们在截然不同的工作中面临着同样的人生困境,此书也将被改编为影视作品。袁雅琴创作有长篇小说《堕落街》《给女人一次机会》《给男人一把钥匙》、电影剧本《花街》、系列情景剧《路在脚下》等,其作品多次获福建省百花文艺奖等奖项。而特别值得一提的是林祁诗歌散文创作中的女性主义立场,她也是 1980 年代中国最早的一批女性主义文学实践者之一。

第三类女作家在对自然万物的书写中表现其思想情感及生命体悟。如楚楚、黄静芬、张宇等。黄静芬出版有诗集《午夜的昙》、散文集《青山看不厌》等。其诗歌多写于 1980 年代中期,后期转向创作散文,其散文语言古典雅致，以诗为文，充满诗意，如《满架清风满架瓜》《闲坐清溪听水声》等。其散文的诗意在更深层次上体现在对生活及生命的认知上。她认为诗意不仅与时代有关，更与"生活是否精致，心灵是否浮躁，欲望是否太多，感觉是否迟钝有关"①。散文集《厦门日子》，既有对厦门城市的秀丽风光的描摹，也有对悲喜人生的感悟。张宇出版有散文集《午后衣橱》《妩媚行走》等，其散文情感细腻、语言幽默风趣，记录了她在生活与旅行中对生命、对历史的感悟。《妖娆无边》是她的长篇小说处女作，讲述了女性痛苦、挣扎的成长历程。此外，她还出版有报告文学《最深情的凝视》《让生命与使命同行》等。

第四类是以李秋沅、晓玲叮当为代表的儿童文学女作家。晓玲叮当原名李晓玲，祖籍四川成都，现定居于厦门。晓玲叮当曾获"冰心儿童文学奖"，全国优秀少儿图书奖等多项大奖，出版有《写给小读者》《魔法小仙子》等系列童话。根据其作品改编的动画片《美德花园》及《快乐精灵》在中央电视台播出，并获得"国产优秀动画片"大奖。其作品想象奇特、语言幽默且不失唯美，奇妙的故事中充满智慧及人生哲理。作为一名"90后"儿童文学作家，王心君出版有长篇小说《秘语森林》《记忆花园》《梦街灯影》，以及童话集《猫先生的影子酒》等，曾获"作家杯"第十四届、十五届全国新概念作文大赛一等奖。

此外，一些福建网络女作家也颇具影响力。厦门女作家藤萍的小说融合武侠、言情、悬疑、耽美、灵异、玄幻等各类题材于一体，她出版有《锁檀经》《吉祥纹莲花楼》《九功舞》《紫极舞》等小说。2018年的《未亡日》获得"北京大学2017网络文学年榜"女频榜榜首。藤萍叙事风格自成一派，其文风细软、言语朴实，虽平铺直叙却依旧悬念迭生。值得一提的是，其作品虽架空历史，人物皆处于玄幻、科幻的背景中，但她始终坚持对人性的张扬。长汀作家韩韵笔名凤凰花，出版有畅销书《剩女单身日记》，此书被改编为同名电影上映，韩韵也作为"剩女"一词的创始人而广为人知。

一、斯妤

斯妤（1954— ），本名詹少娟，福建厦门人。1980年开始写作，作品以散

---

① 黄静芬:《心的领域很大》,《南方杂志》2007年第6期。

文和小说为主，曾获首届"鲁迅文学奖""庄重文文学奖""当代女性文学创作奖"等，代表作有长篇小说《竖琴的影子》，小说集《出售哈欠的女人》，散文集《两种生活》《某年某月》《斯妤散文精选》，随笔集《写作的女人》等。

斯妤前期创作以散文为主。以1985年为界，在此之前的散文大多停留于感性化的抒发，呈现出细腻温婉的审美风格。1985年后，其散文转向关注人生荒诞和人性之恶，行文呈现出飘忽、梦呓般的诡谲色彩，如《某年某月》《并非梦幻》等。1990年后，斯妤的散文呈现出明显的叙事性特征，故事情节清晰，人物性格突出，内蕴复杂，融荒诞、讽刺、隐喻、揭露等多种修辞于一体，部分篇章还与其小说写作在内容上有着互文关系，显现出先锋意味和形而上的探索，如《应婆子》《汪娘与琼》《安宝》等。斯妤散文创作的追求是"对传统的承袭同时也有革新、创造和发展"①，并始终恪守"内容与形式同构"②的原则，这使得其作品在1990年代的女性散文创作中独树一帜。

1993年始，斯妤将主要创作精力转向小说，荒诞的现实与被世俗异化的人心依然是斯妤小说着力挖掘的主题。同时，不容忽视的是其小说中显见的性别意识。《竖琴的影子》中，荒谬的时代和畸形的权力场域等"异己"的力量形塑着丛容作为女性的人生悲剧，也催逼着她无处安放的"自我"，四处逃避，最终只能选择以"幻想"实现精神突围。"出逃"和"幻想"也是其小说常见的主题。历史、政治、性别、伦理等各式权力话语总是幽灵般缠绕并碾压着女性，她们只能遁入"幻想"中徒劳挣扎。《浴室》中布依为了摆脱猥琐好色的男领导，幻想出了一个能让人洗心革面的神奇浴室以期反抗。这样的反抗方式注定无力且无用，最终布依被男领导侵犯。《红粉》中的红粉不断地变换职业，每当她成就斐然声名大噪时，人们关注的永远不是作品，而是她姣好的外表和因之而起的"男娼女盗"的猜疑，精神上的孤独让她觉得"无聊透顶"。最终，在饰演苏童小说《红粉》的女主角小萼时，红粉莫名消失于片场。以"小萼"作为遁身之途，是这篇小说颇有意味之处。斯妤以充满荒诞意味的叙事揭示人（尤其是女人）在渗透着荒谬与悲剧性的世俗存在中，精神空间的逼仄与陷落以及"主体"的渺茫。

---

① 斯妤:《橄榄树》,南京:江苏文艺出版社1998年版,第1页。

② 斯妤:《答问》,见《爱情是风》,南京:江苏文艺出版社1998年版,第126页。

斯妤的创作中另外一个不容忽视的特质是对"语言"之于女性的意义的探讨。随笔集《写作的女人》中就大量涉及此向度。《语言魔方》《文字内外》《语词》《倾听、阐述与追踪》等，题目本身就是对"语言"的启用与思索。其小说中的很多女性人物也被设定为"作家"，以"语言"为道具，让人物的"超我"摆脱现实囹圄，让"自我"与"本我"对话，不遗余力地展示女性在世俗存在与精神存在之间的"他者"式弱者困境，诉说并反抗这"异质"世界的荒诞芜杂。埃莱娜·西苏等女性主义者批判和颠覆着语言的性别属性，并为女性建构主体性的书写寻求着语言上的合法性。在这个意义上，从性别写作的角度而言，作为女性作家的斯妤关于"语言"的思考和探索性写作无疑有着重要意义。

二、唐敏

　　唐敏（1954— ），本名齐红。祖籍山东，生于上海，1959 年随父母迁居福州。曾在福建图书馆、福建省作协、厦门市文联工作。其作品以散文和小说为主，曾获全国青年报刊佳作奖、福建省优秀文学创作奖、首届《散文选刊》奖等。代表作有散文集《远山远水》《心中的大自然》《女孩子的花》《纯净的落叶》《青春缘》、小说《圣殿》《红瘦》《男女关系》等。

　　唐敏散文多从日常生活入手，以敏感、独特的个人感受，富有内蕴的领悟力与想象力见长，融入女性特有的内心感悟，展现生活之味、自然之美及成长的意趣，语言鲜活雅致，富有画面感。唐敏自言："散文的灵魂所在是叙事者心情的变化，对一件事物的重新认识，引出最普通，但又是最真切的人生体验，唤起读者在人生经验上的共鸣。"[①] 秉承这一创作理念，唐敏的散文注重挖掘对生活、对自然的个人感觉和心灵体验，以一种既感性又通达的情怀观照人类生活空间，并能敏锐捕捉到人物内心在某一情境下瞬间激起的感受，这使得其作品渗透出某种从容的气质，也蕴含着朴素又别致的哲思。以月亮隐喻女性，在文学修辞中并非鲜例，但在唐敏的《月亮的海》里，年轻女孩在月夜里独自行走，孤独、恐怖又神秘的经历，促成了其对女性生命成

① 唐敏:《美味佳肴的受害者》,北京:知识出版社 2001 年版,第 185 页。

长之路的领悟。作者以自身深切的性别意识和精微的感受力触及了女性独有的成长之痛，使得个体之感融通了群体之思，有一种凝重而深广、庸常却又犀利的力量。

唐敏善于通过对大自然的观照来审视和体味生命，赋予普通平常的事物以新鲜的面目。如目睹鹰被猎杀和抚摸死鹰的经历促发了叙事者对生命之雄壮与残酷的感悟，以及人与自然渐趋分离的伤感（《鹰》）；老虎站在被长风拍打的山岗顶上的雄姿被作者想象为"这是孤独的男子汉在呼唤永远不来的情人"（《虎》）；暴雨之后的山野里，"有生命的物体似乎都站了起来，以反抗暴虐的愤怒而欣欣向荣"，并"从暴风雨和腐朽的栈道，看到了重放光明的启示"（《花的九重塔》）。正如有论者所言，唐敏"明敏的感觉和入定般的幻觉让我们重新发现了自然，重新意识到人与自然的关系：那是对诸如本真与人为、庄严与猥琐、博大与渺小、永恒与短暂的新的体验，是诸多平面、苍白的名词、形容词的生命化与感性化，是唤醒我们城市人巨大失落感的生与死的情趣"①。

唐敏的散文曾被称为"女性散文""女孩子"文学，流露出浓厚的性别意识，最有代表性的是《女孩子的花》。这是一篇浸透着女性切身生命体验的文章，以水仙花的传说引入现实生活中青年女性关于生男孩还是生女孩的考量，写出了女性对自身性别角色的省思与忧虑。叙事者"从内心深处盼望的是男孩子"，占卜与梦显示是女孩的结果让她沮丧不已，而她强调这并不是因为轻视女孩子，而是不忍心看到女孩在这个世界上要承受的过多苦难。显然，身为女性，叙事者对自身的性别经验和当下的性别生态并不认同，她意识到了女性在成长过程中自我的缺失。这是作家对女性境遇的感伤，或许也是对既定性别角色的一种警示性反抗。

三、楚楚

楚楚（1964— ），祖籍山东，现居福州。曾任福安一中教师、《台港文学选刊》编辑、《散文天地》常务副主编等。曾获首届中央电视台电视散文大奖，第

---

① 王光明：《好心情与好散文》，参见唐敏：《纯净的落叶·跋》，成都：四川人民出版社1995年版，第232～233页。

七、八届福建省优秀文学作品奖等。其作品被收入《百年中国经典散文》《21世纪中国散文经典》等百余种选本。代表作有散文集《行走的风景》《生命转弯的地方》《淡墨轻衫》，随笔集《轻轻踏在我的梦上》，散文诗集《给梦一把梯子》等。

楚楚曾在《我的散文观》中提出"纯文学意义上的散文有它独特的形式美，是有意境和境界的"①，同时提出散文重"灵气"、重"个性"、重"语言"的特质。楚楚的散文正是对其散文观的一种实践。楚楚的散文及散文诗内容丰富、包揽万象，她以至情至美的语言与情感书写自然万物、心中思绪及生命感悟。且不论书写对象为何，其散文始终氤氲着一种中国古典文化的情韵。最具代表性的是"楚楚在唐宋"古诗词新读系列。在这一系列中楚楚超越时空，以空灵飘逸语言重构诗词中淡茶、薄酒、墨香、月明、绛唇、落花等的传统文化意象，在与古人的对话中呈现出一名现代都市女性宁静且丰富的内心世界。自然，楚楚散文中的古典意蕴并不只在于其对古典诗词的引用、解读以及对古典意象的运用，还体现在楚楚柔情、真纯的古典浪漫情怀。在《红唇海滩》《玫瑰如梦》等散文诗以及《沉船后静静的海面》《男人永远是孩子》等散文中可以窥见楚楚所秉持的传统爱情观。在这些篇章中她忧郁、等待、布满愁丝却又充满希望，始终沉醉于女性自我对爱情的表达。一个向往爱情却又被爱情所困，内心情感奔涌的少女形象跃然纸上。

在对自然万物的书写中，楚楚突破了人类中心主义的局限，以一种平等、包容的自然之心赋予山水草木以情感，将苍茫万物都纳进自我的情感世界中，呈现自己对自然、人生、生命的感悟。她写秀丽的武夷山水、写广阔的蒙古草原及大海，也写水仙花、蓝楹花、蜻蜓，并为它们的逝去而感伤，为人类对大自然的破坏而愤怒、遗憾，呈现出相当鲜明的生态主义思想，如《蓝色情绪》《为大自然请命》《用绿色取暖》等。总之，行云流水却又出奇制胜的语言、现代都市女性缠绵悱恻的思绪，以及宁静、神秘的禅宗意境，都带给楚楚散文极高的辨识度。

---

① 楚楚：《我的散文观》，《散文》1995 年第 7 期。

四、林祁

林祁（1957—），笔名莫名祁妙，祖籍南昌，出生于厦门。曾任教于福建师大，后赴日留学，1998年获北京大学文学博士学位，现居厦门。主要从事诗歌、散文创作，以及中日女性文学交流及研究。代表作有诗集《唇边》，散文集《心灵的回声》，学术专著《风骨与物哀：二十世纪中日女性叙述比较》等。

早在1970年代中期于闽西插队时期，林祁就已开始文学创作。1980年代，林祁以自己的诗歌创作加入中国女性文学潮流。如，在《浴后》中，她以对女性身体的自我凝视，打破传统父权话语的禁锢，彰显女性性别身份的觉醒；在《海女人》中，她撕掉女性柔弱、温和的标签，书写女性以柔克刚的强大。她还呼吁"裸诗"写作，倡导"诗歌无需过多装饰，宁愿'赤裸裸'直接表现诗心"，"将身体从黑暗处解救出来，让身体与精神具有同样的出场机会，不被这种或那种意识形态所遮蔽"[1]。

林祁早期的散文语言亲和、意象唯美，具有散文诗的特征；内容既有对往事的追忆、对风景的抒写，也有独在异域的孤寂以及对生活的哲思，更有她以坚定的性别立场对女性性别价值的追问。如《樱花，是这样一种语言》写的是作者在独在日本赏樱的纷繁思绪，《温柔》是她作为作家、妻子、母亲多重身份的体验，是对女性既柔情又强大的性别建构。"闽山闽水"系列则是她对闽地山水、人文历史、风俗文化的深情描摹。近年来，林祁的散文转而追求辛辣幽默，对诸种社会现象进行批判，与前期散文呈现出巨大差异。此外，林祁纪实文学作品《纪实长篇：莎莎物语》记录了中国第一个变性人张克莎的性别转换过程，审视"女性"社会性别身份的建构。她还与陈晖、吕莉合译并出版了日本女性史学家山崎朋子的《望乡：底层女性史序章》。总之　林祁一直在中日两种文化之间、在故乡与异乡之间、在男性与女性之间穿行，以一种"归来的陌生人"的视角审视中国文化；同时以坚定的性别立场、以诗人的敏感及学者的犀利书写着她对中日文化交流、女性文学以及女性问题的关注与思考。

----

[1] 林祁：《裸诗宣言》，《裸诗》，悉尼：国际华文出版社2012年版，第5页。

五、赖妙宽

　　赖妙宽（1960—）福建漳州人。曾为眼科医生，现供职于厦门文联。1982年开始文学创作。曾获福建省第七届文艺百花奖、第十届全国"五个一工程奖"等，作品入选《中国小说排行榜》。代表作有中短篇小说集《天赐》《共同的故乡》《拿枪的人》《有时也会想念你》，长篇小说《天堂没有路标》《城里城外》《那边》，长篇报告文学《忠诚》等。

　　赖妙宽的小说多从普通小人物的日常生活入手，审视人物在庸凡的生存世相下，"爬满虱子"的生活底子和斑驳的心理世界，叙事、语言都有着医生做手术般的沉静与利落。医院诸象、医生、病人的生存际遇与身心状态是赖妙宽作品中经常透视的对象。医院作为一个隐喻性的空间，展演世俗社会人生百态。《共同的故乡》中的年轻医生李景然真诚、坦率待人反而被称为怪人。李景然向同事们描述自己的故乡和恋人的美丽纯净，遭到同事们的质疑，但也唤醒了大家对精神净地的憧憬和向往。最终李景然离职回归故乡，执着守护人性中美好的一面，为同事们留下了"欣慰和希冀"。《消失的男性》里，洪建明与妻子陈丽雪新婚生活伊始，来自周围人过分的关心以及同事对其夫妻生活的难堪猜疑让他精神压力倍增，最终丧失了性能力。作者刻画出人与人之间关系的幽微复杂——"他者"的冷漠会冰冻生存空间的温情，"他者"的过分亲密亦会造成个体人性的扭曲和肌体的病变。此外，赖妙宽的作品还重在揭示人的精神世界在物质压迫下的溃败与遁逃，以此考量人性之幽暗，如《有时也会想念你》《口欲》《三个男人的友情和爱情》等。赖妙宽的《兄弟劫》《父王》《来金》等历史叙事也颇值得注意，如，《兄弟劫》中，在吊诡的历史岔道口，命运被偶然推到不同方向，兄弟俩分别成为共产党和国民党，在东山战役中"狭路相逢"，进而成为彼此"永远的那边"。这种以偶然置换必然、以民间历史覆盖宏大历史的叙事，带有新历史主义的意味。

　　赖妙宽的创作也涉及性别关系命题，但很难说其小说有很强的性别意识。因为无论是作者本人还是其作品中的人物，都并不刻意强调性别差异。《拿枪的人》《错位》《丁香以外》等则描写了两性相处的丰富模式。在其笔下，两性都是被物质与精神摆布的个体。如果说《父王》还以男性世界为基底，那么到《城里城外》，这些影子就消失无形了。《白鲨寓言》里，叶冬莹一直因自己家庭出身和学识而在与阿国的夫妻关系中高高在上。即使后来阿国经商致富，这种精神上的不对称也没有改变。阿国与女下属同居后，叶冬莹果断离婚且放弃阿国的物质补偿。然而，她很快尝到自食其力的艰难，最终插足阿国的新婚姻来换取物质上的富足。显然，作者并无意批判传统性别关系、价值观念，也无意为叶冬莹等女性辩解，只是凸显"人"在物质面前的卑微，这点又带有新写实小说的味道。

六、李秋沅

李秋沅（1974—）本名李靖。祖籍福州，长于厦门鼓浪屿，主要从事儿童文学创作。曾获全国优秀儿童文学奖、冰心儿童图书奖、曹文轩文学奖、福建省百花文艺奖等。代表作有小说集《走过落雨时分》《记忆的碎片》《惟有时光》《虞美人》，长篇小说《木棉·流年》《木棉·离歌》《以尼玛传说》《天青》等。

李秋沅的一部分小说里有浓郁的地域文化景观，以近现代时期的鼓浪屿为原型的"木棉岛"时常出现。鼓浪屿的历史文化、人情风俗等也渗透于作品中，从某种程度上来说，鼓浪屿可谓是李秋沅的"文学王国"。李秋沅的另一部分作品以玄幻、虚构为主，如《以尼玛传说》《天青》，以浪漫主义主义手法将故事背景拉向远古神话时代，在恢宏又纤敏的想象中，历史中那些兵荒马乱、家国万象的岁月和可歌可泣的英雄儿女跃然纸上，彰显出作者的家国情怀。李秋沅的儿童主题小说清雅精致，文字空灵华美，同时兼具哲理、文化之思，常常体现出对个体生命及家国命运的关注，为儿童文学创作了一种新的审美范式。多通过儿童的目光和心理来捕捉历史文化的深厚，这是其作品的重要主题，加之清逸、空灵的想象力，典雅、清婉的语言风格，满溢着温柔、良善与爱，又微带着忧愁的内蕴，颇有"冰心体"散文诗的韵致，这也是李秋沅作为儿童文学作家的素养体现。

但实际上，李秋沅的小说里还有对岁月沧桑、世事无常的感喟和人性复杂、命运难测的思虑，使得文本因着对既定历史、文化的批判和反思而抵达了生命之重。《以尼玛传说》中，尼玛神正是借了人类自身对利、权无尽的欲望而操纵灵旗，导致生灵涂炭，历史陷于杀戮轮回之中，这是"神性"与"人性"的激撞。《梅雪》与《菊隐》将故事背景设于抗日战争时期，在异族入侵、国仇家恨高涨的时代中，当跨越族群的个体爱恨让位于民族国家的命运发展后，那些真实个体的情感伤痛该如何自我修复？这是小说在英雄悲歌的主题之外，另一重震撼人心的人性拷问。《乡下来的淑芳》里的淑芳在亲情伦理与自由婚恋之间的抉择、坚守、妥协再到心安理得的接受，是命运吊诡，也是人性芜杂；《锦瑟》里的姨婆因为爱情而执意给人做妾，因此不被亲人尊重和理解，一生隐忍，还要承受背井离乡的孤独，这已然触及了伦理之思和女性自我价值定位的命题；《茗香》里对"文革"历史和那些被遮蔽、被遗忘的隐秘历史的审思。"木棉岛"昔盛今衰、物是人非的苍凉，以及战争、瘟疫、阴谋、生离死别的残酷，其实都远远超越了儿童读物的旨要。因此，李秋沅不止于写"王子与公主"过着幸福的生活，也写"王子与公主"真正步入生活后，那些优雅美好背面的龃龉艰难。从这个角度来说，李秋沅的小说又不仅仅是给孩子读的。

本编附录

一、郑敏主要作品目录

（一）单篇代表性诗作

《金黄的稻束》,《明日文艺》1943 年第 1 期。

《马》,《大公报·星期文艺》1948 年 6 月 20 日。

《最后的晚祷》,《中国新诗》1948 年第 1 期。

《濯足》,《诗集:1942—1947》,上海:文化生活出版社 1949 年版, 第 13 页。

《寂寞》,《诗集:1942—1947》,上海:文化生活出版社 1949 年版, 第 44 页。

《献给贝多芬》,《诗集:1942—1947》,上海:文化生活出版社 1949 年版, 第 80 页。

《小漆匠》,《诗集:1942—1947》,上海:文化生活出版社 1949 年版, 第 10_ 页。

《村落的早春》,《诗集:1942—1947》,上海:文化生活出版社 1949 年版, 第 110 页。

《清道夫》,《诗集:1942—1947》,上海:文化生活出版社 1949 年版, 第 126 页。

《残废者》,《诗集:1942—1947》,上海:文化生活出版社 1949 年版, 第 128 页。

《荷花（观张大千氏画）》，《诗集：1942—1947》，上海：文化生活出版社1949年版，第134页。

《兽（一幅画）》，《诗集：1942—1947》，上海：文化生活出版社1949年版，第136页。

《人力车夫》，《诗集：1942—1947》，上海：文化生活出版社1949年版，第142页。

《雷诺阿的〈少女画像〉》（在《诗集》中题目是《Reneir少女的画像》），《诗集：1942—1947》，上海，上海文化生活出版社1949年版，第152页。

《西南联大颂》，《诗集：1942—1947》，上海：文化生活出版社1949年版，第156页。

《噢，中国》，《诗集：1942—1947》，上海：文化生活出版社1949年版，第158页。

《静夜》，《诗集：1942—1947》，上海：文化生活出版社1949年版，第178页。

《寻找》，《海韵》1981年第5期。

《诗呵，我又找到了你》（又名《如有你在我的身边》），《寻觅集》，成都：四川文艺出版社1986年版，第3～5页。

《诗人的心愿——寻找美和真理的人》，《寻觅集》，成都：四川文艺出版社1986年版，第97～99页。

《鱼网只是给鱼儿织的》，《寻觅集》，成都：四川文艺出版社1986年版，第103～104页。

《诗啊，请原谅我》，《寻觅集》，成都：四川文艺出版社1986年版，第105～106页。

《我渴望雨夜》，《寻觅集》，成都：四川文艺出版社1986年版，第114～116页。

《神秘的小屋》，《心象》，北京：人民文学出版社1991年版，第129～130页。

《灵魂的低语》，《心象》，北京：人民文学出版社1991年版，第142页。

《我不会颤抖，死亡！》，《心象》，北京：人民文学出版社1991年版，第168页。

《心象组诗》，《诗刊》1986年第10期。

《心中的声音》，《诗刊》1993年第9期。

《诗人与死》（组诗十九首），《郑敏诗集（1979—1999）》，北京：人民文学出版社 2000 年版,第 389 页。[《诗人与死》最初收录于《早晨,我在雨里采花》,(香港:突破出版社 1991 年版,第 142-160 页),《人民文学》1994 年第 1 期发表时,题目是《诗人之死》。后来,收录到《郑敏诗集 1979—1999》时,诗名确定为《诗人与死》)。]

《试验的诗》(组诗),《人民文学》1996 年第 11 期。

《被遗忘的昨天》,《诗神》1998 年第 3 期。

《一幅后现代画前的祈祷》,《人民文学》1993 年第 3 期。

《黑马》,《人民文学》1998 年第 3 期。

《夏树与我》,《人民文学》1998 年第 3 期。

《五台山的佛像》,《十月》1998 年第 5 期。

《蝉声蝉语》,《十月》1998 年第 5 期。

《留给孩子们的诗:天真之歌》(组诗六首),《诗潮》1999 年第 7 ~ 8 期。

(二)诗集

《诗集:1942—1947》,上海:文化生活出版社 1949 年版。

《寻觅集》,成都:四川文艺出版社 1986 年版。

《心象》,北京:人民文学出版社 1991 年版。

《早晨,我在雨中采花》,香港:香港突破出版社 1991 年版。

《郑敏诗集(1979—1999)》,北京:人民文学出版社 2000 年版。

(三)诗论

《自欺的"光明"与自溺的"黑暗"》,《诗刊》1986 年第 2 期。

《足迹和镜子——今天新诗创作和评论的需要》,《诗刊》1988 年第 8 期。

《天外的召唤与深渊的探险》,《世界文学》1989 年第 4 期。

《女性的诗歌:解放的幻梦》,《诗刊》1989 年第 4 期。

《世纪末的回顾:汉语语言的变革与中国新诗创作》,《文学评论》1993 年第 3 期。

《诗与后现代》,《文艺争鸣》1993 年第 3 期。

《我们的新诗遇到什么问题?》,《诗探索》1994 年第 1 期。

《中国诗歌的古典与现代》,《文学评论》1995 年第 6 期。

《语言观念必须革新》,《文学评论》1996 年第 4 期。

《试验的诗·作者按语》,《诗刊》1996 年第 12 期。

《试论汉诗的某些传统艺术特点——新诗能向古典诗学些什么？》，《文艺研究》1998 年第 4 期。

《传统与现代笔谈：重建传统意识与新诗走向成熟》，《文艺研究》1999 年第 1 期。

《我对新诗的几点意见》，《诗潮》2001 年第 6 期。

《忆冯至吾师——重读〈十四行集〉》，《当代作家评论》2002 年第 3 期。

《诗与悟性》，《诗刊》2002 年第 3 期。

《全球化时代的诗人》，《诗潮》2003 年第 1 期。

《诗与历史》，《香港文学》2003 年第 8 期。

《关于汉语新诗与其诗学传统 10 问》，《山花》2004 年第 1 期。

（四）专著

《英美诗歌戏剧研究》，北京：北京师范大学出版社 1982 年版。

《结构—解构视角：语言·文化·评论》，北京：清华大学出版社 1998 年版。

《诗歌与哲学是近邻——结构—解构诗论》，北京：北京大学出版社 1999 年版。

（五）译著

《美国当代诗选》，长沙：湖南人民出版社 1987 年版。

二、舒婷主要作品目录

（一）单篇代表性诗作

《致橡树》，首刊于 1978 年 12 月《今天》创刊号，再刊于《诗刊》1979 年第 4 期。

《祖国呵，我亲爱的祖国》，《诗刊》1979 年第 7 期。

《这也是一切》，《诗刊》1979 年第 7 期。

《思念》，《海洋文艺》1979 年第 12 期。

《自画像》，《海洋文艺》1979 年第 12 期。

《寄杭城》，《福建文艺》1980 年第 1 期。

《赠》，《福建文艺》1980 年第 1 期。

《珠贝——大海的眼泪》，《福建文艺》1980 年第 1 期。（应为马尾《兰花圃》

先刊印，但找不到年份与期号）。

《一代人的呼声》，《厦门文艺》增刊 1980 年第 1 期。

《春夜》，福州《榕花》1980 年第 1 期。

《致大海》，《榕树》丛刊 1980 年第 2 辑。

《海滨晨曲》，《榕树》丛刊 1980 年第 2 辑。

《中秋夜》，《榕树》丛刊 1980 年第 2 辑。

《路遇》，《榕树》丛刊 1980 年第 2 辑。

《也许？》，三明《希望》1980 年第 3、4 期。

《流水线》，三明《希望》1980 年第 3、4 期。

《双桅船》，《上海文学》1980 年第 5 期。

《日光岩下的三角梅》，《上海文学》1980 年第 5 期。

《献给我的同代人》，《新观察》1980 年第 5 期。

《神女峰》，《绿洲》1982 年第 1 期。

《人心的法则》，《文汇月刊》1982 年第 2 期。

《读给妈妈听的诗》，《文汇月刊》1982 年第 2 期。

《会唱歌的鸢尾花》，《诗刊》1982 年第 2 期。

《黄昏星》，《上海文学》1982 年第 7 期。

《惠安女子》，《舒婷、顾城抒情诗选》，福州：福建人民出版社 1982 年版，第 113～114 页。

《墙》，《舒婷、顾城抒情诗选》，福州：福建人民出版社 1982 年版，第 124～125 页。

（二）组诗

《再见，柏林西》，《人民文学》1986 年第 1 期。

《银河十二夜》，《诗刊》1986 年第 2 期。

《水仙》，《文汇月刊》1988 年第 3 期。

《始祖鸟》，《星星》诗刊 1988 年第 6 期。

《最后的挽歌》，《大家》1998 年第 2 期。

（三）诗集

《双桅船》，上海：上海文艺出版社 1982 年版。

《舒婷、顾城抒情诗选》，福州：福建人民出版社 1982 年版。

《会唱歌的鸢尾花》，成都：四川文艺出版社1986年版。

《始祖鸟》，福州：海峡文艺出版社1991年版。

《舒婷诗文自选集》，桂林：漓江出版社1993年版。

《舒婷的诗》，北京：人民文学出版社1994年版。

《当代中国文库精读——舒婷集》，香港：香港明报出版公司2000年版。

《致橡树》，南京：江苏文艺出版社2003年版。

《舒婷精选集》，北京：北京燕山出版社2006年版。

《中国当代名诗人选集·舒婷》，北京：人民文学出版社2007年版。

《一种演奏风格：舒婷诗选集》，北京：作家出版社2009年版。

（四）散文集

《心烟》，上海：上海文艺出版社1988年版。

《秋天的情绪》，北京：中国华侨出版社1993年版。

《硬骨凌霄》，珠海：珠海出版社1994年版。

《你丢失了什么》，长春：吉林人民出版社1996年版。

《舒婷文集1—3》，南京：江苏文艺出版社1997年版。

《梅在那山》，南京：江苏文艺出版社1997年版。

《凹凸手记》，南京：江苏文艺出版社1997年版。

《露珠里的"诗想"》，杭州：浙江文艺出版社1998年版。

《预约私奔》，台北：台湾九歌出版社1998年版。

《舒婷影记》，石家庄：河北教育出版社1998年版。

《柏林：一根不发光的羽毛》，广州：花城出版社1999年版。

《Hi十七岁》，北京：人民文学出版社2000年版。

《和儿子一起逃学》，北京：人民文学出版社2001年版。

《今夜你有好心情》，广州：花城出版社2002年版。

《心烟：秋天的情绪》，石家庄：河北教育出版社2006年版。

《真水无香》，北京：作家出版社2007年版。

三、安琪主要作品目录

（一）单篇代表性诗作

《未完成》，《诗神》1996 年第 10 ～ 11 期。

《节律》，《厦门文学》1997 年 6 月号。

《干蚂蚁》，《奔跑的栅栏》，北京：作家出版社 1997 年版，第 24 ～ 32 页。

《奔跑的栅栏》(组诗四首)，《奔跑的栅栏》，北京：作家出版社 1997 年版，第 68 ～ 71 页。

《不死：对一场实验的描述》，《厦门文学》1998 年第 10 期。

《五月五：灵魂烹煮者的实验仪式 (屈原作为我自己)》，《第三说》2000 年创刊号。

《在北京》，《山花》2003 年第 4 期。

《天地宽》(外二首)，《厦门文学》2007 年第 9 期。

《打扫狂风》，《第三极》2007 年第 1 卷。

《风过喜玛拉雅》，《十月》2008 年第 5 期。

《父母国》，《珠江商报》2011 年 10 月 23 日。

《极地之境》，《脉动》2012 年第 5 期。

《给外婆》，《文学教育 (上)》2012 年第 2 期。

《轮回碑》，《你无法模仿我的生活》，自印，2012 年版，第 159 ～ 184 页。

《星期日》，《你无法模仿我的生活》，自印，2012 年版，第 211 页。

《五月五，还是五月五 (再致屈原)》，《你无法模仿我的生活》，自印，2012 年，第 307 ～ 310 页。

《帝国主义诗歌》，《极地之境》，武汉：长江文艺出版社 2013 年版，第 99 页。

《美学诊所》，《青春》2016 年第 2 期。

《万物奔腾》(组诗)，《文学港》2018 年第 2 期。

《同合村》，《星星 (诗歌原创)》2021 年第 10 期。

（二）诗集

《歌·水上红月》，香港：讯通出版社 1993 年版。

《奔跑的栅栏》，北京：作家出版社 1997 年版。

《任性，第三说诗丛》，（漳）新出（2002）内书第 019 号。

《像杜拉斯一样生活》，北京：作家出版社 2004 年版。

《轮回碑——安琪长诗选》，北京：汉语诗歌资料馆 2007 年版。

《个人记忆：2004—2006》，北京：汉语诗歌资料馆 2007 年版。

《你无法模仿我的生活》，自印，2012 年。

《极地之境》，武汉：长江文艺出版社 2013 年版。

《父母国》，台北：秀威资讯科技股份有限公司 2015 年版。

《美学诊所》，太原：北岳文艺出版社 2017 年版。

《万物奔腾》，北京：中国华侨出版社 2018 年版。

（三）散文集

《女性主义者笔记》，银川：阳光出版社 2015 年版。

（四）主编的诗歌选本

安琪、黄礼孩主编：《诗歌与人·中国大陆中间代诗人诗选》民刊，2001 年。

安琪、远村、黄礼孩主编：《中间代诗全集》，福州：海峡文艺出版社 2004 年版。

安琪、康城主编：《第三说》，漳州第三说诗歌论坛第七期，2015 年版。

师力斌、安琪主编：《北漂诗篇》，北京：中国言实出版社 2017 年版。

四、巫昂主要作品目录

（一）单篇代表性诗作

《沙丁鱼是一种廉价的鱼》，《中国新诗年鉴1999》，杨克主编，广州：广州出版社 2000 年版，第 30～31 页。

《到处都是孤寂的生活》，《天涯》2000 年第 6 期。

《在深夜，我梦见了欲望》，《中国新诗年鉴2000》，杨克主编，广州：广州出版社 2001 年版，第 99～100 页。

《冬天与白菜》，《大家》2002 年第 5 期。

《青年寡妇之歌》，《大家》2002 年第 5 期。

《自画像（二）》，《大家》2002 年第 5 期。

《凡是我所爱的人》,《大家》2002 年第 5 期。

《请把我埋葬在镜子里》,《大家》2002 年第 5 期。

《机场》,《新诗界》第三卷,李青松主编,北京:新世界出版社 2003 年版,第 270 页。

《兴奋剂》,《诗选刊》2003 年第 7 期。

《飞机》,《诗选刊》2003 年第 7 期。

《你说呢》,《诗选刊》2003 年第 7 期。

《我最亲爱的》,《诗选刊》2007 年第 C1 期。

《干脆,我来说》,《诗选刊》2007 年第 C1 期。

《戒指》,《诗选刊》2007 年第 C1 期。

《安妮－索菲亚·穆特》,《中国新诗年鉴 2007》,杨克主编,广州:花城出版社 2008 年版,第 239 页。

《犹太人》,《中国新诗年鉴 2007》,杨克主编,广州:花城出版社 2008 年版,第 238 页。

《娜娜》,《干脆,我来说:巫昂诗选 2007—2013》,太原:北岳文艺出版社 2013 年版,第 10 页。

《乳房》,《干脆,我来说:巫昂诗选 2007—2C13》,太原:北岳文艺出版社 2013 年版,第 20 页。

《柏拉图》组诗,《北京文学·原创版》2014 年第 1 期。

《十年》,《北京文学》2014 年第 1 期。

《碎石飞溅》,《长江文艺》2018 年第 6 期上半月刊。

《美国往事》组诗,《山花》2019 年第 1 期。

（二）诗集

《需要性》,自印,2012 年。

《生活不会限速》,自印,2012 年。

《干脆,我来说:巫昂诗选 2007—2013》,太原:北岳文艺出版社 2013 年版。

《通往阳光密布的所在》,济南:山东文艺出版社 2016 年版。

《我不想大张旗鼓地进入你的生命之中》,北京:中国青年出版社 2018 年版。

《什么把我弄醒》自印

（三）小说

《星期一是礼拜几》，北京：机械工业出版社 2010 年版。

《瓶中人》，北京：北京时代华文书局 2016 年版。

《床下的旅行箱》，北京：新星出版社 2021 年版。

（四）散文

《正午的巫昂》，北京：中国妇女出版社 2001 年版。

《从亲人开始糟蹋》，北京：大众文艺出版社 2003 年版。

《厨房中术》，昆明：云南人民出版社 2008 年版。

《换个姿势爱》，北京：文化艺术出版社 2009 年版。

《极品》，重庆：重庆大学出版社 2010 年版。

《多情是犯罪》，杭州：浙江人民出版社 2012 年版。

《入口即化：巫昂的美食天涯》，南京：江苏凤凰文艺出版社 2016 年版。

（五）译著

［美］杰克·凯鲁亚克著，巫昂译：《在路上》，北京：中信出版社 2020 年版。

五、其他福建当代女诗人的主要作品目录

（一）伊路主要作品目录

1. 单篇代表性诗作

《老戏院被拆了》，《看见》，北京：中国文联出版社 2004 年版，第 36 ～ 38 页。

《从窗口可以看见的工地》，《看见》，北京：中国文联出版社 2004 年版，第 44 ～ 45 页。

《海中的山峰》（组诗），《福建文学》2005 年第 3 期。

《人间工地》（组诗），《诗刊》（上半月刊）2007 年第 5 期。

《两个瓷瓶》，《永远意犹未尽》，北京：文化艺术出版社 2011 年版，第 7 页。

2. 诗集

《青春边缘》，福州：海峡文艺出版社 1991 年版。

《行程》，北京：作家出版社 1997 年版。

《看见》，北京：中国文联出版社 2004 年版。

《用了两个海》，北京：中国文联出版社 2009 年版。

《永远意犹未尽》，北京：文化艺术出版社 2011 年版。

（二）叶玉琳主要作品目录

1. 单篇代表性诗作

《大地的女儿》，《诗刊》1993 年第 12 期。

《水乡》，《诗刊》1998 年第 5 期。

《瓯江之夜》，《诗选刊》2002 年第 2 期。

《午后的心灵》，《诗刊》2007 年 10 月号下半月刊。

《需要》，《诗刊》2001 年第 1 期［叶玉琳的诗（六首）中的一首］；2011 年定稿，收于《海边书》，北京：昆仑出版社 2012 年版。

《赶海的女人》，《海边书》，北京：昆仑出版社 2012 年版。

2. 组诗

《名叫爱情的人》，《人民文学》1994 年第 10 期。

《红樱桃谣曲》，《诗刊》1996 年第 6 期。

《那些美好的事物》，《诗刊》2008 年 7 月号上半月刊。

《海边书》，《诗刊》2012 年 5 月号上半月刊。

《远在天涯的海》，《诗潮》2012 年第 3 期。

《大海的侧面》，《诗刊》2011 年第 6 期。

《除了海，我没有别的地方可去》，《新诗》2014 年第 3 期。

《一只瓷瓶掉进了大海》，《诗潮》2014 年第 12 期。

3. 诗集

《大地的女儿》，天津：百花文艺出版社 1996 年版。

《永远的花篮》，北京：中国文联出版社 2000 年版。

《那些美好的事物》，北京：中国文联出版社 2007 年版。

《海边书》，北京：昆仑出版社 2012 年版。

（三）巫小茶主要作品目录

1. 单篇代表性诗作

《知己》，《绿风》2007 年第 2 期。

《奔跑》，《诗歌月刊》2008 年第 4 期。

《情人》，《厦门文学》2008 年第 7 期。

《沉默》，《诗选刊》2008 年第 Z1 期。

《故乡》，《广西文学》2012 年第 9 期。

《泄露》，《诗歌月刊》2013 年第 4 期。

《女性经史》，《新诗》2014 年第 3 期。

《立春》，《中国诗歌》2016 年第 3 期。

2. 组诗

《女巫观察者》，《诗林》2012 年第 6 期。

《它们无一爱我，却无所不爱》，《星星（上旬刊）》2016 年第 1 期。

3. 诗集

《我一直坐在我的身旁》，2014 年，独立出版。

六、潘向黎主要作品目录

（一）小说

《秋天如此辽阔》，《百花洲》1995 年第 6 期。

《最后一次无辜》，《青年文学》1996 年第 8 期。

《无雪之冬》，《青年文学》1998 年第 5 期。

《十年杯》，《文学世界》1999 年第 2 期。

《倾听夜色》，《青年文学》1999 年第 5 期。

《轻触微温》，《作家》2000 年第 10 期。

《他乡夜雨》，《作家》2001 年第 7 期。

《缅桂花》，《作家》2002 年第 4 期。

《我爱小丸子》，《创作》2002 年第 4 期。

《奇迹乘着雪橇来》，《作家》2003 年第 2 期。

《白水青菜》，《作家》2004 年第 2 期。

《我爱小王子》，《小说月报·原创版》2004 年第 6 期。

《永远的谢秋娘》，《作家》2005 年第 1 期。

《女上司》，《山花》2006 年第 5 期。

《穿心莲》，人民文学出版社 2010 年版。

《荷花姜》，《人民文学》2021 年第 5 期。

（二）散文

《凝眸小集（外一章）》，《百花洲》1991年第5期。

《衣光鬓影——人在东京之三》，《作家报》1993年2月6日。

《比樱花更难忘的——人在东京之十八》，《作家报》1994年11月5日。

《清浅流水（七章）》，《青年文学》1996年第1期。

《欲寄彩笺兼尺素》，《散文》1996年第12期。

《明月的声音》，《福建文学》1997年第6期。

《秦淮河边》，《散文》1998年第7期。

《有所思，所思在长安》，《百花洲》1999年第2期。

《天上亦有佳茗否》，《解放日报》2000年8月10日。

《草木有本心》，《人民日报》2001年2月3日。

《站着还是躺着》，《海上文坛》2001年第11期。

《消受一杯碧螺春》，《苏州杂志》2003年第5期。

《可忍，可不忍》，《解放日报》2003年9月7日。

《从阴山到三峡到绵州》，《解放日报》2003年10月12日。

《珠玑与文章》，《解放日报》2003年10月19日。

《梅边消息》，《解放日报》2004年2月29日。

《三顾茅庐情结》，《解放日报》2004年5月30日。

《唐时的两次回看》，《解放日报》2004年6月27日。

《向王维致敬》，《解放日报》2004年7月11日。

《喜悦之诗》，《解放日报》2005年2月12日。

《且看高手唱反调》，《解放日报》2005年3月5日。

《吟到新茶诗也香——茶与诗之一》，《新民晚报》2006年12月30日。

《花事》，《文学报》2007年10月18日。

《诗人原是种茶人——茶人之一》，《新民晚报》2007年2月5日。

《水色茶香壶魂——茶具之二》，《新民晚报》2008年2月5日。

《七绝圣手的悲剧》，《新民晚报》2009年4月22日。

《请于纸上听丝篁》，《新民晚报》2009年10月4日。

《李商隐的象牙球》，《新民晚报》2012年2月19日。

《巨笔作小诗》，《新民晚报》2013年6月5日。

《却爱闲雅韦郎诗》，《新民晚报》2014 年 3 月 3 日。

《若待皆无事，应难更有花》，《新民晚报》2014 年 9 月 25 日。

《跟着父亲读古诗》，《大家》2017 年 3 月 4 日。

《杜甫埋伏在中年等我》，《大家》2017 年 3 月 15 日。

《真与烟霞相接纳》，《西湖》2018 年第 5 期。

《林黛玉为什么不喜欢李商隐?》，《大家》2018 年 2 月 3 日。

《哀感顽艳的"顽"与"艳"》，《钟山》2020 年第 6 期。

《"万古销沉"与"我来吊古"》，《钟山》2021 年第 3 期。

七、须一瓜主要作品目录

（一）小说

1. 中短篇小说

《你是我公元前的熟人》，《作家》2001 年第 3 期。

《地瓜一样的大海》，《上海文学》2001 年第 11 期。

《尾条记者》，《福建文学》2002 年第 1 期。

《噢，咖咖小姐》，《江南》2002 年第 6 期。

《贵人不在服务区》，《作家》2002 年第 8 期。

《肝病嫌疑人》，《人民文学》2002 年第 10 期。

《雨把烟打湿了》，《福建文学》2003 年第 1 期。

《蛇宫》，《人民文学》2003 年第 2 期。

《淡绿色的月亮》，《收获》2003 年第 3 期。

《怎么种好香蕉》，《收获》2003 年第 6 期。

《我的索菲娅公主号》，《小说界》2003 年第 6 期。

《第三棵树是和平》，《十月》2003 年第 6 期。

《04：22，谁打出了电话》，《人民文学》2004 年第 1 期。

《太田母斑》，《福建文学》2004 年第 1 期。

《海瓜子，薄壳儿的海瓜子》，《上海文学》2004 年第 3 期。

《穿过欲望的洒水车》，《收获》2004 年第 4 期。

《鸽子飞翔在眼睛深处》，《十月》2004 年第 5 期。

《毛毛雨飘在没有记忆的地方》,《人民文学》2004 年第 9 期。

《梦想：城市亲人》,《朔方》2004 年第 10 期。

《有一种树春天叶儿红》,《收获》2005 年第 2 期。

《我的兰花一样的流水啊》,《钟山》2005 年第 3 期。

《SS-7 导弹穿越 12 朵红菇》,《中国作家》2005 年第 5 期。

《在水仙花心起舞》,《人民文学》2005 年第 6 期。

《前面是梨树，后面是芭蕉》,《上海文学》2005 年第 11 期。

《老的人 黑的狗》,《作家》2006 年第 1 期。

《提拉米酥》,《人民文学》2006 年第 2 期。

《回忆一个陌生的城市》,《收获》2006 年第 3 期。

《门内的保姆家外的人》,《小说月报》2006 年第 6 期。

《西风的话》,《人民文学》2006 年第 11 期。

《一次用心筹备的邂逅》,《上海文学》2007 年第 1 期。

《少许是多少》,《收获》2007 年第 4 期。

《它在灿烂的阳光里过来》,《青年文学》2007 年第 8 期。

《乘着歌声的翅膀》,《山花》2007 年第 8 期。

《二百四十个月的一生》,《上海文学》2008 年第 1 期。

《灶上还有绿豆羊肉汤》,《北京文学》2008 年第 2 期。

《大人》,《人民文学》,2008 年第 8 期。

《红痣》,《伊犁河》2009 年第 1 期。

《四面八方，蕹菜芬芳》,《天涯》2009 年第 2 期。

《黑领椋鸟》,《上海文学》2009 年第 4 期。

《火车火车娶老婆没有》,《人民文学》2009 年第 11 期。

《我的太阳》,《中国作家》2010 年第 3 期。

《海鲜啊海鲜，怎么那么鲜啊》,《小说界》2010 年第 6 期。

《义薄云天》,《人民文学》2010 年第 9 期。

《毛毛虫》,《上海文学》2010 年第 9 期。

《小学生黄博浩文档选》,《人民文学》2011 年第 3 期。

《丰满的一天》,《上海文学》2011 年第 4 期。

《叫清净的狗》,《新世纪周刊》2011 年第 18 期。

《苈萝》，《北京文学》，2011 年第 6 期。

《豌豆巅》，《芒种》，2011 第 10 期。

《忘年交》，《人民文学》2012 年第 1 期。

《寡妇的舞步》，《天涯》2012 年第 2 期。

《国王的血》，《收获》2012 年第 3 期。

《在奇数时间里的日子》，《十月》2013 年第 2 期。

《智齿阻生》，《中篇小说选刊》2013 年第 6 期。

《第五个喷嚏》，《长江文艺》2013 年第 10 期。

《老闺蜜》，《收获》2014 年第 2 期。

《灰鲸》，《花城》2016 年第 2 期。

《有人来了》，《上海文学》2017 年第 1 期。

《夜梦吉祥》，《长江文艺》2017 年第 10 期。

《会有一条叫王新大的鱼》，《青年作家》2018 年第 3 期。

《名记小郭结婚离婚附件》，《江南》2021 年第 1 期。

《身体是记仇的》，《上海文学》2021 年第 3 期。

　　2．长篇小说

《太阳黑子》，《收获》2010 年第 1 期。（上海：上海文艺出版社 2010 年版。）

《保姆大人》，南京：译林出版社 2011 年版。

《白口罩》，《收获》2013 第 7 期。（北京：北京十月文艺出版社 2013 年版。）

《别人》，《人民文学》2015 年第 7 期。（北京：作家出版社 2016 年版。）

《双眼台风》，《收获》2017 年第 6 期。（杭州：浙江文艺出版社 2018 年版。）

《甜蜜点》，《当代》2018 年第 2 期。（杭州：浙江文艺出版社 2019 年版。）

《五月与阿德》，《收获》2019 年秋卷。（南京：江苏凤凰文艺出版社 2020 年版。）

《致新年快乐》，上海：上海文艺出版社 2021 年版。

　　（二）散文集

《打败时间的不只是苹果》，郑州：河南文艺出版社 2017 年版。

八、林那北主要作品目录

（一）小说

1. 中短篇小说

《道口事件》,《福建文学》1999 年第 6 期。

《一男一女》,《青年文学》1999 年第 11 期。

《一九九九年的爱情》,《微型小说选刊》1999 年第 11 期。

《群众路上的惠中超市》,《福建文学》2000 年第 3 期。

《我的生活无可奉告》,《厦门文学》2000 年第 1 期。

《有病》,《山花》2000 年第 3 期。

《玫瑰开在我父亲怀里》,《福建文学》2000 年第 3 期。

《美男计》,《厦门文学》2000 年第 7 期。

《杀人嫌疑》,《青年文学》2001 年第 11 期。

《美乳分子马丽》,《福建文学》2001 年第 3 期。

《请你表扬》,《十月》2001 年第 4 期。

《杀人嫌疑》,《青年文学》2001 年第 11 期。

《王小二同学的爱情》,《人民文学》2002 年第 3 期。

《蔷薇前面》,《中国作家》2002 年第 9 期。

《寻找妻子古菜花》,《人民文学》2003 年第 1 期。

《扑通一声》,《北京文学》2003 年第 1 期。

《吕非玉的往事》,《作品》2003 年第 9 期。

《转身离去》,《山花》2003 年第 12 期。

《坐上吉普》,《人民文学》2004 年第 2 期。

《让八哥发言》,《北京文学》2004 年第 2 期。

《胭脂红红》,《清明》2005 年第 1 期。

《家住厕所》,《上海文学》2005 年第 3 期。

《晋安河》,《红豆》2005 年第 11 期。

《右手握拍》,《小说月报》2006 年第 4 期。

《忆秦娥》,《上海文学》2006 年第 7 期。

《我对小麦的感情》，《上海文学》2007年第4期。

《天桥上的邱弟》，《大家》2008年第5期。

《唇红齿白》，《人民文学》2008年第7期。

《今天有鱼》，《作家》2008年第8期。

《风火墙》，《北京文学》2009年第8期。

《黑皮黑肉》，《小说月报》2010年第2期。

《龙舟》，《人民文学》2010年第3期。

《息肉》，《上海文学》2010年第9期。

《燕式平衡》，《钟山》2011年第1期。

《校医杜常宝家》，《上海文学》2012年第11期。

《前面是五凤派出所》，《作家》2013年第10期。

《雅鲁藏布江》，《小说月报》2014年第8期。

《芳邻》，《小说月报》2015年第7期。

《双十一》，《上海文学》2017年第3期。

《蓝衫》，《芳草》2018年第5期。

《床上的陈清》，《芳草》2020年第5期。

2.长篇小说

《娥眉》，《长篇小说选刊》2004年第1期。（昆明：云南人民出版社2004年版。）

《我的唐山》，《中国作家》2011年第15期。（福州：海峡书局2011年版。）

《过台湾》，《芳草》2011年第5期。（福州：海峡文艺出版社2012年版。）

《蔷薇前面》，天津：百花文艺出版社2003年版。

《浦之上》，北京：人民文学出版社2008年版。

《剑问》，天津：百花文艺出版社2014年版。

《锦衣玉食》，天津：百花文艺出版社2015年版。

（二）散文集

《北北话廊》，福州：海峡文艺出版社1994年版。

《不羁之旅》，厦门：鹭江出版社1998年版。

《城市的守望》，福州：海潮摄影艺术出版社2002年版。

《三坊七巷》，长春：时代文艺出版社2006年版。

《屋角的农事》，福州：海峡文艺出版社 2013 年版。

《那一扇门永远无法打开》，杭州：浙江文艺出版社 2013 年版。

《宣传队 运动队》，北京：作家出版社 2014 年版。

九、林丹娅主要作品目录

（一）学术专著

《当代中国女性文学史论》，厦门：厦门大学出版社 1995 年版。

《中国女性与中国散文》，昆明：云南人民出版社 2007 年版。

《书写之辨》，福州：福建人民文学出版社 2015 年版。

（二）编著

"女缘"丛书，厦门：厦门大学出版社 2005 年版。

《女性文学教程》，石家庄：河北教育出版社 2007 年版。

《台湾女性文学史》，厦门：厦门大学出版社 2015 年版。

（三）文学创作

1. 散文

《生命的流象》，上海：上海书店出版社 1998 年版。

《不死的思念》，厦门：鹭江出版社 1998 年版。

《用脚趾思想》，上海：上海人民出版社 1999 年版。

《用痛感想象》，南昌：百花洲文艺出版社 2000 年版。

《阳光之门》，沈阳：辽宁人民出版社 2000 年版。

《女性景深》，石家庄：河北教育出版社 2001 年版。

《经历长大》，武汉：华中师范大学出版社 2001 年版。

2. 小说

《白城无故事》，福州：海峡文艺出版社 1999 年版。

十、其他闽籍当代女作家主要作品目录

（一）斯妤主要作品目录

《某年某月》，《天津文学》1991 年第 10 期。

《出售哈欠的女人》,《作家》1995 年第 8 期。

《红粉》,《作家》1995 年第 3 期。

《语言魔方》,《中华散文》1996 年第 5 期。

《浴室》,《作家》1997 年第 11 期。

《竖琴的影子》,南京：江苏文艺出版社 1998 年版。

《天堂没有路标》,厦门：鹭江出版社 2006 年版。

《城里城外》,厦门：鹭江出版社 2011 年版。

（二）唐敏主要作品目录

《女孩子的花》,《散文选刊》1986 年第 10 期。

《月亮的海》,《散文选刊》1988 年第 2 期。

《花的九重塔》,《散文选刊》1988 年第 2 期。

《圣殿》,北京：文化艺术出版社 1997 年版。

《红瘦》,北京：文化艺术出版社 1997 年版。

《男女关系》,北京：文化艺术出版社 1998 年版。

（三）楚楚主要作品目录

《行走的风景》,福州：海峡文艺出版社 1993 年版。

《轻轻踏在我的梦上》,北京：中国友谊出版社 1993 年版。

《生命转弯的地方》,上海：上海人民出版社 1996 年版。

《淡墨轻衫》,厦门：鹭江出版社 1998 年版。

《人间有味是清欢》,长春：时代文艺出版社 1999 年版。

《寂寞有一张脸》,天津：百花文艺出版社 2002 年版。

（四）林祁主要作品目录

《心灵的回声》,福州：福建人民出版社 1992 年版。

《归来的陌生人——林祁散文选（1985—1994）》,天津：百花文艺出版社
1995 年版。

《裸诗》,悉尼：国际华文出版社 2012 年版。

《莫名"祁"妙》,北京：九州出版社 2013 年版。

（五）赖妙宽主要作品目录

《共同的故乡》,《厦门文学》1991 年第 2 期。

《消失的男性》,《小说家》1995 年第 4 期。

《黑鱼》，《福建文学》1996 年第 1 期。

《白鲨寓言》，《百花洲》1998 年第 2 期。

《来金》，《人民文学》1998 年第 8 期。

《土牛》，《厦门文学》1998 年第 5 期。

《桥》，《福建文学》1999 年第 11 期。

《那边》，《福建文学》2016 年第 A2 期（长篇小说专号）。

《父王》，福州：海峡文艺出版社 1996 年版。

（六）李秋沅主要作品目录

《锦瑟》，《少年文艺》（南京版）2008 年第 3 期。

《茗香》，《厦门文学》2008 年第 5 期。

《梅雪》，《少年文艺》（南京版）2010 年第 7 期。

《木棉·流年》，北京：中国少年儿童出版社 2010 年版。

《以尼玛传说》，北京：中国少年儿童出版社 2012 年版。

《木棉·离歌》，北京：中国少年儿童出版社 2014 年版。

《天青》，福州：福建少年儿童出版社 2016 年版。

后　记

　　本书是国家社科基金重大项目"百年中国文学女性形象谱系与现代中华文化建构整体研究"（项目批准号19ZDA276）阶段性成果，受到福建省财政厅专项资金的资助。各章节分工情况如下：

　　引言、中编第二章第一节和第三节、下编第二章第二节以及全书通稿、整合，由厦门大学王宇教授完成。上编由福建省委党校林怡教授完成。中编第一章由北京语言大学李玲教授完成；中编第二章第二节和第三章，以及第四章第一节由厦门大学金美杰博士完成；中编第四章第二节由厦门大学博士生黄若虚完成。下编第一章、第二章第一节和第三节，以及第三章第二节、第三节由福建师大伍明春教授完成；下编第三章第一节由集美大学邓庆周教授完成；下编第四章由苏州大学臧晴教授完成；下编第五章以及第六章第二节由厦门大学韩超博士完成，下编第六章第一节由河南师大周师师博士完成。上编附录一由杨凡编撰。中编附录一由许杨整理，附录二、三由金美杰整理，附录四由金美杰、黄若虚整理。下编附录一、二、三由叶鹏飞、刘燕整理。其他没有特别说明的附录部分皆由相关章节撰写者自己整理。此外，韩超、黄若虚、叶鹏飞、刘燕、刘琳还参与本书大量校对和资料收集工作。

最后，感谢厦门大学出版社编校人员的辛勤工作。

王宇

2022 年 3 月 14 日